Fritz Pawelzik

Antreten bei Rudi Wecker

Kaminskis Jugend

R. BROCKHAUS

2. Auflage 1995

Umschlaggestaltung: Digital Design, Haan
Druck: Ebner Ulm
ISBN 3-417-21901-9
Bestell-Nr. 221 901

INHALT

Die Verhaftung des Vaters

Die Kaminskis schliefen noch. Hermann im Bett am Fenster, Anna in dem zur Tür hin, Hannes, das Söhnchen, in der Mitte auf den Kanten. In der Wiege an der Wand kuschelte sich das Töchterchen, Schätzchen genannt.

Die Kaminskis wohnten zur Untermiete in einer Bergarbeiter-Kolonie, auf zwei Zimmern, Küche und Schlafzimmer; zu mehr reichte der Lohn des Vaters nicht. Aber sie sparten auf ein halbes Siedlungshäuschen, auf der anderen Seite der Zeche.

Beide Eltern kamen aus Masuren. In einem Siedlungshäuschen mit Garten, Hühnern, Ziege und Schwein würden sie sich wie zu Hause fühlen, meinten sie.

Hannes hatte zwar auch so etwas wie ein schmales Bett am Fußende der Eltern, doch wenn er nachts etwas Böses träumte, kroch er schnell zwischen Vater und Mutter. Dort fühlte er sich sicherer, und wenn ein Räuber einbrechen sollte, dann lag direkt am Fenster zunächst einmal der Gesteinshauer Hermann Kaminski, ein starker Brocken von einem Mann.

An jenem Morgen schliefen sie alle noch tief. Draußen wurde die Nacht nur von dem Flackern der Kokereibatterien aufgerissen. Der Wecker tuckerte gemütlich vor sich hin. Es war noch nicht Zeit, Hermann für die Frühschicht aus dem Bett zu rasseln.

Die Kaminskis hörten nicht, wie draußen ein schwerer Lastwagen in die Kolonie bog und genau vor der Tür der Mietskaserne hielt, in der Kaminskis wohnten.

Sie wurden auch nicht wach, als genagelte Stiefel den Flur entlangdröhnten, das Licht von Taschenlampen durch die Ritzen der Tür fuhr und draußen gefragt und geflucht wurde.

Doch dann wurden sie aus dem Schlaf gerissen, als Gewehrkolben gegen die Schlafzimmertür dröhnten, Männer sich dagegenwarfen und mit der Tür ins Zimmer brachen.

Das Licht der Taschenlampen blendete die Kaminskis,

die alle drei plötzlich in den Betten hochfuhren, und das Schätzchen, das in seiner Wiege zu schreien anfing.

»Hermann Kaminski, du bist verhaftet!« schrie einer von den Fremden. Dann andere Drohungen, durcheinander und so stark besoffen, daß der Schnapsgestank das Zimmer füllte: »Kommunistensau, rotes Schwein, jetzt werden wir dich abmurksen.«

»Das muß ein Irrtum sein!« rief Anna.

»So geht das nicht«, versuchte Hermann zu protestieren. Doch da fielen sie schon über ihn her.

Sie zerrten ihn aus dem Bett. Er wehrte sich. Sie schlugen mit den Kolben auf ihn ein. Anna versuchte dazwischenzugehen. Sie wurde gegen die Wand geworfen: »Halte dich bloß da raus, sonst nehmen wir dich auch noch mit. Widerstand gegen die Staatsgewalt.«

Hannes, noch keine sechs Jahre alt, versuchte seinen Vater zu verteidigen. Nachdem er einem in die Hand gebissen hatte, bis der wütend aufschrie, wurde er aufs Bett zurückgeworfen. Dann drückten sie Hermann die Fäuste in Handschellen zusammen.

»Hilfe, Polizei!« wollte Anna die Nachbarn alarmieren, doch dann sah sie, daß es Polizisten und schwarzgekleidete SS-Leute waren, die ihren Mann überfielen.

Die Nachbarn regten sich nicht. Keiner traute sich vor die Tür. Dahinter lauschten sie sicher. Man hatte schon so viel von Verhaftungen gehört, seitdem der Hitler vor ein paar Monaten an die Macht gekommen war.

»Er kann doch nicht nackt mitkommen«, versuchte Anna die Schergen zur Vernunft zu bringen. Hermann wollte auch etwas sagen, doch da schlugen sie ihm mit Fäusten und einem Gewehrkolben so hart ins Gesicht, daß das Blut spritzte.

Anna zog ihrem Mann die Hosen über. Man löste ihm noch einmal die Fesseln, damit er Hemd und Jacke anziehen konnte. Doch dabei standen sie mit entsichertem Gewehr vor ihm, drückten ihm die Mündungen zwischen die Rippen und in den Bauch und drohten: »Keine Bewegung.«

Anna schüttelte den Kopf: »Beim Anziehen muß er sich doch bewegen, ihr Dämlacks.«

Wütend wie Hunde knurrten die Häscher auf.

Die Mutter umarmte den Vater, Hannes drängte sich auch dazu. Mit blutverschmiertem Mund gab Hermann beiden einen Kuß.

Anna versuchte ihre Tränen zurückzuhalten. »Komm gutgesund nach Hause«, sagte sie. Das wünschte sie Hermann immer, wenn er zur Schicht ging.

Hermann nickte. Dann stießen sie ihn aus dem Zimmer. »Keine Sentimentalitäten!« verlangte der Kommandoführer, ein Oberwachtmeister von der Polizei, und mußte noch wie ein Lehrer hinzusetzen: »Das hätten Sie sich vorher überlegen sollen. Rote sind jetzt Staatsverbrecher. Ist ein Gesetz.«

Anna und der Junge folgten Hermann, doch an der Haustür mußten sie zurückbleiben. Ein Polizist hielt die Hand hoch, wie bei »Achtung« im Straßenverkehr, während zwei SS-Leute wieder mit ihren neu erstandenen Gewehren drohten. Ein bißchen kamen sie Anna wie beim Kriegsspiel ihres Jungen mit den Nachbarjungen vor, aber die Angelegenheit mußte ernstgenommen werden.

Die beiden Kaminskis sahen, wie die Polizisten und Hitlerleute Hermann wieder schlugen und dann auf die offene Pritsche eines Lastwagens hochtrieben. Dort warteten schon etwa ein Dutzend Gefangene in der Morgenkälte.

Anna sah an den Fenstern der Mietskasernen hoch, horchte, ob nicht wenigstens eine Tür in ihrem Haus aus Mitgefühl geöffnet wurde. Doch nichts.

Hinter einem Fenster bewegte sich eine Gardine, doch dahinter lugte die Quasselstrippe Nolte. Von der war nichts Gutes zu erwarten.

Anna verstand das alles nicht. Daß sich Hermanns Arbeitskollegen und Parteigenossen nicht rührten, die doch auch hier wohnten! Sie sollte noch Übleres von ihnen erfahren und miterleben, wie sie alle Mitläufer, Sieg-Heil-Schreier und Denunzianten bei den Nazis wurden.

Als sie wieder in die Wohnung zurückgingen, fragte

Hänschen: »Warum haben denn die Einbrecher den Vater so gehauen und mitgenommen? Der ist doch kein Verbrecher.«

Die Mutter lächelte ein wenig und strich ihrem Sohn über die Haare: »Nein, Hannes, dein Vater ist kein Verbrecher.«

»Aber warum haben sie ihn denn so furchtbar geschlagen und mitgenommen?« bohrte der Kleine weiter.

»Ich werde versuchen, es dir zu erklären«, antwortete Anna. »Dein Vater hat immer ein schweres Leben gehabt. Als die Kosaken nach Masuren einbrachen, haben sie deinen Vater mitgeschleppt, er war noch ein Kind, kaum fünfzehn Jahre alt.«

»Aber dann war er doch schon ein Junge«, warf Hänschen ein.

»Ja, ja, du hast recht«, gab die Mutter nach. »Aber klein war er doch, und er mußte mit ansehen, wie die Reiter seinen Vater erschlugen, als er deinen Vater retten wollte. Bis nach Sibirien verschleppten sie ihn, und als er nach Hause kam, sieben Jahre waren vergangen, kannte ihn seine eigene Mutter nicht mehr wieder.

Er mußte ins Ruhrgebiet fahren, um hier Arbeit zu finden, genauso wie ich. Als Bergmann wurde er angelegt und hat dort so gut gearbeitet, daß er auch in den schweren Jahren, als viele erwerbslos wurden, nie seine Arbeit verloren hat.

Aber als er viel Ungerechtigkeit sah und wie die Menschen ausgenutzt wurden, ist dein Vater in die Gewerkschaft und in die Arbeiterpartei eingetreten, um für Gerechtigkeit aller Menschen zu kämpfen.«

Hannes sah die Mutter fragend an; das Wort Gerechtigkeit kannte er nicht.

»Also Gerechtigkeit ist, daß jeder dafür richtig bezahlt wird, was er tut«, erklärte Anna. Hannes verstand das auch nicht ganz, aber er nahm an, daß er es verstehen würde.

»Er hat seine Beiträge bezahlt und ging auch am 1. Mai mit auf die Straße, zum Demonstrieren«, versuchte Anna ihrem Hänschen zu erklären. »Er war nichts Besonderes in der Partei, dein Vater, aber er war für Gerechtigkeit.

Und als dann die Nationalsozialisten an die Macht kamen, die jetzt den Vater abholten und die eine rote Fahne mit dem weißen Feld und dem Hakenkreuz haben, da schmiß der Vorsitzende von der Arbeiterpartei seinen Posten hin, weil er vor den Nationalsozialisten und dem Hitler Angst hatte. Keiner wollte mehr Vorsitzender sein, aber dein Vater, der ja für Gerechtigkeit und Freiheit ist, der ist es dann geworden.

Der hat sich geweigert, seine Meinung zu ändern. Der war gegen die Nationalsozialisten, die alle anderen schlugen, sie einsperrten und auslachten. Er hat dagegen protestiert, als sie auch hier aus der Kolonie zwei Kommunisten abholten, obwohl er selber keiner war. Aber nun haben sie ihn abgeholt, weil er für Freiheit und Gerechtigkeit ist.

Das verstehst du jetzt noch nicht ganz. Aber du kannst sehr stolz auf deinen Vater sein.«

»Aber sie haben ihm so weh getan, und das Blut kam«, protestierte Hannes und begann zu schluchzen.

Da drückte die Mutter ihren Sohn an sich, wischte sich selbst die Tränen ab und sagte dann so gefaßt, wie sie konnte: »Wir müssen jetzt zusammenhalten, mein Junge, und immer an den Vater denken, und auch für ihn beten. Vielleicht gibt es doch noch Gerechtigkeit und einen Gott. Wir müssen ganz stolz auf unseren Vater sein.«

Die stolze Kaminskische

Anna ließ die Kinder noch etwas schlafen. Sie konnte sich nicht mehr ins Bett legen, immer wieder kam ihr die schreckliche Verhaftung vor die Augen, und sie mußte weinen.

Dann zog sie sich das Beste an, was sie besaß, den Gesellschaftsmantel auf Taille, der ihr viel besser paßte als ihrer damaligen Herrschaft. Sie legte sich auch den Fuchspelz um den Kragen, obwohl es dafür schon etwas zu warm war. Natürlich setzte sie sich den Hut auf, mit dem Frau Rechtsanwalt immer zum Galopprennen gegangen war, und preßte ihre etwas zu breiten Füße (als Kind in Masuren war sie immer barfuß gelaufen) in die eleganten Ballschuhe der gütigen und großzügigen Frau Rechtsanwalt.

Dann steckte sie ihre Tochter, »das Schätz«, in den Kinderwagen, nahm Hänschen an die Hand und marschierte erhobenen Hauptes durch die Kolonie, wo sie auf einmal keiner mehr grüßte, und auch die Klatschweiber schnell wieder im Flur verschwanden, als Anna auftauchte.

»Feige Bande!« schnaubte Anna verächtlich.

Unterwegs – etwa fünf Kilometer waren es bis zur Polizei in der Stadtmitte, wohin Anna wollte – begann Hannes zu gnärren und zu jammern. Er wollte nicht mehr laufen, sondern mit der Straßenbahn fahren.

Anna verlor ein bißchen ihre Nerven und schrie ihn an, fing sich dann aber wieder und erklärte ihm: »Wir haben jetzt nicht mehr soviel Geld für die Straßenbahn, und du willst ja auch, daß der Vater wieder nach Hause kommt. Darum gehen wir jetzt zur Polizei. Das bißchen kannst du doch auch für den Vater auf dich nehmen. Oder nicht?«

»Ja, ja«, antwortete Hänschen überfahren, aber doch trotzig.

Bei der Polizei wollte Anna sofort den obersten Wachtmeister sprechen. Doch die Beamten in der Wache lachten überlegen und wollten erst einmal wissen, warum.

Anna erklärte es ihnen.

Erst taten sie so, als ob so etwas gar nicht vorkommen könnte, doch dann wurde der Wachtmeister richtig böse und fuhr Anna an: »Hauen Sie ab! Jetzt herrschen hier andere Zeiten. Unter Hitler kommen alle Verbrecher und Roten dahin, wo sie hingehören, nämlich ins Kittchen. Wenn der sich da ändert und arbeitet, dann wird der vielleicht schon bald wieder entlassen, doch wenn Sie hier dauernd herummeckern, dann kann es noch Jahre dauern. Jetzt herrscht wieder Ordnung und Disziplin in unserem Land.«

Anna fuhr sofort mit den Kindern nach Dortmund, zum Herrn Rechtsanwalt. Der würde bestimmt helfen. Hänschen genoß die lange Straßenbahnfahrt und vergaß den Vater ganz dabei.

Der Herr Rechtsanwalt war ganz traurig, als er das mit Annas Mann hörte. Sie hatte sich vor ihrer Hochzeit in seinem Haus hochgearbeitet, von der Putzhilfe bis zum Kindermädchen mit Familienanschluß. Frau Rechtsanwalt war vor einigen Jahren leider bei einem Verkehrsunfall ums Leben gekommen. So hatte Anna bei den drei Jungen der Familie ganz die Mutterstelle übernommen, bis sie selbst heiratete. Aber auch dann fuhr sie noch regelmäßig nach Dortmund, um nach dem Rechten zu sehen. Der Herr Rechtsanwalt war ihr sehr dankbar dafür.

Gegen die Verhaftung ihres Mannes konnte er leider nichts unternehmen. »Liebe Anna, man hat mir vor einigen Wochen Berufsverbot erteilt, weil ich Jude bin. Ich habe von den willkürlichen Verhaftungen gehört. Ich kann Ihnen einen Brief aufsetzen und die entsprechenden Paragraphen zum Einspruch anführen, doch man wird ihn in den Papierkorb werfen.«

Er schrieb mehrere Briefe für Anna, doch sie bekam nie eine Antwort darauf, auch nicht auf ein Gnadengesuch.

In der Kolonie wurde das Leben für die Kaminskis schlimm. Eltern verboten ihren Kindern, mit Hänschen, dem Sohn eines Zuchthäuslers, zu spielen. Anna, um deren Freundschaft man sich sonst gerissen hatte, weil sie als klug und trotzdem mitfühlend galt und nie klatschte, wurde auch geschnitten. Sie ging stolz an allen vorbei, aber wenn sie nach Hause kam und die Kinder schon schliefen, konnte sie ihre Tränen nicht zurückhalten.

Anna wurde schriftlich mitgeteilt, daß ihr als Frau eines Strafgefangenen mit Kindern Sozialhilfe zustehe.

Sie lehnte diesen »schnöden Mammon« ab, obwohl sie nicht wußte, wie sie ihre Familie durchbringen sollte. Der Herr Rechtsanwalt steckte ihr Geld zu, obwohl der nun auch von der Substanz lebte, aber das wollte sie nicht annehmen.

Sie sah sich nach Arbeit um und fand in der übelsten Kneipe des Vorortes eine Putzstelle, wo sie ab und zu auch mal kellnern durfte. Aber als der Wirt sah, wie gut Anna aussah, wie geschickt sie servieren konnte und wie genau rechnen, da ernannte er sie zu seiner Serviererin.

Anna eilte zur Nachtschicht, wenn die Kinder im Bett lagen und eingeschlafen waren. Eine entfernte Nachbarin, deren Mann auch saß, kam ab und zu vorbei und horchte, ob die beiden auch schliefen.

Anna gefiel ihre Arbeit gar nicht. Die Gäste waren ordinär, rissen Zoten, während sie bediente, kniffen ihr in die Arme, obwohl sie nun lange Ärmel trug, und klopften ihr auf den Po. Doch sie mußte durchhalten; Sozialhilfe wollte sie von diesem Verbrecherstaat nicht.

Im Gästezimmer der Wirtschaft trafen sich dreimal in der Woche verschiedene Gruppen der Nazis. Trotz seiner Geldgier besaß der Wirt doch soviel Verständnis, daß er Anna nicht zwang, dort zu kellnern. Sie trug das viele Bier bis an die Tür, dann mußte der Wirt schon selbst die Lagen den gröhlenden Horden auf die Bierdeckel stellen und den Stiefel wieder neu füllen.

Hänschen war mittlerweile in die Schule gekommen. Dem Lehrer Hartmann, der immer eine Fliege trug und als musisch galt, war der Sohn eines Zuchthäuslers in dieser Klasse gar nicht recht. Doch der Rektor bestand darauf. Schulpflicht sei Schulpflicht, auch für rote Blagen, die sie ja auch noch zu echten Nationalsozialisten erziehen könnten.

Die Meinung des Lehrers über Hannes Kaminski änderte sich aber schnell, als er feststellen mußte, daß er in ihm seinen besten und eifrigsten Schüler hatte. Weit vor der übrigen Klasse folgte Hannes auch den musischen Höhenflügen seines Lehrers.

Nur wenn der das böse Lied auf seiner Geige kratzte, wurde Hannes ganz traurig und sang nicht mit. Denn er wußte, daß der Herr Rechtsanwalt gar kein böser Mensch war, und auch bei den Liedern gegen die Roten schwieg er, doch die sang der Lehrer Hartmann, wohl aus Rücksicht auf Hannes Kaminski, kaum noch. Aber das böse Lied liebte er und fiedelte es fast in jeder Musikstunde den Kindern vor. Sie mußten den Refrain mitsingen. Dieser als musisch bekannte, Liedverschen komponierende Schöngeist sang mit den Kindern: »Ja, wenn das Judenblut vom Messer spritzt, dann geht's noch mal so gut.«

Der Vater kommt nach Hause

Es gab Meldesuppe mit Mehlschwitze bei den Kaminskis. Das war so ein Essen, das Hannes kaum herunterbekam. Doch die Mutter bestand darauf, daß er den Teller leerte: »Da sind so viele Vitamine drin, und du willst ja ein großer, starker Mann werden, wie dein Vater.«

Im Hinterhof hatte Hermann ein Stückchen Land beakkert, und um den Misthaufen herum wucherte diese Melde, die es heute nur noch als Unkraut gibt. Das ganze Frühjahr und den halben Sommer hindurch. Sie wollte und wollte kein Ende nehmen.

»Wenn der Teller leer ist«, bestand Anna, »kannst du wieder zum Spielen rauslaufen.«

Sie ging, um an der Bude von Tante Bandilla noch etwas einzukaufen. Es war die einzige Frau, die Mitleid mit den Kaminskis zeigte und Anna zuflüsterte, daß sie genauso dachte wie Hermann. Dem Hänschen steckte sie immer ein Klümmchen zu, wenn er zu ihr zum Einkaufen geschickt wurde. Den anderen Kindern gab sie keins, darum galt sie auch als geizig. In der Bude hockten immer Invaliden, die von ihrer Rente und den Fußballspielen der örtlichen SuS und von Schalke redeten. Erschien Anna, stellten sie jetzt immer ihre Unterhaltungen ein, als ob es ihnen schaden könnte, in ihrer Gegenwart etwas zu reden.

Anna schüttelte den Kopf, als sie zurückkam und sah, daß Hannes mit seiner Suppe noch nicht viel weitergekommen war. Doch während er sich noch bemühte und sie den Abwasch für den Kran im Flur vorbereitete, wurde plötzlich ganz sanft die Tür zur Küche geöffnet. Ein kahlgeschorener Männerkopf schob sich durch den Spalt. Erst kannten sie den Mann gar nicht. Doch dann schrie Anna auf. Es war Hermann.

Weinend lagen sich alle in den Armen, und Hermann drückte sie an sich.

Sie hatten ihn furchtbar zugerichtet, fast alle Zähne fehlten ihm im Mund. Seine Wangen waren eingefallen, und es tat ihm weh, wenn er seinen linken Arm hob.

Er erzählte nichts von seinen Monaten im Konzentrationslager: »Es ist besser, wenn die Kinder es nicht erfahren«, meinte er, »und ich möchte dort nicht noch einmal landen.«

Anna aber päppelte ihn wieder auf, und schon nach einer Woche ging Hermann wieder zur Arbeit. Erst wußte der Betriebsführer nicht, ob er ihn wieder anlegen durfte, doch er bekam die Genehmigung, auch weil Hermanns Steiger sich für ihn verbürgte: »Er ist mein bester Hauer vor Stein.«

Seine Kumpels nahmen ihn auch wieder auf, mit einer Mischung von Scham, aber auch Bewunderung.

»So«, beschloß Hermann und mit ihm Anna, »jetzt werden wir noch mehr für unser Häuschen sparen. Hier müssen wir weg, und es ist auch besser, etwas Eigenes zu besitzen und mehr im Grünen zu sein. Da vergessen wir diese schlimme Welt um uns herum etwas besser.«

»Ich verstehe nicht, wie so was an die Macht kommen konnte?« fragte Anna den Hermann.

Der antwortete: »Weißt du, 1933, mit all den Arbeitslosen und dauernd wechselnden Regierungen, da gab es für Deutschland eigentlich nur zwei Möglichkeiten in der Politik – entweder Stalin oder Hitler. Meine Partei hatte leider auch abgewirtschaftet. Da haben dann die Leute Hitler gewählt und gehofft, daß es nun besser werden würde.

Es geht den meisten auch besser, das muß ich leider zugeben, aber um den Preis der Freiheit. Doch die scheint ihnen nicht mehr so viel wert zu sein.«

Die Gedanken sind frei

Endlich konnten die Kaminskis in das halbe Siedlungshäuschen umziehen, für das sie so lange gespart hatten. Zärtlich nannten sie ihre neue Behausung »das Häuschen«.

Bisher hatten sie in der Zechenkolonie gewohnt. Die bestand aus Mietskasernen, in denen viele Familien zusammengepfercht waren. Die Wohnungen hatten Waschbekken im Flur und Toiletten auf der halben Treppe.

Bergarbeitersiedlungen bestanden dagegen aus Doppelhäuschen mit angebautem Stall, Plumpsklo und Garten. Das war eine viel angenehmere Art zu wohnen als in der Kolonie.

Zweitausend Mark mußten Hermann und Anna anzahlen und dreißig Jahre lang jeden Monat fast dreißig Mark aufbringen, um es abzuzahlen. Das war für sie sehr viel Geld, denn Hermann, der im Gedinge war, kam höchstens an dreihundert Mark im Monat heran, wenn der Stein gut lag. Und das war ein Spitzenverdienst. Hinzu kamen noch die hohen Nebenausgaben.

Natürlich gab es die üblichen Schikanen und Scherereien, ehe Hermann den Kaufvertrag unterzeichnen durfte. Aber als Anna vorstellig wurde und mit Paragraphen agierte, die ihr der Herr Rechtsanwalt aufgeschrieben hatte, durfte er dann doch unterzeichnen, aber zusammen mit ihr, was Anna sehr weh tat. Doch Hermann tröstete sie: »Hauptsache ist, wir haben unser Häuschen.«

Hermann hatte kräftig mitgearbeitet, damit der Preis für den Rohbau möglichst niedrig blieb. Er hatte die Kellerräume ausgeschachtet. Anna und Hannes hatten ihm dabei geholfen. Auch bei der Inneneinrichtung half er mit. Der Polier der Bauleitung mochte Hermann, und so blieb der Preis für das Drum und Dran so niedrig wie bei keinem anderen Siedler.

Um möglichst schnell einziehen zu können, stellte Hermann in den Zimmern Kokstonnen auf und füllte sie Tag und Nacht, so daß die Wände schneller trockneten. Wenn er zur Schicht mußte, heizte Anna, und die Kinder leisteten ihr dabei Gesellschaft.

Was war das für ein Jubel, als die Kaminskis auf dem Pferdefuhrwerk des Bauern Wittenberg endlich ins eigene Häuschen umziehen konnten! Die Siedlung stand nicht weit weg von der Kolonie, doch sie war für die Kaminskis eine ganz andere, viel friedevollere Welt. Hühner wurden angeschafft, Hermann zimmerte ihnen einen Stall. In den Stall kam eine Ziege, Lotti genannt, und ein Schwein, Nuschnusch. So waren die Kaminskis fast Bauern geworden.

Jeden Mittwochabend erschienen drei von Hermanns Freunden zum Skat. Darunter war auch Herr Kalbmann, von dem wir später noch hören werden.

Wenn die Männer laut ihren Skat droschen, mußten die Kinder ins Bett, damit sie die kräftigen Ausdrücke nicht hörten, die dabei fielen.

Doch die Wände und Decken der Siedlungshäuschen waren dünn. Fast jedes Wort, das die Männer unten nicht gerade flüsterten, drang zu den Kindern, die oben schlafen sollten, durch. Hannes grinste sich dabei einen, während »der Schätz« ihn immer wieder fragte: »Was heißt denn das?« Er gab ihr stubenreinere Erklärungen ab, damit sie in ihrem sanften, kindlichen Gemüt nicht beschädigt wurde. Dabei kam er sich richtig erwachsen vor.

Aber dann schlief erst das Schätzchen und dann Hannes ein, obwohl er sich dagegen wehrte.

Doch gegen Mitternacht, wenn die Männer aufbrachen, weil sie schon morgens um fünf aufstehen mußten, wurden die Kinder wieder wach. Dann standen die Skatdrescher nämlich auf, stießen ihre Bierflaschen zusammen und sangen Hermanns Lieblingslied: »Die Gedanken sind frei . . .«

Alle Strophen. Das dröhnte in die Nacht hinaus. Das war die einzige Möglichkeit, wie die Männer ihren Glauben und ihre Einstellung demonstrieren konnten. Alle vier waren Antinazis. Zwei hatten gesessen. Jedes Wort von ihnen konnte gegen sie verwandt werden. Sie mußten vorsichtig sein. Aber mit diesem Lied konnten sie sich wehren.

Das war damals noch nicht verboten, allerdings auch nicht erwünscht.

Hannes hatte den Vater nur zwei Lieder singen hören. Jeden Mittwoch »Die Gedanken sind frei«. Samstags abends, wenn er zwei Flaschen Bier und einen Schoppen Schnaps trank, legte er manchmal seinen Arm um die Mutter und sang ihr das Lied von Simon Dach vor: »Ännchen von Tharau«.

Sonst tauschten die Eltern vor den Kindern nie Zärtlichkeiten aus, doch am Samstagabend, da zeigte Hermann Anna seine Liebe vor den Kindern, und alle lächelten, wenn er versuchte, ganz zärtlich dieses Liebeslied zu singen. Anna standen dabei oft Tränen in den Augen, und sie gab ihm einen Kuß auf die Backe und den Kindern auch.

Aber wenn Hermann »Die Gedanken sind frei« dröhnte, dann konnte es die ganze Nachbarschaft hören, und die Kumpels kamen gegen sein Volumen nicht an.

Antreten bei Rudi Wecker

In der Schule redeten Hannes' Klassenkameraden nur vom Antreten bei Rudi Wecker. Von den Geländespielen gegen andere Fähnlein aus der Stadt, die sie immer gewannen. Von den Raufballspielen, wobei keiner besser war als der Rudi Wecker selbst, mit dem Illi Stachelbeck und dem Schrubba Besenstiel, der eigentlich Kruppa hieß, der aber so richtig wild wurde, wenn alle »Schrubba Besenstiel« riefen.

Ganz spannende Geschichten konnte Rudi Wecker auch erzählen, besonders solche von Gespenstern und Toten, die den Sargdeckel anhoben. Danach konnten sie kaum schlafen.

Aber auch das Marschieren war schön, wenn sie hinter ihren Landsknechtstrommeln und Fanfaren durch die Kolonie johlten. Hannes horchte zu, aber hingehen wollte er nicht, weil die Hitlerjugend, die sich zum Antreten traf, ein Teil der Partei war, die den Vater eingesperrt und gefoltert hatte.

Doch nach jedem Antreten wurden die Erzählungen spannender und unwiderstehlicher für ihn. Erst wehrte er sich noch dagegen, aber dann lief er am Mittwochnachmittag doch zum Schulhof: »Nur zum Gucken«, versuchte er sein Gewissen zu beruhigen, und den Eltern sagte er auch nichts davon.

Schon vor Beginn der Veranstaltung standen alle Jungen auf dem Eisengitter des Schulhofs und sahen zur Zechenbahnbrücke hinunter, unter der Rudi Wecker mit seinem Fahrrad hervorgeschossen kommen mußte. Rudi kam aus der Stadt, sein Vater sollte dort Richter sein. Er hatte sich freiwillig gemeldet, aus den Rabauken der roten Kolonie und Siedlung Hitlerjungen zu machen, die getreu dem Hitlerjugend-Fahneneid hart wie Kruppstahl, flink wie die Windhunde und ihrem Führer ergeben werden sollten. Doch die Jungen liefen zum Antreten, weil da immer was los war.

Schon auf dem Gitter des Schulhofs schwärmten alle davon, wie Rudi Wecker gleich mit seinem Rad den steilen Knapp der Schulstraße hoch schaffen würde, ohne abzusteigen.

Alle anderen, auch die Kumpels, die von der Zeche kamen, stiegen vor dieser Steigung immer ab, keiner traute sich, die Steigung mit seinem Rad zu nehmen, und die es versuchten, mußten es bald aufgeben. Hannes meldete auch seine Zweifel an.

Doch da kam Rudi Wecker schon unter der Brücke hervorgeschossen. Obwohl die Straße von der Stadt auch anstieg, hatte er dort schon Schwung und Anlauf genommen.

Rudi Wecker sah so richtig wie ein Hitlerjugendführer aus: Schwarze Uniform mit Breecheshosen und Schaftstiefel. Auf seiner Brust prangten die verschiedenen Orden und Ehrenzeichen, und davor baumelte seine grünweiße Fähnleinführer-Kordel. Auf seinen kurzgeschorenen Haaren saß die Skimütze mit der eingenähten Silberkordel, die ihn als höheren Hitlerjugend-Führer auswies. An seiner Seite stach das Fahrtenmesser starr im Griff.

Rudi schoß schon an mehreren radschiebenden Kumpels vorbei, die ihm erstaunt nachsahen. Aber dann kam das steilste Stück, und die Jungen hielten den Atem an. Rudi Wecker mußte sich in die Pedale stellen, sein Gesicht lief rot an, sein stoßweiser Atem war bis zum Schulhof hoch zu hören.

»Rudi, Rudi!« riefen die Kleineren im Chor, doch die Größeren hielten sich bedeckt und wollten erst einmal sehen, ob der aus der Stadt das auch schaffte.

Rudi nahm den Knapp, wenn auch mit äußerster Kraftanstrengung. Aber oben auf dem Schulhof brach er nicht zusammen, sondern donnerte sein Rad gegen die Wand, marschierte in die Mitte des mit Schlacke bedeckten Hofes und schrie: »Achtung!«

Das fuhr Hannes so in die Knochen, daß er seine Hacken zusammenknallte und die Hände an die Hosennaht preßte, so wie er das in der Schule beim Fahnenappell gelernt hatte.

Rudi Wecker kommandierte: »Fähnlein 29! Zu drei Gliedern und vier Jungzügen angetreten! Marsch, Marsch.«

Alle Jungen rannten los, Hannes auch. Sie formierten sich in ihren Gruppen, Hannes wurde dem Alter und seiner Größe nach in die Reihe geboxt, und ehe er wieder fest auf seinen Beinen stand, wurde schon »Richt euch!« kommandiert.

Ehe Hannes es sich versah, marschierte er mit den anderen los. Rudi Wecker teilte sein Fähnlein in Jungzüge und Jungschaften zum Exerzieren auf, und Hannes lernte vom Jungzugführer Alois Teitemeier und Jungschaftsführer Manfred Alreitz, wie er zu stehen und zu marschieren hatte, und daß er sich platt in die Schlackenasche werfen mußte, wenn das Kommando »Fliegerdeckung!« erscholl.

Nach dem Drill erschienen die Landsknechtstrommler und Fanfaren, und Rudi Wecker ließ das ganze Fähnlein um die Schule herummarschieren. Lieder wurden geschmettert, wie bei den Soldaten. Hannes gefiel das sehr.

Als es draußen dunkel wurde, drängten alle in ein Klassenzimmer hinein, die Vorhänge wurden zugezogen, und

Rudi Wecker begann, eine spannende Geschichte zu erzählen. Hannes begriff sehr schnell, worum es da ging: Zwei Indianerjungen waren Blutsbrüder geworden und mußten nun im tiefsten Dschungel beweisen, daß sie junge Krieger waren oder werden konnten.

Was die beiden alles erlebten! Eine Schlange wandt sich schon um Adolfos Bein, Hermanno tötete sie mit seiner Handkante.

Dann wurde Hermanno von einem Tiger angegriffen, doch Adolfo traf den mit seinem Speer mitten ins Herz.

Als dann die beiden Helden auch noch von einem fremden, feindlichen Stamm – alles Erwachsene – umzingelt wurden und es eigentlich keinen Ausweg mehr für sie gab, brach Rudi Wecker die Geschichte ab, versprach aber, sie beim nächsten Antreten weiterzuerzählen. Alle Proteste und Pfiffe halfen nichts. Rudi ließ sich nicht breitschlagen.

Mit einem »Achtung« brachte er wieder Ruhe in den Haufen und ließ ihn draußen antreten.

Noch eine Runde um die Schule, mit Landsknechtstrommeln und Fanfaren. Dann: »Fähnlein 29, Abteilung: Halt. Rechts um.«

Wieder »Richt euch« und das alles, was Hannes schon kannte, und dann entließ Rudi Wecker sein Fähnlein mit einem dreifachen »Sieg Heil« auf den Führer und Reichskanzler Adolf Hitler.

Die Schreie der Jungen brandeten von der Schulmauer zurück und dröhnten durch die Kolonie.

Hannes hatte das Antreten sehr gut gefallen. Am nächsten Mittwoch war er wieder da, aber zu Hause erzählte er nichts davon.

Hannes erobert die Fahne

Rudi Wecker rief vor dem angetretenen Fähnlein 29: »Wir brauchen eine Fahne.«

Und das ganze Fähnlein brüllte zurück: »Jawoll, Fähnleinführer.«

»Wir müssen sie uns aus Herne Mitte holen, die vom Jungstamm.« Jubel bei den Angetretenen.

Einer schrie: »Stadtmitte verrecke, mit dem Arsch inne Ecke.« Aber solche ordinären Töne mochte Rudi Wecker nicht.

Huptus Naumann, der oberste Jungvolk-Führer in der Stadt, hatte nichts dagegen, daß die »Kolonisten« versuchen würden, sich die Jungbannfahne zu rauben.

»Doch wir werden sie mit mindestens fünf Fähnlein verteidigen.«

Worauf Rudi Wecker nur antworten konnte: »Viel Feind, viel Ehr.« Jungvolk war die Abteilung der Zehn- bis Vierzehnjährigen in der Hitlerjugend. Hannes hätte nach seinem Alter dazugehört.

Es wurde ausgemacht, daß die Verteidiger Schnitzel aus Papier und Sägemehl legen würden, die zur Fahne führte. Mit Irrspuren natürlich. Es wurde auch eine bestimmte Zeit festgesetzt, in der die Fahne von denen aus der Kolonie gefunden werden mußte.

Rudi Wecker dichtete und komponierte sogar ein Lied für das Ereignis. Es hieß:

»Trotzig, kühn und verwegen, das sind wir.
In Sonnenschein oder Regen marschieren wir.
Wir haben soviel Kraft, nur Kampf ist unser Ziel,
noch immer haben wir's geschafft,
wir Jungen von der Kolonie,
wir Jungen von der Kolonie.«

Die Wiederholung der letzten Zeile wurde so breit wie möglich gesungen.

Endlich kam der Samstag heran, an dem die Fahne erobert werden mußte. Rudi Wecker teilte Hannes zu den Spähern ein, weil er schnell laufen konnte.

Zum Antreten waren alle Jungen aus der Kolonie und der Siedlung gekommen, auch solche, die sich sonst nie sehen ließen. Die Söhne von den roten, ehemaligen Obergenossen waren doch sehr erstaunt, Hannes unter den Hitlerjungen zu sehen. Hannes schämte sich ein bißchen, aber er vergaß das schnell, es ging ja um die Fahne.

Die von der Stadt hatten die Spur gelegt. Ehe sich der Heerwurm der Kolonisten, alles Bergmannssöhne und in der Stadt gefürchtet, in Bewegung setzte, rannte Hannes schon los. Ihn interessierten die Spuren überhaupt nicht. Er wußte, die Fahne war natürlich in der Stadtmitte versteckt.

Hannes erwischte etwas, das wegen seiner Breite wie eine Hauptspur aussah, und winkte die lahme Kolonne, die am Ostbach entlangtrödelte, ihm schneller zu folgen. Rudi Wecker sorgte dafür, daß sich alle in Trab setzten.

Doch Hannes hielt seinen Vorsprung. Erreichte die ersten Häuser der Stadt, folgte eher seinem Instinkt als der Spur und stand plötzlich vor der Kette seiner Feinde. Sie hatten sich noch nicht eingehakt, erwarteten noch keinen »Kollie«, quasselten noch miteinander. Hannes gab ein Zeichen nach hinten: Achtung!, rannte durch die noch nicht eingehakte Kette und überraschte seine Feinde total.

Er lief auf die Feuerwache zu, die sie absperren wollten. Die aus der Stadtmitte rannten ihm natürlich sofort hinterher. Als er den Kellereingang der Wache erreichte, sah er, daß sich unten um die Fahne, die es zu erobern galt, die Führermannschaft geschart hatte, alles große Jungen.

Für Hannes gab es keinen Weg mehr zurück. Wie in einer Geschichte von Rudi Wecker, wo die Jungen in der Nacht einfach von einem Felsvorsprung herunterspringen mußten, ohne Wissen wohin, sprang Hannes in den Kellerschacht hinein, auf die Fahne zu, und landete mitten in der feindlichen Führermannschaft.

Er riß sich irgend etwas auf, das blutete. Die Feinde versuchten ihn zu greifen, doch sie keilten ihn so ein, daß sie ihn noch nicht einmal packen konnten.

Als sie noch ganz mit ihm beschäftigt waren, erschien schon Rudi Wecker mit seinem Stoßtrupp und versuchte, sich die Treppe herunterzukämpfen. Das lenkte die Feinde ab. So gelang es Hannes, bis zur Fahne zu kommen und sich darin einzuwickeln.

Die »Kollies« fielen oben über die kopflosen Feinde her und konnten Hannes bald befreien. Der ließ die Fahne nicht los und überreichte sie oben, vor allen Hitlerjungen, Rudi Wecker.

Händeschütteln und Schulterklopfen. Einer wollte Hannes das Blut von den Schrammen wischen, doch Hannes ließ es lieber laufen. Rudi hieß seinen Verein antreten und befahl dann, daß Hannes die Fahne zur Kolonie hochtragen sollte, vor der Kolonne.

Das war ein Marsch, den Hannes nie vergaß. Noch vor dem Fanfarenzug und Rudi Wecker trug er die eroberte Fahne. Was sie sangen, kam Hannes so richtig aus dem Herzen:

»Vorwärts, vorwärts schmettern die hellen Fanfaren.
Vorwärts, vorwärts, Jugend kennt keine Gefahren.
Ist das Ziel auch noch so hoch, Jugend zwingt es doch.
Unsere Fahne flattert uns voran,
unsere Fahne ist die neue Zeit.
Wir marschieren für Hitler durch Nacht und durch Not,
mit der Fahne der Jugend für Freiheit und Brot ...«

Hannes sang mit.

Auf dem Schulhof beförderte ihn Rudi Wecker vor versammelter Mannschaft sofort zum Jungschafts-Führer, wobei er zwei Ränge übersprang. Sogar die rotweiße Führerschnur band er ihm ans Hemd, obwohl die eigentlich nur an einer Uniform getragen werden durfte. Sie sangen noch einmal »Trotzig, kühl und verwegen«, und dann marschierte Hannes, noch immer im Gleichschritt, nach Hause. Für eine Nacht durfte er sogar die Fahne mitnehmen. Er war so stolz, daß er an nichts anderes dachte.

Als Hannes mit der Fahne das Häuschen betrat, starrte Anna ihn entsetzt an: »Junge!« schrie sie auf.

Hannes' Schulkamerad Hugo war mitgekommen und erzählte den Eltern begeistert von Hannes' Heldentaten.

Beide schwiegen.

Als Hugo gegangen war, sagte die Mutter zu Hannes: »Junge, wie kannst du nur so was deinem Vater antun?«

Hermann meinte: »Laß doch dem Jungen seine Freude. Der begreift doch noch gar nicht, worum es da geht.«

Die neue Schule

Hannes wurde ins Rektorzimmer bestellt. Das war kein gutes Zeichen. Dorthin wurden Jungen meistens beordert, wenn sie etwas ganz Besonderes »ausgefressen« hatten. Die Schläge mit dem Zeichenstock, die der Rektor dort austeilte, waren sehr schmerzhaft. Kein Lehrer konnte so hart zuschlagen wie er.

Entsprechend bewegte sich Hannes dorthin und klopfte zaghaft an.

»Herein!« wurde zurückgebellt.

Aber als er dann vor dem Gewaltigen stand, meinte er, ein paar freundliche Züge auf seinem sonst so brummigen Gesicht zu erkennen. »Kaminski«, fuhr er Hannes an.

Der knallte die Hacken zusammen und preßte die Hände an die Hosennaht. Der Rektor fuhr fort: »Ich habe dich für die Adolf-Hitler-Schule vorgeschlagen. Dein Lehrer ist auch dafür und der Fähnleinführer Wecker auch. Du wirst ein paar harte Prüfungen zu bestehen haben, aber ich hoffe, daß du für deine Schule und das Vaterland Ehre einlegen wirst.«

Als Hannes das zu Hause erzählte, rief die Mutter: »Nein!«

Doch der Vater beschwichtigte sie: »Ich bin auch nicht für diese Schule, aber es ist die einzige Möglichkeit für den Jungen, eine Oberschule zu besuchen. Sonst könnten wir das doch gar nicht bezahlen. Und ewig wird dieses Dritte Reich auch nicht dauern. Hauptsache, er kriegt eine gute Schulausbildung. Den Naziquatsch wird er schon bald vergessen, wenn er etwas Gescheites in seinen Kopf hineinbekommt.«

Hannes bestand die Prüfungen und wurde zu einer Adolf-Hitler-Schule an der Mosel einberufen.

Er war sehr stolz darauf, »Jungmann« auf einer Eliteschule der Partei und Nation zu sein. Überall, wo er in der Uniform auftauchte, drehten sich die Leute nach ihm um. Da gab es viel Silber auf den Schulterklappen. Die Uniform war der der preußischen Kadetten nachempfunden.

Zunächst verhielten sich die Lehrer Hannes gegenüber sehr mißtrauisch. Alle wußten natürlich, wessen Sohn er war. Und dann störte sie sein Name, so ein polnischer paßte doch überhaupt nicht auf eine Schule nationalsozialistischer, germanischer Weltanschauung. Der Kommandant, also der Direktor, sagte zu ihm: »Später mußt du deinen Namen ändern.«

Aber das wollte Hannes nicht. Er war stolz auf seinen Namen, obwohl die älteren Jungen ihn oft als »Polack« beschimpften. Auf seinen Vater ließ er auch nichts kommen. Er hoffte nur, der würde eines Tages einsehen, daß der Führer Deutschlands Rettung war. Sicher, die SS und die Polizei hatten dem Vater viel Böses angetan, doch der Führer hatte bestimmt nichts davon gewußt.

So dachten und redeten damals viele, wenn etwas geschah, was nicht gut war: »Wenn der Führer das wüßte, gäbe es bestimmt Strafe.«

Einige erklärten die Übergriffe auch so: »Der Führer braucht jetzt noch alles, was nicht gegen ihn ist. Aber wenn der Endsieg, auch gegen die äußeren Feinde, errungen ist, wird er das Reich von allen unlauteren Elementen säubern.« Das sagte Hannes dem Vater auch, doch der wollte keinen Endsieg.

Der Direktor der Schule rief seine Jungmannen einmal in der Woche zusammen und hielt ihnen eine ideologische Ansprache. Darin träumte er von ihrer Zukunft: »Ihr werdet als Wehrbauern im Osten, an der blutenden Grenze mit den Slawen, euch bewähren müssen, später als Generäle und Gauleiter. Ihr werdet Deutschlands Zukunft sein, und vielleicht sitzt jetzt schon einer unter uns, der später einmal uns als Führer vorausziehen wird.«

Als der Krieg ausbrach, waren alle begeistert. Die Siege in Polen, im Norden und in Frankreich beflügelten sie noch. Als sie das vorgeschriebene Alter erreichten, meldeten sich alle Jungmannen freiwillig zur Waffen-SS. Der Kommandant lud Helden von der Front ein, die sie begeisterten und motivierten.

Hannes verstand gar nicht, daß der Vater so zurückhaltend war und behauptete, als der Krieg gegen Rußland ausbrach: »Nun ist endlich alles verloren.«

Es wurde Hannes vom örtlichen Ortsgruppenleiter zu Hause angedeutet, daß er doch mal berichten sollte, was der Vater so redete, aber das tat Hannes nicht. Er fuhr den Politischen Leiter an, er solle sich schämen, so etwas von ihm zu erwarten.

Die Eltern waren stolz auf seine Zensuren, doch wenn er nach Hause auf Urlaub kam, mußte er sofort seine Uniform ausziehen.

Und nachts kam der »heilige Geist«

Der Tag auf der Hitler-Schule begann mit der schrillen Trillerpfeife des Zugführers vom Dienst, eines älteren Schülers, der dann in den Schlafsaal brüllte: »Heil Hitler! Aufstehn!«

Die Jungmannen sprangen aus ihren Betten, knallten ihre Hacken zusammen, preßten ihre Hände flach an die Schlafanzughosen und schrien zurück: »Heil Hitler, Zugführer.«

Sie zitterten vor Kälte, denn alle Fenster des Schlafsaals mußten aufbleiben, und es zog erbärmlich durch die Doppelstockbetten und Spinde. Aber Hitlerjungen sollten hart wie Kruppstahl sein, und darum traute sich keiner zu zeigen, wie durchgefroren er war.

Alle trugen den gleichen Schlafanzug, der grau in grau eher einer Felduniform glich als einem Pyjama.

Der Zugführer raste durch den Schlafsaal, um festzustellen, ob alle aus den Betten waren oder wer sich krank meldete. Da er keinen im Bett fand, lief er wieder zur Tür zurück, wo auch schon der Hundertschaftsführer erschien, ein Lehrer, der die Meldung aufnahm: »Schlafsaal General von Ziethen – alles auf und gesund.«

»Wegtreten zum Waschen!« befahl der Angeredete.

Die Jungen rannten mit ihren Waschlappen, Handtüchern, Seife und Zahnbürsten zu der zugigen Halle mit den

Toiletten und blechernen Waschbecken. Alles war sofort überfüllt. Vor den Blechrinnen der Toiletten herrschte ein besonders starkes Gedränge. Auch an die Waschbecken war kaum heranzukommen. Und wer dran war, der mußte sich beeilen. Schnell die Zähne putzen, die Ohren ausspülen, zwischen den Zehen, unter dem Arm ... Der diensthabende Zugführer achtete darauf, daß alle Jungmannen ihren Oberkörper entblößten.

Im Laufschritt eilten alle zu ihren Betten und Spinden zurück. Die mußten gebaut und geordnet werden. Mit einer Holzlatte sorgten die Jungen dafür, daß es bei den Laken und Decken immer scharfe Ecken gab.

Hannes streifte die graue Alltagsuniform der Schule über und zog sich einen schnurgeraden Scheitel durch seine kurzen, borstigen blonden Haare. Weil einige aufstanden, klebte er sie sich mit Spucke an den Kopf. Kaum hatte er sich die Schuhe zugeschnürt, da erschien schon der Innendienstführer zur Gesundheits- und Ordnungskontrolle.

Das war ein scharfer Hecht, ein ehemaliger Stabsfeldwebel, also Spieß der Reichswehr, der den Staub mit weißen Handschuhen kontrollierte, jedem Jungen, der es nicht zackig gebaut hatte, das Bett vom Gestell riß und den Inhalt des Spindes auf den Boden warf. Er sah auch bei jedem zweiten Jungen die Ohren und Fingernägel und andere Körperteile nach.

Im Spind wurde nur ein Bild vom Führer und der eigenen Familie geduldet. An der Innenwand der Tür sollte jeder Jungmann seinen Jahresspruch kleben. Bei den meisten stand: »Gelobt sei, was hart macht.« Doch Hannes hatte sich für einen Satz aus dem Treuegelöbnis der Hitlerjugend entschieden: »Hitlerjungen sind treu.« Das paßte auch zu ihm.

Beim nächsten Pfiff aus der Trillerpfeife stürmten die Jungen aus dem Schlafsaal die Treppe hinunter und versammelten sich im Hof, zwischen den hohen Häusern und Mauern des ehemaligen Priesterzöglingseminars.

Dort fand der Morgenappell statt. Die Fahne wurde

hochgezogen, ein Fahnenspruch gerufen, und dann sangen sie ein feierliches Lied, in dem ihre Treue und Ergebung für Führer, Volk und Vaterland beschworen wurde.

Gemeinsam rückten sie dann zum Frühstück ein. Das war karg und schmal: Malzkaffee, zwei Schnitten Graubrot, ein Klecks Margarine und ein Klecks Vierfrucht-Marmelade, aus der sie den Rote-Beete-Geschmack herauspürten.

Es wurde schnell gegessen, nach dem Sprichwort: »Wie die Backen, so die Hacken.« Es durfte auch nicht geredet werden. Den Jungen war beigebracht worden, wie in einem preußischen Offizierskasino zu speisen. Nicht Danke und Bitte, sondern nur knappe Verbeugungen. Der Oberkörper mußte hoch aufgerichtet bleiben, die Ellenbogen lagen am Körper. Auch das Brot mußte mit Messer und Gabel zerkleinert werden und zwar so, daß sich beim Kauen in den Backen keine Schwellungen bildeten.

Die Jungen bemühten sich, sehr schnell zu essen, denn wenn der Lehrer vom Dienst aufstand und »Mahlzeit« rief, war diese beendet. Es gab gemeine Schufte unter ihnen, welche die ausgehungerten Jungen zwangen, eine halbe Schnitte auf dem Teller liegenzulassen.

Während des Mittagessens, das meistens aus Eintopf bestand, weil der »Führer« den auch meistens aß, wurde der Wehrmachtsbericht verlesen und der Leitartikel des Völkischen Beobachters, des Zentralorgans der NSDAP. Aber beim Abendessen durfte geredet werden, und anschließend fanden oft kleine Feierstunden oder fröhliche Abende statt, mit Rezitationen, Musikstücken und auch Künstlerauftritten.

Es wurden Briefe von ehemaligen Schülern verlesen, die nun als Offiziere der Waffen-SS allesamt an der Front standen. Einige von ihnen hatten sich schon hoch ausgezeichnet, aber etliche waren gefallen oder lagen verwundet in den Lazaretten.

Die Schule wurde von Jungen zwischen zehn und siebzehn Jahren besucht, bis zum Abitur, nach dem sie dann freiwillig SS-Soldaten wurden.

Nach dem Frühstück marschierten die einzelnen Züge, immer dreißig Jungen einer Altersgruppe, zum nahegelegenen kurfürstlichen Schloß, wo der Unterricht stattfand. Da sie es jeden Tag taten, sangen und marschierten die Jungen so gut, daß es eine Augen- und Ohrenweide war. Viele Passanten, besonders junge Mädchen, nahmen ihren Weg zur Arbeit und zur Schule durch jene Straßen, über die auch die Züge der Eliteschule marschierten. Hannes genoß es, in einer Kolonne zu marschieren, er fühlte sich dazugehörig und stark.

Falls sich morgens einer krank meldete, mußte er ins Revier zum Arzt gehen. Das war ein baltischer Baron, dessen Aussprache einer schlecht sitzenden und knarrenden Prothese glich. Der Mediziner duldete keine Drückebergerei. Er kurierte nur mit Rhizinus und Jod. Die Jungen gingen wirklich nur dann zum Revier, wenn sie es vor Schmerzen nicht aushalten konnten. Jeder, der morgens nicht aufstand, wurde auch von seinen Kameraden und besonders vom Innendienstführer als Weichling angesehen und tituliert.

Aber wenn es einem doch gelang, ein paar Tage und Nächte Revier verschrieben zu bekommen, dann war der selig. Denn dort wirkte ein Engel von einer Schwester, nämlich Hanni, wie sie liebevoll von allen Jungen genannt wurde.

Schwester Hanni befand sich in ihren besten Jahren und konnte sich darum auch eine mütterliche Korpulenz zulegen. Aber trotzdem war sie ziemlich eitel. Obwohl es verpönt war, daß eine deutsche Frau sich schminkte, weil der Führer das nicht leiden konnte, malte sich Schwester Hanni nicht nur die Lippen, sondern auch die Backen, Augenlider und Brauen an. Auch ihre Haare glänzten in einer grellen Blondheit aus der Flasche. Sie konnte es sich leisten, weil sie schon sehr lange Parteigenossin war und ihr Mann als hoher Offizier an der Front stand.

Schwester Hanni wußte, was die Jungen brauchten, nämlich eine Mutti und eine Freundin, und beides wurde sie jedem, der auf ihr Revier kam.

Mit ihr konnten die Jungen Händchen halten und Schmusen, bis zu einem gewissen Grade. Mit ihr konnten sie auf die schmalzige Musik aus dem Radio lauschen. An ihrem Busen konnten sie sich auch einmal ausweinen.

Aber leider waren die Tage und Nächte bei Hanni immer sehr kurz. Nur einmal konnte Hannes sie genießen, als er mit einer Blinddarmentzündung dort lag. Schwester Hanni mochte ihn sehr. Hannes traute sich nicht, ihr Patschhändchen zu nehmen, aber gut tat es ihm doch, wenn sie ihm über die Haare fuhr.

Als ihn Schmerz plagte, setzte sich Schwester Hanni zu ihm auf die Bettkante und summte den Schlager: »Es geht alles vorüber, es geht alles vorbei, nach jedem Dezember folgt wieder ein Mai.«

Höhepunkte waren für Hannes die Ausmärsche der Schule in die Stadt. Ganz vorne schmetterten die Fanfaren, die Landsknechtstrommeln grollten. Die wurden dann von der Knüppelmusik des Spielmannszuges abgelöst, der dann die Blaskapelle zum Einsatz brachte. Die Fahne flatterte im Wind, die Züge sangen ihre Lieder, von denen Hannes alle Strophen kannte. Auf den Gehwegen stauten sich die Zuhörer. Hannes fühlte, daß er dazu gehörte, er war stolz darauf, ein Hitlerjunge und Jungmann zu sein, und konnte es kaum erwarten, bald Soldat zu werden und an die Front zu kommen.

Nach der Schule und dem Mittagessen zogen sich die Züge für drei bis vier Stunden in ihre Arbeitsräume zurück, wo sie ihre Schularbeiten erledigten. Einer half dem anderen dabei. So waren die Leistungen der Klasse immer hoch und oft auch gleich gut. Hannes half immer beim Aufsatz, während sein Nachbar schwierige Matheaufgaben löste.

Die Jungen stellten für sich auch selbst einen Moralkodex auf. Wer dagegen verstieß, wurde bestraft, mit einer Hordenkeile oder mit dem sogenannten heiligen Geist. Letzterer war sehr gefürchtet. Das schlimmste aber war der Klassenverschiß, wenn keiner mit dem Angeklagten mehr sprach und ihm half. Hannes kam nie dort hinein, obwohl man ihm oft damit drohte. Nicht, weil er sich etwas hatte zuschulden kommen lassen, sondern weil er Kaminski hieß und sein Vater als Politischer gesessen hatte. Er sollte sich von seinem Vater und seinem Namen trennen, doch das tat Hannes nicht, obwohl er ein begeisterter Hitlerjunge war. Dieser Widerspruch machte ihm oft zu schaffen.

Doch dann erwischten drei Jungmannen den Schüler Franz-Josef Mertens, wie er den Dom nebenan betrat. Sie folgten ihm und sahen, daß er sich am Weihwasserbecken bekreuzigte, dann in einer Bank kniete, an der Messe teilnahm und sogar nach vorne zum Altar ging und sich eine Hostie auf die Zunge legen ließ.

Das mußte natürlich bestraft werden. Die Jungen suchten den »heiligen Geist« aus. Der fiese Bausch, den Hannes überhaupt nicht leiden konnte und der ihm auch am meisten zusetzte, organisierte alles. Hannes versuchte, den »heiligen Geist« zu verhindern, doch als man ihm dann auch damit drohte, als einem verkappten Meßdiener und Kommunisten, hielt er sich zurück.

Er fand es aber trotzdem ungerecht, einen Jungen wegen seines Glaubens zu bestrafen. Von seinen Eltern hatte er Toleranz und Achtung vor der Meinung eines anderen gelernt. Oft genug zitierte die Mutter dabei den Ausspruch vom alten Fritz: »Jeder soll nach seiner Facon selig werden.« Hannes wäre nie in eine Kirche zum Beten gegangen. Mit dieser Institution hatte er überhaupt nichts zu tun. Die war ihm sehr fremd. Aber er konnte sich nicht am »heiligen Geist« beteiligen. Er überlegte, wie er sich davor drükken konnte. Sich einfach weigern, war nicht möglich.

Dann fand er eine Ausrede: Durchfall. Schon während der Schulaufgaben am Nachmittag fing er an, zur Toilette zu rennen, gefolgt vom Gelächter seiner Kameraden. Dieses Rennen setzte er während des Abends und in der Nacht fort.

Er fand es ein bißchen feige, doch was sollte er tun? Er saß dann auch auf der Toilette, als die Barbaren über Franz-Josef Mertens herfielen. Erst einmal rissen sie ihn aus dem Bett und verprügelten ihn so, daß Blut floß. Sie nahmen ihn in die Hocke, zerrten seine Schlafanzughose herunter, und jeder schlug mit der flachen Hand auf den Hintern des schon weinenden und schreienden Jungen. Die meisten steckten ihre Hände in das Wasser der Feuerschutztonne, damit der Schlag noch stärker brannte.

Sie quälten ihn noch mehr, indem sie seine Wunden auf dem Hintern mit Spannlack aus dem Werkunterricht beklebten.

»Es brennt, es brennt!« schrie der arme Kerl.

»Dann muß es gelöscht werden!« höhnte der Bausch, und Mertens wurde zur Wassertonne geschleppt. Dort aber kühlte man nicht seinen blutenden Hintern, sondern steckte seinen Kopf ins Wasser. Immer wieder, daß der Junge fast ertrank.

Als Mertens sich nicht mehr wehren konnte, ließ man ihn endlich laufen. Nun erschien auch der diensttuende Lehrer, der solange gewartet hatte, bis die Jungen mit dem »heiligen Geist« fertig waren. Der Lehrer suchte aber nicht die Schuldigen, sondern fuhr Mertens an: »Was war das für eine Schreierei? Drei Sonntage Ausgangssperre.«

Als Hannes die Toilette verließ, kam ihm Mertens entgegen. Hannes schämte sich. »Ich hab dich im Stich gelassen«, bekannte er. »Ich war feige.«

Mertens legte ihm die Hand auf die Schultern: »Du konntest nicht anders.«

Schon in den nächsten Tagen wurde Franz-Josef Mertens von der Schule gewiesen: wegen fehlender nationalpolitischer Einstellung.

Der Bausch höhnte in der Klasse: »Und als nächster ist der Polack Kaminski dran.«

Die blutende Grenze des Großdeutschen Reiches am Jenissej

Erdkunde in Hannes' Klasse unterrichtete Dr. Freese, der dieses Fach aber als Geopolitik bezeichnete. Er trat immer in Uniform auf, obwohl er gar nicht hineinpaßte. Er war ein geborener Zivilist und hatte nichts Militärisches hinzugelernt. Obwohl er sich sehr bemühte.

Aus gesundheitlichen Gründen war er nie Soldat gewesen, was ein großes Manko auf der Schule war, und in der Partei hatte er es nur bis zum niedrigsten Rang eines politischen Leiters gebracht. In der »kackgelben« Uniform eines solchen wirkte er wie eine Karikatur.

Dr. Freese bemühte sich, in die Klasse wie ein Offizier oder wenigstens Soldat einzumarschieren, was ihm aber nie gelang. Mit dem Gerassel der Schelle fiel er fast in die Klasse hinein. In seinen viel zu großen und zu hohen Schaftstiefeln verstolperte er sich so arg, daß er sich an der ersten Bank einen Halt verschaffen mußte. Er bekam die Spitzen seiner Stiefel nicht voneinander, die sich gegenseitig im Weg waren, und mit seinen Knien konnte er auch nicht die Marschrichtung korrigieren, da sich über sie die oberen Enden der Schaftstiefel stülpten. Die Breeches, die nie ein Pferd berührt hatten, hingen wie müde Windsäcke herunter. In seiner Uniformjacke versackte er. Die gepolsterten Jackenschultern hingen müde an seinem dürren Oberleib herunter, als ob sie gleich schlafen gehen wollten. Seine Brille mit den scharf geschliffenen Gläsern rutschte bis an die Nasenspitze nach vorn und verstellte ihm die Sicht. Zum Heil-Hitler-Gruß riß er hilflos seinen zitternden Arm hoch und ließ ihn bald resignierend wieder sinken.

». . . Hitler«, antwortete die Klasse müde und belustigt.

Dann fand er endlich seinen Platz hinter dem Pult und versuchte, die Jungen schon mit seinem ersten Satz zu fesseln: »Wir betreiben also wieder Geopolitik und begeben uns an die blutende Grenze des Großdeutschen Reiches nach Sibirien an den Jenissej. Dorthin werdet ihr nach dem Endsieg kommandiert werden. Als zukünftige Generäle, Gauleiter und Minister müßt ihr euch dort als Wehrbauernführer eure Sporen verdienen.

Zunächst hatten wir gedacht, die Grenze am Ural erreichen zu können, doch nun müssen wir weiter vorrücken.

Wir können die ungeheuren Bodenschätze Sibiriens doch nicht den dort zusammengedrängten Slawen überlassen. Die Japaner werden bestimmt auch nach Sibirien vordringen, und ich bin sicher, daß sich dort auch der zukünftige Konflikt mit der Gelben Gefahr abzeichnet.

Diese blutige Grenze wird uns keine Zeit lassen, zu verweichlichen, wie es vor dem Ende des Römischen Weltreiches geschah. Wir werden uns dort gegen die feigen Überfälle der bolschewistischen Untermenschen wehren. Ihr werdet dort eure Feuertaufe zu bestehen haben. Opfer müssen gebracht werden.«

Dr. Freese geriet so in Ekstase, daß er seine dürren Arme mit den viel zu großen Ärmeln in die Luft warf, um jedes Wort zu unterstreichen.

Dabei konnte er auch seine verkrüppelte und zurückgebliebene linke Hand nicht verbergen, bis es ihm auffiel und er sie im Ärmel zu verstecken suchte. Diese Hand war sein Trauma und Waterloo, wie er sagte. Immer wieder versuchte er resignierend zu erklären: »Leider ist sie mir nicht im Krieg zerschossen oder wenigstens bei einem Motorradunfall verunstaltet worden, sondern sie wurde mir so angeboren. Ich werde dem Führer leider nicht mit der Waffe dienen können, doch ich möchte die zukünftigen Recken und Ritter des Großdeutschen Reiches für ihre hehre Aufgabe vorbereiten.«

Bausch wieherte, doch Hannes tat Dr. Freese leid. Der fing sich dann aber wieder, er war Hohn und Spott gewohnt, und begann mit den Schülern wieder die beliebten Planspiele. Er teilte sie als Ortsbauernführer, politische Leiter, Offiziere ein und erwartete von ihnen, über ihre Aufgaben im fernen Sibirien informiert zu werden. So lernte Hannes die Gegend am Jenissej besser kennen als seine eigene Heimat. Manchmal schüttelte Hannes verwundert den Kopf. Denn sein Vater war dort in russischer Gefangenschaft gewesen, und Hannes sollte nun da als politischer Führer tätig werden.

Dr. Freese dozierte wieder: »Geopolitik heißt, die Erde auszubeuten und sich die Sklavenvölker zu unterwerfen.

Das wird die Zukunft des Großdeutschen Reiches sein, seiner Söhne und Helden.« Nach dieser hehren Ansprache verließ er die Klasse. Da er immer gute Zensuren gab, gestaltete sich sein Herausgehen nicht zu einer weiteren Verhöhnung.

In der nächsten Stunde trat der Musiklehrer Bernhartt auf. Er paßte von seinem Aussehen her gar nicht als Lehrer in eine nationalsozialistische und militaristische Eliteschule, sondern eher in eine Operette oder Revue.

Klein und pummelig war er, mit pomadisierten Strähnen und einer Glatze. Er duftete nach Parfüm wie ein junges Mädchen und besaß nur bunte Jacken und grelle Schlipse. An seinen Wurstfingern glänzten die verschiedensten Ringe in allen Papageienfarben.

Die Lieder, die er komponierte, paßten noch weniger zu ihm. Es waren Wandervogel- und Landsknechtsgesänge, aber auch feierliche Hymnen, die den Führer und seine Bewegung verherrlichten.

Diese Lieder waren sehr populär, doch wenn man den Komponisten und Texter sah, konnte man ihn gar nicht in Zusammenhang mit seinen Kompositionen bringen.

Er arbeitete gerade an einer Liturgie für die Feste der Partei und an einer Operette, in der er die Weltanschauung leicht faßlich darstellen wollte. »Wenn uns das nicht gelingt, die Liturgie der Kirche für das Volk zu ersetzen, dann werden sie immer wieder dahin rennen. Und auch die leichte Muse müssen wir erobern.«

Der Unterricht bei Bernhartt war immer spannend, und sein Schulchor wurde bald berühmt. Hannes sang auch mit, vor seinem Stimmbruch im Tenor, und dann im Baß.

Bernhartt gestaltete Proben und Unterricht immer so, daß sie mit seinen Improvisationen am Klavier endeten. Dabei verwandelte er Choräle und Marschlieder in Jazz, der eigentlich verboten war, aber Bernhartt konnte sich viel leisten. Die Jungen waren begeistert, wenn er hottete, wie damals das Jazzen genannt wurde.

Zum Direktor der Schule war Dr. Vogeler vom Führer persönlich bestimmt worden. Warum, wußte keiner. Dr.

Vogeler war ein hochgebildeter, aber auch bescheidener Mensch, der unter anderem in Oxford und Harvard studiert hatte. Er ähnelte eher einem englischen Gelehrten als einem Kommandanten von Nazischulen. Immer trug er Tweed und meistens die Hände in den Taschen. Er rauchte Pfeife und ließ seine Haare länger wachsen als an der Schule erlaubt. Wenn er schon einmal in die Uniform mußte, zog er sich eine ganz einfache, aber elegante an: Grauer Rock, schwarze Hose und schwarze, amerikanische, riesige Halbschuhe mit aufgenähtem Muster. Im Winter erschien er in Galoschen.

Dr. Vogeler kommandierte nicht, sondern versuchte zu motivieren. Wie er sich kleidete, redete er auch: freundlich, zurückhaltend, logisch und warm. Er diskutierte mit den Schülern und Lehrern, war aber von der nationalsozialistischen Weltanschauung zutiefst überzeugt.

Über seine Zeit in den angelsächsischen Ländern sagte er nur: »Ich habe erlebt, wie dort nur die priviligierte Klasse oder das Geld regiert. Es ist auch kein Schwung mehr vorhanden. Die jüdischen Bankiers haben die Völker fest in ihrer Hand und werden sie vernichten, wenn der Führer und wir sie nicht befreien. Ich kann auch auf Chamberlain als einen Zeugen hinweisen. Nicht auf den mit dem Regenschirm und Stehkragen, sondern auf den englischen Philosophen, der die Grundlagen für unseren Nationalsozialismus gelegt hat.«

Mathematik unterrichtete Dr. Köster, der gleichzeitig ein begeisterter Segelflieger war. Er ging mit den Jungen hart um und war gefürchtet. Doch als Hannes sich als bester Segelflieger der Schule auszeichnete, bekam er bei Köster einen ganz dicken Stein im Brett. Seine Zensur in Mathe sprang nach oben, und an den Wochenenden durfte er in die Eifel zum Segelfliegen. Die Fahrt wurde ihm von der Schule bezahlt. Während seine Kameraden zur Wehrertüchtigung, zum Schießen und Schanzen mußten, schwebte er in der Luft.

Es versteht sich, daß Hannes Dr. Köster sehr mochte und verehrte. Den störte auch nicht sein polnischer Name, und da alle den Mathematiklehrer fürchteten und wußten, daß der oft mit Kaminski zum Segelfliegen fuhr, ließen sie Hannes mit dem Namen in Ruhe und schmeichelten sich sogar an ihn heran.

Hier muß gesagt werden, daß nicht alle Jungen böse zu Hannes gewesen waren, eigentlich nur wenige, doch die anderen trauten sich nicht, mit diesem Polack zu verkehren.

Wieder einmal verbrachte Hannes mit Dr. Köster ein Wochenende auf dem Flugplatz in der Eifel. Nach der Fliegerei trafen sich die Fluglehrer und erwachsenen Segler zu einem Kameradschaftsabend, bei dem sehr viel Bier floß und Schnaps gekippt wurde. Hannes hatte man auch dazu geladen, obwohl es ihm gar nicht gefiel. Er trank Faßbrause, natürlich ohne Alkohol, und die Zigaretten, die ihm Köster anbot, nahm er nicht an.

Er hörte aber gerne zu, wenn die erfahrenen Flieger von ihren Abenteuern berichteten. Zum Schluß zechte nur noch ein kleiner Kreis weiter, der sich immer mehr vom zweitschönsten Gefühl, dem Fliegen, zum Thema Nummer Eins, den Frauen, bewegte. Diese Erlebnisse und Zoten gefielen Hannes gar nicht, besonders Köster enttäuschte ihn, der die übelsten Zoten zum besten gab. Hannes wollte sich gerade zurückziehen, als Köster ihn zur Seite nahm und ihn um einen Gefallen bat: »In der Küche hilft ja eine Polin. Du kennst sie. Sie ist sehr hübsch. Frag sie mal, ob sie nicht zu uns in die Kantine kommen möchte. Ich gebe ihr gerne ein Bier aus.«

Hannes sah ihn überrascht und enttäuscht an. Es war doch verboten und unter der Würde eines Deutschen und noch mehr unter der eines Hoheitsträgers der Partei, sich mit einer Fremdarbeiterin einzulassen. Die trugen an ihrer Kleidung ein violettes P auf gelbem Grund und waren so als etwas Fremdes und Niedriges bezeichnet.

Doch Köster beschwichtigte ihn: »Brauchste ja keinem weiterzusagen, wir Männer sind ja unter uns. Und ich brauche eine Frau. Das kannst du jetzt noch nicht verstehen, aber das ist nun einmal so.«

Hannes begab sich zur Küche, wo die Polin in einem Gelaß von der Größe einer Besenkammer hauste. Erstaunt sah sie den Flugschüler an, als der in ihrem Zimmer stand, das noch nie von einem deutschen Herrenmenschen betreten worden war. Sie zuckte zusammen, weil sie damit rechnete, verhaftet oder bestraft zu werden. Hannes benahm sich auch nicht gerade so, daß er Zutrauen verbreitete. Es war ihm peinlich, er wußte nicht, wie er es anfangen sollte. Erstens einmal war er sowieso Mädchen gegenüber mehr als schüchtern, und dann fand er, daß seine Mission eine verbotene war, gegen die Richtlinien des Führers und gegen seine Prinzipien.

»Nein, nein«, stotterte er, als er die Angst der Polin bemerkte. »Ich will nichts Böses.« Dabei versuchte er zu lächeln.

Da lächelte sie auch. Er hatte sie vorher nie genau angesehen, eben weil es eine Polin war, die sich nur in der Küche aufhalten durfte, aber nun stellte er fest, daß sie sehr, sehr hübsch war. Etwas älter als er, aber sehr, sehr hübsch. Doch eine Polin.

Sie übernahm die Initiative, verstand Hannes vollkommen falsch, bat ihn, Platz zu nehmen, nahm ein Kleid und einiges andere auf und verschwand in der Küchentoilette, um sich dort umzuziehen, ehe Hannes überhaupt ein Wort herausbekam.

Dann stand sie noch hübscher als vorher vor ihm. In einem geblümten, sehr kurzen Sommerkleid, mit Seidenstrümpfen und hohen Absätzen, wie sich polnische Fremdarbeiterinnen gar nicht anziehen durften, geschminkt und bereit, sich mit Hannes zu unterhalten. Aber das war ja verboten, und er hatte einen ganz anderen Auftrag zu erfüllen. Aber wie? Dem Hannes war es sehr peinlich.

»Soll ich eine Tasse Kaffee kochen?« übernahm sie schon wieder die Initiative. »Ich habe dich schon oft gesehen. Auf dem Flugplatz. Ich dachte immer, der ist nicht so hart wie die anderen. Der ist netter, und ich weiß sogar, daß du einen polnischen Namen hast. Sind deine Eltern aus Polen?«

»Nein, nein«, protestierte Hannes. Wieder das gleiche

Trauma. Und dann stieß er schnell seinen Auftrag heraus.

Sie war enttäuscht. Sie sagte es auch: »Ich bin hier so allein. Die anderen Polen sind weit weg. Ich hätte mich so gerne mit dir unterhalten. Aber du bist ja dabei. Es ist doch nett, daß sie mich eingeladen haben.« Sie ging mit.

Dann verlief das kameradschaftliche Zusammensein gar nicht so, wie Hannes es sich vorgestellt hatte, sondern es artete in eine eklige Poussage aus. Die Polin trank viel zuviel, Köster auch. Die anderen waren auch nicht mehr Herr ihrer Sinne. Sie fingen an, die Polin zu beknutschen, und die ließ es sich gefallen. Die Zoten wurden immer dreckiger und erbärmlicher.

Als Hannes sich zurückzog, saß nur noch Köster mit ihr in der schummerigen Kantine. Und am nächsten Morgen entdeckte Hannes, daß die Polin aus Kösters Schlafzimmer kam. Sie tat so, als ob sie Hannes gar nicht sähe.

Beim Segelfliegen fiel kein Wort darüber, doch als Hannes mit Köster im Zug zur Stadt fuhr, versuchte Köster es zu erklären: »Meine Frau hatte einen schweren Unfall, sie ist nicht mehr das, was eine Frau für einen Mann sein sollte. Ich weiß, sie kann nichts dafür. Aber ich bin ein Mann, ich brauche eine Frau . . . Aber das verstehst du noch nicht. Du befindest dich noch im Zeitalter des Idealismus. Aber trotzdem bin ich sauer auf dich, die Polin hat mir nämlich gesagt, daß sie viel lieber mit dir ins Bett gegangen wäre als mit mir.«

Dann brach Köster in ein gröhlendes Gelächter aus, aber Hannes fand das gar nicht komisch. Er hatte vor Köster den Respekt verloren. So ein Mann wie der wollte er doch nicht werden.

Dr. Röhm unterrichtete Biologie und Rassenkunde. Er wetterte gegen die Überbetonung des Liebeslebens zwischen deutschen Herrenmenschen und stellte immer wieder fest: »Zwei Dinge zerstören und verweichlichen einen Mann, und zwar die Liebe und die Religion. Nietzsche hatte ganz recht: Gehst du zum Weibe, vergiß die Peitsche nicht – und ich möchte hinzufügen, versuche die frommen Gefühle und Sehnsüchte zu zerstören.«

Dr. Röhm war vor dem Kriege als Rassenforscher in Afrika tätig. Dabei hatte er das Geschlechtsleben der Massai in der ostafrikanischen Savanne studiert und ein Buch darüber geschrieben. Darauf kam er immer wieder zurück, weil er es faszinierend fand, wie diese Nomaden ihre Frauen behandelten und erzogen.

Er erzählte den Jungen: »Der Häuptling eines Massaistammes wurde mein Freund und erzählte mir alles. Zum Beispiel auch, was er den Jungen einhämmerte, ehe sie zu Kriegern wurden und eine Frau heiraten durften:

›Zeigt euch einer Frau gegenüber nie schwach. Zeigt nie eure Liebe und euer Begehren. Eure Frau oder jede Frau darf euch nie als Sklave eurer Begierden erleben, das wäre euer Untergang.‹

Und dann erlebte ich eine Szene, die ich nicht vergessen werde«, fuhr Dr. Röhm fort, »ich saß mit meinem Freund, dem Häuptling, im Schatten eines Baumes. Die jungen Krieger umgaben uns. Natürlich keine Frau. Die trafen sie nur nachts in ihren Hütten, oder wenn die Frauen ihnen die Nahrung brachten. Als wir dort saßen, kam eine der acht Frauen des Häuptlings vorbei. Mit gehörigem Abstand, versteht sich. Es war seine schönste und noch sehr jung. Ich hatte sie schon oft bewundert, mit ihrer dunklen Haut, dem schreitenden Gang. Sie erinnerte mich an Hölderlins Hymne: wie wenn am Feiertage ... Sie schritt über den harten Sand wie über Samt.

Der Häuptling bemerkte, wie ich diese Dame bewunderte. Er fuhr mich an: ›Das sollst du einer Frau nie zeigen. Ich werde dir zeigen, wie du mit ihnen umgehen mußt.‹

Er rief seine viel jüngere Frau an, und sie blieb stehen. Er ließ sie warten, einfach in der grellen Sonne stehen, während wir im kühleren Schatten saßen.

Sie legte sich ihre Hand auf die kurzgeschorenen Haare, ich bekam Mitleid und versuchte den Häuptling daran zu erinnern, daß dort in der Sonne eine Frau auf ein Wort von ihm wartete. Er winkte ab.

Es dauerte bestimmt eine Stunde, ehe er ihr zurief: ›Hol mir mal das Kuhhorn mit dem Kautabak.‹

Die Frau verschwand und kam bald mit dem Beutel zurück. Sie blieb wieder in der grellen Sonne stehen. Ich konnte es nicht mit ansehen. Sie hielt das Kuhhorn mit dem Tabak in ihrer Hand, der Häuptling sah es, doch er ließ sie in der Sonne stehen.

Wieder fast eine Stunde lang, trotz meiner Proteste. Dann endlich winkte er sie heran. Sie legte den Beutel mit einer graziösen, einstudierten Bewegung vor ihn hin, doch ich sah, wie ihre Augen dabei zornig blitzten.

›Wie schön sie ist‹, sagte ich zum Häuptling.

Mit einer Handbewegung, als ob er sie wegwerfen wollte, bot er mir an: ›Du kannst sie haben, sie ist sowieso zu frech.‹«

Dr. Röhm kommentierte sein Erlebnis in Afrika mit den Sätzen: »Ich will damit nicht sagen, daß eine deutsche Frau so behandelt werden soll. Sie ist eben eine deutsche Frau und keine Negerin, aber wir als Männer und auch Jugendliche, die einmal deutsche Männer werden wollen, sollten uns besser in Zucht halten und Frauen nicht als Vergnügen, sondern als zukünftige deutsche Mütter sehen, die dem Führer einen Sohn schenken wollen.

Ich halte es auch für eine gute Methode, wenn man deutsche Jungfrauen in stilvoller Umgebung sammelt, mit ausgesuchten Offizieren zusammenbringt zwecks Kindererzeugung. Dann trennen sich wieder ihre Wege. Durch den Krieg wird es einen großen Frauenüberschuß geben, und ich sehe nicht ein, daß soviel von deutscher Frauenkraft brachliegt.

Vielleicht ist dies noch kein Thema für eure Altersstufe, aber sicher werdet ihr früher oder später mit diesem Problem konfrontiert werden. Als Herrenrasse müssen wir lernen, ganz andere Maßstäbe zu sehen. Es geht um das Überleben der Besten und die Etablierung einer Herrenrasse auf dieser Welt. Sonst wird sie vergehen, wie Oswald Spengler beschrieben hat.«

Professor Hein Fischer war der angesehenste und beliebteste Lehrer der Schule. Er unterrichtete Deutsch und Kunst. Aber seine Stunden waren mehr als Unterricht.

Dort erlebten die Schüler Kunst und Kultur. Er war ein freundlicher Idealist, ein überzeugter Nationalsozialist, doch kein Fanatiker. Er ließ auch andere Meinungen gelten, doch für ihn war der Führer das Vorbild. Und nach diesem Bild, das er sich vom Führer machte, lebte er.

Im Krieg hatte der SS-Offizier Fischer, hochdekoriert, schon im Frankreichfeldzug einen Arm verloren. Er gab seine Professur auf, als er wieder unterrichten konnte. Die Adolf-Hitler-Schule schien ihm die beste Möglichkeit, um seinen Glauben und seine Ideale weiterzugeben.

Professor Fischer ließ sich von den Schülern duzen und Hein nennen. Er lud zu Kamingesprächen ein, wozu sich alle drängten. Er besorgte Schauspieler und Musiker, die in der Schule auftraten und Konzerte gaben. Er besuchte mit den Jungen Museen, Burgen und Kathedralen. Seine Frau war schlank und blond und hatte ihm schon drei Kinder geschenkt.

Hein Fischer wurde auf Hannes aufmerksam, weil er die besten Aufsätze der Klasse schrieb und alles las, was Hein Fischer seinen Schülern empfahl, und noch viel mehr.

Dadurch, daß Hannes mehr oder weniger im »Klassenverschiß« verweilen mußte, hatte er viel Zeit zu lesen und fand keine Möglichkeit, mit den anderen herumzublödeln. Er las und flog, das waren seine Hauptbeschäftigungen. Und seit Dr. Köster bei ihm verloren hatte, sah Hannes immer mehr zu Professor Fischer auf. Sogar seine Eltern erfuhren von ihm, und Hermann meinte: »Es ist vielleicht ein gutes Zeichen zur Besserung, daß sie einen solchen Mann an ihre Schule lassen, aber es ist zu spät, sie werden den Krieg verlieren.«

Hannes fand es empörend, daß sein Vater so dachte. Er glaubte noch genau so an den Endsieg wie Professor Fischer.

Einmal in der Woche kamen alle Schüler und Lehrer zu einem zusätzlichen nationalpolitischen Unterricht zusammen. Der wurde sonst von fanatischen Lehrern gegeben und kam bei den Schülern nichts besonders gut an. Darum hatte Dr. Vogeler jede Woche noch eine zusätzliche Indoktrinierung angesetzt, die jeder Lehrer einmal halten mußte.

Bei Professor Fischer verwandelten sich diese trockenen Pflichtübungen in Feierstunden. Schüler und Lehrer mußten ihre besten Ausgeh-Uniformen anziehen. Der Chor sang Führer- und Vaterlandshymnen, Schüler trugen Gedichte vor, und der Professor legte ein Wort des Führers aus.

Er konnte sagen, was er wollte, er kam immer an. Man spürte, daß er an das glaubte, was er sagte, und man wußte, daß er es lebte. Am Schluß einer solchen Feierstunde kam es einmal fast zu einem Eklat.

Professor Fischer schloß die Feierstunde mit folgender Bemerkung: »Ich habe gehört, daß ein Jungmann unserer Schule bei anderen Schülern darum in den Bann gekommen ist, weil er einen slawischen Namen trägt und sein Vater wegen seiner politischen Meinung in ein Konzentrationslager gesperrt worden ist.

Ich achte jeden Menschen mit einer eigenen Meinung, zu der er auch steht, für die er sich einsperren läßt, viel höher als einen Lauen, der überall mitläuft und seine Fahne nach dem Wind hängt.

Es ist eines Nationalsozialisten unwürdig, so mit dem Jungmann Hans Kaminski umzugehen. Er ist nicht nur mein Schüler, sondern auch mein Freund und Gesinnungsgenosse. Ich werde ihn verteidigen. Dr. Vogeler ist ganz meiner Meinung.«

Hannes' ehemalige Feinde zogen schweigend ihre Schwänze ein. Doch jetzt hatte er keine Lust mehr, hier Kameraden zu finden. Er nahm sich vor, ein Einzelkämpfer für den Führer zu werden.

Der Führer sah Hannes in die Augen

Trotz Professor Fischers Rede blieb Hannes in seiner Klasse ziemlich isoliert. Er war der Sohn eines Arbeiters und bekannte sich dazu. Es gab noch zwei, deren Väter es eigentlich auch waren, doch der eine meinte, da sein Vater Polier auf dem Bau sei, könne man ihn nicht mehr zur Arbeiterklasse rechnen, und der andere beförderte seinen Vater zum Werkmeister, obwohl der eigentlich nur ein Vorarbeiter war. Hinzu kam bei Hannes noch der polnische Name. Hannes versuchte zu erklären, daß seine Eltern Ostpreußen seien und evangelisch und somit nichts mit Polen zu tun hätten, wie viele Bergarbeiterfamilien im Revier, aber dann gab er es auf. Das brachte nichts, und er war eben das, was er war, und auch noch stolz auf seine Eltern.

Nach den Juden waren es die Polen, die im Dritten Reich am meisten verachtet und als minderwertige Menschen beschimpft wurden: Dreckspolen, polnische Wirtschaft, feige Hunde, die mit dem Messer stechen. So wurden sie beschimpft.

Doch Hannes' Aussehen paßte überhaupt nicht zu der rassischen Vorstellung eines Slawen. Er war einer der Größten in der Klasse, blond und blauäugig, und wurde mehrere Male fotografiert, wenn ein germanischer Jungmann zur Schulpropaganda gebraucht wurde. Unter seinem Bild stand dann aber nie sein Name. Manchmal dachte er verzweifelt: Wenn ich doch Schmidt oder Müller hießen würde! Aber dann schämte er sich, daß er so dachte.

Eines Mittags, als alle beim Essen saßen, kam der Musiklehrer Bernhartt in den Speisesaal gelaufen und schwenkte einen Brief. Bewegt las er den Schülern vor, daß sein Chor nach Berlin eingeladen sei, um mit den Berliner Symphonikern unter Professor Furtwängler zum Geburtstag des Führers den Chor »An die Freude« aus der neunten Sinfonie von Beethoven zu singen, zusammen mit dem berühmten Chor der Reichshauptstadt.

Sie probten jeden Tag, fuhren nach Berlin und setzten unter Furtwängler ihr Singen fort. Der Generalmusikdirektor lobte die Arbeit seines Kollegen Bernhartt, wie er ihn nannte, und dann stellten sie sich zum Konzert auf.

Und plötzlich, kurz vor Beginn, erschien der Führer, womit man nicht gerechnet hatte. Hannes konnte seinen Blick nicht von dem Mann wenden, der für ihn das Höchste war, das es auf dieser Erde gab. Er sah, wie der Führer die Musik tief in sich aufnahm und davon bewegt wurde.

Zum Schluß stand der Führer auf und applaudierte, alle Zuhörer folgten ihm begeistert. Professor Furtwängler verbeugte sich tief und schritt dann zum Führer, um ihm zum Geburtstag zu gratulieren. Hannes wußte, daß es nicht vielen Deutschen vergönnt war, den Führer so nahe zu sehen wie er. Er konnte seinen Blick nicht von ihm lassen.

Dann erschien ein Adjutant des Führers auf der Bühne und suchte einige Auserwählte aus, die dem Führer auch gratulieren durften. Erst aus dem Orchester, dann aus dem Chor, und dann stieg er suchend zu den Jungmannen hoch.

Hannes konnte es nicht fassen, daß der Adjutant gerade ihn aussuchte, um dem Führer zu gratulieren.

Bausch fauchte ihn an: »Ausgerechnet der Polack!« Doch das störte Hannes nicht. Er nahm sich nur vor, mit dem einmal so abzurechnen, daß er es nie vergaß.

Immer dichter rückte Hannes mit den Gratulierenden zum Führer vor. Und dann stand er vor ihm.

Der Führer drückte Hannes die Hand und sah ihm in die Augen. Bis tief ins Herz sah er ihm, empfand Hannes. Es war ein harter, aber auch verstehender Blick.

Hannes wußte nicht, was er tun sollte. Er wäre vor dem Führer am liebsten auf die Knie gefallen und hätte ihm geschworen: »Mein Führer, für dich will ich leben und sterben.«

Doch dann fragte ihn der Führer mit einer dunklen, freundlichen Stimme, die Hannes aus seinen Reden kannte: »Wie heißt du, mein Junge?«

»Hans Kaminski«, antwortete er.

Der Führer sah ihn erstaunt an, doch dann gab er Hannes einen Klaps auf den Oberarm und wandte sich dem nächsten Gratulierenden zu.

Durch diese Begegnung war Hannes auf der Schule zu einem Auserwählten geworden. Jedem erzählte er: »Ich werde die Augen des Führers nie vergessen, und seine Güte.«

»Für den Hans«, sagte die Mutter zum Vater, »ist dieser Verbrecher Hitler ein Gott. Wo soll das noch hinführen?«

»Die Götterdämmerung wird bald folgen«, war sich Hermann ganz sicher.

Eicken

Zweimal in der Woche, wenn die Pausenschelle schrillte, rannte Hannes' Zug aus der Klasse heraus und zur Turnhalle hinüber. Schon vorher hatten sie alle die Turnhosen unter die Uniform angezogen, damit sie beim Umziehen keine Zeit verloren. Im Laufschritt, aber in Kolonne, wie es vorgeschrieben war, legten sie die Strecke zurück. Zum Eicken, nach dem Lehrer benannt, der eine Stunde lang »die Jungmannen für den Krieg hart machen« wollte. Jede Verspätung wurde mit extra Schikane-Übungen bestraft. Und da die Stunde sowieso schon voll davon war, versuchten sie sich wenigstens vor weiteren solcher Übungen zu retten.

Dr. Eick, Diplom-Sportlehrer, SS-Obersturmbannführer auf Genesungsurlaub, Ritterkreuzträger, verbrachte seine Erholung mit Jagen und die Jungen Auf-Trab-Bringen.

Er schlug auch, wenn ein Junge nicht spurte, und gab sofort die Adresse in Berlin an, wo der Junge sich über den scharfen Eick beschweren konnte. Was natürlich keiner tat.

Eick war ein hundertprozentiger Nationalsozialist und Träger des Goldenen Parteiabzeichens, weil er schon vor 1933 an Straßenkämpfen für die Machtübernahme beteiligt gewesen war. Falls er nicht Uniform trug, bewegte er sich nur in seinem dunkelblauen Trainingsanzug samt Jägerhut durch die Schule und Stadt. Regnete es zu arg, warf er sich seinen Lodenmantel über.

Hager, braun gebrannt und mit zielbewußtem Schritt marschierte er seine geplanten Strecken ab. Auch in der Klasse. Seine oft zitierten Lieblingssätze hießen: »Klarer

Fall, kotzt mich an, Scheißsoldaten, Heil SS. Und jetzt werde ich euch den Arsch aufreißen.«

Manchmal, aber selten, wenn er leicht sentimental wurde, weil die Klasse bei einer Übung zusammenbrach, spielte er den Propheten: »Ihr werdet mir an der Front noch auf Knien dafür danken, daß ihr eine solche Kondition habt.«

Bei Eick zählte aber der Einsatz mehr als die Leistung. Wenn beim Versuch des Knieaufschwungs am Reck Blut aus der Kniekehle eines Jungen tropfte, gab es dafür eine Zwei, auch wenn der blamierte Knabe nicht hochkam.

Jeder Lehrer wußte, wenn er vor Eick eine Stunde hielt, daß die Jungmannen nicht zu halten waren, wenn die Schelle rasselte. Sie grinsten, Eick war ihnen auch unheimlich. Er verachtete sie, weil sie nicht an der Front standen, obwohl sie Alter oder Gebrechen angeben konnten.

Die Kolonne also trabte zur Turnhalle, ein paar hundert Meter entfernt. Schon im zugigen Flur zogen sie sich aus, bis auf die Turnhose, stapelten ihre Uniformen gefaltet und auf Vordermann in schnurgerader Linie die Treppe hoch, denn auch das konnte von Eick kontrolliert und als Schlamperei bestraft werden.

Frierend und bibbernd warteten die Jungen im zugigen Flur. Drinnen hörten sie ihre Kameraden stöhnen und ächzen. Die Kälte drang durch ihre Sohlen. Sie schlugen mit ihren Armen um den Oberkörper, über den eine Gänsehaut kroch.

Doch plötzlich knallte die Hallentür auf, die Erlösten brachen heraus, verschwitzt, erschöpft, und Hannes' Zug druckte sich an ihnen vorbei in die Halle hinein. Dort wartete schon Eick mit federndem Schritt. In Sekunden stand die Kolonne an der Sprossenwand entlang, und Müller, ihr Zugführer, konnte melden.

Eick schnaufte unheilverkündigend. Er bohrte seinen Blick in die Kolonne, fand nichts zum Aussetzen, aber jagte die Jungen trotzdem erst einmal ein paar Runden um die Halle herum. In den Kurven mußten sie mit kurzen Schritten sprinten. Wehe dem armen Kerl, der hinter dem Haufen zurückblieb! Die letzte Reihe drängte sich eng an ihre Vorgänger und hinderte sie dadurch beim Laufen.

Hannes sah kurz zum Reck hinüber. Für ihn das schlimmste Martergerät. Er erkannte dort Blut seiner Vorgänger, es sah also nicht gut für ihn aus. Wenn er doch den Knieaufschwung schaffen würde! An den anderen Martergeräten ging es ja.

Doch schon schreckte ihn Eicks Befehl auf: »An die Reckstangen, marsch, marsch.«

Quer durch die Halle waren sie auf Mannshöhe gespannt und geriegelt. Die Jungen sprangen sie an, warfen das rechte Bein darüber, um mit dem ausgestreckten linken Schwung holen zu können. Hannes verstand nicht, wie es einigen Jungen sofort gelang, hoch auf der Stange zu sitzen. Freiwillig ließen sie sich noch einmal herunterfallen und schossen mit aller Leichtigkeit der Welt wieder hoch.

Aber Hannes quälte und quälte sich und kam nicht hoch. Nebenan schlug Eick auf das Schwungbein eines anderen Unglücklichen. Die Stelle, wo er traf, lief schon rot an.

Hannes rieb sich die Haut von der Kniekehle ab, Blut begann zu tröpfeln, doch er kam nicht hoch. Eick sah ihn schon böse an. Hannes gab alles, was in ihm war, doch er kam nicht hoch. Nur noch zwei andere Unglückliche hingen mit ihm unter den Reckstangen.

Aber dann, Hannes wußte nicht wie, saß er plötzlich oben. Er triumphierte und hoffte, daß nun die Quälerei vorbei sei, doch Eick wollte selber sehen, wie er hochkam.

Hannes mußte sich wieder absacken lassen, hoffte auf den günstigen Glücksfall, doch sein Hintern blieb wie ein schwerer, nasser Sack unter ihm hängen und ließ sich nicht hochbringen.

Das Blut tröpfelte nicht mehr aus der Kniekehle, es lief, aber Eick sah sehr böse aus, als ob Hannes sich vorher hochgeschummelt hätte.

Doch plötzlich, ehe er wußte wie, saß er oben, und Eick wandte sich den beiden noch übriggebliebenen Gestrandeten zu.

Zur Erholung jagte er dann die Bande wieder um die Halle herum: in den Kurven sprinten.

Sie dachten schon, der hätte einen guten Tag erwischt, weil er sie so lange traben ließ. Doch plötzlich schrie er: »Fliegerdeckung!« Und wer sich nicht sofort platt und schmerzhaft auf die Bretter donnern ließ, der mußte an die Sprossenwand und seine Beine waagerecht ins Nichts strecken, bis nicht nur diese abfielen, sondern der ganze Körper auf die Bretter knallte.

Einer schlug bei der Fliegerdeckung so hart auf seine Nase, daß sie blutete. Er rannte aber weiter, was Eick ganz besonders gefiel.

Dann zischte wieder ein Kommando durch die Halle: »In den Liegestütz, fallt.«

»Zwanzig Kalte mit Beifall.« Schlimm waren die. Wenn man den Körper mit den Armen hochgedrückt hatte, mußte der schon Ausgepumpte auch noch klatschen, den Oberkörper aber noch abfangen, ehe er ihn wieder sinken lassen konnte.

Dann tat Eick etwas für die Beinmuskulatur der Jungen. Sie mußten sich auf den Rücken legen, die Beine kerzengerade in die Luft strecken und sie dann, nach seinem Kommando, langsam senken, sehr langsam, mit Anhalten dazwischen, bis endlich die Fersen den Boden berühren durften.

Übel war es, wenn Eick die Beine knapp über dem Boden stehen ließ. Das war kaum zum Aushalten. Doch die Jungen hielten durch, weil sie Eicks Strafen und schlechte Noten fürchteten. Abends im Schlafsaal probten sie, um am Morgen fit zu sein.

Wieder Runden durch die Halle, und in den Kurven sprinten.

Zum Abschluß fiel Eick immer eine besondere Schikane ein. Dieses Mal der Schildkrötengang. Das war ein Spielchen für zwei. Ein Junge stellte sich mit allen Vieren auf den Boden, aber ohne daß die Knie ihn berührten. Der zweite Jung hing sich mit seinen gekreuzten Beinen um den Nacken des Partners und stützte sich hinten mit seinen

Händen auf die Fersen. Es war schon im Stehen schwer, eine solche Last zu tragen, doch es kam noch ärger. Eick ließ die Paare gegeneinander rennen, bis zum Hallenende. Die letzten drei durften dann den Weg noch einmal nehmen.

Partnerwechsel, damit jeder geschunden wurde.

Dann wieder um die Halle laufen, in den Kurven sprinten. Alle noch mal an die Reckstangen, weil das so schön war. Hannes hatte nun den Trick heraus und konnte sich oben etwas ausruhen.

Dann ein schriller Pfiff. Die Halle mußte wie bei einem Bombenangriff fluchtartig geräumt werden. Die nächste Klasse drängte herein. »War es schlimm?« fragte einer Hannes an der Tür.

»Zucker wie immer«, antwortete der.

Fluglehrer Katzenmeier

Auch Hannes' neuer Mathematiklehrer war ein begeisterter Segelflieger. Gemäß der Devise von Reichsmarschall Hermann Göring, »Das deutsche Volk soll ein Volk von Fliegern werden«, wollte er, daß jeder Jungmann zumindest die A-Prüfung im Segelflug bestehen sollte. Beim Flugunterricht stellte der Mathepauker fest, daß Hannes eine besondere fliegerische Begabung hatte, und nahm ihn unter seine Fittiche. Wenn die anderen Jungmannen übers Wochenende Wehrertüchtigung auf Schießplätzen und im Moor betreiben mußten, durfte Hannes seine Zeit auf dem Segelflugplatz verbringen. Er bestand dort alle möglichen Prüfungen und wurde später von Fluglehrer Katzenmeier auch als Assistent beschäftigt.

Mit dem Krieg sah es nun nicht mehr so gut aus wie am Anfang. In Rußland ging es nur noch zurück, die Alliierten waren in der Normandie gelandet, aber trotzdem glaubte Hannes noch an den Endsieg und hoffte auf die Wunderwaffen des Führers.

Leider gehörte auch der Himmel den feindlichen Bomberverbänden, die sogar tagsüber ihre Lasten auf deutsche

Städte und Industrieanlagen abluden. Wenn Hannes zu den Ferien ins Ruhrgebiet fuhr, sah es dort übel aus. Etliche Häuser in der Siedlung und der Kolonie waren getroffen, aber das Häuschen stand noch, wenn auch leicht lädiert.

An einem frühen Sonntagmorgen fuhr Hannes mit dem Zug in die Eifel und half Katzenmeier beim Schulen der Anfänger und bei dem Gleiter. Nachmittags ließ Katzenmeier Hannes segeln, und auch er schwang sich hoch, während ein anderer Fluglehrer, der nur am Nachmittag vom Fliegerhorst herüberkam, unten weitermachte. Zwar beherrschten die fremden Verbände hoch oben den deutschen Luftraum, aber damals trauten sie sich noch nicht, wie später, auch als Tiefflieger auf deutsche Flugzeuge Jagd zu machen.

Katzenmeier war ein Mann, der kein Wort zuviel redete. Er trug eine Verbitterung mit sich herum. Es wurde gemunkelt, daß er als Jagdflieger und Offizier degradiert worden sei, weil er Hermann Göring und seine Luftwaffenstrategie kritisiert habe.

An jenem Nachmittag winkte Katzenmeier Hannes und einigen Jungen und ging mit ihnen zum Hangar, wo die Segler standen. Hannes nahm an, daß sie, wie üblich, die normalen Segler nehmen würden, Katzenmeier vielleicht den Hochleistungshabicht, von denen zwei im Stall standen, die aber nur Katzenmeier fliegen durfte. Doch ganz überraschend für alle sagte Katzenmeier zu Hannes: »Nimm dir den zweiten. Oder hast du Angst davor?«

Hannes hatte keine Angst, nur ein wenig Unbehagen. Katzenmeier meinte: »Es ist ganz einfach, er ist nur sehr schnell. Beim Start den Knüppel an den Bauch. Oben mir alles nachmachen. Nur nicht aushungern lassen und rasanter Landeanflug.«

»Jawoll, Fluglehrer«, antwortete Hannes, »und vielen Dank.«

»Sag das lieber später, wenn du dir noch nicht alle Knochen gebrochen hast.« Daß Katzenmeier einen Witz machte, war selten.

Die Jungen rollten die Habichte zum Start. Schnittig

schoben sie ihre Stromlinien-Schnauzen und -Rümpfe in den leichten Wind. Die Flächen waren kurz und leicht eingeknickt.

Einer der Jungen meinte: »Ich hab gehört, daß darauf Jägerpiloten trainiert werden. Dann bauen sie vorne in die Schnauze eine Maschinenpistole ein, mit der sie Erdziele beschießen können.«

Katzenmeier sah zu, daß Hannes fest angezurrt wurde, und erklärte ihm noch einmal die Instrumente und mit welcher Geschwindigkeit er fliegen mußte.

Dann setzte er sich in den anderen Vogel und ließ das Seil einklinken. Die Winde am anderen Ende des Platzes zog es straff an. Es war nicht vorne im Bug, sondern unter dem Bauch im Schwerpunkt eingehakt worden, damit der Habicht steil in den Himmel schießen konnte. Und das tat er dann auch. Es wurde Hannes doch ein bißchen mulmig dabei, als er sah, wie Katzenmeier fast senkrecht hochschoß.

Er klinkte erst aus, als es schon so aussah, daß die Winde ihn gleich zur Erde zurückzerren würde.

Hinter dem Platz gab es einen Kartoffelacker, der wegen der Abwinde schnell überwunden werden mußte. Katzenmeier erreichte den Hang und schwebte über dem Grat entlang, auf Hannes wartend.

Hannes trug immer die grauen, gestrickten Winterhandschuhe von der Mutter in seiner Tasche, und einen Schal in der gleichen Farbe um den Hals. So fühlte er sich sicherer.

Ehe Hannes nachdenken konnte, schoß der Habicht schon hoch und drückte ihm den Steuerknüppel an den Bauch. Er sah nur noch den Himmel über sich.

Auch den Außenwinker sah er nicht, der ihm mit seiner roten Fahne das Signal zum Ausklinken winken mußte. Aber dann, als Hannes schon fürchtete, gleich von der Winde hinuntergerissen zu werden, entdeckte er ihn. Es dauerte aber noch eine Ewigkeit, ehe der endlich und träge seine Fahne zum Ausklinken bewegte.

Der Habicht verlor stark an Höhe, als Hannes die Abwinde zu durchstoßen versuchte, doch dann erreichte er endlich den rettenden Hang und wurde von einem kräftigen Aufwind über den Kamm gehoben.

Die Schnelligkeit des Vogels verunsicherte ihn, doch er tat genau das, was Katzenmeier ihm vorflog. Nach einer Weile kam er schon besser zurecht und konnte etwas von der Landschaft sehen. Nur in den Kurven mußte er schnell reagieren, den Habicht fast auf eine Flügelspitze stellen, um nicht wieder in einen Abwind am Hangende zu kommen.

Aber über dem Kamm brauchte Hannes nichts zu tun, der Aufwind trug den schnellen Habicht wie auf einer Schulter. Hannes erinnerte sich daran, wie der Vater ihn immer oben getragen und mit ihm Hoppepferd gespielt hatte. Der würde sich auch freuen, seinen Sohn hier oben segeln zu sehen.

Hannes sah die Eifelmaare in der Ferne und auf der anderen Seite die Mosel, die sich tief zwischen Bernkastel-Kues und Traben-Trabach durch die Berge geschnitten hatten. Alles war grün und voller Blüten. Unten auf dem Flugfeld schulten die Anfänger. Hannes mußte darüber lächeln, wie eng die doch noch an der Grasnarbe klebten.

Dann entdeckte er hinter der Mosel zwei Punkte am Himmel. Zunächst hielt er sie für große Vögel. Doch dann kamen sie so schnell auf ihn zu, daß es sich um Flugzeuge handeln mußte. Schnelle Jäger, schätzte er. Hoffentlich entdeckten sie auch die beiden Segler, denn die dunklen Punkte kamen immer schneller genau auf sie zugeflogen. Natürlich sind es Deutsche, nahm Hannes an. Die Feinde trauten sich doch nicht so tief herunter. Er sah zu Katzenmeier herüber. Der gab ihm ein Zeichen, daß er die Flugzeuge auch entdeckt hatte.

Am gegenüberliegenden Ende des Flugplatzes streckte sich ein Bahndamm über das Sumpfgelände. Gerade fuhr ein grauer Personenzug diesen Damm an. Gemütlich stieß die Lok kleine Wölkchen aus. Sie hatte es nicht eilig, sie verkehrte zwischen den kleinen Bahnhöfen und nahm jede Milchkanne mit.

Nun waren die beiden Jäger so dicht herangekommen, daß Hannes schon Einzelheiten erkennen konnte. Dicker Sternmotor, das mußte eine Focker Wulf 190 sein. Durch die Propellernabe lief ein weißer Streifen, wie bei einer Eismaschine.

Knapp neben den beiden Habichten sausten sie vorbei. Hannes konnte die Köpfe der Piloten erkennen und sah mit Entsetzen auf den Rümpfen einen großen, weißen Stern. Es waren Amerikaner.

Der Fahrtwind packte den Habicht und hätte ihn fast auf den Kamm geworfen, wenn Hannes ihn nicht im letzten Moment abgefangen hätte.

Schon auf ihrer Höhe fingen die feindlichen Jäger an zu schießen. Doch sie hatten nicht die beiden Habichte als Ziel, sondern die Lokomotive des Zuges, der gerade über den Damm kroch.

Dampf sprang aus dem zerstörten Kessel der Lok. Der Zug hielt, die Passagiere sprangen heraus und rannten in ihren bunten Kleidern den Damm hinunter.

Die Jäger überflogen den Zug und kamen dann zurück. Einer nahm sich noch einmal die Lok vor, während der andere nun Jagd auf die Habichte machte.

Katzenmeier winkte wieder, wie Hannes sich verhalten sollte. Sie flogen knapp über dem Kamm, und als der Jäger sich zum Schießen zurechtruckelte, tauchte Katzenmeier hinter dem Kamm weg und Hannes hinterher.

Ganz knapp über ihnen zischten die Leuchtspurgarben vorbei.

Sie stiegen wieder zum Kamm hoch. Der Jäger holte zu einem neuen Anflug hoch aus. Nun konnten sie sich nicht mehr hinter dem Kamm verstecken, der Feind würde von oben auf sie herunterstoßen.

Katzenmeier befahl Hannes, sofort steil hinunterzugehen und unten im Kartoffelacker zu landen. Das tat Hannes. Doch beim Sturzflug entdeckte er, daß Katzenmeier oben blieb und am Hang entlangschwebte.

Der Jäger schoß Katzenmeiers Habicht zu Stücken, die brennend vom Himmel herabfielen. Katzenmeier war vorher mit dem Fallschirm abgesprungen, brach sich aber beim zu kurzen Schweben beide Beine.

Hannes landete im Kartoffelacker. Rannte vom Habicht weg, warf sich in eine Kartoffelfurche, als der Jäger wieder anbrauste und seinen Habicht zerschoß.

Als beide Jäger abdrehten, rannte Hannes zu Katzenmeier hinüber.

»Sie haben mir das Leben gerettet!« rief Hannes.

»Hat Spaß gemacht«, antwortete Katzenmeier. »Nur die Knochen tun so weh. Aber die werden sie schon wieder hinkriegen.«

Die Jäger hatten auch die Schulgleiter zerschossen, und die Baracken standen in Brand.

Hannes fuhr mit Katzenmeier zum Krankenhaus.

Die Ärzte meinten: »Es wird schon wieder werden.« Und er wurde auch wieder gesund.

»Red nicht soviel darüber«, sagte Katzenmeier zu Hannes. »Sonst machen sie mich noch zur Sau, weil ich dich den Habicht habe fliegen lassen.«

Lastensegeln mit Dynamit

Hannes besuchte Katzenmeier regelmäßig im Krankenhaus. »Ist doch nicht nötig«, brummte der.

Die Heilung machte gute Fortschritte. »Willst du Lastensegler werden?« fragte Katzenmeier Hannes. »Dann brauchst du nicht mit der SS an die Front.«

Lastensegler wollte Hannes schon werden, aber vor der Front wollte er sich nicht drücken. Doch Katzenmeier überredete ihn und half auch, daß seine Freiwilligenmeldung für die Waffen-SS zunächst einmal zurückgestellt wurde und Hannes die Lastenseglerschule besuchen konnte. Noch nicht als Soldat, sondern als Hitlerjunge.

Es ging schon in den Winter, und von Deutschland war nicht mehr viel übriggeblieben. Die Mutter mahnte Hannes: »Komm nach Hause, ich möchte nicht, daß dir so kurz vor Schluß noch etwas passiert.«

Aber daß Hannes in Osthessen ausgebildet wurde, beruhigte sie etwas. Das war weit weg von der Front. Allerdings waren die feindlichen Flugzeuge überall.

Es waren fast alles Jugendliche, die durch die Ausbildung liefen. Eines Tages wurde Hannes zum Kommandanten gerufen: »Wir suchen für einen Sondereinsatz bei Berlin einen guten Piloten. Ich möchte dich vorschlagen.«

Hannes war begeistert. Nun konnte er etwas Besonderes für den Führer tun. Er fuhr zu einem Flugplatz im Nordosten von Berlin. Das mußte nachts geschehen, denn tagsüber zerschossen die Amis alles, was sich bewegte, aus der Luft.

Sofort wurde Hannes über seinen Auftrag informiert und dafür speziell ausgebildet.

Die Russen standen schon an der Oder und hatten über den Fluß einen Brückenkopf geschlagen. Von dort aus wurde jeden Tag der Angriff auf Berlin erwartet. Gelang der den Russen, war der Krieg zu Ende und verloren. Hannes konnte es gar nicht glauben.

Sein Auftrag lautete, mit einem Lastensegler voller Dynamit auf einer Oderbrücke zu landen, über die von den Russen der Nachschub an den Brückenkopf transportiert wurde.

Nach der Landung sollte Hannes dann die Ladung zünden, in den Fluß springen und später von deutschen Soldaten herausgefischt werden. Obwohl die Offiziere die Gefahr herunterspielten, wußte Hannes, daß es ein Himmelfahrtskommando im wahrsten Sinne des Wortes war. Aber er war bereit, für Großdeutschland und den Führer alles zu tun. Er dachte auch gar nicht so genau über die eventuellen Folgen nach. Er war immer schon ganz gut im Verdrängen gewesen.

Drei Piloten waren ausgesucht worden und probten auf einer Brücke die Landung. Weil es Hannes am besten gelang, wurde er ausgewählt. Die älteren und erfahreneren Flugzeugführer drückten sich vor diesem Himmelfahrtskommando. Einer gab Bauchschmerzen vor, dem anderen flimmerte es vor den Augen. Der Kommandeur tobte, aber freute sich, einen gefunden zu haben, der es aus Begeisterung tun würde und auch gut, wie er nach den Probelandungen annahm.

Hannes hatte sich das alles natürlich nicht richtig überlegt. Mit siebzehn Jahren tut man so etwas wohl noch nicht. Er wollte etwas ganz Besonderes für den Führer und den Endsieg tun. Auch aus Dankbarkeit dafür, daß er die gute Schule besuchen durfte. Er wollte sich nicht damit abfinden, daß der Krieg verloren sei. Das konnte nicht sein, weil es nicht sein durfte. Er konnte und wollte es sich auch nicht vorstellen.

Er war froh, daß er schon am Abend starten sollte. Nur wenige Schönwetterwolken schwammen am Himmel. Er wurde ein wenig an den Tag in der Eifel erinnert, schob die Bilder aber schnell wieder weg.

Der Kommandeur versprach ihm: »Pilot Kaminski (Hannes war sehr stolz darauf, so tituliert zu werden), nach der Landung melden Sie sich wieder hier auf dem Flugplatz. Dann werden wir Sie mit dem Ritterkreuz auszeichnen. Wir haben Sie schon beim Führer dafür eingereicht.«

Damit hatte Hannes nicht gerechnet. Das war eine Ehre, die weit über sein Fassungsvermögen ging. In seiner Stadt gab es nur einen Offizier, der diese Auszeichnung trug.

Noch einmal kernige Verabschiedung, nach dem nochmaligen Durchspruch des Angriffes kerniges Handschütteln und »Heil Hitler«.

Hannes trug nur eine Badehose. Seine Auffischer hielten Wolldecken und eine Uniform bereit.

Hannes band sich aber den grauen, gestrickten Schal seiner Mutter um den Hals. Das tat ihm so gut, an sie, den Vater und das Schätzchen erinnert zu werden, auch ans Häuschen und Lotti und Nuschnusch im Stall. Ob das Häuschen wohl noch stand? Er hoffte es.

Leider gab es für seine Fäustlinge keine Taschen in der Badehose. Aber er steckte sie vorne hinein, vielleicht gingen sie so auch nicht beim Schwimmen verloren.

Er wurde in eine JU 88 eingeklinkt, das war ein schneller

Bomber. Der ausgezeichnete Pilot zog ganz ruhig an und hob Hannes samt seinem Lastensegler wie auf Glacehandschuhen in die Luft. Dort gab es keine Turbulenzen.

Hannes sah aus der Kabine heraus, unter ihm war alles so friedlich, als ob gar kein Krieg stattfinden würde. Er sah zwar einige Schützengräben durch die Mark gezogen, aber keinerlei Bewegungen. Es war ihm auch gesagt worden, daß die Russen am Abend immer Ruhe hielten, weil sie dann nachts ihren Nachschub über die neu geschlagenen Oderbrücken schoben.

Es wurde schon dunkel, langsam, aber so, daß die JU 88 schlecht auszumachen war gegen die untergehende Sonne im Westen. Aus der heraus flogen sie an.

Als Hannes dann das Band der Oder sah, entdeckte er auch bald die Brücke. Mehrere deutsche Jäger, die sich sonst nie am Himmel sehen ließen, lenkten von seinem Anflug ab und attackierten die Brücke und den Anfahrtsweg. Flakwölkchen standen und sprangen so harmlos in den Himmel wie freundliche Pusteblumen.

Doch Hannes konnte nicht lange Natur- und Kriegsbetrachtungen betreiben, wie Goethe vor Valmy. Die JU 88 ging steil hinunter, brachte ihn genau in die Bahn, beschoß die Flakstellungen, warf Bomben, und Hannes klinkte aus.

Nun war er ganz allein auf sich angewiesen. Doch es war nicht viel zu tun. Er flog genau in der Schneise auf die Brücke zu, knapp über eine russische Auto- und Panzerkolonne hinweg, aus der ihn ungläubige Soldatengesichter anstarrten, die vergaßen, auf diesen unbeholfenen und wehrlosen Riesenvogel zu schießen.

Die Sonne verschwand in diesem Augenblick. Die Zeit seines Angriffes war präzise berechnet worden. Ehe er sich versah, setzte er schon auf, etwas von der Mitte weg, auf das Ende der Brücke zu. Nun verlief alles automatisch. Er löste mit einem Ruck seine Gurte, zog dabei den Kopf ein, sprengte die Kabine weg, löste die verzögerte Sprengung aus, war mit einem Satz am Brückenrand und mit dem nächsten schon im eiskalten Wasser der Oder, die ihn sofort mitriß.

Als er wieder auftauchte, hatten Leuchtkugeln die Nacht aufgerissen. Geschoßgarben mit Leuchtkugeln suchten ihn, rissen böse Aufspritzer aus dem Wasser. Hannes tauchte wieder weg, ließ sich treiben, half nach.

Als er zum zweiten Mal auftauchte, hatte sich das Feuerwerk noch verstärkt, suchte ihn aber eher am Westufer des Flusses, während er am östlichen Gestade entlangtrieb.

Als beim dritten Auftrieb das Feuer nachzulassen schien, hielt Hannes Kurs auf das Westufer.

Beim vierten Versuch, den Kopf aus dem Wasser zu stecken, suchten ihn die feindlichen Garben schon von hinten. Er mußte die deutschen Stellungen am Westufer erreicht haben.

Viel länger konnte er sich auch nicht mehr im Wasser halten. Seine Kräfte ließen nach, und sein Körper versteifte sich von der Kälte. »Deutscher«, schrie Hannes aus dem Wasser heraus. Er hatte die vereinbarte Losung vergessen.

»Hierher!« schrie einer zurück.

Noch einmal mußte Hannes wegtauchen, weil die Russen, die nicht weit entfernt waren, noch einmal nach ihm schossen, doch dann torkelte er total erschöpft ans Ufer.

Deutsche Laute umgaben ihn, aber es waren nicht die Soldaten, die auf ihn warteten, er war schon knapp hinter der russischen Front gelandet, viel eher als vorgesehen. Doch alle waren über das Unternehmen informiert worden.

Decken und Handtücher gab es nicht. Hannes wurde mit Taschentüchern und Uniformteilen warm gerieben und bedeckt.

Sie wollten ihm einen Schnaps einflößen, doch Hannes lehnte angeekelt ab. Einer hielt ihm eine brennende Zigarette hin.

»Nee, nee«, bibberte Hannes.

»Du bist ja ein toller Hecht«, sagte ein Landser.

Das tat Hannes so gut, als ob ihm einer das Ritterkreuz um den Hals gehängt hätte.

Einer von den Soldaten wollte Hannes zur nächsten Einheit bringen: »Von dort aus können sie dich weiterleiten, Richtung Berlin.« Aber als sie zu den Löchern kamen, worin die Verteidiger hocken sollten, waren die leer. Nur einen Mann trafen sie, der seine Waffe ölte: »Die sind hinten im Kuhdorf, Verpflegung fassen.«

Das brachte Hannes darauf, daß er einen furchtbaren Hunger hatte.

Er traf die Soldaten, als sie schon aus dem Dorf zurückkamen, beladen mit Büchsen, Gläsern, mehreren Würsten und einem Schinken. Einer schimpfte: »Nur kein Brot.«

Alle musterten Hannes, so gut sie in der Dunkelheit konnten. Erstens einmal sah er zu jung aus, und dann trug er zwar Kleidung zweier verschiedener Waffengattungen, aber keine Waffen. Der Soldat, der ihn hergebracht hatte, erzählte, warum Hannes da war.

»Ein verrückter Hund«, kommentierte einer. Ein breiter, ruhiger Kerl führte das Kommando: »Los, zurück zu den Löchern, damit wir pennen können, ehe der Iwan morgen früh kommt.«

»Woher weißt du datt denn?« fragte der Soldat, der Hannes hergebracht hatte.

Einer der Soldaten antwortete: »Der hat datt im Urin. Hat der immer gehabt, darum hat der uns auch bis Moskau und wieder zurück gebracht.«

Der Begleiter sagte: »Ich lasse den tollen Hecht jetzt hier. Ihr müßt den zum Regimentsstab bringen.«

»Jaja«, antwortete der Redner. »Wir werden ihn ans Händchen nehmen und bei Tante Oberst im Kindergarten abgeben.«

Alle lachten.

Hannes bat: »Kann ich etwas zu essen haben?«

»Komm mit!« befahl der Ruhige.

Sie aßen in ihren Löchern. Hannes konnte sich nicht erinnern, jemals so gut gegessen zu haben. Dicke, fette

Schinkenscheiben, Leberwurst frisch aus dem Glas und eingemachte Erdbeeren.

Paul hieß der Ruhige, der das Sagen hatte. Hannes vertraute ihm sofort, und Gustav, der soviel redete, war ein lustiger Kerl, der alle aufheiterte. »Warum hast du denn den Scheiß gemacht?« fragte er Hannes. »Wir haben gesehen und gehört, wie die Brücke in die Luft flog.«

»Weil ich für den Endsieg kämpfen will«, antwortete Hannes. Etwas geschwollener, als er eigentlich wollte.

Ein Gelächter brach aus.

»Aber warum kämpft ihr denn?« fragte Hannes die Männer zurück.

»Für nix«, antwortete Gustav. »Uns Arbeitern nimmt keiner die Schüppe weg, ob es die Nazis oder die Roten sind. Wir sind immer die Beschissenen. Darum genießen wir den Krieg, weil der Friede fürchterlich wird.«

Plötzlich hörten sie aus der Ferne am Sternenhimmel das Tuckern eines langsamen Motors. »Das ist die Nähmaschine vom Iwan«, erklärte Gustav Hannes. »Der sieht jede brennende Kippe und schießt drauf. Und wenn du denkst, der ist vorbei, dann wirft der dir noch ein Pfund Nägel auf den Kopf.«

Doch Paul sagte ganz ernst: »Ich glaub, es geht jetzt los. Die greifen an. Alle in die Löcher. Der Knabe kann in das vom Alfred. Da liegt auch noch seine Knarre. Kannst du mit dem Sturmgewehr 44 schießen?«

Hannes konnte, das hatte er in einem Wehrertüchtigungslager gelernt. Er bekam auch Munition und kroch ins Loch zwischen Paul und Gustav. Da fühlte er sich sicherer. Er hatte nicht damit gerechnet, jetzt auch noch die Front zu erleben.

Hannes hörte russische Stimmen in der Nacht. So dicht waren sie an den deutschen Linien. Doch auf einmal entfernten sie sich. Gustav erklärte: »Gleich fängt ihre Ari* an zu donnern, darum hauen die ab, damit wir alles auf den Wanst kriegen. Schieß nicht eher, bis der Paul anfängt,

* Artillerie

auch wenn die ganz dicht rankommen. Hier haste auch noch ein paar Handgranaten, und dann mußte auf Bauch-
auch wenn die ganz dicht rankommen. Hier haste auch noch ein paar Handgranaten, und dann mußte auf Bauch-
höhe schießen, da triffste besser, und die Hunde verrecken länger.«

Das ging Hannes wie ein Stich durch und durch.

Die Nähmaschine flog nun eine Schleife über ihrer Stellung. Das Tuckern hörte sich tatsächlich so an wie das von Tante Hedwigs Nähmaschine.

Plötzlich warf die Nähmaschine einen Satz von bunten Leuchtraketen ab. So ähnliche, wie sie Hannes von den nächtlichen Bombenangriffen zu Hause kannte.

Doch darauf fielen keine Bomben, sondern die Hölle brach los. Raketengeheule, Artilleriegedonner, die Erde bebte und wurde zerrissen. Die gewaltigste Kanonade des Zweiten Weltkrieges begann und dröhnte bis in den Morgen.

Hannes verkroch sich in sein Loch, vor Furcht fast wahnsinnig. Er krallte sich in die Erde, schrie nach seiner Mutter, versuchte, zu Gott zu stammeln und zu heulen. Doch keiner half ihm. Die Erde zerbarst, Splitter und Erdbrocken flogen in sein Loch. Von den Kumpels hörte er nichts. Er konnte sich nicht vorstellen, daß noch einer von ihnen lebte. Von den Einschlägen der Granaten und Raketen war er taub geworden. Aber er lebte immer noch, obwohl er es nicht glauben konnte. Pulverqualm drang in sein Loch. Erst dachte er, das sei Gas. Da gab er auf, lag in seinem Loch und wartete auf den Tod.

Es war ihm so, als ob das alles gar nichts mehr mit ihm zu tun hätte. Er war nicht mehr ganz bei Sinnen. Ihm war alles egal, er lebte eigentlich nicht mehr. Er war zu einem Tier, nein, zu einem Stück Erde geworden, nichts Besonderes mehr. Kein Mensch, der leben wollte, der jemand sein wollte.

Er hatte sich ergeben, war wieder zu einem Brocken Erde geworden, der gleich zerrissen werden würde.

Die Russen kommen

Plötzlich, mit dem Morgengrauen, das Hannes kaum wahrnahm, sprang das Feuer über ihn hinweg und schlug weiter hinten ein.

Er öffnete die Augen und befühlte seine Glieder. Fast hätte er seine Hände beleckt: Er lebte noch!

Es dauerte aber noch eine Weile, ehe Hannes sich im Loch hochrecken konnte. Das erste, was er sah, waren Gestalten, die im Nebel auf ihn zukamen. Es waren so viele; er konnte ihre Uniformen und Waffen erkennen. Sie kamen auf ihn zugelaufen und schrien: »Urräh.«

Hannes wollte wegrennen. Auf einmal packte ihn eine Todesangst. Es war ihm alles egal. Er wollte weg hier, die würden ihn sowieso erschießen, vielleicht ließen sie ihn aber doch laufen. Da schrie Gustav ihm zu – der lebte also noch: »Zieh die Rübe ein, sonst kriegste einen kalten Arsch!«

Hannes zog seinen Kopf etwas ein. Nun traute er sich doch nicht, wegzulaufen. Oder konnte er ihnen sagen: »Ich muß jetzt weg, ich muß mich doch in Berlin melden?«

Aber schon beim Denken kam ihm das lächerlich vor. Er hätte vorher abhauen sollen, doch dann wäre er bestimmt von den Granaten zerrissen worden.

Er sah Paul nebenan. Der war ganz ruhig, stopfte seine Pfeife und beobachtete die Russen, als ob die Spaziergänger wären.

»Gleich geht es los«, rief Gustav Hannes zu. »Aber schieß nicht eher als der Paul.«

Die Russen kamen immer dichter heran. Nun konnte Hannes schon ihre Gesichter sehen, und die bunten Sterne und Orden auf ihrer Brust.

Leider kamen sie nicht allein. Tanks rollten vor ihnen her und schossen, einer fuhr ganz dicht an Hannes vorbei, so daß die Erde aus seinen Ketten in das Loch brach. Doch die schienen hier vorne, zwischen den dicht gesäten Granattrichtern, doch wohl keine lebenden Deutschen mehr zu vermuten.

Sie überrollten die Front, aber nun kamen die Soldaten auf sie zu. Hannes konnte die einzelnen Gesichter erkennen, die von Menschen. Am liebsten hätte er geschrien: »Schießt nicht, ich schieße doch auch nicht. Ich bin doch gar kein Soldat.«

Plötzlich ratterte es neben ihm los, erst Paul und dann auch Gustav.

Er sah, wie Russen getroffen wurden, er hörte sie aufschreien und sah sie fallen.

»Los, schießen!« schrie Gustav.

Hannes kniff die Augen zu und schoß. Die Abschüsse zerrten an seinem Gewehr, drückten den Kolben schmerzhaft gegen seine Schulter. Er traute sich, die Augen aufzumachen und sah, wie auch vor ihm die Russen umfielen.

Auf einmal wurde er ganz ruhig und zielte und schoß wie ein Automat. Er war gar nicht bei der Sache, es schoß einfach aus ihm heraus. Er wußte nicht, was er tat.

Es schien ihm sogar Spaß zu machen. Er wurde ganz ruhig und schoß und schoß. Schob ein Magazin nach und schoß.

Die Russen blieben liegen, zogen sich zurück, doch dann kamen die Panzer von hinten. Hannes sah, wie Gustav seinen Kopf einzog. Er tat es auch. Die Panzer schossen. Dicht neben seinem Loch schlug es ein. Dann rollten sie vorbei, aber kamen wieder zurück. Auch die Soldaten.

Hannes konnte es gar nicht mehr so richtig registrieren, er zog seinen Kopf ein, wenn die Panzer kamen, und schoß wieder, wenn sie vorbei waren.

Bis in die Nacht hinein dauerte dieser schreckliche Angriff. Doch dann hörte er plötzlich auf.

Als Hannes Paul und Gustav reden hörte, traute er sich auch aus dem Loch heraus.

»So was habe ich noch nicht erlebt«, sagte Paul.

Gustav schien es die Sprache verschlagen zu haben. Aber etwas später gewann er sie wieder. Zu Hannes sagte er: »So, jetzt brauchst du nicht mehr in die Hose zu scheißen, schlimmer kann es nicht mehr werden.«

Dann packten sie wieder ihre Gläser und Büchsen aus

den Löchern heraus und begannen zu essen. Sie zwangen Hannes, es auch zu tun, obwohl der gar nicht wollte.

Gottesfurcht

Paul meinte: »Wir müßten Verbindung mit dem Stab aufnehmen und sehen, wie es weitergehen soll. Vielleicht sind wir die einzigen hier, die noch die Stellung halten.« Er sah Hannes an: »Du kannst ja mal rüberlaufen und fragen, was da los ist, und dann kannst du nach Berlin abhauen, wie du solltest.«

»Ich bleibe lieber hier«, antwortete Hannes.

Gustav schüttelte seinen Kopf: »Du bist doch ein verrückter Hund. Ich würde keine Minute länger hierbleiben, wenn ich nicht müßte.«

Hannes wußte, daß es verrückt war, doch es war ihm so herausgerutscht. Ihm wurde erklärt, wo sich der Stab befand, und er zog los.

Erst mußte er über Gräben springen, durch Äcker laufen, dann nahm ihn ein Wäldchen auf, und dahinter lag schon das Dorf, Gottesfurcht. Es war stockdunkel. Auf dem Marktplatz konnte er Panzer und Lastwagen eher ahnen, als erkennen. Die Gaststätte, wo sich der Stab befinden sollte, lag direkt davor.

Hannes betrat den Flur, öffnete die Tür zum Gastraum, verhedderte sich in der Pferdedecke, die innen vor der Tür hing, und blinzelte in das funzelige Licht von Petroleumlampen.

Plötzlich erkannte er, daß kein deutscher Stab an den Tischen saß, sondern Russen.

Mit einem Satz verließ er den Raum. Schüsse fegten ihm nach, draußen stieg eine Leuchtrakete hoch. Er kam nicht mehr aus dem Flur heraus und wich in den dunklen Gang zurück, prallte gegen einen Schrank, versuchte, sich dahinter zu verstecken. Schüsse ratterten aus der Schänke in den Flur, dann wurde auch draußen geschossen. Hannes warf sich hinter dem Schrank platt auf den Boden.

Flüche, Befehle, Schüsse, von oben kamen Stiefel die Treppe heruntergepoltert, trafen sich mit denen, die aus dem Gastraum traten. Alle liefen nach draußen, wo immer stärker geschossen wurde. Sie versuchten, sich gegen einen Überfall zu wehren. Hannes donnerte das Herz gegen den Estrich.

Sie kamen wieder in die Schänke zurück. Plötzlich blieben einige Russen neben ihm stehen. Er konnte ihren Fußschweiß riechen. Sie warteten, dann schossen sie in den Schrank, und die Tür schlitterte heraus.

Hannes wartete auf den Strahl einer Taschenlampe, der ihn treffen mußte, und dann die Todesgarbe. Doch die Lichter irrten draußen und im Treppenhaus herum, auch durch den Flur. Seinen Winkel ließen sie aus. Dann beruhigten sie sich wieder.

Hannes blieb platt auf dem Estrich liegen und wartete. Als sich nichts mehr rührte, setzte er sich vorsichtig hin, lauschte, dann stand er auf.

Er sah um den zerschossenen Schrank herum auf die Haustür. Die stand offen, doch daneben lehnte ein russischer Wachtposten am Rahmen und rauchte. Also da konnte er nicht durch.

Hannes schlich in den Flur zurück. Er fand die Tür zu einer Toilette, hoffte dort durch ein Fenster entkommen zu können, doch das war vergittert. Nach oben konnte er nicht, dort hörte er Russen reden. Und in der Tür stand die Wache.

Er mußte weg. Aber wie? Er konnte doch nicht mit dem Russen verhandeln: Ich hab dir nichts getan, laß mich laufen. Er konnte auch nicht einfach an ihm vorbeirennen. Aber erschießen wollte er ihn auch nicht, und die Schüsse hätten bestimmt die anderen wieder alarmiert, und auf dem Marktplatz war alles voller Russen.

Hannes überlegte, aber das war nicht so einfach. Er war wie gelähmt, er konnte kaum denken.

Doch er mußte sich schnell entscheiden. Dauernd verließen Russen das Haus oder kamen herein. Wer auf die Toilette wollte, mußte ganz dicht an Hannes vorbei und konnte ihn dabei entdecken. Die Morgendämmerung würde auch bald einsetzen, fürchtete Hannes.

An dem Russen kam er nicht friedlich vorbei. Mit dem konnte er nicht reden, das sagte er sich immer wieder. Er mußte ihn beseitigen und möglichst, ohne einen Laut zu machen. Aber wie? Er dachte daran, ihn mit einem Schlag auf den Kopf außer Gefecht zu setzen.

Doch dann stellte Hannes fest, daß der russische Wachtposten einen Stahlhelm trug und Hannes wegen der niedrigen Decke zum Schlag nicht genug ausholen konnte.

Wieder packten ihn Furcht und Panik. Er hoffte, alles zu träumen, aber er wußte gleichzeitig, daß er es erlebte.

Den Russen erwürgen? Das würde er nie über sich bringen. Der Russe würde sich auch wehren und Krach machen. Dann war Hannes verloren, das wußte er.

Es blieb ihm nur eins, aber daran wollte er gar nicht denken: Er mußte den Russen mit seinem Messer töten. Obwohl er mit seinen Überlegungen um dieses Messer einen Bogen geschlagen hatte, so tat, als ob es gar nicht da wäre, steckte eins in der Sprunghose, die Hannes von einem gefallenen Fallschirmjäger trug.

Das Messer war seine einzige Rettung, das wurde ihm klar. Dem Russen von hinten ins Herz stechen? Aber traf er es, war er sicher genug bei dem Stoß? Würde der Russe nicht aufschreien?

Nein, das ging nicht. Es blieb Hannes nur eins, er mußte dem Russen die Kehle durchschneiden.

Hannes schreckte zurück. Er war doch kein Pole und feiger Messerheld. Er fürchtete sich vor dem kalten Stahl. Aber er hatte keine andere Wahl.

Es dauerte eine Zeit, bis Hannes so ruhig wurde, daß er sich an den Russen unbemerkt heranschleichen konnte. Noch einmal zögerte er. Hannes zog das Messer aus der Scheide an seinem Oberschenkel. Er fühlte den kalten Stahl. Der Russe hustete, wie ein ganz normaler Mensch. Er roch nach Schweiß und Tabak. Er konnte es nicht tun. Doch wenn der Russe sich jetzt umdrehte, war Hannes verloren.

Er spürte auch, wie sein Atem immer schneller und lauter wurde. »Jetzt!« befahl er sich und stach zu.

Der Russe brach ohne einen Laut zusammen. Hannes fing ihn auf und legte ihn sehr sanft auf den Boden. Blut quoll über seine Hände.

»Tut mir leid«, flüsterte er.

Dann ging er so langsam an der Hauswand entlang, als ob er zu den Russen gehörte, mit den Händen in den Taschen.

Doch hinter dem Haus, zwischen den Gärten, rannte er los. Er hatte sich den Weg genau gemerkt. Die Russen hatten noch immer keine Wachen aufgestellt. Sie wußten wohl nicht, daß in der durchbrochenen, deutschen Front noch eine kleine Gruppe aushielt.

Hannes erreichte seine Kumpels. »In Gottesfurcht sind die Russen«, bekam er noch heraus. Dann fiel er zusammen, erbrach sich und heulte wie ein Kind. Die Kumpels ließen ihn, bis Hannes ihnen berichten konnte. Nur in wenigen, abgerissenen Worten, doch sie verstanden schon, was passiert war.

»Eine Scheiße, daß sie Kinder in den Krieg schicken!« schimpfte Gustav.

»Ich bin ein elender Mörder«, schluchzte Hannes.

»Sind wir alle«, antwortete Paul.

»Quatsch!« raunzte Gustav. »Los, wir müssen abhauen. Genießt den Krieg, der Friede wird fürchterlich.«

Der Russe an der Straßenecke

Der Rückzug der Kumpels war ein Alptraum. Überall waren die Russen schon durchgebrochen und auf dem Vormarsch nach Berlin. Wie Hasen wurden sie gejagt. Tagsüber versteckten sie sich, nachts schlichen und schossen sie sich durch.

Erst als sie die Vororte Berlins erreichten, gab es so etwas wie einen geordneten Widerstand.

Sie sahen überall tote deutsche Soldaten, auch alte

Volkssturmmänner und blutjunge Hitlerjungen, die Hitler an die Front gejagt hatte, als letztes Aufgebot.

Hannes glaubte noch immer an den Endsieg, an die Wunderwaffe des Führers. Gustav lachte ihn aus, wurde dann aber ganz ernst und sagte: »Das ist schon kriminell, was du da glaubst.«

Paul fragte sich: »Daß wir uns nicht gegen diesen Massenmörder gewehrt haben . . .«

Sie reihten sich in das ein, was noch in etwa eine Front genannt werden konnte. Zwischen den Häusern Berlins konnten sie sich effektiver verteidigen, weil die Russen sich dort nicht auskannten und unsicher angriffen.

Hannes und sein Verein gingen hinter einer schnell aus Doppelstock-Bussen errichteten Straßensperre in Stellung. Die half zwar nicht gegen Panzer, aber gab Deckung vor Infanteriefeuer.

Paul schickte Hannes zur nächsten Straßenkreuzung: »Paß da auf, bis die Russen kommen.«

»Jawoll«, antwortete Hannes und zog los.

Er fror erbärmlich, es war noch früh am Morgen. Er hatte kaum geschlafen und seit dem Absetzen von der Oder kaum etwas gegessen. Er war so müde und kaputt, er hätte im Gehen einschlafen können. Das Sturmgewehr hing am Riemen vor seiner Brust, die Hände hatte er tief in seine Tasche gesteckt. Weil die Russen in die Dächer schossen, ging Hannes dicht an den Häuserwänden entlang, um nicht von den Splittern und Dachziegeln getroffen zu werden. Die Stadt brannte, dichte Rauchschwaden zogen durch die Straßenschlucht. Hannes mußte husten.

Er döste an der Häuserfront entlang. Immer wieder berührte er mit seiner Schulter die Mauern. Er stolperte vor sich hin und hoffte nur, nicht einzuschlafen.

Halb im Schlaf fiel er fast in die Nebenstraße hinein, als die Häuserfront plötzlich aufhörte. Aber er wurde aufgefangen. Erschrocken riß Hannes die Augen auf. Er war in die Mündung einer russischen Maschinenpistole hineingelaufen. Er starrte in das Gesicht eines russischen Soldaten, der genauso überrascht war wie Hannes. Doch der faßte sich schneller und hatte seine Waffe in den Fäusten.

Hannes kniff die Augen zu. Die Hände bekam er einfach nicht aus den Hosentaschen heraus. Jetzt mußte der Todesschuß kommen. Der Russe brauchte nur abzudrücken. Schreckhaft sah Hannes den Russen vor sich, dem er die Kehle durchgeschnitten hatte; die Russen, die beim Angriff im Oderbruch von ihm zusammengeschossen worden waren. Hannes wartete, gleich war alles aus.

Aber der Russe schoß nicht. Hannes' Sinne begannen wieder zu arbeiten. Er roch den Schweiß seines Gegenübers, Tabakgeruch, er hörte, wie der röchelnd atmete.

Dann gab ihm der Russe einen Stoß gegen die Rippen. Hannes traute sich, die Augen wieder aufzumachen. Er sah in ein hartes Gesicht mit Bartstoppeln. Doch die Augen waren braun und hatten Mitleid mit ihm.

Vor Hannes stand ein Mann. Hannes kam sich wie ein Kind vor. Der Russe überlegte. Hannes sah, wie sein Gesicht sich immer wieder veränderte, schnell, zwischen Haß, Verachtung, aber auch Mitleid. Der Russe spuckte aus. Dann sagte er verächtlich: »Hitler kaputt. Woina (Krieg) kaputt. Geh nach Haus, zu deiner Matrjoschka.«

Hannes konnte kein Russisch, aber er verstand genau, was der Russe sagte, und rannte los.

Unterwegs hätte ihn der Russe noch erwischen können, doch er schoß nur in die Luft.

Unterwegs fiel Hannes ein, daß er sich nicht bedankt hatte. Er drehte sich noch einmal um, doch da war der Russe schon wieder hinter der Ecke verschwunden. Hannes' Kumpels schossen auf ihn. »Seid ihr wahnsinnig geworden?« schrie Hannes sie an. »Der hat mich doch laufenlassen.«

»Das ist ja die Scheiße mit dem Krieg!« schimpfte Gustav.

Endlich an der Reichskanzlei

Überall hatten sich die Russen nun festgeschossen und ballerten Freudenschüsse in die Luft. Rote Fahnen wehten über allen hohen Gebäuden und Ruinen, und in die ausgeschlagenen Fensterscheiben hatten sie abgezogene, rote Kopfkissen gesteckt. Auch vom zerstörten Reichstagsgebäude und vom Brandenburger Tor wehten ihre Siegesfahnen.

Die Reichskanzlei schmorte, gegenüber in einem Hotel sammelten sich die Überlebenden.

Hannes fragte einen SS-Mann von der Leibstandarte Adolf Hitlers: »Wo ist der Führer?«

»Kaputt«, antwortete der respektlos. Das gab Hannes einen tiefen Stich ins Herz. »Erst hat er seine Geliebte vergiftet, und dann sich selbst erschossen.«

»Woher weißt du das?« fuhr Hannes ihn an.

»Weil ich ihn selbst verbrannt habe«, antwortete der Mann mit einem desinteressierten Schulterzucken.

Hannes konnte es nicht fassen. Sein Führer war tot, alles war aus. Er hatte schon davon geträumt, mit dem Führer und letzten Mann die Reichskanzlei zu verteidigen, wie damals die Nibelungen am Hofe von Etzel.

»Komm mit«, versuchte der SS-Mann Hannes aufzumuntern. »Drüben im Hotel gibt es Erbsensuppe und alles, was die Bonzen nicht verdrücken konnten.«

Seine Kumpels waren schon vorgegangen. Hannes traf sie wieder, als sie Erbsensuppe aus großen Bier-Henkelkrügen tranken und Kaviar und geräucherte Gänsebrust aßen. Brot gab es auch noch. Mit Sekt, Bier und Schnaps aus angebrochenen Flaschen spülten sie ihren Mund. Hannes schmeckte nichts mehr, obwohl er einen quälenden Hunger hatte. Er ließ sich dann aber doch von Gustav ein Glas mit Erbsensuppe geben und aß auch ein Hühnerbein in Aspik.

Sie hatten nicht viel Zeit, sich auszuruhen. Die Russen griffen schon wieder an und drängten sie ins Hotel hinein. Aus einem Lautsprecher riefen sie den Deutschen zu: »Berlin hat sich heute nacht um zwei Uhr schon ergeben. Wenn ihr nicht sofort herauskommt, räuchern wir euch aus.«

»Propaganda!« versuchte das ein politischer Leiter mit viel Gold auf seiner gelben Uniform abzutun.

Die Kumpels begannen, sich zu wehren. Keiner dachte daran, sich zu ergeben.

Im Hotel hatten sich die Reste des Dritten Reiches versammelt, das ja tausend Jahre alt werden sollte: Soldaten aller Waffengattungen, auch Generäle. Politische Leiter, hohe Hitlerjugendführer, Regierungsangestellte. Frauen in Pelzmänteln, die schon betrunken waren und sich ungeniert von Männern auf den Liegen im Salon begatten ließen. Es widerte Hannes an, wie die Führung des Dritten Reiches zu Grunde ging. Damit hatte er nicht gerechnet, das enttäuschte ihn sehr. Der Vater schien recht gehabt zu haben, daß es sich bei denen da oben um Schmarotzer und Feiglinge handelte.

Doch die einfachen Soldaten und einige Offiziere kämpften. Hannes reihte sich an den Fenstern ein und versuchte die Russen zurückzudrängen. Immer wieder kam Trauer in ihm hoch. Der Führer war tot – warum sollte er eigentlich noch leben? Von ihm war er in die Pflicht genommen worden, ihm hatte er seinen Eid geleistet.

Als sie an den Fenstern abgelöst wurden und Hannes sich in eine Ecke setzte, während seine Kumpels die Bar aufsuchten, kam eine BDM-Führerin auf ihn zu. Sie war etwas älter als er, trug noch die dunkle Uniform mit dem weißen Hemd und hatte ihre blonden Haare mit einem Zopf um den Kopf geflochten.

Sie blieb vor ihm stehen und sagte: »Du siehst so traurig aus, soll ich für uns eine Flasche Champagner holen?«

Hannes schüttelte den Kopf.

Sie setzte sich neben ihn auf den Boden. »Du darfst nicht traurig sein«, sagte sie. »Wir haben alle unsere Pflicht getan, aber nun ist es vorbei.«

Hannes wußte nicht, was er sagen wollte.

»Vielleicht beginnt für uns doch noch ein neues Leben«, hoffte sie.

Doch Hannes wollte sich nicht ermuntern lassen. Sein Vaterland war besiegt worden, und sein Führer hatte sich davongestohlen, noch nicht einmal gekämpft.

Das Mädchen griff in ihre Jackentasche und hielt Hannes eine geöffnete Schachtel mit Zigaretten hin.

Böse reagierte er: »Ich bin ein Hitlerjunge, ich rauche nicht.«

»Entschuldigung«, steckte sie schnell die Schachtel wieder weg. »Ich habe es mir auch erst hier angewöhnt, weil alle es taten.«

Im Salon begannen sie zu tanzen, während an den Fenstern gekämpft wurde. Von einem Grammophon quäkte fremde Musik, die aber das Mädchen ganz nett fand. Mit ihren Fußspitzen wippte sie danach. Hannes löste wieder jemand am Fenster ab. Er schoß lieber und warf Handgranaten, da brauchte er nicht über alles nachzudenken.

Das Mädchen stellte sich neben ihn. »Darf ich bei dir bleiben?« fragte sie.

»Meinetwegen«, antwortete Hannes. »Aber geh mehr vom Fenster weg, sonst treffen sie dich noch.«

Er sah ihr nach, als sie zurückwich, sie sah wie ein richtiges deutsches Mädel aus. Nun war das alles vorbei.

Die Russen brachten Panzer und Flammenwerfer in Stellung. »Wir können das Hotel nicht mehr halten, wir müssen ausbrechen«, meinte ein Offizier. Paul war der gleichen Meinung.

Ein Arzt verteilte Ampullen mit Zyankali. »Man braucht sie nur zu zerbeißen und ist in Sekunden tot.«

Hannes nahm keine. Doch einige, die nicht mehr weitermachen wollten, zerbissen die schrecklichen Phiolen und fielen tot um.

Sie brachen zum Park hin aus, weil sich dort noch keine Russen über die Mauer getraut hatten. Sie meinten, der Nebel aus Rauch und Qualm würde ihre Flucht decken, doch die Russen eilten sofort ins Hotel und schossen auf die Flüchtenden.

Das Mädchen wurde von einer Salve getroffen. Gustav erwischten sie, als er über die Mauer klettern wollte. Hannes verlor den Kontakt zu den meisten, die durch ein Mauerloch brachen, drüben aber von den Russen ganz übel empfangen wurden. Er hastete an der Mauer entlang. Ganz am Ende, wo er drüben nichts mehr hörte, kletterte er hoch und sprang ab.

Er sprang genau in eine Gruppe von Russen, die zwischen Sträuchern in Deckung lagen.

Ehe er das alles begriff, bekam er von hinten einen furchtbaren Schlag auf den Kopf. »So, jetzt bin ich tot«, dachte er noch, dann verließen ihn seine Sinne.

Auferstehung

Hannes kam aber wieder zu sich, wenn auch ganz langsam und wie nach einem langen, tiefen Schlaf. Erst wußte er gar nicht, wo er war. Als er dann Vögel zwitschern hörte und ein Sonnenstrahl sein Gesicht streichelte, nahm er zunächst an, er sei im Paradies.

Doch dann roch er Russen, Schweiß und Machorka-Beize. Er öffnete die Augen und sah in ein böses Gesicht. »Wo Hitler?« fuhr ihn das Gesicht an.

Hannes fiel nichts Besseres ein, als »kaputt« zu antworten. Fast hätte er dazu gelächelt, aber dann schämte er sich doch, sich so angebiedert zu haben.

Er lebte also noch, aber hier auf Erden. Schnell stellte er fest, daß nicht nur seine Waffen fehlten, sondern auch die Armbanduhr. Er wollte schon nach der Uhr suchen, einem Geschenk seiner Eltern, doch dann sah er sie am Arm des Mannes glänzen, der ihn angeraunzt hatte.

Hannes vergaß das schnell; er lebte und freute sich. Ein furchtbarer Druck war von ihm genommen. Ihm war, als ob er schwebte. Alle Last war auf einmal weg, und die Verantwortung und der Krieg. Er atmete tief auf.

Doch der Russe schrie ihn noch einmal an: »Wo Hitler?«

»Ich weiß es nicht«, antwortete Hannes. »Sie sagen, der Führer ist tot.«

Er bekam einen furchtbaren Schlag ins Gesicht.

Ein anderer Russe fuhr ihn an: »Warum du nicht kapituliert, du weiter gekämpft? Du bald kaputt.«

Hannes erschrak. Nun war doch nicht alles überstanden. Er wollte wieder ein Junge sein, doch nun behandelten sie ihn wie einen Mann. Sie trieben ihn hoch, er mußte die Hände im Nacken falten, so trieben sie ihn durch die Trümmer in eine Ruine. Dort hockte ein russischer Stab. Gerade kam ein SS-Offizier herausgetaumelt, blutend, der konnte Hannes noch zuflüstern: »Unterschreib alles, sag ihnen, Hitler ist nicht tot, das wollen sie hören.« Er bekam einen furchtbaren Schlag auf den Kopf dafür und brach zusammen.

Hannes stießen sie in den Unterstand.

Dort wieder die gleiche Frage. Hannes antwortete, gegen sein Wissen und Gewissen. Erstaunt sahen die Offiziere ihn an, schoben ihm ein Papier zu, das er unterschreiben mußte. Er konnte es nicht lesen, es war in kyrillischer Schrift abgefaßt. Keiner übersetzte es ihm, doch er unterschrieb.

»Choroscho«*, fand der verhörende Offizier.

Sie führten Hannes zu einer Gruppe von deutschen Gefangenen, die Hannes wiedererkannte. Sie hatten mit ihm das Hotel verteidigt. Paul war nicht darunter. Hannes hatte nur gesehen, wie Gustav umfiel.

Sie wurden abgeführt. Die Gefangenen schlurften traurig und müde durch die Trümmer Berlins. Doch Hannes freute sich. Er hätte am liebsten gepfiffen. Er lebte noch, er hatte den Krieg überstanden! Eigentlich hatte er immer damit gerechnet, aber nun kam es ihm doch wie ein Wunder vor.

Dann wurde er wieder traurig. Er sah, wie Berliner Frauen auf der Straße vergewaltigt wurden, Kinder und Greisinnen. Opas und Jungen, die dazwischentreten wollten, wurden erschossen. Auch ein Gefangener, der es nicht mit ansehen konnte und eingreifen wollte, blieb in der Garbe einer russischen Maschinenpistole liegen.

* »gut« (gesprochen *charaschó*)

Die Nacht verbrachten sie auf einem Acker, scharf bewacht. Am nächsten Morgen wurden sie weitergetrieben, auf Umwegen, fernab der Straßen, weil die für russischen Nachschub gebraucht wurden.

Manchmal sahen sie eine riesige Kolonne von deutschen Gefangenen, doch sie blieben von ihnen getrennt. Sie waren fünf Mann, alles SS-Leute bis auf Hannes. Er trug immer noch die blaue Fliegerhose und grüne Armeejacke. Die Orden, die ihm gar nicht zustanden, sondern dem Toten, der die Uniform vor ihm getragen hatte, waren von den Russen abgerissen worden.

Hannes hatte den Eindruck, daß die Russen nicht wußten, wohin sie ihre Gefangenen treiben sollten. Die gute Laune verging ihm im Laufe des Tages. Er hatte furchtbaren Hunger und Durst, und die Beine wurden ihm schwer. Den anderen natürlich auch.

Die erschossenen Russen im Rübenkeller

In der Nacht erreichten sie einen kleinen Ort im Nordosten von Berlin. Sie wurden in einen typischen brandenburgischen Bauernhof gebracht, dessen Gebäude den Hof umstanden. In der Mitte thronte der Misthaufen.

Sie mußten eine schräge Blechklappe öffnen, die vom Hof in den Keller führte. Dann stiegen sie ein, und die Russen schlossen die Klappe wieder. Zwei von ihren Bewachern blieben davor stehen. Die Gefangenen hörten, wie die beiden sich unterhielten. Es war stockdunkel in dem Verlies, erst langsam nahmen die Augen der Gefangenen das kärgliche Licht auf, das durch die Ritzen der Blechtür und durch ein schmales Kellerfenster fiel.

Feuchtigkeit umgab sie, und es stank durchdringend nach Verwestem. Als sich die Eingeschlossenen in dem Raum bewegten, hörten sie Stroh um ihre Füße rascheln. Dann stießen Hannes' Beine an etwas Hartes. Es war rund, es mußten Rüben sein, die dort lagerten. Aber dann spürte er, daß es doch nicht Rüben sein konnten, das Runde hing noch an etwas Größerem.

Auch den anderen erging es so. Sie blieben alle stehen, keiner setzte sich ins Stroh, obwohl sie zum Umfallen müde waren. Sie begannen etwas zu ahnen.

Einer wagte es, bückte sich und fühlte nach.

»Menschen«, flüsterte er erschrocken.

Dann entdeckte einer Einschüsse und Blutflecken an den Wänden und auch im Stroh. »Hier legen sie uns um«, fürchteten sie sich.

Sie horchten zur Tür hin, doch draußen unterhielten sich die Russen so gelangweilt weiter, als ob hier nichts Außergewöhnliches geschehen würde.

Ein Mutiger ging in die Hocke und untersuchte die Erschossenen. Erschrocken stellte er fest: »Es sind keine von uns, sondern russische politische Kommissare, die hier erschossen wurden, von Kugeln durchsiebt. Eine Sauerei ist das, dieser Kommissarbefehl vom Führer, jeden umzulegen. Wenn sie das herausfinden, kommen wir dran, spätestens morgen früh.«

Die Gefangenen blieben stehen, senkten ihre Köpfe, einige falteten die Hände. Sie standen da wie an offenen Gräbern. Die Schuld des Krieges holte sie hier ein. Hannes fühlte sich auch schuldig. Auf was für eine furchtbare Sache hatte er sich da eingelassen, mit seinem Idealismus, in seiner Dummheit?

Ihm war übel. Hier wurde ihm klar, wie grausam der Krieg eigentlich war, obwohl er vorher ja schon schlimme Sachen erfahren hatte. Doch da war er immer weggelaufen. Hier mußte er stehenbleiben, mit den Ermordeten zu seinen Füßen und dem verwesenden Gestank ihrer Leiber in seiner Nase.

Einer der Gefangenen versuchte das alles zu erklären und auch, daß der normale Waffen-SS-Mann so etwas gar nicht gewußt und schon gar nicht getan hätte.

»Halt deine erbärmliche Schnauze!« fuhr ihn einer an.

Dann setzten sie sich doch, aber so, daß sie die Toten nicht berührten. Die sollten wenigstens hier ihren Frieden haben.

Hannes kam sich vor wie beim Beerdigungs-Kaffeetrinken von Onkel Karl. Erst sagte keiner ein Wort. Doch es gab keinen Kaffee und Kuchen. Erschöpft schlief er endlich im Sitzen ein.

Die Siegesfeier

Hannes wurde erschrocken wach, als er draußen auf dem Hof viele Stimmen hörte, so als ob sich Hunderte von Menschen versammelten, um bei der Exekution der Deutschen dabei zu sein.

Nun war es im Keller auch so hell geworden, daß die Gefangenen sich gegenseitig in die erschrockenen Gesichter sehen konnten. Jeder deckte den Russen vor sich noch mehr mit Stroh zu. Alle starrten auf die Blechtür und rechneten damit, daß die jeden Augenblick aufgeschlagen würde.

Bis plötzlich einer sagte: »Das sind doch deutsche Stimmen, die da draußen.«

Alle horchten. Tatsächlich, deutsche Laute, Männer, ehemalige Soldaten wie sie, Kriegsgefangene.

Schnell erfaßte einer die Situation: »Das ist unsere Rettung. Die Russen wußten nichts von den Toten, und als sie die normalen Gefangenen hier einschleusten, haben sie auch uns vergessen. Ich werde mal an die Tür donnern, vielleicht ist die von außen gar nicht abgeschlossen. Bei den Iwans kommen solche Schlampereien oft vor.«

Hannes empörte sich darüber, wie schnell der Kerl sich gewandelt hatte; er wollte schon protestieren, noch einmal feststellen, welche Sauerei das hier mit den Toten war, aber dann wollte er doch lieber nicht dafür erschossen werden und schwieg.

Der Forsche donnerte gegen die Tür, rief im Befehlston: »Aufmachen!«, und die Tür wurde tatsächlich von deutschen Kriegsgefangenen geöffnet.

Der Kesse fuhr die verdutzten Männer an: »Welcher Blödmann hat denn diese Tür hier zugeschlagen?«

»Wissen wir nicht, Herr Obersturmführer«, antworteten sie dem SS-Offizier aus dem Keller. Sie hatten sich noch nicht an ihre Rolle als Gefangene gewöhnt.

Als Hannes mit den andern nach oben gestiegen war, gab der Offizier als letztes Kommando: »Im großen Haufen untertauchen, so tun, als ob wir uns nie gesehen hätten, nie im Keller gewesen wären. Jetzt ist jeder für sich. Kommt gut nach Hause.«

Der Innenhof des Gutes war mit Gefangenen vollgestopft. Es gab kaum Platz zum Sitzen und noch weniger zum Liegen. Hannes wurde an die Bilder erinnert, die er von russischen Gefangenen gesehen hatte. Dabei hatte er sich nicht vorstellen können, daß Deutsche je so aussehen würden. Doch nun die gleichen Szenen: unrasierte Deutsche, in Uniformresten, bar jeder Disziplin. Wie Tiere suchten sie überall, auch in den Abfällen und im Mist, nach Eßbarem. Es gab keine Ordnung und Disziplin mehr. Sie fuhren sich an wie Kampfhähne und beschimpften sich mit den übelsten Ausdrücken. Ungeniert schissen sie auf den Misthaufen und wischten sich mit Geldscheinen den Hintern ab.

Hannes drängte sich zum Tor durch. Dort standen russische Soldaten Wache. Übersahen gelangweilt das Treiben im Hof, rauchten und spuckten. Hannes spürte, wie ungewaschen und verkommen er schon war.

Bald würde er mit seiner Fantasieuniform auch nicht mehr auffallen. Viele Soldaten hatten die ihre mit Resten von anderen ergänzt, ihre Rangabzeichen und den Hoheitsadler mit dem Hakenkreuz von der Uniform abgerissen.

Dann trat eine russische Frau durch das Wohnhaus in den Hof. Es fiel ihr schwer, sich in ihren viel zu engen und hohen Stöckelschuhen zu bewegen. Immer wieder knickte sie um. Die eleganten Schuhe paßten überhaupt nicht zu den grobgestrickten, schwarzen Strümpfen, die sie trug.

Sie war eine mehr als kräftige Frau. Der enge, dunkle Rock umspannte ein gewaltiges Gesäß. Unter ihrer Soldatenbluse lagen zwei schwere Brüste. Darauf trug sie eine

Reihe von bunten Orden und Sternen wie auf einem Kissen vor sich her. Sie schwitzte in ihrer Fülle und hatte die Knöpfe ihres kurzen, hochstehenden Kragens geöffnet.

Ihr Gesicht war rund, gepolstert und gutmütig. Kleine Augen standen über hohen, starken Backenknochen. Die Lippen waren mit einer dicken Schicht Rouge belegt. Die Flut ihrer blonden Haare konnte sie kaum unter einer dunklen Baskenmütze bändigen, von der ein roter Glasstern noch matt glänzte.

Ihre Finger hatte sie mit rotem Nagellack angestrichen, der nicht zum Farbton ihrer Lippen paßte. Er platzte auch schon ab. Über ihre Schulterklappen waren mehrere Litzen gespannt. Sie war ein Feldwebel der Roten Armee, aber das wußte Hannes damals noch nicht.

Was Hannes noch mehr verwunderte, war, daß sie unter ihrem Arm eine Bibel mit Goldschnitt trug. So etwas hatte er in der Roten Armee nicht erwartet.

Als er sich allmählich von der Betrachtung löste, wurde er von einem jungen Mann angesprochen, der mit ihm im Keller gewesen war: »Du scheinst dich ja auch für diese Dame zu interessieren.«

»Besser als im Misthaufen zu wühlen oder sich selbst zu bemitleiden«, antwortete Hannes. Denn er überhörte gerade eine Unterhaltung von Gefangenen, die alle ihre Unschuld beteuerten und behaupteten, sie seien schon immer gegen Hitler gewesen und würden nun hier unschuldig gefangen gehalten.

Hannes' Nachbar nickte, und zusammen sahen sie sich ihre neuen Herren etwas genauer an.

Beide blickten erstaunt auf, als die Russin ihre Bibel in eine Hand nahm, als ob sie gleich darin lesen würde. Doch sie tat etwas ganz anderes: Sie riß ein Blatt heraus, klemmte die Bibel wieder unter den Arm, griff in eine Brusttasche, holte mit den Fingerspitzen eine Ladung Machorka-Tabak heraus, im Grobschnitt von gehackten Streichhölzern, und drehte ihn mit dem Bibelblatt zu einer Art Tüte. Diese klemmte sie sich in den Mund, kramte Streichhölzer aus der anderen Brusttasche und entzündete die Tüte, die dann wie ein Kohlstrunk beim Laubfeuer im Garten qualmte. So schmauchte sie ihren Strunk – erst nur zwischen den knallroten Lippen, später auch, indem sie die Enden zwischen ihre Fingerkuppen klemmte.

Dann sah sich die Russin bei den Gefangenen um und blieb mit ihren Augen bei den beiden stehen. Als die schon zurückweichen wollten, winkte sie ihnen. Sie sollten kommen. Erst wollten die beiden in der Masse der Gefangenen verschwinden, doch es war zu spät, die russischen Wachtposten wurden auch auf sie aufmerksam.

Hannes und sein Genosse traten also auf die Russin zu, mit dem unschuldigsten Gesicht, das sie nur aufsetzen konnten. Die Russin bedeutete ihnen, mitzukommen. Sie verließen den Hof. Als echte Gefangene, die sie schon in wenigen Tagen geworden waren, sahen sie sich sofort nach einer Fluchtmöglichkeit um. Doch der Ort war voller Panzer, Pferde, Lastwagen und Soldaten. Es gab keine Chance, abzuhauen.

Die Russin führte sie über zerfahrene Straßen auf eine Metzgerei zu, deren große Ladenscheibe zersplittert war. Aus den Fenstern der oberen Etage flogen Gläser in den Vorgarten und auf die Straße. Die Frau Feldwebel sah mißbilligend hoch.

Als sie den Hof betraten, saß vorne neben der Tür ein russischer Soldat mit Schürze und kochte Fleisch über offenem Feuer in einem Einmachkessel. In der Wurstküche und in dem Raum mit Ofen und Kesseln standen Pferde, die austraten und wieherten.

Die beiden Gefangenen folgten der Russin ins Haus, stiegen die Treppen hoch und mußten aus einer Besenkammer Reinigungsgeräte und Schaufeln aufnehmen. Dann deutete die Frau aufs Wohnzimmer, wo sie aufputzen sollten.

Dort wurde laut gefeiert und geschossen. Die beiden trauten sich zunächst nicht hinein, doch die Soldatin blieb bei ihrem Befehl.

Geduckt liefen die beiden in die Schlacht, nahmen unter dem Tisch in der Mitte Deckung und begannen zu fegen.

Es mußte komisch aussehen, denn die feiernden Offiziere brachen in brüllendes Gelächter aus.

Hannes' Kumpel grinste Hannes an, schaltete schnell und befahl: »Komm, die gleiche Schau noch einmal. Wir rennen mit den vollen Schaufeln hinaus und mit den leeren wieder herein. Soldaten, die sich freuen, haben noch nie einen erschossen.«

Sie taten es, und dieses Mal gab es sogar Szenenbeifall. Aber die Schießerei stellten die Russen trotzdem nicht ein. Knapp über den Tisch hinweg fegten die Schüsse. Mit langen Besen versuchten die beiden aus der Deckung heraus, Glassplitter und Schmutz zu erreichen. Vom Sofa und den Sesseln aus, auf denen sie halb lagen, schossen die Sieger auf ein Bild mit Hitler und Hindenburg an der Wand und zersiebten es. Auch ein Schiff auf hoher See im Goldrahmen wurde versenkt.

»Ist so ähnlich wie Schiffe versenken in der Schule«, fand Hannes.

»Du hast vielleicht einen Humor«, schüttelte der Kumpan den Kopf.

Die Heidelandschaft an der Wand schien so von Bombenteppichen zernagt zu sein wie der Truppenübungsplatz Munster. Auch ins Klavier schlugen Schüsse ein und verursachten traurige, aber auch jauchzende Töne.

Als sie beim dritten Mal den Schutt in der Küche ablieferten, wo sie ihn einfach aus dem Fenster schütten sollten, befahl ihnen die Russin, mit ihr zu kommen. Erst dachten sie, es ginge wieder ins Lager zurück. Doch sie mußten den Kessel mit dem Fleisch und mehrere Brote zu den Offizieren hochtragen.

Da die Bewacherin sich noch etwas beim Koch aufhielt, stopften sich die beiden ihre Münder mit Kochfleisch voll und schlangen es herunter. Auch die Hosen- und Jackentaschen wurden gefüllt. Dann kam noch eine Ladung in den Mund, ehe sie wieder den Schießplatz betraten.

Hannes' Kumpan war Offizier, einer mit sehr guten Manieren, wie Hannes beim Servieren feststellen konnte. Das imponierte den Russen. Sie stellten das Schießen ein.

Aber leider tranken sie auch beim Essen zuviel Wodka, einer verfluchte alle Deutschen, und die beiden mußten wieder mit Schüssen rechnen.

Während sie schnell die Ecken fegten, sah Hannes das Klavier an und seufzte mit dem Beginn eines Schlagers: »Man müßte Klavier spielen können.«

»Das kann ich«, antwortete der Kumpel. »Das ist die Idee. Ich werde Klavier spielen, vielleicht beruhigt sie das.«

Er setzte sich ans Klavier und ließ zunächst einmal die schöne blaue Donau plätschern. Das beruhigte die Feiernden ungemein, einige fingen sogar an, mitzusummen.

»Erika, Erika«, wollte einer hören.

Hannes' Kumpel klimperte es, aber im gemilderten Marschrhythmus, eher für den Zimmergebrauch. Er wollte die Soldaten nicht noch zum Marschieren anheizen.

»Lilli Marlen« wollten sie hören. Sie kam auch. Der Kumpel war ein ausgezeichneter Klavierspieler. »Ist mein Studienfach«, erklärte er Hannes. »Ich möchte einmal Dirigent werden, wenn das noch möglich sein sollte.«

»Ich bin leider schon sehr früh mit Geige und Klavier auf der Schule gescheitert«, gab Hannes zu. »Auf Seite 12, bei ›Ist ein Mann in den Brunnen gefallen‹, warf mich der Lehrer hinaus.«

Während der Freund spielte, räumte Hannes den Tisch ab, sammelte die Knochen auf und stopfte sich mit den Resten voll. Dabei vergaß er auch den Kumpel nicht, der noch mehr Beifall erntete, als er russische Volkslieder spielte.

Beim Krakowiak tanzten die Musikliebhaber durch das Wohnzimmer. Vielmehr, sie wollten es, doch der Wodka hob sie sehr schnell von den Beinen. Bald fielen die Feiernden dann in den Schlaf. Einige schleppten sich noch bis zu den Ehebetten des Metzgermeisterpaares, andere schliefen in den Sesseln ein.

Die russische Feldwebelin brachte die beiden Deutschen wieder zum Lager zurück. Sie versuchten ihr klar zu machen, daß sie jederzeit wieder zur Verfügung stehen würden.

»Wie schnell das alles wechselt«, fand der angehende

Dirigent. »Vor ein paar Tagen schossen wir aufeinander, und nun spielen wir die schöne blaue Donau zusammen. Man muß eben flexibel sein, sonst kommt man hier nicht durch. Und sich auch nicht zu viele Gedanken machen.«

Das nahm Hannes sich vor.

Im Todeslager

Die Rote Armee wußte nicht, wohin mit den deutschen Kriegsgefangenen. Alle vorhandenen Lager wurden vollgestopft, neue errichtet und improvisiert. Die Verpflegung reichte nicht, kaum für die eigenen Soldaten.

Die Gefangenenkolonne, mit der sich Hannes gen Osten schleppte, bekam kaum etwas zu essen. Sie wurden auf Felder geführt, wo sie sich von dem, was dort wuchs, wucherte und faulte, ernähren mußten. Furchtbare Durchfälle waren die Folge. Wasser wurde aus Bächen und Teichen genommen. Wer unterwegs zurückblieb oder umfiel, wurde »auf der Flucht« erschossen.

Viele Gefangene maulten und murrten, führten die Haager Landkriegsordnung an und wie danach Gefangene behandelt werden mußten. Einige wenige fragten zurück: »Und wer hat diesen Krieg begonnen, und wie sind bei uns die russischen Gefangenen behandelt worden?«

Hannes wußte es auch. Er wurde an die Elendskolonnen russischer Gefangener erinnert, die sich an ihrem Häuschen vorbei zur Zeche schleppen mußten, um dort zu arbeiten, obwohl ihre Verpflegung kaum zum Überleben reichte. Oft genug hatten die Eltern das kommentiert: »Wenn das auf uns zurückfällt, dann wird es uns ganz übel ergehen.«

Hannes dachte damals immer: Wenn das der Führer wüßte, dann würde der auch für die Russen eingreifen.

Nun war er sich nicht mehr so sicher.

Nach mehreren Tagesmärschen erreichten sie ein Lager hinter der Oder, in der östlichen Mark Brandenburg, die nun zu Polen gekommen war.

Alle hofften, es würde ihnen im Lager besser ergehen, doch das war eine große Täuschung. Die Gefangenen wurden zunächst einmal »gefilzt«, obwohl sie kaum noch etwas besaßen. Dann teilte man sie in Hundertschaften ein und pferchte sie auf Pritschen so eng zusammen, daß sie nur auf der Seite liegen konnten. Sitzen war unmöglich, weil sie dann mit dem Kopf gegen die obere Etage gestoßen wären.

Zu essen gab es mittags und abends eine Kelle Wassersuppe aus Kartoffelschalen, in der nur sehr selten noch eine Schale schwamm. Abends bekam jeder Gefangene eine Scheibe Brot und einen Eßlöffel Zucker. Das sollte das Frühstück sein, doch jeder aß es schon am Abend und hoffte auf ein Wunder am Morgen.

Sie konnten nur noch von Essen reden und träumen. Doch das verschlechterte ihre Lage, auch seelisch, immer mehr.

Sehr früh am Morgen, wenn es noch dunkel war, weil im Lager Moskauer Zeit herrschte, wurden sie zur Arbeit getrieben.

Sie mußten den Baumbestand eines Waldes absägen, mit Geräten, die sich eigentlich nur zum Kleinholzmachen eigneten. Trotzdem setzten sie die Sägen knapp über den Wurzeln an, um möglichst viel Holz zu produzieren. Doch das ging den Bewachern zu langsam. Sie befahlen, die Geräte auf Bauchhöhe anzusetzen. Schlimm sah darum der Kahlschlag aus, der aus Baumstümpfen in über einem Meter Höhe bestand. Die Bäume wurden zu Planken zersägt, und diese zum Bahnhof der nahen Stadt geschleppt. Dort sollten sie irgendwann in die Sowjetunion transportiert werden. Doch die verfaulten Planken liegen noch heute dort, obwohl die dort ansässigen Polen einen Teil als Brennholz verbrauchten.

Hannes wurde auch einmal zu Gartenarbeiten eingesetzt und sollte ein Beet umgraben. Er tat es, wie es ihm sein Vater beigebracht hatte, stach den Spaten tief in den Boden und zerschlug den Umwurf, daß oben eine fast glatte, ebene Fläche entstand. Doch so genau wollte es der Bewacher nicht haben, weil es ihm zu langsam ging und das Soll nicht erfüllt wurde. Er befahl Hannes, nur einen kleinen Stich aus dem Boden zu heben und diesen so über die harte Erde zu verteilen, daß es aussah, als ob wirklich umgegraben worden sei.

Aber bald waren die Ausgehungerten so schwach, daß sie kaum noch den Weg zum Arbeitsplatz unter ihre Füße nehmen konnten. Also ließ man sie im Lager hungern.

Die meisten Gefangenen blieben auf den Pritschen liegen und dösten Tag und Nacht vor sich hin. Nur zum Essen und Zählen folgten sie mürrisch und störrisch den Befehlen und Schlägen der deutschen Lagerpolizei, die brutaler durchgriff als die russischen Bewacher und darum gefürchtet und gehaßt wurde. Die Lagerpolizisten fraßen sich an den Rationen der Gefangenen satt und brauten aus deren Brotportionen Bier.

Auch zu trinken gab es nicht genug im Lager. Stundenlang mußten die Gefangenen vor der Küche ansitzen, wo dann jeder eine Blechbüchse voll Wasser bekam, wenn er die Spitze der Schlange erreichte. Im Lager gab es zwar eine Wasserpumpe, die sogar funktionierte. Doch sie lag genau zwischen der Latrine und dem Massengrab und war so verseucht, daß jeder starb, der von dem Wasser trank. Trotzdem zog es immer wieder vom Durst gepeinigte Gefangene zu der trüben Pumpe. Sie soffen sich voll und verendeten.

Tag und Nacht trugen die Gefangenen die gleiche Kleidung. Ließen sie ein Teil nur ein paar Sekunden unbeobachtet liegen, wurde es sofort gestohlen.

Kranken und hilflosen Gefangenen stahlen ihre Kameraden das Brot aus der Hand. Die leeren Holzfässer, in denen die Wassersuppe zu den Gefangenen transportiert worden war, überfielen Hungrige, verschwanden mit ihrem Oberkörper darin, kratzten mit ihrem Löffel und leckten mit der Zunge die letzten Reste von Suppe aus den Dauben.

Hannes konnte nicht begreifen, daß sich die wohlerzogenen und disziplinierten Landsleute so erbärmlich benahmen. Aber auch er dachte an nichts anderes als an Essen und Trinken und wurde von den Fantasien, in die er zu flüchten versuchte, zur Verzweiflung getrieben.

Trotzdem gab er diese Fantasien nicht auf, so wie er früher Selbstbefriedigung betrieben hatte. Vor seinem inneren Auge sah er, wie der Vater die Kartoffeln hauchfein zum Kartoffelsalat schnitt, die Mutter ihn zubereitete und Hannes abschmecken ließ. Er stopfte sich mit dem Salat voll und aß dann noch eine halbe Fleischwurst dazu. Doch dann brach das Bild jäh ab, und er fühlte sich elender als je zuvor.

So erging es ihm auch mit den Reibekuchen von Tante Guste in Dortmund, mit dem Backfisch vom Fisch-Emil am Bahnhof, den es manchmal gab, wenn die Mutter zur Stadt ging. Gab es Götterspeise, leckte Hannes die Schüssel aus, und auch die vom Backen, obwohl er sie eigentlich nur mit dem Löffel auskratzen durfte.

Und dann diese furchtbaren Durststrecken! Hannes dachte an die Limonade, die der Vater von der Zeche mitbrachte, weil sie dort billiger verkauft wurde. Wie herrlich das Getränk sprudelte und an seiner Nase kitzelte! Oder er ließ in seiner Fantasie das Wasser in der Küche lange laufen und mischte sich dann selbst ein Getränk aus Brausepulver mit Waldmeistergeschmack, sein Lieblingsgetränk.

Doch wenn er diese sinnlose Selbstbefriedigung bis zur Raserei betrieben hatte, verfiel sein Widerstand, und er mußte alle seine Kraft anstrengen, um nicht zur Todespumpe zu rennen.

Auch jeder Gang zum Donnerbalken wurde zu einer Todesgefahr. Der Rand der offenen Grube war abgebröckelt. Der Abstand bis zu dem Balken, auf den man sich setzen mußte, wurde immer weiter. Einige verfehlten den Balken, stürzten in die zwei Meter tiefe Brühe und ertranken. Man half sich beim Hinsetzen, aber immer weniger Gefangene blieben hilfsbereit.

Jeder dachte nur an sich. Außerdem gab es Banden, die sich zum Stehlen zusammenrotteten und gegen die man kaum ankam. Hannes dachte, daß er dieses Lager nie überstehen würde.

Immer mehr Gefangene starben. Ein Lazarett wurde neben dem Lager eingerichtet, doch wen man dorthin einwies, der wußte schon, daß es sein Ende war.

Um die Größe der Brotschnitte, die es als Verpflegung gab, entstanden Schlägereien, bei denen Blut floß und es Tote gab. Viele Gefangene kauten ihr Brot drei-, viermal durch, ehe sie es dann verschlangen. Oder ließen es noch eine Nacht durch trocknen, um am nächsten Morgen die gleiche Prozedur und Illusion zu wiederholen.

Hannes erfuhr im Lager, daß die Vorstellung vom deutschen Herrenmenschen und Herrenvolk eine erbärmliche Illusion war, aber auch die Hoffnung seines Vaters, daß der Mensch eigentlich doch gut sei. Hannes lernte die Bestie kennen, auch in sich selbst, den schamlosen und erbärmlichen Egoisten, für den die Welt auf ihn selbst und sein Überleben zusammengeschrumpft war.

Die Freßorgien

Die Zählappelle brachten die Gefangenen bis zum Zusammenbrechen. Jeden Morgen und Abend wurde das Lager von den russischen Bewachern durchgezählt. Auf dem riesigen Appellplatz warteten die Hundertschaften oft stundenlang, bis sich die Zähler nicht mehr verhaspelten, obwohl die Prozedur doch ganz einfach war. Sie brauchten nur die Hundertschaften zu zählen. Diese wurden immer wieder neu durch sogenannte Restkompanien aufgefüllt. Das klappte vorzüglich, obwohl Hunderte, wenn nicht gar Tausende verhungerten. Doch mit dem Zählen kamen die Bewacher nie klar.

Aber dann begann etwas im Lager, zu dem immer mehr Gefangene strömten. Auf dem Buckel eines ehemaligen Depots im Lager erschien ein bekannter Schauspieler und rezitierte aus einem Kochbuch, das er sich bei einem Arbeitseinsatz in der Stadt organisiert hatte.

Erst las er einer kleinen Hörergemeinde daraus vor, doch sie wuchs immer mehr.

Gefangene brachten ihre Brotportionen, ihre Wassersuppe mit, aßen und tranken sie dazu, während der Magier von in Butter angemachten Spargelspitzen und rohem Schinken auf Schwarzbrot fachsimpelte.

Später erweiterte der Schauspieler sein Repertoire dadurch, daß er nicht nur die Rezepte verlas, sondern auch erzählte, wie und wo und wann er solch ein Mahl zu sich genommen hatte.

Er variierte vom Nobellokal Horcher in Berlin bis zum Küchentisch seiner Oma im bäuerlichen Niedersachsen.

Hannes schleppte sich auch dorthin und erwischte einen Platz in der vordersten Reihe.

Als der Künstler den Hügel bestieg, bekam er einen Szenenapplaus, wie wohl noch nie in seiner Theater- und Filmkarriere. Er verbeugte sich artig und hob an: »Also der Kartoffelsalat bei meiner mütterlichen Großmutter hinter Treptow ist so unvergeßlich wie Fontanes Wanderungen durch die Mark Brandenburg. Keiner konnte so wie sie hauchdünne Scheiben von den Kartoffeln schneiden.«

Sofort stand vor Hannes das Bild aus der elterlichen Küche, und er schwelgte darin.

»Meine Großmutter brauchte nicht abzuwiegen und abzuschmecken. Sie wußte genau, was in einen guten Kartoffelsalat gehörte. Was für eine kulinarische Mischung aus Erdäpfeln, Mayonnaise, kleingeschnittenen Gurken, Zwiebeln und Eiern.

Ich mußte zum Metzger Bolle laufen, um dort frische Fleischwurst, noch dampfend, zu holen, die wir dann dazu aßen. Nie bekam ich genug davon.«

Er schilderte auch in allen Einzelheiten, wie sie um den Tisch herum saßen, ein kühles Bier dazu tranken und wie die Großmutter dann noch eine mächtige Portion Sülze aus dem Keller holte: »Mit dicken Speckstücken im Gelee, oben auf der Haut durch eine Schicht Schmalz bedeckt. Der Geschmack durch etwas Essig verstärkt, aber nicht zu stark.

Oder ich denke an meine Gastspielreisen nach Schweden, auf der Fähre von Sassnitz nach Trelleborg. Dort wurde das berühmte skandinavische Buffet serviert. Zu einem unglaublich niedrigen Preis wurden Leckerbissen serviert, von denen man in Deutschland damals nur träumen konnte. Man zahlte vorne an der Kasse den lächerlichen Festbetrag und konnte dafür essen, soviel man wollte. Getränke mußten zwar gesondert bezahlt werden, aber auch diese Preise hielten sich in Grenzen.

Ich konzentrierte mich auf den Segen des Meeres und begann mit echtem Kaviar auf Toast. Zu allem natürlich Dill, wie dort oben üblich. Dieser pikante Geschmack liegt mir noch jetzt auf der Zunge, wenn ich an diese Herrlichkeiten denke.

Dann legte ich mir gebeizte Lachsscheiben auf. Der rote, rohe Lachs, frisch aus dem Meer gefangen oder aus den Flüssen, wird nur schnell gewürzt und dann serviert. Dazu muß man natürlich eiskalten Aquavit trinken und schäumendes Bier vom Faß.

Neue Kartoffeln gab es, deren Schale man mit einer leichten Bürste entfernen konnte. Hummerschwänze in Pfifferlingsoße, soviel man wollte. Naja, ich ließ mich dann doch von geräuchertem Rentierfleisch verführen und den Bergen von Käse, in allen exquisiten Düften und Geschmackssorten. Wer weiß, wann ich wieder einmal mit der Fähre nach Schweden reisen kann.

Aber die russische Küche ist auch nicht zu verachten, mal ganz abgesehen von der Kartoffelschalensuppe. Ich aß Borschtsch mit saurer Sahne in einem Pariser Gourmet-Restaurant, das von einer russischen Gräfin geleitet und von ihrem ehemaligen Hofstaat bekocht wurde. Träumend schluchzte ein Balalaika-Sänger dazu.

Oder amerikanische Steaks, noch blutend. Ich muß Ihnen erzählen, wie sie zubereitet werden.«

Er nahm die Hungernden mit auf eine Farm nach Texas und an den Grill. »Nein, nein!« protestierte er, als man die Speckkante von seinem Steak trennen wollte. Ganz im Gegenteil, er sammelte sie von den anderen Gästen ein, die sie nicht mochten, obwohl das nicht gerade fein war. Er versuchte sich dafür zu entschuldigen, doch seine Zuhörer beruhigten ihn, sie hätten es genauso getan.

Dann brach er ab. Erst am nächsten Abend sollte es weitergehen. Aber er ließ sich schließlich doch noch auf eine Zugabe ein: »Bratkartoffeln mit Rührei und Speck.«

War das ein Hallo, als sich die Gefangenen in Gedanken an dem sattessen konnten, was sie so gut von zu Hause kannten!

Der nächste Abend war der deutschen Küche geweiht. Eisbein mit Sauerkraut, Erbspüree und gekochte Kartoffeln, Erbsensuppe mit Bauchfleisch. Die Gefangenen schaufelten das Essen in sich hinein. Doch Hannes ekelte es an, daß einige Gefangene neben ihm immer wieder ihr Brot durchkauten, es auf die Hand fallen ließen und dann wieder durchkauten. Er wechselte seinen Platz. Trotzdem lebte er von diesen Abenden, von dieser Flucht in die Schlemmereien dieser Welt.

Von Ausweitungen der Szenerie, die der Schauspieler zunächst versuchte, wollten die Zuhörer nichts wissen. Sie warfen ihm die Teller mit Goldrand aus dem Fenster hinaus, verbogen die Zinken der goldenen Gabeln und waren an den hübschen Blondinen oder feurigen Italienerinnen, die servierten, überhaupt nicht interessiert.

»Wenn schon Backfisch«, rief einer, »dann muß es einer zum Essen sein.«

Tagsüber lag Hannes auf seiner Pritsche oder vor der Baracke. Neben ihm lag ein Gefangener, mit dem er sich anfreundete. Der hieß Jupp und kam aus der Gegend von Höxter. Dem erzählte Hannes Geschichten, von der Schule und den Ausflügen. Er fing auch an, von Essen zu reden. Jupp war ganz weg, er konnte nicht genug hören. Hannes machte die erstaunliche Feststellung, daß er auch ganz gut Geschichten erfinden und erzählen konnte. Aber an den Magier kam er natürlich nicht heran. Es fehlten ihm ausschmückende Vokabeln, und mit seinen Händen wußte er bei den Geschichten auch nichts anzufangen. Zuviel »und« und »auch« kamen in seinen Geschichten vor.

Plötzlich wurden die Freßorgien von der deutschen Lagerpolizei und den Russen verboten. Es gab einen Aufstand, doch niedersausende Knüppel und Warnschüsse beendeten ihn schnell. Der Staatsschauspieler verschwand, und keiner sah ihn je wieder.

Das war das Ende vieler Gefangener, sie konnten sich zu nichts mehr aufraffen. Immer mehr von ihnen starben. Hannes fühlte auch, wie es mit ihm zu Ende ging.

Volker

Da in Hannes' Baracke viele Gefangene starben oder ins Lazarett verlegt wurden, verwandelte man die Überlebenden zu einer Restkompanie, aus der sich die Hundertschaften ergänzten. Bei den Appellen wurden sie dann gesondert abgezählt.

Verminderten sich andere Hundertschaften stark, verlegte man die Reste in seine Baracke.

So lernte Hannes Volker kennen, einen hochdekorierten, ehemaligen Offizier der Waffen-SS, wenige Jahre älter als er.

Volker fiel dadurch auf, daß er nicht aufgab, sondern regelmäßig Runden im Lager drehte, sang und pfiff. Die Gefangenen sahen ihn und sich an und schüttelten den Kopf, wenn sie ihm nicht einen Vogel zeigten.

Aber bald sammelten sich junge Gefangene um Volker, zu denen auch Hannes gehörte. Volker übernahm sofort das Kommando und erklärte: »Wir lassen uns nicht das Lebenslicht ausblasen, wir müssen durchkommen.« Er führte eine straffe Disziplin ein. Keiner durfte allein die Baracke verlassen, damit er nicht in Versuchung geriet, aus der Pumpe zu trinken. Den Donnerbalken suchten sie mindestens mit drei Leuten auf, die den festhielten, der sich setzte. Es passierte oft, daß ein Gefangener dort das Gleichgewicht verlor, Halt beim Nachbar suchte und ihn mit sich in den Tod riß.

Volker verbot seinen Kumpels, übers Essen zu reden. Alle waren zu Skeletten abgemagert. Hannes wog damals 84 Pfund, bei einer Körpergröße von 1,89 Metern.

Jeden Morgen nach dem Essenfassen hakten die Freunde sich unter und schleppten sich bis zu einer Delle am Stacheldrahtzaun. Dort diskutierten sie, sagten sich Gedichte vor, und Volker sang Schlager. Wenn er eine Zeile vergessen hatte, improvisierte er. Zunächst lachten die Kumpels über diesen Blödsinn, aber dann sangen sie mit und vergaßen wenigstens für Minuten ihre Misere.

Zum Mittagessen schleppten sie sich wieder zurück zur Baracke und stellten sich an.

Nachmittags zwang Volker sie, eine größere Runde zu drehen. Immer wieder wollten sie abkürzen, weil sie kaum noch ihre Beine schleppen konnten, doch Volker blieb hart wie ein preußischer Feldwebel.

Zu der Gruppe gehörte Harald, ein ehemaliger Oberfähnrich aus der Lüneburger Heide. Hannes sah ihm an, daß der einmal ein eleganter Offizier mit Kasino-Manieren geworden wäre. Harald trug noch immer seine maßgeschneiderte Uniform und achtete darauf, daß sie nicht zu arg verschmutzte. Zwar fehlten ihm die Schaftstiefel zu seiner Reithose, doch er trug die abgetretenen Halbschuhe, die er beim Trümmeraufräumen unter dem Schutt gefunden hatte, so, als ob sie ihm ein Herrenschuster angepaßt hätte. Um seinen Hals schlang sich sehr zivil, wie bei einem Opernsänger, ein dunkler Schal.

Aus seinem abgemagerten Gesicht leuchteten dunkle, glühende Augen. »Hölderlin« nannte ihn Volker manchmal. Bei ihm fiel sein rasierter Kopf nicht so stark auf, weil seine pechschwarzen Haarstoppeln eher wie eine extravagante Frisur wirkten.

Harald dichtete, auch im Lager, und trug seine Gedichte den Kameraden vor.

Hannes vergaß nie die letzte Zeile eines Sonetts, die lautete: ». . . wo mir Dornen statt Rosen ranken.«

Wenn er sie vortrug, sahen alle Gefangenen auf den Stacheldrahtzaun und fühlten sich von Haralds Worten getröstet und erhoben. Auch der Klavierspieler war wieder aufgetaucht und gehörte zu ihnen. Weil er, von Volker ermuntert, auf einem Brett nicht nur Fingerübungen klimperte, sondern auch Mozart und Beethoven vortrug, dazu summend, wurde er Wolfgang Ludwig genannt.

Hannes mußte immer wieder Geschichten erfinden und erzählen, Reiseberichte quer durch Europa und die ganze Welt. Aber darin durfte nichts von Essen vorkommen.

Jupp war im Anfang nur ein Mitläufer gewesen, ein Dorfjunge, der verwundert zuhörte, wenn die ehemaligen höheren Schüler über Nietzsche, Schopenhauer und Kants kategorischen Imperativ debattierten. Aber Volkers Schlager kannte er alle und sang sie krächzend, fast noch im Stimmbruch, mit.

Das war ihr Verein, und sie fühlten sich wohl darin. Sie blieben immer zusammen, einer achtete auf den anderen, und Volker munterte sie auf.

Durch das Lager liefen immer wieder Latrinenparolen, die Entlassungstermine nannten. Woher die kamen, wußte keiner, doch viele glaubten ihnen. Es gab dann eine furchtbare Enttäuschung, wenn der Termin verstrich, ohne daß auch nur einer entlassen wurde.

Aber bald fingen Untersuchungen an, bei denen alle Gefangenen in fünf Kategorien eingeteilt wurden. Die ersten drei sollten nach Rußland oder gar Sibirien zum Arbeiten verlegt werden, Nummer vier würde im Lager bleiben, weil sie es sowieso nicht mehr lange machen würden, und zur Nummer fünf gehörten die Todeskandidaten, denen die russische Ärztin, die sie untersuchte, nicht mehr als eine Woche gab.

Es waren aber nur Voruntersuchungen ohne Namenslisten. Die richtigen sollten folgen, wenn den Russen mehr Transportmöglichkeiten zur Verfügung standen.

Der Auschwitzfilm

»Unmöglich, das ist eine reine Propaganda!«, reagierten die meisten Gefangenen, als dieser Film im Lager gezeigt wurde.

»Zu so etwas konnte sich kein Deutscher hinreißen lassen. Das waren ja barbarische Zustände«, empörten sich die Gebildeten.

Gehässige fanden: »Diesen Film haben sie wohl in Sibirien gedreht.« Und die ewigen Mitläufer entschuldigten sich: »Davon haben wir nichts gewußt.«

Hannes fand auch: »Also ich weiß ja, daß es Konzentrationslager gegeben hat. Mein Vater ist in einem gewesen, und auch die jüdische Familie, wo meine Mutter in Stellung war, und zimperlich ging es dort auch nicht zu, aber Vergasung von Menschen, davon hat mir mein Vater nie etwas erzählt.«

Volker nahm seine Leute in der Delle zur Seite und begann: »Ich muß euch heute etwas erzählen, was mich die ganze Zeit umgetrieben hat. Leider war dieser Film keine Propaganda, sondern die reine Wahrheit.

Ich stand als Freiwilliger der Waffen-SS immer an der Front. Der Führer war mein Ideal, ich war bereit, auch für ihn und meine Heimat zu sterben.

Dann wurde ich schwer verwundet und nach der Zeit im Lazarett zur weiteren Erholung nach Auschwitz kommandiert. Ich wollte nicht einfach so herumgammeln, während meine Kameraden an der Front kämpfen mußten, also meldete ich mich zu einem leichteren Dienst, und dann kam der Marschbefehl.

Auch ich hatte vorher nie etwas von Auschwitz gehört. Als ich dort ankam, beeindruckte mich zunächst die ausgezeichnete Organisation des Konzentrationslagers, bis ich sah, wozu sie diente. Erst konnte ich es einfach nicht glauben. Die Schreie der Mütter um ihre Kinder zerrissen mir das Herz.

Ich protestierte und verlangte vom Lagerkommandanten, sofort diese unmenschlichen Vergasungen einzustellen. Ich konnte es mir erlauben, so zu reden, denn ich war ein hochdekorierter Offizier der Waffen-SS, und an meiner Einstellung zum Nationalsozialismus war nicht zu zweifeln.

Der Lagerkommandant fuhr mich an und behauptete, den Befehl zu dem allen von ganz oben bekommen zu haben.

Ich stellte sofort ein Gesuch, zur Front abkommandiert zu werden, und weigerte mich, in Auschwitz Dienst zu tun. Meinem Antrag wurde noch am gleichen Tag stattgegeben. Aber auf dem Weg zur Front fuhr ich über Berlin. Ich sagte den KZ-Offizieren, daß ich diese ungeheuren Vorfälle in Berlin melden würde. Höhnisch wünschten sie mir viel Erfolg.

In Berlin halfen mir wieder meine Auszeichnungen, sofort beim obersten Chef der Kls, wie sie in der SS genannt wurden, vorgelassen zu werden.

Dem berichtete ich empört, was ich gesehen hatte. Er ließ mich ausreden, aber dann gab er zu, daß alles auf Befehl des Führers von Berlin aus geplant worden sei. Er erklärte mir, warum es geschah. Die Juden seien an allem schuld. Sie hätten Deutschland verraten und ins Elend gestürzt, sie seien das Böse in dieser Welt und müßten darum vernichtet werden, so wie man Ungeziefer vernichtet.

›Aber es sind doch Menschen!‹, warf ich ein. ›Sie haben doch auch ein Recht auf Leben.‹

Da wurde der General sehr böse und begann, an meiner nationalsozialistischen Gesinnung zu zweifeln. Schließlich drohte er mir, mich sofort an die Front zu schicken.

›Genau da will ich hin‹, sagte ich und bat um Erlaubnis, mich zurückziehen zu dürfen.

Seitdem ist mein Glaube an den Führer kaputt. Wir sind einem Kindes- und Frauenmörder in die Fänge gegangen. Er hat uns alle belogen und betrogen. Er verachtet die Menschen. Ich bin froh, daß wir den Krieg verloren haben. Nicht die Juden, sondern wir sind die Geißel der Menschheit.

Von Auschwitz aus habe ich mir dann die Geschichte des Nationalsozialismus' angesehen und begreife überhaupt nicht, wie ich da so aktiv mitmachen konnte. Ich begreife es nicht.

Und Hannes«, wandte er sich direkt an ihn, »wie konntest du mitmachen, wo sie doch deinen Vater so übel behandelt haben?«

Hannes schämte sich. Er versuchte, sich zu entschuldigen, er habe doch immer gedacht, daß der Führer gut sei, viel zu gut, und daß er von dem, was in den KZs geschah, gar nichts gewußt habe. Sicher mußte es Umerziehungslager für jene geben, die gegen die neue Regierung waren, zum Wohle Deutschlands. Doch daß es dort so zugegangen sei, das beschäme ihn auch.

»Ich will nicht meine Schuld durch deine abmildern«, warf Volker ein. »Ich frage mich nur, wie wir alle diesen Weg gehen konnten, gegen unser besseres Wissen und Gewissen.«

»Aber wir haben doch nichts gewußt«, warf Jupp ein.

»Wir wollten nichts wissen«, behauptete Volker.

Es war nicht das letzte Mal, daß sich die Gefangenen mit Auschwitz und ihrem Führerglauben beschäftigten. Harald und Wolfgang Ludwig suchten sich dadurch von den Gläubigen abzusetzen, daß sie behaupteten, sie seien nie überzeugte Nationalsozialisten gewesen, hätten aber als Deutsche ihre Pflicht getan.

Volker ließ das alles nicht gelten, für sich nicht und auch nicht für die anderen. »Wir leiden hier zu Recht«, behauptete er und löste Empörung aus. »Unser ganzes Volk hat sich versündigt, gegen alle, die wir überfallen, ausgebeutet und getötet haben. Die Mitläufer sind genauso daran schuld wie die Befehlshaber und Fanatiker.«

Aber so weit wollten Harald und Wolfgang Ludwig nicht gehen.

Hannes schämte sich einfach. Wie konnte er das alles übersehen haben, als er zum Antreten lief und NS-Führerjunker wurde? Wie konnte er das seinen Eltern und Rechtsanwalts und allen anderen Menschen antun? Und das noch mit seinem slawischen Namen, der doch eher nach Polen und Rußland gehörte, als nach Germanien!

Volker versank aber nicht ins Grübeln, sondern stellte fest: »Wir müssen trotzdem weiterleben, das gutmachen, was wir übel wollten. Wenn wir nach Hause kommen sollten, müssen wir die Jungen und Mädchen über das aufklären, was passiert ist. Wir müssen mithelfen, ein neues Deutschland und eine bessere Welt aufzubauen, wenn die

Menschen und Völker uns noch lassen, die wir so behandelt haben und die wir auslöschen wollten.«

Dann lachte er plötzlich: »Ich wollte es nicht so pathetisch sagen, aber ernst ist es mir schon. Los, Kumpels, nicht die Rübe hängen lassen. Auf ein Neues. Eine Runde am Zaun entlang: Marsch.«

Haralds Tod

Ganz plötzlich kam er. Harald brach zusammen und kam nicht mehr hoch. Sie schleppten ihn zum Lagertor und baten um eine Einweisung ins Lazarett.

»Kein Platz«, wies sie der deutsche Lagerpolizist barsch ab.

Harald flüsterte: »Es hat ja sowieso keinen Sinn. Ich möchte bei euch sterben. In der Delle.«

Sie schleppten ihn dorthin. Wolfgang Ludwig spielte auf seinem Brett Stücke, die Harald sehr mochte, auch die Appassionata von Beethoven. Die andern summten dazu.

Volker solle Schlager singen, bat Harald. Volker sang, erst zurückhaltend, doch als er Haralds Lächeln sah, legte er voll drauf.

»Sagt dann meinen Eltern in Celle Bescheid«, flüsterte Harald, »wenn ihr nach Hause kommt. Mein Vater ist dort Chefarzt.«

Seine letzten Worte, die sie noch hörten, waren die Schlußzeilen seines Gedichtes: ». . . wo mir Dornen statt Rosen ranken.«

Die Übriggebliebenen schleppten ihn zum Massengrab und ließen ihn dort langsam nieder.

Volker sprach das Vaterunser, und Jupp bekreuzigte Harald, die anderen und sich.

Schon am nächsten Tag ging es mit Wolfgang Ludwig rapide bergab. Volker gelang es, ihn ins Lazarett zu bringen. Dort erfuhr er, daß am nächsten Tag ein Entlassungstransport nach Deutschland zusammengestellt werden sollte. Es wurden schon Vorbereitungen dafür getroffen; diesmal war es also keine Latrinenparole.

Im Lager wurden auch Listen zusammengestellt, wohin die gesünderen Gefangenen verlegt werden sollten.

Volker, Jupp und Hannes sollten nach Workuta, in die Bleibergwerke verbannt werden. »Das wäre unser Ende«, meinte Volker. »Wir müssen hier weg. Wir müssen es riskieren. Entweder Workuta und ein langsamer Tod, oder das Risiko einer Flucht mit einem schnellen.«

Volker sah eine Chance darin, entlassen zu werden, wenn sie sich unter die Kranken mischten. Vielleicht konnten sie sogar Wolfgang Ludwig mitnehmen.

Es sei auch nicht allzu schwer, ins Lazarett zu kommen, fand Volker. Und er hatte recht. Während es unmöglich war, aus dem Lager zu fliehen – drei Stacheldrahtzäune, Wachtürme und Hunde verhinderten das -, war das Lazarett nur durch einen einfachen Zaun vom Lager getrennt. Der war allerdings zwei Meter hoch.

»Also, ich versuche es«, sagte Volker. »Kommt ihr mit?«

Jupp entschloß sich sofort dafür, Hannes etwas später. Es würde in ihrer Restkompanie nicht auffallen, daß sie fehlten. Immer wieder starben Gefangene weg, oder es wurden neue zur Kompanie kommandiert. Keiner hatte mehr die Übersicht.

Sie bereiteten sich auf ihre Flucht vor. Das Ziel war, ins Lazarett zu kommen. Dort gab es bessere Verpflegung.

Natürlich hatten auch schon vorher Gefangene daran gedacht, über den Zaun zu kommen, doch sie waren abgefangen oder erschossen worden. Die Bunkerstrafe, die dafür verhängt wurde, war tödlich. Sie wußten also, welches Risiko sie eingingen, doch sie waren bereit dazu. »Falls einer von uns geschnappt wird, muß er behaupten, allein gesprungen zu sein«, verlangte Volker.

War ganz klar.

Der Ausbruch

Nach ihrer Schätzung so gegen Mitternacht – eine Uhr besaß ja keiner mehr im Lager – taten die drei so, als ob sie sich gegenseitig zur Latrine begleiten mußten. Das kam oft vor und erregte keine Aufmerksamkeit. Es kümmerte sich sowieso keiner um den anderen, nur wenn jemand etwas liegen ließ, verschwand es sofort.

Aus Lumpen hatten sie sich einen Schutz um die Hände gewickelt, so daß sie in die Stacheln des Drahtes greifen konnten, ohne sich zu verletzen. Volker hatte an alles gedacht.

»Jeder verschwindet in einer anderen Baracke, und wir kennen uns nicht. Wenn die Russen nach links vorbei sind, springen wir. Jupp rechts, Hannes in der Mitte, ich links. Du nimmst die rechte Baracke, Hannes die mittlere und ich die linke, in der zweiten Reihe.

Ich habe es mir angesehen, die Sterbenden liegen alle auf den Pritschen und nehmen kaum noch etwas wahr. Am nächsten Morgen versucht dann jeder für sich, zur Untersuchung zu kommen.«

Volker schwieg, die Russen patroullierten langsam am Zaun entlang. Volker war der Gefährdetste, wenn sie sprangen und die Russen aufmerksam wurden. Ihre Schüsse würden ihn zuerst treffen. Hannes war der Längste, er konnte am ehesten hinüberkommen. Und durchtrainiert und geschickt war er noch vom »Eicken«.

Volker gab ein Achtungszeichen. Jupp bekreuzigte sich.

»Los!« Sie sprangen den Zaun an. Hannes war als erster oben und sprang ab. Schon im Fallen hechtete er nach vorn und um die Barackenecke herum.

Die Russen hörten es, schossen, trafen Volker voll. Der fiel tot zurück. Jupp erwischten sie im Bein, er fiel auch zurück, wurde festgenommen, abgeführt und verhört, doch er verriet Hannes nicht. Aber davon ahnte der damals nichts.

Hannes nahm die dritte Baracke vom Zaun, als die Russen nicht mehr schossen. Vorsichtig öffnete er die Tür und schlüpfte hinein.

Am Ende des Raumes hatte ein deutscher Sanitäter vor sich hingedöst. Die Schüsse hatten ihn geweckt. Glücklicherweise sah er nicht zur Tür, sondern aus dem Fenster hinaus.

Hannes fand sofort eine Lücke auf der oberen Pritsche, in der Mitte des Raumes, zwischen zwei Sterbenden, die ihn nicht bemerkten. Kaum lag er, da kamen seine Häscher schon, Russen und Deutsche, seine Landsleute noch schneller und gefährlicher als die Russen. Sie schrien den Sani an, ob der einen Gefangenen gesehen hätte. Der hatte nicht.

Mit Taschenlampen funzelten sie an den Reihen der Kranken entlang. Aber die Birnen waren sehr schwach.

Hannes' Herz donnerte. Er fürchtete, daß sie es hörten. Sie rüttelten mehrere Kranke wach, fragten nach einem Flüchtigen, doch die verstanden kaum noch etwas.

Auch Hannes packten sie an. Er blinzelte in die Lampe und verstand noch weniger.

Sie hatten den Sani dabei, der sollte es melden, falls er einen von den Kranken nicht kannte. »Jeden Tag kommen neue und kratzen welche ab. Wie kann ich die kennen?«

»Guck nach, verdammter Hund!« fluchten die Deutschen ihn an und schickten noch den furchtbaren russischen Mutterfluch hinterher.

Aber dann verschwanden sie wieder. Draußen noch eine Weile Geräusche, die näher kamen und sich wieder entfernten.

Hannes dachte an Volker und Jupp. Hoffentlich waren die auch durchgekommen.

In der Schlange bei der Ärztin

Hannes meinte zu träumen, als er am nächsten Morgen sehr sanft an den Füßen geweckt wurde.

Zwei Essensträger servierten ihm eine dicke Kartoffelsuppe, in der sogar Fleischfetzen auszumachen waren, und eine mächtige Schnitte aus russischem, feuchtem Sauerbrot, auf die Zucker gestreut worden war.

»Wenn du noch mehr willst, ruf uns«, säuselten die Engel, die scheinbar aus dem siebten Himmel kamen.

Es stank zwar unerträglich in der Totenbaracke, doch daran gewöhnte Hannes sich schnell. Die Sonne brach durch die Wolken und füllte den Raum mit wärmenden Strahlen.

Hannes sah sich vorsichtig um. Die meisten Kranken aßen nichts, ließen ihre Pampe stehen. Über ihm auf der Pritsche machte sich einer laut in die Hose, und die schwarze, von Blut durchsetzte Brühe begann durch die Bretter zu tröpfeln. Hannes mußte zur Seite ausweichen.

Natürlich bestellte er noch einen Nachschlag. Er mußte sich beherrschen, nicht zu den Sanis zu gehen, denn so wäre er als Nichtkranker wohl aufgefallen. Es fiel ihm schwer, sich von diesen netten Leuten bedienen zu lassen.

Bald ertönte schon ein Kommando, das Hannes' Herz hüpfen ließ: »Zur Entlassungsuntersuchung antreten.«

Auch hier mußte er sich wieder abbremsen. Fast wäre er an die Spitze der Schlange gerannt, die sich draußen vor der Untersuchungsbaracke bildete.

Die meisten Anstehenden hielten es nicht lange auf ihren Beinen aus. Sie legten sich in den Sand und rutschten mit der Schlange langsam vor.

Beim Anstehen hörte Hannes, wie sich zwei Sanis unterhielten: »Gestern nacht haben zwei wieder versucht, über den Zaun hierher zu kommen. Einen haben sie erschossen, den anderen aber auch erwischt.« Hannes erstarrte. Er wußte nicht, wer getötet worden war, doch es mußte Volker gewesen sein.

Hannes wollte sich schon melden, die Schuld auf sich nehmen. Den Verletzten würden sie bestimmt verhören und bearbeiten. Aber dann sah er ein, daß es keinen Sinn hatte.

Die Schlange kam schnell voran. Kurz vor der Untersuchungsbaracke mußten die Gefangenen sich nackt ausziehen und ihre Sachen einem deutschen Lagerpolizisten abgeben. Der hielt sie weit von sich und händigte sie dem Gefangenen wieder aus, wenn er nicht entlassen wurde. Oder er brachte sie zu ihm in die Baracke, falls er zu den Ausgewählten gehörte.

Die alten Lumpen mußten bewacht werden, denn alles, was herumlag, wurde sofort gestohlen.

Hannes zog sich auch aus. Fast ein Meter neunzig Knochen und Gerippe, ein kahlgeschorener Kopf darüber, eingefallene Wangen. So bewegte er sich auf die russische Ärztin zu, die auf der Veranda thronte.

Es war eine elegante Dame, die sofort in die russische Theaterlandschaft gepaßt hätte. Sie trug eine helle sowjetische Offiziersuniform. Der Rock und die Jacke, ihr auf den gertenschlanken Leib geschneidert, waren aus Kaschmirseide. Die Rangabzeichen und Medaillen wirkten wie Dekorationen. Ihre Haare wehten um den Kopf herum. Leicht asiatische Züge gaben dem Gesicht eine aparte Note. Ihre Beine steckten in Seidenstrümpfen und roten Stiefelchen.

Nur fand Hannes, daß sie sich zu stark geschminkt hatte. Die Lippen waren viel zu dick belegt und knallrot. Sie hätten bei der hellen Haut etwas zurückhaltender sein sollen. Auch von ihren Nägeln knallte der grelle Lack.

Sie rauchte eine Papyrossa-Zigarette mit eingedrücktem Papphülsenende, wie es sonst nur die Soldaten taten.

Mal hielt sie ihre Zigarette elegant zwischen ihren langen Fingern, dann ließ sie sie ganz leger aus ihren knallroten Lippen hängen. Mit einem kurzen Blick, dem Daumen und zwei Fingern ihrer linken Hand untersuchte sie die Gefangenen und entschied, wer entlassen werden durfte und wer nicht.

Alles andere nahm sie nicht an, weder Krankenberichte, noch starken Husten oder Blutdurchfall. Nur was sie mit einem kurzen Blick sah und mit ihren Fingerspitzen fühlen konnte, zählte.

Sie hielt Abstand zu den zu Untersuchenden, schlug ihre Beine übereinander und rauchte. Die Untersuchung fand nur am Rande statt.

Der deutsche Lagerkommandant dienerte um sie herum. Ein Fettmolch mit rotem, widerlichem Gesicht, in russischer Uniform mit schwarzweißroter Armbinde. Er gehörte zum Nationalkomitee Freies Deutschland und gab damit an, zu den Russen übergelaufen zu sein. Jetzt scharwenzelte er um die Ärztin herum, gab ihr Feuer, wenn sie es brauchte, vertrieb die Mücken. Die Gefangenen trat und bespuckte er fluchend.

Hannes stand nackt vor der Ärztin und mußte, von der deutschen Lagerpolizei befohlen, Haltung annehmen. Die Ärztin warf nur einen kurzen Blick auf das wandelnde Gerippe, fand noch etwas Haut für ihre Finger, schüttelte kurz den Kopf, und Hannes hatte die Prüfung nicht bestanden.

Doch er gab nicht auf, er stellte sich noch einmal an. Die Ärztin suchte nur sehr wenige Gefangene aus, die sie nach Deutschland schicken wollte. Sie mußten schon sehr krank sein, sollten aber zumindest Berlin erreichen, um den anderen Alliierten zu zeigen, daß die Russen auch anfingen, Gefangene zu entlassen.

Die Ärztin faßte zweimal mit ihren Fingerspitzen bei den Gefangenen zu, einmal vorne an der Brust, und einmal am Hintern.

Hannes stand zum zweiten Mal vor der Ärztin. Sie erkannte ihn nicht wieder. Wie sollte sie auch, die Gerippe ähnelten sich, alle mit dem ausgehungerten Blick, der nur noch an Essen denken konnte. Lediglich in den verschiedenen Größen unterschieden sie sich. Wieder wurde Hannes abgewiesen. Doch er stellte sich wieder an. So schnell gab er nicht auf. Im Lazarett wollte er nicht bleiben, trotz der guten Verpflegung. Hier herrschte Typhus, und wenn er sich ansteckte, was vorauszusehen war, dann würde sein Ende bald kommen.

Auch beim dritten Mal mußte er weiterziehen, obwohl er hustete und sich ganz besonders schwach anstellte.

Also zum vierten Mal. Auch das sah sehr schlecht aus, noch schlechter als vorher. Es hieß, daß nur hundertzwanzig Gefangene entlassen werden sollten, und in der Barakke hinter der Ärztin drängten sich bestimmt noch viel mehr. Hannes mußte leider auch beobachten, daß die Ärztin nicht mehr zukniff, sondern die Gefangenen einfach vorbeiwinkte.

Sie hatte schon wieder zehn Gefangene durchgewinkt, als der Mann vor Hannes zusammenbrach. Irritiert zeigte die Ärztin mit ihrem Kinn, daß der Gefangene nach hinten zum Registrieren gebracht werden sollte.

Hannes reagierte sofort und schleppte den Gefangenen nach hinten. Obwohl der kinderleicht war, bekam er ihn kaum hoch, doch er sah hier eine Möglichkeit. Mit allen Kräften, die noch in ihm waren, trug er den Ohnmächtigen bis in die Ecke der Baracke, wo ein russischer Soldat die zu Entlassenden in ein Buch eintrug.

Der sah gelangweilt auf und fragte nach dem Namen des Ohnmächtigen. Hannes war zu Diensten, rüttelte den Mann wach, fragte ihn: »Wie heißt du?« und all das andere, was der Russe wissen wollte. Vatersnamen, Geburtstag und Ort, Ort, wohin er entlassen werden wollte. So erfuhr Hannes, daß der Gefangene Karl Wenzel hieß, aus Freiberg in Sachsen kam und auch dort wieder hinwollte.

Nachdem der Schreiber alles auf russisch eingetragen hatte, sah er zu Hannes hoch, wollte gerade die Hand heben, um Hannes zu zeigen, daß er den wieder in Ohnmacht Gefallenen in die gegenüberliegende Ecke legen sollte, da nannte Hannes seinen Namen: »Kaminski, Hans Hermann.«

Der Soldat starrte ihn an. Er durchschaute ihn, das spürte Hannes. Der wußte, daß Hannes nicht entlassen werden sollte.

Hannes hielt dem Blick des Soldaten stand, mit einer Mischung aus Bitte und Keckheit.

Der Russe zögerte. Hannes war wie erstarrt, mit dem Ohnmächtigen in seinen Armen, der immer schwerer wurde und durchrutschte.

Da trug der Russe den Namen ein.

»Danke«, mußte Hannes zu ihm sagen, obwohl ihn das hätte verraten können.

Der Russe sah an ihm vorbei, rief eine Zahl zu der Ärztin. Noch drei Gefangene wurden zum Aufschreiben geschickt, dann war alles vorbei.

Hannes konnte nicht mehr stehen, er sackte neben dem Ohnmächtigen zusammen.

»Bringst du mich nach Hause?« fragte der ihn. »Ich kann nicht mehr.«

»Ich bringe dich nach Hause«, versprach ihm Hannes wie mit einem Gelübde.

Die Entlassung aus der Gefangenschaft

116 Gefangene hatte die Ärztin zur Entlassung ausgesondert. Der Anblick dieser Truppe war ein Alptraum. Als sie sich zu einer Kolonne formieren sollte, brach die Hälfte sofort zusammen, die anderen hielten es nur wenige Minuten im Stehen aus, obwohl sie sich anstrengten.

Hannes bezweifelte, daß die meisten von ihnen Berlin erreichen würden, wohin zunächst der Transport gehen sollte.

Der russische Offizier schüttelte den Kopf, als er diesen Elendshaufen sah, musterte alle Gefangenen, die noch stehengeblieben waren, und wählte Hannes als Transportführer aus. Er fragte nach einem, der Russisch könnte. Der meldete sich und wurde Hannes als Dolmetscher zugeteilt.

Dann verlas man den Gefangenen ein Papier, in dem stand, sie seien in der Gefangenschaft alle wunderbar behandelt worden und der Roten Armee dafür sehr dankbar. Einige muckten auf, andere lachten. Doch Rudi, so hieß der Dolmetscher, fuhr sie an: »Haltet die Schnauze, sonst bleiben wir noch hier und gehen kaputt.«

Alle unterschrieben das Papier, als es durchgereicht wurde. Hannes bekam den Marschbefehl und jeder Gefangene einen Entlassungsschein, schnell abgezogen, in kyrillischer Schrift. Außerdem wurde Hannes ein Papier ausgehändigt, auf dem stand, daß jede Dienststelle der Roten Armee sie unterwegs unterstützen und verpflegen sollte.

Rudi rieb sich die Hände: »Das ist ja wunderbar, da werden wir uns vollfressen.«

Er sprach ausgezeichnet Russisch; die Russen sahen erstaunt auf, wenn Rudi loslegte. Er war in Rußland als Volksdeutscher geboren und aufgewachsen, dann nach Deutschland umgesiedelt worden und schließlich als deutscher Soldat in die Gefangenschaft geraten.

Zu Mittag gab es noch einmal Essen. Die Pampe war wieder zu einer Wassersuppe degradiert worden. Dann erhielt Hannes einen Kochtopf voll mit Roggenkörnern als Marschverpflegung. Während er noch überlegte, wo er denn die Körner kochen könnte, fielen schon die Kumpels über ihn her, grapschten mit ihren Händen die Körner aus dem Topf, den sie dem überraschten Hannes aus der Hand gerissen hatten, verloren viele Körner beim Kampf auf dem Boden und aßen den harten Roggen roh.

Den leeren Topf nahm Hannes aber an sich. Es fiel ihm nämlich etwas Nettes ein, das ihn lächeln ließ: »Den bringe ich der Mutter als ein Geschenk aus der Gefangenschaft mit.«

Hannes fand, daß es ein schöner Topf war; jede deutsche Hausfrau würde ihn sicher zu schätzen wissen. Die Glasur bestand aus gelben und roten Farbtönen, und auch innen war der Topf emailliert und kaum benutzt. Nur hatten die Russen ihn über offenem Feuer verwendet, darum hatte sich unten herum eine Rußschicht gebildet, und richtig abgewaschen war er auch nicht, das sah sogar der küchenungewohnte Hannes. Aber er würde den schon unterwegs reinigen, nahm er sich vor.

Die Gefangenen drängten Hannes auf schnellere Entlassung, obwohl es natürlich nicht an ihm lag. Er versuchte sie zu beruhigen. Sie sollten vom Bahnhof einen Zug nach Kreuz nehmen, und dort in einen umsteigen, der über Landsberg und Küstrin nach Berlin fuhr. Wie einfach sich das anhörte! Als ob alles nach Fahrplan ginge, wie im Frieden, ohne Tiefflieger, und in der Nacht würden sie schon in Berlin sein oder spätestens morgen früh.

Der russische Offizier sagte Hannes, daß zwei sowjetische Soldaten sie bis zum Bahnhof begleiten würden. Dann müßten sie schon sehen, wie sie weiterkämen. Aber Hannes hätte ja die Papiere, die alle Wege ebnen würden. Er wies auch noch einmal darauf hin, daß die Entlassenen in Deutschland keine Greuelmärchen erzählen sollten. Die Rote Armee habe sie viel besser behandelt als die Deutschen ihre sowjetischen Gefangenen.

Aber dann gab es doch noch eine Überraschung. Der russische Lagerkommandant hatte entschieden, daß zwei deutsche Lagerpolizisten mit entlassen würden und den Zug bis nach Berlin begleiten sollten. Bald erschienen diese »Parasiten«, fesch in schwarze Panzeruniformen gekleidet, um den Arm die Polizistenbinde mit dem »P«. Sie taten auch sofort so, als ob sie das Kommando übernehmen würden.

»Nee, nee!« protestierte Hannes. »Ich bin der Transportführer.« Die Gefangenen waren alle auf seiner Seite und keiften die Lagerpolizisten an, die sie sowieso haßten.

Karl Wenzel, der vor Hannes zusammengebrochen war, brachte sich noch einmal in Erinnerung und fragte im Sitzen: »Bringst du mich nach Hause? Ich kann nicht mehr.«

»Ja«, antwortete Hannes. »Das habe ich dir doch versprochen.«

Dann endlich konnte sich die Kolonne in Bewegung setzen. Alle hängten sich ein. Allein konnten sich nur wenige bewegen, eingeschlossen der Dolmetscher und Hannes.

Schon ein paar hundert Meter vom Lagertor entfernt verlangten die Entlassenen eine Pause. Hannes ließ eine einlegen. Die Lagerpolizisten bewegten sich so um die Kolonne, als ob sie russische Wachsoldaten wären. Widerlich, wie sie sich aufspielten.

Die richtigen Bewacher gingen einfach an der Kolonne vorbei, verschwanden im Wald und wurden nie mehr gesehen.

Ein Mann erklärte: »Da drin ist ein Puff, da gehen alle Russen hin.«

Hannes brachte die Kolonne wieder hoch, und sie marschierten weiter, er mit Karl Wenzel am Arm. Er zog voran, um wenigstens ein Tempo angeben zu können, mit dem sie schneller weiterkamen. Hannes mahnte seine Leute: »Wir müssen uns zusammenreißen und schnellstens den Bahnhof erreichen, sonst versäumen wir noch den Zug.«

Als sie den Wald erreichten, von dem sie die Hälfte abgeholzt hatten, hörte Hannes plötzlich hinten Schreie. Bis er den Schluß seiner Kolonne erreichte, kam er schon zu spät. Die Gefangenen waren über die beiden Lagerpolizisten hergefallen, hatten sie totgeschlagen und -getrampelt.

Hannes schrie sie an, doch die Mörder warnten ihn: »Wenn du die Klappe noch mehr aufreißt, machen wir dich auch kalt. Das war die Rache für die Kumpels, die diese Säue von Lagerpolizisten auf dem Buckel haben.«

Haß sah Hannes an. Er dachte: »Ich habe hier keine Menschen mehr vor mir, sondern Bestien.«

Auch ein Gefangener starb. Hannes dachte daran, ihn ins Lager zurückzubringen.

»Bist du wahnsinnig?« schrien seine Leute. »Laß die Toten ihre Toten begraben«, meinte ein Bibelfester.

Aber Hannes legte zusammen mit Rudi den Toten in den Graben, warf etwas Laub darüber, nahm die Mütze ab, legte eine kurze Schweigeminute ein, und dann mußten sie wieder weiter.

Hannes ahnte nicht, was ihm noch alles bevorstand. Darum nahm er sich auch Zeit, an den Toten zu denken und wie schade es war, daß er, obwohl entlassen, nicht mehr seine Lieben erreichen würde.

Der Überfall am Bahnhof

Es wurde schon dunkel, als die Kolonne endlich den Bahnhof der Stadt erreichte. Immer wieder forderten die Kranken, eine Pause einzulegen. Danach fiel es den Ausgehungerten schwer, sich wieder zu erheben.

Einige maulten und meinten, es wäre doch vielleicht

besser gewesen, im Lager zu bleiben. Doch die Mehrheit wollte davon nichts hören, und Hannes auch nicht.

Die Kolonne lagerte sich zwischen den Holzstapeln vor den Gleisen, während Hannes und Rudi die Schienen überquerten und zum Bahnhofsvorsteher gingen. Der war ein Pole in Uniform mit einer weißroten Binde um den Arm.

Rudi fragte ihn, wann ein Zug nach Kreuz einlaufen würde, doch der Bahnhofsvorsteher antwortete nur mit einem greulichen Mutterfluch und sagte den beiden, sie sollten sich zum Teufel scheren.

Kaum waren sie zur Kolonne zurückgekehrt, da rotteten sich am Bahnhofsgebäude Polen zusammen, fingen an, die Deutschen zu beschimpfen, und warfen Bahnschotter herüber. Die Gefangenen gingen zuerst in Deckung, doch dann wehrten sie sich auch mit Steinen. Die Polen zogen sich zurück.

Es wurde ganz dunkel, und die Gefangenen hatten ihre Ruhe. Ein Zug lief ein, voll mit Zivilisten, doch der fuhr in die entgegengesetzte Richtung.

Also fuhren Züge, und sie warteten auf einen in Richtung Kreuz. Noch immer strichen Polen am Bahnhof herum, doch die trauten sich nicht, die Gefangenen anzugreifen.

Fast alle schliefen, nur Hannes, Rudi und einige wenige blieben wach. Ein Berliner, der die Strecke nach Berlin schon oft gefahren war, sprudelte die Streckenführung nur so heraus und war ganz sicher, daß sie spätestens am nächsten Morgen Berlin erreichen würden. Von dort aus gebe es keine Probleme mehr. Das fanden die anderen auch.

Immer wieder horchten sie in die Nacht. Schreckten bei jedem Geräusch hoch, das dem eines Zuges ähnelte. Hoffnungen wallten auf. Doch dann war die Enttäuschung um so größer, wenn es ein Lastwagen war, der durch die Nacht rumpelte.

Einer legte sich wie Karl May mit dem Ohr auf die Schienen und versuchte, einen Zug heranzuhorchen, doch es kam keiner. Leider wurden auch die Lichter des Bahnhofs gelöscht und die Türen abgeschlossen. Es sah nicht gut aus. Hannes verpflichtete die noch Wachgebliebenen, den Schlafenden nichts zu sagen. Er gab nie auf und hoffte noch immer auf einen Zug.

»Die Polen wissen sicher noch nicht so gut Bescheid«, versuchte er seine Kumpel zu ermuntern.

Er blieb wach, er trug die Verantwortung für die Kolonne. Er durfte den eventuellen Zug nicht verschlafen.

Sonja

Hannes schlief dann doch vor Erschöpfung ein. Aber plötzlich wurde er durch das Heranstampfen einer Lok geweckt. Er dachte zunächst, er träume, doch dann fuhr tatsächlich ein Zug in den Bahnhof und hielt. Er stand in der Fahrtrichtung nach Kreuz. Es war nur ein sehr kurzer Zug, der aus Lok, Kohlentender und zwei leeren Flachwagen bestand.

Die Gefangenen waren alle wachgeworden, rappelten sich auf und schleppten sich über die Gleise auf das Fahrzeug zu. Hannes und Rudi eilten zur Lok, aus deren Fenster eine ältere Frau sah und rauchte.

Als sie die Deutschen erkannte, fluchte sie und befahl ihnen, den Zug nicht zu besteigen. Doch die Kumpels hatten schon längst die leeren Wagen erklommen, nur Hannes und Rudi standen vorne und versuchten, die Russin zu überreden, sie doch mitzunehmen.

Da erschien eine zweite Russin im Fenster. Sie war jünger und nicht so ablehnend. Rudi erzählte ihr alles, und Hannes fuchtelte mit dem Marschbefehl herum und reichte ihr den hoch.

Beide Frauen trugen Uniformblusen und die dazu gehörenden Baskenmützen. Die Jüngere hatte einen Stern auf ihren Schulterklappen. Sie war also ein Unterleutnant, während die ältere sich mit ihren Streifen darauf als Feldwebel auswies.

Die jüngere Frau las den Marschbefehl aufmerksam

durch, während die ältere noch immer knurrte und fluchte und sich über die Deutschen auf dem Güterzug beschwerte.

Aber die Jüngere befahl trotzdem: »Sie dürfen auf dem Zug bleiben, aber ihr beiden kommt in den Lokstand und schaufelt Kohlen.«

Rudi übersetzte noch, als sie schon die Lok bestiegen und sofort anfingen, Kohle in den Schlund der Maschine zu schaufeln. Der Zug fuhr an. Die ältere Frau bediente die Hebel, während die jüngere zu den beiden kam.

Plötzlich sprach sie Hannes auf deutsch an: »Du heißt also Kaminski, bist du ein Pole?«

»Nein«, antwortete Hannes. »Ich habe nur so einen Namen. Meine Eltern stammen aus Ostpreußen, wo so ein Name etwas ganz Normales ist, auch für Deutsche.«

Sie überlegte eine Weile, dann fragte sie Hannes: »Bist du ein Nazi gewesen?«

Hannes überlegte, aber dann sagte er doch die Wahrheit: »Ja, aber jetzt tut es mir leid.«

Die Russin wartete einen Augenblick, dann sagte sie: »Ich bin noch nie einem Nazi begegnet. Die anderen Gefangenen sagen immer, sie wären dagegen gewesen, aber du gibst es zu.«

Hannes nickte schuldbewußt, während Rudi ihm zuflüsterte: »Du bist ein ganz großes Arschloch.«

»Nein«, griff die Russin ein, »er sagt die Wahrheit, das ist immer gut.«

Es war eine sehr hübsche Russin, fand Hannes, sie hätte auch ganz gut von der Nordsee kommen können. Sie sah so aus wie die Frauen auf den Werbeplakaten für die Frauenbewegung der Nazis für »Glaube und Schönheit«. Nur ihre Backenknochen waren ein wenig zu stark, wie die seiner Mutter.

»Wir bringen euch bis nach Kreuz. Von da aus könnt ihr nach Berlin fahren. Wir Russen sind keine Untermenschen. Der Genosse Stalin sagte schon: Die Hitlers kommen und gehen, aber das deutsche Volk bleibt.«

Sie sprach natürlich nicht so korrekt deutsch, aber Hannes verstand sie sehr gut.

»Woher können Sie denn so gut deutsch?« fragte er.

»Ich habe es studiert, ehe ich mich zur Armee meldete«, antwortete sie. »Es könnte aber viel besser sein. Ich habe so viele Vokabeln in diesem schrecklichen Krieg vergessen.«

»Ich verdanke einem russischen Soldat mein Leben«, bekannte Hannes ihr.

»Erzähl mir davon«, forderte sie ihn auf, und Hannes erzählte sein Erlebnis von der Straßenecke in Berlin. Dann wollte er Rudi helfen, doch der wehrte ab und sagte: »Ist nicht schwer, ich schaff das schon. Halte die Lokführerin bei guter Laune.«

Die Russin hatte mitgehört und lachte. Sie war neugierig, wollte wissen, wo Hannes herkam, wer seine Eltern waren und was er gemacht hatte.

Hannes erzählte ihr alles.

Sie hörte aufmerksam zu und sagte dann: »Ich heiße Sonja«, und sie erzählte von ihrer Heimat, wie die Deutschen dort eingefallen waren und daß sie nun sehr glücklich darüber sei, daß der Krieg vorbei war.

»Jetzt müssen wir alle ein neues Leben anfangen«, meinte sie, »und nie wieder Krieg.«

Hannes versprach ihr, sich auch dafür einzusetzen. »Mir tut es so leid, was ich alles getan habe, und mein Volk auch.«

»Wenn das vom Herzen kommt, dann ist alles gut«, fand Sonja.

Sie konnten nur sehr langsam fahren, da die Strecke gesprengt und erst notdürftig repariert worden war.

Sonja und Hannes unterhielten sich weiter, über Tschaikowski und Beethoven, Goethe und Dostojewski. Beide waren überrascht, wieviel der andere über die Kultur des ehemaligen Feindes wußte.

Sonja rezitierte Gedichte und Hannes auch. Sie kannte die Lorelei von Heine auf deutsch. Hannes schämte sich, daß dieser Dichter in Deutschland verboten gewesen war.

Die Steinigung

Im ersten Morgengrauen erreichten sie den Bahnhof Kreuz. Sonja übernahm die Lok und fuhr den Zug vorsichtig in den Bahnhof hinein. Auf den Bahnsteigen drängten sich polnische Umsiedler mit Sack und Pack. Die Russen hatten Ostpolen besetzt, und nun strömten die dortigen polnischen Bewohner in die ehemaligen deutschen Ostgebiete. Schuld an dem ganzen Elend war natürlich der Krieg, den die Deutschen begonnen hatten, und ganz besonders der Überfall auf die Sowjetunion.

Sonja hielt den Zug an, damit die Deutschen absteigen konnten. Doch dazu kam es nicht. Die Polen entdeckten ihre Peiniger und schrien auf: »Deutsche!« Steine flogen, mit Latten und Knüppeln fielen sie über ihre Feinde her.

Sonja fuhr sofort wieder weiter, doch viele Gefangene waren schwerverletzt, getötet oder vom Zug gerissen. Auch gegen die Lok flogen Steine. Der Überfall hörte erst auf, als der Zug endlich den Bahnhof hinter sich gelassen hatte.

Sonja fuhr bis in den Güterbahnhof, den Soldaten der Roten Armee besetzt hielten. Das hatte Sonja Hannes beigebracht: Sie seien nicht Russen, sondern Sowjetbürger und Soldaten der Roten Armee.

Hannes war froh, daß sie nun in Sicherheit waren, doch die Bilanz sah schrecklich aus. Die Rotarmisten gaben den Gefangenen Spaten und Schaufeln, um ihre Toten zu begraben. Die Verwundeten verbanden sie mit Lumpen.

Doch ein russischer Offizier befahl, die Gefangenen müßten wieder zum Bahnhof zurück. Sonja redete auf ihn ein, aber sie erreichte nur, daß die Gefangenen von Rotarmisten bis zum Bahnhof und an einen Zug nach Westen begleitet würden.

Als sich die Reste von Hannes' Kolonne wieder formierten und Karl Wenzel sich bei ihm einhing, kam Sonja zu Hannes, um Abschied zu nehmen.

Sie schauten sich beide an, nicht wie Feinde, sondern wie Freunde. Hannes sah Tränen in Sonjas Augen. »Ich wünsche euch, daß ihr alle gesund nach Hause kommt«, sagte sie.

»Und ich weiß nicht, wie ich dir danken soll, Sonja«, antwortete Hannes.

Plötzlich umarmte Sonja Hannes, drückte ihm einen Kuß auf die Backe und rannte weg.

Der Kommandant fluchte hinter ihr her.

Hannes liefen plötzlich Tränen die Backen herunter. »Sonja!« rief er.

Die Höllenfahrt

Mit ihren Flüchen und Gewehrkolben schlugen die Soldaten den Gefangenen einen Weg durch die tobenden und drohenden Polen. Die Deutschen brauchten nicht lange zu warten. Der Zug nach Westen fuhr ein, vollgestopft mit polnischen Umsiedlern. In die Abteile ging eigentlich keiner mehr hinein, doch mit dem Kolben schlugen die Soldaten ihrer störenden Last einen Weg hinein.

Eigentlich wollte Hannes, daß sie alle nah beieinander blieben, doch das war nicht zu machen.

Als alle Gefangenen im Zug verstaut waren, schlugen die Soldaten auch für Hannes einen Weg in ein Abteil. Verständlich, daß die Polen ihn böse, mit Murren und mit Drohungen empfingen. Hannes sah sich um – kein Deutscher in seinem Abteil. Auch Rudi und Karl hatte er verloren. Er fühlte sich als schlechter Kolonnenführer und Kamerad, aber auch den Polen ausgeliefert.

Der Zug fuhr an. Noch kuschten die Polen, weil die Russen draußen mit ihren Waffen drohten und in die Luft schossen. Aber dann, als der Zug den Bahnhof hinter sich gelassen hatte, begann etwas unbeschreiblich Grauenhaftes.

In einem Abteil saßen betrunkene polnische Soldaten und Jugendliche. Als zu ihnen Deutsche hereingestoßen worden waren, hatten sie vor Wut gekocht. Und als der Zug den Bahnhof verließ, begannen sie sich für alles zu rächen. Sie verloren ihren Verstand dabei.

Sie prügelten die Deutschen, erschlugen und erstachen sie. Hannes hörte die Schreie seiner Kameraden und überlegte, wie er eingreifen könnte, mit guten Worten und dem sowjetischen Marschbefehl. Doch er hörte, wie die Polen in seinem Abteil zu murren anfingen, und sah den Haß in ihren Augen.

Die polnischen Soldaten rückten von Abteil zu Abteil vor, metzelten die Deutschen nieder und warfen sie aus dem fahrenden Zug. Als sie das Nachbarabteil erreichten, sah Hannes sein Ende kommen. Einige junge Polen versuchten schon aufzustehen und ihn zu packen, doch da griff eine ältere Frau ein. Sie schrie die Jungen an, zog Hannes an seiner Jacke und bedeutete ihm, sich unter der Bank zu verstecken. Sie machte ihm Platz, und Hannes kroch unter die Bank.

Da drängten sich auch schon die Soldaten ans Abteil und fragten nach Deutschen. Doch die alte Frau schrie sie an, verfluchte sie und befahl ihnen, abzuhauen. Die Soldaten und Jugendlichen zögerten, aber dann drängten sie doch weiter. Sie kletterten aus dem Waggon, tasteten sich draußen an den Trittbrettern entlang und bestiegen den nächsten Wagen.

Im Abteil wurde gemurrt und geschimpft, doch die alte Frau setzte sich durch, Hannes bekam kein Haar gekrümmt. Er hörte noch die Schreie seiner Kameraden, doch die entfernten sich immer mehr.

Endlich, endlich lief der Zug in einen Bahnhof ein. Hannes befreite sich aus seinem Versteck und kletterte auf den Bahnsteig hinunter. Auch aus den anderen Abteilen torkelten Gefangene. Wer nicht freiwillig ging, wurde hinausgestoßen. Doch das war nun nicht mehr so schlimm.

Hannes lief und schrie am Zug entlang: »Alles raus, alles raus.« Verwundert stiegen welche aus den ersten Wagen. Sie hatten von dem Gemetzel gar nichts mitbekommen, sie waren nur beschimpft worden. Dem Karl hatten die Polen sogar etwas zu essen gegeben.

Hannes wollte zu den Russen, ihnen sagen, was passiert war und wo die polnischen Soldaten seien, doch der Zug fuhr schon wieder an.

Bei der alten Frau, seiner Lebensretterin, hatte er sich nur ganz kurz bedanken können.

Der Todesmarsch

Zum Heulen, was von den 116 Gefangenen übriggeblieben war – noch nicht einmal dreißig Männer. Hannes war verzweifelt. Was hatte er falsch gemacht? Sie hatten ihm vertraut, und nun das. Aber er wußte auch, daß das niemand vorausgesehen hatte. Er war dankbar, daß er noch lebte, aber schämte sich auch dafür.

Was für ein unerhörtes Glück hatte er in den letzten Tagen gehabt, es war einfach nicht zu fassen! Ob es doch eine Vorsehung, ein Schicksal, einen Gott gab, der so etwas arrangierte? Aber warum dann gerade er, Hannes, und nicht Volker oder Harald oder ein anderer, dessen Leben bestimmt wertvoller war als seines?

Doch lange nachdenken konnte Hannes nicht. Die Übriggebliebenen sammelten sich um ihn herum und erwarteten seine Befehle.

Auf dem Bahnhof Landsberg war es so friedlich wie irgendwo im Münsterland. Kein Schmutz, sonntäglich gekleidete Leute, keiner dachte daran, ihnen etwas zu tun, obwohl auch Polen darunter waren. Hannes begriff diese schlagartige Veränderung nicht. Falls er diesen Menschen erzählt hätte, was ihnen gerade passiert war, sie hätten es ihm bestimmt nicht geglaubt. Es kam wie aus einer anderen Welt. Auch der helle, fröhliche Sommertag mit Schäfchenwolken sprach den Greueltaten der letzten Stunden Hohn.

Aber weiter. Ganz eng zusammenbleiben, befahl Hannes seinem Rest. Sie stiegen in die Bahnhofshalle hinunter. Dort sollte sich die Bahnhofskommandantur der Roten Armee befinden.

Hannes ließ die Männer draußen vor der Tür warten, nahm nur Rudi mit. Er zeigte dem Kommandanten seinen Marschbefehl und bat Rudi, ihm zu berichten, was gerade passiert sei. Doch der Kommandant wollte nichts davon hören, überflog nur den Marschbefehl und warf die beiden hinaus.

Draußen sprach eine Polin, die Deutsch konnte, die Männer mitleidig an und erklärte Hannes, sie sollten zum Güterbahnhof am Rand von Landsberg gehen. Von dort aus führen immer Züge nach Berlin. Dort versammelten sich auch die deutschen Flüchtlinge.

Das hörte sich sehr gut an, doch während die Frau Hannes und seinen Leuten das erklärte, schlichen einige Polen um sie herum und versuchten mitzuhören.

Rudi meinte, einen von den Schlächtern darunter zu erkennen. Er warnte Hannes, aber so, daß es die anderen nicht hörten. Hannes ließ sich den Weg zum Güterbahnhof erklären, formierte seine Kolonne und erklärte: »Wir dürfen uns nie wieder trennen. Wir müssen als Kolonne marschieren, dann denken die Polen, daß wir noch Gefangene seien. Reißt euch zusammen, wir dürfen keine Pause machen, sondern so aussehen, als ob wir ganz stark wären.«

Die Kumpels faßten sich unter und marschierten los, Hannes als Führer voran. So wollten sie es, und so gehörte es sich für eine richtige Kolonne. Nur die russische Bewachung fehlte, doch die konnte zurückgeblieben sein.

In den Geschäften wurden schon wieder Waren verkauft, auch Lebensmittel, mit polnischen Preisen, doch standen die deutschen Namen noch auf den Firmenschildern. Plötzlich bekam Hannes wieder einen furchtbaren Hunger. Er nahm den Blick weg. Ein Kumpel schlug vor, dort betteln zu gehen, doch Hannes überhörte es.

Sonntägliche Spaziergänger überall. Die Stadt war nur wenig zerstört.

Dann hörten die Häuser plötzlich auf, und Schrebergärten begannen, wie es sich für eine deutsche Stadt gehörte.

Immer wieder wurde ihre Kolonne von einem Radfahrer überholt, der dann auch wieder zurückkam und sie musterte. Das fand Hannes gar nicht gut, aber er sagte keinem etwas von seiner Beobachtung.

Sie hatten gerade die Schrebergärten erreicht, da wurden sie von einer Horde Männer und Jugendlicher überfallen. Mit Knüppeln und Steinen fielen sie über die Gefangenen her.

Doch die wehrten sich. Die schlugen um sich, die bekamen Knüppel zu fassen und schlugen zurück. Hannes wunderte sich später darüber, woher er und seine Kameraden die Kräfte bekommen hatten, sich so zu wehren, daß die Polen sich zurückziehen mußten. Ihre ganze Wut und Ohnmacht ließen die Kumpels los.

Die meisten von ihnen hatten kaum etwas abbekommen, doch einer war sehr schwer verletzt und lag bewußtlos am Boden. Sie nahmen ihn auf und schleppten sich den Schrebergärten entlang in Richtung Güterbahnhof weiter. Da sah Hannes plötzlich rechts von der Straße ein kirchliches Haus liegen, mit einem Kreuz oben drauf.

»Vielleicht gibt es dort eine Schwester, die helfen kann, oder sogar ein kleines Krankenhaus«, hoffte er.

Er ließ die Kolonne an der Straße halten, sich hinsetzen, mit Knüppeln und Steinen in der Hand, falls die Polen noch einmal zurückkehren würden, und ging zu dem kirchlichen Haus hoch.

Er zog an einer Glocke. Lange rührte sich nichts, doch dann kamen Schritte über den Flur. Eine Klappe in der Tür öffnete sich, und dahinter sah er das Gesicht einer Nonne mit weißer Haube. »Wir haben da einen Schwerverletzten . . .«, begann Hannes. Weiter kam er nicht. Die Schwester schlug die Klappe zu. Hannes läutete noch einmal, doch vergeblich.

Traurig zog er zu den Seinen zurück. Die Polen waren nicht zurückgekommen, doch der Schwerverletzte lag im Sterben, lallte Unverständliches und hatte Schwierigkeiten mit dem Atmen. Es war rührend zu sehen, wie sich alle um ihn kümmerten, obwohl es mit ihnen nicht viel besser stand.

Rudi nahm Hannes zur Seite: »Mit diesem lahmen Haufen von Sterbenden kommen wir nie nach Berlin«, flüsterte er. »Das beste ist, wir schlagen uns beide allein durch.«

»Halt die Schnauze!« fuhr Hannes ihn an, obwohl er leider auch schon daran gedacht hatte.

»Los, Marsch zum Güterbahnhof!« befahl Hannes. »Heute abend sind wir in Berlin.« Woran er selber nicht glaubte, oder doch?

Als Hannes sich den Schwerverletzten auf die Schulter packen wollte, griff Rudi zu und trug ihn mit.

»War nicht so gemeint«, sagte er. »Doch jeder hängt halt an seinem Leben, verstehste?«

Hannes verstand das sehr gut und nickte Rudi zu. Der war doch ein prima Kumpel.

Zwischendurch eine Schrebergarten-Idylle

Noch war vom Güterbahnhof nichts zu sehen. Sie kamen jetzt erst richtig in die Garten-Kolonie hinein. Hannes dachte, er sei zu Hause in der Schreberanlage vom Kleingartenverein »Der fröhliche Bergmann«. Gärtchen, Lauben, Gartenzwerge, Springbrunnen, die allerdings nicht sprudelten, ordentliche Beete und grüne Bäume.

Als er auch noch Kinderlachen und warnende Mutterstimmen hörte, war die Illusion perfekt. Das konnte doch nicht wahr sein, und noch weniger, daß die Frauen deutsche Worte riefen!

Die liefen auch bald zu ihnen, zeigten Mitleid, was ihnen gut tat, kümmerten sich um den Schwerverletzten und um die Wunden der anderen und besorgten Wasser aus einer Pumpe. Hannes trank fast eine Gießkanne leer.

Die Frauen waren auf der Flucht von Ostpreußen und aus dem ehemaligen Warthegau. Sie warteten hier auch auf den Zug nach Berlin, aber schon seit mehreren Tagen.

Eine etwas ältere Frau, die couragierteste, wohl so eine Art Sprecherin, sagte zu den Kumpels: »Wir würden euch auch gerne etwas zu essen geben, aber wir haben selber nichts. Wir leben davon, daß die Russen uns etwas geben, wenn sie im Dunkeln kommen.«

»Sind die schlimm zu euch?« fragte Hannes.

»Nee«, antwortete die Frau. »Wir lassen uns vergewaltigen, und dann ist alles gut. Jede von uns hat mittlerweile einen Freier, der darauf achtet, daß ihr kein anderer zu nahe kommt. Auch die Polen trauen sich darum nicht an uns heran.«

Hannes wunderte sich, wie ruhig die Frau darüber sprach.

Sie bemerkte seinen Blick und erklärte: »Der Mensch gewöhnt sich an alles, leider auch an so was.« Dann holte sie ein Gesangbuch aus ihrer Handtasche, aber nicht, um daraus zu singen, sondern sie drehte sich eine Machorka-Zigarette aus einem Blatt und bot auch Hannes Papier und Tabak an. Doch der lehnte ab. Rudi griff aber gierig zu. Die anderen Frauen verteilten auch ihren Tabak und Blätter aus ihren Gesangbüchern.

»Zu Hause darf ich das alles nicht tun«, entschuldigte sich eine Frau, »aber hier hilft es gegen den Hunger. Zu Hause, wenn ich dahin komme, werde ich das alles vergessen. Und mein kleiner Junge wird sich bestimmt nicht mehr erinnern können, außer daran, daß die Russen liebe Onkels waren, und das waren sie auch, zu den Kindern.«

Hannes fragte nach den Zügen nach Berlin. Die Frauen wußten auch nicht Bescheid. Am Personenbahnhof wurden sie von den Polen nicht in die Personenzüge gelassen. Auf dem Güterbahnhof hatten schon Züge gehalten, doch die fuhren alle gen Osten und waren mit Reparationsgütern und ehemaligen russischen Fremdarbeitern aus Deutschland vollgeladen.

Die Kumpel wollten hierbleiben und warten. Sie konnten nicht mehr. Aber Hannes ahnte, was passieren würde, wenn nachts die Russen kamen und hier bei den Frauen deutsche Männer entdeckten. Dann würde wieder eine Hölle losbrechen.

»Wir müssen weiter«, schlug Hannes vor. »Vielleicht bis zum nächsten Bahnhof, der nicht so groß ist.«

»Vietz«, wußte ein Gefangener, »ist ein kleiner Ort an der Strecke. Vielleicht sind die Polen noch nicht bis dorthin geraten, und dann kommt schon Küstrin, und dahinter ist

Deutschland, oder das, was noch davon übriggeblieben ist.«

Die Couragierte war auch der Meinung, daß die Männer hier nicht warten sollten: »Ich habe gesehen, wie sie einen Polen zurichteten, den sie hier erwischt haben.« Und nach einer Weile sagte sie: »Ich komme mit, wenn ihr mich mitnehmt. Hier gibt es sogar einen Handwagen, auf dem wir die ganz Kranken ziehen könnten.«

Hannes biß sich an der Idee Vietz fest. Da mußten sie hin! Er war sicher, daß sie es noch schaffen könnten. Sie mußten es erreichen!

Leider starb der Schwerverletzte. Sie gruben ihm ein Grab, und die Frauen legten Blumen darauf.

Eine Frau stimmte aus dem Geangbuch, in dem schon viele Blätter fehlten, das Lied an: »So nimm denn meine Hände ...« Einige Frauen fielen ein, die Kumpel brummten. Hannes faltete auch seine Hände.

Der Marsch nach Vietz

Warum Hannes und einige Männer und Frauen meinten, ab Vietz würde alles besser, war nicht zu erklären. Alle ihre Hoffnung setzten sie auf Vietz. Alle Männer kamen mit, nur wenige Frauen blieben zurück.

In zwei Handwagen wurden im Wechsel kleine Kinder und die schlappen Männer gepackt. Die Frauen waren ganz gut zu Fuß, viel besser als die Männer.

Es fing zügig an. Als sie unter Bäumen dahinschritten und die Wiesen dufteten, stimmte die Couragierte an: »Wem Gott will rechte Gunst erweisen, den schickt er in die weite Welt ...«

Leider kamen sie noch nicht einmal mit der ersten Strophe zu Ende, denn ein rasender Lastwagen rammte die Kolonne und zerquetschte einen Gefangenen.

Sie legten ihn in den Graben, und die Frauen pflückten Blumen und streuten sie über den Toten. Dann mußten sie wieder weiter. »Hört das denn überhaupt nicht auf?« fragte sich Hannes. »Wer kann denn so etwas noch ertragen?«

Aber er vergaß den Unfall sehr schnell, zuviel war allein in den letzten Tagen passiert.

Glücklicherweise wurde die Straße nur schwach befahren, doch wenn sie einen Lastwagen herankommen hörten, schoben sie die Handwagen hinter die Chausseebäume und verschwanden sofort im Straßengraben.

Aber dann hielt plötzlich ein Lastwagen. Auf ihm hockten Männer in undefinierbaren Uniformen, jede sah etwas anders aus. Die luden die Frauen ein, mitzufahren, bis nach Küstrin. Doch die weigerten sich. Eine meinte: »Wir kommen nur dann, wenn auch Männer mit dürfen.« Die sogenannten Soldaten berieten sich in einem Kauderwelsch, das keiner verstand, und luden dann in gebrochenem Deutsch auch einige Männer ein.

Hannes warnte, die Leute kamen ihm nicht geheuer vor. Doch einige Frauen und Männer stiegen auf den Lastwagen.

Schon hinter der nächsten Kurve sah Hannes seine Männer wieder, mit durchschossener Brust im Straßengraben. Über das Schicksal der Frauen brauchte er keine Vermutungen anzustellen.

Es war ein heißer Nachmittag. Die Männer waren schlapp, hatten Hunger und Durst. Die Kinder schrien. Nach immer kürzeren Abständen mußte eine Pause eingelegt werden. Karl Wenzel konnte überhaupt nicht mehr gehen. Er versuchte es, um einem anderen seinen Platz im Handwagen zu geben. Doch als er ausstieg, brach er sofort hilflos zusammen.

Rudi und Hannes waren die einzigen, die noch alleine weiter kamen. »Wie bist du denn entlassen worden?« fragte Hannes den Rudi. Das hatte er schon lange wissen wollen. Denn so einen Gesunden, wenn auch nur noch ein Knochengerüst, hatte die Ärztin sonst doch nicht für entlassungsreif erklärt.

»Ich hab bei den Russen im Lazarett Kartoffeln geschält und Stiefel geputzt. Dann habe ich einen Obersani bequasselt. Der hat mich für einen Gestorbenen nachgeschoben. Unkraut vergeht nicht.«

Elendig die Kolonne. Die Frauen waren auch am Ende. Gemurre: »Wären wir doch im Schrebergarten geblieben.« Wut über Hannes, der sie überrollt habe.

Hannes versuchte, sie und sich abzulenken und aufzumuntern. Er verkürzte die Abstände bis zur nächsten Pause und behauptete einfach: »In Vietz kriegen wir den Zug nach Berlin. Der hält dort, und da gibt es noch keine Polen. Die sind mit der Umsiedlung bisher nicht so weit gekommen. Der Ort ist noch leer. Nur Russen am Bahnhof, und die wollen uns schnell loswerden. Vielleicht geben sie uns auch Verpflegung.«

Alles, was er da behauptete, war ganz und gar gegen das, was er erlebt hatte, aber nur so kamen er selbst und seine Kolonne weiter. Sie glaubten ihm. In so einer Situation glaubt jeder das, was etwas besser aussieht.

Hannes erfand auch einen neuen Marsch-Rhythmus, der natürlich langsamer war als Marschtempo 114 der deutschen Wehrmacht. Er kommandierte: »Vietz zwo drei vier.« Alle lächelten und marschierten mit. Bei den Frauen hatten sich die Männer eingehangen, wie bei einer Polonaise verkehrt.

Es half eine Weile. Vietz zwo drei vier. Aber leider nicht lange. Wieder Pause. Und danach immer wieder das furchtbare Aufstehen, auf allen vieren oder an einem Chausseebaum hoch.

Hannes horchte schon auf den Zug nach Berlin, so hatte er sich selbst in die Illusion hineingesteigert. Er mahnte: »Wir müssen uns beeilen, sonst kriegen wir ihn nicht.«

Er konnte und wollte es sich nicht vorstellen, daß dort kein Zug halten würde. Nur ganz kurz zweifelte er, ob es in Vietz überhaupt einen Bahnhof gab.

Endlich Häuser, und dann das Schild »Vietz«. Die goldene Stadt, das ersehnte Jerusalem.

Eine leere Stadt. Sie sahen keinen Menschen auf der Straße. Es war tatsächlich so, wie sie es sich erhofft hatten, noch keine Polen in der Stadt, aber die Deutschen waren schon weg. Nur ein russischer Leiterwagen mit einem Panjepferd davor trottete durch die Straße. Rudi fragte den Muschkoten nach dem Bahnhof und erhielt Auskunft.

Es gab tatsächlich einen Bahnhof. Die letzte Strecke zum Häuschen hoch kommandierte Hannes wieder: »Vietz zwo drei vier.« Erzeugte Lächeln.

Der Bahnhof war ein ganz kleiner, mit einem Bahnsteig und einem winzigen Gebäude, in dem früher auch der Bahnhofsvorsteher wohnte, der die Schranke bediente. Nun saßen dort Soldaten der Roten Armee. Aus dem Radio, das sie überlaut angedreht hatten, dröhnte Marschmusik. Aus Berlin wurde die alliierte Siegesparade mit deutschen Kommentaren übertragen. So etwas gab es also dort in der Heimat schon wieder: Radioprogramm.

Rudi fragte die Russen, ob hier ein Zug nach Berlin halten würde. »Wenn wir ihn anhalten«, bekam er zur Antwort.

Und tatsächlich, sie waren bereit, ihn anzuhalten. Später am Abend sollte einer durchkommen.

Hannes begriff das alles nicht. Er hatte Wort gehalten, aber er wußte nicht, wie.

Der Zug kommt

Wie ein Kind freute sich Hannes, als tatsächlich ein Zug am Horizont erschien und gemütlich auf den Bahnhof zudampfte, in Richtung der untergehenden Sonne. Ein Soldat, der den ganzen Abend im milden Sonnenlicht gedöst hatte, stand auf, zog sich seine Bluse über, nahm ein rotes Fähnchen in die Hand und winkte dem Zug, bis der hielt.

Das Gefährt bestand aus Personenwagen und flachen Waggons, auf denen Panzer vertäut waren. Obwohl die Waggons gar nicht so stark besetzt waren, lagen Passagiere auf den Dächern, und Horden von Kindern turnten auf allen Vieren von einem Wagen zum andern.

Das brachte Hannes auf eine Idee: »Los, alle auf ein Dach.«

»Bis Berlin gibt es keinen Tunnel«, unterstützte ihn ein

Berliner. »Und dort nehmen wir die Ostbahnstrecke, da fahren die Züge immer langsam.«

Doch die Frauen ließen sich von freundlichen Männern in die Abteile locken.

»Kommt lieber zu uns!« rief Hannes.

Aber die Couragierte rief zurück: »Und wenn wir noch mal dran müssen, hier unten ist es bequemer.«

Hannes hatte nicht viel Zeit, um zu sehen, ob sein Befehl auch ausgeführt wurde. Er mußte Karl und anderen helfen, aufs Dach zu kommen.

Sie schafften es auch nicht alle auf ein Dach. Der Zug fuhr schon wieder an. Jeder mußte dort hochkommen, wo er gerade stand. Die Trittbretter, die an den Waggons entlangliefen, und die Bremserhäuschen erleichterten den Aufstieg.

Es war kein Problem, auf dem flachen Dach einen Halt zu finden. Ein Buckel mit Entlüftungsklappen, Griffen und Drähten führte darüber.

Hannes machte es sich bequem. Er streckte seine Beine zur Seite aus, lehnte sich gegen den Buckel und suchte nach einem Halt, falls er ins Rutschen kommen sollte. Er fand sofort mehrere. Diese Fahrt in den schnell dunkel werdenden Abend hinein genoß er und vergaß alles, was hinter ihm lag.

Sie fuhren durch Wiesen und an einem Bach entlang. Das alles erinnerte ihn an das Volkslied »Im schönsten Wiesengrunde . . .« Das hätte die Mutter bestimmt dabei angestimmt.

Weiden standen dunkel am Bachrand, auf den Wiesen üppiges Grün, aber keine Kühe, die es fraßen. Die Luft war so mild, daß er nicht einmal fror.

Hannes mußte an Sonja denken. Er berührte so zart, wie er konnte, die Stelle, wo sie ihn geküßt hatte. Hannes lächelte. Er spürte ihre Liebe und Süße noch immer.

Unten liefen Männer und Jugendliche über die Trittbretter, als ob sie eilig etwas suchten. Flüche drohten ihnen nach. Doch dann war alles wieder ruhig. Nur die Lok stöhnte etwas müde vor sich hin. Hannes dachte auch an zu Hause: »Haben sie wohl die Bomben überstanden? Steht das Häuschen noch, sind Lotti und Nuschnusch noch im Stall?« Er hoffte es. Er mußte schnell nach Hause kommen, auch wenn es erst über Freiberg in Sachsen ging.

Karl lag am vorderen Ende des Daches und schlief. Das würde ihm gut tun, dachte Hannes wie eine Mutter. Es war wohltuend, nicht immer an sich selbst zu denken.

»Wenn ich heil nach Hause komme, dann ist jeder neue Tag für mich ein Geschenk«, dachte Hannes. »Aber ich werde nicht nur an mich denken, sondern auch an andere. Werde gutzumachen versuchen, was wir angerichtet haben, so wie es Volker wollte.« Es tat ihm weh, an seinen Freund zu denken.

Doch dann wurde seine milde Abendstimmung plötzlich gestört. Eine Horde von zehn- bis vierzehnjährigen Jungen war auf das Dach seines Waggons geklettert. Wie Affen huschten sie an ihm und seinen Kumpel vorbei und umringten den Karl. Sie waren in Lumpen gekleidet, barfuß mit unförmigen, russischen Pelzmützen auf dem Kopf, mehrere von ihnen saugten an einer Zigarettenkippe, und ihre Augen waren glasig vom Schnaps.

Sie fielen über Karl und die Kranken her, die auf dem vorderen Teil des Daches lagen. Sie versuchten, ihnen die Schuhe auszuziehen, und als sich einer wehrte, stießen sie ihn vom Dach.

Hannes und Rudi stürmten nach vorn. Rudi konnte noch einen erwischen, doch als der ihm in die Hand biß, stieß er ihn von sich und vom Zug.

Auch auf dem Wagen vor ihnen war eine Horde über Hannes' Kumpel hergefallen, versuchten sie zu plündern und mit Messern zu stechen. Doch die Kumpel wußten sich zu wehren. Bald flog einer von den Jungen vom Dach, und sie zogen sich zurück.

Unten aus dem Zug erscholl ein Hilfeschrei. Ein junges Mädchen mußte es sein, und eine Mutter bat auf deutsch: »Sie ist doch noch ein Kind. Laßt sie doch in Ruhe. Nehmt mich.«

Sie schienen beide zu nehmen.

Eingreifen konnte Hannes nicht, obwohl er sich dazu verpflichtet fühlte.

Bald mußte doch Küstrin kommen. Wenn der Zug nur nicht so bummeln würde.

Dann tauchten plötzlich die Wilden wieder auf. Sie brachten betrunkene Panzersoldaten mit, denen die wulstigen Kappen schief auf dem Kopf hingen. Die Ohrenschützer flatterten um ihre Köpfe, und in ihren Händen blitzten Messer.

Die Wilden hatten ihnen erzählt, die Deutschen würden auf den Dächern unschuldige polnische und russische Kinder in den Tod stürzen, und die betrunkenen Soldaten wollten das rächen. Gegen diese Männer konnten sich die Gefangenen nicht wehren.

Einer von den Kumpeln hatte eine Idee: »Runter auf die Trittbretter!«

Das war die einzige Möglichkeit zum Überleben, obwohl der Abstieg auch lebensgefährlich war. Sie hatten nicht viel Zeit. Die ersten Gefangenen waren schon erstochen und vom Zug geworfen worden. Karl kam herangekrochen, hilflos wie ein verwundetes Tier auf allen Vieren.

»Warte!« rief Hannes ihm zu. Er fand für seine Finger einen Halt an der Regenrinne. Seine Füße baumelten in der Luft, bis sie die Kante eines heruntergelassenen Fensters fanden. Er zog Karl nach, der sich auch festhielt.

Sie ließen sich bis aufs Trittbrett hinunter, sahen in ein mit Soldaten und Zivilisten überfülltes Abteil, die aber auf sie aufmerksam wurden.

Karl und Hannes hetzten auf den Trittbrettern am Zug entlang, bis ganz nach vorne. Dort war es ruhiger. Sie hielten sich aber nicht an einem offenen Fenster fest, sondern legten sich platt aufs Trittbrett. Dort zerrte der Fahrwind des schneller fahrenden Zuges nicht so arg an ihnen.

Hinter ihnen tobte es noch auf dem Zug, gellende Schreie der Abstürzenden, seine Kumpel, seine Verantwortung. Aber er mußte jetzt an Karl und sein Überleben denken. Rudi kam auch nach vorn, und noch einige. Sie sagten nichts, sie lagen platt auf den Trittbrettern. Die Nacht schützte sie.

Im Zug ging es wild her. Dort wurde getrunken, gehurt und nach den Deutschen gesucht. Sie lagen ganz vorn und hofften Küstrin entgegen. Und dann liefen sie endlich in den Bahnhof ein.

Aber dort sprangen Militärpolizisten in den Zug, glücklicherweise auf der anderen Seite, so daß die Kumpel sich vom Zug in die Dunkelheit eines Schuppens zurückziehen konnten. Dort warteten sie.

Es fand so etwas wie eine Grenzkontrolle statt, Säcke und Fässer flogen aus dem Zug, blinde Passagiere wurden aus dem Zug gestoßen. Sogar Schüsse fielen.

Hannes flüsterte: »Wir müssen nur zusehen, daß wir den Zug kriegen, wenn der anfährt.«

Als es sich am Zug wieder beruhigt hatte, schlichen sie hin.

Sie versteckten sich unter den Trittbrettern, doch als die Lok pfiff, legten sie sich wieder darauf. Die Strecke stieg an, das mußte die Auffahrt zur Oderbrücke sein. Einer von den Kumpeln war doch aufgestanden und hielt sich am Rahmen eines offenen Fensters fest. Mit wilden Flüchen warfen ihn die Männer vom Abteil aus dem Trittbrett in die Oder, die sie gerade überquerten. Auf einer Brücke ohne Geländer.

Hannes stieß Karl an, als sie das andere Ufer erreichten: »Deutschland.«

Der Zug nahm Fahrt auf, als ob er sich freute, endlich seine Heimat erreicht zu haben.

Aber plötzlich hielt er. Rufe und Schritte am Zug entlang. Schüsse. Sie wurden gesucht.

Die Kumpel hasteten den Bahndamm hinunter, auf dem der Zug zum Stehen gekommen war. Liefen nach vorn, von der Lok weg. Taschenlampen blitzten auf, kamen auf sie zu, blieben aber dann stehen. Sie leuchteten die Trittbretter ab, aber dort lag keiner mehr. Die Häscher gaben auf, stiegen ein, pfiffen, und der Zug fuhr wieder an.

»So, jetzt sind wir in Deutschland«, sagte Hannes. »Jetzt wird erst einmal geschlafen.«

Endlich Berlin, aber wie ...

Frühmorgens wurde Hannes von der beißenden Kälte geweckt. Er zählte die Häupter seiner Lieben, es waren nur noch sechs. Das macht ihn sehr, sehr traurig. Am liebsten hätte er geheult. Was war er für ein Kolonnenführer? Doch Karl, den hatte er retten können, wenigstens diesen.

Er sah sich um. Erst einmal in den blendend blauen Himmel hoch, und dann in die Umgebung. Die erschien ihm so ähnlich wie die von Kreuz, aber die hatte ihnen dann nichts Gutes gebracht.

Sollten sie jetzt bis nach Berlin laufen? Aber das würden die meisten nicht mehr schaffen.

Die Kumpel wurden auch langsam wach und sahen sich genauso erschrocken um wie er. Hannes meinte: »Wir sind ja jetzt in Deutschland, da werden andere Verhältnisse bei der Bahn herrschen als drüben.«

Mutters nicht gerade freundliche Worte von der polnischen Wirtschaft fielen ihm ein, aber dann gab es doch noch diese Frau, die ihm das Leben gerettet hatte. Warum eigentlich?

Doch dieses »Warum?« war nicht seine Lebensweise. Vielleicht sollte er sich doch angewöhnen, mehr nach dem Warum zu fragen und nicht nur so ins Blaue hinein zu leben.

Er sah am Bahndamm hoch, Richtung Berlin, und dort stand ein einsames Bahnhofsgebäude. Vielleicht war es schon von deutschen Eisenbahnern besetzt.

»Wir gehen da mal hin«, schlug er vor. Er freute sich auch darüber, daß er den Kochtopf für die Mutter nicht verloren hatte. Der mußte mit nach Hause, obwohl er ziemlich störte und am Hüftknochen rieb. Hannes sah damit aus wie ein verfressener Grabscher. Seine Dürre paßte überhaupt nicht dazu.

Die Kumpel ließen sich wieder einmal von ihm überreden, dieses Mal sogar ohne Murren. Aber schon beim Weg am Bahndamm entlang mußte Hannes feststellen, daß es seine Leute bis Berlin nicht schaffen konnten.

Oben ums Bahnhofsgebäude herum herrschte Ruhe. Es sah so aus, als ob es nicht bewohnt oder besetzt sei.

Doch dann kam ein sowjetischer Soldat aus dem Dienstraum heraus. Hannes zeigte ihm seinen Marschbefehl, und Rudi redete auf ihn ein. Als der Mann die zerlumpten Skelette betrachtete, breitete sich Mitleid in seinen Augen aus, und er nickte.

Aber er sagte kein Wort. Die Kumpel warteten. Bis auf Rudi und Hannes schliefen sie alle sofort ein, als sie auf dem Bahnsteig im wärmenden Sonnenlicht lagen.

Hannes konnte nicht schlafen, obwohl er sich unsäglich müde fühlte. Sie mußten Stunden warten, bis endlich ein Zug kam. Der Soldat winkte ihn tatsächlich ab.

Es war ein Güterzug aus hochgeschlossenen Wagen, kein Mensch war darauf zu sehen. Sie kletterten hoch. Doch es war sehr schwierig, auf dem anfahrenden Zug einen Halt zu finden. Die Dächer fielen im Halbrund steil ab. Darauf lag rutschige Pappe, die nur mit dünnen Leisten und kurzen Nägeln ins Dach geschlagen war.

Die einzige Möglichkeit, sich festzuhalten, war, sich an diesen dürren, schon gelockerten Leisten festzukrallen.

Bäuchlings legten sie sich auf die Rundung des Daches. Doch leider rutschte schon in der nächsten Kurve ein Kumpel ab und schlug unten furchtbar auf den Schotter.

»Festhalten!« schrie Hannes, um seine Verzweiflung abzutöten.

Die Mark Brandenburg. Dann die Laubenkolonien von Berlin, der Pferderennplatz Hoppegarten. Stellwerke, die von Rotarmisten besetzt waren. Als riesige Schornsteine in den Himmel stießen, rief der Berliner Kumpel: »Lichtenberg, gleich bin ich zu Hause.« Er war so begeistert von seiner Heimkehr, daß er alle zu sich einlud: »Ich wohne nicht weit vom Bahnhof Lichtenberg. Da könnt ihr alle bei uns auf dem Teppich schlafen. Es ist genug Platz, der Vater ist ja im Krieg gefallen. Und zu essen gibt es auch. Ich kenne den Metzger an der Ecke, und für den Bäcker habe ich schon Schrippen ausgetragen. Bringt mich nach Hause, dann geht alles gut.«

Hannes fand das eine gute Idee, dort konnten sie ihre Weiterfahrt nach Sachsen planen und vielleicht gab es auch so etwas wie ein Auffanglager.

Der Zug hielt vor dem Bahnhof in einem Schienengewirr. Als sich die fünf in Richtung Bahnsteige schleppten, entdeckte Hannes eine Verpflegungsstelle der Roten Armee. Er stellte sich mit seinem Marschbefehl an und hoffte, für 118 Gefangene etwas zu essen zu bekommen. Doch als er dem Furier seinen Schein zeigte, fluchte der und drohte, sie wieder einzusperren, wenn sie nicht sofort verschwanden.

Schlimm war es, den Bahnsteig zu erklimmen, und dann die Treppe zur Straße hoch. Auf einmal schien Hannes keine Kraft mehr zu haben. Und die anderen noch weniger.

Rudi und Hannes mußten auch noch Karl schleppen, der keinen Schritt mehr alleine gehen konnte. Die beiden anderen gingen schon vor.

Als sie oben ankamen, war der Berliner, der sie eingeladen hatte, verschwunden. Der andere wollte sich auch absetzen, er mußte nach Magdeburg weiter.

Die Berliner gingen geschäftig an ihnen vorbei, jeder schien genug mit sich zu tun zu haben. Einige Frauen blieben stehen, fragten nach ihren vermißten Männern in Rußland, zeigten den dreien Bilder, doch sie erkannten keinen wieder.

Die Frauen sagten, daß es Auffanglager gebe, aber aus der russisch besetzten Zone käme man nicht mehr heraus, oder man versuche es über die grüne Grenze in den Westen, was aber gefährlich sei.

Doch zuerst mußte Karl nach Hause. Der hielt nicht mehr lange durch.

»Und wo willst du hin?« fragte Hannes den Rudi.

»Ich komme mit zum Karl«, antwortete der. »Ich weiß nicht, wo meine Leute sind. Die waren in den Warthegau umgesiedelt worden, aber da sind jetzt die Polen. Mit zweien schaffen wir es auch besser.«

Ein Mann, den sie fragten, erklärte ihnen, daß Züge

nach Sachsen vom Bahnhof Lankwitz im Süden Berlins führen. Mit der S-Bahn ginge es bis Tempelhof, und von dort müßten sie laufen.

In den Bahnen war es voll. Keiner stand für Karl auf. Hannes quälte ein furchtbarer Hunger, am liebsten hätte er die Menschen angebettelt, doch er schämte sich.

In Tempelhof war dann alles so wie in Amerika. Flitzer fegten durch die Straßen. Die gut genährten, großen Soldaten trugen elegante Uniformen und gelbe Handschuhe und jeder eine geladene Waffe. Sie kauten oder rauchten und schritten mit wiegendem Gang über die Straße. Wer wollte, hatte ein deutsches Mädchen bei sich, schick gekleidet in weißer Sommerjacke mit kurzen Ärmeln und Gürtel. Hannes versuchte, sich mit diesen Beobachtungen vom Hunger abzulenken.

Die Mädchen hatten sich schon ganz auf die Amerikaner eingestellt, schminkten sich die Lippen, rauchten auf offener Straße und kauten Kaugummi.

Dann mußten Rudi und Hannes den Karl von Tempelhof bis nach Lankwitz schleppen. Das war ein nicht endenwollender Weg an einem Kanal entlang. Sie kamen an Villen vorbei, in deren Vorgärten Menschen auf hellen Gartenmöbeln saßen und lachten. Das war alles so unglaublich. Hannes traute sich dann doch, eine Frau anzusprechen, als die gerade am Gartentor Blumen goß: »Entschuldigung, haben Sie vielleicht für unseren Kameraden etwas zu essen? Wir kommen gerade aus der russischen Gefangenschaft und müssen noch nach Freiberg.«

»Das sagen sie alle«, fuhr die Frau Hannes an. »Wir haben selbst nicht genug.«

Hannes gab auf.

Sie brauchten bis zum Abend, ehe sie den Lankwitzer Bahnhof erreichten. Morgens sollte ein Zug in Richtung Süden gehen. Sie legten sich auf den Rasen eines Parkes, wie es Hunderte andere auch taten.

Rudi stolperte nach einer Kippe, die ein amerikanischer Soldat aus seinem Jeep warf. Er zog daran und jubelte: »Das ist Qualität! Meine Güte, wir sind im Paradies.«

Hannes lächelte. Er gab sich einen Ruck. Nur so kam man weiter.

Karls Heimkehr

Als sich die Übernächtigten am Morgen aufrappelten und zum Bahnhof drängten, schleppten Rudi und Hannes den Karl auch mit. Das Gitter zum Bahnhof war noch heruntergelassen, doch als es endlich hochgezogen wurde, wartete oben schon ein Zug. Sie fanden einen Sitzplatz für Karl und duselten auf dem Boden des Ganges weiter.

In Wittenberg mußten sie alle aussteigen und auf den nächsten Zug nach Süden warten. Eine mitleidige Frau schenkte Karl einige Äpfel, doch die rollten aus seinem Schoß, er konnte sie nicht mehr festhalten und weigerte sich, sie zu essen. Aber Rudi fütterte ihn.

Mit dem nächsten Zug fuhren sie bis an eine gesprengte Brücke, über deren Trümmer sie, mit dem Risiko, abzustürzen, ans andere Ufer kamen, wo tatsächlich wieder ein Zug wartete.

Hannes zählte nicht nach, wie oft sie umsteigen mußten. Er war gerührt, als er sah, wie ein amerikanischer Soldat das Kind einer deutschen Frau über Brückentrümmer sicher ans andere Ufer trug und der Familie ein halbes Brot schenkte.

Karl raffte sich noch einmal auf, erklärte ihnen den Weg nach Freiberg und wie sie seinen kleinen Bauernhof am Rand der Stadt erreichen konnten. Dann fiel er wieder in eine tiefe Ohnmacht. Die beiden mußten ihn tragen.

Unterwegs stiegen Schüler in den Zug, so laut und mit kurzen Hosen wie im Frieden. Sie waren höchstens ein Jahr jünger als Hannes, doch er kam sich neben ihnen wie ein Greis vor.

In Döbeln fanden sie ein Abteil für sich. Sie legten Karl auf eine Bank. Der schlief sofort wieder weiter. Doch dann erwachte er und flüsterte etwas. Hannes beugte sich zu ihm hinunter.

»Es ist vorbei«, flüsterte Karl.

»Nein, nein!« protestierte Hannes. »Gleich sind wir da, und deine Frau wird dich schon wieder hochpäppeln.«

Doch Karl bewegte seinen Kopf zum Nein: »Es ist aus. Grüß die Frau und die Kinder und meine Mutter.«

»Nein, nein«, protestierte Hannes. Er sah hilfesuchend zu Rudi. Doch der hatte sich auf den Boden des Abteils gelegt und schlief. Da Karl wieder eingeschlafen war, legte sich Hannes auf die andere Bank und duselte so vor sich hin, immer wieder vom Hunger geweckt, bis sie mit der Dunkelheit Freiberg erreichten.

Als Rudi und Hannes aufstanden und Karl hochnahmen, spürten sie, daß er schon kalt wurde. Karl lebte nicht mehr.

Sie nahmen ihn auf die Schultern und trugen ihn über den Bahnsteig.

Der einarmige Eisenbahner an der Sperre wollte ihre Fahrkarten sehen.

»Du Arschloch!« antwortete Rudi, und sie gingen durch. Sie fragten nur einmal nach der Straße, einen entsetzt sie anstarrenden jungen Mann, dann fanden sie das Haus.

Es war ein kleines Anwesen. Die Gebäude standen um den Hof herum, wie es in Mitteldeutschland üblich ist.

Sie trugen Karl in seinen Hof, doch dann zögerten sie. Sie legten ihn auf den Boden und überlegten.

»Der Schock wird zu stark sein«, sagte Rudi. »Wir lassen den Karl erst mal draußen.«

Dann sahen sie Licht in einem Fenster. Sie betraten den dunklen Hausflur und gingen auf das Licht zu, das durch die Ritzen einer Tür fiel.

»Du mußt es sagen«, drückte sich Rudi. »Du bist der Kolonnenführer.«

Hannes klopfte. Ein mißtrauisches »Herein« antwortete.

Hannes trat ein. Die Familie war gerade beim Abendessen. Karls Mutter, seine Frau, die beiden Kinder – ein Junge und ein Mädchen. Sie sahen die Gestalten in der Tür mißtrauisch an.

Hannes versuchte die passenden Worte zu finden, doch die fielen ihm nicht ein. Plötzlich platze es aus ihm heraus: »Wir haben den Karl draußen.«

Alle sprangen auf und rannten nach draußen. Hannes kam nicht dazu, es weiter zu erklären.

Furchtbare Schreie und dann Weinen.

Hannes und Rudi sahen sich an. Sie sahen das Essen auf dem Tisch, Gemüsesuppe. Rudi trank schnell einen Schluck aus der Kelle, Hannes dann auch. Aber dann gingen sie doch zu der Familie hinaus.

Die beiden Männer wuschen Karl, trugen ihn in sein Bett, versuchten die Familie zu trösten.

Das Essen stand noch immer auf dem Tisch und wurde kalt. Da sagte Karls Mutter: »Sie müssen sicher Hunger haben, bitte essen Sie, wir können es nicht.«

Die beiden aßen. Sie vergaßen alles. Sie aßen, bis nichts mehr im Topf war. Sie sollten im Haus schlafen, doch sie krochen in die Scheune ins Stroh.

»Mir tun die Leute so leid«, sagte Hannes.

»Mir auch«, antwortete Rudi, »was für ein Scheißkrieg, und wir haben den angefangen.«

Allein weiter

Schon am frühen Morgen wollte Hannes weiter. Er mußte nach Hause, er hielt es nun nicht mehr länger aus. Er mußte wissen, ob die Eltern und die Schwester noch lebten, ob das Häuschen noch stand.

So wie er früher immer gerne von zu Hause weggerannt war, so zog es ihn nun dorthin.

Rudi versuchte ihn zu beruhigen: »Bleib doch hier. Mehr zu fressen als hier beim Bauern kriegste sonst nirgendwo. Auch im Westen soll es mit dem Fressen Scheiße sein.«

Aber Karls Frau verstand Hannes. Sie gab ihm ein Stück Brot und Speck mit, daß sie sich und ihrer Familie vom Mund absparen mußte.

Im Bahnhof erwischte er einen gefüllten Kohlenzug.

Auf der Kohle saßen und standen die Mitfahrenden. Über ihm saßen Jugendliche, damals Backfische genannt, auf dem Rand, baumelten mit ihren Beinen, rauchten ungeniert und kicherten dauernd über sich selbst.

In Chemnitz umsteigen, dann noch in Zwickau. Dort sah er ein trauriges, aber auch komisches Paar. Er im dunklen Anzug mit Schlips, Hut und Kavalierstuch, abgemagert und unterdrückt, zog eine vierrädrige Handkarre, in der eine sehr korpulente Frau saß. Trotz der Hitze im Wintermantel und unter einem Fuchskragen. Ein riesiger Hut, der mit seinen künstlichen Blumen eher einem Wintergarten glich.

Um zu zeigen, daß er keine böse, sondern mildtätige Absichten habe, hatte sich der Mann eine Rotkreuzbinde über die schlotternden Jackenärmel gezogen.

Hannes half ihnen, die Treppe zum Bahnhof hochzukommen. Erst mußte die Frau hochgestützt werden, die behauptete, sie könne kaum laufen und habe auch ein ärztliches Attest. Dann wuchteten die beiden Männer die Handkarre und schließlich einen Koffer hoch.

Während der Mann sich freundlich und unterwürfig bedankte, schimpfte die Frau über die Menschen, die keine Nächstenliebe und Manieren hätten. Hannes wollte ihr schon sagen, dann solle sie sich doch wenigstens bei ihm für die Hilfe bedanken. Doch er wußte, daß er damit einen noch stärkeren und widerlicheren Redeschwall ausgelöst hätte.

Umsteigen an gesprengten Brücken. Dann war die Bahnstrecke mit leeren Koservenbüchsen übersät. Die amerikanischen Truppen, die sich aus Sachsen und Thüringen zurückzogen, hatten alles, was sie nicht mehr gebrauchen konnten, aus dem Fenster geworfen. Auch Kippen und halbe Zigaretten. Noch immer suchten Menschen an der Bahnstrecke entlang nach Eß- und Rauchwaren.

Hinter Plauen, in einem Dorfbahnhof, hielt der Zug: Endstation. Ein paar Kilometer weiter endete die sowjetische Besatzungszone, und die amerikanische begann. Eine Menschenschlange wälzte sich aus dem Zug auf die verbotene Grenze zu. Hannes schlug sich in die Büsche und tat recht daran, denn bald schon brachen sowjetische Soldaten aus dem Wald, jagten die Schlange zurück und nahmen die ersten mit.

Hannes versteckte sich im Wald. Er hörte noch Geräusche von suchenden Soldaten und Schüsse. Nach Mitternacht beruhigte es sich.

Hannes schlich aus seinem Versteck, immer vorsichtig schnüffelnd und sichernd. Dann fand er einen Trampelpfad, der wohl zur Grenze führen mußte. Der Rand war von zerbrochenen Koffern, Kleidungsstücken und Kinderwagen übersät. Doch Hannes ging nicht über den Weg, sondern hielt sich im Gebüsch.

Während er eine Pause einlegte, schlief er vor Erschöpfung ein. Wütend wurde er wach, als Sonnenstrahlen ihn kitzelten. Jetzt hatte er die schützende Dunkelheit verschlafen.

Er behielt den Weg im Auge, stieg eine Anhöhe hoch und war plötzlich in einem anderen Land. Äcker waren bestellt, fein säuberlich, etwas tiefer stand ein Häuschen, aus dessen Fenstern eine Hausfrau gerade Oberbetten zum Lüften hängte. Es war alles so friedlich. Niemand schien Angst vor Vergewaltigungen und Diebstahl zu haben.

Hannes eilte auf das Häuschen zu, so schnell er konnte, und fragte: »Ist hier die amerikanische Zone?«

Erst sah die Frau ihn mißtrauisch an, wollte ihm schon die Antwort verweigern. Dann sagte sie aber doch: »Ja.«

»Danke!« rief Hannes glücklich zu ihr hoch, marschierte bis zur nächsten Wiese weiter, ließ sich dort ins Gras gleiten und schlief sofort tief ein.

Bei den Amis

Von einem wütenden Hungeranfall wurde er wachgekniffen. Doch Hannes freute sich. Er konnte es kaum fassen – nun war alles überstanden, nun herrschten westliche, zivilisierte Zustände. Er dachte an die Märchen, die man im

Lager von den Amerikanern erzählt hatte. Die deutschen Gefangenen seien in Amerika in Luxushotels untergebracht worden. Hübsche Rotkreuzhelferinnen kratzten sich um die Gunst deutscher Gefangener gegenseitig die Augen aus. Schon jetzt seien deutsche Experten dabei, Amerika für einen Krieg gegen die Bolschewisten auszubilden. Die amerikanische Armee in Deutschland wüßte nicht, wohin mit ihrer Verpflegung, ihr Besatzungsgebiet und alle Deutschen dort schwämmen sozusagen im Fett. Alles sei nun erlaubt, auch Damen-Ringkämpfe im Schlamm, genauso wie in Amerika.

Alles glaubte Hannes natürlich nicht, doch er fühlte sich so frei wie nie zuvor. Er meinte, die Freiheit der Amerikaner atmen zu können, so dicht an der Grenze und nicht weit von dem Haus, wo eine deutsche Frau sich traute, ihre Oberbetten herauszuhängen und auch noch aus dem Fenster zu sehen.

Hannes mußte weiter. Er kam in ein Dorf, überwand sich, ging in den Laden und fragte, ob er etwas zu essen kaufen könne, er würde auch dafür arbeiten.

»Nur gegen Lebensmittelkarten«, antwortete die Frau. »hier kommen viele durch, die betteln.«

Hannes schämte sich ganz furchtbar, er lief rot an und nahm sich vor, nie mehr wieder so etwas zu tun. Er würde lieber verhungern. Hinter dem Dorf sah er ein Hinweisschild nach Hof, aber so viele Kilometer, die er nicht mit einem Mal schaffen konnte. Er mußte eine Pause einlegen und setzte sich auf einen Kilometerstein.

Da kam ein Trecker mit Anhänger angerattert. Der Bauer hielt, fragte Hannes, ob er nach Hof wolle, und ließ ihn hinten zwischen Eggen und Pflügen Platz nehmen.

So kam Hannes nach Hof. Der Bauer erzählte ihm, daß die Flüchtlinge manchmal einen Zug in Richtung Süden erwischten, wenn die Amerikaner nicht aufpaßten. Denn in ihrer Zone sei das Bahnfahren für Zivilisten und überhaupt der Personenverkehr noch verboten. Und mit der Verpflegung sei es auch nicht so, wie man es Hannes vorgemalt habe. Die Amis hätten zwar viel übrig, doch das würden sie alles verbrennen. Nur die Neger seien großzügiger.

Als Hannes den Bahnhof erreichte, stand auf dem Vorplatz ein amerikanischer Funkwagen. Heraus klang Jazzmusik. Das war das erste Mal, das Hannes so etwas unverzerrt und nicht wie in Nazipropagandafilmen hörte.

Die Musik gefiel ihm sofort. Später hörte er sie wieder, Glenn Miller, Duke Ellington und Louis Armstrong.

Er traute sich dichter an den Funkwagen heran und überlegte, wie er auf Englisch ausdrücken konnte, daß er aus russischer Kriegsgefangenschaft kam. Da erschien schon ein Amerikaner in der Tür und jagte ihn davon. Aber ganz anders, als es die Russen taten, fand Hannes. Eher spielerisch, oder so, wie sie es in der Kolonie zu Hause taten, wenn einer mitspielen wollte, den sie nicht mochten.

Hannes sah die Sommeruniformen, frisch gebügelt und gewaschen, als ob sie die jeden Tag wechselten. Er ging zum Bahnhof, traurig darüber, daß seine Begegnung mit diesen Menschen so ausgefallen war.

Die Wartehalle war voll von Menschen, die alle auf einen Zug nach Süden warteten. Hannes drängte sich bis zur Sperre durch. Die reichte bis in den ersten Bahnsteig hinein. Von hier aus konnte er auch die anderen Plattformen übersehen. Die Bahnsteige durften nicht betreten werden. Auf dem ersten saßen amerikanische Soldaten auf Wohnzimmersesseln. Ihre kleinen Flinten standen an der Wand entlang, sehr kunterbunt, und ihre Helme lagen wie Spielkugeln auf dem Boden. Alle kauten intensiv oder rauchten, langweilten sich, ließen sich von den Deutschen begaffen, hörten Musik und schrien auf wie Schuljungen, als zwei Leute mit riesigen Handschuhen und Bällen erschienen. Die warfen sich einen Ball scharf zu und fingen ihn mit ihren übergroßen Handschuhen ab.

Das taten sie eine Stunde lang, bis plötzlich ein Zug einlief, Richtung Süden. Ehe sich die Amis versahen, kletterten die Wartenden über das Sperrgitter und besetzten den Zug. Aber dann griffen die Amis ein, nicht mit Waffen, sondern wie Jungen beim Versteckenspiel.

»Out, out, out!« schrien sie, so schrill wie Jungen. Kein Schuß fiel, keiner wurde geschlagen, kaum einer angefaßt. Als sie den Zug geleert hatten, klopften sie sich gegenseitig auf die Schultern wie nach einem gewonnen Fußballspiel.

Hannes bestaunte sie, diese Menschen aus einer anderen, besseren Welt. Er hätte sie gerne noch länger beobachtet, aber sein Hunger quälte ihn, und er mußte nach Hause.

Gerüchte schwirrten in der Bahnhofshalle herum. Auf jeden Fall sei es einfacher, weiter im Süden in den unbewachten Bahnhöfen auf einen langsam fahrenden Zug aufzuspringen. Hannes erfuhr auch, daß er hier keine Lebensmittelkarte bekommen und die ihm auch nichts nützen würde, da die Geschäfte leer seien.

Ganz traurig und kaputt machte er sich auf den Weg nach Südwesten. Die Straße war voll von Menschen, die aus der Ostzone gekommen waren. Sie sahen aber alle etwas besser aus als er, keiner war so abgemagert und abgerissen. Viele schlugen einen Bogen um ihn, weil er stank. Hannes schämte sich. Sie hielten ihn wohl auch für verrückt, weil er einen geschorenen Kopf hatte und an seiner Hüfte einen großen Kochtopf trug.

Hannes blieb zurück. Die Menschen auf der Straße hatten alle mehr Kräfte als er. Er mußte immer wieder eine Pause einlegen. Nun brauchte er niemand anderen anzutreiben, nur sich selbst, aber das war viel schwerer.

Der Hunger brachte ihn schier um, er spürte, wie ihn die Kraft verließ.

Da stand ein Bauer an der Einfahrt zu seinem Hof an der Straße. Der musterte Hannes ganz besonders.

Hannes wollte versuchen, wenigstens einen Platz in der Scheune für die Nacht zu bekommen, denn es wurde schon dunkel und kalt.

»Guten Abend.« Fast hätte er noch mit »Heil Hitler« gegrüßt. »Ich komme gerade aus russischer Gefangenschaft. Kann ich vielleicht bei Ihnen in der Scheune schlafen?«

»Wenn ich hier jeden schlafen ließe, der fragt«, antwortete der Bauer, »dann hätten sie mir schon Heu und Stroh zu Häcksel zerlegen. Aber wie war's denn in Rußland?«

Hannes begann zu erzählen. Vielleicht konnte er auf diesem Umweg doch etwas zu essen ergattern.

Doch kaum hatte er begonnen, da rief die Bäuerin vom Haus: »Hermann, komm zum Essen, brauchst dich doch nicht mit jedem Hergelaufenen unterhalten.«

Hermann gehorchte und ließ Hannes stehen. Der marschierte weiter. Mußte sich ausruhen, kam kaum wieder hoch. Brach zusammen, wurde ohnmächtig, kam wieder zu sich, schleppte sich weiter. Die Straße war leer geworden. Er war der einzige auf dem Asphalt. Manchmal kam ein amerikanisches Auto angeflitzt, da mußte er aufpassen, daß er nicht überfahren wurde. Im Morgengrauen nach dieser grauenhaften Nacht erreichte er einen etwas größeren Ort und lief genau auf den Bahnhof zu. Da blieb er sitzen, er konnte nicht mehr weiter.

Als der Eisenbahner den Bahnhof aufschloß, sah er das Häufchen langes Elend zusammengekrümmt auf dem von ihm so gepflegten Bahnsteig liegen. Er stieß mit dem Fuß daran, weil er dachte, daß der Mensch tot sei. Doch als Hannes sich rührte, bekam er Mitleid mit diesem Elend. »Wo willst du hin?« fragte er Hannes.

»Nach Haus, ins Ruhrgebiet«, antwortete der. Aber er konnte sich zu mehr nicht aufraffen, er fiel wieder zusammen.

Als eine Rangierlok in den Bahnhof setzte, ehe sie nach Lichtenfels weiterfuhr, fragte der Eisenbahner den Lokführer, ob er dieses Elendsbündel da mitnehmen könne. Der nickte. Da weckte der Eisenbahner Hannes aus seinem Dösen und sagte es ihm.

Hannes durfte nicht auf den Führerstand, weil das absolut gegen die Vorschrift war, aber vorne über der Stoßstange und unter dem Bauch der Lok gab es noch etwas Platz, da durfte er sich hineinzwängen. Er war zwar durch den eisigen Fahrtwind bald rot und blau gefroren, doch so kam er nach Lichtenfels. Und dort gab ihm der Lokführer einen Tip: »Gleich fährt ein Kalkzug nach Würzburg weiter, da steig mal drauf. Darf ich dir eigentlich nicht sagen, aber es ist ein guter Rat. Sag es aber keinem von der Bahn.«

Hannes versprach es ihm. Es war ja hier so, als ob es keinen Krieg und schon gar nicht einen Zusammenbruch gegeben hätte. Die Reichsbahn-Betriebsordnung funktionierte noch vollkommen. Wenn jetzt auch die Hakenkreuze an den Uniformen fehlten.

Herrliche Kalkwagen, für Hannes damals so bequem wie die erste Klasse Großraumwagen des InterCity. Er lag auf dem leicht abgeflachten, breiten Deckel eines bespritzten Daches. Für seinen Kopf gab es oben eine Stütze und für die Hände einen Halt. Einen eventuellen Rutsch konnte Hannes unten an einer Art Dachrinne mit den Füßen noch rechtzeitig abfangen. Die Waggons gehörten nach Wuppertal, also Heimatnähe. Hannes kam langsam wieder zu Bewußtsein.

Sie fuhren langsam am Main entlang. Weinberge sah er, Burgen und Wallfahrtskirchen. Ihm fiel das Lied ein, das sie auf der Schule so oft gesungen hatten: »Wohlauf, die Luft geht frisch und rein . . .« Zwischendurch schlief er, sah dann wieder Badende im Main, Amerikaner und Deutsche nebeneinander. Kaum zerstörte Städte.

In der Nacht erreichten sie Würzburg, und dort war alles kaputt. Hannes fror, und er war so schlapp, daß er schon ein Ende wie das von Karl befürchten mußte, und das auch so nah an zu Hause.

Aber unter einem amerikanischen Panzer fanden er und viele andere Platz. Diese Kettenfahrzeuge wurden auf dem Güterzug bis nach Hanau gefahren. Sie erreichten es, nach vielem Halten, am Morgen.

Dort wurden sie von nicht so freundlichen Amerikanern von den Panzern gejagt. Hannes schlug auf den Boden, weil seine Beine beim Abfangen nachgaben. Er blieb benommen liegen, kam nicht mehr hoch und krabbelte auf allen Vieren bis an die Wand des Bahnsteiggebäudes. Er schämte sich, doch ihm fehlten die Kräfte. Dort blieb er sitzen und wußte nicht, wie es mit ihm weitergehen sollte.

Ein D-Zug fuhr ein, elegant in Stromlinienform, fast ohne ein Geräusch. Nur Erste-Klasse-Wagen. Ein amerikanischer Truppentransporter.

Als der Zug hielt, überschwemmten die Soldaten sofort den Bahnsteig, in ihren hellen und sauberen Khakihosen und -hemden, denen man die Bahnfahrt überhaupt nicht ansah. Einige fingen wieder an, sich Bälle mit übergroßen Handschuhen an den Händen zuzuwerfen. Andere bereiteten sich in einem umgedrehten Stahlhelm Seifenwasser und rasierten sich. Im hintersten Waggon wurde duftendes Rührei mit Speck und Würstchen ausgegeben. Der Geruch quälte Hannes noch mehr. Er kniff die Nase zu und war froh, als der Zug wieder abfuhr. Die Leute, die auf dem Bahnsteig warteten, hatten auf Essensreste gehofft und suchten danach, doch es war nichts zu finden.

Dann rasselte ein Viehwagenzug in den Bahnhof, schon vollgestopft mit Deutschen.

»Wohin?« fragten die vom Bahnsteig.

»Voll, voll«, bekamen sie zur Antwort. Doch sie ließen sich nicht abwehren und stürmten den Zug. Er sollte nach Gießen fahren, eine gute Richtung für Hannes.

Doch wie kam er zu dem Zug, der gerade gestürmt wurde und dessen Insassen versuchten, die Stürmenden abzuwehren?

Hannes gelang es, sich an der Wand hochzudrücken. Dann schob er sich daran entlang, hielt sich an allem fest, was ihm einen Halt geben konnte. Kriechen wollte er nicht, obwohl ihm wohl kaum etwas anderes übrigbleiben würde. Er versuchte von der Wand die freie Strecke bis zum Zug zu überwinden, doch dabei schlug er hin.

Zwei Frauen hatten ihn beobachtet, kamen aus dem Zug gelaufen und halfen ihm in ihren Waggon hinein. Sie mußten schimpfen und sogar schlagen, ehe man ihnen und Hannes Platz machte. Er sank sofort auf den Boden und duselte ein. Der Zug hielt sehr oft.

Aber dann endlich Gießen. Von dort ging es gleich weiter nach Siegen, sogar im Personenzug. Auf dem Puffer des total überfüllten Zuges fand Hannes einen Platz. Er mußte gegen den Schlaf der Erschöpfung ankämpfen. Er krampfte seine Fäuste um eine Stange, besonders als sie hinter Dillenburg durch einen langen Tunnel fuhren.

In Siegen wartete schon der Personenzug nach Hagen, direkt neben dem eingelaufenen Zug, ohne einen Bahnsteig dazwischen. In der britischen Besatzungszone, also im Nordwesten und Norden Deutschlands, fuhr damals schon planmäßiger Personenverkehr auf der Bahn.

Hannes wußte, daß er den ordentlichen Weg, über die Bahnsteige und hinauf und hinunter, nicht mehr schaffen würde. Also stieg er sofort von seinem Puffer, an einem Schild »Betreten der Gleise verboten« vorbei, in den Personenzug nach Hagen.

Die Predigerin und der Pole

»Können Sie nicht lesen?« fuhr eine dicke Frau Hannes an. »Da steht doch ›Überschreiten der Gleise verboten!‹«

Hannes antwortete nicht. Er mußte sich gegen die Fensterwand lehnen, um nicht umzufallen.

Die Frau schimpfte weiter und suchte Unterstützung bei den Mitfahrenden, doch die reagierten nicht.

Hannes fühlte sich total deplaziert. Alle trugen sonntägliche Reisekleidung, die Frauen Jackenkleider, die Männer Anzüge mit Schlips. Wie ein Bettler kam er sich zwischen ihnen vor. Sie rümpften auch die Nase. Aber was konnte Hannes dafür, daß er stank! Sie rückten von ihm weg, weil sie sich vor seinem Ungeziefer fürchteten.

Zwischen den biederen Deutschen saß auch ein Pole auf der Bank. Er trug die elegante, amerikanische Sommeruniform samt Käppi. Auf dem oberen Ende der Ärmel war ein rotes Etikett genäht, auf dem in roten Buchstaben »POLAND« stand.

Das war der einzige, der Hannes mit Mitgefühl ansah. Als Hannes »Poland« sah, kamen böse Erinnerungen in ihm auf. Doch die verschwanden schnell wieder, weil er alle seine Kräfte anspannen mußte, um nicht zusammenzusacken. Immer wieder wurde es schwarz vor seinen Augen, und er fürchtete, gleich in Ohnmacht oder gar ins Nichts zu fallen.

Die dicke Frau, die noch immer gegen Hannes brabbelte, packte ein dickbelegtes Butterbrot aus und begann es, noch halb in Papier verpackt, mit großen Bissen zu verschlingen.

Dann drängte sich ein Schaffner ins Abteil herein und fragte nach den Fahrkarten. Doch ehe ihm einer seine reichen konnte, griff die Frau ein. Sie zeigte mit ihrer freien Hand auf Hannes und beschuldigte ihn: »Dieser hier ist von der verkehrten Seite in den Zug eingestiegen. Das ist doch verboten.«

Der Schaffner sah Hannes scharf an: »Fahrkarte bitte.«

Hannes reichte ihm seinen kleinen Entlassungsschein auf Durchschlagpapier. Der Schaffner konnte ihn nicht lesen, weil der auf russisch geschrieben war. Er sah Hannes an, musterte ihn und fragte: »Russische Gefangenschaft?«

Hannes nickte.

»Kommen Sie gut nach Hause«, wünschte er Hannes und kontrollierte die normalen Fahrscheine.

Das gefiel der Frau gar nicht, daß er Hannes so davonkommen ließ. Sie redete von Ordnungen, Verboten und den Zehn Geboten und daß Ordnung sein müsse.

Der Schaffner verließ das Abteil. Hannes suchte an der Wand einen Halt mit seinen Händen. Er wollte nicht vor den Leuten hier wie ein Sack zusammenfallen.

Die Frau begann zu predigen, obwohl keiner zuhören wollte. Sie käme aus Weidenau und sei bekehrt. Ununterbrochen fiel der Name »Herr Jesus« und dabei begann sie ihre zweite Stulle, dick belegt mit Blutwurst, zu mampfen. Hannes konnte nicht hinsehen, aber trotzdem mußte er immer wieder ihr Brot anstarren. Sie versuchte jetzt freundlicher zu sein, sprach Hannes indirekt an und ermahnte ihn, seine schlimmen Erfahrungen als ein Zeichen vom Herrn Jesus zu Buße und Umkehr zu sehen. Aber sie bot ihm kein Brot an, nur so eine Art von Lächeln, das er falsch fand.

Keiner im Abteil rührte sich. Die anderen versuchten, die Frau und Hannes zu ignorieren, beide waren ihnen peinlich.

Als Hannes zu schwanken begann, stand der Pole plötzlich auf, nahm Hannes an beiden Händen und setzte ihn auf seinen Platz.

Als Hannes saß, packte der Pole in einen Sack und gab ihm ein Stück amerikanisches Weißbrot.

»Danke«, antwortete Hannes und aß es, so langsam wie er konnte.

»Leider habe ich nicht mehr«, entschuldigte sich der Pole. In Finnentrop stieg er aus.

Die Frau wußte Bescheid: »Hier haben die Polacken ein großes Lager. Einen ganzen Stadtteil haben die Engländer beschlagnahmt und die Polacken da angesiedelt. Die klauen und stehlen und vergewaltigen deutsche Frauen. Eine Schande ist das, und keiner unternimmt was.«

Niemand antwortete ihr.

Der Zug hielt an jedem Bahnhof. Hannes nickte immer wieder ein, sein Kopf fiel herunter. Er konnte es kaum erwarten, nach Hagen zu kommen. Von dort aus konnte er eventuell zu Fuß nach Hause gehen. Er war schon oft mit dem Fahrrad von zu Hause über Hagen zur Glörtalsperre gefahren und wieder zurück, an einem Tag, und zwischendurch noch schwimmen. Da mußte er doch die eine Strecke zu Fuß schaffen.

Die Frau sabbelte und sabbelte und aß Butterbrote. Aber dann wurde es einem Mitreisenden doch zuviel. In das nun dunkle Abteil sagte er hinein: »Ich gehöre auch zu einer Gemeinschaft im Siegerland. Wenn Sie aber diesem jungen Mann wie der Herr Jesus begegnet wären, dann hätten Sie ihm ein Stück Brot gegeben.«

Die Frau schwieg. Der Zug lief nach Hagen ein.

Zu Hause

Erst früh am Morgen würde ein Zug nach Wanne-Eickel fahren. Hannes mußte die Nacht im Hagener Hauptbahnhof verbringen. Wegen der Sperrstunde der Besatzungsmacht war es verboten, den Bahnhof zu verlassen und die Straßen zu betreten. Bis morgens um sechs.

Eigentlich wollte und mußte Hannes schlafen, sich ausruhen, doch er konnte nicht. Er schlich an den Wänden entlang durch den Tunnel und die Bahnhofshalle. Er fand einen Sandhaufen im Tunnel und legte sich darauf. Dort fing er an, den Ruß vom Kochtopf für die Mutter abzureiben. Das lenkte ihn ab. Aber immer wieder mußte er sich ausruhen, zu schlafen versuchen. Die Zeit verging nur im Schneckentempo. Hannes konnte die Uhr auf dem Bahnsteig sehen. Immer wieder rappelte er sich an der Wand hoch, schleppte sich zur Treppe und sah, daß die Uhr sich kaum bewegt hatte.

Er versuchte über alles, was er erlebt hatte, nachzudenken, aber auch das gelang ihm nicht. Nach Hause, nach Hause wollte er. Hoffentlich lebten die Eltern und das Schätzchen noch. Er konnte an nichts anderes denken.

Um fünf Uhr kroch er zum Bahnsteig hoch. Um sechs sollte der Zug abfahren. Eigentlich hatte er noch Zeit, den Topf weiter zu schmirgeln, aber dann fürchtete er, nicht mehr die Treppe hinaufzukommen.

Endlich wurde der Zug an den Bahnsteig gesetzt. Hannes schleppte sich hinein, suchte sich einen Fensterplatz, legte seinen Kopf auf das Fensterbrett und versuchte zu schlafen.

Die ersten Fahrgäste stiegen ein. Sie rochen nur in sein Abteil hinein, dann gingen sie weiter.

Aber als der Zug sich füllte, kamen sie auch in sein Abteil. Einige schnupperten wütend, doch das störte Hannes nicht. Er dachte daran, wie er die Eltern enttäuscht hatte. Obwohl die Nazis den Vater so furchtbar gequält hatten, war er zum Antreten gelaufen und dann auch noch ein Hitlerschüler geworden. Doch der Vater hatte gegen das letztere nichts gehabt.

Endlich fuhr der Zug an. Im Schneckentempo rollte er bis nach Witten, hielt an jeder Station. Hannes konnte kaum das Umsteigen in Wanne erwarten.

Endlich Witten und dann Bochum-Langendreer. Unterwegs hielt der Zug auch dauernd. Langsame Fahrt durch Bochum. Zwischen »Nord« und »Präsident« überlegte Hannes, ob er nicht an der Bergschule aussteigen und dann die Acht oder die Achtzehn nach Hause nehmen sollte. Aber er wußte ja nicht, ob die überhaupt fuhren.

Nach Riemke dann endlich Wanne. Umsteigen. Der Zug in Richtung Dortmund stand schon da. Aber voll. Er fand nur noch einen Platz auf dem Puffer. Männer, die auch mitfuhren, halfen ihm hochzukommen. Das war Heimat, sein Kohlenpott, die Leute, die er so mochte, von denen er sich abgekehrt hatte, als er zur Hitlerschule ging. Da hatte er sich für etwas Besseres gehalten. Obwohl er auf der Schule seine Sprache nie verleugnete, sondern sie so stark betonte wie zu Hause nie.

Nach fünf Minuten hielt der Zug in Herne. Alles rannte an ihm vorbei die Treppen hinunter. Hannes schleppte sich hinterher. Der am Schalter wollte seine Fahrkarte sehen, gab sich aber mit dem Entlassungsschein zufrieden.

Hannes schlich die Hauptstraße hoch, immer an den Wänden entlang, nach jeder Querstraße eine Pause einlegend. Nichts war kaputt, unbegreiflich so etwas, mitten im Ruhrgebiet.

Auch an der Ausfallstraße zur Kolonie und nach Hiltrop gab es nur die Trümmer, die Hannes noch kannte.

Leute aus der Kolonie kamen ihm entgegen, Ladenmädchen und Frauen, die sich in der Stadt nach Lebensmitteln anstellen wollten. Sie erkannten Hannes nicht. Aber wer dann doch sah, daß es der Kaminski war, blieb erschrocken stehen und drehte sich um. Immer wieder Pause. Sitzen auf den Mäuerchen der Reihenhäuser, dann endlich der Eingang zum Hauptfriedhof, die nächste Straße bog schon in die Siedlung ab.

Hier waren Häuser kaputtgebombt, auch einige, von denen es Hannes noch nicht gewußt hatte.

Er lehnte sich wieder gegen eine Wand, ehe er sich in die Straße zur Siedlung traute. Erster Blick, die Häuschen standen. Doch ihres konnte er noch nicht sehen.

Weiter hoch. Dann sah er es, sogar mit einem neuen

Dach, das alte war ja mehrere Male vom Bombendruck weggeflogen. Der Vater war immer sofort dabei, alles zu reparieren, auch bei anderen. Darum mochten die Siedler ihn und hatten ihn während des Krieges zum Vorsitzenden des Siedlerbundes gewählt, obwohl die Partei dagegen war und auch die Höheren vom Siedlerbund.

Bei Schröders lag die Frau im Fenster: »Der Hans, der Hans!« rief sie und winkte.

»Leben sie alle zu Hause?« fragte Hannes zu ihr hoch.

»Ja, ja«, rief sie, »alle gesund, und bei uns auch.«

Das Törchen zum Hof war noch verschlossen. Hannes kletterte darüber, wie er es oft getan hatte. Die Kellertür stand offen. Dampf aus der Waschküche drang heraus, die Mutter war beim Waschen. Hannes schlich vorsichtig am Fenster vorbei, so daß sie ihn nicht hörte, und dann auch so die Treppe hinunter.

Er steckte seinen Kopf durch die Tür und sah, wie die Mutter Vaters Hemd über das Waschbrett schrubbte. Eine Weile sah er ihr lächelnd zu. Die Mutter. Dann sah sie auf und schrie.

Der Vater, der Mittagsschicht hatte, schlief noch, und das Schätzchen auch. Aber sie wurden von Mutters Schrei geweckt und kamen die Treppe heruntergerannt.

Sie umarmten sich, Tränen flossen. Hannes war zu Hause.

»Ich habe dir auch etwas mitgebracht«, sagte er zur Mutter, »hier, den Topf.«

Die Mutter war gerührt.

Dann sagte Hannes: »Vater und Mutter, es tut mir so leid, daß ich zum Antreten gegangen bin.«

»Ist schon gut«, sagte der Vater, »Hauptsache, du bist zu Hause. Ich habe ja gewußt, daß du nach Hause kommst. Wir wußten ja gar nicht, wo du warst. Die Mutter hat Essen für dich gespart. Iß mal was, und dann leg dich ins Bett.«

Sie wollten Hannes helfen, die Treppen hochzukommen, doch er schleppte sich allein hoch, aß etwas. Keiner fragte ihn. Dann schleppte er sich nach oben ins Bett. Die

Mutter hatte es gemacht, und sein Schlafanzug lag darauf.

Hannes schlief sofort ein. Er war zu Hause, er hatte es geschafft, doch seine Kumpel und Volker, Harald, Wolfgang Ludwig ...

Das waren seine letzten Gedanken.

Schlafen und essen

Hannes schlief und aß, fünf Tage lang. Unten in der Küche stand immer etwas zum Essen bereit. Er wußte nicht, daß es sich die Eltern und der Schätz vom Munde absparten. Die Versorgungslage war 1945 eine Katastrophe. Menschen verhungerten.

Der Vater bekam etwas zugesteckt, wenn er anderen Familien bei der Reparatur ihrer Häuser half oder dem Kalbmann beim Schlachten. Die Mutter hamsterte im Münsterland, obwohl das streng verboten war, aber alle taten es. Sie tauschte vom Vater gebrannten Schnaps gegen Kartoffeln ein. Oder sie stand nächtelang an, um ein Brot zu ergattern.

So nach fünf Tagen begann Hannes wieder Tag und Nacht zu unterscheiden. Der Vater hatte die Mutter und den Schätz gemahnt: »Laßt den Jungen in Ruhe. Mir ging es nicht anders, als ich aus Sibirien zurückkam. Der kommt schon wieder zu sich.«

Die Mutter machte sich auch noch zusätzliche Sorgen, weil sie nicht wußte, was sie dem Jungen zum Anziehen geben sollte. Er war aus allem herausgewachsen, hatte in den letzten Jahren vor dem Krieg fast nur Uniform getragen, und die lag noch in seiner Schule.

Aber dann fand sie doch etwas und stellte es zusammen. Der Herr Rechtsanwalt hatte Anna und Hermann eine sogenannte Stresemannhose geschenkt: schwarz mit Nadelstreifen, die er zu Gerichtssitzungen getragen hatte. Hannes würde sie natürlich nicht genau passen, der Hintern war viel zu groß und die Beine zu kurz. Das mit dem Hintern nahm Anna nicht tragisch, und unten an den Beinen setzte sie Krimmer an. Das war so eine Art künstlicher Wolle, die Persianer vortäuschen sollte.

Aus allen Wollresten, die Anna noch besaß, strickte sie einen Pullover für ihren Sohn. Heute ist so etwas modern, doch damals fiel er sehr aus dem Rahmen. Er saß Hannes später auch sehr knapp, Ärmel und Bauchbedeckung waren zu kurz, aber mehr Wolle konnte sie beim besten Willen nicht auftreiben.

Die Schuhe waren schon ein größeres Problem. Frau Rechtsanwalt hatte Anna einmal ihre eleganten, spitzen Schlittschuhe geschenkt. Die waren ihm mehrere Nummern zu klein, doch Hermann schnitt vorne die Kappe auf, und Hannes konnte seine Zehen durchstecken. Seine Schuhe aus der Gefangenschaft waren nicht mehr zu tragen, weil sie durch- und krummgelaufen waren.

Aber jetzt wußte Hannes von dem allen noch nichts, er schlief und aß.

Als er langsam wieder zu sich kam, fand er ein Witzbuch von Rechtsanwalts, ein gewisser Graf aus München hatte es geschrieben. Hannes las es, doch er lachte nicht dabei, obwohl es sehr witzige Anekdoten und Witzchen gab. Er las das Buch vorwärts und rückwärts, es waren Geschichten aus der Zeit nach dem Ersten Weltkrieg, aus der »Systemzeit«, die Hannes gar nicht mochte. Aber trotzdem las und las er.

Als Hannes dann zu den Eltern herunterkam, zog er das, was da lag, ohne Murren und Seitenblicke an. Es war ihm alles egal. Er traute sich, die ersten Schritte zu machen, zunächst quer durch den Friedhof, genau gegenüber, und dann am Ostbach entlang. Aber wie ein Invalide mußte er immer wieder eine Pause einlegen.

Elternbesuche

Kaum konnte Hannes stehen und gehen, mußte er die Eltern seiner Kameraden aufsuchen, von denen er die Adressen hatte. Bei der Bahn zeigte er seinen Entlassungsschein vor, den keiner lesen konnte, der aber Mitleid erregte. Meistens brauchte er noch nicht einmal diesen, da er mit Güterzügen fuhr.

So kam er auch nach Wilhelmshaven, wo Volkers Mutter wohnte. Sein Vater war als Marineoffizier mit seinem Kreuzer untergegangen. Hannes fand das schmucke Haus gleich im Offiziersviertel der Stadt.

Volkers Mutter ahnte nichts, als sie freundlich dem fremden jungen Mann, der sich seltsam »kostümiert« hatte, die Tür öffnete. Hannes fühlte sich plötzlich von seiner Aufgabe so überrumpelt, daß er sofort mit der schrecklichen Wahrheit herausstolperte.

Sie verstand, wieviel Volker dem Hannes bedeutete, obwohl Hannes kaum reden konnte. Jetzt erst begann er richtig zu begreifen, was Volker für ihn gewesen war, was er für ihn getan hatte.

Volkers Mutter hätte Hannes gerne noch länger bei sich behalten, doch sie verstand, daß er auch die andern Eltern schnell informieren mußte.

Sie brachte ihn zum Bahnhof und erzählte ihm: »Volker war immer ein großer Idealist. Er setzte sich für seinen Glauben voll ein und wollte immer Menschen helfen. Er war so ganz anders als meine beiden anderen Kinder. Sein Idealismus kannte keine Grenzen. Aber das von Auschwitz hat er uns nicht geschrieben. Er kam wohl nicht mehr dazu, weil der Krieg ja bald darauf zu Ende ging. Ich kann mir aber denken, wie sehr ihn das getroffen hat, als er es erfuhr.«

Hannes fuhr mit einem Güterzug nach Celle, wo Haralds Vater Arzt war. Hannes fand die Villa am Rande eines Parkes, im besten Wohnviertel.

Die ältere Hausgehilfin wollte Hannes nicht vorlassen: »Heute sind schon drei Bettler hier gewesen, wir geben nichts mehr.«

»Ich bin kein Bettler«, fuhr Hannes sie an, »ich muß den Eltern von ihrem Sohn Harald berichten.«

Die Frau glaubte ihm kein Wort: »Wir kennen diese üblen Tricks. Wenn Sie nicht sofort verschwinden, dann rufe ich die Polizei.«

»Die können Sie ruhig rufen«, antwortete Hannes. »Ich bleibe trotzdem hier stehen, bis ich den Eltern alles berichtet habe. Ich habe es dem Harald versprochen.«

Das verunsicherte die Hausgehilfin dann doch. »Einen Moment«, sagte sie kurz, schloß die Tür aber sorgfältig und verschwand im Haus. Hannes wartete.

Der Herr Doktor erschien, schon im weißen Kittel für die Praxis. Er musterte Hannes gelangweilt wie den Patienten einer Krankenkasse, die nur das Notwendigste zahlte.

Hinter ihm erschien seine Frau, und die sah genauso aus wie Harald. Hannes erschrak. Die Frau sah es und fragte: »Haben Sie festgestellt, wie ähnlich wir uns sind?«

»Ja«, stotterte Hannes.

»Und wie geht es unserem Jungen, wo ist er?« fragte die Frau.

Hannes konnte nicht antworten. Doch sie sahen ihm an, was er sagen wollte. Er wurde ins Haus geführt und mußte erzählen. Der Arzt glaubte ihm noch immer nicht, aber die Mutter.

Doch es tat beiden gut, die Zeile von Haralds letztem Gedicht zu hören: ». . . wo mir Dornen statt Rosen ranken.«

Oder hatte das irgendein anderer Dichter geschrieben? Der Vater meinte sich zu erinnern, aber für Hannes war und blieb es ein Gedicht von Harald.

Hannes wurde zum Essen eingeladen. Sie saßen im Eßzimmer, und die Hausgehilfin, die ihn abweisen wollte, mußte ihn bedienen, was sie mit großem Widerwillen tat. Genauso wie der Herr Doktor traute sie Hannes und seiner Botschaft noch immer nicht.

Die sehr hübsche Tochter, Haralds Schwester, erschien zu spät zum Essen: »Wie immer!« schimpfte der Vater. Sie hatte ihren Freund, einen englischen Offizier mit Stöckchen, mitgebracht.

Als sie Hannes' Botschaft erfuhr, nahm sie das ganz furchtbar mit. Hannes wußte nicht, wie er sie trösten sollte.

Er fuhr zu Jupps Eltern in den Kreis Höxter. Das waren

liebe, nette Leute vom Dorf, und die Botschaft, die ihnen Hannes überbrachte, war ja nicht so schlimm wie die für die beiden anderen Eltern. Da Jupps Mutter von einem Bauernhof im Ort stammte, bekam Hannes reichlich zu essen, und dann schenkte sie ihm auch noch eine Stange Zigaretten aus deutschen Heeresbeständen. Die war damals ein Vermögen wert. Hinter dem Ort hatte ein Verpflegungslager der deutschen Wehrmacht bestanden. Als die Soldaten sich absetzen mußten, räumten die Einwohner das Lager leer. Daher die Zigaretten.

Jupps Eltern baten Hannes, doch bald wiederzukommen, er solle sich bei ihnen erholen, und Zigaretten würden sie ihm auch mitgeben. Die Mutter sagte es so nett zu ihm, als ob Hannes ihr eigener Sohn sei.

Hannes fuhr nach Hause zurück. Anna weinte, als Hannes ihr von Harald, Volker und Jupp erzählte. Sie konnte das Leid der Mütter nachempfinden, aber auch die Hoffnung von Jupps Mutter.

Mit den Zigaretten ging die Mutter bei den Bauern zwischen Ascheberg und Kapelle, zwischen Dortmund und Münster hamstern, also tauschen. Auch der Herr Kalbmann, Vaters Arbeitskollege, bekam so eine Packung ab. Seine Frau freute sich sehr darüber: »Der war so richtig unmöglich, weil er nichts zu rauchen hatte.«

Sie bedankte sich ganz besonders und übertrieben herzlich bei Hannes dafür, wie sie es immer tat.

Die Mutter sagte immer: »Die Frau Kalbmann hat ja ein gutes Herz, aber sie muß alles übertreiben, auch ihre Freundlichkeit, da weiß man nie, wo man dran ist.«

»Read it«

Den Hannes holte seine Vergangenheit ein. Er versuchte sie zu vergessen oder wenigstens zu verdrängen. Doch er kam nicht von ihr los. Immer wieder sah er die furchtbaren Bilder vor sich. Wie er zum Mörder wurde. Dann aber auch sein unglaubliches Glück, oder wie man es bezeichnen sollte.

Hannes kam es aber manchmal auch so vor, als ob das alles arrangiert worden war, für ihn. Aber von wem?

Die Mutter meinte: »Du solltest dem Herrgott dankbar sein, daß du wieder zu Hause bist. Denk daran, wie viele im Krieg geblieben sind, auch Jungen aus deiner Klasse und der Kolonie.«

Aber Hannes konnte da nichts von Gott fühlen. Er war schon dankbar, aber er wußte nicht, wem gegenüber.

Eigentlich wollte er mit seinem Leben da wieder anfangen, wo er nach der Schule aufgehört hatte, und das mit Krieg und Gefangenschaft vergessen, wie einen bösen Traum.

Er suchte verschiedene Schulen auf, doch die nahmen ihn nicht, wegen seiner Nazi-Vergangenheit und -Ausbildung. Hannes' Vater hätte sich als Verfolgter des Naziregimes für ihn einsetzen können. Doch das wollte Hannes nicht: »Für das, was ich gemacht habe, gegen deinen Willen, dafür muß ich auch einstehen.« Das verstand und respektierte Hermann.

Als Hannes wieder einigermaßen auf den Beinen stand, begann er zu laufen. Er lief weg von seinen Gedanken und Fragen, vom Hunger und vom Elend um sich herum. Wenn er marschierte, versuchte er zu träumen, wie er es früher auch getan hatte. Er versetzte sich in eine andere, bessere Welt, oder er las und las und las und verschwand in diesen besseren Welten, die nicht weh taten.

Hannes fühlte sich schuldig an dem Elend, in dem Deutschland nun verkam. An all der Not, die Deutschland besonders über Juden, Russen und Polen gebracht hatte. Doch er wollte davon wegrennen.

So marschierte er an einem kalten Novembertag quer durchs Ruhrgebiet. Die Trümmer standen noch. Der Rauch der Schlote vermischte sich mit dem Schneeregen. Auf den Straßen bildete sich eine dicke, graue Matschschicht. Kein Mensch begegnete ihm. Und wer ihn aus dem Fenster sah, dachte: »Der holt sich bei diesem Wetter den Tod, in seinem dünnen Pullover, den offenen Schuhen und nichts auf dem Kopf.«

Auch die Mutter hatte Hannes zurückhalten wollen, doch der rannte los. Er wollte von seinem Gewissen weg.

Auf der Castroper Straße hielt plötzlich ein englischer Militär-Lastwagen neben ihm. Der Soldat winkte ihm, einzusteigen. Hannes begriff ihn nicht. Er fürchtete, der Besatzungssoldat wolle ihn einsperren. Das konnten sie, mit jedem Mann, der ihnen verdächtig erschien.

Hannes wollte schon weglaufen, doch der Soldat trug eine Waffe.

So ergab er sich und stieg zu ihm ein. Hannes war sicher, daß er ihn zu einem Verhör fahren würde.

Es ging nach Herne zurück, in die Fabrik und Wohnanlage, die von den Engländern beschlagnahmt worden war.

Der Soldat führte Hannes in einen Keller. Nun war Hannes sicher, daß er dort eingesperrt und vielleicht auch gefoltert werden würde. Was wollten sie von ihm? Hatte ihn einer verpetzt? Warum hatte er auch zu einigen ehemaligen Schulkameraden über seinen Lastenseglereinsatz und seine anderen Kriegserlebnisse gesprochen, besonders zu diesem Karl, der ihn richtig ausgefragt hatte? War der ein Spitzel?

Doch es kam alles ganz anders. Der Engländer führte ihn in die Kleiderkammer, warf ihm dort einzelne Kleidungsstücke der englischen Armee zu und bedeutete Hannes, die anzuziehen.

Hannes dachte, er werde als Häftling eingekleidet. Denn die sonst khakifarbene englische Uniform, der sogenannte battle dress, war dunkelblau eingefärbt. Hannes hatte ehemalige englische und amerikanische Kriegsgefangene herumlaufen sehen, die diese fremden Uniformen trugen, aber mit einem »PW« auf dem Rücken: »Prisoner of War«, Kriegsgefangener.

Hannes zog sich ein wolliges Schweißhemd über und steckte seine durchfrorenen Beine in eine dicke, warme Unterhose. In den schweren Socken wurden seine Füße sofort warm. Er fand auch eine passende Uniform und konnte sich ein Paar klobiger Unfallverhütungsschuhe anziehen, noch bessere als die vom Pütt.

Als er dann fragend vor dem Engländer stand, warf der ihm noch einen langen Wachtmantel zu, der Hannes bis fast an die Knöchel reichte.

Der Engländer sprach kein Wort Deutsch, und Hannes hatte das alles die Sprache verschlagen. Neben ihm lag sein Häufchen nasser und elender Klamotten, allerdings mit so viel Liebe der Mutter darin.

Der Engländer musterte ihn, sagte befriedigt: »Okay«, faßte in seine Brusttasche, holte ein kleines, braunes Buch heraus, steckte es Hannes in die Manteltasche und befahl: »Read it.«

Hannes begriff noch weniger. Erst als der Engländer vor ihm herging und ihn bei der Wache durchwinkte, begriff er langsam, daß ihm alles geschenkt worden war.

Er war so verwirrt, daß er noch nicht einmal danke rufen konnte. In seiner Verwirrung rannte er nach Hause.

Zu Hause sah die Mutter ihren Sohn entsetzt an: »Wo hast du diese Sachen gestohlen?«

Sie glaubte ihm kein Wort, als Hannes ihr die Geschichte erzählte.

»Bring sie sofort zurück!« befahl sie.

Hannes versuchte zu erklären, aber er begriff es ja selber nicht. Die Mutter hat ihm das vielleicht nie geglaubt, auch später nicht. Zum Schluß sagte sie: »Du wirst mir doch nicht weismachen können, daß ein Weihnachtsmann aus England dir das geschenkt hat?«

»Doch, Mutter«, antwortete er.

»Karl, du bist doch religiös begabt«

Hannes begann das Buch zu lesen, das ihm der Engländer geschenkt hatte. Es war das Neue Testament auf Englisch, für amerikanische Soldaten mit einem Vorwort vom Präsidenten Roosevelt.

Aber er kam nicht klar damit, obwohl er das Wörterbuch zu Hilfe nahm. Hannes hatte nie einen kirchlichen Unterricht besucht, und die religiöse Welt war ihm fremd.

Sie interessierte ihn nicht, und es war ihm peinlich, wenn über sie geredet wurde. Zu Hause kam so etwas nie vor.

Auch fand er den Beginn des Neuen Testaments bei Matthäus ziemlich langweilig, um es einmal vorsichtig auszudrücken. Es wird dort aufgezählt, wer wen geheiratet hatte und welches Kind dabei herauskam. Aber weil der Engländer ihn so toll beschenkt hatte, fühlte Hannes sich verpflichtet, das Buch weiterzulesen. Er wußte, daß der ihm damit etwas sagen wollte.

Aber auch, was nach dem Geschlechtsregister kam, fand Hannes überhaupt nicht aufregend. Diese Welt war ihm vollkommen fremd. Er gab sich Mühe, sich einzufühlen, aber es gelang ihm nicht.

Da fiel ihm Karl ein, nicht gerade sein bester Freund. In der Volksschule hatte er als Einzelgänger gegolten, weil er immer Bücher las, wenn die anderen Jungen draußen herumrannten und sich verkloppten. Außerdem gehörten seine Eltern zu einer Sekte, und er sagte in der Klasse schon einmal etwas Frommes. So etwas gehörte sich nicht in der Kolonie.

Als dann der Lehrer einmal fragte, was für ein Buch einer von den Jungen las, meldete sich Karl und gab naseweis an: »Ein Christ erlebt die Probleme der Welt.«

Da wieherte die ganze Klasse los.

Zu dem ging Hannes jetzt. »Hör mal, Karl, du bist doch religiös begabt . . .«

Worauf der in Gelächter ausbrach.

Hannes versuchte ihm sein Anliegen zu erklären, woher er das Buch bekommen hatte, und unter welchen Umständen. Er zeigte es Karl. Der schüttelte den Kopf: »Weißt du denn nicht, daß man die Bibel seit Luther auch auf Deutsch lesen kann?«

»Natürlich weiß ich das, aber der Engländer hat mir die Bibel auf Englisch geschenkt, und darum möchte ich sie auch in seiner Muttersprache lesen. Verstehst du?«

Karl verstand ihn, schlug aber vor, beide Bücher nebeneinander zu lesen. Er schenkte Hannes ein Neues Testament auf Deutsch und half ihm auch, es zu verstehen. Aber die Art, wie er es tat, gefiel Hannes nicht. Karl wußte auf alle Fragen sofort eine Antwort, ihm fiel auch immer gleich ein passender Bibelspruch dazu ein, und er wollte Hannes dazu drängen, das alles ganz persönlich zu nehmen, was Hannes überhaupt nicht gefiel.

Sie diskutierten auf langen Märschen Theologie und Philosophie, wobei Karl immer wieder zu schnell Bibelsprüche nannte, auch wenn die gar nicht paßten.

Hannes kam mit dem Buch nicht weiter, obwohl er sich damit quälte. Karl fiel ihm mit seiner Frömmigkeit auf den Wecker und stieß ihn ab. Er wollte das Buch distanziert lesen, doch Karl schubste es immer ins Persönliche.

Runo Radtke

Hannes bewarb sich auf einem Gymnasium, das aus der zerstörten Bochumer Innenstadt in einen weniger zerbombten Vorort verlegt worden war. Er mußte vor einigen Lehrern erscheinen, die ihn ausfragen und beurteilen sollten.

Unter diesen Herren saß einer, der Hannes sofort auffiel. Ein langer Kerl, hinter dessen dicker Brille sich das brummige Gesicht eines Morgenmuffels in Falten legte. Erst fragte der gar nichts. Doch plötzlich ließ er sein Gesicht zwischen seine ausgestreckten Hände rutschen, zog ein listiges Lächeln aus seinen zusammengekniffenen Augen und fragte, welche Bücher Hannes denn im Moment lese.

Das überraschte Hannes so total, daß er die Wahrheit sagte, obwohl er das gar nicht wollte: »Die Bibel und Hemingways ›In einem anderen Land‹.«

»Oho!« rief Dr. Radtke und begann, Hannes genauer auszufragen, aber so menschlich und interessiert, daß Hannes ihm alles erzählte, wie spannend er den Hemingway fand, wie er sich in den amerikanischen Offizier hineinversetzen konnte, aber wie viele Probleme er mit der

Bibel hatte, die ihm doch dieser freundliche Engländer geschenkt habe.

Dann wurde Hannes hinausgeschickt. Doch schon nach wenigen Minuten kam Dr. Rudolf Radtke heraus und verkündigte, Hannes sei zum Förderkurs, außer der Reihe und dem Terminplan, zugelassen. Er müsse sich aber anstrengen, wenn er das Abitur in dem knappen Jahr erreichen wolle.

Hannes versprach es ihm. Voller Freude rannte er nach Hause, und die Eltern und das Schätzchen freuten sich natürlich mit ihm.

Hannes paukte, vergaß alles, war nur noch für die Schule da. Glücklicherweise hatten die anderen Schüler, alle schon weit über zwanzig, vergessen, was sie einmal gelernt hatten. Sie wurden von anderen Sorgen geplagt, zum Beispiel um ihre Familien. So kam Hannes dann ganz gut in den Stoff hinein.

Aber die Höhepunkte waren immer die Stunden bei Runo, wie er sich selbst nannte, und wie man über ihn sprach.

Eigentlich sollte es Deutsch sein, doch es war Kultur. Runo hatte zu Hitlers Zeiten Deutschland verlassen und sich draußen als Journalist durchschlagen müssen. Er hatte alle getroffen, die zur Nazizeit in Deutschland nicht gelesen und angesehen werden durften: Picasso, Cocteau, Hemingway und Faulkner. Alles das, was Hannes jetzt in Rowohlts Rotationsromanen las.

Sehr bald wurde Hannes Runos Lieblingsschüler, weil er nicht genug kriegen konnte von Runos Erfahrungen. An jedem Mittwochabend wurde er mit mehreren anderen Schülern in seine Junggesellenbude eingeladen. Bis an die Decke war die mit Büchern vollgestopft, und wo es dazwischen noch Platz gab, hing ein Bild: Kandinski, Braque, aber auch Feiningers Segelschiffe.

Was Hannes aber ganz besonders auffiel, war ein riesiger Ausschnitt aus dem Isenheimer Altar über dem Schreibtisch: Die Auferstehung Christi.

Hannes fragte Runo: »Warum?«

Der antwortete mit einem plötzlich ganz fröhlichen, verschmitzten Gesicht: »Das ist mein Glaubensbekenntnis.«

Dann redeten sie wieder weiter über Hemingway, und Runo las die Kurzgeschichten über Nick vor, die gerade im Rotationsdruck herausgekommen waren. Hannes identifizierte sich total mit diesem Nick.

Aber am nächsten Tag wieder Mathematik, Latein, Biologie und all diesen Kram, für den er erbärmlich pauken mußte.

Der Höhepunkt der Woche blieb der Mittwochabend bei Runo. »Er ist der Höhepunkt der Schule«, sagten auch die anderen Schüler. Runo vermittelte ihnen eine neue Welt, eine Weite und Tiefe, die sie vorher nicht geahnt hatten. Runo war Junggeselle, und alle seine Zeit stand den Schülern zur Verfügung. Er warf sie aber auch hinaus, wenn er sie leid war.

Jupp ist zu Hause

Als Hannes seine Postkarte bekam, jubelte er. Jupp schrieb: »Das Bein ist auch ganz gut wieder verheilt. Aber weil die Narbe so groß ist und so schlimm aussieht, haben sie mich entlassen.«

Hannes nahm sich einen Tag von der Schule frei, Runo verstand ihn.

Als er nach Hause kam, schlachtete der Herr Kalbmann gerade ein Schwein auf ihrem Hof. Das tat er öfters, entweder weil der Halter keinen geeigneten Hof oder Keller besaß, oder weil es keiner wissen sollte, also schwarz. Der Vater half ihm dabei. Nachts kam dann immer die Frau Kalbmann, kochte das Fleisch ein und drehte Würste durch den Wolf. Sie war sehr geschickt dabei.

Herr Kalbmann war auch Vaters Kumpel auf der Zeche, und beide vertraten die gleiche politische Meinung, hatten aber Ärger mit der Parteilinie der SPD. Die war ihnen nicht radikal genug. Beide waren aus der Partei ausgetreten, weil die den Drei-Klassen-Staat nicht abschaffen wollte, also Beamte, Angestellte und Arbeiter. Hermann und Herr Kalbmann fanden, daß damit die Ungerechtigkeit anfinge und nicht mit der Verteilung der Güter.

Herr Kalbmann war ein Bauernsohn gewesen. Er hatte sich in die Magd Elfriede, genannt Frieda, verliebt und sie geheiratet. Daraufhin war er enterbt worden. Obwohl er Metzger gelernt hatte, ließ er sich auf der Zeche anlegen, weil er dort mehr verdiente.

Dann begann das Problem der Ehe Kalbmann: Es kamen keine Kinder. Herr Kalbmann schob seiner Frau die Schuld zu, fing an zu trinken, trieb sich mit anderen Frauen herum und schlug Frau Kalbmann, wenn er zuviel intus hatte.

War er nüchtern, benahm er sich ganz normal, doch sobald er trank, wurde er unmöglich.

Keiner in der Kolonie verstand es, daß Kalbmann es mit anderen Frauen trieb, denn die Kalbmannsche, wie sie in der Kolonie hieß, galt als die Schönste der Kolonie, nach dem Motto des Schlagers: »Du bist die schönste im Strandcafe«. Sie hatte blonde Haare, blaue Augen und ein leicht griechisches Profil. Sie sah eher wie eine Friseuse aus als wie eine Wurstküchenfrau.

Alle vierzehn Tage ging sie zum Friseur Lindemann und ließ sich die Haare neu legen. Sie trug immer das neueste. Keiner wußte, woher sie die Schuhe und den Stoff bekam. Doch die Kalbmannsche tauschte das, was sie beim Schlachten als Deputat erhielt, eben gegen Modesachen um.

Als einzige Frau in der Kolonie und der Siedlung benutzte sie Lippenstift. Wenn sie ausging, besuchte sie das Café Funcke. Dahinein traute sich keine Frau aus der Kolonie. Es wurde auch gemunkelt, daß sie rauchte, etwas ganz Unerhörtes damals für eine Frau. Allerdings hatte sie noch niemand dabei beobachtet.

Hannes' Eltern und die Kalbmanns waren gut befreundet, besonders die beiden Männer. Die Mutter mochte die Kalbmannsche nicht so ganz, sie fand, daß sie sich zu freundlich gab, immer lächelte, sich für alles übertrieben bedankte und sich genauso übertrieben anzog, mit viel zu kurzem Rock und viel zu hohen Absätzen. Und zuviel Rot natürlich, und dann dieser Parfümgestank, wie der ganze Frisiersalon Lindemann auf einmal.

Für Hannes war die Frau Kalbmann eine Art Tante. Sie nannte ihn Hannes, er sie Frau Kalbmann. Sie benahm sich auch so, meistens stufte sie in ihrer Tantenhaftigkeit Hannes jünger ein, als er war. Also den Vierzehnjährigen wie einen von zehn. Als er aus der Gefangenschaft zurückkam, begrüßte sie ihn wie einen Konfirmanden, leichtes Streicheln seiner »Bäckchen«. Daß sie ihre Begrüßungsfaselei nicht in Kindersprache vortrug, wunderte Hannes.

Als er wieder auf die Beine kam, entdeckte er plötzlich, daß die Kalbmannsche eine ganz attraktive Frau war. Natürlich viel zu alt für ihn, zwanzig Jahre mindestens ihm voraus. Doch sie war gut zum Ansehen, und das tat er dann auch, ohne daß einer etwas davon merkte. Er benahm sich ihr gegenüber wie sonst, kleiner Junge gegenüber der Tante, aber er sah sie ganz anders an. Er sah ihre kurzen Röcke, die strammen, nicht zu dicken, nicht zu dünnen Beine. Sehr fraulich und gerundet der Körper und immer schick, auch wenn sie die kurzen Militärstiefel, Knobelbecher genannt, zum Schlachten trug und einen aus Militärdecken geschnittenen grünen Mantel. Der stand ihr besser als den Steigerfrauen ihre Schneiderinnen-Modellmäntel. Und wie sie ihren Turban um den Kopf flechten konnte, mit einem Büschel Haare vorne heraussehend! So konnte ihn keine andere schlingen. Damals war es im kalten Winter üblich, daß die Frauen Turbane trugen, auch im Krieg war es so gewesen.

Diesmal sah Hannes die Kalbmannsche kurz, als er von der Schule nach Hause kam. Sie saß oben bei der Mutter in der Küche. Sie hatte schon alles erfahren, freute sich überschwenglich mit, als ob sie den Jupp persönlich kennen würde, und bat Hannes: »Also wenn du wieder Zigaretten bekommst, dann bring doch bitte für den Herrn Kalbmann welche mit. Das würde ihn sehr, sehr freuen.« Dabei lächelte sie ihn bittend wie ein kleines Mädchen an.

Die Mutter fuhr unwirsch dazwischen: »Er wird schon welche für Ihren Mann mitbringen, das ist doch selbstverständlich. Sie helfen uns doch auch immer.«

Die beiden Männer duzten sich, aber die Frauen blieben beim Sie. So war es bei standesbewußten Arbeiterfamilien üblich, und Hannes Mutter legte ganz besonderen Wert darauf.

Ehe Hannes ins Bett ging, früh, weil er sehr früh aufstehen mußte, sagte ihm die Mutter noch: »Du kannst dann morgen runter in den Keller gehen, zu der Frau Kalbmann. Sie will dir Fleischbrühe geben und ein Stück Wellfleisch zum Brot. Das ist sehr nett von ihr. Dann brauche ich nicht so früh aufzustehen. Doch wenn was ist, weck mich ruhig.«

Aber zuerst kam die Kalbmannsche noch einmal aus dem Keller hoch, im Mantel und mit dem Turban auf dem Kopf, toll gewickelt, als ob sie zur Modenschau wollte. Sie gab an, nur kurz frische Luft schnappen zu wollen. Doch sie bot Hannes noch einmal all das für den nächsten Morgen an, was Anna ihm schon längst gesagt hatte.

Die Kalbmannsche war in den Garten hochgegangen. Als Hannes auf sein Zimmer kam, knipste er das Licht nicht an, sondern sah ins Dunkel hinaus, vielleicht konnte er so die Kalbmannsche erkennen. Er sah nichts, es war zu dunkel.

Doch er meinte, daß ein rotes Pünktchen einer glühenden Zigarette aufleuchtete. Rauchte die Kalbmannsche? Das reizte Hannes noch mehr. Er haßte es, wenn Frauen rauchten, besonders wenn es Mädchen taten, aber es reizte ihn auch unerhört.

Als er sich am nächsten Morgen im Dunkeln anzog, wurde die Mutter doch wach und wollte aufstehen. »Nein, nein«, protestierte er, »ist doch nicht nötig.«

Sie blieb liegen, rief ihm aber noch ihren Gruß hinterher: »Komm gutgesund nach Hause.«

Dann schlich Hannes auf Socken die Treppe hinunter. Die Kalbmannsche hörte ihn nicht. Als Hannes die Waschküchentür plötzlich öffnete, war die Kalbmannsche so überrascht, daß sie mit einer Hand ans Herz griff und den

Mund aufriß, wie bei einem Überfall. In der anderen Hand hielt sie eine selbstgedrehte, stinkende Zigarette. Das sah Hannes sofort und daran biß sich sein Blick fest, bis er errötete. Die Zigarette glich eher einem glimmenden Kohlstrunk. Sie war aus Tabak gedreht, der bei den Kumpeln im Garten wuchs und »letzter Schnitt vom Bahndamm« genannt wurde.

Wie ein Soldat an der Front hielt sie ihre Zigarette, zwischen Daumen und Zeigefinger das Ende eingeklemmt. Hannes nahm alles wahr, registrierte die Schürze, zu der die Zigarette noch weniger paßte.

Die Kalbmannsche legte schnell einen Finger an den Mund, beugte sich nach vorn und flüsterte Hannes zu: »Sag das bloß keinem, verpetz mich nicht, sonst schlägt der Herr Kalbmann mich noch tot.«

Dann drückte sie schnell ihren Stumpen aus, aber so, daß sie später weiterrauchen konnte. Sie hatte einen sehr tiefen Zug bis in die Lungen hinein genommen, und es drang nur noch wenig Rauch aus ihrer Nase und den Lippen heraus.

Dann bediente sie Hannes wie eine Hausfrau. Er konnte soviel heiße Wurstbrühe trinken, wie er wollte. Sie legte ihm einen dicken, fetten Batzen Kochfleisch auf das Maisbrot. Es schmeckte Hannes wunderbar. Er leckte sich das Fett von den Lippen.

Dann seufzte die Kalbmannsche: »Sieh mal, Hannes, was ich hier rauchen muß. Ich weiß, rauchen gehört sich nicht für eine Frau, aber ich tue es nun mal so gerne. Wenn du zurückkommst, kannst du mir dann auch ein paar Zigaretten schenken? Du würdest mir einen großen Gefallen tun. Aber den Herrn Kalbmann darfst du auch nicht vergessen. Ich lade dich dann ein, schon am Montag, da wurste ich vorher, und du kriegst Fleischbrühe und Mettbrötchen und alles. Nicht nur wegen der Zigaretten, aber ich möchte dir auch gerne mal einen Gefallen tun.«

Hannes nickte. Und hoffte, daß die Kalbmannsche nicht ahnte, wie er sie ansah, wie er sich schon auf seinen Besuch bei ihr freute. Nicht mehr als kleiner Junge, sondern als so etwas wie ein Mann. Und sie würde in seiner Gegenwart rauchen und die Beine so übereinanderschlagen, daß er ihre Knie sehen würde, und ein Stück von ihren Oberschenkeln, in den Nylons, die sie sich, gegen Fleisch, vom Schwarzen Markt besorgt hatte. Womit sie den Neid der ganzen Kolonie erweckte.

Als er aufstand, brachte die Kalbmann ihn zur Tür. Sie schob sogar ihren Arm in den seinen, aber wie es eine Tante bei ihrem Neffen tut. Oder nicht? Hannes war sich da seiner Wahrnehmungen nicht so sicher. Sie bettelte noch einmal um Zigaretten. Hannes versprach es ihr kühl. Er rannte zum Bahnhof, erwischte den Zug, stieg mehrere Male um, mußte noch etliche Kilometer laufen, ehe er Jupps Dorf erreichte. Unterwegs mußte er immer wieder an die Kalbmannsche denken, spielte wüste Filme mit ihr durch, rannte wie ein Verrückter, weil er so noch wirrer fantasieren konnte.

Er schämte sich, daß er sich nicht so auf den Jupp konzentrieren konnte, wie er wollte. Immer wieder brach die Kalbmannsche durch.

Jupp erzählte. Sie hatten ihn ganz eklig in die Zange genommen, doch er hatte Hannes nicht verraten.

Hannes sagte: »Volker und dir und einigen anderen, darunter auch zwei Russen, verdanke ich mein Leben. Eine ganze Latte von Menschen. Aber anstatt daß ich an euch alle denke und mir es noch mal voller Dankbarkeit durch den Kopf gehen lasse, denke ich dauernd an eine Frau, die viel älter ist als ich, fast meine Mutter sein könnte und auch noch verheiratet ist.«

Jupp lachte: »Laß man gut sein, so spricht eben die Natur. Und wo die Liebe hinfällt, da wächst kein Gras.«

Hannes mußte lachen, auch darum, weil das Sprichwort ja bekanntlich ganz anders lautet.

Am Sonntag ging Hannes mit der frommen katholischen Familie zur Messe. Jupp stieß ihn an: »Paß auf, ich mach es dir vor. Zum Schluß gehn wir dann beide nicht zur Kommunion. Choroscho?«

War Choroscho.

Jupps Mutter packte Hannes wieder mehrere Pakete Zigaretten ein und ein geschlachtetes und gerupftes Huhn, und Hannes fuhr wieder los. Unterwegs nur ein Film: die Kalbmannsche.

»Kerl, bist du verrückt?« fuhr er sich an. Aber das nützte auch nichts. Nur selten gelang es ihm, Jupp, Volker, den Russen, Sonja und die ausstehende Mathematikarbeit dazwischenzufriemeln. Als Hannes die Ausfallstraße von der Stadt zur Zeche und Kolonie hocheilte, sah er schon von weitem eine Gruppe von Frauen aus der Kolonie ihm entgegenkommen.

Mitten drin, und am elegantesten natürlich, die Kalbmannsche. Ganz Dame, so wie es die Frau vom Betriebsführer sein wollte und nicht konnte.

Die Kalbmannsche warf ihn schon aus der Ferne um, in ihrem maßgeschneiderten, dunkelblauen Jackenkleid, nur eine Bluse darunter mit Schleifchen, Glacéhandschuhe, Handtasche und diese durchsichtigen Nylons mit der Naht.

Hannes wäre am liebsten auf die andere Straßenseite ausgewichen, denn die Kalbmannsche mußte ihn jetzt bestimmt durchschauen und auslachen. Aber er kam nicht mehr dazu. Die Kalbmannsche hatte ihn schon von weitem erkannt, lachte übertrieben, wie die Mutter immer fand, und winkte, als ob er vom Kindergarten nach Hause kam.

Hannes versuchte, sich zusammenzunehmen. Da war sie schon. Sie umarmte ihn auf offener Straße, aber so wie eine Tante. Doch er stand steif in ihren Armen da.

Wie eine Liebeserklärung flüsterte sie ihm ins Ohr: »Hast du Zigaretten für den Herrn Kalbmann? Und für mich?« flüsterte sie noch leiser und noch näher an seinem Ohr.

Wollte sie ihn verrückt machen, oder dachte sie wirklich, daß er nicht wüßte, was eine Frau war, die nach Parfüm roch? Er nickte noch einmal, wie ein Esel, der nicht sprechen konnte.

Drei Päckchen verschwanden in ihrer Handtasche.

Hannes wollte flüchten, doch sie hielt ihn am Arm fest. »Morgen um vier bei uns zum Essen, wie ich es dir versprochen habe, ob Zigaretten oder nicht.«

Hannes nickte wieder. Er bekam noch einen Druck am Arm, und dann war sie weg. Drehte sich aber noch einmal um und rief: »Aber nichts sagen, sonst schlägt er mich tot.« Und als ob sie nicht sicher war, ob er vielleicht zu seiner Stummheit auch nicht mehr hören konnte, legte sie noch den Finger auf den Mund.

Zu Hause mußte Hannes von Jupp erzählen, das war gut.

Mettbrötchen und Wurstbrühe bei der Kalbmannschen

Am nächsten Morgen wurde nicht viel aus der Schule, sogar Dr. Radtke bemerkte es und ranzte Hannes an, von wegen des freien Tages und dann auch noch in der Stunde träumen. Die Mathematikarbeit ging daneben.

Nach der Schule nahm Hannes sich noch nicht einmal die Zeit, mit den Klassenkameraden die Strecke des Weges, die sie sonst gemeinsam gingen, wie üblich zu verbummeln. Er aß schnell, erledigte die Hausaufgaben im Vorüberhuschen und trieb sich dann noch zwei Stunden in kleineren und größeren Zirkeln um die Kolonie und Kalbmanns Haus herum.

Er wußte, Herr Kalbmann war mit dem Vater »auf Mittagschicht«. Aber sicher hatte die Kalbmannsche noch irgendeine andere Tante eingeladen, vielleicht die Frau Rudl, mit der sie oft schnabbelte.

Hannes stand schon eine halbe Stunde zu früh vor ihrer Wohnungstür im ersten Stock, aber dann zog er sich doch wieder zurück. Er dachte sogar an Blümchen, aber erstens gab es keine, und zweitens wäre er sich doof damit vorgekommen.

Als er es kaum mehr aushalten konnte, war es dann

endlich so weit. Zehn Minuten vor vier drehte er die schnarrende Schelle.

Er roch den Duft von Wurstbrühe schon durch die Tür hindurch. Erst nichts, er wollte noch einmal schellen. Doch dann ihre Schritte. So typisch Kalbmannsche. Kurz und bestimmt, auf hohen Absätzen und mit engem Rock. Schon über ihre Schritte allein wollte er ein Buch schreiben, oder wenigstens ein Gedicht.

Dann ging wie im Märchen die Tür auf. Die Kalbmannsche stand da, hatte sich zu seiner Begrüßung extra die Schürze abgebunden, an der sie sich vorher noch die fettigen Hände abgeputzt hatte. Er sah erst die strahlenden Zähne, und daß sie dick Rot aufgelegt hatte. Nur für ihn. Und frisch ondulierte Haare, die noch nach dem Salon Lindemann rochen. Hannes ließ sich dort auch die Haare schneiden, aber ohne Duftwasser.

Sie trug ein Winterkleid in hellem Beige. Bis oben hin und bis an die Armknöchel geschlossen, unten aber sehr kurz und eng, nur bis knapp an die Knie heran.

Das alles stellte Hannes in Sekunden fest, ehe er überschwenglich, wie üblich, von Tante Kalbmann begrüßt wurde. Sie führte ihn ins Wohnzimmer, wie einen Ehrengast. Wenn er sonst von der Mutter geschickt wurde, fertigte sie ihn an der Tür oder in der Küche ab, wo man sich in Kolonie und Siedlung hauptsächlich aufhielt. Das Wohnzimmer war nur da, wenn man mit Gästen feierte. Wenn die Kaminskis zu Kalbmanns auf Besuch gingen, war die Sitzordnung so geregelt: Herr Kalbmann lag in seinem Ledersessel, Hermann bekam einen etwas kleineren Sessel, die beiden Frauen tauschten auf dem Sofa Worte aus, die Kalbmannsche begeistert, Anna eher zurückhaltend. Der Schätz mußte sich mit dem Fußbänkchen begnügen, während Hannes quer auf einem Eßtischstuhl saß, bis er die Erlaubnis bekam, in die Hinterhöfe zum Spielen zu gehen. Leider gnärrte dann immer der Schätz, und Hannes mußte seine Schwester mitnehmen.

Erinnerungen beim Gang durch den Flur. Das Wohnzimmer war leer. Hannes bekam Herrn Kalbmanns Ledersessel angeboten, den Herrenthron. Er traute sich kaum hinein, doch die Kalbmannsche drückte ihn sanft auf die Schulter, entschuldigte sich, daß sie noch einmal in die Küche müßte, und verschwand. Sie kam aber sofort wieder zurückgeeilt: »Die Brühe muß noch etwas kochen, willst du ein Schnäpschen vorher, oder einen Aufgesetzten, oder eine Zigarette? Ich verpetze dich auch nicht.«

»Ich rauche und trinke nicht«, entgegnete Hannes schroff und erinnerte sich an die Sätze seiner Mutter, über die er sich ärgerte: »Unser Sohn raucht und trinkt nicht.« Am liebsten hätte sie hinzugefügt: »Und mit Mädchen läßt er sich auch nicht ein.«

Es störte ihn, daß es ihm so schroff herausgerutscht war.

Die Kalbmannsche entschuldigte sich mit einer schnellen Geste und verschwand wieder.

Hannes sah sich etwas um, obwohl er das Zimmer genau kannte, sich oft genug darin gelangweilt hatte.

Ihre schnellen Schritte und Hantierungen in der Küche. Hannes wartete. Er versuchte zu überlegen, was er noch für Biologie tun mußte.

Dann ein befriedigendes »So« von ihr in der Küche, und ihre Schritte durch den Flur. Die Kalbmannsche erschien mit einem Topf dampfender Wurstbrühe. Sie hatte sich extra ihre weiße Schürze mit einer riesigen Schleife und vielen Rüschen vorgebunden. Und darüber strahlte sie, wie eine Weihnachtsfrau. Sie setzte die Schüssel auf den weißgedeckten Eßtisch und bat Hannes, Platz zu nehmen. Noch einmal verschwand sie und kam mit einem Teller belegter Brötchen zurück, die Hannes alles andere vergessen ließen. So eine Pracht von Brötchen und Wurst hatte er noch nie in seinem Leben gesehen.

Die Brötchen waren alle mit Griebenschmalz dick bestrichen, genauso wie es Hannes liebte. Und was dann darauf lag: Mett mit rohen Zwiebeln, Blutwurst mit dicken Speckstücken, Leberwurst mit Gewürzen, Wellfleisch mit Pfefferkörnern. An alles hatte die Kalbmannsche gedacht. Damit hätte sie zwei Familien ernähren können, doch die Pracht gehörte Hannes allein.

Er trank die heiße und fettige Brühe, an der er sich die Lippen und die Zunge verbrannte. Ihm schmeckte jeder Bissen. Er ließ sich Zeit. Sie sah ihm zu und freute sich, wie es ihm schmeckte. Sie aß viel weniger als er. Sie mußte auf ihre Linie achten; die Zeiten verbesserten sich, die Hausschlachtungen nahmen zu, und die Kalbmanns hatten genug zum Essen.

Sie nahm mit spitzen Fingern ein Brötchen. Hannes sah, daß sie sich die Nägel mit farblosem Lack verschönert hatte. Aber dann wieder Mett, von dem er jede Faser schmeckte. Sie hatte es genauso gewürzt, wie er es gerne aß, nicht zuviel, so daß er den Fleischgeschmack spürte. Er dachte an eine Großschlachterei und stellte sich vor, wie dort Mett in den Wannen präpariert wurde. Er sah die noch dampfenden Blut- und Leberwürste unter der langen, sich leicht durchbiegenden Stange schwanken, und sah dem Schinken zu, der unter dem schwelenden Sägespäne-Feuer geräuchert wurde. Die Mettwürste trockneten in langen Reihen durch den Winter.

Immer wieder ermunterte ihn die Kalbmannsche, doch zuzufassen, füllte ihm Wurstbrühe nach, auch wenn die große Teetasse noch nicht leer war.

Plötzlich sprang sie auf: »Oh, ich habe vergessen, mir die Schürze abzubinden. Entschuldige.«

Sie brachte die Schürze in die Küche und kam zurück, sich die Haare noch schnell mit ein paar Griffen ordnend und mit einem kurzen Blick im Spiegel. Der sie aber bedenklich stimmte, von wegen der Fältchen um die Augen herum.

Die Kalbmannsche aß nicht mehr, aber Hannes hieb noch mit gutem Appetit zu, bis er wirklich nicht mehr konnte, trotz ihres fröhlichen Ermunterns. Er lehnte sich zurück. Am liebsten hätte er sich den Riemen gelockert, aber das verbot natürlich der Anstand, obwohl es der Herr Kalbmann immer tat.

Sie räumte schnell ab, nachdem sie sich mehrere Male versichert hatte, daß Hannes wirklich nichts mehr wollte. »Aber du kannst jederzeit kommen, ich habe immer etwas für dich hier, mindestens ein Stück luftgetrocknete Mettwurst.«

Das ließ Hannes' Herz voller Freude hüpfen.

»So«, sagte sie, als sie wieder aus der Küche zurückkehrte, »und nun möchte ich in aller Ruhe eine Zigarette von dir rauchen. Rauchst du eine aus Gesellschaft mit? Dann begehen wir beide eine Sünde zusammen.«

Hannes wehrte ab. Am liebsten hätte er gesagt, sie solle ruhig rauchen. Tat es aber nicht, um sich nicht zu verraten.

Sie stand auf und machte eine Zeremonie daraus. Hannes meinte, das tue sie nur für ihn, oder um ihn zu demütigen, ihm zu zeigen, daß er doch nur ein kleiner Junge sei und sie eine erwachsene, reife Frau. Sie hielt die Packung mit den Zigaretten wie einen besonderen Schatz dicht an ihre Brust.

Dann setzte sie sich, schlug die Beine so rasch und weit übereinander, daß Hannes weit über die Nylons ihre Oberschenkel sehen konnte. Ganz feierlich entnahm sie der Packung eine Zigarette, hing sie sich zwischen die Lippen und wartete wohl darauf, daß Hannes sie ihr anzündete. Hannes sträubte sich zunächst dagegen. So demütigen konnte er sich doch nicht, aber dann tat er es doch.

Es mißlang ihm. Das erste Streichholz brach er ab, mit dem zweiten brannte er sich die Fingerkuppen an, aber nicht ihre Zigarette. Noch eines zerbrach er.

Sie wollte ihm die Schachtel freundlich aus der Hand nehmen, doch er ließ sie nicht. Seine Hände begannen zu zittern. Sie sah ihn ermunternd an, nahm die Zigarette dann aus dem Mund, wartete.

Als Hannes endlich ein Flämmchen gelang, beugte sie sich helfend zu ihm herüber. Nun klappte es, obwohl seine Hände ganz schlimm zitterten.

Sie lehnte sich zurück, saugte den Rauch tief ein und ließ ihn aus Mund und Nase quellen.

Hannes sah ihre roten Lippen, leicht geöffnet, ihre Augen im Genuß schwellend, ihn herausfordernd ansehen.

Er konnte sich nicht mehr halten, sprang auf, ging auf die Knie und legte seinen Kopf in ihren Schoß. Er rechnete damit, von ihr weggestoßen, beruhigt, gar ausgelacht zu werden, doch sie streichelte seinen Kopf mit einer Hand, mit der anderen rauchte sie. Hannes blieb so liegen. Dann streichelte er ihre Hand und sie seinen Kopf und dann seine Backen.

Er drängte sich immer dichter an sie heran, erst wie ein Kind, dann wie ein Mann. Er suchte Trost und Tiefe mit seinem Kopf in ihrem Schoß. Er zog sich an ihrem Körper hoch und suchte mit seinen Lippen ihren Mund.

Die Kalbmannsche hielt noch immer ihre brennende Zigarette zwischen den Fingern und zog daran.

Er schmeckte ihren Lippenstift und den Tabak. Doch als die Kalbmannsche ihre Zigarette sorgfältig zu löschen versuchte, um auch keinen Krümel Tabak dabei zu verlieren, während sie ihm mit der anderen Hand wie eine gute Tante über den Kopf fuhr, wurde Hannes plötzlich bewußt, was er tat.

Er riß sich von ihr los und rannte zur Tür. Doch dort blieb er stehen. Die Kalbmannsche kam ihm nachgeeilt. Sie drängte sich an ihn, öffnete ihren Mund und flüsterte voller Begehren: »Hannes.«

Das hatte er nicht erwartet. Das hielt ihn fest. Sie küßten sich.

Doch dann packte ihn wieder sein Gewissen. Er stemmte sich von ihr weg. »Es geht nicht«, keuchte er.

Er riß sich von ihr los und rannte weg.

Der Rausch und das Ende

Der nächste Tag war bitter kalt, Anna sagte zu Hannes: »Bind dir noch den Schal um.« Sie sagte nie: Tu ihn dir um, wie es üblich war.

In der Schule lief alles quer. Runo fuhr Hannes an: »Was ist denn mit dir los, bist du verknallt?«

Das traf Hannes bis in die Zehenspitzen.

Als endlich die Schule hinter ihm lag, rannte er wieder los, vor allen anderen.

»Junge, Junge«, riefen sie ihm hinterher, »die läuft doch nicht weg.«

Als ob sie ihn alle durchschaut hätten. Kein Problem, in ihrer Richtung zu denken, denn so hatte sich Kaminski noch nie benommen. Er rannte am Damm der Zechenbahn entlang, und da sah er sie plötzlich und unerwartet vor sich. Sie kam ihm entgegen. Es mußte sie sein, er erkannte ihren Schritt und den leuchtenden Turban. Im warmen, dunklen Wintermantel, den Kragen hochgeschlagen, in den Stiefeln mit den hohen Absätzen, den Bügel ihrer Handtasche um den angewinkelten Arm.

In der anderen Hand schwenkte sie eine Zigarette und zog daran. Aber als sie ihn sah, ließ sie Handtasche und Zigarette fallen und lief ihm entgegen.

Sie liefen sich in die Arme, preßten sich aneinander. Er spürte ihr kaltes Gesicht und küßte und küßte sie, so wie er nur konnte.

Ein Zug stampfte vorbei. Die beiden störte es nicht, auch nicht, als zwei Männer im Fenster pfiffen und die Lok einen schrillen Pfiff ausstieß.

»Komm zu mir«, flüsterte die Kalbmannsche. Damit es nicht auffiel, bat sie Hannes, etwas später zu ihr zu kommen.

Hannes drehte noch eine wirre Runde um die Kolonie herum. Dann sprang er die Treppen zu ihr hoch. Sie öffnete die Tür und stand nur im Bademantel vor ihm, an den Füßen ihre engen Schuhe mit den hohen Absätzen.

Sie liebten sich schon im Flur und dann in ihrem Ehebett. Doch plötzlich brach die Kalbmannsche ab, stand auf und begann sich anzuziehen. Sie bat auch Hannes, es zu tun, doch der wollte nicht.

»Doch, bitte«, bat sie ihn.

Hannes zog sich an. Draußen wurde es schon dunkel. Der Herr Kalbmann würde bald von der Mittagschicht kommen.

Die Kalbmannsche brachte Hannes zur Tür. Dort gab sie ihm einen kleinen, netten Kuß und sagte mit ernstem Gesicht: »Hannes, das waren die schönsten Stunden meines Lebens, doch nun muß alles vorbei sein. Ich war sehr egoistisch, ich bin eine alte, verbrauchte Frau, du ein junger Mann.«

»Nein«, versuchte Hannes zu protestieren.

»Doch«, antwortete sie und streichelte ihn. »Es ist besser so, ganz besonders für dich. Für mich bleibt die Erinnerung. Ich werde dich nie vergessen, niemals. Ich werde dich immer lieben, aber aus der Entfernung. Du darfst das dir und deinen Eltern nicht antun. Ich schäme mich.«

Dann schob die Kalbmannsche den entsetzten Hannes durch die Tür und schloß sie. Und sie blieb geschlossen.

»Das erwachende Zeitalter« von Schloß Hugenpoet

Hannes wollte nicht aufgeben, doch die Kalbmannsche blieb hart: »Ich hätte es nicht tun sollen, es tut mir leid. Ich habe dich in Versuchung geführt, nur aus meinem Egoismus heraus. Aber es war doch so schön. Wir müssen es vergessen. Du bist ein schöneres, jüngeres, frischeres Mädchen wert, nicht so eine alte, aufgetakelte Metzgersfrau. Aber trotzdem, Hannes, ich habe dich sehr, sehr lieb. Darum darf ich nicht weitermachen.«

Hannes wollte über das alles mit Runo sprechen, aber dann traute er sich doch nicht.

Vor einem schulfreien Tag lud Runo die Leute, die ihn am Mittwochabend besuchten, zu einer Fahrt nach Essen ein, zum Schloß Hugenpoet* an der Ruhr, wohin die Schätze des Folkwang-Museums ausgelagert worden waren. Natürlich fuhr auch Hannes mit. Doch er war ziemlich bedrückt. Die Steinstaub-Lunge des Vaters, vornehmer Silikose genannt, hatte sich entzündet, und es ging ihm sehr schlecht. Oft konnte er nur noch mit einem Sauerstoffgerät atmen. Hannes wußte, daß es für Steinstaub-Lungenkranke keine Rettung vor dem furchtbaren Erstickungstod

* gesprochen *Hugenpoot*

gab. Fast alle älteren Kumpel in der Siedlung und der Kolonie litten unter dieser Geißel und starben daran.

Auf dem Essener Hauptbahnhof stieß Hannes auf Runo und die Mannschaft. Die Kolonne munterte ihn etwas auf und noch mehr Runos bissige Bemerkungen, die nicht weh taten. Sie glichen eher den Bissen eines Hundes, der nur scharfes Zupacken spielt, mit seinem Herrn oder bekannten Hundegenossen. Das ließ die anderen oft in ein mekkerndes Lachen fallen.

Von Essen-Werden an mußten sie laufen. Doch als sie Schloß Hugenpoet endlich erreichten, war es geschlossen. Aber Runo kannte den Direktor, und der ließ sie hinein, nicht ohne vorher zu bemerken: »Runo, du trägst die Verantwortung, daß ihr mir nicht unsere Schätze klaut. Ich habe eine Besprechung, in drei Stunden schließe ich euch wieder auf.«

Runo führte seine Schüler und Freunde an den Bildern und Skulpturen vorbei und gab kurze Bemerkungen ab. Typisch Runo, gar nicht professoral, sondern so, wie man einem Freund einen guten, kurzen Tip gibt. Nur ein, zwei Sätze zu jedem Bild, sehr persönlich, auf das hindeutend, was ihm gefiel. Doch Hannes ging eine Welt auf. Runos Erklärungen wirkten wie Hemingways Kurzgeschichten auf ihn, spannend, kein Wort zuviel, eine neue Welt, die man mitfühlen konnte, nicht schwülstig, sondern männlich herb.

In diesem Provisorium hingen die Bilder sehr dicht nebeneinander, auch die der verschiedenen Kunstrichtungen und Perioden. Runo trennte sie nicht, sondern nutzte die einmalige Gelegenheit, auf Zusammenhänge hinzuweisen.

So sah Hannes Caspar David Friedrich, den Hofmaler Menzel, Rouault, Cézanne, Matisse und dann plötzlich die Plastik »Das erwachende Zeitalter« von Auguste Rodin.

Er blieb stehen und starrte sie an, als ob er sich selbst sehen würde, in einer Weise wie nie zuvor. Aufgeschlüsselt, geöffnet, nicht nur wie in einem Spiegel sah er sich, sondern bis tief in sein Innerstes.

Ein junger Mann, in Hannes' Alter oder etwas jünger, erwachte gerade aus tiefem Schlaf. Der Körper ruhte noch, leicht zusammengekrümmt, die Augen waren noch geschlossen, doch seine Sinne erwachten gerade. Die locker ausgestreckte Hand löste sich vom Kopf, und der Jüngling begann, sich wahrzunehmen.

Diesen Augenblick kannte Hannes zu gut. So war er oft erwacht, wie nach einem schweren Traum, oder damals nach dem Ausbruch in Berlin, oder am Morgen nach dem Abend mit der Kalbmannschen. Alles das, was er im Schlaf zu vergessen versuchte, drang nun wieder in seine Sinne ein: Das Leiden des Vaters, seine Sehnsucht nach der Kalbmannschen, die Landung auf der Oderbrücke, der Russe an der Ecke, der Kuß von Sonja. Der Morgen auf der Pritsche im Krankenlager.

Er lebte, nahm er wahr, er mußte leben, er durfte leben. Doch wofür, warum?

Warum habe ich das alles getan, was nicht gut war, dieses Hinter-der-Fahne-Herlaufen? Seinen Idealismus, sein Vertrauen jemand geschenkt, der ein Verbrecher war?

Warum hatte er so vielen Menschen Leid angetan? Warum lief er immer wieder vor sich weg? Wohin?

Er dachte an den Vater, der für Freiheit und Gerechtigkeit gelebt und gelitten hatte, nicht für sich selbst. Wie der sich für andere einsetzte und für seine Familie.

Dann dieser Engländer, der ihm einfach half, dem ehemaligen Feind, dem Heruntergekommenen.

Hannes blieb vor dem Jüngling stehen und vergaß die Welt um sich herum.

Bis Runo dann an ihn herantrat, eine Weile neben ihm den erwachenden Jüngling betrachtete und sagte: »Wir müssen jetzt gehen.« Unterwegs redete Hannes nicht. Er kam von dem erwachenden Zeitalter nicht los. Er hatte sich selbst erkannt. Aber wofür, warum lebte er?

Die Abiturfeier

Hannes bestand seine Reifeprüfung. Die Eltern wollten es unbedingt feiern, besonders die Mutter. Hannes hatte zu

Hause nicht viel von Runo erzählt, doch beide Eltern hörten heraus, wieviel er Dr. Radtke verdankte. Sie luden Runo zur Feier ein, und der nahm die Einladung an. Er wollte unbedingt die Eltern kennenlernen, die er sehr hoch schätzte, was Hannes als Sohn gar nicht verstand. Söhne sind eben so.

Natürlich wurden auch Herr und Frau Kalbmann eingeladen, zu der Feier, die Hannes eigentlich gar nicht wollte, und diese Einladung verkomplizierte für ihn noch alles.

Hannes mußte die Einladung überbringen und traf die Kalbmannsche allein in ihrer Wohnung an. Er wollte sie umarmen und küssen, doch sie reichte ihm nur kühl und mit ausgestrecktem Arm die Hand: »Hannes, so muß es bleiben, weil ich dich so lieb habe. Wie meinen eigenen Sohn, und noch mehr.«

Die Mutter hatte Essen zusammengespart, die sogenannte Versorgungslage war auch etwas besser geworden, bis auf das stundenlange Schlangestehen vor leeren Geschäften. Kalbmanns trugen Wurst zum Festmahl bei. Hermann brannte Schnaps aus Runkeln und hatte schon vor längerer Zeit Stachelbeerwein angesetzt. Für den Herrn Kalbmann lagen Zigaretten bereit.

Hannes holte Runo von der Straßenbahnhaltestelle ab. Auf dem Weg erzählte er ihm von seinen Gefühlen und Gedanken zum erwachenden Zeitalter. Runo hörte zu. Der kam nie mit schnellen Rezepten, obwohl er sehr wohl sein Ziel kannte. Das wußte jeder Schüler in seinen Klassen. Radtke galt als fromm, obwohl das keiner verstand und man es ihm auch nicht ansehen konnte. Er fiel immer aus dem Rahmen des Üblichen.

Der Vater mußte auf dem Sofa an der Sauerstoff-Flasche liegen, ein zwei Meter hohes, grobes Ungetüm, mit einer Maske über Mund und Nase. Dabei hoffte er, die Feier auch ohne Sauerstoffzusatz überstehen zu können. Er und Dr. Radtke verstanden sich sofort, ohne viel Worte. Zwei Persönlichkeiten mit klaren Lebenslinien. Der Mutter begegnete Runo mit Verehrung. Es gefiel ihr, wie eine Dame behandelt zu werden. So behandelte Runo jedes weibliche

Wesen, während er mit den Männern ziemlich rüde umging.

Dann erschienen die Kalbmanns. Er schon draußen polternd, als ob er zum Schlachten käme. Er schlug Hannes kräftig, aber liebevoll auf die Schulter und freute sich mit am Abitur.

Die Mutter rümpfte schon am Fenster die Nase, als sie die Kalbmannsche sah. Hannes wußte, was sie dachte: »Jetzt hat die sich wieder angezogen und angemalt, als ob sie zum Ball der einsamen Herzen wollte, um sich dort einen Ehebrecher zu angeln.«

Obwohl Hannes sonst keine aufgetakelten Frauen leiden konnte – die Kalbmannsche erregte ihn immer unkontrollierbar.

Als die Kalbmanns das Wohnzimmer betraten, erhob sich Runo wie ein Gentlemann und küßte der Kalbmannschen sogar die Hand. Die errötete wie ein kleines Mädchen, und Kalbmann schüttelte seinen Kopf. Das paßte ihm nicht.

Dann stand sie vor Hannes. Als Geschenk hatte sie ihm eine luftgetrocknete Mettwurst mitgebracht. Knochenhart fühlte Hannes sie durch das Zeitungspapier hindurch, genauso, wie er sie gerne aß.

Sie standen sich gegenüber. Versuchten, gleichgültig aneinander vorbei zu sehen.

Da sagte die Mutter zur Kalbmannschen: »Zur Feier des Tages dürfen Sie dem Jungen ruhig einen Kuß geben.«

Hannes stand steif wie ein Brett vor ihr, mit einer Katastrophe rechnend. Wie konnte er sich nur bei dieser engen Berührung beherrschen?

Die Kalbmannsche blieb auch stehen, neigte ihren Kopf nur leicht nach vorne, pappte ihm eine Berührung auf den Backenknochen, die er kaum spürte, und schon fuhr sie wieder zurück.

Erst einmal einen scharfen Schnaps für alle. Nur Hannes bekam keinen und wollte auch nicht.

Stolz verkündete die Mutter: »Unser Junge raucht und trinkt nicht und treibt sich auch nicht mit Mädchen herum.«

Alle schienen es zu überhören.

Rauchen tat nur der Herr Kalbmann, natürlich traute seine Frau sich nicht und tat so, als ob sie den Qualm nicht ausstehen konnte. Hannes wartete auf ein Lächeln von ihr, so zwischendurch, doch das kam nicht.

Runo unterhielt alle. Schnaps und Wein lockerte die Gemüter. Die Männer redeten über Politik, waren so ziemlich einer Meinung. Der Vater entwickelte seine Idee von der Abschaffung des Drei-Klassen-Staates, was Runo sehr interessant fand.

Dann mußte Hannes das Grammophon von Rechtsanwalts, ein Prunkstück auf vier hohen, gedrechselten Beinen, ankurbeln. Die Mutter wünschte sich die Ouvertüre von La Traviata, die fand sie himmlisch. Kalbmann wollte den Hohenfriedberger Marsch. Die Kalbmannsche paßte, weil sie wußte, daß es bei Kaminskis keine Schlager gab. Hannes genoß mit dem Vater die Brandenburgischen Konzerte.

Dann fiel der Kalbmannschen ein, daß die Kaminskis doch einen Schlager besaßen. »Sunny Boy!« rief sie, und Hannes mußte die Platte eines berühmten Negersängers der zwanziger Jahre auflegen, ein Welterfolg.

Rührend und schluchzend besang ein Vater seinen kleinen Sohn.

Anna erzählte Runo: »Als der Hannes geboren wurde, freute sich mein Mann so sehr, daß er diese Platte kaufte und sie immer wieder spielte. Er war auch ganz außer sich, wenn er von der Schicht nach Hause kam und der Junge weinte oder schrie.

Das hielt er mir vor, als ob ich schuld daran hätte. Wenn ich mich verteidigte und sagte, daß sei doch normal und ich müßte ihm ja Essen kochen, fuhr er mich an: Ich brauch kein Essen, wenn der Junge weint. Kümmere dich erst mal um den. Und dann nahm er den Kleinen auf seinen Arm, trug und wiegte ihn so lange durch die Küche, bis er ruhig wurde.«

Dabei sah sie Hannes so lieb an, daß es ihm richtig peinlich wurde.

Verabschiedung, als es dunkel war. Draußen vor der Tür sah die Kalbmannsche noch einmal Hannes an, und der sie auch.

Als Hannes Runo zur Haltestalle brachte, fragte der ihn plötzlich: »Hast du etwas mit der Frau Kalbmann?«

»Ja«, antwortete Hannes und erzählte ihm alles. Und die Sache mit dem Fluglehrer Katzenmeier und der Brückensprengung, dem Russen in Gottesfurcht, dem an der Straßenecke in Berlin . . . alles, alles, es lief nur so aus ihm heraus, und es tat ihm gut.

Sie warteten nicht auf die Bahn, sondern Hannes brachte Runo bis nach Hause und spülte alles aus sich heraus. Runo hörte zu, stellte nur kurze Fragen dazwischen.

Als sie sich verabschiedeten, legte ihm Runo die Hand auf die Schulter: »Wenn du mich brauchst, ich bin da. Und danke für dein Vertrauen.«

Der Tod des Vaters

Hannes hatte sich auf der Zeche anlegen lassen, um Geld für sein eventuelles Studium zu verdienen. BAFöG gab es damals noch nicht. Und auch, um sich einmal richtig auszuarbeiten. Der Mutter gefiel es gar nicht: »Junge, siehst du denn nicht, was die Zeche deinem Vater angetan hat?«

Hannes versuchte sie zu trösten: »Aber ich werde dort doch nur ein paar Monate, höchstens ein Jahr arbeiten . . .« Sie schüttelte den Kopf und machte sich Sorgen.

Als Hannes eines Tages von der Morgenschicht nach Hause ging, kam ihm die Mutter schon am Bahndamm entgegen. Mit Tränen in den Augen: »Dem Vater geht es ganz schlecht, er muß so schlimm atmen, und ich weiß nicht, ob die Sauerstoff-Flasche reicht.« Sie eilten beide nach Hause, und Hannes sah, daß es mit dem Vater zu Ende ging.

Er rannte zum Bäcker Bleckmann und versuchte, von dort aus das Krankenhaus Bergmannsheil in Bochum anzurufen, wegen einer neuen Sauerstoff-Flasche, die einmal in der Woche oder je nach Bedarf von zwei Männern auf einem Lastwagen vorbeigebracht wurde.

Es dauerte, ehe er den Verantwortlichen erreichte. Doch der konnte ihm auch nicht helfen: »Die Männer sind unterwegs, und wenn sie zurückkommen, dann machen sie Feierabend.«

Er wäre auch nicht da, wenn Hannes vorbeikommen würde. Mit der Straßenbahn und zu Fuß würde Hannes bestimmt eine Stunde bis Bergmannsheil unterwegs sein. Aber Hannes rief, er werde auf jeden Fall kommen, es ginge um das Leben seines Vaters. Der fiese Kerl hing ein, und Hannes fuhr los.

Als er endlich Bergmannsheil erreichte, wollte man ihn noch nicht einmal durch die Pforte lassen, aber dann kämpfte er sich bis zum Schuppen durch, in dem die Flaschen standen. »Verboten, verboten«, wurde er überall abgewiesen, keiner wollte ihm die Tür zum Schuppen öffnen und noch weniger eine Sauerstoff-Flasche herausrücken.

»Dann trete ich die Tür ein«, drohte Hannes.

Da endlich ließ sich eine Schwester bewegen, weil ihr Vater auch Steinstaub-Lunge hatte, aber Hannes mußte vorher mehrere Schriftstücke unterschreiben und für alles die Verantwortung übernehmen.

Mit der Flasche hatten zwei Männer genug zu tragen, Hannes schleppte sie allein zur Straßenbahn-Haltestelle. Dämlich sahen die Mitfahrenden den jungen Mann mit der mannshohen Stahlflasche an.

Dann die lange Strecke von der Hauptkirche bis nach Hause. Hannes legte sie fast im Dauerlauf zurück. Kam sich vor wie damals, als er aus der Gefangenschaft nach Hause eilte.

Dort lag der Vater an den Resten der alten Flasche im Bett, röchelnd, nach Luft ringend. Grau im Gesicht, abgemagert und so leicht, daß die Mutter und der Schätz ihn ins Bett tragen konnten. Den sonst so bärenstarken Vater, mit den breiten Schultern und Muskelarmen. Nun war nichts mehr davon da.

Durst hatte der Vater. Hannes rannte zu Grau und kaufte Mineralwasser, wie es der Vater gerne wollte. Er lief zum Arzt. Der kam auch sofort, gab dem Vater eine schmerzstillende Spritze und antwortete, als Hannes ihn fragte: »Leider nicht mehr länger als bis morgen früh . . .«

Eine schlimme Nacht begann. Alle wachten an Vaters Bett, auch der Verlobte der Schwester. Die Mutter hielt dem Vater die Hand und kühlte seine Stirn.

Der Vater konnte seinen Stuhlgang und die Blase nicht mehr kontrollieren. Der Schätz wischte es auf und wechselte die Laken. Der Vater entschuldigte sich mit seinen Blicken.

»Macht doch nichts, Vater«, beruhigte ihn der Schätz und strich ihm über die kalte, aber doch schweißnasse Stirn. Jeder noch so flache Atemzug war für Hermann eine Qual.

Was sollten sie tun, die drei? Sie kamen sich so furchtbar hilflos vor. Immer wieder schlief einer beim Wachen ein, wurde aber bald wieder wach, schämte sich, noch nicht einmal eine Nacht lang wachen zu können.

Einmal flüsterte Hermann dem Hannes zu: »Warum muß ich denn so leiden, was habe ich denn Böses getan?«

Das tat Hannes so weh, so weh.

Sie litten mit dem Vater, den sie alle so sehr liebten. Hilflos, vor diesen schrecklichen Feinden, dem Leiden und dem Tod.

Der Morgen graute, hell und klar, wie selten im Ruhrgebiet. Von der Zeche dröhnten die täglichen Geräusche herüber, das Jaulen von Haspeln, Rangieren der Züge, die Zechenbahn in der Schlucht hinter dem Haus, die Bahndamm genannt wurde. Warum eigentlich? fragte sich Hannes ausgerechnet in dieser Situation.

Alle horchten, wie Hermanns Atem immer flacher wurde, aussetzte, wieder leicht begann, aussetzte.

Er öffnete noch einmal die Augen und sah sie alle an. Dann sagte er plötzlich mit brechender Stimme: »Jesus, Jesus!« und starb.

Runo tröstet

Runo kam zur Beerdigung und hielt die Ansprache: »Hermann mußte schon sehr früh sein Vaterhaus verlassen, nicht freiwillig. Kosaken trieben ihn aus Masuren fort. Vorher hatte er mitansehen müssen, der fünfzehnjährige Junge, wie sie seinen Vater erschlugen, als der versuchte, seinen Sohn zu befreien und sich zu stellen. Bis nach Sibirien trieben sie Hermann, wo er leiden und schwer arbeiten mußte. Und doch liebte er dieses Land Sibirien, wie er seiner Familie erzählte. Für einen Bauern arbeitete er und zog mit dem Pflug lange Furchen durch die schwere Erde. Von den guten Tagen erzählte er, nicht von den bösen.

Dann sein langer Marsch nach Ostpreußen zurück, durch die Fronten der Roten und Weißen Armeen, immer wieder knapp am Tode vorbei. Als der junge Mann, nach acht Jahren ohne eine Nachricht, mit Pelzmütze und Schnurrbart vor seiner Mutter stand, erkannte sie ihn nicht wieder.

Erst als er »Mutter« rief, nahm sie ihn weinend in die Arme. Doch lange konnte Hermann nicht in seinem Vaterhaus bleiben. Es gab keine Arbeit für ihn. Er verließ »die kalte Heimat«, wie Ostpreußen im Ruhrgebiet genannt wird, und kam zu uns in den Kohlenpott. Er ließ sich auf der Zeche anlegen, wohnte bei einer Tante als Kostgänger und traf Anna, als die an einem Sonntagmorgen ihre Schwester besuchen wollte. Hermann ließ nicht mehr von ihr. Sie heirateten, bekamen zwei Kinder, die sie sehr liebten, Hannes und das Schätzchen.

Hermann war einer, der leidenschaftlich für Freiheit und Gerechtigkeit eintrat. Er schloß sich der Partei an, von der er meinte, daß sie seinen Idealen am nächsten kam. Als Hitler an die Macht kam, die Mitläufer die Partei verließen und viele Funktionäre zurücktraten, übernahm Hermann die Führung. Was ihm dann blühte, wissen wir alle.

Und auch, daß er sich jeden Mittwoch mit seinen getreuen Kumpeln und Genossen traf und sie sein Lieblingslied schmetterten: ›Die Gedanken sind frei.‹

Ich möchte, daß wir uns jetzt erheben und es für Hermann, den Mann der Freiheit und Gerechtigkeit, singen.«

Alle standen auf und sangen das Lied.

Runo fuhr fort: »Danke, er hat es verdient. Daß sein Sohn Hitlerjunge wurde, muß ihm sehr weh getan haben. Doch als der gar für ihre Eliteschule ausgesucht wurde, sah Hermann die Zukunft des Jungen, war sicher, daß der Hitlerspuk nicht lange dauern würde und der Sohn eine so gute Ausbildung sonst nirgends bekommen könnte. Die politischen Ideen würde er schon durchschauen und abschütteln.

Nach dem verlorenen Krieg war Hermann von seiner Partei tief enttäuscht. Er hatte gehofft, sie würde endlich die Drei-Klassen-Gesellschaft abschaffen: Löhne für Arbeiter, Gehälter für Angestellte, Bezüge für Beamte.

In der Partei war er als ein Radikaler gefürchtet, der bei den Wahlen die ehemaligen Mitläufer der Nazis, auf die es ja ankam, wenn man gewinnen wollte, abschrecken würde.

Hermann trat aus der Partei aus, blieb in der Gewerkschaft, aber nur als ein zahlendes Mitglied, und widmete sich ganz seiner Familie, dem Häuschen, der Siedlung und den Siedlern. Er setzte alle seine Kräfte ein, daß die Häuschen wieder aufgebaut wurden, daß Saatgut zu günstigen Preisen erstanden werden konnte und sich dieses Wohngebiet zu einer Zierde der Stadt entwickelte. Ich brauche darüber nicht viel zu reden. Die Zeugen stehen hier.«

Die Leichenhalle reichte nicht, die Trauergäste aufzunehmen. Bis draußen standen sie und drängten sich dicht heran, während Runo redete.

»Hermann erlitt diese furchtbare Bergmanns-Geißel wie ein Mann. Er klagte nicht. Er führte auch von der Sauerstoff-Flasche aus die Geschäfte des Siedlerbundes, spielte Skat mit seinen Kumpeln, las viel, was ihm Anna jede Woche aus der Stadtbibliothek besorgte, auch das, was Hannes in der Schule durchnahm und Vater empfahl. Wir wissen alle, daß die Kirche ihm fremd blieb. Wir wissen aber auch, wie sehr diese Institution, die sich eigentlich für die

Mühseligen und Beladenen einsetzen sollte, wie es ihr Gründer und Meister befohlen hatte, lieber mit den Mächtigen paktierte und deren Sprache sprach.

Doch Hermann war kein oberflächlicher Mensch. Er suchte nach einem Lebenssinn und Ziel. Immer wieder hat er sich Teilziele gesteckt und erreicht. Immer half er anderen Menschen dabei.

Wir sind alle erstaunt darüber, bewegt, was seine Frau und die Kinder uns berichten, daß Hermann Kaminski mit den Worten ›Jesus, Jesus‹, starb. Wir wissen, daß Hermann heimgekehrt ist, zu seinem Schöpfer und Vater, in das ewige Reich, wo Freiheit und Gerechtigkeit herrschen. Ich bin sicher, daß unser guter Vater im Himmel Hermann mit offenen Armen empfangen hat.

Wir sind dankbar für Hermann Kaminski. Laßt uns gemeinsam das Vaterunser beten.«

Alle Hände falteten sich, die Köpfe senkten sich und alle beteten mit.

Erlöste Musik

Hannes dachte über Runos Worte nach, und Anna verließ den Friedhof, sehr traurig, aber tief getröstet.

Ein paar Wochen später lud Runo die beiden zu einem Bachkonzert nach Bochum ein. Das Stuttgarter Kammerorchester spielte einige Brandenburgische Konzerte von Bach, darunter auch das fünfte, das Hermann so mochte.

Hannes saß neben der Mutter. Er sah ihr ernstes Gesicht mit den vielen Falten, ihre Arbeitshände gefaltet im Schoß. Er dachte daran, wie zärtlich sie ihn streicheln konnten, was nicht zu oft vorkam, doch er vergaß die Berührungen nie. Sie hatte ihm auch mit dem Holzlöffel gedroht, wenn er etwas ausgefressen hatte. Dann hatte Hermann immer gerufen: »Hau doch mit dem Holzlöffel drauf, wenn du ihn schon in der Hand hast.« Aber das konnte sie nicht. Hermann lachte dann und schüttelte den Kopf.

»Wie schön der Bach ist«, sagte die Mutter. »Wie hätte sich der Vater darüber gefreut.«

Runo brachte die beiden nach Hause. Sie nahmen den langen Weg vom Parkhaus über Schacht sechs und sieben, an der Zechenbahn entlang und durch Bergen, und ließen sich Zeit.

»Der Vater sagte immer, wenn er Bach hörte: Das ist erlöste Musik. Ich möchte auch, daß er erlöst ist. – Hannes, glaubst du an Gott?«

»Ich möchte«, antwortete Hannes.

»Ich auch«, seufzte sie.

»Doch«, gestand Runo, »es gibt einen guten Vater, und der hat uns alle lieb, seine Kinder, und den Hermann Kaminski auch.«

Die Mutter nickte: »Hoffentlich, hoffentlich. Aber man sieht so wenig von ihm.«

»In jedem Menschen, der uns Gutes tut und der Gutes von uns erwartet, können wir ihn erkennen«, meinte Runo.

Hannes dachte an seine Eltern, an den Fluglehrer Katzenmeier, an den Russen an der Straßenecke, an Volker, an Jupp, an den russischen Schreiber im Lazarett, an Sonja, an den Engländer, an Runo.

Er war dankbar für diese wunderbaren Menschen.

»Mach es genauso«

Nach diesem Abend konnte Hannes nicht schlafen. Sein bisheriges Leben raste an ihm vorbei, kam ins Stocken, stand vor ihm in den schrecklichen Ereignissen, die er erlebt hatte. Aber auch die Menschen tauchten auf, die ihm immer wieder ein neues Stück Leben geschenkt hatten.

Unglaublich war das alles. Und er war oft da durchgegangen, als ob nichts geschehen wäre.

Er litt noch einmal mit, wie sie seinen Vater aus dem Bett gezerrt und zusammengeschlagen hatten. Wie er aus dem Lager nach Hause gekommen war, ohne Zähne im

Mund, aber wie er trotzdem nicht aufgab und mit Inbrunst »Die Gedanken sind frei« sang. Wie furchtbar mußte Hannes die Mutter und den Vater enttäuscht haben, als er trotzdem zum Antreten ging und an den Führer wie an den lieben Gott glaubte.

Er flog wieder mit dem Katzenmeier und sah zu, wie dieser sein Leben einsetzte, um das von Hannes zu retten.

Der wahnsinnige Angriff auf die Oderbrücke. Daß Hannes sich retten konnte, war mehr als ein Glücksfall.

Schlimm, wie er dann auf Menschen schoß und sie tötete. Noch einmal stand er in Gottesfurcht im Flur und schnitt dem Russen die Kehle durch. Und der Russe an der Ecke in Berlin ließ ihn laufen.

Die Gefangenschaft erlebte er noch einmal mit und auch die Flucht über den Zaun. Wieder ein Mensch, Volker, der sein Leben für Hannes gab. So sah er es jetzt.

Dann die Verantwortung, die er für 116 Entlassene hatte, und nur fünf erreichten Berlin.

Wie schwer hatte es ihn getroffen, als er erfuhr, daß der Führer, sein Ideal, nicht ein guter Mensch, sondern ein Massenmörder war. Wie naiv und gutgläubig war Hannes ihm nachgelaufen.

Die wunderbare Sonja, die er wohl nie wiedersehen würde. Es wurde ihm so warm ums Herz, als er sich an ihren Kuß erinnerte, und an ihre Augen.

Wie er nach Hause zurückkam, zu seinem Elternhaus. Dort gehörte er hin. Es war wie in der Geschichte, die in der Bibel stand, die vom verlorenen Sohn. Und der Vater und die Mutter freuten sich genauso über ihn wie der Vater im Gleichnis. Die Mutter hatte sich für ihn Essen vom Mund abgespart, und der Vater warf ihm nichts vor.

Hannes begegnete wieder dem Engländer, der ihn so unglaublich beschenkte und ihm das Buch mit den Worten gab: »Read it.« Das hatte er getan, das tat er noch immer. Und Runo erklärte ihm das, was da stand.

Hannes überlegte: »So wie der möchte ich auch sein. Einfach helfen, dafür leben, für andere da sein, nicht nur für mich.«

Aber immer wieder brach dieser Egoismus bei ihm durch. Er wollte nur haben und haben ... auch die Kalbmannsche. Aber das war doch kein lebenswertes Leben, sondern nur Gier und Egoismus.

Hannes litt noch einmal den schrecklichen Tod des Vaters mit und hörte seine letzten Worte, die keiner von ihm erwartet hatte: »Jesus, Jesus.«

Damit hatte das Leben des Vaters geendet. Sollte Hannes sein neues Leben so beginnen? War das ein neues, besseres Leben, eins, das sich nach Jesus ausrichtete? Aber er war doch nicht fromm, paßte in die offizielle Kirche nicht hinein, kannte die christlichen Worte und Begriffe nicht.

Hannes wußte sich keinen Rat mehr. Mitten in der Nacht stand er auf und zog sich an. Leider weckte er die Mutter aus ihrem leichten Schlaf: »Wo willst du denn hin, Junge? Mitten in der Nacht?«

»Ich muß zum Runo«, antwortete Hannes. »Ich halte es nicht mehr aus. Ich muß doch wissen, warum ich lebe.«

»Kannst du denn damit nicht bis morgen früh warten?« fragte sie. »Immer bist du in Eile, immer rennst du hin und her.«

»Ich kann nicht anders, Mutter«, sagte Hannes und lief davon.

Er schellte Runo aus dem Bett.

»Bist du besoffen?« fuhr er Hannes an.

»Ich kann nicht mehr, du mußt mir helfen. Ich verstehe es nicht mehr.«

»Man kann nicht alles verstehen«, erklärte Dr. Radtke. »Der Wind weht, wo er will.« Doch er zog sich den Bademantel über, und beide setzten sich in sein Arbeitszimmer. Runo in seinen Sessel am Schreibtisch, Hannes auf seinem Stammplatz daneben.

»Runo, was soll ich denn tun, um ein neuer Mensch zu werden?« fragte Hannes.

»So hat schon mal einer gefragt«, antwortete Runo. »So fragen wir alle.«

»Aber ich habe soviel kaputtgemacht, Menschen getötet«, warf Hannes ein.

»Trotzdem darfst du neu anfangen, wie der verlorene Sohn«, meinte Runo.

»An diese Geschichte habe ich auch schon gedacht«, gab Hannes zu. »Gott kann ich schon verstehen, ich möchte auch sein Kind sein. Ich suche einen Vater, der so ist, wie meiner es war, aber mit dieser Kirche und den Christen kann ich nichts anfangen, die mag ich nicht. Ich passe nicht dazu. Ich bin nicht so ein frommer Typ.«

Nach einer Pause: »Runo, was soll ich denn tun?«

»Paß mal auf«, sagte Runo nach einigem Nachdenken. »Da kam ein junger Mann zum Zimmermann von Nazareth, genauso wie du zu mir gekommen bist. Der fragte ihn: Meister, wie kann ich ein sinnvolles Leben führen?

Der Zimmermann antwortete: Was steht denn im Gesetz Gottes?

Du sollst Gott lieben und deinen Nächsten wie dich selbst.

Richtig, fand der Zimmermann, tu das.

Doch der junge Mann fragte weiter: Wer ist denn mein Nächster?

Und Jesus erzählte ihm die Geschichte vom barmherzigen Samariter, die du sicher kennst. Ein Mann fiel unter die Räuber, wurde zusammengeschlagen und ausgeraubt und blieb halbtot liegen.

Zufällig kam ein Pastor vorbei, doch der fürchtete sich und ließ den Verletzten liegen. Auch ein Sozialist nahm sich keine Zeit für ihn.

Aber dann kam einer vorbei, von dem man keine Hilfe erwarten konnte, der war weder fromm noch hatte er ein soziales Verantwortungsgefühl. Das war ein ganz normaler, aber auch verkorkster Mensch. Der kümmerte sich um den Zusammengeschlagenen, der sah zu, daß der wieder auf die Beine kam.

Als Jesus dem jungen Mann diese Geschichte erzählt hatte, fragte er ihn: Was meinst du, wer von den dreien hat wie ein Mensch gehandelt?

Der ihm geholfen hat, antwortete der junge Mann.

Darauf erwiderte Jesus: Dann mach es genauso.«

»Meinst du?« fragte Hannes. »So einfach ist es?«

»Genauso einfach und so schwer«, sagte Runo.

»Und das heißt Christ sein?« fragte Hannes.

»Mensch sein«, korrigierte ihn Runo. »So hat sich der Schöpfer den Menschen vorgestellt. Einen, der seinen Schöpfer, seine Mitmenschen und sich selbst lieben kann, und es auch tut. Gott hat ja keine Christen, sondern Menschen geschaffen. Aber den Menschen fiel es so schwer, so Mensch zu sein. Deshalb hat Gott seinen Sohn geschickt, um ihnen ein Beispiel zu geben.

Aber nicht nur das. Er hat auch für uns gelitten und ist für uns gestorben.«

Sie schwiegen und dachten nach.

»Christ ist eigentlich ein Hilfswort«, fuhr Runo dann fort. »Gott geht es nicht nur um die Christen, sondern um alle Menschen. Christen sind solche, die sich von ihm erlösen lassen und Menschen im Sinne des Schöpfers werden.«

»Aber die komplizierte Lehre der Kirche und der Christen verstehe ich nicht, ich bin da doch ein Fremder.«

»Wir sind alle Fremde«, antwortete Runo.

»Und wie weiß ich denn, daß ich auf dem richtigen Weg bin, nach all meinen Verirrungen?« fragte Hannes.

»Wenn du liebst, bist du ein Kind Gottes«, antwortete Runo.

Hannes überlegte und antwortete dann: »Ich werde es versuchen.«

So begann Hannes sein neues Leben.

Fritz Pawelzik

Karin & Kaminski

So etwas wie eine Familienchronik

Die 1. Auflage erschien 1979 beim Aussaat Verlag Wuppertal.
Sie wurde für diese Ausgabe geringfügig überarbeitet.
2. Taschenbuchauflage 1995

INHALT

Liebe Tina, liebe Sya, lieber Janne,
dieses Buch ist zunächst für Euch geschrieben worden,
aber auch für unsere Freunde,
mit unserem Familienspruch aus der Bibel im Sinn:

Paßt auf:
Ich habe Euch die Tür geöffnet,
und keiner kann sie zuschließen.

Viel Spaß beim Lesen wünschen Euch
Karin und Kaminski

Eure Großeltern aus Finnland

Dabei kam der erste Eurer finnischen Vorfahren gar nicht aus den finnischen Wäldern, sondern aus Deutschland. Und zwar aus dem Hannoverschen. Er wurde zu den welfischen Soldaten gezogen, und da er über einen breiten Brustkorb, aber schmale Lippen verfügte und auch nicht ganz unmusikalisch war, bekam er eine Trompeterausbildung verpaßt. Das Blasen der Trompete machte ihm großen Spaß. Mit der Regimentskapelle kam er auch weiter herum als die normalen Fußsoldaten. Er geriet bis nach Celle und durfte in der Residenz sogar den königlichen Majestäten vorspielen, natürlich nicht allein, sondern immer hinten in der großen Kapelle drin. Bei dieser Spielerei entwickelten sich in dem musikalischen Bauernburschen Träume und Sehnsüchte, aber auch Ehrgeiz. Er träumte davon, einmal Stabstrompeter sein zu dürfen, und wenn er ganz waghalsig war, stellte er sich sogar vor, wie er als Regimentskapellmeister aus über fünfzig Mann Musik herausholte.

Er wollte auch in die weite Welt hinaus, wo die fremden Fürsten regierten, denen er dann vielleicht vorspielen durfte, in der großen Kapelle natürlich.

Und Euer Ururgroßvater aus dem Hannoverschen brachte es bis zum Stabstrompeter, der die Jagd des Königs an- und abblasen durfte, weil er einen so kräftigen Brustkorb und dabei doch spitze Lippen hatte.

Als Stabstrompeter erfuhr er, daß man für Garnisonen in Finnland – er wußte erst gar nicht, wo das lag – Kapellmeister suchte. Da machte er sich auf den Weg, erreichte Wasa im Norden Finnlands, blies vor, rührte den Regimentskommandeur zu Tränen und wurde sofort zum Regimentskapellmeister ernannt.

So lebte er glücklich und zufrieden, dirigierte die Regimentsmusik und zeugte viele Kinder, wie das damals so üblich war. Dieser Regimentskapellmeister hatte die roten

Haare und den Jähzorn in die Familie gebracht. Den konnte er aber zähmen. Der Regimentskapellmeister hoffte, daß sein ältester Sohn es noch weiter als er bringen würde. Er dachte so in Richtung Regimentskommandeur. Doch der interessierte sich überhaupt nicht fürs Militär. Er lernte Kaufmann und stand bei einem Schiffsmakler am Stehpult im Büro.

Auch in ihm gab es Ehrgeiz und Fernweh, aber dem gab er einen ganz ungewöhnlichen Drall. Sein Ehrgeiz richtete sich nicht auf Orden und militärische Ränge, sondern auf Macht und Geld. Und sein Fernweh münzte er in Risiko um, und zwar in Risiken mit Schiffen auf hoher See, die er für sich fahren ließ.

Euer Ururgroßvater war ein gewiefter Spekulant. Er fing mit kleinen Küstenschonern an, aber war nach zwei Jahrzehnten der größte Schiffseigner und reichste Mann Finnlands. Seine Flotte fuhr auf allen Weltmeeren, er spekulierte mit Frachten, riskierte und gewann dabei viel. Er kaufte die halbe Stadt auf. Man nannte ihn den König von Wasa. Doch ihn bewegte auch die Not der Menschen. Als durch eine Mißernte viele hungerten, richtete er Suppenküchen ein und verteilte Kleidung und Medikamente.

Seine Frau holte er sich aus einer bekannten Familie, seine Töchter schickte er auf Schweizer Pensionate, seine Söhne bildete er selber aus.

Als Eure Mutter Karin vor einigen Monaten das alte Familienhaus auf der Insel aufräumte, fand sie das Tagebuch Eurer Urgroßtante, die vom »König von Wasa« nach Lausanne geschickt worden war. Die Blätter waren voll von Heimweh. Wir fanden auch die Adresse des Internats, in dem sie ausgebildet worden war, fuhren dorthin und sahen sogar das Haus. Aber nun beherbergte es eine Pension.

Der König von Wasa, also Euer Ururgroßvater, war nicht nur ein gewaltiger Schiffseigner, sondern auch ein glühender Patriot. Er war gegen die Russen, weil sie das Land beherrschten, er mochte die Schweden nicht, weil sie Finnland ohne viel Gegenwehr aufgegeben hatten. Er wollte Freiheit für Finnland.

Der russische Zar aber wollte den starken »König von Wasa« für sich gewinnen. Er bot ihm einen Adelstitel an. Das war damals eine hohe Ehre, und die meisten Finnen drängten sich danach. Es war auch sehr gefährlich, solch eine Ehre abzuweisen. Der russische Alleinherrscher konnte so eine Person vernichten, nach Sibirien schicken oder was immer er wollte. Doch der »König von Wasa« lehnte den Adelstitel ab. Er war ein stolzer Mann, jähzornig, alles wagend und ein glühender Patriot.

Sein Sohn, Euer Urgroßvater, war ganz anders. Bei ihm schlug nicht der Ehrgeiz des Regimentskapellmeisters durch, sondern eher das Fernweh und die Liebe zur Musik. Beides aber auch in einer individuellen Weise. Euer Urgroßvater ging gern auf Reisen, doch nicht um Geld zu verdienen, sondern um sich zu amüsieren. Er suchte die deutschen Bäder auf, verbrachte den Winter an der Riviera, besuchte Operetten in Wien, Revuen in Paris und fing dann auch noch an zu spielen und auf Pferde zu setzen.

Was sein Vater in zwei Jahrzehnten aufgebaut hatte, baute er in zwei Jahrzehnten wieder ab. Er mußte seinen Bankrott erklären, und das Königreich von Wasa brach zusammen. Das traf nicht nur seine Familie, sondern die ganze Stadt und erschütterte die Wirtschaft von Finnland.

Gewaltige Menschen, dieser Sohn und dieser Enkel des Regimentskapellmeisters, im Aufstieg wie im Absturz.

Mitten in dem Zusammenbruch dieses wirtschaftlichen Königreiches wurde Euer Großvater geboren. Doch starb seine Mutter, die intelligente und liebevolle Ebba, als er zwei Jahre alt war.

So wuchs Euer Großvater ziemlich einsam auf – zunächst von einer Amme betreut, später bei Verwandten. Sein Vater war so arm geworden, daß er nicht einmal seine Kinder ernähren konnte. Er mußte sie zu Verwandten geben.

Henrik, Euer Großvater, hat das immer gespürt, daß er ein Fremder in der Familie war, in der er nun leben mußte.

In dieser Familie aber bewunderte er einen Onkel, der ein gewaltiger Patriot und Romantiker war. Der Onkel war sehr schüchtern, wollte aber die Finnen durch glühende Reden zum Aufstand gegen die Russen bewegen und übte seine Reden auf dem Boden des Hauses. Henrik durfte zuhören, sonst keiner. Henrik war begeistert, aber der Onkel traute sich nicht, diese Reden öffentlich zu halten.

In Finnland gärte es gegen die Russen. Die Russen setzten einen harten Gouverneur ein. Der griff durch. Die Finnen kuschten. Da bewaffnete sich Euer Urgroßonkel, drang in den Palast des Gouverneurs ein, erschoß den russischen Statthalter – und dann sich selbst. Und damit begann die letzte Phase des finnischen Freiheitskampfes, der zur Unabhängigkeit führte.

Euer Großvater hatte noch nicht das Abitur erreicht, als der Erste Weltkrieg ausbrach. Die Russen wurden in einen Krieg mit den Deutschen verwickelt, und die Finnen sahen darin eine Möglichkeit, ihre Freiheit zu erlangen. Sie schlugen sich sofort auf die Seite der Deutschen.

Henrik, Euer Großvater, brach sofort die Schule ab, schlich sich durch das russisch besetzte Land und über die schwedische Grenze und schlug sich bis nach Deutschland durch, wo in der Nähe von Hamburg ein Bataillon aus finnischen Freiwilligen zusammengestellt und gedrillt wurde.

Die Russen erfuhren das, sperrten die Grenze ab, suchten nach jungen Grenzgängern, doch etliche schlugen sich trotzdem durch. Darunter alle Brüder von Henrik.

Henrik wurde mit seiner Einheit an die russische Front im Baltikum verlegt. Dort wurde er bald als tapferer Soldat bekannt und erhielt die beiden Eisernen Kreuze. Henrik war ein ruhiger Mann, der aber gelegentlich explodierte, und dann zu allem fähig war. Er riskierte dann einfach alles, sein Leben eingeschlossen.

1917 brach in Rußland die Revolution aus. Die finnischen

Truppen wurden von den Deutschen nach Finnland gebracht und kämpften dort für die Freiheit ihres Landes gegen die Russen, aber auch gegen die einheimischen Roten, die eine Sowjetrepublik ausrufen wollten.

Henrik kämpfte überall dort, wo es gefährlich war. Er befreite seine Heimatstadt Wasa, dann die Hauptstadt Helsingfors und die hart umkämpfte Stadt Wyborg im Osten. Er wurde Offizier und mit der höchsten Tapferkeitsauszeichnung des Landes belohnt.

Bald war mit dem Bürgerkrieg auch die Freiheit Finnlands gewonnen. Es fand zwar noch eine Siegesparade statt, doch dann übernahm der Alltag wieder das Kommando.

Henrik wußte zunächst nicht, was er tun sollte. Seine Kameraden und auch der General versuchten, ihn zu überreden, doch beim Militär zu bleiben. Aber dort sah Henrik keine großen Zukunftsaussichten. Mit seiner abgebrochenen Schulausbildung konnte er es höchstens bis zum Major bringen, eine Stufe höher, als er schon war. Er wußte, daß seine Tapferkeit in langen Friedensjahren schnell vergessen sein würde.

Obwohl es ihm nicht leicht fiel, setzte er sich wieder auf die Schulbank und holte sein Abitur nach. Das brauchte er. Er war nüchtern genug, das einzusehen.

Da saß nun der Offizier und Held zwischen den pubertierenden Jünglingen, paukte und büffelte, doch er wußte warum. Schon früher hatte er manchmal daran gedacht, Arzt zu werden. Nun wurde ihm dieser Wunsch zur Gewißheit. Nach bestandenem Abitur fing Henrik an, Medizin zu studieren. Schon während des Studiums fand er Interesse an der Hals-, Nasen- und Ohrenmedizin und wollte sich spezialisieren. Um aber an das notwendige Geld zu kommen, wurde er zunächst Militärarzt, sparte kräftig und ging dann daran, sich zu spezialisieren.

Er blieb auch als Spezialist beim Militär, wurde dort der Chef eines Lazaretts, stieg zum Major auf und fing gleichzeitig eine Privatpraxis an. Die Kombination Militär und Zivil ging für Henrik sehr gut, morgens war er im Lazarett, nachmittags kümmerte er sich um seine Privatpatienten, die er auch auf seine Lazarettstation legen konnte.

Henrik gab sich aber nicht mit seinen beiden Karrieren zufrieden. Er wollte mehr werden, genauso wie der Regimentskapellmeister und der Schiffseigner. Henrik setzte hoch an. Seine alten Kriegskameraden waren schon Oberstleutnants geworden, Henrik wollte es zum Generalarzt bringen, verantwortlich für das Sanitätswesen der finnischen Armee. Er war ein tapferer Soldat gewesen, war ein ausgezeichneter Organisator und Kliniker. Was fehlte ihm sonst noch?

Doch gerade in dieser Zeit, als Henrik zu seiner Generalskarriere ansetzte, begann die Finnisierung des Landes. Die Finnen waren aufgewacht, sie wollten sich von der Minderheit und Arroganz ihrer schwedisch sprechenden Oberklasse, zu der Eure Vorfahren gehörten, befreien. Sie forderten diese sogenannten Finnländer auf, nicht mehr schwedisch zu sprechen und ihre Namen zu finnisieren. Finnländische Straßenschilder wurden abgerissen, Läden geplündert, alles, was finnisch war, vorgezogen.

Henrik war nie antifinnisch und arrogant gewesen, doch als die Finnisierung einsetzte, gab er nicht nach. Ganz im Gegenteil und genauso, wie es seinem Charakter entsprach, wurde er nun ein ganz bewußter Finnländer und verdarb damit seine Generalskarriere. Er blieb als Major stehen, und Finnen wurden an ihm vorbei zu Obersten und einer von ihnen zum Sanitätsgeneral befördert. Das wurmte Henrik.

Sein Leben lang hoffte er noch darauf, General zu werden. Doch er schaffte es leider nicht. Auch in den folgenden Kriegen nicht. Er zeichnete sich wieder aus, an der Front und in der Organisation des finnischen Sanitätswesens. Er erfand die Verbandsplätze dicht hinter der Front und machte den jungen Ärzten vor, wie man auch unter Beschuß ruhig operieren konnte. Schnell wurde er zum Obersten befördert, doch immer blieb ein finnischer General über ihm.

Noch bei seiner Pensionierung hoffte er, mit dem Generalstitel in den Ruhestand zu treten, doch der wurde ihm verwehrt.

Henrik war ein guter Arzt und Forscher, er verbrachte die Tage und Nächte in der Klinik und war gefährlichen Krankheitserregern auf der Spur. Dabei hätte er fast die kleine Krankenschwester übersehen, die ihm so geschickt und unauffällig zur Hand ging.

Aber dann fiel sie ihm doch auf. Weil sie immer hilfsbereit und fröhlich war, auch wenn er sie anranzte, was leider oft geschah. Sie war so ganz anders als die Damen aus der finnländischen Gesellschaft, so frisch, so natürlich. Ein flinkes, kluges Bauernmädchen.

Henrik, ein ziemlich ernster junger Mann, oft sogar arrogant und unnahbar, der verdecken wollte, was er dachte und fühlte, konnte nicht anders als lächeln, wenn er sie ansah. Sie war so nett, sie steckte auch ihn mit ihrem Lächeln an.

Ihr Gesicht faszinierte ihn. Ein typisch finnisches Gesicht, rund, mit kleinem Näschen, blaue Augen darin und blonde Haare darüber. Als Zeichen ihrer Schwesternwürde trug sie eine aus einem weißen Band geschlungene Rose über ihrem rechten Ohr. Die stand ihr ganz besonders gut.

Henrik konnte nicht anders, er verliebte sich in sie. Er wollte abwehren, er wollte es als eine kleine Liebelei abtun zwischen Doktor und Schwester, das kam öfters vor, aber es ging nicht. Er gewann sie immer lieber.

Ziemlich viel in seinem Verstand sprach dagegen. Vor allen Dingen: sie war eine Finnin, hatte bestimmt keinen Tropfen schwedischen Blutes in sich. Und das nach dem, was er alles mit diesen Finnen erlebt hatte! Auch im Hospital ärgerte er sich über den finnischen Chefarzt, der ihm vor die Nase gesetzt worden war, der viel weniger konnte als er, aber trotzdem den arroganten Chef spielte.

Henrik wog alles ab. Aber dann fragte er die kleine Finnin, ob sie ihn heiraten wollte.

Össe, so war ihr Name, hatte zwar bemerkt, daß der Herr Doktor ein gnädiges Auge auf sie geworfen hatte, aber mit einem ernsthaften Antrag aus diesen Kreisen hatte sie nie gerechnet.

Sie sah zu ihm hoch wie zu einer Art Idol. Össe verehrte ihn. Sie hatte sich aber nie getraut, ihn zu lieben. Voll mit Liebe, wie Henrik war, brachte er sie behutsam dazu, sich zu trauen, ihn zu lieben. Aber dann liebte sie ihn richtig, denn Össe war nicht schüchtern, eher sogar ein bißchen keck. Als er Össe heiratete, sorgte Henrik für eine Sensation.

Össe verstand, daß er einige Anforderungen an sie stellte. Sie erfüllte sie ihm gern, denn sie hatte ihn lieb. Sie lernte Schwedisch. Sie sprach nur schwedisch mit ihm und verkehrte dann auch in den Kreisen, zu denen Henrik gehörte. Das war für sie zunächst fast wie feindliches Ausland, doch sie stellte sich sehr schnell darauf ein. Für ihren Henrik tat sie alles. Warum auch nicht? Ein bißchen Bauernschläue war auch dabei: Sie fand sich erstaunlich schnell in der höheren Gesellschaftsschicht zurecht. Sie war gesund und frisch und hatte keine Hemmungen, sich mit den vornehm tuenden Tanten einzulassen. Sehr schnell durchschaute sie jene. Und die Herren hatten eigentlich sowieso nichts gegen sie, weil sie gut aussah und sich geschickt anzuziehen wußte.

Össe stellte sich ganz auf ihren Doktor ein. Sie half ihm in der Praxis, sie kochte ihm gutes Essen, liebte ihn und gebar ihm drei nette Kinder, einen Jungen und zwei Mädchen. Aber sonst störte sie ihn nicht, denn Henrik wollte sich habilitieren und Medizinprofessor werden. Die Militärlaufbahn betrieb er nur noch nebenbei, dort sah er keine große Chance für sich, aber Professor, das wäre er gerne geworden. Er war ein guter Arzt, ein geschickter Chirurg; gerne hätte er diese Laufbahn mit einer Professur gekrönt. Jahrelang arbeitete er daran.

Henrik hatte eine gutgehende Praxis. Die Schauspieler und Honoratioren des Landes ließen sich von ihm behandeln, sogar der Präsident und der Oberbefehlshaber der Republik. Er hatte gesunde Kinder und eine liebe Frau, denen er ein gutes Leben im Wohlstand bieten konnte. Er war in der Gesellschaft hoch angesehen.

Er hatte eine Insel im Schärengarten von Borga gekauft, und da verbrachte er mit seiner Familie die Sommermonate. Dort fühlte er sich wohl. Henrik wurde da zum Handwerker und Gärtner. Er richtete das heruntergekommene Herrenhaus wieder her, verwandelte die verwilderte Insel in einen Naturpark und legte sich einen Garten aus geometrischen Beeten an. Den ehemaligen Kuhstall funktionierte er in eine Werkstatt um, in dem eine so peinliche Ordnung und Sauberkeit herrschte wie in seiner Hals-, Nasen-, Ohrenpraxis. Alle Instrumente lagen an ihren Stellen in Schubladen verpackt.

Eine herrliche Felseninsel, mitten im Meer, vier Kilometer vom Festland entfernt, mit Tannen, Föhren und Birken bestanden. Dort ruhte sich Henrik aus, wenn er im Herbst, Winter und Frühling hart in der Stadt gearbeitet hatte.

Aber auch Össe genoß das Leben auf der Insel. Das war etwas anderes als zu Hause auf dem Bauernhof, wo sie hart hatte mitarbeiten müssen. Hier konnte sie es langsam angehen lassen, das tun, was sie gerne tat, und aufhören, wann sie wollte.

Hauptsächlich kochte sie für den Herrn Doktor. Stundenlang. Ihre Mahlzeiten waren Kunstwerke. Die schmeckten Henrik, und er legte sich einen kleinen Bauch zu. Össe half ihm auch im Garten, aber bald durfte sie das nicht mehr, weil sie immer alles liegenließ, und das mochte Henrik gar nicht. Also legte sie sich selbst einen kleinen Garten an mit dem, was sie für den Haushalt brauchte.

Immer wenn Össe etwas tat, verbreitete sie eine lustige Unordnung um sich herum. Sie fühlte sich dann wohl. Nicht ganz so glücklich aber waren darüber ihre Töchter, die das alles aufräumen und spülen mußten.

Össe ließ auch ihre Schuhe und Stiefel überall stehen.

Keiner wunderte sich darüber, mitten im Inselwald Össes teure Ballyschuhe zu finden, die eigentlich in die Stadt gehörten. Össe trug alles überallhin und ließ es einfach liegen, wenn es ihr zu unbequem wurde. Liebe, kleine, menschliche Össe.

Sie schätzte es, wenn die Fischerfrauen sie Doktorinna nannten. Sie ruderte gerne zu den Fischerfrauen auf der großen Insel hin, klatschte ein bißchen mit ihnen, ließ sich Doktorinna nennen und nahm den Respekt mit Wohlbehagen entgegen. Sie war nicht stolz dabei, es gefiel ihr einfach.

So oft sie konnten, fuhren Össe und Henrik zu ihrer Insel im Meer. Sie verbrachten die Sommermonate dort, aber auch die Wochenenden, wann immer es möglich war. Im Winter fuhren sie mit ihrem Auto über das Eis.

Wenn sie in der Stadt waren, hatte Henrik immer viel zu tun. Viele Patienten, dann noch die Klinik im Lazarett, Besprechungen im Generalstab, Donnerstag der Bridgeabend im Börsenclub und sonstige Verpflichtungen. Sie wurden eingeladen und luden ein, sie besuchten das Theater und die Abonnementskonzerte.

Össe gab immer ein bißchen zu viel Geld aus. Henrik mußte aufpassen. Er hielt sie viel zu kurz. Da gab es manchmal Krach und Tränen. Össe wollte sich doch gut anziehen und auch, daß ihr Mann gut zu essen hatte. Er hatte grundsätzlich nichts dagegen, aber sie gab trotzdem zu viel Geld aus, fand er.

Ihre drei Kinder wuchsen ohne Schwierigkeiten auf. Sie schickten sie auf gute Schulen und alle drei besuchten dann die Universität.

Henrik setzte sich langsam zur Ruhe, seine Sommer auf der Insel wurden immer länger und die Wochenenden auch. Er hatte nicht ganz das erreicht, was er wollte, aber er gab sich zufrieden mit dem, was er hatte.

Eure Mutter Karin

Eure Mutter wurde im wunderschönen Wonnemonat Mai geboren, wenn in Finnland der Frühling beginnt mit Schneeglöckchen und Krokussen. Sie wuchs im großen Etagenhaushalt ihrer Eltern an der vornehmen Sibeliusallee auf. Eine herrliche Allee ist das. Helsinki liegt ja auf einer Halbinsel mitten im Meer. Die Sibeliusallee erstreckt sich von einem felsigen Meeresufer bis zum anderen. In der Mitte der Allee ist ein Park mit Bäumen und Grünanlagen.

Karins elterliche Wohnung bestand aus sechs Zimmern und zwei Kabüffchen, in denen ein Teil des Dienstpersonals schlief. Eine Küche gehörte natürlich auch noch dazu. Im elterlichen Haus und in der väterlichen Praxis wurden in den Stoßzeiten eine Köchin, ein Kindermädchen, eine Putzfrau, eine Sprechstundenhilfe und eine Frau für die Öfen und Wäsche beschäftigt. Und wenn Gäste kamen, noch eine zum Auftragen.

Um die kleine Karin kümmerte sich ein uraltes Kinderfräulein, das so schöne Märchen und Geschichten aus ihrer Jugendzeit erzählen konnte. Karin nannte sie zärtlich die Omatante. Die Omatante saß neben Karin im Park, wenn sie spielte.

Als Karin noch ganz klein war, fuhr sie einmal mit ihren Eltern nach Åbo und besichtigte dort das alte Schloß. Ihr Vater erzählte ihr die Geschichte von Karin, die immer oben am Fenster saß und auf ihren Mann wartete, bis ihre Arme tiefe Dellen in das steinerne Fenstersims gedrückt hatten. Karin sah sich die tiefen Dellen mit Bewegung an und vergaß diese Geschichte nie.

Karin erinnert sich auch gerne an die kalten Wintermorgen zu Hause. Sie lag noch in ihrem Bett in der gemütlichen Ecke des großen Zimmers. Draußen war es eiskalt. In der Nacht hatte es geschneit. Nun war der Schnee an den Fenstern gefroren. Sie hörte draußen die Schellen der

Schlitten und das Klirren des Pferdegeschirrs. Von der Hauptstraße bog mit kreischenden Rädern die Straßenbahn auf den gefrorenen Gleisen in Richtung Bahnhof ab. Der Hausmeister betrat die Wohnung und stapelte das Holz zum Heizen neben den glühenden Öfen.

Wenn Karin an den eiskalten Wintermorgen noch in ihrem Bettchen lag, dann war die Ofentante schon dabei, die Asche herauszunehmen, die verkoksten Holzbrocken daraus zu sammeln, nach Kleinholz zu suchen, Papier hineinzustecken und die Öfen anzuzünden.

Bald roch es nach dem Rauch, der langsam durch die Wohnung zog. Auch die Köchin wirkte schon in der Küche. Sie legte Brotscheiben auf den Herd und ließ sie dort rösten. Das duftete, dieses leicht geröstete Brot. Und wie lieblich waren für die kleine Karin die Geräusche, wenn die Köchin die angebrannten schwarzen Stellen mit dem Küchenmesser vom Toast abkratzte.

Als Karin dann ins Schulalter kam, überlegte ihr Vater, auf welche Schule er sie schicken sollte. Er fand, daß es ganz gut sei, wenn seine Tochter mit einer zweiten Fremdsprache aufwüchse. Er entschied sich für Deutsch. Denn er liebte dieses Land, achtete die Deutschen und vergaß nicht, daß er deutscher Abstammung war, obwohl er sich durch und durch als Finnländer fühlte. Er schickte also Karin auf die deutsche Schule.

Össe band ihrer kleinen Tochter eine Schleife ins blonde Haar und nahm sie an die Hand und begleitete sie auf ihrem ersten Schulweg.

In der Klasse angekommen, übernahm sofort ein Fräulein Müller das Kommando. Die hieß wirklich so, Fräulein Paula Müller. Fräulein Müller befahl die Mütter an die Wand und die Kinder in die Bänke. Als alle versammelt waren, und sie etwas böse über eine Mutter geworden war, weil die sich verspätet hatte, schickte sie alle Eltern nach Hause und kommandierte nun – im schweren Dirndlkleid und mit dicker Brille – die Kinder herum. Karin hatte sofort Angst vor ihr. Sie wäre am liebsten nach Hause gelaufen, doch sie kannte den Weg noch nicht.

Alles an Fräulein Müller sah gepanzert und streng aus, das Dirndlkleid, der Scheitel, der feste Knoten dahinter, ihre hart zusammengepreßten Hände. Sie stand oben hoch auf dem Podium. Über ihr hing ein »Führerbild«.

»Nun werden wir singen!« befahl sie.

Alle anderen Kinder in der Klasse waren Deutsche und konnten singen. Karin hatte bei der Omatante nur Geschichten gehört, nie gesungen, und sie verstand auch gar nicht, was die große Frau da vorne redete. Das war eine fremde Sprache für sie.

Fräulein Müller sagte der Klasse den Text vor, der gesungen werden mußte:

»Der Führer ist ein guter Mann
und wohnet in Berlin,
und wär' es nicht so weit bis dort,
so führ' ich gleich mal hin.«

Sie nahm eine Geige und strich die Melodie vor. Noch einmal den Text, dann mußten die I- Männchen mitsingen.

Die anderen Kinder sangen auch mit, nur Karin nicht. Die konnte es nicht, traute sich nicht, wollte auch nicht. Fräulein Müller entdeckte sie sofort. Erst noch freundlich, dann aber böse, befahl sie der kleinen Karin, sofort mitzusingen. Karin sang nicht mit.

Fräulein Müller ließ alle mitklatschen. Karin klatschte nicht mit.

Fräulein Müller schrie die kleine Karin an. Fräulein Müller mußte sich gegen die Kleine durchsetzen, sonst war die Disziplin der Klasse gefährdet. Die kleine Karin preßte ihre Lippen gegeneinander, versteckte die Händchen unter dem Jäckchen. Sie wollte nicht mitsingen, sie wollte nicht mitklatschen. Da nahm das Fräulein Müller den Rohrstock und schlug der kleinen Karin auf den Rücken. Die heulte los, die schrie, die war nicht mehr zu bremsen. Össe wurde angerufen und mußte die kleine Karin aus der Schule holen. Sie ging nicht mehr zu dieser Schule zurück. Alles Reden half nichts, sie ging nicht mehr zu Fräulein Müller und der deutschen Schule. Damit waren für Karin alle Deutschen erledigt. Sie mochte die nicht. Sie sang auch nicht mehr. Sie ließ sich nicht dazu bewegen. In ihren Zeugnissen stand hinter Musik immer ein Strich, sie weigerte sich einfach zu singen, seit Fräulein Müller. In der nächsten Schule aber fühlte die kleine Karin sich wohler. Dort traf sie Mädchen, die ihre Sprache sprachen, aus ihren Kreisen kamen und nett waren. Es war eine Klasse aus Mächen und Jungen, doch eine Gruppe von sieben Mädchen hing ganz besonders eng aneinander. Sie gingen gemeinsam durch die Volksschule, dann durch die Oberschule, sie studierten verschiedene Fächer, verliebten sich in verschiedene junge Männer, heirateten, bekamen Kinder, sind zum Teil heute Großmütter, doch sie treffen sich noch immer, mindestens einmal im Jahr.

Karin ging jetzt gerne zur Schule, schon wegen der Mädchen. Sie lernte eifrig, hatte meistens gute Lehrer und viel Freude dort.

Die Sommer verbrachte sie mit ihren Eltern und Geschwistern draußen auf der Insel im Meer. Das waren herrliche Sommer mit Baden, Sonne und Wind. Nur daß sie so viel in der Küche, im Garten und im Wald helfen mußte. Aber das war wohl nicht zu umgehen.

Große Freude herrschte, als Henrik sich ein Segelboot kaufte. Karin war noch im ersten Schuljahr. Alle Kinder stiegen zu ihm ins Boot, und er versuchte zu segeln. Die Kinder konnten alle schwimmen, darum brauchte er keine Angst zu haben, wenn eins über Bord fiel.

Und beim Kreuzen geschah es dann auch. Henrik kannte sich mit dem Boot noch nicht so genau aus. Das Boot schlug fast um, Karin wollte helfen und fiel über Bord. Henrik versuchte beizudrehen, Karin wieder aufzufischen, doch das Boot schoß immer wieder an ihr vorbei.

Karin lachte, winkte ab, sie würde bis zur nächsten Insel schwimmen und tat es auch ohne Schwierigkeiten. Und als Henrik auch dort nicht anlegen konnte, schwamm Karin zur nächsten Insel weiter und dann bis zu ihrer. War kein Problem für sie, diese vier Kilometer abzuschwimmen. Henrik machte sich Sorgen, versuchte immer wieder beizudrehen, aber das klappte nicht. Karin war dann ganz stolz auf ihre Leistung und durfte sich beim nächsten Einkauf an Land ein großes Eis kaufen.

Aber nur kurz waren die schönen Sommer, immer wieder begann die Schule, und dann auch die Kriege. Im Winterkrieg wurde Finnland von Rußland angegriffen. Die Deutschen waren auf der Seite der Russen, hatten sich mit Stalin abgesprochen. Die Engländer und Schweden zeigten Finnland ihre Sympathie, aber sie halfen kaum. Das kleine Finnland stand allein gegen das riesige Rußland. Es sah schlecht für die Finnen aus. Sie wehrten sich verzweifelt. Henrik half vorne an der Front aus und operierte nachts.

Auch Karin erlebte den Krieg mit. Schon in der ersten Nacht wurde Helsinki von den Russen bombardiert. Die erste Bombe fiel ausgerechnet auf die russische Botschaft, die sich im Nachbarhaus der elterlichen Wohnung befand. Der Einschlag erschütterte auch den Keller, wo Henriks Familie und die anderen Bewohner des Hauses saßen. Karin sah die ersten Toten und Verwundeten.

Das Essen wurde knapp, die Nachrichten von der Front klangen bedrohlich. Da brachte Össe ihre beiden kleinen Mädchen zu einem Transport, der sie in Sicherheit nach Schweden brachte. Die anderen Kinder freuten sich auf Schweden und genossen das gute Essen und die viele Schokolade dort, nicht aber Karin. Sie wollte nach Hause, sie wollte Finnland helfen und steckte ihre kleinere Schwester damit an.

Ihre Gastgeber versuchten sie zu beruhigen, mit Schokolade und Bonbons festzuhalten. Doch Karin schrie, weinte, lief weg, schlug um sich, bis die schwedische Familie sie wieder in den Zug nach Finnland setzte.

Es gab dann wieder Frieden, einen schweren Frieden. Finnland verlor viel Land, mußte große Reparationen an Rußland zahlen und so tun, als ob es den Krieg begonnen hätte. Die Finnen fügten sich. Gegen den Riesen nebenan kamen sie nicht an. Sie hatten ihre politische Freiheit gerettet, ohne jede Hilfe von draußen, darauf waren sie stolz.

Als die Deutschen dann Rußland angriffen, blieb den Finnen nichts anderes übrig, als mitzumachen. Sonst wären sie zwischen den Fronten gelandet, und sie wollten auch von Rußland ihr verlorenes Land zurücknehmen.

Finnland wurde dabei aber kein deutscher Satellit wie die anderen Länder in Europa, sondern es führte seine eigene, demokratische und parlamentarische Politik und den eigenen, freien Lebensstil weiter. Obwohl Hitler immer wieder drängte, wurde ihm nicht ein Jude ausgeliefert. Juden wurden genauso behandelt wie die anderen Staatsbürger auch. Doch gab es natürlich gute Gefühle für den starken »Waffenbruder« aus Deutschland.

Deutsche Truppen landeten in Helsinki, marschierten vom Hafen durch die Sibeliusallee hoch, mit klingendem Spiel, auf Nagelschuhen und immer mit Gesang.

Die Mädchen hingen in den Fenstern und winkten ihnen zu, aber nicht Karin. Die hatte etwas gegen die Deutschen, noch vom Fräulein Müller her. Sie fragte auch ihren Vater: »Können wir denn nicht allein mit den Russen fertig werden? Brauchen wir denn unbedingt die Deutschen dazu?«

Henrik versuchte es ihr zu erklären und machte auch aus seiner Achtung und seinem Vertrauen zu den Deutschen keinen Hehl: »Ich kenne auch ihre schwachen Seiten«, erklärte er ihr, »aber sie werden uns nie im Stich lassen. Auf sie kann man sich verlassen. Allerdings bin ich nicht sicher, ob sie sich mit diesem Zweifrontenkrieg, mit Rußland und Amerika, nicht übernommen haben. Doch wir brauchen sie. Alleine werden wir nicht mit den Russen fertig.«

Karin hatte etwas gegen die Deutschen, auch in ihrer Klasse. Von dort aus liefen die meisten Mädchen zum »Bund deutscher Mädel« und trugen auch stolz die Uniform. Doch Karin ging nicht mit. Sie hatte nicht nur etwas gegen Fräulein Müller, sondern auch gegen den Mann, dessen Bild damals im Klassenzimmer der deutschen Schule hing und für den sie ein Loblied hatte singen sollen.

Karin wunderte sich nicht, als die ersten Nachrichten über die Judenverfolgungen und Ermordungen nach Finnland drangen. Erschüttert kam der Vater nach Hause und erzählte, was er über die Konzentrations- und Vernichtungslager gehört hatte. Er berichtete, daß auch der Marschall von Finnland sehr tief davon betroffen sei. Mit dieser Brutalität und unmenschlichen Gesinnung hatte in Finnland keiner beim Waffenbruder gerechnet. Sie hielten die Berichte zunächst für feindliche Propaganda, bis die finnische Abwehr Fakten darlegen konnte. Karin verabscheute diesen Hitler. Und wenn ihr ein deutscher Soldat zulachte oder sich nach ihr umdrehte, dann streckte sie ihm die Zunge heraus. Und sie verachtete die finnischen Mädchen, die sich mit Deutschen einließen.

Henrik wollte Össe mit den Kindern zur Sicherheit aufs Land schicken. Doch Karin weigerte sich. Sie wollte in der Stadt und in der Gefahr bleiben, um ihrem Vaterland zu helfen. Sie wollte eine Lotta werden. Lotta nannte man die finnischen Frauen und Mädchen, die der finnischen Armee halfen und eine graue, nicht gerade hübsche Uniform trugen.

Sie bekam eine Uniform, Taschengeld und eine Ration, zu der zwei Zigaretten täglich gehörten, die sie ihrem Vater ablieferte. Ihre Aufgabe bestand darin, eine Art Ordonanz für die Lottachefin zu sein, ihr die Post zu holen, die Bleistifte anzuspitzen, immer frische Blümchen auf den Schreibtisch zu stellen und Akten in die verschiedenen Abteilungen zu bringen. Manchmal wurde sie auch zur Luftbeobachtung eingeteilt. Dann war sie ganz besonders stolz darauf. Karin war ganz bei der Sache, wie alle Finnen.. Aber der Krieg gegen Rußland ging verloren.

Finnland mußte große Gebiete an Rußland abtreten. Die Reparationslasten waren ungeheuerlich, doch die Finnen arbeiteten und zahlten das ab. Die Finnen hatten ihr Land, ihre Identität, ihre Freiheit gerettet, nahmen alle Flüchtlinge wie Brüder auf, und bald waren alle Kriegswunden verheilt, soweit sie eben verheilen konnten.

Nach dem Krieg begannen für Karin herrliche, sorgenfreie Jahre. Sie genoß ihre Jugend und sogar die Schule. Während der Schulzeit war sie immer mit ihrer Gruppe zusammen, in den Ferien war sie draußen auf der Insel, segelte, schwamm und nahm sogar das Abtrocknen im Haus und das Unkrautjäten im Garten hin. Schön waren auch die Samstagabende, wenn Karin zum Tanzen eingeladen und abgeholt wurde. Damals ging es noch anders bei diesen Veranstaltungen zu als heute, wo man sich in Diskos trifft, die Mädchen herumsitzen oder für sich tanzen, bis ein »Macka« vorbeikommt, nichts sagt, sondern nur den Zeigefinger hochschießt und das Mädchen zum Tanzen mitnimmt, sie dann ruhig allein weitertrudeln läßt, wenn er eine bessere gefunden oder keine Lust mehr hat.

Damals luden sich die jungen Leute gegenseitig in die Familien ein. Die Mädchen machten sich fein, versuchten auch den Lippenstift der Mutter, und die jungen Männer zwangen sich in ungewohnte Anzüge und banden sich einen Schlips vor.

Eine halbe Stunde vor der Zeit standen sie auf der Matte vor Karins Tür, machten ihren Diener vor Karins Eltern und holten sie ab. Man brauchte vorher keinen Cocktail zu nehmen, Stimmung kam auch mit Sprudel auf. Karin tanzte bis um viertel vor eins, weil sie um Punkt eins zu Hause sein mußte. Kam sie später, gab es für das nächste Wochenende Stubenarrest. Hübsch brav brachte sie darum der junge Kavalier pünktlich nach Hause.

Damals tanzten sie Glenn Miller, Lionel Hampton, Louis Armstrong, und Karin war glücklich dabei. Sie hatte kein Problem mit Einladungen und Kavalieren, kein Wochenende blieb sie zu Hause sitzen.

Sonntags segelte sie oder fuhr Ski. Es war immer was los. Zur Kirche ging sie zur Konfirmation oder wenn einer getraut oder beerdigt wurde. In ihrer Familie sprach man nie über Religion, man war nicht dafür und auch nicht dagegen. Das heißt, man glaubte vielleicht an Gott, Össe tat es bestimmt, und Henrik sah ein, daß zum finnischen Staat und zur Tradition die Kirche gehörte, aber persönlich hatte er damit nichts zu tun. Karin war gut im Sport. Sie vertrat Finnland mit ihrem Bruder zusammen auf Segelregatten und gewann dabei etliche Pokale. Sie sah frisch und gesund aus, blauäugig und blond. Sie war nett und freundlich, aber nicht aufdringlich. Sie konnte auch böse werden und stur bleiben. Und sie wußte genau, wie weit junge Männer bei ihr gehen durften. Wenigstens meinte sie, es zu wissen und es kontrollieren zu können.

Karin las auch gerne, besonders wenn sie abends im Bett lag. Dann las sie oft bis in die tiefe Nacht hinein und hatte Schwierigkeiten, am nächsten Morgen rechtzeitig zur Schule zu kommen. Das war überhaupt ihr Problem, morgens aufzuwachen und frisch zu sein.

Sie las die neuen amerikanischen Shortstories, Hemingway und Faulkner. Sie las Sartre und die Existentialisten. Aber ihr Lieblingsschriftsteller war Knut Hamsun, den sie auch im norwegischen Original las.

Sie unterhielt sich mit den jungen Männern über diese Bücher und Philosophien. Aber nicht zu lange, dann tanzten oder schwammen oder segelten sie wieder. Sie mochte die Jungen, die waren nett und interessant, fand sie.

Ohne große Schwierigkeiten bestand sie ihr Abitur,

nicht ausgezeichnet, aber doch gut. Sie hätte noch mehr dafür tun können, doch da waren die Sommer, die Samstagabende, die sie nicht versäumen wollte.

Nach bestandenem Abitur bekamen die Mädchen und Jungen riesige Rosensträuße geschenkt. Sie gingen dann alle zu den Soldatengräbern und legten sie dort nieder. Dabei trugen sie zum ersten Mal ihre weißen Studentenmützen.

Nach dem Abitur wollte Karin eigentlich Medizin studieren, doch ihr Vater war dagegen. Der meinte, daß sei etwas für Männer und nicht für kleine Mädchen. Karin kämpfte, doch sie mußte nachgeben. Also fing sie an, Zahnmedizin zu studieren. Was sie etwas ermunterte, war die Erfahrung, daß auch viel normale Medizin im Studium vorkam.

Wie Karin nach Rom kam

Karin wollte als Studentin einmal eine große, weite Reise unternehmen. Neben ihrem Studium arbeitete sie als Verkäuferin in einem großen Geschäft, um das Geld zusammenzusparen. Sie wußte aber noch nicht, wohin sie reisen sollte und wieviel Geld sie zusammenbekommen würde. Zu einer teuren Reise würde es aber auf keinen Fall reichen.

Da las sie am Anschlagbrett der Universität ein Reiseangebot nach Italien. In Viareggio am Meer sollte eine Sommeruniversität zum Erlernen der italienischen Sprache stattfinden. Sehr billig. Und ein Student, der schon einmal dort war, hatte auf den offiziellen Prospekt gekritzelt: »Sehr wenig Unterricht, viel Strand und Sonne. Kann ich nur empfehlen.« Karin meldete sich und zahlte schon an.

Doch Henrik war nicht für diese Reise, und Össe auch nicht. Er meinte, das würde zuviel Geld kosten, und als Karin sagte, sie habe sich das Geld zusammengespart, fand er, daß sie es für etwas Besseres ausgeben könne. Er verstand auch nicht, warum sie den Sommer nicht auf der Insel verbringen wollte. Doch Karin mußte einmal aus Finnland hinaus.

Dann aber sagte er doch okay, mahnte jedoch Karin schon auf dem Wege: »Bring uns aber bloß nicht so einen schwarzen Italiener mit einer Gitarre als Schwiegersohn mit.« Er lachte dabei, aber es war eine Mahnung.

Karin fuhr allein von Finnland nach Viareggio. Damals hatte die große Touristenwelle aus dem Norden noch nicht eingesetzt. Erst in Stockholm und dann in Kopenhagen traf sie auf die Studentengruppe, die hauptsächlich aus blonden, jungen Studentinnen bestand.

Sie fuhren mit dem Zug, hatten einen ganzen Wagen für sich. Sie machten ihre eigene Musik und tanzten danach, wobei es allerdings an männlichen Partnern fehlte.

Nachts schlief Karin oben im Gepäcknetz, das gefiel ihr. Sie fuhren durch Deutschland. Karin schlief. Deutschland interessierte sie nicht. Doch die anderen Mädchen und Jungen veranstalteten einen Zirkus ohne Ende, als sie entdeckten, daß sie auf den Bahnsteigen der Bahnhöfe starken und billigen Alkohol kaufen konnten. Das kannten sie von Skandinavien nicht, wo der Schnaps rationiert und teuer war. Karin ekelte es an, die Jungen und Mädchen betrunken durch die Gänge torkeln zu sehen.

In Viareggio schien die Sonne, es war heiß, Karin lief sofort an den Strand und badete. Sie badete einen ganzen Tag lang. Sie grillte sich in der Sonne. Sie konnte von der Sonne nicht genug bekommen nach diesem langen, kalten, finnischen Winter. Doch ihre helle Haut vertrug das nicht. Sie wurde krebsrot verbrannt, und Karin konnte sich schon am zweiten Tag nicht mehr in die Sonne trauen.

Niemand mahnte sie, an dem Italienischunterricht der Sommeruniversität teilzunehmen, die Lehrer waren italienische Studenten, sahen nur kurz in ihre Klassen, und wenn keiner da war, schlurften sie auch zu den nordischen Blonden an den Strand. So viel Blond hatte es schon lange nicht mehr am Strand von Viareggio gegeben. Alle jungen Männer der Provinz zog es dorthin, sie sahen sich die nordischen Schönheiten an. Den Mädchen aus dem Norden gefiel es auch, so beachtet und beflirtet zu werden. Zu Hause sah sie wegen ihrer blonden Haare und blauen Augen kaum einer an. Und abends, nach einem Tag am Strand, wurde getanzt bis in den Morgen. Dann langer Schlaf, vielleicht auch etwas Italienisch, und dann wieder der Strand.

Karin gefiel das ein paar Tage lang, immer mit einer Bluse über der verbrannten Haut, aber dann hatte sie genug von der Sonne, von der »Bella« und »Bionda« und den anschmiegsamen Tänzern. Sie wollte mal etwas anderes unternehmen, auch etwas von Italien sehen, Pisa, Florenz, oder am liebsten Rom. Doch es gehörte schon etwas

Mumm dazu, sich aus dieser heißen Ferienstimmung aufzuraffen. Und als sie es tat, fand sich keine, die bereit war, mit ihr zu fahren. Die wachten doch immer viel später auf, als sie wollten, weil sie am Abend so lange getanzt und viel zuviel getrunken und geraucht hatten. Und dann lockte der Strand. Karin konnte sich erst am vorletzten Tag des Kurses entscheiden, doch noch auf die Reise zu gehen. Sie packte ihren Koffer und nahm ihn mit. Sie wollte nach Rom fahren, sich die Stadt wenigstens einen Nachmittag und Vormittag lang ansehen, dann zurückkommen, noch eine Nacht in Viareggio schlafen, und dann ging ja der Sammeltransport nach Stockholm zurück.

Es war eigentlich schon zu spät für so eine Reise, aber Karin fuhr dann doch noch los.

Drei Kavaliere brachten sie zum Bahnhof, umarmten sie, küßten sie, versuchten, sie noch zurückzuhalten, doch Karin war dies alles leid. Sie flüchtete.

Aber als sie auf dem römischen Bahnhof ankam, war das auch nicht besser. Sofort wurde sie wieder von jungen Männern umringt, die sie bella und bionda fanden, die ihr Rom zeigen wollten, Hotels vermitteln konnten und ihr gerne alle Museen gezeigt hätten, sogar gratis.

Karin flüchtete in ein Taxi. Sie hatte in Viareggio die Adresse eines Hotels für ausländische Studenten bekommen, dorthin ließ sie sich fahren.

In einem großen Schlafsaal, der mit kichernden Amerikanerinnen besetzt war, fiel sie nicht weiter auf.

Als sie aber am Abend noch zu einem Bummel am Tiber entlanggehen wollte, denn dort lag das Hotel, wurde sie sofort wieder von jungen Männern überfallen, die sie bella und bionda fanden. Karin lief wieder in ihr Hotel zurück. Sie hatte das alles über. Sie wußte, daß sie blond war. Aber bella war sie auf keinen Fall, meinte sie. Warum konnten sie sie nicht allein lassen? Karin hätte fast heulen können. Nun war sie extra nach Rom gefahren und sah doch nichts davon.

Am nächsten Morgen wagte sie sich wieder hinaus. Nun hatte sie nur noch einen halben Tag übrig. Doch gegenüber vom Hotel hockten junge Männer auf der Uferbrüstung und warteten nur darauf, daß eine Studentin aus dem Hotelportal trat. Und schon waren sie wieder um Karin herum.

Sie versuchte, stur weiterzugehen. Sie mußte etwas von Rom sehen. Doch sie kam kaum von der Stelle. Da sah sie an der Straße ein Krankenhaus und flüchtete dort hinein. Die jungen Männer blieben zurück.

»So sehe ich wenigstens einmal ein italienisches Krankenhaus!« versuchte sie sich zu trösten. Sie war daran interessiert, allerdings war sie darum nicht gerade nach Rom gekommen. Sie brauchte aber nicht lange zu warten, bis sie wieder von jungen Männern umringt war. Dieses Mal waren es junge Assistenzärzte von dem Typ, den sie schon von Viareggio her kannte, nicht so aufdringlich wie die im Bahnhof und an der Uferbrüstung. Die wollten ihr schon das Krankenhaus zeigen, aber anschließend doch noch mehr von Rom und abends tanzen. Mit bella und bionda sparten auch sie nicht.

Als ein Taxi vorfuhr, einen Kranken auslud, verschwand Karin schnell darin. Sie war nicht nur vor den Studenten und Assistenzärzten weggelaufen, auch der hygienische Zustand des Krankenhauses hatte sie erschüttert. So etwas hatte sie in Finnland noch nicht gesehen. Die jungen Herren dufteten nach Parfüm, doch die Kranken stanken. Die Ärzte hatten sehr viel Zeit für sie und tänzelten um sie herum, doch die Schwerkranken wimmerten um Hilfe, und keiner kam.

Wohin sollte sie mit dem Taxi fahren? Der Fahrer sah sie fragend an. Karin gab ihm zu verstehen, daß sie zu einem Platz möchte, wo es keine jungen Männer gab. Er verstand und lachte.

»Nix bella e bionda!« rief sie. »Ein Museum, eine Kirche, aber nix bella e bionda.«

Der Fahrer brachte sie zum Vatikanischen Museum, das war Kirche und Museum zugleich, und die Wärter in den Gängen waren alt. Dort hatte er auch einen guten Stand für neue Fuhren. Nun war Karin also in Sicherheit und in einem Museum, das ganz schön teuer war, aber was das Museum eigentlich enthielt, daß wußte sie nicht. Sie besaß einen Reiseführer und begann nun, darin herumzublättern.

Sie fand sich nicht zurecht. Sie lief einer Reisegruppe nach, deren Führer eine Art von Englisch sprach, aber sie verstand ihn kaum, und der sah sie auch böse an, weil sie ihm, ohne bezahlt zu haben, folgte.

Sie wollte ihren eigenen Weg durch das große Museum finden, doch dabei verlief sie sich. Sie sah viele Bilder, viel zu viele Bilder, und überall standen Statuen und Mauerreste herum, sie wurde irritiert. Am liebsten hätte sie sofort ein Taxi genommen und wäre am Hotel vorbei und zum Bahnhof gefahren. Aber so leicht aufgeben wollte sie auch nicht.

Sie stieg Treppen hoch, bis ganz nach oben. Es wurde schon Mittag und heiß. Die Gruppen kamen bereits wieder zurück, sie war die einzige, die noch nach oben stieg. Bis es nicht mehr ging. Nach links bog der Gang ab, doch am Ende sah sie schon die Wand, auch dort führte es nicht mehr weiter. Was sollte sie tun? Sie hatte sich verlaufen, wieder einmal, nichts von Rom gesehen und auch nichts im Museum. Sie hatte genug von Italien, am liebsten wäre sie sofort wieder nach Finnland zurückgefahren, auf die Insel, wo sie sich bestimmt nicht verlief.

Hier oben gab es nur noch eine Touristengruppe. Die schlich müde mit tränenden Augen und durchgelaufenen Sohlen an allen Kunstwerken vorbei. Der Führer wollte sie noch in die Räume rechts des Ganges locken, doch keiner folgte ihm mehr. Karin sah wenigstens in diesen Raum hinein. Dort saß ein junger Mann und sah sich ein Bild an der Wand an. Er war ganz in das Bild vertieft. Es war ein

Fresko, die Farben waren also in den frischen Putz der Wand gemalt worden, aber schon vor etlichen hundert Jahren.

Was ist denn das für ein Bild? wunderte sich Karin. Wer hat das denn gemalt? Sicher ein berühmter Künstler. Was sah der denn daran, wo alle anderen doch vorbeigingen, obwohl die Führer sie auch an dieses Bild locken wollten?

Karin sah sich auch den jungen Mann an. Der war bestimmt kein Italiener mit seinen blonden Haaren, so lang aufgeschossen, der sah eher aus wie ein Norweger.

Karin wurde interessiert. Das einzige Bild, was sie sich in diesem Museum, sogar in ganz Rom, angesehen hatte. Sie mußte ihn fragen, auch wenn sie sich blamierte, was das für ein Bild sei und wer das gemalt habe.

Dann hatte sie wenigstens ein Bild in Rom kennengelernt. Sie mußte sich beeilen, denn ihr Zug ging schon in zwei Stunden. Oder sollte sie wieder zurückgehen, der Gruppe nach, die bestimmt zum Ausgang strebte? Sie würde sich doch nur blamieren mit der Frage.

Sie zögerte. Sie wußte nicht, was sie tun sollte.

Eure Großeltern aus Deutschland

Anna, also meine – Kaminskis – Mutter und Eure Großmutter, wurde in Masuren geboren. Das gehörte damals noch zu Ostpreußen und Deutschland, heute ist es ein Teil von Polen und Rußland. Ihre Eltern wohnten in einer kleinen Kate am Rande eines Grenzdorfes, direkt am Fluß, der die Grenze zwischen Deutschland und Rußland bildete.

Annas Eltern hatten acht Kinder, der Vater arbeitete als Bremser auf der Bahn. Er saß hinten im Bremshäuschen der zugigen Waggons, fuhr immer bis Berlin und wieder zurück. Er starb schon sehr früh – Anna konnte sich kaum noch an ihn erinnern – an einer Stirnhöhlenvereiterung, von der alle Verwandten und Bekannten meinten, daß er sie sich auf den zugigen Fahrten zugezogen hatte.

Er ließ nur eine ganz kleine Rente, die Kate und einen Sandacker für seine Familie zurück. In Annas Hütte herrschte bitterste Armut, und eure Urgroßmutter mußte schon sehr früh ihre Kinder zu anderen Leuten zur Arbeit schicken, sonst wären sie verhungert.

Anna fing schon mit sechs Jahren an, auf andere kleine Kinder aufzupassen. Sie erzählte ihnen Geschichten, die sie von ihrer Mutter gehört hatte, und die Kleinen wurden still und blieben immer sehr lieb. Schon mit zehn Jahren ging sie in Stellung. Wenn sie um zehn Uhr aus der einklassigen Dorfschule nach Hause kam, warf sie nur ihre Hefte ab, versteckte vor ihren kleinen Geschwistern den Griffel und die Tafel und rannte dann zu Kobelokowskis, wo sie Dienst- und Kindermädchen war. Dort schrubbte sie dann bis in die Nacht hinein die Böden, versorgte die Schweine im Stall, trieb die Gänse ins Gatter und sang den Kindern so lange vor, bis sie einschliefen und sie selbst fast auch.

Aber wenn die Mutter uns Kindern von ihrer Jugendzeit erzählte, dann war das alles so schön gewesen, und wir wären am liebsten sofort dorthin gefahren zu der kleinen Kate unter dem Kruschkenbaum am breiten Fluß. Wir hätten uns gerne mit ihr vor den Kosakenpatrouillen versteckt und mit den Mädchen auf der weißen Brücke gesessen und Volkslieder gesungen.

Sie sang sie uns auch am Bett vor, zum Beispiel: »Es dunkelt schon in der Heide ...« und »Wild rauschet der See ...«

Wie mußten erst die Birnen schmecken, die auf dem Kruschkenbaum wuchsen. Und wie warm und gemütlich mußte es gewesen sein, wenn die ganze Familie im Winter oben auf dem Ofen schlief. Wie lachten wir, wenn Anna uns die Geschichten ihres Bruders Ludwig, den sie alle Luschen nannten, erzählte. Der konnte noch spannendere Geschichten erzählen als Anna. Schon in der Schule, in den Pausen, erzählte er den lauschenden Kindern seine »Räuberpistolen«. Die waren ganz weg, wenn er erzählte. Aber vorher hatte er abkassiert. Jedes Kind, das zuhörte, mußte ihm einen Pfennig geben. Die meisten hatten keinen, dann mußten sie eben mit drei Knöpfen zahlen, die sie sich dann vom Hemd und der Hose abdrehten!

Die Mütter der Kinder wunderten sich, daß ihre Kleinen immer ohne Knöpfe nach Hause kamen, bis sie erfuhren, daß die den Räuberpistolenerzähler Luschen Gross damit bezahlten.

Der Luschen hatte aber auch sonst Fantasie. Listig trieb er die abgeflatterten Gänse vom Geflügelhändler Kobelokowski über die nahe russische Grenze, hielt sich ein paar Tage dort auf, wo ihn alle Kosaken kannten, denen er immer einen Schoppen Schnaps mitbrachte – wo er den her hatte, wußte keiner –, und trieb dann die Gänse wieder zurück und verkaufte sie Kobelokowski.

Mit zwölf Jahren schon war er die Schule und die Armut leid und verließ sein Dorf. Die Mutter weinte, doch bald erfuhr sie, daß ihr Sohn nicht nach Sibirien verschleppt worden war, sondern in Berlin einen Handel aufgemacht hatte.

Luschen kaufte billiges Obst auf dem Großmarkt auf,

schleppte es in die Ministerien, was natürlich verboten war, verkaufte es dort an den Schreibtischen, konnte sich bald einen Handwagen anlegen, und dann sogar ein Dreirad mit Motor.

Onkel Luschen ging es immer gut. Auch in den schlechten Zeiten. Neben seinem Obsthandel betätigte er sich als ländlicher Hausierer. Der Luschen mußte von Zeit zu Zeit reisen, der hielt es nicht lange an einem Ort aus.

Gegen Ende des Zweiten Weltkrieges wurde er noch Soldat. Während aber alle anderen in Lumpen und ausgehungert nach Hause heimkehrten, trieb der Luschen von Bayern eine Rinderherde vor sich her, mit besten amerikanischen Papieren bewaffnet. Unterwegs verkaufte er einige, kam mit einem Schmerbauch bei uns an und ließ uns ein Rind zurück, von dem wir uns ein Jahr lang ernähren konnten.

Anna erzählte uns auch gerne von Hänschen Kowallik, der war wohl einmal ihre stille Bewunderung und Liebe gewesen, schon lange vor Hermann. Hänschen kam von der Nachbarkate, er war groß und stark und blond. Er hatte die Ehre, bei der Garde in Potsdam dienen zu dürfen, wo er es sogar bis zum Feldwebel brachte, der auch im Urlaub einen langen Säbel tragen durfte. Wenn Hänschen damit durch das Dorf klirrte, blieben alle Mädchen stehen. Und als mal Tanz im Eisenbahnerheim war, da zogen sich alle Mädchen Schuhe an, brannten sich die Haare, saßen auf den langen Bänken an den Wänden entlang, und alle warteten und hofften darauf, von Hänschen zum Tanz aufgefordert zu werden. Der alte Gedat machte auf der Mundharmonika eine süße Musik, und der Ludrigkeit begleitete ihn auf dem Kamm dazu. Doch Hänschen ließ sich Zeit mit dem Tanzen. Er ließ erst mal die anderen ran, die sich draußen hinterm Holzstoß immer mit selbstgebranntem Kartoffelschnaps Mut antranken. Doch dann kam es zum Höhepunkt des

Abends, einen Walzer kündigte der Gedat an, und der Ludrigkeit legte extra ein neues, trockenes Stück Papier um den Kamm.

Da stand sogar »der Herr Feldwebel von die Garde« auf, als die ersten Takte vom Königswalzer ertönten. Er sah sich um, denn er hatte ja die Wahl.

Eure Großmutter, Anna, stand draußen, aber sah durch das offene Fenster in die Kantine hinein. Sie war ja noch zu klein für den großen Tanz und besaß auch keine Schuhe wie die anderen Mädchen.

Da entdeckte Hänschen sie, und ein Märchen wie das vom Aschenputtel geschah. Hänschen eilte zum Fenster, nahm die Händchen der Anna, zog sie in den Saal hinein und tanzte mit ihr den Ehrenwalzer.

Diese Geschichte hat uns Anna so oft erzählt, und ihre Augen strahlten dabei. Sie sah all das Gold und Silber auf seiner Uniform, und soo lang mußte der Säbel gewesen sein! Doch bald war die Jugendzeit der Mutter in Masuren um. Der Erste Weltkrieg brach aus, die Kosaken ritten über die Grenze, Anna, ihre Mutter und die Geschwister mußten fliehen. Die Oma wartete in Westpreußen, bis die Russen wieder zurückgeschlagen waren, doch Anna fuhr weiter. Sie fuhr bis ins Ruhrgebiet durch, wo schon zwei ältere Schwestern von ihr in Stellung waren, und die älteste hatte sogar schon geheiratet. Auch einen aus Masuren.

Lange konnte sich Anna bei ihrer ältesten Schwester in Dortmund nicht aufhalten. Deren Mann war am Hochofen und verdiente nicht viel. Sie hatte gerade ein Kind bekommen, und das nächste war auf dem Wege. Anna suchte nach Arbeit. Sie zog von Tür zu Tür oben im Villenviertel der Stadt am Westfalendamm und bot sich für jede Art von Arbeit an.

Eine Frau Rechtsanwalt stellte sie als Putzmädchen auf Probe ein. Anna mußte all die Arbeiten verrichten, welche das andere Dienstpersonal nicht verrichten wollte. Anna schrubbte die Böden, reinigte die Toiletten, grub den Park um und war immer in bester Laune. Denn verglichen mit der Arbeit in Masuren war diese hier leicht, und daß sie so viel verdienen würde, überraschte sie sehr. Bei Kobelokowskis hatte sie nur fürs Essen und ein paar Pfennig gearbeitet.

Die Rechtsanwaltsfamilie war reich, wohnte in einer stattlichen Villa mit Park und verkehrte nur in den vornehmsten Kreisen. Anna erfuhr, daß Rechtsanwalts Juden waren, aber das machte ihr nichts aus. Kobelokowskis waren ja auch Juden. Und Juden waren eben reich.

War doch nichts für Anna, diese leichten Parkettböden zu polieren. Die gestampften oder Bohlenböden bei Kobelokowskis, das waren ganz andere Malochereien gewesen.

Weil Anna immer so gerne sang und lachte, liefen die drei Jungen der Rechtsanwaltsfamilie gerne zu ihr. Die hörten sich auch lieber die Geschichten von der weißen Brücke und den Kosaken an als die Lektionen der hochgebildeten Gouvernante, die für sie angestellt worden war.

Sie gingen abends nicht ins Bett und wollten auch nicht eher einschlafen, bis Anna ihnen eine Geschichte erzählt hatte. Die Gouvernante protestierte dagegen, Frau Rechtsanwalt wollte das Geschichtenerzählen einstellen, auch schon wegen des starken masurischen Akzentes, mit dem Anna sie erzählte, doch da heulten und tobten die Jungen, bis Anna dann doch gerufen wurde. Aus Protest kündigte die Gouvernante, man versuchte es mit einer anderen, die ging auch, dann sprach der Herr Rechtsanwalt ein Machtwort, und Anna wurde vom Putz- zum Kindermädchen befördert.

Frau Rechtsanwalt mochte die immer fröhliche Anna gern. Sie war wie eine Mutter zu ihr, oder besser, sie behandelte sie wie eine Kammerzofe und teilte viele kleine Geheimnisse mit ihr. Anna bekam auch die Kleider, die Frau Rechtsanwalt ablegte. Sie mußte oft ihre Kleider ablegen, denn Frau Rechtsanwalt kaufte ihre Kleider immer viel zu klein ein. Und bald paßten sie ihr nicht mehr, da sie, wie sie behauptete, zur Korpulenz neigte. Sie trug ihre Kleider höchstens zwei-, dreimal, dann konnte sie die Knöpfe wirklich nicht mehr – auch nicht mit Annas Hilfe – schließen, und Anna bekam wieder ein fast neues Kleid. Anna paßten alle diese Kleider, Hüte, Schuhe und auf Taille gearbeiteten Mäntel wie angegossen. Wenn sie damit über den Westenhellweg ging, drehten sich auch die verwöhnten Stutzer nach ihr um. Und wenn Rechtsanwalts ihr Abonnement für die Oper nicht in Anspruch nehmen konnten und Anna sich ganz natürlich durch das Foyer bewegte, dann wurden die Damen neidisch auf sie, bis eine zischelte: »Das ist doch das Kindermädchen von Rechtsanwalts, die trägt doch nur die Kleider der Frau Rechtsanwalt auf!«

Anna ging sehr gerne in die Oper. Nicht so sehr wegen der Stücke, die sie meistens gar nicht verstand, sondern wegen des ganzen Drum und Dran, wie sie sich ausdrückte. Dort duftete es so, und dann die Kronleuchter und der Plüsch, die elegant angezogenen Damen und Herren. Ganz besonders gefiel ihr auch das Stimmen der Instrumente am Anfang, das genoß sie mehr als die spätere komplizierte Musik. Das stimmte sie in ihre eigene Fantasiewelt ein.

Bei Rechtsanwalts verkehrte die Familie eines Sanitätsrates, dessen Sohn ein junger Assistenzarzt war. Der traf Anna in der Oper, mal nicht im schwarzen Kleidchen mit gestärkter Schürze, wie sie sonst bei Rechtsanwalts Festen half, sondern im eleganten Abendkleid der Frau Rechtsanwalt. Er sprach Anna an. Er lud sie zu einem Café nach der Oper ein. Er machte ihr den Hof, wie man das damals nannte.

Er lächelte ihr immer zu. Er verabredete sich mit ihr, und dann überredete er sie auch, ihn auf seiner Bude in der Nähe der Krankenanstalten zu besuchen. Und dort verführte er sie. Anna liebte ihn. Anna dachte, er liebe sie auch. Doch er lachte sie aus, als Anna von Verlobung sprach. Anna war tief enttäuscht. Sie erzählte alles der Frau Rechtsanwalt und hoffte dort auf Verständnis.

Doch die Frau Rechtsanwalt war ganz kühl zu ihr. »Aber Anna«, sagte sie, »wie konntest du denn erwarten, daß ein junger Herr aus bester Familie dich heiraten würde? Das ist doch ganz unmöglich. Er ist doch Akademiker, und du bist ein Dienstmädchen. Er kommt aus einer der angesehensten Familien der Stadt, und du kommst aus Masuren.«

Anna vergaß diese Lektion so schnell nicht. Dieser Schuft hatte sie enttäuscht, aber auch die Frau Rechtsanwalt. Sie mußte allerdings vor sich selbst zugeben, daß sie naiv gewesen war, als sie sich mit dem Assistenzarzt eingelassen hatte. Anna besuchte manchmal ihre älteste Schwester in der Stadt, aber auch die nächste, die in einer Nachbarstadt wohnte und nun dort verheiratet war. Diese Schwester war nicht so streng mit ihr wie die Älteste, die immer Mutterrechte wahrnahm, sondern mit der konnte sie sich über den Assistenzarzt unterhalten und über all den Klatsch, den sie bei Rechtsanwalts hörte.

Wenn Anna zu der anderen Schwester, die Male hieß, fuhr, konnte sie sich ganz elegant anziehen. Ihre älteste Schwester mochte das nicht, aber Male liebte es, wenn ihre kleine Schwester elegant und nach der letzten Mode gekleidet bei ihr auf dem Rübenberg erschien. Sie zog sich dann auch die Kleider an, die ihr etwas zu klein waren, und spazierte vor dem Fenster herum, in dem sich dann ihr Aufzug spiegelte.

Anna hatte sich an dem bestimmten Sonntagmorgen, der für sie eine große Bedeutung haben sollte – aber sie wußte das noch nicht –, in große Toilette geworfen. Sie streifte Frau Rechtsanwalts neue Seidene, die nur einen kleinen Fehler am Knie hatten, über ihre schlanken Beine. Sie zog das elegante Teekleid mit großen Rosen an, das sich Frau Rechtsanwalt extra für einen Empfang bei Frau Hösch gekauft hatte, und das ihr nun nicht mehr paßte. Doch der Clou der Kleidung war der taillierte Mantel, den Frau Rechtsanwalt sich hatte in Berlin schneidern lassen. Mit dem fiel Anna überall auf. Den Hut mit den wilden

Blumen hatte sich Anna, nach Vorlagen aus dem Schaufenster eines Modegeschäftes, selbst kreiert. Sie trug auch elegante Spangenschuhe an den Füßen, und so begab sie sich auf die Straße, wo sofort alle stehenblieben und ihr nachsahen. Das freute die kleine Anna. Sie hatte sich ihre dunklen Haare zu Schnecken über den Ohren gedreht. Das gefiel der Frau Rechtsanwalt immer sehr gut, mit der sich Anna längst ausgesöhnt hatte.

Anna fuhr mit der Straßenbahn aus Dortmund heraus durch die Vororte, bis sie die Zechenkolonie erreichte, über der der Rübenberg lag. Dort wohnte ihre Schwester Male. Sie stieg an der Ausweiche Zeche Teutoburgia aus, ging durch die Kolonie und stieg durch den Volkspark zum Rübenberg hoch.

Hier wohnte ihre Schwester mit dem Handlanger Otto, den sie vor drei Jahren geheiratet hatte. Dieser Otto war auch aus der kalten Heimat Masuren ins Ruhrgebiet gekommen, hatte als Handlanger angefangen, sich oben auf dem einsamen Rübenberg zwischen den Baueräckern einen Morgen Land gekauft, eine Kate darauf gesetzt und lebte dort allein. Er hatte aber auch noch einen Schafstall gezimmert und züchtete diese Tiere.

Als er Male heiraten wollte, baute er für die Schafe einen neuen Stall und richtete den alten Stall als Schlafzimmer ein. Obwohl er den mehrere Male gekalkt hatte, stank der noch immer nach Schaf. Aber Male gewöhnte sich daran. Denn sie hatte ihren Otto lieb.

Otto redete nicht viel, er trug Steine und Speis auf den Bau, kam nach Hause, kröste im Schafstall und Garten herum, aß seine Bratkartoffeln und legte sich hin. Male freute sich immer sehr, wenn ihre gesprächige Schwester sonntags auf Besuch kam.

Wir haben also Anna von Masuren über Dortmund bis auf den Rübenberg begleitet. Nun müssen wir uns der zweiten Hälfte der Geschichte zuwenden, nämlich dem Hermann.

Denn sonst kann die Kaminskigeschichte nicht weitergehen, beziehungsweise die von mir und Karin, und die von Euch gar nicht anfangen.

Auch Hermann, euer Großvater und mein Vater, kam aus Masuren. Hermanns Vater, der alte Kaminski, mit Vollbart und Totalglatze, hatte sich vom Maurer bis zum selbständigen Baumeister hochgearbeitet. Er kannte und konnte alle Handwerke vom Bau: mauern, zimmern, verglasen, anstreichen, Strippen ziehen und Leitungen legen. Von seinen fünf Söhnen mußte jeder ein Bauhandwerk erlernen, so daß die Familie allein ein Haus hochziehen konnte. Obwohl sich jeder Sohn in seinem Handwerk spezialisieren mußte und während der Lehre oft die Hand und den Knüppel des Alten zu spüren bekam, erlernte jeder noch nebenher all die anderen Berufe vom Bau. Hermann lernte zimmern, aber er konnte auch genausogut mauern und verputzen.

Der alte Kaminski war ein großer, grober Klotz, der seine Häuser über den Daumen mit Zollstock und grobem Zimmermannstift entwarf. Wenn ein Kunde einen Bau von ihm wollte, ging er mit dem zu dem Acker, wo das Haus stehen sollte, fragte nach Kinder- und Viehstückzahl, auch nach vorhandenen Mitteln, und entwarf den Bau in wenigen Minuten. Hatte der Bauherr etwas einzuwenden, warf der alte Kaminski ihm die Zeichnung hin und wollte mit dem Kunden nichts mehr zu tun haben. Trotz dieser rüden Behandlung drängten sich Bauwillige zum alten Kaminski, denn seine Bauten wurden solide erstellt, auf den Tag genau fertig und kosteten keinen Pfennig mehr als grob auf dem Acker kalkuliert. Es waren keine Prachtbauten, diese Kaminskiklötze, doch wer so einen soliden Kasten besaß, der wußte, daß noch Generationen nach ihm dort wohnen würden.

Der alte Kaminski war genauso grob zu seinen Söhnen. Die mußten auf dem Bau ran, aber auch in der Schule. Jeder mußte sich vorne aufs Heft »Wissen ist Macht« draufschreiben. Und keiner brachte ihm ein Zeugnis nach Hause, welches ihm gut genug war. Auch Hermann nicht, der fast alles gut und sehr gut hatte. Der alte Kaminski schüttelte seinen Glatzkopf und grollte in seinen Bart: »Wenn ich ein Zeugnis mit nach Hause brachte, dann hatte der Lehrer nur eine große Klammer hinter alle Fächer gemalt, und dahinter stand nur ein Wort: ›Sehr gut‹. So was will ich auch von dir sehen.«

Doch die Mutter Kaminski beruhigte ihren jüngsten Sohn: »Hermannchen, darfste nicht so ernst nehmen von dem Alten. Der hat auch ›jenügend‹ in der Schule gehabt. Ich weiß das. Besonders in Religion. Und ›mangelhaft‹ hat er auch einmal in Betragen gehabt, als er den Sohn vom Pastor verhauen hat.«

Der alte Kaminski war der Widerborst der Kleinstadt Bialla in Masuren. Der war gegen den Kaiser, gegen den Bismarck, gegen den Lehrer und gegen den Pastor. Er hatte die Bücher von Darwin und Heckel gelesen und wollte die Bibel aus dem Haus hinausschmeißen, doch die Oma rettete sie. Er war einer der ersten Sozialdemokraten in Ostpreußen, und er trat auch aus der Kirche aus, als das möglich wurde. Das war ein Skandal, und die Oma jammerte darüber: »Mannchen, Mannchen, du versündigst dich am lieben Gott. Das ist nicht gut. Das wird noch mal ein böses Ende nehmen.«

Doch der alte Kaminski wischte das nur weg und blieb laut und stur und frech. Er arbeitete wie ein Ackergaul. Montagsfrüh zog er mit seinen Arbeitern, Söhnen, allen Schubkarren und Geräten zu dem Bau, den er in einer Woche hochziehen wollte. Sie hoben die Fundamente aus, zogen den Bau hoch, verputzten ihn, setzten das Dach auf und die Fenster ein. Sie arbeiteten vom Morgen bis in die Nacht. Zwischendurch kochten ihnen die Lehrlinge Kartoffeln und Kraut. Der Alte hatte eine Seite Speck mitgenommen, von der mochte sich jeder so viel abschneiden, wie er essen konnte. Nachts schliefen sie in der nächsten

Scheune oder später im Rohbau. Dann, wenn sie nichts mehr sehen konnten, waren die Bauhandwerker so müde, daß sie ihre Kellen fallen ließen und dort sofort einschliefen, wo sie gerade standen. Während der Arbeitswoche durfte auch nichts getrunken werden. Sie arbeiteten von morgens bis abends und von Montag bis Samstagmittag durch. Und dann stand der Bau.

Wenn der alte Kaminski dann den Lohn auszahlte, war er großzügig. Er legte bei jedem noch was dazu. Auch bei denen, die er hinausschmiß. Er bestellte bei den Bauern immer ein Fäßchen Schnaps und schenkte allen Arbeitern so viel ein, wie sie haben wollten. Nur seine eigenen Söhne durften keinen Tropfen Schnaps trinken. Er selbst schluckte aber kräftig mit. Oft war der alte Kaminski so blau, daß er nicht mehr gehen konnte, weil er mit jedem Arbeiter und auch mit dem Bauherrn kräftig einen getrunken hatte. Dann packten ihn seine Söhne auf die Schubkarre, karrten ihn nach Hause, trugen ihn ins Bett. Er schlief dann den ganzen Sonntag durch, wurde erst Montagmorgen wach und marschierte dann wieder mit seinen Leuten zum nächsten Bau.

Einmal wurde der alte Kaminski aber doch in der Nacht vom Sonntag zum Montag wach. Da schrie was in seinem Eheschlafzimmer. Wütend rief er seine Frau an: »Wer macht denn hier bei uns im Zimmer diesen Krach?«

»Das ist dein jüngster Sohn Hermann!« antwortete sie ihm. »Der ist schon vor drei Wochen geboren worden, aber du warst immer so besoffen, daß ich es dir nie sagen konnte.« Da schämte sich der alte Kaminski doch ein bißchen. Aber meistens wulachte der alte Kaminski wie ein Pferd und soff auch so. Er konnte es sich leisten, über die Honoratioren der Stadt zu lachen, aber die ließen dann ihre Wut an den kleineren Kaminskis aus, zum Beispiel an Hermann.

Der war sehr gut in der Volksschule und hätte leicht die Oberschule in der Kreisstadt besuchen können, der Alte hätte es ihm auch gerne bezahlt. Doch der Lehrer versuchte, Hermann dumm zu halten. Wenn die anderen Kinder in der Klasse paukten, schickte er Hermann zum Holzhacken auf seinen Hof oder mit den Gänsen zum See hinunter. Hermann gefiel es, in der freien Natur zu sein, während die anderen Kinder in der stickigen Schule büffeln mußten, aber er lernte nicht viel dabei. Er wurde faul, lernte die aufgegebenen Gedichte in den Pausen und machte seine Schularbeiten in der Pinkelhalle. Und mit der Oberschule wurde es nichts.

»Macht doch nichts«, sagte der Alte zu Hermann, »hast genug im Kopf und in den Fäusten, um auch mal Baumeister zu werden. Kannst das mal alles übernehmen, wenn ich Schluß machen werde. Deine anderen Brüder sind nur Malocher, aber du kannst ein Baumeister werden.«

Der alte Kaminski gab gerne mit seinem Begräbnis an: »Wenn mal Schluß mit mir ist, dann will ich nicht auf dem Friedhof, sondern hinten in meinem Garten beerdigt werden, wo der Komposthaufen ist. Unter dem Pflaumenbaum, damit der Dünger kriegt. Braucht keiner an meinem Grab zu sprechen, ich kann auch so sterben und hör es sowieso nicht. Aber hinten am Wald, da kann sich der Ewald von der Feuerwehrkapelle mit seinem Waldhorn hinstellen, und, wenn die Sonne untergeht, die ›Post im Walde‹ blasen. So ist das schön genug für mich mit meiner Beerdigung.«

Doch die Oma schimpfte dann, wenn er so redete: »Kaminski, versündige dich nicht! Herrgottchen läßt sich nicht spotten. Auch wenn du stärker bist wie alle die in Bialla, aber der Gott, der läßt dich so sterben, wie er will und nicht wie du willst.« Der Erste Weltkrieg brach aus. Ehe die Bevölkerung von Bialla begriff, was geschah, ritten die russischen Kosaken schon in die Stadt. Hermann, Euer Großvater, der beim alten Kaminski Zimmermann lernte, war gerade fünfzehn Jahre alt geworden und war dabei, eine neue Schubkarre zusammenzuzimmern. Der Alte zog beim Nachbarn einen Neubau hoch.

Als Hermann das Getrappel von vielen Pferdehufen auf der Straße hörte, lief er nach draußen, um zu sehen, was da los war. Als er die Kosaken entdeckte, hatten sie ihn auch schon gesehen. Mehrere Kosaken kamen auf ihn zugeritten, einer schlug ihm mit der Peitsche quer durch das Gesicht, und die anderen trieben ihn vor sich her. Hermann wollte zurückbleiben, doch die Kosaken banden ihn an einen Strick und zerrten ihn mit.

Als der alte Kaminski die Kosaken hörte, war er sofort zu seinem Haus gelaufen, um bei seiner Familie zu sein, wenn es Gefahr geben sollte. Als er seinen Sohn draußen schreien hörte, entdeckte er, daß die Kosaken ihn mitgeschleppt hatten. Er rannte sofort hinterher. Aber erst draußen vor der Stadt konnte er sie einholen.

»Laßt doch meinen Jungen los!« rief er. »Der ist doch ein Kind. Nehmt mich doch mit, wenn ihr einen haben wollt.« Er stellte sich vor seinen Sohn, er bedeutete den Kosaken, doch ihn zu fesseln, und bat, seinen Sohn laufen zu lassen. Doch die wurden dadurch nur wild. Ein Kosak ritt heran, schwang seinen Säbel und spaltete dem alten Kaminski den Schädel. Das sah Hermann. Er griff die Kosaken an, doch die schlugen ihn zusammen, und dann trieben sie ihn wieder auf und schleppten ihn mit.

Sie schleppten Hermann bis nach Sibirien mit. Viele Gefangene starben unterwegs, doch Hermann kam durch. Bis in ein Lager am Jenissei trieben sie ihn. Im Winter erfroren und verhungerten viele Gefangene. Hermann verlor die meisten seiner Zähne durch Skorbut. Sie warfen im Winter die Leichen einfach in den Schnee, im Frühjahr, wenn der Schnee schmolz, stanken sie furchtbar, und Seuchen brachen aus. Hermann war der Jüngste im Lager, aber er kam durch.

Er versuchte, sich gegen die Kosaken zu wehren. Einmal weigerte er sich, zur Arbeit zu gehen, falls er nichts zu essen bekam. Die Kosaken prügelten ihn durch, aber dann gaben sie ihm doch etwas zu essen. Die anderen Kameraden folgten seinem Beispiel. Hermann war ein zäher Mann, der fiel nicht auf, der rebellierte nicht, aber er konnte sich wehren, daß er doch seinen Willen bekam. Er war kein Held, aber ein treuer Kerl war er, auf den man sich verlassen konnte, und wenn alle aufgaben, dann war er da.

Ein Russe sagte den Gefangenen einmal: »Im Kampf und im Angriff ist keiner so wie ihr Deutschen, doch wenn es zur Verteidigung und zum Leiden kommt, dann ist keiner so wie wir Russen. Hermann ist so einer wie wir.«

Weil sie mit dem im Lager schlecht fertig wurden, schickten sie ihn zu einem russischen Bauern in die Tundra. Von dort aus konnte er nicht fliehen, das war viel zu weit weg. Hermann kam zu einem Bauern, der ganz hoch am Jenissei wohnte, wo es sonst keine Menschen mehr gab. Dort fühlte Hermann sich aber ganz wohl. Uns Kindern hat er sehr wenig von der Gefangenschaft in Sibirien erzählt, aber oft von seinen Jahren beim Bauern geschwärmt. Ganz besonders gefiel es ihm dort im Frühjahr, wenn der Schnee langsam wegtaute, der Fluß das Eis durchbrach, der Bauer sich vom Ofen reckte, seinen feuchten Finger in den Wind streckte und meinte: »Der friert nun nicht mehr, Hermann, jetzt müssen wir pflügen gehn, ich nach Süden und du nach Norden.«

Für Hermann packte die Bauersfrau einen Sack mit Brot, eine Seite Speck, gab ihm auch einen Ziegel Tee mit und ein Säckchen Zucker. Hermann lud die Zentnersäcke mit dem Saatgut auf den Wagen, spannte ein Pferdepaar davor und eins dahinter und fuhr dann zu seinem Acker los. Das war ein weiter Weg, drei Tagesreisen. Und wenn Hermann pflügte, dann pflügte er bis zum Mittag in einer Richtung, zog eine Furche durch die Tundra, und vom Mittag bis zum Abend wieder eine zurück.

So säte er dann auch, einen halben Tag hin, einen halben Tag wieder zurück, die Pferde mit dem Saatgutwagen trotteten langsam hinterher.

Hermann gefiel es draußen in der Tundra, wo er sich eine Laubhütte gebaut hatte, vor der immer ein Feuerchen brannte wegen der Wölfe und Bären.

»Daß es so schön in Sibirien ist«, erzählte der Vater uns, »kann man sich hier gar nicht vorstellen. Alles leer, kein Mensch, die Birken sind da, die vielen Vögel, und der Himmel ist so tief.«

Auch von seinen Winterreisen erzählte uns der Vater, wenn er die drei Tagesreisen vom Bauernhof ins Dorf mußte. Das war gefährlich, weil die Wölfe die Pferde anspringen und reißen wollten. Doch Hermann unterhielt immer ein kleines Feuerchen auf seinem Schlitten, das reißende Tiere abhielt.

Ostern war immer das höchste Fest bei den Sibiriaken, erzählte Hermann. Dann standen sie sogar von ihrem Ofen auf und kletterten herunter. Alle umarmten sich, riefen: »Der Herr ist auferstanden.« Und der Mann gegenüber antwortete: »Er ist wahrhaftig auferstanden.« Es roch alles nach Kerzen, und ein fettes Osterlamm wurde gebraten.

Hermann wäre gerne länger bei seinem Bauern geblieben, doch dann brach in Rußland die Revolution aus. Die Bauern mußten ihre Gefangenen wieder in die Lager zurückbringen. Wieder ein paar üble Monate. Die Soldaten, die auf der Seite des Zaren waren, wurden die Weißen genannt, die Revolutionäre die Roten. Die Roten gewannen, und die Weißen rächten sich dafür an den Gefangenen. Klar, daß die Gefangenen alle auf den Sieg der Roten setzten.

Als sie aber von diesen »befreit« wurden, ging es ihnen gar nicht besser. Sie mußten weiterhin hungern, und gegen die Seuchen im Lager tat auch keiner was.

Da hatte eine Gruppe von Gefangenen im Lager eine Idee: »Wenn wir noch lange hier bleiben, gehen wir alle drauf. Wir müssen aus dem Lager raus. Wir melden uns für die Rote Armee freiwillig, tun so, als ob wir für sie kämpfen wollen, und schlagen uns so langsam bis zum Westen und in die Heimat durch. Aber wir müssen immer zusammenbleiben und dichthalten, sonst schaffen wir das nicht.« Die Roten waren in sehr harte Kämpfe mit den Weißen verwickelt, hatten viele Verluste gehabt und waren froh, als sich eine deutsche Einheit bei ihnen meldete. Der Kamerad, der die Gefangenen führte, konnte gut reden und alles so darstellen, daß es ganz echt klang.

Hermann war dabei. Sie kämpften für die Roten. Sie hatten starke Verluste, aber besser so, als im Lager krepieren. Sie schlugen sich langsam immer weiter nach Westen durch, und alle Kameraden hielten dicht.

Sie hatten schon das europäische Rußland erreicht, als ein roter Armeekommandant gegenüber diesem deutschen Haufen mißtrauisch wurde. Er befahl seinen Einheiten, diese suspekten Deutschen zu entwaffnen. Sie wehrten sich, sie konnten sich noch einmal durchschlagen, aber dabei fiel ihr Führer. Die roten Einheiten wurden vor diesen Deutschen gewarnt und paßten auf.

Die Gruppe war jetzt in einer sehr schwierigen Situation. Einige wollten aufgeben. Doch da sprach Hermann dagegen. Und weil er so dagegen sprach, wie ihn noch nie einer gehört hatte, wurde er zum neuen Kommandeur gewählt, dem unbedingt gehorcht werden mußte.

Sie kämpften sich bis nach Deutschland durch. Dort wurden sie entwaffnet, entlaust, und Hermann fuhr nach Bialla.

Als er nach Hause kam, erkannte ihn seine Mutter zuerst nicht wieder. Es dauerte, bis sie seine Augen erkannte und sein Lächeln. Dann schrie sie: »Mein Hermannchen, mein Hermannchen, mein Söhnchen! Der verlorene Sohn ist wieder nach Hause gekommen. Das Schwein muß sofort geschlachtet werden.«

Alle lachten noch lange darüber, wie die Mutter ihren verlorenen Sohn empfangen hatte und wie dann anschließend gefeiert wurde. Nachdem sich Hermann ausgeruht hatte, fragte er sich, was er tun sollte. In Bialla war nicht viel los. Seine Brüder hatten alle Ostpreußen verlassen, arbeiteten in Berlin. Die Mutter hatte das Baugeschäft verkauft. Hermann hatte ja noch nicht einmal seine Lehre beendet. Aber nun war er dreiundzwanzig Jahre alt, da wollte er nicht mehr wie ein Stift beginnen. Zum Bauern wollte er auf keinen Fall gehen, höchstens in der Gefangenschaft wollte er ein Knecht sein, sonst nicht.

Da hörte er vom Ruhrgebiet, und daß man dort untertage sehr viel Geld verdienen konnte. Es gab auch eine Tante dort, bei der er als Kostgänger unterkriechen könnte. Hermann überlegte nicht lange, ließ sich die Adresse der Tante geben und fuhr los.

Die Tante nahm ihn sofort auf. Mit Hermann zusammen lebten noch drei Kumpels bei ihr auf den beiden Zimmern. Sie war Witwe, ihr Mann war an Steinstaublunge gestorben und hatte sie mit vier kleinen Kindern zurückgelassen. Die schliefen alle in ihrem Zimmer und auch noch ein Invalide, der im Hause so was wie die Vaterstelle übernommen hatte und von allen Onkel genannt wurde. Das war sonst ein Gemütsmensch, nur gefiel es den Kostgängern nicht, daß er immer seinen Steinstaublungenschleim in den Kohlenkasten der Küche spuckte und nachts auch dort hineinstrullte, weil er nicht bis zum kalten Klo auf dem Treppenabsatz gehen wollte.

Seine Schichten verfuhr Hermann vor Stein. Er boxte einen Tunnel durch das Gebirge, so daß die Hauer an die Kohlenader herankamen und die Kohlenbrocken abtransportiert werden konnten. Das war eine harte Arbeit, die aber sehr gut bezahlt wurde. Hermann hatte einen der höchsten Löhne untertage. Allerdings ging er auch ein großes Risiko ein. Bei seiner Arbeit vor Stein wurde sehr viel feiner Staub aufgewirbelt. Der drang in die Lungen ein und setzte sich dort fest. Es gab zwar Maschinen, die den Staub absaugen sollten, aber ganz gelang es nicht. Es wurden auch Masken an die Gesteinshauer verteilt, aber wenn die Kumpels die aufsetzten, konnten sie kaum atmen und nur wenig Geld im Akkord verdienen. Also setzten sich auch Hermanns Lungen mit dem furchtbaren Staub voll. Es war schon damals klar, daß er mit vierzig Jahren zu den Steinstaublungeninvaliden des Ruhrgebietes gehören würde, die langsam einen schrecklichen Erstickungstod sterben und nur selten ihr fünfzigstes Lebensjahr erreichen.

Doch vorläufig wurde schwer malocht und viel verdient. Die Kostgänger der Tante hatten eine Kolonne gebildet und boxten gemeinsam Stein. In der Woche, wenn sie vom Pütt kamen, waren sie so kaputt, daß sie nur noch den Eintopf essen konnten und sich dann sofort in die Falle werfen mußten, aber samstags feierten sie dann.

Erst veranstalteten sie einen Zug durch die Gemeinde, standen alle Theken in der Nachbarschaft ab, gossen sich voll, fuhren dann zum Sahneknapp nach Bochum oder gingen nach Anlauf zum Tanzen oder hörten bei der Trompetensofie oft Musik. Hermann hielt sich aber bei diesen Ausflügen etwas zurück. Mal zog er mit, soff dann ganz schlimm, schlug auch mit drauf, wenn da ein Streit war, aber wochenlang konnte er dann passen.

Er las viel. Darüber wunderten sich seine Kumpels, die nichts an Büchern finden konnten. Hermann ging sogar mal in richtige Konzerte. Das sagte er den Kumpels gar nicht, denn sonst hätten sie ihn ausgelacht.

Und sonntagsmorgens, wenn die anderen Kostgänger noch ihren Zug durch die Gemeinde ausschliefen und erst zum Frühschoppen aus dem Bett kriechen würden, stand Hermann immer ganz früh auf. Ganz leise, damit er keinen störte. Alles schlief noch.

Nur der Onkel saß im Nachthemd in der Küche, hustete, röchelte und spuckte seinen Schleim in den Kohlenkasten. Hermann zog sich seine Russenstiefel und die Wattejacke an. Die trug er noch immer am liebsten. Es machte ihm nichts aus, daß es draußen regnete. Er nahm nur einen Kanten Brot mit Schmalz und Gurke auf die

Faust, ehe er die Mietskaserne verließ, in der noch alles schlief und schnarchte.

Hermann stapfte durch die Schrebergärten zum Volkspark hoch. Die Schrebergärten sahen so richtig nach Kumpels aus, die untertage schnell ihr Gebirge abstützen mußten. Die Buden waren alle windschief hingehauen und dick mit Teer bestrichen. Für alle Zwecke, zu denen eigentlich Band verwendet werden sollte, war roter Schießdraht gebraucht worden. Dieser wurde auf dem Pütt von jedem organisiert, denn der lag überall herum.

Auch Mutterklötzchen waren überall zu sehen. Das waren die Klötzchen, die die Kumpels von oben den Stempeln abschnitten, ehe sie diese unter das Gebirge paßten. Manchmal schnitten sie die Klötze aber auch einfach so ab. Nahmen sie für die Mutter nach Hause mit, zum Feueranmachen, nachdem sie die Klötze vorher noch ganz fein zu Feuerholz und Zünderholz gehackt hatten. Darum wurden diese Holzstücke zärtlich Mutterklötzchen genannt.

Hermann stieg in den Volkspark hoch. Dicke Tropfen fielen von den noch kahlen Ästen herab. Die Wege waren alle künstlich angelegt worden. Der Park war ein bißchen langweilig, der roch und schmeckte nach der schon jahrelang am Ruder verweilenden sozialdemokratischen Stadtverwaltung. Musentempelchen waren auch in den Park gesetzt worden. Aber nicht für die Vornehmen, sondern für das Volk. Schweinische Witze und Zeichnungen wurden immer wieder neu in den Putz geritzt.

Hermann erreichte den flachen Rübenberg, der für Runkelrüben und Kartoffeln gepflügt worden war und jetzt noch kahl auf die Aussaat wartete. Ein tief ausgefahrener Karrenweg krümmte sich über den Berg. An den Rändern waren die Wipfel eines Wäldchens zu sehen. Sie sahen aus wie die Reste eines Haarkranzes um die Glatze eines Mannes, der gerade aufgestanden ist und sich am Kopf kratzt. Aber vom Rübenberg aus konnte man weit über das Ruhrgebiet sehen, über die Zechen, Kokereien,

Kolonien. Hermann sah aber auch über Äcker und Bauernhäuser bis zu den Stahlbatterien der Bochumer und Dortmunder Stahlwerke.

Oben auf dem Rübenberg war Hermann an einem regnerischen Sonntagmorgen immer allein. Da stand nur noch die Kate von Otto, dem Handlanger, zwischen den Äckern. Diesen Otto kannten die Kostgänger ganz gut, obwohl er nie redete. Der fiel auf. Der trug immer und überall seinen grauen Maureranzug, eine flache, abgegriffene Schlägermütze und Holzschuhe mit Fußlappen, ob Sommer oder Winter war, Sonntag oder Alltag. Erst hatte er oben auf dem Rübenberg nur mit seinen Schafen gehaust, doch dann hatte er eine Frau bekommen und jetzt sogar Kinder. Der Otto wulachte auf dem Bau, schleppte Steine und Speis wie sonst keiner, aber redete mit keinem.

»Der ist komisch«, sagten alle.

Als Hermann den Rübenberg erreicht und die weite Aussicht unter sich hatte, wollte er sich richtig frei fühlen und laut pfeifen. Doch da sah er eine Person vor sich auf dem Ackerweg. Erstaunt blieb er stehen. So was war ihm hier oben beim Regen noch nie vorgekommen. Und was für eine Person! Die paßte gar nicht hierher.

Die trug nicht ein Kopftuch gegen den Regen wie die Frauen aus der Kolonie, sondern einen richtigen Hut. Und was für einen, einen riesigen Blumentopf mit Rosen und sonstigen Verzierungen dran.

Aber erst einmal die Schuhe. Die paßten schon eher ins Central Café als hier oben zu dem Lehm des Rübenberges. Sowas an Stöckeln hatte Hermann überhaupt noch nicht gesehen. Als er dichter herankam, entdeckte er auch, daß sie echte Seidenstrümpfe trug, ganz echte, mit einer Naht.

Aber was ihm am meisten imponierte, das war der Mantel. Einer ganz auf Taille, und ein Stöffchen, von dem der Regen ablief. Und wenn ein Tröpfchen mal hängenblieb, dann sah das aus wie Silber. Elegant war die, die mußte sich verlaufen haben. Auch so schlank war keine in der Kolonie und in Masuren, höchstens die kleinen Mädchen, die noch zur Schule gingen.

Hermann wurde neugierig, er mußte sie überholen, er wollte ihr Gesicht sehen. Hermann beeilte sich, es war kein Problem, sie zu überholen, denn ihre Stöckelschuhe machten ihr Schwierigkeiten im Schlamm. Wie die duftete, als Hermann dichter an sie herankam. Hermann schnupperte, das sah ja keiner.

Als er auf gleicher Höhe mit ihr war, hörte sie ihn und sah ihn erschrocken an. Doch dann lächelte sie. Sie hatte sofort entdeckt, daß das kein gefährlicher Kerl war.

Hermann starrte das Gesicht an. Das paßte eigentlich gar nicht zu dem Aufzug darüber und darunter. Das war ein nettes Gesicht, ein Gesicht wie aus Masuren, mit hohen, starken Backenknochen und kleinen Äuglein. Das war kein arrogantes, sondern ein liebes Gesicht.

Aber Hermann marschierte weiter, er konnte ja nicht einfach stehenbleiben neben dieser unbekannten, vornehmen Dame. Wo die wohl hingehen würde? fragte er sich. Die hat sich bestimmt verlaufen.

Hermann ging weiter. Dann drehte er sich noch einmal um und sah, daß die Dame in der Kate von dem Handlanger Otto verschwand. Das verstand Hermann nicht. Er blieb stehen. Was wollte die denn da? Bei dem Otto, der auf dem Bau Heringsbrühe mit kalten Pellkartoffeln zu Mittag aß? Der vielleicht nicht ganz klar oben im Kopf war?

Hermann wollte weitergehen. Was ging ihn denn die Dame an, die wollte doch bestimmt nichts von ihm wissen. Die war doch viel zu vornehm für ihn, einen Arbeiter und Kumpel. Aber sie hatte ein so nettes Gesicht gehabt und ihn sogar angelächelt.

Da ging Hermann doch wieder zurück. Er trat sogar in die Kate ein. Da saßen zwei Frauen. Der Otto kröste im Schafstall nebenan. Auf dem Boden spielten Kinder. Als Hermann so dastand und die Frauen ihn ansahen, wußte er nicht, was er sagen sollte.

»Was wollen Sie?« fragte die andere Frau.

»Setzen Sie sich doch!« sagte die vornehme, die ein dunkles, teures Seidenkleid mit Kette trug.

Hermann mußte ja was sagen. Da fiel es ihm ein: »Sind Sie auch aus Masuren?« fragte er, und er hatte Glück mit dieser Frage, denn sie fingen sofort an, sich über ihre gemeinsame Heimat zu unterhalten. Das heißt, die vornehme Dame redete meistens. Die andere Frau brühte Malzkaffee auf, und Hermann hörte zu.

Hermann blieb sitzen. Auch als die beiden Frauen zum Essenmachen mal hinausgingen.

»Was will der Kerl denn?« fragte Male ihre Schwester Anna. »Das ist doch ein Kumpel, ich seh das an den schwarzen Narben an seinen Händen, und die sind so groß.«

»Macht doch nichts«, sagte Anna, »der ist so schüchtern und nett, ganz anders als dieser Assistenzarzt.«

»Du willst dich doch wohl mit dem nicht einlassen?« fragte Male. »Du mußt doch an etwas Besseres denken und zuallerletzt an einen Kumpel.«

»Was redest du denn da?« schimpfte Anna. »Ich denke überhaupt nicht an heiraten.«

»Du solltest aber dran denken, kannst doch nicht ewig bei diesen Rechtsanwalts bleiben«, mahnte Male, »und du hast den auch so angeguckt.«

»Hör auf damit«, schimpfte Anna wieder. »Wenn ich mal einen anguck, hat das noch nichts mit Verlobung zu tun. Aber ich finde den auch ganz nett, und daß er ein Kumpel ist, das macht mir sowieso nichts aus. Die sind oft noch besser als diese Assistenzärzte und sonstige.«

Hermann aß mit, als die Frauen die angewärmte Erbsensuppe von gestern auf den Tisch stellten. Als es aber noch eingelegte Stachelbeeren zum Nachtisch gab, wunderte sich der Handlanger Otto.

»Ist denn heute schon wieder ein Feiertag, daß es Nachtisch gibt?« Die Frauen kicherten. Hermann löffelte mit.

Ja, und nach dem Spülen der Frauen saßen sie wieder zusammen. Otto sagte nichts. Hermann sah zum Fenster hinaus, als ob draußen auf dem Rübenberg ein interessantes Fußballspiel stattfände. Male sah sich den fremden Mann ganz genau an. Anna übernahm die Konversation, sprach über Regen, die lange Straßenbahnfahrt nach Dortmund, die Anschlüsse in Castrop und am Grafenwall, aber auch darüber, daß es bei Rechtsanwalts in der nächsten Woche wieder eine Gesellschaft gab. Als sie dann wieder gehen mußte, ein bißchen früher als sonst, stand Hermann auch auf. Er wollte sie bis zur Straßenbahnhaltestelle bringen.

Male kam aber auch mit, bis unten die Häuser anfingen, damit ihre Schwester mit dem fremden Mann nicht alleine zwischen den leeren Äckern des Rübenberges war.

Als die beiden auf die Straßenbahn nach Castrop warteten, kam die noch nicht. Hermann schlug vor, bis zur nächsten Haltestelle zu laufen, die sei dann auch billiger, weil Teilstrecke. Aber er sah auch bedauernd auf Annas Schuhe, ob sie denn darin noch laufen könne. Anna konnte.

Sie gingen bis nach Nöthe, doch ehe sie dort ankamen, fuhr die Straßenbahn an ihnen vorbei. Die nächste kam erst in zwanzig Minuten, also gingen sie bis zur Stadtgrenze weiter. Doch da sie sich so interessant unterwegs unterhielten, das heißt, Anna redete, und Hermann hörte zu, nahmen sie auch den Weg bis zum Anschluß in Castrop unter die Füße.

Anna freute sich, daß sie alles mal einem erzählen konnte, ohne sofort Belehrungen ihrer älteren Schwester zu erhalten oder die immer etwas überlegenen Bemerkungen der sonst so lieben Frau Rechtsanwalt. Sie erzählte Hermann mehr, als sie eigentlich wollte, fast ihr ganzes Leben.

Aber weil sie damit in Castrop noch nicht fertig war und die Straßenbahn auch nicht gerade wartete, gingen sie sogar bis auf den Schweriner Berg hinauf, und Anna redete.

Hermann war ganz auf ihrer Seite in allem, und dem Assistenzarzt hätte er am liebsten was vor die Fresse gehauen.

»Gesicht bitte!« berichtigte ihn Anna.

Aber dann erzählte Hermann von sich, vom Schweriner Berg an durch die Felder bis zu den Stahlwerken der Rheinischen Straße in Dortmund. Dort sagten sie dann auch Du zueinander.

Als sie das Törchen von Rechtsanwalts Villa erreichten, war es schon fast Mitternacht. Hermann fuhr sofort zur Morgenschicht durch, boxte seinen Stein, pumpte sich mittags ein Fahrrad von Martin Münch, fuhr wieder nach Dortmund und wartete an der Trauerweide neben der Villa auf Anna. Die spürte, daß draußen einer wartete. Sie winkte Hermann und bat ihn, sich noch zu gedulden, bis sie die Kinder ins Bett gebracht und ihnen eine Geschichte erzählt hatte. Dann kam sie in ihrer Kittelschürze heraus.

Hermann wollte ihr eigentlich nur einen Satz sagen, und den sagte er auch: »Ich hab dich lieb (Komma) willst du meine Frau werden?«

Anna überlegte auch nicht lange. Sie sagte »Ja« und fiel ihm um den Hals.

Die Hochzeit wurde oben auf dem Rübenberg gefeiert. Alle Kostgänger kamen, die Kolonne, mit der Hermann zusammenarbeitete, und die Verwandtschaft von Anna.

Male hatte eine Badewanne voll mit Kartoffelsalat angesetzt und von der Freibank einen Berg Fleischwurst und Sülze gekauft. Hermann hatte eine Korbflasche mit Stachelbeerwein gären lassen, den er noch mit billigem Wermuth etwas verstärkte. Anna war gegen stärkere Sachen. Doch der Wein wurde nicht richtig fertig, gärte noch, schmeckte sehr nach Hefe, aber wer den trank, wurde sehr schnell lustig, und bald kamen die Kostgänger und Kumpels in Form. Musik gab es auch. Zwei spielten Mundharmonika und einer auf dem Kamm. Hermann mußte mit Anna die erste Runde tanzen. Er hatte es nie gelernt, doch Anna mit ihrem schmiegsamen Körper brachte es ihm schon in der ersten Runde bei.

»Kerl, hast du ein Glück mit diesem Mädchen gehabt!« riefen ihm die Kumpels zu, und Hermann strahlte.

Die anderen tanzten dann auch auf dem Ziegelsplitt vor dem Haus. Wer keine Frau erwischte, tanzte eben für sich oder mit den kleinen Mädchen oder mit einem Stuhl.

Sie feierten draußen, denn es war Sommer. Rote Wolken waren auch am Himmel, und es störte keinen, daß sie von den Zechen und Kokereien kamen.

Als alle den Kartoffelsalat, die Sülze und den Hefewein verdauten, kam ein Motorengeräusch über den Rübenberg gerattert. Das war etwas ganz Ungewöhnliches. Denn dort oben trotteten sonst nur Bauernpferde vorbei.

Es mußte ein Auto sein, und es waren sogar zwei, ein Personen- und ein Lastwagen, und die hielten auch noch vor ihrer Hochzeitskate.

Anna erkannte Rechtsanwalts und lief ihnen sofort entgegen. Sie umarmte ihre Herrschaften, küßte die Kinder ab und staunte und staunte, und Tränen standen ihr in den Augen, als die Kostgänger und Kumpels die Hochzeitsgeschenke von Rechtsanwalts abluden. Alles das, was sich Anna manchmal im Geheimen gewünscht hatte und was Rechtsanwalts nicht mehr so recht brauchten: Das Ledersofa vom Herrenzimmer – etwas abgeblättert, aber man konnte eine Decke darüberlegen. Der Bär mit den schiefen Rädern für die eventuellen Kinder. Körbe voll Wäsche und Geschirr. Aber der Höhepunkt der Geschenke war das ehemalige Buffet aus dem Wohnzimmer. Vorgeklebte Eiche, aber das sah ganz echt aus. Echt geschnörkelte Säulchen und Türmchen, ziselierte Glasfenster. Also damit hatte Anna nicht gerechnet, und alle Verwandten und Kostgänger standen auf dem Hof und bewunderten es.

Sogar ein altes Grammophon zum Aufkurbeln hatten Rechtsanwalts mitgebracht. Damit beschäftigte sich Hermann sofort. Der Herr Rechtsanwalt forderte Anna zu einem Tanz auf, während Hermann mit der Frau Rechtsanwalt einen schieben mußte. Großen Spaß hatten alle, mit richtiger Musik zu tanzen. Ein Problem gab es aber noch für das junge Hochzeitspaar, nämlich all die Möbel in dem einen Zimmer unterzubringen, in dem sie in der Kolonie hinter der Zeche von Ost zur Untermiete wohnten. Die beiden großen Betten von Rechtsanwalts mit all den Verschnörkelungen nahmen fast den ganzen Platz ein. Sie konnten nur über die Fußenden bestiegen werden. Als sie dann das Buffet ins Zimmer zwangen, gelang es ihnen gerade noch, die Tür zu einem Spalt zu öffnen. Alle anderen Möbel mußten im Keller auf eine größere Wohnung warten. Doch Hermann und Anna fühlten sich in ihrer kleinen Wohnung sehr wohl. Anna hatte einige Schwierigkeiten, sich von einem Herrschaftshaushalt auf den eines Kumpels umzustellen. Sie konnte nicht mehr zweimal in der Woche die Bettwäsche wechseln, nur weiße Handtücher gebrauchen und Butter und Aufschnitt kaufen. Doch sie stellte sich schnell um. Sie hatte ja nicht vergessen, woher sie eigentlich kam.

Obwohl die beiden es in ihrer Untermiete gemütlich fanden, fingen sie doch an, von einem Häuschen zu träumen. Das wollten sie sich erwerben. Sie kamen beide vom Lande und waren im eigenen Haus aufgewachsen, wenn es auch im Falle von Anna eher eine Kate als ein Haus war.

Damals baute man im Ruhrgebiet Bergarbeitersiedlungen, in denen sich die Kumpels halbe Häuschen erstehen und in fünfundzwanzig Jahren abbezahlen konnten. Hermann meldete sich für so ein Häuschen an, und beide fingen an zu sparen. Das war nicht ganz einfach, denn die Preise stiegen an, die Löhne kamen nicht mehr mit, viele Bergarbeiter wurden entlassen, und Hermann konnte froh sein, daß er noch seine Arbeit behielt, wenn auch mit sehr eingeschränktem Lohn.

Zwei Kinder wurden ihm geboren, ich und mein kleines Schwesterchen, »der Schatz« genannt.

Die ganze Woche über sparten die Eltern eisern, doch am Samstag feierten sie immer ein bißchen. Dann kochte die Mutter schon den ganzen Tag heißes Wasser auf unserem kleinen Kanonenofen, holte die Zinkbadewanne aus dem Keller hoch, stellte sie auf zwei Stühle von Rechtsanwalts und füllte sie mit warmem Wasser.

Wenn der Vater von der Schicht kam, stieg das Schätzchen in die Wanne und ließ sich gerne von ihm kitzeln und abschrubben, aber ganz zart machte er das.

War der Schatz fertig, kletterte ich in die Wanne und wehrte mich dagegen, daß mir die Mutter auch den Hals waschen wollte. Zum Schluß ging dann die Mutter noch in unser Wasser. Der Vater brauchte nicht mehr in die Wanne hinein, denn der duschte sich ja auf dem Pütt.

Wir brauchten dann noch nicht sofort ins Bett, sondern zogen uns unsere Nachthemdchen an und die bequemen Frotteebademäntel von Rechtsanwalts Jungen. Während der Vater das Grammophon bediente, den »Soldat am Wolgastrand« singen ließ und »Sonnyboy«, aber für die Mutter auch etwas Lustiges wie ». . . das Schreiben und das Lesen ist nie mein Fall gewesen . . .«, tranken wir Himbeersaft aus Gläsern mit Goldrand, die Mutter auch von Rechtsanwalts bekommen hatte.

Die Eltern tranken eine Flasche Bier zusammen, der Vater aus der Flasche, die Mutter etwas vornehmer aus einem Glas mit Goldrand. Die Mutter kaufte für den Vater am Samstag auch immer einen halben Schoppen Klaren, obwohl er sagte, daß er den gar nicht wollte, weil sie für das Häuschen sparen sollten. Aber er trank ihn dann doch. Die Mutter nahm auch einen Schluck, schüttelte sich, aber bat dann noch um einen kleinen.

Samstagabend gab es auch immer etwas Besonderes zum Essen, Fleischwurst oder Sülze und im Winter Pannhas. Manchmal brachte sie auch den guten fettigen Bratfisch aus der Fischbratstube mit.

»Wie gut haben wir es doch«, sagte die Mutter dann oft, »hoffentlich bleibt es so. Aber ich habe meine Zweifel. Immer wenn es so schön ist, kommt was dazwischen.«

Es kam auch was dazwischen; Hitler kam nämlich an die Macht. Erst dachten die Eltern, daß der nichts mit unserem Familienleben zu tun haben würde. Der Vater ging seiner Arbeit nach, gehörte zur Gewerkschaft, war auch Mitglied der Arbeiterpartei, aber nur zahlendes. Das waren fast alle Bergmänner in unserer Kolonie. Hermann besuchte die Versammlungen zwar regelmäßig, aber er fiel in der Masse der Teilnehmer gar nicht auf und wurde auch auf keinen Posten gewählt, als die noch was einbrachten.

Doch über Nacht änderte sich alles. Hitler bekämpfte die Parteien. Er startete eine Hetzkampagne gegen sie. Er versprach allen Pardon, die zu den Nazis überschwenkten. Es dauerte nur wenige Tage, da wurde unsere rote Kolonie braun, und keiner wußte, woher plötzlich die vielen Hakenkreuzfahnen und SA-Uniformen kamen.

Hermann sah sich den Hitler vorsichtig an. Für die Kommunisten war er auch nicht, die hatte er in Rußland kennengelernt. Er war für die gemäßigte Arbeiterpartei. Auch als alle schon nicht mehr viel davon hielten. Gerade da wurde ihm deutlich, daß er die hätte stärker unterstützen müssen. Aber es war noch nicht zu spät, fand er.

Obwohl fast alle Versammlungen von der SA gesprengt wurden und es gefährlich war, eine andere als eine Naziversammlung zu besuchen, ging Hermann doch hin, als der Ortsvorsitzende für Ost eine außerordentliche Mitgliederversammlung einberief. Es waren nur fünf Mann erschienen, und der Vorsitzende, Emil Förster, hatte es eilig, damit fertig zu werden. Er hatte nur einen Punkt auf seiner Tagesordnung: Wahl eines neuen Vorsitzenden. Er wollte seinen Posten loswerden, hatte schon mit den Nazis verhandelt, die ihm in der Gewerkschaft etwas anbieten wollten, weil der Emil den Kumpels gut zureden konnte.

Obwohl die Versammlung nicht beschlußfähig war, ließ Emil abstimmen. Sein Rücktritt wurde angenommen. Emil fragte, ob denn ein anderer wohl diesen nun gefährlichen Posten übernehmen würde. Er rechnete nicht mit einer

Meldung, doch er kannte Hermann nicht. Der stand immer auf, wenn andere sich setzten, der hatte seine stärksten Zeiten, wenn die anderen schon aufgaben. Und wenn Hermann mal zu einer Sache stand, dann verließ er die nie. Hermann meldete sich und wurde Ortsvorsitzender, obwohl ihn die Kumpels warnten und auch Emil Förster ihn nicht verstand.

Hermann ging noch weiter. Er meldete sich bei der Polizei auf dem Revier und wollte als der neue Ortsvorsitzende der Arbeiterpartei eingetragen werden. So war das von den Nazis vorgeschrieben worden.

Der ältere Polizeimeister wollte Hermann wegschicken: »Mensch, hau'n Sie bloß ab. Das kann lebensgefährlich für Sie werden. Ich habe nichts gehört, und ich trage nichts ein.« Doch Hermann bestand darauf, eingetragen zu werden. Am nächsten Morgen fuhren schon die Nazis bei uns vor. Sie holten den Vater aus dem Bett. Sie schlugen ihn schon auf dem Flur vor unseren Augen. Ich trommelte mit meinen Fäusten auf ein Braunhemd, die Mutter rief: »Das muß ein Irrtum sein.« Doch sie schubsten den Vater auf einen Lastwagen, auf dem schon andere standen.

Es wurde nun schlimm für uns, aber noch schlimmer für den Vater. Die Mutter mußte nach Ellinghaus kellnern gehen, um uns zu ernähren. Sie haßte das, sie haßte diese betrunkenen, anzüglichen Kerle, aber was sollte sie machen.

Alle in der Nachbarschaft zeigten nun mit Fingern auf uns, und auf der Straße riefen sie mir nach:

> »Kaminskis rote Ratten, in der Pfanne gebraten,
> im Pißpott gerührt, zum Deibel geführt.«

Doch die Mutter sagte immer zu uns: »Seid stolz auf euren Vater. Er ist kein Zuchthäusler. Er hat nichts Böses getan, sondern nur seine Pflicht. Der ist immer für das, was richtig ist. Nehmt euch ein Beispiel an dem!«

Nach anderthalb Jahren kam der Vater wieder nach Haus. Übel hatten sie ihn zugerichtet, doch er durfte nicht darüber reden. Er sagte und hoffte nur: »So was kann nicht gutgehn. Das ist eine Schande für unser Volk.«

Die Nachbarschaft, nun ganz braun geworden, war böse zu uns. Die Eltern sparten noch mehr auf unser Häuschen zu. Bald bekamen wir eins zugeteilt. Wenn der Vater seine Schicht beendigt hatte, ging er sofort zum Bau, um dort mitzuhelfen und Kosten zu sparen. Er hob die Keller selber aus, schleppte die Steine auf die Gerüste, und später heizte er den feuchten Rohbau aus, damit wir früher einziehen konnten.

Und dann war es endlich soweit. Auf einem Bauernkarren wurden unsere Möbel transportiert. Als wir in unsere neue Straße einbogen, wurde mir zum ersten Mal so richtig deutlich, daß wir ja genau gegenüber vom Friedhof wohnten, und zwar an dem neuen Teil, der sich gerade aus einem offenen Acker in ein Gräberfeld verwandelte. Eine Beerdigung zog neben uns zum offenen Grab.

»Jetzt stört es vielleicht noch«, meinte die Mutter, »aber man gewöhnt sich daran, und dann werden auch die Pflanzen und Bäume höher wachsen und alles verdecken.«

Wir wohnten also nun in Süd zwischen der Kolonie, zwei Zechen, der Zechenbahn, die sie verband, und dem Friedhof. Damals eine ziemlich triste Gegend, heute mit den stillgelegten Zechen und den zu Villen umgebauten Siedlungshäusern der schönste Vorort unserer Stadt.

Der Krieg kam, das Häuschen und wir erlebten den Bombenhagel in jeder Nacht. Der Vater verließ nachts nie das Haus, löschte Brandbomben, flickte das Dach, setzte neue Scheiben ein. Der Krieg wurde verloren. Emil Förster übernahm wieder den Vorsitz der Arbeiterpartei. Zum Vater sagten sie: »Wir schätzen deinen Einsatz ja sehr. Wir werden dich auch zum Ehrenvorsitzenden ernennen. Aber jetzt geht es wieder um Wahlen und die vielen Nazimitläufer, die für uns gewonnen werden müssen. Denen bist du zu radikal.« Hermann nahm den Ehrenvorsitz nicht an. Er war sauer. Er kümmerte sich weiterhin um den Siedlerbund und den Ziegenzuchtverein, denen er schon im Kriege vorgestanden hatte. Bei uns im Stall standen immer eine Ziege und ein Schwein, und unser Garten half uns, über die schlechten Zeiten zu kommen.

Vom Frieden hatten sich die Eltern viel erhofft. Doch sie konnten sich nicht am Leben, am Häuschen, am Gärtchen und an der Freiheit und an ihren Kindern erfreuen. Denn Hermanns Steinstaublunge wurde immer schlimmer. Er wurde Invalide und schnappte ganz furchtbar nach Luft. Die Mutter quälte sich mit.

Euer Vater Kaminski

Als wir noch in Ost auf einem Zimmer auf Untermiete wohnten, war mein großes Vorbild der Kurt, auch Kürtchen mit dem Gummifürtchen genannt, was er aber gar nicht gerne hörte. Erwischte er mich dabei, kriegte ich harte Kopfbohnen mit seinem Knöchel ab.

Eigentlich durfte ich nicht mit ihm spielen, weil ich von ihm nur dumme Sachen lernen würde, meinte die Mutter, aber ich suchte ihn doch immer wieder auf, obwohl er mich auch regelmäßig durchprügelte. Doch beim Kürtchen mit dem Gummifürtchen war es immer spannend.

Mit dem spielten wir Zirkus, Kürtchen sprang durch eine brennende Fahrradfelge, ich durfte ihm die Zeitung in einem Sketch anstecken, und der Anton Villies trat als Krawatte auf. Wir spielten auch Fußball in den Hinterhöfen unserer Kolonie. Kürtchen immer als Ernst Kuzorra ganz vorne, ich als Ötte Tibulski in der Verteidigung. Wenn ich aber einen Ball verschoß, wurde ich verprügelt und zum Ballabputzen von ihm erniedrigt: »Kerl, zieh die weiße Schürze an und tu die goldne Kordel um und geh hintert Tor zum Ballabputzen.«

Mit dem Kürtchen kletterte ich aber auch über den Bretterzaun von Rasensport Ost und schrie für die und schmiß Schlackenasche gegen die von SUS Gerthe, wenn die gegen uns gewinnen wollten. Schön war es auch, wenn ich mit dem Kürtchen nach Sodingen zum Kino Käseberg lief, wo sie »Tom Mix räumt auf« und die »Schlacht am blauen Berge« zeigten. Unterwegs mußten wir immer gegen die Sodingscher kämpfen, die uns nicht durch ihr Gebiet lassen wollten. Aber wenn das Kürtchen dabei war, hatte ich nie Angst.

Als wir dann in die Siedlung zogen, mußte da auch gekämpft werden. Die Oscheks lauerten mir nach der Schule auf, prügelten mich durch, bis ich einem mal in die Zähne haute, daß das Blut spritzte, da nahmen sie mich in ihre Bande auf.

Zur Volksschule in Süd wurden während der Nazizeit die Lehrer geschickt, die sich was zuschulden hatten kommen lassen oder keine richtigen Nazis waren. Die waren aber fast alle gut im Draufhauen. Bis auf eine Lehrerin, die uns allen sehr half und die mich auch für die Prüfungen in einer national-sozialistischen Auswahlschule anmeldete. Durch vier Prüfungen mußte ich, bestand sie und wurde als Jungmann für eine Hitler-Schule angenommen.

Die Mutter wollte nicht, daß ich ging: »... nach all dem, was die Nazis deinem Vater angetan haben ...« Doch der Vater sagte: »Laß den Jungen ruhig gehen. Der soll es mal besser haben als ich und nicht im Pütt malochen müssen. Sonst können wir den doch nicht auf eine Oberschule schicken. Auch wenn die Nazis ihm da ihren Blödsinn und ihre Gemeinheiten beibringen, er muß im Leben sowieso lernen, seine eigene Meinung zu finden, und er kommt schon durch.«

Ich besuchte also die Nazischule und wurde ein begeisterter Hitlerjunge. Nicht so sehr wegen der Ideologie, sondern wegen dem ganzen Drum und Dran. Mir gefiel die Uniform, die besonderen Rang- und Schulabzeichen, durch die man auffiel, der viele Sport, die Märsche und Wanderungen. Wir hatten auch gute Lehrer, die mehr Begeisterung als Wissen verbreiteten, alles begeisterte Nazis. Da der Reichsmarschall Göring, der zweite Mann nach Hitler, einmal gesagt hatte: »Das deutsche Volk muß ein Volk von Fliegern werden«, wurde die gesamte Schule zum Segelfliegen geschickt. Aber schon nach einigen Hopsern wurden die zur weiteren Ausbildung ausgesucht, die keine Angst und »Flugbegabung« besaßen. Ich war einer von ihnen.

Nun verbrachte ich die Wochenenden und Ferien auf den Segelflughängen und bestand alle Prüfungen. Mir machte das Segeln Spaß, und mein Mathematiklehrer, der auch begeisterter Fluglehrer war, gab mir immer frei und keine Schularbeiten auf.

Stolz trug ich an meiner Uniform die Schwingen der Segelflugprüfungen, doch wenn ich nach Hause kam, mußte ich die Uniform immer sofort ausziehen. Die Mutter bestand darauf.

Mir tat es so leid, daß meine Eltern nicht an den Führer glaubten. Ich wollte sie bekehren. Da wurde die Mutter aber böse, und der Vater sagte: »Meinst du, eine Sache ist gut, wenn sie an den Kriegsfronten gewinnt?«

Bald aber gewannen wir auch nicht mehr. Und die Mutter fragte mich: »War das denn richtig, was die Nazis deinem Vater angetan haben?«

»Das hat der Führer bestimmt nicht gewußt«, war meine Entschuldigung für ihn. Das war immer meine Standardentschuldigung. Nur einmal wurde ich böse auf die Schule, als sie mich aufforderten, meinen »polnischen« Namen ändern zu lassen. Da weigerte ich mich. Auf den war ich stolz, und auf meinen Vater auch. Ich hoffte nur, daß der auch mal ein Nazi werden würde.

Zu Anfang des Krieges, als noch überall gewonnen wurde, war ich richtig traurig, weil ich dachte, daß ich nicht mehr Soldat werden würde. Aber dann dauerte der Krieg immer länger, es ging auch zurück, und endlich war es so weit, daß ich mich freiwillig melden konnte und gemustert wurde – mit sechzehn Jahren. Ich verließ die Schule und sollte zu einer Hitlerjugend-Sonderflugeinheit ausgebildet werden, zum Rammjägern. Wir sollten nur starten lernen, mit unserem Flugzeug in die feindlichen Bomberverbände fliegen, einen Bomber rammen und dann aussteigen.

Es gab schon solch eine Einheit, aber die war von der Luftwaffe. Unsere sollte nur aus Hitlerjungen bestehen. Doch da wurde nichts draus, denn der Feind war schon in das Deutsche Reich eingedrungen, die Amerikaner bis zum Rhein, die Russen bis an die Oder, und unsere Flugschule lag im Moselgebiet.

Ich kam ins Ruhrgebiet zurück. Die Eltern wollten mich verstecken, die Amerikaner hatten den Rhein schon überschritten, doch ich marschierte zum Wehrbezirkskommando meiner Stadt und wollte nun endlich meine Einberufung zur Wehrmacht haben. Sie wußten auch nicht so recht, was sie mit mir tun sollten. Als ich ihnen meine Papiere von den Rammjägern vorzeigte, gaben sie mir einen Marschbefehl zum Reichsluftfahrtministerium in Berlin. Die Eltern schüttelten ihren Kopf darüber: »Bleib hier, Junge, sonst fällst du dort noch den Russen in die Hände.« Doch ich ließ mich nicht halten. Ich hatte einen Marschbefehl, und dem mußte ich folgen.

Im Luftfahrtministerium hatten sie keine Flugzeuge mehr, aber sie schickten jeden verfügbaren Mann in den Oderbruch, wo die Russen schon einen Brückenkopf über den Fluß erkämpft hatten. Ich wollte Berlin verteidigen, glaubte an den Endsieg und die Wunderwaffen, während meine Kumpels mich auslachten und nach der Devise lebten und schossen: »Genießt den Krieg, der Friede wird fürchterlich!«

Ich konnte mir einfach nicht vorstellen, daß Deutschland diesen Krieg verlieren könnte. Die Kumpels lachten mich aus und setzten mich als Himmelfahrtskommando ein. Ich wurde ihr Melder.

Die Russen setzten zum letzten Sturmangriff auf Berlin an. Überall fast brachen sie durch, doch die Fallschirmjäger, zu denen ich nun gehörte, hielten die Stellung. Den ganzen Tag über wurde hart gekämpft, nachts schickten sie mich zum Gefechtsstand der SS im Nachbarort zurück. Sie mahnten mich aber, vorsichtig zu sein, weil überall Russen sein könnten.

Ich kannte den Ort hinter uns, wußte auch, daß der Gefechtsstand der SS in der Kneipe am Markt untergebracht war. Von hinten herum kam ich durch die Gärten an die Kneipe heran, tastete mich durch den dunklen Flur, prallte erst gegen einen großen Schrank, ehe ich die Tür fand, hinter der ich Stimmen hörte. Ich öffnete die Tür, verhedderte mich in der Pferdedecke dahinter, hielt meine Maschinenpistole fest, weil die auch abrutschen wollte, und stand in einem mit Russen besetzten Gefechtsstand.

Im Reflex schoß ich in die Gaststube. Die Russen verschwanden unter den Tischen. Ich raus auf den Flur, draußen ging eine Leuchtrakete hoch. Da sah ich auch die russischen Panzer auf dem Markt. Ich wich in den Flur zurück, hinter den Kleiderschrank, warf mich flach auf den Boden.

Die Russen schossen heraus, stürmten auf den Marktplatz. Geschieße. Sie suchten mich. Aber im Flur vermuteten sie mich nicht.

Ich wartete. Aber dann kamen zwei Russen in den Flur. Sie blieben nicht weit von mir stehen, horchten und schossen dann den Schrank zusammen. Als sie mich nicht herausfallen sahen, gingen sie wieder in die Kneipe zurück.

Draußen beruhigte sich die Suche nach mir. Ich versuchte, nach hinten aus dem Haus herauszukommen. Ging nicht, war alles verriegelt und vergittert. Und vor der Haustür stand nun eine Wache. Wie konnte ich an dem Mann vorbeikommen? Verständigen konnte ich mich nicht mit ihm: »Ich hab dir nichts getan, laß mich auch laufen.«

Schießen konnte ich auch nicht, das würden alle hören. Ich wagte erst gar nicht daran zu denken, aber dann mußte ich es doch tun: Ich schlich mich von hinten an den Soldaten heran und tötete ihn.

Mit Blut an der Kleidung kam ich in der Stellung an und heulte: »Ich bin ein Mörder, ich bin ein Mörder.« Die Kumpels beruhigten mich: »Sind wir alle, genießt den Krieg, der Friede wird fürchterlich. Und die drüben sind auch Mörder.«

Wir wurden nach Berlin zurückgetrieben. Wir wehrten uns, warum, wußten die Kumpels auch nicht. Ich wollte Deutschland und den Führer verteidigen, einige hofften noch, daß die Amis kommen und mit uns zusammen gegen die Russen kämpfen würden.

Schreckliche Kämpfe in Berlin: in den Straßen, in den Häusern, in den U-Bahnschächten, Nahkampf mit dem Messer, Schüsse aus einigen Schritten Entfernung. Ich lief immer in meiner blutverkrusteten Uniform herum. Metzgerbube nannten sie mich. Wir wurden in das Regierungsviertel zurückgedrängt. Wir verteidigten uns in einem Ministerium. Dort waren Soldaten aus allen Waffengattungen zusammengekommen und hohe Beamte aus den Ministerien. Die enttäuschten mich, die waren alle betrunken und hatten Angst vor den Russen. Ich sprach mit Soldaten des Führerbegleitkommandos, die damit angaben, den Führer verbrannt zu haben. Ich legte einen vor Wut um. Aber dann erfuhr ich alles. Der Führer war tot. Das konnte ich nicht glauben; doch ich nahm alles wie durch einen Nebel aus Pulver und Blut wahr. Jetzt brauchte ich nicht mehr für den Führer zu kämpfen, aber ich kämpfte doch noch. Die Kumpels noch immer: »Genießt den Krieg, der Friede wird fürchterlich.«

Um uns herum hatte Berlin schon kapituliert, die Russen riefen uns mit Lautsprechern an, wenn wir nicht sofort unsere Waffen wegwerfen würden, müßten wir damit rechnen, einzeln und brutal totgeschlagen und nicht erschossen zu werden. Doch wir kämpften weiter. Was sollten wir sonst tun? Die Russen griffen wieder an, ganz massiv, besetzten das Erdgeschoß, drängten uns nach oben zurück. Ganz Verrückte von uns ließen sich mit dem Eßfahrstuhl hinab, schossen in die Russen, und wir zogen sie wieder hoch. Bis die Russen das herausfanden und sie von unten durchsiebten.

Dann fuhren die Russen Panzer und Flammenwerfer auf. Draußen brannte alles, Rauch und Pulvernebel. Wir wollten ausbrechen. Viele hatten sich schon oben erschossen oder die Giftampullen zerkaut, die sie aus dem Führerbunker mitgebracht hatten. Etliche von uns blieben unterwegs liegen, doch ich kam aus dem Bau heraus und lief durch den Park dahinter. Die vor mir wollten durch eine

Mauerlücke, sie liefen in russische Maschinengewehre. Ich hetzte an der Mauer entlang. Ein Kumpel wollte hinüberklettern, ich half ihm hoch. Oben wurde er zerschossen. Ich rannte weiter. Bis es nicht mehr ging. Ich zog mich vorsichtig an der Mauer hoch. Ich sah hinüber. Ich konnte in dem Nebel nichts sehen und sprang ab. Doch da umringten mich Russen von überall. Es waren so viele, daß sie nicht auf mich schießen konnten, sie hätten ihre eigenen Kumpels getroffen.

Ich bekam aber einen furchtbaren Schlag auf den Kopf und konnte gerade noch blöde denken: »So, jetzt bist du tot.« Aber ich war nicht tot, ich wachte wieder auf. Russen zogen mir die Stiefel aus, nahmen mir die Montur ab, bespuckten, beschimpften und traten mich, aber sie ließen mich leben. Auf einmal freute ich mich. Auf einmal fühlte ich mich so frei. Keinen Führer mehr, keine Befehle, keine Anstrengung, so zu sein, wie es von einem Hitlerjungen erwartet wurde. Ich war nicht einmal mehr ein Soldat. Ich lebte nur noch.

Da war ich dankbar und lächelte die Russen an. Besonders einen, der dicht vor mir stand. Der sah mich erstaunt an, der hatte mich bewußtlos geschlagen. Nun lächelte ich, da lächelte er zurück.

»Woina kaputt!« schimpfte er. »Hitler kaputt!« Er bedeutete mir aufzustehen und trieb mich zu einem Gefangenentransport. Er ließ mich leben. Ich genoß jeden Schritt.

Bis nach Küstrin wurden wir ohne Verpflegung getrieben, viele kippten unterwegs um und wurden erschossen. Aber ich lebte noch.

Im Küstriner Lager waren deutsche Gefangene mit roten Armbinden dabei, uns umzuerziehen. Ich weiß auch nicht, warum ich mich meldete, als einer von der rotdrapierten Tribüne herunter behauptete, die Deutschen hätten den Krieg angefangen. »Nein!« schrie ich. »Polnische Soldaten haben zuerst geschossen.«

Ich wurde in einen Verschlag gesperrt, in dem die

schlimmen Nazis extra gefangengehalten wurden. Wir wurden verprügelt, mußten Scheißkübel tragen und die Klos mit unseren Händen putzen.

Man trieb uns Schlimme in ein Lager weiter östlich. Über 30 000 Gefangene kamen dort zusammen. Zu essen gab es kaum etwas. Die Gefangenen starben weg. Nach wenigen Wochen lebte nur noch die Hälfte der ursprünglichen Belegung. Draußen bewachten uns die Russen, drinnen wütete die deutsche Lagerpolizei und fraß uns auch noch die kümmerlichen Rationen weg.

Im Lager wurde verreckt, das war unsere Hauptbeschäftigung. Wir lagen auf langen Pritschen nebeneinander, wurden von Läusen ausgesaugt und von Ratten angeknabbert. Die waren ganz raffinierte Tiere. Die pusteten erst, ehe sie anknabberten, und zwischendurch bliesen sie auch immer wieder, daß die Begütigung den Schmerz immer ein wenig verdeckte und es zu spät für den Angebissenen war, wenn er mit einem Wundstarrkrampf erwachte.

Auch das Wasser war im Lager knapp. Vor der Küche mußte man sich dafür stundenlang anstellen, und wer hielt das schon durch? Es gab noch eine Pumpe neben dem Massengrab und der Latrine. Doch wer daraus trank, konnte sicher sein, daß er an Typhus krepieren würde. Aber viele hielten es vor Durst nicht mehr aus und tranken sich den Tod an.

Wenn die Kumpels nachts starben, wurden sie sofort von ihren Nachbarn geplündert, oft schon vorher, und dann einfach nackt vor die Baracke geworfen, weil die sonst stanken. Ein Leichenkommando sammelte sie ein und warf sie in ein Massengrab, das schon offenstand.

Die Jüngsten im Lager scharten sich um einen ehemaligen SS-Offizier, der Volker hieß. Der übernahm unser Kommando, sorgte dafür, daß wir uns nicht hängen ließen. Der sang Schlager für uns, der diskutierte Philosophie und ermunterte uns alle. Er konnte es aber auch nicht verhindern, daß die meisten von uns verhungerten.

Ich glaubte den Russen nicht, als die uns Bilder von den Gaskammern in Auschwitz zeigten. Ich dachte, das sei alles Propaganda. Doch Volker klärte mich auf. Der war während eines Genesungsurlaubs zum Wachkommando Auschwitz abgestellt worden, hatte alles gesehen, war sofort zum SS-Hauptquartier gefahren und hatte sich dort über die Unmenschlichkeit dieses Lagers beschwert. Doch dort mußte er erfahren, daß alles Methode war – und nicht nur geduldet, sondern befohlen.

Uns sagte er: »Jungens, wenn ich an Auschwitz denke, und was wir den Juden und Russen und anderen angetan haben, dann geht es uns noch unverschämt gut.«

Volker war mit dem Nationalsozialismus fertig. Und ich wurde es auch. Ich fing nun an, meine Eltern zu verstehen. Volker sah auch, daß unsere Lage hoffnungslos war. »Wir müssen hier raus!« stellte er fest.

Er erfuhr, daß im Lazarett neben dem Lager der erste und vielleicht auch letzte Entlassungstransport zusammengestellt wurde. Volker fing sofort an zu kombinieren. Der normale Lagerzaun, der aus Minenfeldern und vierfachen Drahtverhauen mit besetzten Wachtürmen bestand, war kaum zu überwinden. Viele hatten es versucht, alle waren abgeknallt worden. Doch vom Lazarett trennte uns nur ein einfacher Stacheldrahtzaun, der zwar auch bewacht und nachts beleuchtet war, aber nicht so stark.

»Da müssen wir rüber!« befahl Volker. »Unsere einzige Möglichkeit.«

Wir waren nur noch zu dritt, Jupp, Volker und ich.

Es würde am nächsten Morgen keinem auffallen, daß wir verschwunden waren. Jeder dachte nur an sich selbst, und wer fehlte, lag sicher auf dem Leichenhaufen oder war in die offene Latrine gefallen.

Wir wickelten uns die Lumpen von den Toten nebenan um unsere Hände und Füße und schlichen uns zum Zaun. Wir waren nur noch Skelette. Ich war damals schon 1,84 groß und wog nur noch 85 Pfund, als ich nach Hause kam.

Wir warteten im Schatten einer Baracke, bis die Russen vorbeigegangen waren. Volker befahl, wie wir springen sollten. Er nahm die gefährlichste Seite, die zum Russen hin, dann kam ich und der Jupp linksaußen.

Wir sprangen den Zaun an. Ich kam rüber, sprang ab, lief an der ersten Baracke vorbei in die zweite. Jupp schossen sie ins Bein. Er fiel zurück. Volker trafen sie voll in die Brust, er starb sofort. Obwohl sie Jupp schlugen und quälten, behauptete er, nur zu zweit über den Zaun gesprungen zu sein.

Der Sani der Krankenbaracke sah mich, als ich hereinkam und mich zwischen die Sterbenden hinlegte. Kurz danach kamen die Russen in die Baracke. Jeder andere hätte mich denen sofort verraten. Denn es hätte seinen Kopf gekostet, wenn die herausgefunden hätten, daß er mich unterschlüpfen ließ. Ich weiß auch nicht, warum der unbekannte Sani für mich sein Leben riskierte. Der zuckte mit den Schultern, der hatte keinen gesehen und gehört. Auch nicht, als sie ihn mit dem Kolben bearbeiteten. Mich fanden sie nicht. Wenn sie mich näher angesehen hätten, wäre es ihnen doch aufgefallen, daß ich mit aufgerissenen Augen dalag.

Als die Russen abhauten, kam der Sani an meine Pritsche: »Mach das nur nicht wieder!« sagte er. »Ich will hier auch rauskommen.«

Am nächsten Morgen wurden tatsächlich die sterbenden und krüppeligen Gefangenen, denn aus anderen bestand das Lazarett nicht, zur Entlassung untersucht. Aber nur sehr wenige wurden ausgewählt.

Ich stellte mich auch an. In einer hellen Sommeruniform und dick geschminkt saß eine russische Ärztin in der Verwaltungsbaracke, rauchte mit der einen Hand dauernd eine Zigarette, während sie uns mit der anderen in Brust und Hintern kniff. Bekam sie noch etwas Fleisch zu fassen, waren wir noch arbeitsfähig, und nur die Totalskelette und Krüppel hatten eine Chance, entlassen zu werden. Mich schickte sie wieder zurück. Ich stellte mich noch einmal an, und noch einmal, dreimal. Und dann noch zum vierten Mal, ich wollte nicht aufgeben.

Beim vierten Mal brach vor mir ein Kumpel zusammen. Ich nahm ihn hoch und zeigte ihn der Ärztin vor. Sie bedeutete mir, ihn zu dem Schreiber zu schleppen, der in der Ecke die zu Entlassenden in eine Liste schrieb. Ich mußte den Kumpel wachrütteln, eher der seinen Namen flüstern konnte und seinen Entlassungsort. Ich achtete ganz genau auf den Schreiber. Nicht zu früh und nicht zu spät, gerade als er seine Feder vom letzten Buchstaben meines Vorgängers nahm, sagte ich meinen Namen.

Er sah erstaunt auf. Er sah mich an. Er sah, daß ich noch nicht reif zum Entlassen war. Wir sahen uns eine Sekunde an. Alles hing an ihm. Ich konnte nichts sagen. Da senkte er wieder seinen Kopf und schrieb meinen Namen in die Liste. Ich konnte mich noch nicht einmal dafür bedanken, weil das aufgefallen wäre.

116 Kumpels sollten entlassen werden. Ich war der einzige, der noch allein gehen konnte, und wurde zum Transportführer ernannt. Als Marschverpflegung bekamen wir einen Suppentopf mit harten Roggenkörnern mit. Den fraßen die Kumpels sofort leer. Doch ich konnte den Topf behalten. Den hing ich an meinen leeren Koppelhaken, wollte ihn der Mutter als ein Geschenk mit nach Hause nehmen.

Uns wurden zwei russische Soldaten und zwei deutsche rote Lagerpolizisten als Bewachung zugeteilt. Die Russen verschwanden schon, als wir das Lager verließen. Über die Deutschen fielen die Kumpels her, als wir das Waldstück an der Straße erreichten. Die hatten uns im Lager genug gequält. Es war schlimm, wie sie die Polizisten zertrampelten und liegenließen.

Zum Bahnhof wollten wir, nur zwei Kilometer vom Lager entfernt, doch für diesen Marsch brauchten wir fast drei Stunden. Immer wieder mußte eine Pause eingelegt werden.

Der Bahnhof und der ehemalige deutsche Ort war schon von polnischer Zivilbevölkerung besetzt worden. Als die uns sahen, wollten sie ihre Wut an uns loswerden, doch wir konnten sie mit Knüppeln und Steinen abwehren. Die Russen lachten über den Bürgerkrieg und schossen dazwischen. Von den Polen und auch von uns blieben einige liegen.

Einige Kumpels kannten sich mit den Bahnverbindungen aus, und wir wußten alle, daß die deutsche Grenze nun an der Oder war. Dort mußten wir hin, dann ist alles klar, dachten wir. Und so weit war das auch nicht.

Ein Personenzug, der ein- und ausfuhr, nahm uns nicht mit, der war voll von polnischen Soldaten. Doch in der Nacht rollte eine Lok mit zwei Flachwagen ein. Beide Leute auf der Lok waren Frauen. Die Ältere wollte uns zum Teufel jagen, doch die jüngere, eine mit blonden Haaren, ließ uns aufsteigen, doch ich mußte in die Lok zum Heizen hoch.

Es waren zwei Russinnen. Sie waren nett zu uns. Ich schaufelte Kohlen in das Feuer und kriegte ein Stück Brot dafür. Wir mußten ganz langsam fahren, denn die Strecke war gerade erst geflickt worden. Die ältere Russin soff und rauchte Machorkatütchen, die sie sich aus Bibelblättern herstellte. Die jüngere stellte Ranglisten der Literatur auf und wunderte sich nicht, daß ich die russischen Dichter kannte, obwohl sie von unseren kaum gehört hatte. Sie ärgerte sich ein bißchen darüber, daß ich ihre Ranglisten nicht anerkennen wollte, aber sonst war sie sehr nett.

Erst am nächsten Morgen erreichten wir Kreuz, wo wir in einen Zug nach Berlin umzusteigen hofften.

Der Bahnhof war voll mit Polen, die aus den russisch besetzten Ostgebieten Polens kamen und nun in die ehemaligen deutschen Teile umgesiedelt werden sollten. Alle Polen haßten uns Deutsche, und das mit Recht. Wir haben diesem Volk ja Furchtbares angetan.

Als wir in den Bahnhof einfuhren, entdeckten die Polen uns. Sofort brach die Hölle los. Sie bombardierten uns mit Steinen und was sonst in ihre Hände kam. Sie rissen Kumpels von den Flachwagen und trampelten sie tot.

Obwohl die junge Russin, die Sonja hieß, sofort mit dem Zug weiterfuhr, kam fast die Hälfte von uns auf diesem Bahnhof ums Leben.

Sonja fuhr uns bis zu den Lokomotivschuppen, wo sie Russen wußte. Aber die wollten auch nichts mit uns zu tun haben. Die trieben uns wieder zum Bahnhof zurück, obwohl sich Sonja für uns verwendete.

Die Russen verteilten uns auf die einzelnen schon vollen Abteile des eingefahrenen Zuges nach Landsberg an der Warthe. Wer nicht einsteigen wollte, wurde umgelegt. Die Russen wollten uns loswerden.

Und im Zug ging es dann los. Die Polen griffen die einzelnen und kleinen Grüppchen von uns Gefangenen an. Sie zogen die Kumpels nackt aus, andere wurden erstochen, viele schrien, wenn sie aus dem fahrenden Zug gestoßen wurden. Ich war mit dem Mann im Abteil, der vor mir im Lazarett zusammengebrochen war. Der ließ mich nicht mehr los. Der konnte nicht mehr alleine gehen, den mußte ich schleppen.

Die Jugendlichen in unserem Abteil sahen uns böse an. Doch da saßen auch einige ältere Frauen. Die sah ich bittend an. Nebenan wütete ein Horde von polnischen Soldaten und Jugendlichen. Die gingen von Abteil zu Abteil, schlugen die Deutschen zusammen, zogen sie nackt aus und warfen sie aus dem Zug hinaus.

Ich bat die alten Frauen, ob ich mich nicht unter der Bank verstecken dürfte, und mein Kumpel auch. Sie zögerten, aber dann nickten sie doch, machten mit ihren Beinen Platz, und wir kletterten hinunter. Das rettete uns.

Als wir Landsberg an der Warthe erreichten, waren wir

nur noch knappe dreißig Mann. Einige hatten es sogar gut im Zug gehabt und was zu essen bekommen.

In Landsberg hörten wir, daß vom Güterbahnhof Züge nach Berlin fahren würden. Dorthin versuchten wir uns durchzuschlagen. Unterwegs wurden wir wieder von Polen überfallen. Die hatten Waffen, wir nur Steine. Aber einige Kumpels griffen die Polen trotzdem an, einer fiel, doch der andere bekam ein Gewehr, und als wir das hatten, hauten die polnischen Jugendlichen ab.

An der Straße lag ein Kloster. Ich klopfte dort an und bat um Verbandsmaterial für unsere verwundeten Kumpels, doch die Nonne schlug vor mir die Klappe wieder zu.

Unten in den Gärten am Güterbahnhof fanden wir deutsche Frauen und Kinder, die auch auf Züge nach Berlin warteten, die nie kamen. Doch die warnten uns. Tagsüber wurden sie von den Polen belästigt, nachts von den Russen. Die hatten sich schon damit abgefunden, vergewaltigt zu werden, doch uns würden die Russen bestimmt als Konkurrenten sehen und umlegen.

Es hatte auch sowieso keinen Sinn, dort zu warten und zu verhungern. Ich befahl, daß wir nach Küstrin weitermarschieren sollten. Das war nicht mehr so weit. Die Frauen und Kinder kamen mit. Vietz hieß die nächste Stadt, die wir erreichen wollten. Doch der Marsch dorthin war eine Qual. Die Kumpels konnten nicht mehr, und dann fuhr auch noch ein Militärlastwagen in unsere Kolonne hinein. Ein Kind blieb zurück, dessen Mutter getötet worden war. Ein anderer Wagen hielt und wollte Leute von uns mitnehmen. Ich warnte, doch die hörten nicht. Nach einem Kilometer fanden wir sie auf der Straße wieder, von Kugeln durchlöchert.

Wir erreichten Vietz gerade noch so. Weiter marschieren konnten wir nicht mehr. Wir schleppten uns doch wieder zum Bahnhof, und dort lief tatsächlich nach einigen Stunden ein Zug ein, der bis nach Berlin fahren sollte. Es war ein Truppentransporter, vorne liefen die Wagen mit den Soldaten, hinten standen die Panzerwagen auf den Pritschen.

Obwohl ich warnte und befahl, oben aufs Dach zu steigen und dort zusammenzubleiben, stiegen einige Frauen doch in die Abteile der Soldaten, die winkten. Wir brauchten nicht lange auf ihre Schreie zu warten, aber einige Frauen hatten sich damit schon vorher abgefunden.

Wir Kumpels hockten oben auf dem Dach zusammen. Der Zug fuhr langsam durch eine friedliche Abendstimmung mit Wiesen und Weiden am Bach. Aber nicht lange blieb es bei dieser Stimmung. Herden von Kindern und Jugendlichen kamen wie Klammeraffen über die Dächer geklettert und überfielen unsere Schwachen an den Rändern des Menschenklumpens. Sie waren betrunken, sie wollten die Kumpels vom Dach werfen, weil sie nichts mehr bei ihnen fanden. Die wurden frech und wollten mir sogar meinen Kochtopf stehlen.

Da wehrten wir uns. Wir traten sie, und als sie einen Kumpel vom Dach warfen, schmissen wir einige Wilde hinterher. Die zogen sich zurück, aber kamen bald mit den betrunkenen Panzerfahrern aus den Abteilen aufs Dach, denen sie wohl erzählt hatten, wir seien plündernde deutsche Soldaten.

Die räumten furchtbar unter uns auf, schossen und stachen. Wer noch konnte, wagte sich vom Dach des fahrenden Zuges über die Fenster bis auf die Laufplanken der alten Waggonmodelle herunter. Etliche von uns stürzten ab. Aber wir waren dann wieder in Sicherheit, weil es dunkel wurde.

Bis Küstrin fuhren wir, doch da kam russische Militärpolizei und jagte uns. Wir zogen uns in der Dunkelheit etwas vom Zug zurück, und als der anfuhr, sprangen wir wieder auf. Langsam setzte der Zug über eine Behelfsbrücke der Oder, und drüben war Deutschland.

Das half aber nichts. Schon auf dem nächsten Bahnhof

jagten sie uns wieder. Wir mußten vom Bahndamm fliehen und rollten uns den Damm hinab.

Wir schliefen bis in den nächsten Morgen, kletterten dann zum Bahnhof hoch, erhofften uns dort Deutsche, doch es waren Russen. Die waren aber nett, hielten sogar einen Güterzug an und ließen uns damit bis nach Berlin fahren. Einer starb noch oben auf dem Dach. Als wir den Bahnhof Lichtenberg in Berlin erreichten, waren wir nur noch fünf von hundertundsechzehn Mann. Zwei blieben in Berlin. Jetzt war nur noch Karl Wenzel bei mir, der im Lazarett vor mir zusammengebrochen war. Der wollte nach Freiburg in Sachsen, schaffte es aber bestimmt nicht mehr allein dorthin. Er bat mich, ihn doch nach Hause zu bringen. Tat ich, denn das war ja kein großer Umweg, und er hatte auch einen Bauernhof dort, wo er mich verpflegen wollte. Rudi mit dem Holzbein kam auch mit – ein Schlesier, der nicht wußte, wohin er sollte und wohin seine Angehörigen geflüchtet waren.

Zwei Stationen vor seinem Heimatort starb uns der Karl Wenzel weg. Wir brachten ihn nur noch als Leiche nach Hause. Rudi blieb auf dem Bauernhof, doch ich mußte nach Hause.

In der russischen Zone wurde ich zweimal verhaftet, doch weil die Russen nicht aufpaßten, konnte ich wieder abhauen. Ich schlich mich über die Zonengrenze. Ich dachte, die Amis würden sich über mich freuen, doch die warfen mich vom Zug herunter, mit dem ich nach Frankfurt/M. fahren wollte. Aber dann erwischte ich doch einen leeren Kalkzug, auf dem Dach fuhr ich durch das Maintal. Umsteigen und hungern bis zum Ruhrgebiet hoch. Obwohl ich eigentlich nicht mehr konnte, rannte ich doch vom Bahnhof meiner Heimatstadt bis zu unserem Häuschen hoch. Was für eine Freude, als ich sah, daß es noch stand. Das Törchen war noch verschlossen. Ich kletterte hinüber. Oben im Haus schliefen sie noch, doch die Mutter war unten im Keller schon am Waschen. Ich stieg leise die Kellertreppe vom Hof hinab und steckte meinen Kopf durch die Tür.

Da sah sich die Mutter um und schrie auf. Vater und Schätz kamen die Treppe heruntergestürzt. Ich war wieder zu Hause. Ich gab der Mutter den Topf. »Der ist noch ganz gut«, belehrte ich sie. »Den kannst du noch gut gebrauchen.« Ich war stolz, daß ich wenigstens etwas mitgebracht hatte.

Ich schlief eine Woche lang, ging aufs Klo und aß, was die Mutter für mich gehamstert hatte. Keiner hatte damals in Deutschland genug zu essen. Alle hungerten und viele verhungerten, doch die Mutter sorgte dafür, daß ich wieder auf die Beine kam. Mir paßte keine Kleidung mehr, und ich besaß auch nichts außer der Uniform, die ich nicht mehr anziehen konnte. Auf dem Kopf behielt ich immer eine Mütze, weil die Russen mir den Kopf kahl geschoren hatten.

Karl, mein Klassenkamerad von der Volksschule, schulte gerade vom Hitlerjugendführer auf christlichen Verein um. Ich wunderte mich, denn der war früher nie fromm gewesen. Mit dem sprach ich auch über Philosophie und fragte mich mit ihm: Was ist denn der Sinn des Lebens? Ich suchte ihn beim alten Goethe, beim Schopenhauer, aber auch bei Karl Marx. Eigentlich wollte ich die Schule weitermachen, doch die nahmen mich nicht an, weil ich von einer Nazischule kam. Mein Vater hätte sich für mich einsetzen können, der war ja jetzt was ganz Besonderes, was jeder gerne sein wollte, nämlich ein Verfolgter des Naziregimes. Aber es ekelte ihn an, wer da nun alles war, und er trat aus dem Verein aus, genauso wie aus seiner Partei, weil solche Typen wie der Emil Förster wieder nach oben kamen. Aber eine Beschäftigung brauchte ich. Also wurde ich Nachtwächter auf einem Autofriedhof. Da war ich nächtelang allein und konnte viel lesen und nachdenken. Ich fraß die Bücher, besonders jene, die wir früher bei Hitler nicht lesen durften. Hemingway und die Buddenbrooks lernte ich fast auswendig. Ich nahm mir auch unser altes Grammophon mit in die Wachbude und hörte Bach und die späten Quartette von Beethoven.

Angezogen war ich wie eine Vogelscheuche. An den Füßen hatte ich abbröckelnde Damenschlittschuhe, die unsere Nachbarin Frau Lange einmal von ihren Herrschaften, wo sie in Stellung war, geschenkt bekommen hatte. Ich trug die gestreifte Stresemannhose vom Herrn Rechtsanwalt. Viel zu kurz war die, aber der Hintern hing leer wie ein Fesselballon herunter. Die Mutter hatte unten noch ein Stück Stoff angesetzt, damit die Hose wenigstens bis unter die Waden reichte. Als Hemd trug ich nur das Schweißhemd vom Vater. Das war mir zu breit und zu kurz, aber es wärmte. Außerdem hatte mir die Mutter einen Pullover aus all ihren Wollresten und aufgeribbelten Strümpfen und Deckchen gestrickt. Doch damals liefen wir alle so herum. Ich fiel nur auf, weil ich nie ging, sondern rannte, auch bei Regen und Schnee, und mit den Händen um mich schlug, denn ich phantasierte im Laufen. Ich war auf der Flucht vor all dem, was mir passiert war.

Mein bewachter Autofriedhof war eine begehrte Fundgrube. Dort standen alte Wehrmachtsautos, und jedes Ersatzteil war viel wert, weil es sonst keine gab. Auch Reifen und Benzin gab es dort. Darum schlugen sich die Kunden, und ein blühender Schwarzmarkt entwickelte sich. Tagsüber war das in Ordnung, aber ich mußte aufpassen, daß sich dort nachts keiner versorgte. Das war gefährlich, denn üble Typen erschienen, boxten mich zusammen und räumten das Lager aus.

Aber das änderte sich, als ich in einem Schützenpanzerwagen eine Maschinenpistole und eine Kiste Munition versteckt fand. Damit bewaffnete ich mich. Das war damals strengstens verboten, und die englische Besatzungsmacht konnte mich dafür mit dem Tode bestrafen. Aber ich knallte den Kameraden vor die Füße, wenn sie nachts erschienen, und die verschwanden sehr schnell. Das sprach sich auch herum, und bald wurde ich nicht mehr gestört. Nazis, die einen Wehrwolf gegen die Besatzer aufbauen wollten, meldeten sich bei mir und wollten mich überreden, »Staatsfeinde« umzulegen. Auch Gangster erschienen und wollten mich in ihre Banden aufnehmen. Doch ich hatte vom Schießen genug und las lieber Hemingway.

Ich suchte überall den Sinn des Lebens: in meiner Wachbude, beim Rumrennen durch den Regen, sogar beim Boxverein und beim Tanzen nach der Kapelle Calamini im Rosengrün. Doch mit den Schicksen dort konnte ich mich über meine Dinge nicht unterhalten, die wollten nur einen festen Verkehr und einen, der ihnen das Bier ausgab.

Karl bearbeitete mich mit seinem christlichen Glauben. Doch ich verstand ihn nicht, er redete aus einer anderen Welt, die ich nicht kannte. Aber die Frage nach dem Sinn des Lebens und wer ich eigentlich sei und was ich sollte, gab mir keine Ruhe. Ich rannte wieder einmal durch den Regen die lange Castroper Straße entlang. Ich war schon ganz durchgeweicht. Sonst war kein Mensch auf der Straße.

Da hielt ein englischer Lastwagen neben mir, und der Soldat befahl mir einzusteigen. Der trug sicher eine Waffe, was sollte ich machen? Aber der war so freundlich zu mir, als wir losfuhren. Der trug eine komische Uniform, nicht die normale braune, sondern eine dunkelblau gefärbte. Der fuhr auch nicht in die Kaserne, sondern in eine beschlagnahmte Villa am Rande unserer Stadt.

Aber dort führte er mich in den Keller. Ich dachte schon, der würde mich dort einsperren, doch dann fing er an, mich einzukleiden: lange Unterhosen, dickes Unterhemd, Militärsocken, blaugefärbte Uniform, einen Wachmantel bis an die Knöchel und schwere Unfallverhütungsschuhe. Ich sah ihn überrascht an. Da steckte er mir noch ein Neues Testament in die Tasche, und ich konnte gehen. Das war ein Mann von der englischen

Heilsarmee gewesen. Kein Wort hatte er gesagt, doch ich fing an, in dem Buch zu lesen, und ich lese noch heute darin.

Ich begriff erst nicht, was in dem Buch stand, doch Karl half mir, und dann schleppte er mich auch in die Bibelstunde mit. Ich wunderte mich, daß die voll mit ehemaligen Hitlerjugendführern war. Über zweihundert junge Männer drängten sich jeden Dienstag in den häßlichen Saal. Ein Pastor, Superus genannt, leitete die Diskussionen über die Bibel ein, und dann ging es los. Über alles wurde geredet, jeder durfte auspacken, und diesen Superus konnte man Tag und Nacht sprechen.

Ich war erst dreimal dort gewesen, da sprach mich schon der Sekretär des Vereins an. Der meinte, ich könnte doch eine Jungengruppe für den Verein oben bei uns in Süd aufbauen. Bis dorthin war nämlich der Verein noch nicht gedrungen. Die Kumpels oben bei uns hielten nicht viel von der Kirche. Ich wollte erst nicht, doch der Sekretär überredete mich: »Ist doch ganz einfach. Du singst und spielst mit denen, erzählst denen eine spannende Geschichte, hörst immer dann auf, wenn die am spannendsten ist und erklärst ihnen, daß du sie beim nächsten Mal weitererzählst, und anschließend muß dann aber noch eine Andacht kommen.«

Was eine Andacht war, wußte ich aber nicht. Doch die brachte mir der Karl bei.

Besonders gut klappte es mit meinen Geschichten. Die zogen die Jungen an. Jeder Junge aus Süd, der zwischen zehn und vierzehn Jahre alt war, kam wegen dieser Geschichten zur Jungschar.

Meine Andachten waren ziemlich dürftig, sie wurden aber besser, je tiefer ich die Bibel kapierte. Ich wuchs in den christlichen Glauben hinein, wurde ein Spezialist im Geschichtenerzählen und holte für den Verein den Nachwuchs heran.

Karl nahm mich auch in die Heime mit, in denen Bergarbeiter wohnten, die ins Ruhrgebiet verschlagen worden waren. Mit denen redeten wir. Ich fing an zu begreifen, wie mich Gott bisher in meinem Leben geführt hatte, und nahm mir vor, diesem Jesus nachzufolgen. Und dabei bin ich bis heute geblieben.

Der Superus und der Sekretär sprachen mich dann an und fragten, ob ich nicht christlicher Jungendwart werden wollte. Ich hatte nichts dagegen. Nachtwächtersein befriedigte mich nicht auf die Dauer. Die Eltern waren froh, daß ich einen besseren Beruf ergriff, obwohl sie nicht verstanden, wie ich denn zu einem Frommen werden konnte.

Die Praktikantenzeit beim christlichen Verein in meiner Heimatstadt machte mir großen Spaß. Ich baute die Jungscharen auf und besuchte die Kumpels in den Heimen und wuchs im Glauben.

Während dieser Zeit hatte ich auch was mit zwei Mädchen zu tun. Die eine war hübsch, modern, sehr begehrt, rauchte sogar und malte sich die Lippen an. Wir mochten uns sehr, aber Liebe war es doch nicht. Sie heiratete dann einen ehemaligen Offizier, der Studienrat wurde und heute das Gymnasium einer kleinen Kreisstadt leitet. Sie ist eine Matrone geworden und gehört zu den ersten Damen der Stadt. Ihren Mann kenne ich auch ganz gut. Wir sind Freunde. Es ist gut, daß sie den geheiratet hat.

Die andere war auch sehr hübsch, aber mehr eine Intellektuelle. Mit der besuchte ich Museen und das Theater. Mit ihr konnte ich über alles reden. Später hat sie meinen Freund Karl geheiratet. Und auch wir sind noch Freunde. Es ist ganz gut so, daß es mit uns nicht geklappt hat. Aber damals gingen wir alle drei durch ziemliche Krisen. Jeder ist den Weg geführt worden und gegangen, der besser für ihn war.

Nach meiner Praktikantenzeit, die ich auf drei Jahre verlängerte, besuchte ich die Schule für christliche Jugendwarte in Kassel. Das war eine gute Zeit. Der Direktor, mein guter Freund Fritz, brachte mir Theologie nach der Schwarzwälder Holzhackermanier bei. Dort kam er nämlich her, aber trotzdem hatte er noch einen Doktor in Theologie gemacht. Mein spezieller Lehrer und Freund war aber Kuno. Der gab »Kulturunterricht«, und abends hockte ich stundenlang auf seiner Junggesellenbude. Von dem nahm ich viel mit.

Kuno war italienverrückt, und er sorgte dafür, daß ich auch etwas davon abbekam. Er hatte nämlich einen Freund in Mailand, der dort Pfarrer der deutschen Gemeinde war. Dieser suchte nach einem Mann, der für ihn ein Jugendlager am Lago Maggiore leiten sollte. Kuno fummelte das, und ich war einer der ersten Deutschen, die sich nach dem Krieg wieder in Italien sehen ließen.

Ich habe mich in meinem Leben nie um eine Stelle beworben, Berufe sind mir immer angeboten worden. So auch der eines »Bergmannsmissionars« im Ruhrgebiet. Der Jugendpfarrer von Westfalen rief mich an und fragte, ob ich das machen würde. Das sei ein harter Job. Ich hatte nichts dagegen.

Ich zog in ein Lager, arbeitete und lebte mit den Kumpels zusammen. Langsam gewann ich ihr Vertrauen. Aber gleichzeitig wollte ich sie auch aus der Isolierung und dem Bierdunst der sogenannten Bullenklöster herausholen.

Ich wollte sie mit den Gruppen der christlichen Vereine zusammenbringen, doch das klappte nicht. Der Unterschied war zu groß. Da fing ich an, in den Kellern der Gemeindehäuser, wo sonst keiner hin wollte, Gruppen mit Kumpels aus den Kolonien zu bilden. Da fühlten sich die Kameraden aus den Wohnheimen dann wohler.

Mit diesen beiden Gruppen ging ich auch auf Fahrt. Wir klapperten halb Europa ab, »Schocktherapie«, mal nach Paris, mal nach Kopenhagen. Unterwegs Singen, aber auch Andacht. Die Kumpels kamen auch mit ihren Problemen an. Mir machte die Arbeit große Freude.

Natürlich nahm ich die Kumpels aus den Wohnheimen

und Gemeindehauskellern mit nach Italien. Eine Woche Rom zum Angucken, dann eine Woche Lago Maggiore zum Ausruhen. Die Lager liefen vom Mai bis in den September, alle überbelegt. Ich war die ganze Zeit unten. Das gefiel dem kirchlichen Sozialamt aber gar nicht.

Die setzten einen Oberpfarrer in unser Büro nach Hörde hinter dem Bahnhof. Dem war ich sowohl zu frech als auch zu fromm, und schon gar nicht gefiel ihm, daß ich den Sommer in Italien verbrachte und auch im Winter nicht seine einberufenen Sitzungen besuchte. Ich hasse Sitzungen, ich langweile mich dort immer bis zum körperlichen Schmerz, obwohl ich leider einsehen muß, daß sie notwendig sind.

Die vom Kirchenamt bestellten mich zu sich, ehe ich wieder einmal nach Italien fuhr. Sie stellten mir ein Ultimatum. Ich mußte die Hälfte meiner Lager absagen und sollte mich mitten im Sommer wieder in Hörde hinterm Bahnhof zum Dienst melden.

Ich war sauer, aber was konnte ich tun? Ich paßte nicht mehr in den Kirchenverein, aber meine Arbeit in den Heimen und Kellern wollte ich auch nicht aufgeben. Die Kumpels mochte ich, ich konnte ihnen was geben, und ich war sicher, daß mein »Boß da oben« mich für diese Arbeit ausgesucht und durch all die Schwierigkeiten mit Gefangenschaft und Krieg geführt hatte. Ich kann mich nicht theologischer ausdrücken, weil ich das nicht gelernt habe. Ich bin eben nicht mehr als ein Schütze A . . . im letzten Glied der christlichen Formationen, aber dort stehe ich ganz fest im Glauben, Hoffnung und Liebe von meinem guten Herrn.

Wie Kaminski in Rom die Karin traf

Sonst fuhren die Gruppen erst nach Rom und dann an den Lago Maggiore, aber mit der letzten mußte ich es umgekehrt machen, wegen der »Knallköppe« hinter dem Hörder Bahnhof im Kirchenamt. Die Woche mit den Kumpels in Rom war viel zu schnell um. Ich brachte sie morgens zum Bahnhof, und dann hätte ich eigentlich auch mit meinem Motorrad losfahren müssen, um pünktlich in Hörde zu sein.

Aber ich zögerte. So schnell kam ich von Rom nicht los. Vielleicht war das meine letzte offizielle Reise nach Italien, man konnte ja nicht wissen, was die vom Kirchenamt gegen mich hatten. Ich paßte zu wenig in ihr Konzept, darum mochten sie mich nicht. Bullenkloster, Italien und erweckliche Verkündigung konnten die nicht zusammenbringen.

Ich zögerte also und fuhr dann vom Bahnhof noch einmal bei Enrico vorbei, obwohl ich dem schon »Arrivederci« gesagt hatte. Enrico war mein Freund, ein Schreiner in Trastevere, bei dem ich in den Hobelspänen schlafen konnte, wenn ich in Rom war.

Ich fuhr also mit meinem Motorrad, Margarethe genannt, zu ihm hinüber. Ich liebte meine Zündapp zweihundert. Sie hatte schon den letzten Krieg erlebt, wurde noch am Tank geschaltet, was ich auch mit dem Knie bewerkstelligen konnte; ich fuhr nicht gerade schnell, aber immer zuverlässig damit. Eigentlich hatte ich die Maschine bekommen, um die Wohnheime abzufahren, aber sie kannte sich auch ganz gut auf der Strecke nach Italien aus.

Ich wollte am Lago Maggiore vorbeifahren, Signora Angela begrüßen und dann direkt nach Hörde durchfahren. Aber dann ließ ich doch das Motorrad bei Enrico stehen und sagte, ich würde noch ein bißchen durch die Stadt schlendern. Ich kam von Rom nicht los. Bis zum Mittag konnte ich vielleicht noch warten, aber dann mußte ich unbedingt fahren, sonst schaffte ich den Termin in Hörde nicht.

Ich weiß auch nicht, wie ich dann noch zum Vatikanmuseum gekommen bin. Den Mann an der Kontrolle kannte ich, und der ließ mich so durch.

Ich ging zu den Bildern und Skulpturen, die ich mochte, lag noch etwas unter der Decke der Sixtinischen Kapelle, bis mich die Touristengruppen vertrieben. Es wurde auch langsam warm, und ich stieg zu den Kammern im oberen Stock hoch, die Raffael ausgemalt hatte, wo es immer leer und kühl war. Ich setzte mich vor das Fresco mit der Schule von Athen, weil dort gerade ein bequemer Holzsessel stand und eine kühle Brise durch das offene Zimmer strich. Tief unten im Hof plätscherte ein Brunnen, und der Verkehr von Rom drang wie Meeresrauschen hoch.

Ich genoß die Brise, die Milde Roms, aber auch das angenehme, augenfällige Bild. Wenn ich den Kumpels das Museum zeigte, hielt ich mich nie lange mit Raffael auf. Die Dramatik des Michelangelo gefiel mir besser und ihnen auch. Aber nun saß ich vor diesem Bild und mußte sagen, daß es mir auch gefiel, gerade, weil es so mild und gefällig in den Farben war. Und klug war es auch. Die einzelnen Philosophen der Schule von Athen waren ihrer Geisteshaltung entsprechend dargestellt worden.

Das Fresco gefiel mir. Draußen latschten die müden Touristengruppen vorbei. Wenn sie hier oben ankamen, hatten sie genug vom Museum, die Führer konnten sie vor kein Bild mehr locken, ihnen taten die Füße und die Augen weh. Ich hatte Ruhe. Die brauchte ich auch vor der langen heißen Fahrt bis zum Lago Maggiore hoch, denn den mußte ich noch in der Nacht erreichen, sonst schaffte ich es morgen nicht mehr bis nach Hörde hinterm Bahnhof, Kirchenamt für Soziales.

Während ich so dasaß, nahm ich nur nebenbei wahr, was auf dem Flur geschah, aber doch, daß ein Mädchen dort nach einigen lustigen Sandalenschrittchen stehenblieb. Ich sah sie kurz aus den Augenwinkeln an. Sehr blonde Haare, eine blaue Bluse ohne Ärmel, ein heller Rock mit abstrakten Mustern.

Aber dann konzentrierte ich mich wieder auf das Bild. Das war auch schön, und ich mußte ja gleich fahren. Das Mädchen duftete nach einem zarten, aber interessanten Parfüm, nicht übertrieben, sehr geschmackvoll. Ich schnupperte. Sie trat ins Zimmer ein. Ich sah schnell, daß sie auch blaue Augen und ein kleines Näschen hatte und lustige rote Pünktchen auf den Zehennägeln in den offenen Sandalen.

Ich bewegte meinen Kopf nicht, wenn ich sie ansah, das tat ich nur aus den Augenwinkeln heraus. Sie sah nett aus, aber ich wollte mich auf das Bild konzentrieren, und gleich mußte ich weg. Das Bild war so schön und bequem zum Ausruhen und Aufnehmen.

Also vertiefte ich mich wieder in das Bild.

Sie sah mich kurz an, zögerte, aber dann sprach sie mich doch an: »Excuse me. Do you speak English?« Und als ich es bejahte, erklärte sie: »Ich habe mich hier verlaufen. Ich weiß nicht, wo ich bin. Können Sie mir bitte sagen, was das für ein Bild ist?«

Mein Englisch war damals ziemlich primitiv, ich konnte nur in der Gegenwart sprechen und mit vielen Fehlern. Aber ich hatte nie Hemmungen, das zu tun. Ich redete einfach drauflos. Die Leute lächelten, wenn ich Englisch sprach, sie amüsierten sich, aber sie lachten mich nie aus.

Ich sprang sofort auf und fing an, ihr das Bild zu erklären, so wie es Kuno mir erklärt hatte. Mit dem Bild kannte ich mich ganz gut aus, und ich erzählte ihr auch, was ich beim Betrachten empfand. Ich sah, daß ihr das imponierte, und sie hatte Spaß dabei. Gut, daß es im Englischen kein Sie gibt und man sofort beim Du ist.

»Bist du auch ein Maler?« fragte sie mich erstaunt.

Es tat mir leid, daß ich kein Maler war. »Ich bin nur ein Bergmannsmissionar«, rutschte es mir heraus.

Aber sofort war sie interessiert zu wissen, was das nun sei. Ich sagte ihr, daß ich den Titel nicht mochte, aber die Arbeit doch sehr. Ich erklärte ihr kurz, was ich tat. Das interessierte sie.

»Und was bist du?« fragte ich sie.

»Ich studiere Zahnmedizin«, antwortete sie.

Das schaffte zunächst etwas Abstand in mir. Sie war eine Akademikerin. In Deutschland war das damals etwas Außergewöhnliches. Die ließen sich bei uns kaum mit »normalen« Menschen ein.

Dann schätzte sie ab, aus welchem Land ich kam. Sie tippte auf Norwegen und war sehr erstaunt, daß ich ein Deutscher bin. Ich bemerkte, daß ihr das nicht besonders behagte. Ich dachte, sie sei Schwedin, aber Karin kam aus Finnland. Ich hatte vorher noch nie eine Finnin gesehen. Von Finnland wußte ich nicht viel, hatte im Krieg viel von den tapferen Soldaten gehört, vom Marschall Mannerheim und dem Land der tausend Seen.

Karin hieß sie also. Sie konnte sogar etwas Deutsch sprechen mit einem starken finnischen R. Aber sie redete lieber englisch und fand, daß ich es auch ganz gut konnte. Naja.

Ich fragte sie, was sie im Museum gesehen habe. Nichts außer Korridoren und Touristengruppen.

»Dann muß ich dir doch wenigstens die wichtigsten Bilder zeigen«, schlug ich vor.

Sie war dafür dankbar, informierte mich aber, daß in zwei Stunden ihr Zug nach Viareggio abfuhr. Den mußte sie unbedingt erreichen, denn sonst verfiel ihre Fahrkarte nach Stockholm mit dem Sammeltransport. Ich erklärte ihr, daß ich auch wegfahren muß, ja, eigentlich schon abgefahren sein müßte. Ich zeigte ihr schnell die wichtigsten Bilder und Skulpturen oder besser jene, die mir gefielen.

Dann standen wir wieder oben, wo wir uns zum ersten Mal getroffen hatten. »Dieses Zimmer ist jetzt schon Geschichte für uns geworden«, meinte ich.

Dann sahen wir aus dem Fenster der oberen Etage über Rom, und ich erklärte ihr die Stadt. Karin war von dem starken Gefälle zwischen arm und reich verwirrt. Sie konnte sich an den prunkvollen Palästen und Kirchen nicht freuen, weil es in dieser Stadt auch so viel Armut gab.

Sie hatte auch keine Römer kennengelernt – außer von der unangenehmen Seite – und meinte, das würde ihr ein falsches Bild geben. Ich meinte, ich könnte ihr noch etwas von Rom zeigen. Sie sah auf ihre Armbanduhr. Das ginge nicht! Sie mußte zum Hotel, ihren Koffer holen und dann zum Bahnhof fahren.

Ich brachte sie bis zum Hotel und erzählte ihr unterwegs von Rom. Rom, so wie ich es kannte, aus der Sicht meiner Freunde, und wie die hier lebten. Das interessierte sie noch mehr als die Bilder. »Ich würde viel lieber Sozialarbeiter werden als Zahnarzt«, sagte sie. »Was macht man denn als Zahnarzt? Man füllt den Leuten, die gut zahlen können, die kleinen Löcher in den Zähnen. Aber wenn ich mit dem Studium fertig bin, geh ich aufs Land und helfe den Menschen dort. Da gibt es kaum Zahnärzte. Die drängen sich meistens in den Städten zusammen.«

Obwohl wir nicht gerade schnell gingen, hatten wir ihr Hotel doch bald erreicht. Wir hatten eigentlich kaum noch Zeit, um bye-bye zu sagen.

»Ich hätte dir doch gerne mehr von Rom gezeigt«, sagte ich traurig.

Sie blieb stehen, überlegte. »Vielleicht geht später noch ein Zug«, sagte sie. »Ich werde jetzt etwas essen, und wenn du dann noch etwas Zeit hättest, wäre das sehr nett von dir.«

Natürlich hatte ich Zeit. Ich rannte zu Enrico und sagte ihm: »Ich bleib noch hier bis zum Abend, dann fahr ich direkt bis nach Deutschland durch.«

»Warum denn?« fragte der erstaunt.

»Ich hab die Frau meines Lebens getroffen!« rief ich und lief schon wieder weg.

Bald saß ich wieder auf der Uferbrüstung gegenüber Karins Hotel und wartete auf sie. Neben mir hockten andere junge Männer, die auf eine Chance hofften, blonde Ausländerinnen auszuführen. Sie pfiffen jeder nach, die aus dem Portal trat, liefen ihnen hinterher, boten sich an, wurden jedoch immer wieder abgewiesen.

Als Karin im Portal erschien, setzte ich sofort über die Straße. Ich wäre fast noch überfahren worden, Gehupe und Geschimpfe, doch ich war drüben bei ihr.

Sie sah nett aus. Sie hatte sich frisch gemacht, ihre Lippen leicht angemalt, sie duftete nach einem herben, aber freundlichen Parfüm. Auf ihrem blonden Schopf aus kurzen Haaren trug sie ein rotes Chinesenhütchen aus Bast. Das sah so lustig aus und paßte gut zu ihren roten Zehennägeln.

Ich zeigte ihr Trastevere und die Gassen der Stadt, wo wir keine Touristen trafen. Sie liebte die kleinen Dinge, besonders leere alte Flaschen in den Trödelläden und alte Töpfe. Die wollte sie alle kaufen und mitschleppen.

Ich sprach für sie Kinder und alte Frauen an. Wir vergaßen alles, auch die Abfahrt ihres Zuges und meinen Termin übermorgen früh in Hörde.

Sie entdeckte das eigentliche, freundliche Rom in den Seitengäßchen und versteckten Läden.

Gegen Abend erreichten wir die spanische Treppe. Die war damals noch nicht von Touristen besetzt. Die fuhren unten nur in Omnibussen oder Kutschen vorbei. Auf den Stufen hockten italienische Familien in der kühlenden Abendbrise. Wir setzten uns auch auf die Stufen. Wir fühlten, wir gehörten zu Rom.

Und da fing Karin zu summen an. Zum erstenmal seit ihrem Erlebnis mit dem Fräulein Müller sang sie wieder.

Sie summte eine Melodie von Brahms, seine Variationen über ein Thema von Haydn, erst getragen, aber dann sehr schnell und lustig. Ich kannte die Melodie auch. Kuno hatte eine Platte davon. Es war so schön, neben diesem netten Mädchen aus Finnland zu sitzen.

Um uns herum spielten kleine Mädchen Verstecken. Doch die etwas Größeren beherrschten das Spiel. Sie fanden die Kleinen sofort, waren aber von diesen kaum zu entdecken. Um aber die Lust der Kleinen am Spiel nicht ganz zu zerstören, denn sie brauchten sie ja zu ihrem Spiel, durften sie sich manchmal auch verstecken. Die Großen drehten sich dann schnell zur Wand und fingen rasend zu zählen an. Die armen Kleinen waren dann aber von dem schnellen Zählen so fasziniert, daß sie kaum von der Stelle kamen und nur Verstecke fanden, in denen sie sofort gefunden wurden. Besonders eine ganz Kleine blieb immer wie angewurzelt stehen, riß den Mund auf, wenn die Großen mit dem rasenden Zählen begannen, und wurde schon auf den Stufen der Treppe erwischt. Sie weinte dann, weil sie immer sofort und als erste gefunden wurde.

Da griff Karin ein. Als die Kleine wieder einmal hilflos und schon schluchzend auf den Stufen stand, winkte Karin sie zu sich und versteckte sie unter ihrem weiten Rock. Die Großen suchten, fanden auch alle anderen, aber nicht die Kleine. Als die Großen dann bis zu den Blumenständen hinunter suchten, ließ Karin die Kleine laufen, und die schlug sich stolz an.

Sie versteckte sich dann wieder erfolgreich unter Karins Rock, und dann noch einmal. Aber dann entdeckten die Großen, wo sie sich versteckt gehalten hatte, und wollten sich nun auch dort verstecken.

Wir hatten viel Spaß mit ihnen. Als dann die Mädchen einen Reigen über die Treppe tanzten, nahmen sie Karin und mich mit hinein. Das machte uns viel Spaß, und wir lernten den Reim der Mädchen, sangen ihn mit, wenn auch falsch.

Dann wurden die Kinder nach Hause gerufen, und wir bummelten zum Tiber hinab. Unten kauften wir uns auf Eis gekühlte Melonenscheiben. Die waren sehr erfrischend, stillten nicht nur den Durst, sondern wuschen uns auch das Gesicht. Wir gingen am Tiber entlang. Wir beugten uns über die Brüstung. Ich erzählte Karin von Rom. Sie fragte. Sie lächelte. Da legte ich meinen Arm um sie.

Es wurde dunkel. Wir gerieten nach Trastevere hinüber in die dunklen Straßen am Tiber, wo die Lagerhallen sind. Kaum ein Mensch begegnete uns. Die Autos mieden die Straßen dort, weil die noch nicht asphaltiert, sondern nur mit groben Steinen gepflastert waren.

Ich spürte, daß es Karin nicht geheuer war. Sie war mit einem fremden jungen Mann in einer fremden Stadt. Ihr Zug und Anschluß war nun weg. Und ich war auch noch ein Deutscher, einer von denen, die sie gar nicht mochte.

Sie wurde auch vom Gehen auf dem harten Pflaster müde. Unsere Augen hatten sich an die Dunkelheit gewöhnt. Ich konnte Karins Gesicht erkennen. Ich sah, daß es gespannt war. Karin wollte sich ausruhen. Wir fanden eine Rampe, die zum Tiber hinablief. Auf die niedrige Brüstung, die an der Ufermauer entlang gemauert war, setzten wir uns. Karin konnte sich gegen die Wand lehnen.

Ich sah sie an. Ich lächelte. Sie lächelte etwas zurück, aber nicht ganz frei.

Da entdeckte sie einen Eisenring hinter sich an der Wand, an dem die ankernden Schiffe ihre Taue festknoteten. Karin hob den von der Wand und ließ ihn zurückklingen. Das klang ganz unerwartet freundlich und heiter, wie italienische Kirchenglocken am Sonntagmorgen.

Karin ließ den Ring klingen. Wir hörten zu. Ihr Gesicht entspannte sich, sie lächelte.

»It is our Bell of Trastevere«, sagte sie, »das ist unsere Glocke von Trastevere.«

Die Glocke klang so freundlich. Eine kleine Sache, wie Karin sie liebte. Es störte uns nicht, daß wir über einer Müllkippe saßen. Wir lauschten auf unsere Glocke von Trastevere.

Ich sah ihr Gesicht. Das war so nah neben mir und doch so fern. Das sah so finnisch aus, so fremd. Ich hatte das

Mädchen so lieb. So lieb, wie ich vorher noch nie eine geliebt hatte.

»I love you«, sagte ich zu ihr.

Sie sah mich erstaunt an.

Ich küßte sie. Da schossen Tränen aus ihren Augen.

»Du kennst mich doch kaum, und ich dich auch nicht«, sagte sie.

Ich putzte ihr die Tränen ab. Ich küßte sie.

»Ich habe dich so lieb, so lieb, so lieb«, sagte ich.

Sie war sich noch nicht so sicher. Ich zog sie fest an mich. Ich brachte sie zum Hotel zurück.

»Morgen früh bin ich wieder da«, sagte ich.

»Ich hab dich vielleicht auch lieb«, sagte Karin, »aber ich bin eine Finnin, und bei uns geht das nicht so schnell.«

Dann lächelte sie, gab mir schnell einen Kuß und verschwand im Hotel.

Am nächsten Morgen saß ich schon um sechs Uhr auf der Mauer vor ihrem Hotel. Als Karin herauskam, lief ich ihr entgegen, und wir umarmten uns mitten auf der Straße. Das verstanden die italienischen Autofahrer. Keiner hatte auf einmal Eile, nicht einer hupte, alle winkten und freuten sich mit.

Wir kamen gar nicht mehr voneinander los, mußten immer dicht beieinander bleiben, eng umschlungen, auch wenn wir gingen. Wir brauchten auch nur einen Stuhl, denn Karin saß immer auf meinem Schoß.

Nur abends trennten wir uns. Dann ging Karin in ihr Hotel, und ich schlief auf den Hobelspänen in Enricos Werkstatt. Als dann Karins Geld nicht mehr fürs Hotel reichte und meins auch nicht, sprach ich mit einem alten Priester in Trastevere, und der ließ sie in einem kleinen Kabüffchen hinter der Sakristei schlafen.

Herrliche Tage hatten wir in Rom. Wir sahen uns die Museen und Kirchen an, sahen aber auch den Menschen zu, erzählten uns viel. Unsere Abfahrtstermine hatten wir längst vergessen.

Wenn wir abends zum Kapitolsplatz hochstiegen, um dort die Ruhe und die Harmonie des Platzes zu genießen, trafen wir oft einen alten Priester. Der wurde unser Freund, lächelte uns an und segnete uns.

Mittags aßen wir in den Parks von Rom. Karin kaufte gute Sachen für wenig Geld ein: eine Tomate oder einen Pfirsich, einen Panino, wenige Scheiben Mortadella oder Schinken oder etwas Thunfisch und zum Schluß Käse.

Alles das bereitete sie mit ihrem kleinen Taschenmesser zu und servierte es auf einem Stück Papier. Aber das schmeckte. Das sah schon so lecker aus, wie sie es servierte, und die Arbeiter, die neben uns saßen, ließen sich gerne einladen, aber sie revanchierten sich auch, und wir mußten ihr Essen probieren. Nach dem Essen betraten wir immer eine kühle Kirche und ruhten uns dort aus.

So ging es weiter, bis wir kein Geld mehr hatten.

Was nun? Ihre Fahrkarte war verfallen. Doch ich tröste-te sie: »Ist doch kein Problem. Ich hab doch das Motorrad. Du setzt dich hinten drauf, und ich fahr dich nach Haus.«

»Vergiß aber nicht«, wandte sie ein, »daß ich nicht um die Ecke, sondern in Finnland wohne.«

»Kein Problem, da muß ich sowieso hin, weil ich deinen Vater ja fragen muß, ob er dich mir zur Frau gibt.«

Wir hatten noch so viel Geld zusammen, daß es fürs Benzin bis an den Lago Maggiore reichte. Dort würde Signora Angela bestimmt weiterhelfen.

Signora Angela

Signora Angela mußten wir auf jeden Fall besuchen, meine »Mamma Italiana«. Signora Angela kam aus der lombardischen Tiefebene. Sie wurde in einer Eisenbahnerhütte hinter dem Güterbahnhof von Busto Arsizio geboren. Ihr Vater arbeitete in einer Rotte auf der Strecke und füllte den Schotter auf. Eine Knochenarbeit, gering bezahlt. Er kam nur an den Wochenenden nach Hause, sonst war er immer mit der Rotte unterwegs. Signora Angelas Mutter kriegte ihre neun Kinder kaum satt, aber sie hatte sie alle sehr lieb.

Angela konnte nur wenige Jahre die Volksschule besuchen. Mit elf Jahren mußte sie sich schon als Putzmädchen ihr Brot verdienen. Doch Angela hatte Ehrgeiz und Fantasie. Sie wollte gerne eine Köchin werden, sah der Mamsell in der herrschaftlichen Küche alles ab, half gerne mit und durfte schließlich auch an den Herd heran. In wenigen Jahren war die Angela eine so ausgezeichnete Köchin geworden, daß die Frau des bekanntesten Rechtsanwalts der Stadt sie an ihren Herd holte. Angela war aber nicht nur eine ausgezeichnete Köchin, sondern auch eine hübsche und temperamentvolle junge Dame. Sie zog sich gut an, mit viel Fantasie, aber sie paßte noch besser auf sich auf. Keiner kam ihr zu nahe, sie ließ sich nur von weitem bewundern. Angela war eine typische Italienerin mit schwarzen Haaren und Augen, noch sehr schlank, schnell mit der Zunge und den Augen. Etliche Anträge erreichten sie, doch Angela wies sie alle ab. Sie mochte die eleganten jungen Männer nicht, die um sie scharwenzeln wollten, sie war mehr für die ruhigen, zuverlässigen Typen. Obwohl sie in der Küche immer von Liebe und Leidenschaft trällerte, dachte sie doch an eine ruhige und sichere Ehe, daß sie sich auf ihren Mann verlassen konnte, der ihr kleine Kinderchen bescherte. Sie wollte sich den Mann für die Ehe selbst aussuchen.

Sie fand ihn in der Eisenbahnrotte ihres Vaters. Dort arbeitete ein starker, gutaussehender, ruhiger Mann, von dem alle sagten, er sei eigentlich zu schade für die Knochenarbeit in der Rotte. Der war viel zu klug dazu. Doch bei seiner angeborenen Zurückhaltung traute er sich nicht viel zu. Manchmal besuchte er Angelas Vater, er sah auch Angela, aber er sprach sie nie an. Angela beobachtete ihn, hörte zu, was er redete. Er gefiel ihr immer mehr. Damals redeten alle über die Politik, er auch. Aber er war nicht für die Revolution, sondern für Ruhe und Ordnung. Der neue Führer in Italien, der Mussolini, war sein Mann. Angela schätzte das auch.

Angela spürte, daß er sie mochte, doch er traute sich nicht, das offen zu zeigen. Da ermunterte sie ihn mit ihren Blicken. Sie verlobten sich, sie heirateten, und aus Angela wurde eine Signora Angela. Sie half ihrem Mann auch, seine Schüchternheit und Bescheidenheit zu überwinden. Er fing an, bei den Faschisten Karriere zu machen und wurde bald Parteifunktionär. Auch Kinderchen kamen an, zwei Jungen und ein Mädchen. Signora Angela änderte ihre Figur nach den ersten Ehejahren wie viele Italienerinnen. Sie wurde schwer.

Alles ging aufwärts mit der Familie. Signora Angela fand aber, daß ihr Mann noch immer viel zu bescheiden sei und viel höher sein könnte, wenn er sich ein wenig vordrängen würde, aber das tat er eben nicht.

Es ging alles gut, bis der Krieg ausbrach. Konsequent wie ihr Mann war, meldete er sich sofort freiwillig zu einer faschistischen Schwarzhemden-Elite-Division. Es gibt aus dieser Zeit sehr stolze Bilder von ihm in der pompösen Uniform mit silbernen Kordeln und Rangabzeichen, die Hand am Koppel, den Blick stolz und scharf in die Zukunft gerichtet. Ein solches Bild von ihm ließ Signora Angela vergrößern und hängte es in der Küche auf, wo sie es immer sehen konnte. Sie war sehr stolz auf ihren Mann.

Er fuhr mit seiner Division nach Albanien, wo die Italiener sich schwertaten, das kleine, aber tapfere Volk zu bezwingen. Auch aus dieser Zeit kam ein Bild zu Signora Angela. Darauf sah ihr Mann nicht mehr so siegesgewiß aus, sondern eher traurig und enttäuscht. Er trug nun eine graue Uniform, war sehr abgemagert, saß auf einem Stein am Rande des Waldes und sah betrübt in die Zukunft. Signora Angela weinte, als sie ihren Mann so wiedersah. »Noch nicht einmal genug zu essen bekommt er!« klagte sie.

Wenige Tage nach diesem Foto fiel Signora Angelas Mann an der Front. Signora Angela brach darunter zusammen, sie heulte und schrie, aber dann faßte sie sich wieder und sah zu, daß ihre Kinder ganz im Sinne ihres Mannes aufwuchsen.

Ihren Mann vergaß sie nie. Signora Angela blieb immer eine Witwe. Sie trug nur Schwarz. Auch ihr Mann blieb in der Familie, nicht nur im Gedächtnis, sondern mit vielen Einzelheiten. Sein Bild hing in der Küche, seine Kleidung im Schrank. Und ihr gemeinsames Zimmer richtete Signora Angela zu einer Art Schrein für ihn ein. Immer brannte ein Licht unter seinem Bild. Sie betete für sein Seelenheil, sie redete mit ihm. Es gab keinen anderen Mann in ihrem Leben, sie liebte ihn, sie lebte mit ihm, sie trauerte um ihn.

Sie zog ihre Kinder so auf, wie es ihr Mann gewollt hatte, und stellte ihnen ihren Vater als das große Vorbild hin.

Ihre Rente war sehr klein, also mußte Signora Angela wieder zu fremden Leuten kochen gehen. Eine reiche deutsche Familie aus Mailand, die auch am Lago Maggiore ein großes Haus besaß, stellte sie ein.

Als die Italiener kapitulierten und die Deutschen den Krieg verloren, übernahmen am Lago Maggiore die Partisanen die Macht. Alle Deutschen wurden verhaftet und gemeinsam mit den Faschisten in ein Barackenlager gesteckt. Signora Angela wurde auch mitgenommen, weil sie vor den Partisanen als stolze Faschistin auftrat.

Im Lager ging es den Gefangenen zunächst gar nicht

gut. Sie wurden mißhandelt, sie hungerten, bis Signora Angela das Kommando dort übernahm. Sie übernahm die Küche und verstand es, für die Gefangenen auch Lebensmittel aus den amerikanischen Heeresbeständen, die von den Partisanen bewacht wurden, zu organisieren. Die Gefangenen nahmen wieder an Gewicht zu, auch ihre Stimmung verbesserte sich, da Signora Angela immer fröhlicher Laune war, in der Küche sang und trällerte und immer zu lustigen Streichen aufgelegt war.

Signora Angela stellte auch Verbindung mit dem deutschen Pastor aus Mailand her, der frei herumlaufen konnte. Der holte alle deutschen Vermögen auf sein Konto, stellte alle wertvollen Dinge der Deutschen bei sich ab und rettete sie so über die ersten Nachkriegsmonate. Das ist derselbe Mann, der mich später zu seinen Jugendlagern in die Baracke holte, in der nach dem Krieg die Deutschen interniert worden waren und wo Signora Angela kochte. Als die Partisanen sahen, daß die Gefangenen ein besseres Essen bekamen als sie, die Bewacher, wurde Signora Angela auch zu ihrer Köchin ernannt. Nun wurden alle Mahlzeiten für Gefangene und Bewacher zu Festessen. Man redete nur noch über die köstlichen Gänge, die Signora Angela zusammenstellte, und keiner verließ das Lager ohne einen dicken Bauch.

Signora Angela war ein schöpferischer Mensch. Jede Mahlzeit von ihr war ein Kunstwerk. Dem konnte keiner widerstehen. Für sie waren auch alle Menschen gleich, ob es Gefangene waren oder Bewacher.

Als das Lager aufgelöst wurde, bat eine Dame Signora Angela, doch zu ihr in die Villa am See zu kommen. Dort wohnte dann Signora Angela mit ihren Kindern im Tiefparterre, kochte für die alleinstehende Dame und führte ihr auch sonst den Haushalt. Um die Villa herum gab es einen Park mit exotischen Bäumen und Sträuchern und sinnbetörenden Düften.

Der Pfarrer von Mailand hatte die Baracke des Gefangenenlagers übernommen und wollte dort ein Jugendlager einrichten. Er fragte Kuno, dessen Freund er noch aus dem Krieg war, ob der ihm nicht einen Jugendleiter vermitteln könne. Kuno tat das, und so kam ich nach Italien.

Signora Angela war unsere Lagerköchin, aber nicht nur das, sie war unsere strenge, aber auch lustige Mutter. Und wenn sie nicht das Regiment führte, war ich der Lagerleiter.

Sechzig Kinder kamen in unser Lager und verbrachten einen herrlichen Sommer dort. Ich erzählte ihnen Geschichten, schwamm mit ihnen im See, kletterte in die Berge hoch, machte Nachtwanderungen und hielt Andachten.

Signora Angela zauberte uns herrliche Mahlzeiten auf die Tische. Ich kam als ein dürrer Kerl ins Campo, doch als ich abfuhr, paßte mir keine Hose mehr. Für mich machte Signora Angela immer etwas Besonderes, obwohl ich es gar nicht wollte. Sie versteckte mir ein großes Stück Fleisch unter meinem Salat, sie winkte mich in die Küche, belegte ein Panino mit Schinken und Gurken und schob mir ein Glas mit dem Landwein vom See zu. Sie war wunderbar zu uns allen, und wir liebten sie.

Doch wenn der Pastore in den Orten um unser Campo herum die Rechnungen zahlen mußte, kam er immer ganz niedergeschlagen zurück und lamentierte: »Schura Angela, ich bin bankrott. Sie können nicht so viel ausgeben. Woher soll ich denn das Geld nehmen? Sie müssen sich jetzt unbedingt einschränken.«

Doch Signora Angela weigerte sich, das zu tun: »Die Kinder müssen satt werden. Die müssen Spaß am Essen haben und ich am Kochen. Wenn das nicht mehr möglich ist, schmeiße ich meine Kelle hin.«

Aber das wollte der Pastore auch nicht. Also kochte Signora Angela weiter und verbreitete unsere Schulden fast über die ganze Provinz.

Mir machte das Lager einen großen Spaß. Ich baute es

um, hob Latrinen aus und zimmerte doppelstöckige Betten zusammen. Ich wußte sonst nämlich nicht, wohin mit meinen Kräften bei diesem Essen.

Meistens lief ich nur in einer kurzen Hose durch das Lager. Und nur wenn ich ins Dorf hinunter mußte, zog ich mir ein Hemd über und Soccoli an die Füße, das sind die einfachen italienischen Holzsohlen. Ich besaß auch nur das eine Hemd und die Hose – und das Motorrad, mit dem ich die Blagen und auch Signora Angela über Land fuhr.

Damals gab es noch nicht viele Fahrzeuge, und meine alte Zündapp mit der fremden Nummer wurde sehr bestaunt. Auch die schwere Frau in Schwarz, die immer singend und Körbe schwenkend hinten auf meinem Gefährt saß.

Signora Angela wünschte, daß ich einmal zum Friseur ging und mich gut einkleidete. Sie sprach mit Donna Cristina, ihrer Arbeitgeberin, darüber, und die machte mit. Sie lockte mich in ihren Mercedes, fuhr mich nach Milano, ließ mir bei einem leicht schrägen Friseur nicht nur die Haare, sondern auch die Finger- und Zehennägel bearbeiten und kleidete mich dann in einem Herrengeschäft mit Cord, Hemden und Pullovern ein. Vor dem Spiegel erkannte ich mich selbst nicht mehr wieder, zog mir dann aber im Lager schnell wieder die Klamotten aus und hob ein Loch aus dem Boden, damit meine Finger und Zehennägel wieder den normalen Rand bekamen. Fremd roch ich an mir herum, aber es dauerte Tage, ehe ich dieses milanesische Parfüm vom Körper wegbekam.

Ich wurde auch von den Leuten am See eingeladen, deren Kinder unser Lager besuchten. Aber auf deren Terrassen gefiel es mir nicht so gut wie bei Signora Angela in der Küche. Und der Geschmack ihres Whiskys und was sie sonst noch an teuren Sachen tranken, kam nicht an den billigen Landwein heran, den Signora Angela aus einer großen Korbflasche servierte.

Jeden zweiten Morgen, wenn ich die Kinder in Gruppen

beschäftigt hatte, rief mich die Signora Angela. Dann mußte ich sie zum Einkaufen fahren. Das war schon ein Erlebnis, sie hinten auf den Sozius zu bekommen, und dann mußte ich schnell aufs Krad und losfahren. Wir beide sangen so laut, wie wir konnten. Die Leute blieben auf der Straße stehen und sahen dem ungleichen Paar nach. Ich barfuß, im offenen Hemd, kurze Hose, Signora Angela ganz in Schwarz, und beide laut singend.

Wenn wir in einem Laden erschienen, schrien alle »Mamma mia, La Schura ›Angela‹« und wollten schon verschwinden. Doch sie hielt sie zusammen und fing an, alles durchzuprobieren. Sie kannte dabei keine Hemmungen und schnitt große Brocken Wurst und Käse für mich ab. Die Ladenbesitzer baten um Gnade, wenn Signora Angela das Messer ergriff, aber sie schnitt kräftig ab. Ob ich wollte oder nicht, ich mußte probieren, und Signora Angela tat es sowieso.

Signora Angela kaufte reichlich für die Kinder ein. Die wurden dick und rund, und die Eltern freuten sich. Nur der Pastore jammerte.

Aber wir liebten Signora Angela alle. Immer war sie fröhlich, ihr Essen schmeckte so gut, und stets war sie zu Streichen aufgelegt. Zu mir war sie wie eine Mutter.

Doch dann kam wieder der Pastore und jammerte über seine leere Kasse. Da nahm Signora Angela die Geldbeschaffung für die Küche in die Hand. Sie hatte eine Idee, über die wir alle den Kopf schüttelten. Damals war in der Schweiz alles billiger und wurde nach Italien geschmuggelt. Signora Angela wollte das auch tun.

Das war nicht so schlimm, aber ich fiel fast vom Stuhl, als sie ihre Schmuggelreise mit mir und meinem Motorrad ausführen wollte. Auf das Schmuggeln standen hohe Gefängnisstrafen, die Grenze wurde scharf bewacht, und ich wollte doch nicht mein Motorrad verlieren. Doch Signora Angela befahl, daß ich sie in die Schweiz fahren sollte, sie würde alle Verantwortung auf sich nehmen. Was konnte ich schon tun? Ich fuhr los. Signora Angela saß hinten drauf.

An der Grenze wollten uns die italienischen Zöllner anhalten. Doch das gelang ihnen nicht. Signora Angela überschüttete sie mit einem Wortschwall, in dem hungernde Kinder und eine Kriegerwitwe dauernd vorkamen, da ließen sie uns ohne Kontrolle durchfahren und waren froh, als wir das Land verlassen hatten.

Drüben bei den Schweizern stand der Schlagbaum offen, weil sie gerade einen Lastwagen durchließen.

»Los, fahr durch!« befahl die Signora Angela, und ich befolgte ihr Kommando.

Hinter uns ging der Alarm los. Eine Trillerpfeife ertönte, Kommandos wurden uns nachgebrüllt, eine Sirene wurde ausgelöst, Schüsse in die Luft gefeuert, doch Signora Angela befahl: »Fahr weiter, ich regele das schon.«

Im nächsten Dorf kaufte Signora Angela ein, hauptsächlich Butter und Zigaretten, die sie in Italien verkaufen wollte, um unsere Lagerkasse aufzubessern. So was war natürlich strengstens verboten. Ich war zu Hause immer so erzogen worden, nur keine Übertretungen zu begehen. Unter diesen Umständen kam ich mir wie ein Verbrecher vor. Ich überlegte schon, wie ich durch das Gebirge die Grenze schwarz überfahren könnte. Doch Signora Angela wollte den gleichen Weg zurückfahren, packte meine Packtaschen und ihre Körbe voll und beruhigte mich: »Laß das man meine Sache sein.«

Nach dem Einkaufen kehrten wir in einer Osteria ein. Signora Angela begab sich dort sofort in die Küche und übernahm das Kommando. Sie bereitete dort einen Schweinerücken vor, wie man ihn vorher noch nicht gekostet hatte. Der Wirt war von dem Rezept so angetan, daß wir umsonst essen und trinken konnten.

»Siehst du«, belehrte mich Signora Angela, »die Schweizer sind auch gute Menschen, eingeschlossen die an der Grenze.« Aber mir war es doch mulmig zumute, als wir auf den Grenzübergang zufuhren, bei dem wir den Alarm ausgelöst hatten. Der Schlagbaum war geschlossen. Der Grenzer trug eine Maschinenpistole und erkannte uns sofort wieder. Bei unserer Ankunft erschienen alle Zöllner in Gefechtsstellung, aber ehe ihr Führer sich geräuspert hatte, begann schon Signora Angela mit ihrer Tirade. Ungläubig hörten die biederen Schweizer, daß drüben in Italien fast hundert Kinder verhungerten, dazu noch die eigenen Kinder einer italienischen Kriegerwitwe, die ihren Mann gegen die bösen Deutschen verloren hatte.

Ich wurde als ein Beispiel mustergültigen Opfersinns dargestellt, der nicht mehr besaß, als das, was er an kurzer Hose, Hemd und Holzsohlen am Körper trug. Alles andere sollte ich schon für die hungernden Kinder verkauft haben.

Die Schweizer begriffen noch gar nicht, was Signora Angela eigentlich wollte, als die Italiener von drüben neugierig an den Schlagbaum herankamen. Einer lehnte sich auf das schwere Ende des Schlagbaums und bewunderte seine Landsmännin wie in einer Opernaufführung.

Die Schweizer befahlen mir, den Motor abzustellen und in den Wachraum zu kommen, doch Signora Angela griff ein: »Du läßt den Motor weiterlaufen und bleibst hier sitzen.«

Ich tat, was Signora Angela mir befahl. Während Signora Angela mit den Schweizern Krach machte, amüsierte sich ein italienischer Zöllner só sehr, daß er sich auf den Schlagbaum legte und dieser hochfuhr.

Diese Gelegenheit nahm ich wahr und raste durch. Signora Angela jubelte, vergaß aber nicht, mit ihrem Fuß unser Nummernschild zu verdecken, und so kamen wir durch, ohne daß sich die Schweizer unsere Nummer merken konnten. Drüben bei den Italienern herrschte dann ein solches Hallo, daß die ganz vergaßen, uns nach Waren zu durchsuchen. Ich atmete kräftig aus, sagte aber Signora Angela, daß ich so etwas nie mehr tun würde. Ich hatte dann auch einige Schwierigkeiten bei den Vorbereitungen meiner Andachten im Lager. Ich hatte ein schlechtes Gewissen wegen der Grenze.

»Brauchste nicht zu haben!« versuchte Signora Angela mich zu beruhigen. »Wir sind doch für die armen, hungernden Kinderchen verantwortlich.«

Ich mußte laut lachen. Ich sah mir unsere armen Kinderchen an, alle so rund und vollgegessen, daß sie sogar ihr Fleisch nicht essen wollten.

Signora Angela hatte eine sehr hübsche Tochter, Lucia, mit schwarzen Haaren, glühenden Augen und einem Figürchen, das alle jungen Männer im Dorf und der Umgebung erregte. Doch Signora Angela paßte sehr auf sie auf.

Die merkte es auch, als ich mich für Lucia zu interessieren begann. Das fing schon an dem Abend an, als Lucia zum erstenmal ins Campo geradelt kam. Ich saß schwitzend vor einem Erdloch, das ich gerade ausgehoben hatte. Da sah ich dieses Mädchen aus dem Waldweg über unseren Sportplatz fahren. Sie trug einen grünen Rock, einen engen Pulli in der gleichen Farbe, ein Band über ihrem Haar, worin eine Gardenie steckte. Ich starrte sie an. In der Küche wurde ich ihr vorgestellt. Sie war so lieb, lächelte und hatte eine sehr freundliche Stimme. Dann brachte ich die Mutter und die Tochter nach Hause. Die Gardenien dufteten so, drüben strahlten die Lichter von Stresa. Diese kleine hübsche Lucia.

Ich sprang für sie über das Villenportal, da Signora Angela den Schlüssel vergessen hatte. Ich riß mir die Haut am Bein dabei auf. Lucia wischte es mit einem Lappen ab und strich zart Jod darüber. Sie tat es so zart, daß ich noch nicht einmal den Schmerz des Mittels spürte und um mehr Behandlung bat.

Ich kriegte den Blick von Lucia nicht mehr los. Da schickte Signora Angela Lucia ins Bett und redete mit mir.

»Paß auf, Hannes«, begann Signora Angela, »ich sehe, daß du anfängst, dich in meine Tochter Lucia zu verknallen. Keine Widerreden, keine Erklärungen, jetzt rede ich!

Ich habe dich gern, ich liebe meine kleine Tochter Lucia, aber ihr beide paßt nicht zusammen. Das sieht doch jeder. Du willst in die Welt hinaus. Du willst dich noch nicht binden. Du willst was wagen und riskieren. Aber meine kleine Tochter Lucia, die bleibt viel lieber hier am Lago Maggiore und zieht ihre Kinderchen auf.

Und wo wollt ihr denn wohnen, wenn ihr verheiratet seid? Hier am Lago Maggiore? Da kriegst du keine Arbeit. Oder in Deutschland? Da würde meine kleine Lucia vertrocknen wie ein Blümchen ohne Wasser.

Bleibt gute Freunde wie Schwester und Bruder. Das ist alles.«

Ich kapierte, das fiel mir schwer, aber ich akzeptierte es und Lucia auch. Heute sind wir noch immer wie eine gute Schwester und ein nicht ganz so guter Bruder zueinander.

Signora Angela wurde einmal ganz böse, als der Postbote ihr einen Steuerbescheid brachte. Sie tobte, warf Schüsseln und Kannen gegen die Wand und rief: »Hannes, wir müssen sofort zum Finanzamt fahren. Die Kerle wollen mich plündern. Die fordern von mir eine Nachzahlung für die letzten zehn Jahre. Ist doch ihre Schuld, daß sie das Geld nicht eingetrieben haben.«

Wir fuhren also zum Finanzamt, Signora Angela saß hinten auf dem Motorrad. Sie sang auch, aber diesesmal keine Liebes-, sondern Kampflieder.

Im Finanzamt warteten und murrten schon hunderte von säumigen Steuerzahlern. Doch Signora Angela drängte sich vor und übernahm sofort das Kommando. Sie schrie den Beamten an und wollte ihre Steuerkarte sehen. Sie stellte sich als Kriegerwitwe vor und behauptete, daß sich der Beamte vor Not und Gefahr gedrückt habe und nun arme Witwen verfolgen wolle. Sie erhielt Beifall auf offener Szene. Das Finanzamt nahm Opernstimmung an, die Wartenden benahmen sich wie Chöre, Signora Angela sang die Hauptrolle, alles, was Beamter war, wurde verdammt.

Als Signora Angela ihre Steuerkarte erhielt, steigerte sich die Verwirrung noch mehr. Die Chöre drangen vor und verlangten auch ihre Karten. Ein Chaos entstand, die Polizei mußte gerufen werden. In der Verwirrung schob Signora Angela sich und mich hinaus, und wir fuhren schnell mit dem Motorrad los. Unterwegs zerriß Signora Angela ihre Steuerkarte, warf die Schnippsel in den See und hat seitdem nie mehr Steuern bezahlt.

Ich fuhr also mit Karin zum Lago Maggiore, zu Signora Angela. Es war schon dunkel, als wir den See erreichten. Ich fuhr sie über die herrliche Uferstraße, dann zur schönen Aussicht unseres Campos hoch, dann erst zur Villa der Donna Cristina.

Ich ließ das Motorrad unten stehen, wir gingen durch den Park hoch, wollten Signora Angela überraschen.

Oben auf der Terrasse ihrer Villa gab Donna Cristina einen ihrer eleganten Empfänge. Sanfte Musik, der betörende Duft vom Park, alle in Abendtoilette, und dazu teure Cocktails.

Unten im Tiefparterre hantierte Signora Angela mit Tellern und Töpfen und bereitete das Abendessen vor. Lucia ging ihr zur Hand. Signora Angela mahnte sie, sich zu beeilen.

Als wir an den Zaun kamen, der Signora Angelas kleinen Vorgarten vom Park der Villa trennte, schlug Rigo, Signora Angelas Hund, an und kam uns entgegengelaufen. Doch als er mich erkannte, sprang er an mir hoch und fing auch an, Karin zu beschnuppern.

Signora Angela knipste das Außenlicht an und rief: »Wer ist denn da?«

Als ich mit »Hannes« antwortete, kam sie herausgelaufen, und wir lagen uns in den Armen.

Sie entdeckte Karin, begriff sofort, wer das war, und musterte sie.

»Karin kommt aus Finnland«, erklärte ich.

Signora Angela sah in Karins Augen und sagte: »Due Laghi di Finnlandia – zwei finnische Seen.«

Dann nahm sie Karin fest in ihre Arme. Sie mochte sie sofort.

Wir halfen Signora Angela mit, nachdem wir auch Lucia umarmt hatten, und hatten viel Spaß in der Küche. Aber auch oben auf der Terrasse, wo Karin beim Auftragen half.

Große Überraschung, von einem blonden Mädchen bedient zu werden.

»Wer ist denn das?« wurde Signora Angela gefragt.

»Meine Tochter«, antwortete sie.

Anschließend spielten wir Flohhüpfen auf dem Küchentisch im Tiefparterre. Signora Angela gewann immer, weil sie mogelte. Aber sie tröstete Karin und mich: »Pech im Spiel, Glück in der Liebe.«

Mit Karin in den Kohlenpott

Ich erzählte Karin viel von zu Hause, vor allem von der Bescherung, die immer der Höhepunkt des Jahres gewesen war.

Ich hopste dann immer den ganzen Vierundzwanzigsten herum und konnte den Heiligabend kaum erwarten. Väter trugen Weihnachtsbäume in die Hinterhöfe und stielten sie dort ein. Doch bei uns zu Hause durfte ich noch nicht einmal wissen, daß wir einen Baum in der Wohnung hatten. Der wurde unten im Keller bei Szepans versteckt gehalten, und die Eltern sprachen über ihn nur in Masurisch. Der Vater konnte die Sprache kaum, die Mutter auch nur gebrochen, aber zu Weihnachten benutzten sie »jeglaska«, was wohl Weihnachtsbaum heißt, um den unsrigen geheimzuhalten. Natürlich hatten wir Kinder schon längst herausbekommen, was »jeglaska« hieß, aber wir sagten das den Eltern nicht, wir wollten ihnen nicht den Spaß verderben, und uns auch nicht.

Ich lief noch schnell zur Bude von Tante Bandilla hinüber. Die hatte sie auch für Weihnachten geschmückt mit Tannenzweigen und Lametta auf den Rollmops- und Klümkesgläsern und einem bunten Schild »FRÖHLICHE WEIHNACHT« über den Kartoffelsäcken und Heringsfässern. Die Invaliden saßen zwar auch am Nachmittag noch in der Bude, röchelten und sprachen über ihre Steinstaubrente, gingen aber auch auf das Fest ein: »Ist ziemlich lang«, fand der Benthaus, »erst am zweiten Feiertag wieder Fußball.« Ich kaufte für den Schätz eine kleine Schnuckelpulle mit Liebesperlen, für den Vater einen Rollmops und für die Mutter eine Rolle Strickwolle. Das versteckte ich bei Szepans in der Küche unter dem Sofa.

Der Schätz und ich mußten bei Szepans warten, während die Eltern unser Zimmer für Weihnachten dekorierten.

Wir wohnten ja damals noch in einem Zimmer auf Untermiete in der Kolonie Ost, direkt hinter der Zeche.

Tante Szepan nähte immer für andere Leute, um Geld zu verdienen, auch am Heiligabend. Onkel Szepan war oft krank und ging lieber einen heben als zur Arbeit. Er war auch am Heiligabend ausgegangen, und Tante Szepan seufzte, wenn sie daran dachte, wie der wohl wieder nach Hause kommen würde.

Szepans hatten auch noch eine Tochter im Haus, das war die Imken. Die war vier Schulklassen über mir, tat aber so, als ob sie schon eine Tante sei. Die wollte mich mit dem Weihnachtsmann veräppeln, doch das Kürtchen mit dem Gummifürtchen hatte mich schon längst darüber aufgeklärt, und auch darüber, woher die kleinen Kinder kommen.

Ich wußte, daß die Eltern alle Geschenke kauften und das Zimmer dekorierten, aber trotzdem war das kaum zum Aushalten vor Spannung. Ich hatte mir richtige Fußballschuhe und einen Lederball gewünscht. Ich sah mich damit schon für unsere Ecke spielen.

Endlich schlich der Vater über den Flur, öffnete die Haustür, und schon klopfte es an Szepans Fenster, als ob der Weihnachtsmann gerade abgefahren wäre.

Der Schätz wollte sofort loslaufen, doch ich mußte sie zurückhalten, denn der Vater mußte erst ins Zimmer zurückkommen und das Grammophon ankurbeln, sonst war das nicht so feierlich.

Aber dann hörten wir schon die Weihnachtsplatte aus unserem Zimmer: »Süßer die Glocken nie klingen als zu der Weiheinachtszeit . . .« Ich nahm das Schätzchen an die Hand, führte sie durch den dunklen Flur, doch vor uns brannten die Lichter am Baum, und die Wunderkerzen sprühten.

War das schön. Und auch die Geschenke unterm Baum, obwohl der Lederball nur eine Gummiflortsche war, und Fußballschuhe hatte es überhaupt nicht gegeben. Die Eltern sparten für das Häuschen. Etwas enttäuscht war ich doch, aber langsam gewöhnte ich mich auch an die Gummiflortsche.

Nachher gab es Fleischwurst mit Kartoffelsalat. Für uns Kinder heißen Himbeersaft, die Eltern tranken etwas Schnaps und Bier. Wir durften so lange aufbleiben, wie wir wollten, das war immer so nett am Heiligabend. Auch auf die Platten zu hören, die der Vater immer wieder auflegte.

Später wohnten wir dann in unserem eigenen Häuschen in der Bergmannssiedlung Ost. So richtig im Grünen, wie die Mutter sagte, vor uns der Friedhof, hinter uns die Zechenbahn, von zwei Zechen flankiert, die aber noch mit einigen Büschen umgeben waren. Erst hinter der Zechenbahn begann die große graue Zechenkolonie.

Es gab Krieg, die Bomben fielen, das Essen wurde zu einem Minimum rationiert. Es mußte getauscht und gehamstert werden.

Wir tauschten mit Onkel Otto, der oben auf dem Rübenberg wohnte. Er gab uns Kartoffeln von seinem Acker, wir gaben ihm Kohle von Vaters Deputatzuteilung. Beides war streng verboten und konnte mit Zuchthaus bestraft werden, darum mußten wir das in der Nacht tun. Die Eltern wollten es eigentlich machen, ohne es uns Kinder wissen zu lassen, aber sie konnten nicht. Der Vater hatte damals immer Nachtschicht, und die Mutter mußte am Häuschen aufpassen, wenn es Fliegeralarm gab und die Brandbomben fielen.

Also schickten sie mich mit unserem Handwagen los, der voll Kohlen war. Die Mutter rief mir noch nach, ich solle mich beeilen. Es könne jeden Augenblick Fliegeralarm geben, und dann war es oben auf dem Rübenberg gar nicht sicher, wo eine schwere Flakbatterie stand. Die war schon des öfteren von englischen Verbänden bombardiert worden, und Onkel Ottos Kate stand nicht mal einen Kilometer weit davon weg. Darum hatte er auch seine Frau und seine Kinder nach Ostpreußen in Sicherheit geschickt. Damals fielen dort noch keine Bomben.

Wir hatten die Luftlagemeldungen durchs Radio gehört. Es waren zwar Verbände eingeflogen, doch weiter im Norden, das sah nach einem Angriff auf Berlin aus.

Ich zockelte mit dem Wagen los, im Laufschritt am Waldberg entlang, dann steil im Volkspark hoch und über die Ackerkarrenfurchen auf den Rübenberg.

Beim Onkel Otto wollte ich mich auch nicht lange aufhalten. Das war ein komischer Kerl. Der redete nie. Der lachte nie. Der sah immer so aus, als ob er uns Kinder auffressen wollte. Er hörte meine Karre schon, als ich die über den Ziegelsplit seines Hofes zog. Er kam heraus, wie immer im Maureranzug, mit Holzschuhen und der platten Mütze auf dem Kopf. Ohne ein Wort zu sagen, nahm er mir die Deichsel aus der Hand, kippte den Wagen aus und schaufelte die Kohlen in seinen Bunker. Dann holte er einen Sack Kartoffeln aus dem Stall und warf den in meinen leeren Wagen.

Ich wollte schnell abhauen, doch da sagte Onkel Otto: »Komm rein.«

Zögernd folgte ich ihm. In seinem Zimmer hing ein tröpfelnder, klatschnasser Maureranzug zum Trocknen. Es roch nach Schaf von nebenan. Onkel Otto holte einen Kanten Brot aus dem Schrank, bestrich den mit Schmalz und gab ihn mir. Ich war verwundert. Der hatte noch keinem von uns etwas gegeben. Ich hatte immer Hunger, wurde nie satt, aß den Kanten schnell auf. Ich wollte gehen, da holte er ein Glas eingemachte Stachelbeeren von der Lade, steckte einen Eßlöffel hinein und bedeutete mir mit einem Ruck, daß ich die leeressen sollte.

Ich sah ihn erstaunt an. Er schien auch erstaunt über sich selbst. Er lächelte sogar. Da setzte ich mich und fing an, seine süßen Stachelbeeren mit großem Genuß zu essen. So was gab es bei uns nur an Feiertagen.

Auf einmal hörten wir das helle Summen der schnellen

englischen Moskitobomber. Und kein Alarm. Die Flak begann zu schießen, wir hörten schon das tiefe Brummen der schweren Bomber, da holten die Sirenen endlich auch den Alarm nach.

Wir rannten nach draußen zum Deckungsloch von Onkel Otto, denn der hatte keinen Keller unter seiner Hütte. Doch wir kamen nicht weit. Bomben pfiffen, schlugen um uns ein. Ich warf mich hin und Onkel Otto auf mich drauf.

Im gleichen Moment wurde das Haus hinter uns von einer Bombe getroffen, hochgeworfen und in der Luft zerrissen. Trümmer regneten auf uns herunter, doch der Onkel deckte mich. Die Tommies legten einen Bombenteppich, mit dem sie die Flakstellung treffen wollten, doch bis jetzt lag er noch in den Äckern davor. Als sich der Bombenregen etwas entfernte, wollte ich aufstehen und zum Deckungsloch rennen, doch der Onkel blieb auf mir liegen.

Ich spürte die Feuchtigkeit in meinem Nacken, ich sah Blut neben mir rinnen.

»Onkel Otto?« rief ich. Doch der antwortete nicht. Ich packte seine Hand, doch der rührte sich nicht. Ich kroch unter ihm durch und sah dann, daß sein ganzer Rücken aufgerissen worden war, von Bombensplittern. Er hatte mich gerettet, aber dafür mit seinem Leben bezahlt.

Ich mußte ihm helfen, aber wie? Drüben wurde die Flakstellung voll getroffen. Die hatten keine Zeit für ihn. Der Arzt würde in diesem Bombenregen bestimmt nicht kommen. Ich wollte schon wegrennen, doch da fiel mir mein Handwagen ein. Er stand noch hinter dem Kohlenbunker. Das Haus war nur noch ein tiefer Krater, aber der Kohlenbunker hatte den Druck ausgehalten.

Es war schwer, aber ich schaffte es. Ich packte Onkel Otto auf unseren Handwagen und rannte mit ihm zum nächsten Krankenhaus hinunter. Die Schwester an der Pforte kam mit mir zum Wagen und sah sich Onkel Otto an. Ich hatte die Hoffnung noch nicht aufgegeben, ich hoffte, daß er nur schwer verletzt und ohnmächtig war. Die Schwester aber sah leider mehr.

»War der katholisch?« fragte sie mich brutal.

»Nein, eigentlich nicht«, stotterte ich.

»Dann bring den mal nach hinten in den Leichenschuppen. Ich hol eben den Schlüssel. Wollen wir denn man sehen, was wir mit dem machen.«

Ich hatte Angst, die Katholiken würden sich an dem Onkel Otto rächen, weil der nicht zu ihrer Kirche gegangen war. Als die Schwester den Schlüssel holen ging, rannte ich mit Onkel Otto los. Bis nach Hause. Die Mutter wartete dort schon auf mich und schrie, als sie Onkel Otto sah.

Sie fuhr mit mir zum evangelischen Krankenhaus, beruhigte mich und meinte, auch im katholischen hätten sie wohl nichts Böses mit Onkel Otto gemacht.

Sie ging mit mir zum Postamt und gab dort am Nachtschalter ein Telegramm an ihre Schwester auf.

»Ach der arme, gute, ruhige Otto!« seufzte die Mutter.

Ich fragte sie dann: »Wie ist das denn mit dem Tod? Das ist doch ganz furchtbar, gerade hat der Onkel noch gelebt, und nun ist er tot. Das muß doch mit dem Tod weitergehen? Das kann doch mit dem Leben nicht einfach Schluß sein?«

»Ich hoffe es, mein Junge«, antwortete die Mutter, »ich hoffe es.«

Der Krieg hauste auch furchtbar in unserer Nachbarschaft und Verwandtschaft, doch wir vier Kaminskis wurden gnädig bewahrt.

Nach dem Krieg ging das Leben zwar weiter, aber es wurde erbärmlich gehungert. Die Eltern versuchten alles, um uns durchzukriegen.

Der Vater brannte Schnaps aus Runkeln, der von der Mutter bei den Bauern im Münsterland gegen Lebensmittel umgetauscht wurde. Dabei durfte sie sich auch nicht erwischen lassen, denn sonst hätten ihr die deutsche Polizei und die ausländischen Besatzungstruppen alles wieder weggenommen.

Der Vater hatte heimlich bei uns im Keller eine Schnapsfabrik aufgebaut. Eines Nachts explodierte die so laut, daß alle Nachbarn wach wurden und ans Fenster sprangen. Der Vater ging ein paar Schritte auf den Friedhof zu, sah hinein und meinte: »Gut, daß der Blindgänger in der Nacht hochgegangen ist, am Tage hätte der vielleicht noch eine Beerdigung verletzt.«

Zusammen mit seinem Kumpel, dem Onkel Kalbmann, ging der Vater auch hausschlachten. Sie kriegten etwas Fleisch ab, das half ein bißchen. Sie schlachteten aber auch schwarz. Einmal hatten sie eine Kuh für einen Bauern auf der Wiese geschlachtet, auf unseren Handwagen gepackt und sie zu unserem Keller gefahren, wo sie die verarbeiten wollten. Samstagnacht kamen sie mit dem vollgepackten Handwagen bei uns an, verstauten das Fleisch im Keller und gingen dann schlafen. Wenn einer das Fleisch in unserem Hause gefunden hätte, wäre es uns mit der Polizei ganz übel ergangen. Ich stand an jenem Sonntagmorgen auch sehr früh auf, ging zum Fenster, lehnte mich hinaus. Da sah ich genau vor unserem Haus einen riesigen Batzen Fleisch liegen und eine Blutspur, die die Straße herauf bis in unseren Hof hineinführte.

Ich weckte sofort die Eltern und den Schätz, und wir fingen an, die Straße zu schrubben. Noch schliefen unsere Nachbarn, doch die Frau Lilienthal, das Tageblatt unserer Siedlung, erschien auf der Straße und wollte zur Messe gehen. Sie ahnte was, konnte aber nichts mehr entdecken und warnte: »Am Sonntag darf man nicht arbeiten, und zum Straßenputzen ist der städtische Fuhrpark da.«

Die Mutter antwortete: »Ist schon richtig, Frau Lilienthal. Aber wenn man am Sonntag nicht in die Kirche geht, muß man wenigstens was Gutes tun. Und da wir die Straße so oft mit unserem Handwagen benutzen, dachten wir, putzen wir sie mal. Dann freuen sich die Nachbarn.«

Einmal in der Woche erschienen Vaters Kumpels bei ihm und spielten Skat. Sie tranken ein paar Flaschen Bier und hechelten die Politik durch. Zum Schluß sangen sie immer ihr Lieblingslied »Die Gedanken sind frei«. Das war Vaters Devise: Die Gedanken sind frei.

Die Eltern wunderten sich sehr, als ich nach dem Krieg die Bibelstunden des christlichen Vereins besuchte. Sie hatten nichts dagegen, aber sie verstanden nicht, warum ich auf einmal so fromm wurde. So etwas hatte es in ihren Familien nie gegeben, und auch von Süd aus ging kaum einer zur Kirche. Die war den Kumpels fremd.

Doch als ich mit meinem Dienstmotorrad zu Hause vorfuhr, da waren die Eltern stolz. Denn ich war der erste in unserer Siedlung, der solch ein Fahrzeug besaß. An Autos war damals noch gar nicht zu denken.

Die Mutter wollte sofort mitfahren und stieg hinten auf. Stolz saß sie dort wie eine aus der Kolonie, die im Theaterliebhaberverein die Rolle einer Königin auf dem Thron spielte. Mutter regelte auch den Verkehr, aber so streng wie ein Polizist. Wenn sie ihren Arm zur Richtungsänderung ausstreckte, bekamen sogar die Lastwagenfahrer Respekt und trauten sich nicht, an uns vorbeizufahren.

Auch den Vater nahm ich mit. Der saß hinten auf, legte die kleine Sauerstoffflasche auf seinen Schoß, setzte die Maske auf, schloß seine Luft an, und wir fuhren los. Erst nur um die Siedlung herum, dann aber doch noch um die Kolonie, und als es ihm noch immer bestens ging, sagte er: »Wäre doch schön, noch einmal den Waldberg zu sehen, wo ich die Anna zum erstenmal getroffen habe.«

Wir fuhren langsam durch die Karrenfurchen hoch, auch an dem Grundstück vom Onkel vorbei, das nun ganz mit Gras und Unkraut überwuchert war.

Als ich dann mein Auto bekam, nahm ich die Eltern auch mit. Der Vater kam nun nicht mehr ohne eine große Sauerstoffflasche aus. Doch ich hatte ein Schiebedach im Wagen. Das drehte ich zurück, und der Kopf der Flasche sah wie eine Kanone heraus. Ich fuhr die Eltern ins Sauerland, nach Holland zur Tulpenblüte und ans Meer. Wenn wir abends zurückkamen, sangen wir immer im Auto die alten Lieder aus Masuren, und Vaters Lieblingslied natürlich auch: »Die Gedanken sind frei . . .«

Daß ich zum christlichen Verein lief und eine Jungschar leitete, damit hatten die Eltern sich schon abgefunden. Mutters Kommentar: »Der hat ja als Kind schon immer in der Zeitung ›Aus Kultur und Wissenschaft‹ gelesen und war ja bei dieser Hitlerjugend auch ein Führer.« Doch sie wunderten sich, daß ich noch nichts mit einem Mädchen zu tun hatte. Meine vier Jahre jüngere Schwester, das Schätzchen, hatte schon längst »einen festen Verkehr«.

Die Mutter hätte es ganz gerne gesehen, wenn ich mit der Freundin vom Schätzchen, die in einem Lebensmittelgeschäft Verkäuferin war, gegangen wäre. Die war einigermaßen attraktiv, kam aus einer guten Familie (ihr Vater war Fahrhauer, also ein Hilfssteiger), und sie war der Mutter auch sympathisch.

Doch ich war damals nicht an Mädchen interessiert. Mein bester Kumpel war der Karl. Mit dem marschierte ich durch das Ruhrgebiet und sprach über Gott und die Welt. Mit dem besuchte ich das Theater und Sinfoniekonzerte, und hinterher kauten wir noch einmal alles durch.

Aber dann warf ich doch einen Blick auf ein Mädchen, das noch ihr letztes Lehrjahr in einem Schuhgeschäft ableistete.

Die hätte der Mutter bestimmt nicht gefallen, denn die malte sich schon an, trug Schuhe mit hohen Hacken und war viel eleganter als die anderen Lehrmädchen aus der Kolonie. Die war auch klüger, immer die Beste gewesen, hätte bestimmt zur Oberschule gehen können. Doch ihre Mutter, eine Kriegerwitwe, wollte das nicht: »Wenn du die Lehre aus hast, wirst du heiraten. Wofür denn in die Schule und das unnötige Geld ausgeben?«

Edith hieß sie. Eines Abends, nach der Jungschar, als sie

aus dem Laden kam, sprach ich sie einfach an. Ich dachte, sie würde mich auslachen, aber sie war freudig überrascht. Sie ließ sich gerne von mir nach Hause bringen.

Sie war klug, stellte intelligente Fragen und lieh sich schwierige Bücher von mir aus. Sie wollte auch mit mir tanzen gehen, doch dazu hatte ich keine Lust.

Eines Abends brachte ich sie wieder einmal nach Hause. Sonst gaben wir uns unten an der Haustür der Mietskaserne die Hand, aber diesmal sagte sie: »Komm doch mit rauf.«

Doch ich wollte nicht, ich schämte mich vor der Mutter. Aber Edith versicherte mir: »Die hat doch nichts dagegen. Ganz im Gegenteil, die hat doch gesagt, daß ich dich mitbringen soll.« Die Mutter tat so, als ob ich schon oft oben gewesen wäre. Sie stellte drei Teller auf den Tisch, schöpfte uns Suppe ein, gab mir das größte Stück Fleisch und dann »Mahlzeit«.

Nach dem Spülen sagte sie zu uns: »Ich geh jetzt zu der Frau Thiele rauf Radio hören, stricken und quasseln. Ich komm nicht vor Elf wieder runter.«

Sie legte drei Zigaretten vor mir auf den Tisch: »Gib der Edith aber nur eine, die soll nicht so viel rauchen.«

Ich wunderte mich, daß Edith rauchte. Die war ja noch nicht einmal achtzehn. Und auch darüber, daß die Mutter uns alleine ließ. Ich merkte es Edith an, daß sie es auf »festen Verkehr« abgesehen hatte. Ich sah mich in der typischen »Festen-Verkehrs-Falle«. Tagsüber sich immer treffen, abends mit nach Hause kommen, öfter auch mal dableiben, am Anfang Schmusen, dann aber wie Mann und Frau. Und dann kommt das Kind, heiraten müssen. Typische Ruhrgebietseheeinleitung à la mode, »fester Verkehr« genannt.

Nee!

Ich haute ab. Da war mir Edith zu schade, und ich mir auch. Ich war dann immer im christlichen Verein. In dem Schuppen hinter der Kirche, ehemaliger Pferdestall des Pastorats, fühlte ich mich wohl. Dort hatte ich Kumpels getroffen, auf die ich mich verlassen konnte. Dort hatte ich meinen Glauben gefunden. Gesegneter Schuppen vom alten Markt.

Jetzt zeigte ich alles Karin, als wir einfuhren. Den Rhein-Herne-Kanal, dann unsere Hauptstraße mit Kepa und Karstadt. Vor dem frommen Schuppen blieben wir stehen. Hier hatte für mich ein neues Leben begonnen.

Dann fuhren wir zu uns nach Hause hoch über die Ausfallstraße nach Bochum, an Baustellen vorbei, und dann durch unsere Siedlung.

Wie ging es wohl dem Vater? Wir fuhren in unsere Einfahrt am Häuschen entlang. Ich sah die Sauerstoffflasche neben dem Sofa stehen und den Vater eine Zeitung lesen. Dann konnte es ihm nicht so schlecht gehen, denn sonst wäre er im Bett gewesen.

Die Mutter war unten im Keller, kam die Treppe hochgelaufen, als sie mein Motorrad hörte. Sie wischte sich die Hände an ihrer Schürze ab und sah erstaunt auf das fremde Mädchen.

»Wie geht's dem Vater?« fragte ich.

»Gestern nacht war es schlecht, aber heute geht es ihm wieder ein bißchen besser.«

Die Mutter war aufgeregt: »Die von der Kirche suchen dich. Du hast dich verspätet, Junge. Das darfst du doch nicht machen, du mußt sofort dahinfahren.«

Die Mutter sah zu Karin herüber: »Ihr werdet sicher Hunger haben?« redete sie uns beide an. »Ich hab noch was Suppe von heute mittag da.«

So wurde Karin ohne großes Getue bei uns aufgenommen. Sie schlief mit meiner Schwester in einem Zimmer.

Am nächsten Tag sagte die Mutter zu mir: »Fahr mal sofort zu denen von der Kirche. So darf man auch mit denen nicht umgehen. Ich hab mir das Mädchen mal angesehen, und der Vater auch. Die ist sehr nett, gar nicht eingebildet, obwohl sie ja eine Studierte ist. Die würden hier in Deutschland gar nicht mit uns reden. Und du willst sie heiraten? Junge, hast du dir das wirklich gründlich überlegt? Die kommt ja aus ganz anderen Kreisen als wir. Ich kenne die von Rechtsanwalts her, da gehören wir nicht hin. Womit willst du die denn später ernähren und die teuren Kleider kaufen? Die kauft bestimmt keine von der Stange. Das sehe ich schon, alles erstklassige Qualität.

Gibt es denn hier keine in der Kolonie für dich, mußt du denn von Finnland eine herholen? Ich sagte schon, ich habe nichts gegen das Mädchen, das ist nett. Aber kannst du dir das leisten?«

»Laß den Jungen mal!« meinte der Vater. »Wenn die das auch will, dann wird das schon gutgehen. Die Klassenunterschiede müssen sowieso kaputtgemacht werden. Immerhin leben wir schon im zwanzigsten Jahrhundert.

Und was willst du denn eigentlich, Anna? Habe ich kleiner Kumpel nicht auch auf dem Rübenberg eine elegante Dame aus den besten Kreisen angesprochen? Das liegt scheinbar bei uns in der Familie. Hast du das denn bereut, daß du ja gesagt hast?«

Da lachte die Mutter, und alles war gut. Sie mochte Karin, und die half ihr in der Küche. Sie schmierte sogar Butterbrote für den Vater, aber nicht für mich.

»Das kann der doch selbst tun«, sagte sie zur Mutter. »Bei uns in Finnland tun die Männer viel mehr im Haus.«

Die Mutter meinte später zu mir: »Das ist aber eine, die wird nicht alles das tun, was du willst. Du mußt dich mit der ganz schön anstrengen. Aber das ist auch richtig, wenn man vorankommen will.

Alles Gute für euch beide.«

Karin wollte unbedingt einmal einfahren. Der Alte vom Pütt hatte nichts dagegen, obwohl das eigentlich für Fremde nicht gestattet war. Auch der Betriebsrat wollte beide Augen zudrücken. »Wir sind schon immer für den Hannes und sein Christliches gewesen«, behaupteten sie, »und wegen der blonden Finnin von den tausend Seen noch ganz besonders.«

Am nächsten Morgen fuhren wir ein. Schon am Schacht gefiel es den Kumpels, ein blondes Mädchen unter sich zu sehen. Karin machte der Bergmannsgruß viel Freude: »Glückauf!« Sie wandte ihn oft an, genauso wie die Kumpels.

Sie hielt sich aber doch an meiner Hand fest, als der Förderkorb plötzlich und mit rasender Geschwindigkeit in den Schacht fiel. Sie hatte nicht erwartet, daß es unten Bahnhöfe, Bahnstrecken und fast kleine Städte mit Büros und technischen Anlagen gab. Erstaunt sah sie sich alles an. Ich kannte mich unten aus und führte Karin zu den Stellen, wo meine Freunde arbeiteten. Doch schon am ersten Kohlenflöz, das wir besuchten, wurden wir aufgehalten. Der Förderpanzer war kaputt. Diese Förderpanzer bestanden aus Stahlplatten, über die ein Motor eine Kette mit Schrappern zog. Und diese wiederum rissen die Kohle mit, die von den Kumpels aus dem Flöz gebrochen worden war.

In diesem Flöz von etwa 1 1/2 Metern Dicke herrschte ein Höllenlärm. Die Abbauhämmer ratterten, wurden in die Kohle geboxt, brachen schwere Brocken ab. Diese donnerten auf die Stahlplatten und wurden von den Schrappern mitgezerrt. Der Motor brüllte auf, doch nun war die Kette gerissen. Die Kumpels schrien nach den Grubenschlossern, der Steiger fluchte ins Telefon. Sie wollten weitermachen, sie standen im Akkord, sie wollten Geld verdienen.

Der Steiger sah sich das Gebirge an, aus dem die Kumpels die Kohle gebrochen hatten. Sie mußten es auch gleichzeitig mit Eisen- und Holzstempeln absichern. Doch dazu nahmen sie sich nicht genügend Zeit. Ein schwerer Steinbrocken fiel herab und hätte fast einen Mann unter sich begraben. Der Steiger befahl den Kumpels, noch Ersatzstempel unterzuziehen. Nur mürrisch folgten sie seinem Befehl.

Ich sah die Blechbahre nebenan warten. Hoffentlich wurde sie heute nicht für einen gebraucht.

Wir wurden gar nicht beachtet, die Kumpels hatten genug mit dem Panzer zu tun. Karin lächelte über ihren Aufzug. Es war heiß, und die meisten arbeiteten nackt. Sie trugen nur ihre schweren Schuhe, einen Lederschurz am Hintern und den Lederhelm. Einige trugen die alten, ausgeleierten Schlüpfer ihrer Frauen auf. Aus Blödsinn hatte sich auch einer einen Büstenhalter umgebunden.

Unter dem Panzer lag mein Stubenkumpel Hubert. Mit einem schweren Hammer versuchte er, einen Bolzen in die gerissene Kette zu schlagen.

Da sah er mich: »Halt mal hier fest!« rief er. Ich kroch zu ihm unter den Panzer und hielt fest. Das war ein elendiges Gemurkse, ehe der Bolzen in der Kette saß. Ich hielt ihn fest, Hubert schlug zu. Ich sah ihn schon mir die Hand zertrümmern, doch er schlug genau zu und verfehlte den Bolzen nie. Endlich hing die Kette wieder zusammen und über dem Panzer. Hubert pfiff. Der Rutschenbär ließ den Panzer fahren.

»Langsam, langsam!« schrie der Hubert die Kumpels an. Die sollten nicht alle Kohlenbrocken auf einmal in die Panzer werfen. Doch sie hörten nicht auf ihn. Ein paar Brocken stellten sich quer, blieben an den Eisenstempeln hängen. Die Kette ertrug die plötzliche Überbelastung nicht und riß wieder. Hubert tobte, warf seine Werkzeuge hin, schrie die Kumpels an, wollte nicht mehr, aber dann kroch er doch wieder unter den Panzer und schlug die Kette aneinander.

Nun paßten die Kumpels besser auf. Hubert lag im Stoß. Er schwitzte, er hatte kein Gefühl mehr in den Armen. Er war ausgepumpt. Doch der Panzer lief. Er grinste uns an. Dann schraubte er seine Zweiliterblechflasche auf, trank den süßen Milchkaffee und ließ uns auch gluckern. Dann zogen wir weiter.

Wir kamen zum Wolfgang und seiner Kolonne, die waren Räuber, also Männer, welche die Eisen- und Holzstempel wieder unterm Gebirge wegzogen, wenn die Kohle ausgeboxt worden war. Eine gefährliche Arbeit. Denn das Gebirge arbeitete und fiel in den leeren Raum. Oft brachen schwere Brocken herunter, Sargdeckel genannt. Wenn einer darunter kam, war es aus mit ihm. Oft hing das Gebirge auf einem Stempel, und wenn der weggeschlagen wurde, brach es herunter.

Die Räuber wagten mit jedem Stempel ihr Leben. Als wir den Wolfgang besuchten, waren die Räuber ganz besonders vorsichtig. Denn am Tage vorher waren einem von ihnen beide Beine abgeschlagen worden.

Wir krochen zum Rabczak im Kohleflöz hoch. Rabczak war der beste Hauer vom Pütt und verdiente über tausend Mark. Das war ein unerhörter Verdienst für damalige Verhältnisse. Rabczak zeigte Karin, wie man Kohle boxte, und sie versuchte es dann auch. Das sah bei Rabczak alles so leicht aus, doch ihr taten schon beim ersten kleinen Brokken die Arme weh, und sie konnte den Hammer kaum hochhalten. Karin nahm einen kleinen Kohlenbrocken, den sie aus dem Berg gepuhlt hatte, nach Finnland mit.

Als wir uns unten bei Gustav in der Strecke ausruhten, wollte sich Karin über diese schwere, fast unmenschliche Arbeit der Kumpels unterhalten, doch der lachte sie aus.

Gustav schob unten eine ruhige Kugel. Er sollte die Strecke reinigen, doch das tat er nur selten. Meistens lag er in einer Delle und schnarchte. Kam ein Steiger, stand er schnell auf, und ehe der was sagen konnte, schimpfte er schon über seine Arbeit, daß er zuviel arbeiten müsse und so wenig verdiene.

Gustav kam immer damit durch und bekam laufend Lohnerhöhungen. Die Steiger konnten sein Gejaule nicht mehr hören und gaben klein bei.

Gustav wohnte auch bei uns im Heim. Er genoß das Leben, arbeitete wenig, aß viel und hielt sich weit weg vom

Wasser. Als er hörte, daß Karin aus Finnland kam, schüttelte er seinen Kopf: »Das ist nicht gut, da gibt es zu viele Seen.«

Und er erzählte Karin seine Geschichte.

Obwohl er sich nicht freiwillig gemeldet hatte, geriet Gustav im Krieg zu den Fallschirmjägern. Er wurde nach Griechenland geflogen und sollte dann über Kreta abspringen. Doch seine Maschine wurde schon vorher über der Ägäis abgeschossen. Sie stürzte so schnell ab, daß alle Insassen ertranken. Nur Gustav konnte sich hinten aus einem Fenster retten. Er schwamm, er ließ sich vom Wasser tragen, er hoffte auf eine Insel. Er hatte die Landkarte jener Gegend gesehen, und die vielen Inseln waren ihm aufgefallen. Davon mußte doch bald eine erscheinen. Aber dem war nicht so.

Erst nach Stunden sah Gustav eine Insel, wollte draufzuschwimmen, doch die Strömung erfaßte ihn und schob ihn an der Insel vorbei.

Zwei Tage und zwei Nächte lang lag der Gustav auf dem Wasser. Die Sonne verbrannte ihm die Haut, er verging fast vor Durst, er wußte nicht mehr, wo er war. Doch Gustav gab nicht auf, er hielt sich noch immer über Wasser – bis er dann auf eine kleine Insel geworfen wurde.

»Seitdem hab ich vom Wasser genug«, sagte Gustav, »schon der Rhein-Herne-Kanal ist zuviel für mich.«

Wir butterten mit Gustav, er gab uns von seinen Blutwurststullen ab.

»So ist das Leben«, sagte er, »jetzt ruh ich hier von meinem Schwimmen aus.«

In der Hauptstrecke trafen wir den Pappi mit einem Kohlenzug. Karin klemmte sich zu ihm auf den Sitz, ich legte mich auf den ersten Kohlenwagen. So fuhren wir zum Schacht. Pappi sang immer. Er war musikalisch, aber nach seinem Geschmack, der nicht immer meiner war. Wir lagen beide auf einer Bude, und oft litt ich unter Pappis Musik. Er liebte Schmalz, und ganz besonders den Blue

Tango. Er besaß das Radio auf unserer Stube und drehte es voll auf, wenn der Blue Tango oder das Lied der Caprifischer ertönte. Pappi spielte auch in der Knüppelmusik des Schützenvereins. Dort rührte er die Trommel.

Sonst war Pappi der »feste Verkehr« unserer Kantinenwirtin. Pappi war groß und stark und hatte in der Leibstandarte von Adolf Hitler gedient. Er war stolz darauf, obwohl er nun nichts mehr von den Nazis hielt.

Pappi lieferte uns beim Alfred vor Stein ab. Alfred trieb einen Tunnel ins Gestein, damit die Kumpels an die Kohle herankamen. Nachts wurde das Gestein gesprengt, in der Morgenschicht räumte Alfred es weg. Das war nicht nur eine schwere Knochenarbeit, sondern Alfred mußte auch viel von dem feinen Steinstaub schlucken, der sich in seinen Lungenbläschen festsetzte. Mein Vater hatte die gleiche Arbeit getan. Man verdiente viel dabei, mußte aber damit rechnen, mit vierzig schon Invalide und mit fünfzig tot zu sein.

Doch daran dachte Alfred nicht. Er war ein geborener und konfirmierter Pessimist. Alles war Scheiße für ihn. Es wunderte ihn auch nicht, als er im Krieg auf ein Unterseeboot geriet. Und als das absoff, war das für Alfred auch nichts Besonderes. Zu seiner Verwunderung wurde er von einem Sog erfaßt und ans Tageslicht gezogen. Kaum gerettet, geriet er wieder auf ein U-Boot, soff wiederum ab und wurde abermals gerettet. Das geschah ihm viermal so. Alfred wehrte sich nicht dagegen, überlegte auch nicht, warum das so war, weil für ihn sowieso alles »Scheiße« war.

Als der Krieg zu Ende ging und Alfred nicht mehr absaufen konnte, ließ er sich auf unserem Pütt anlegen und zwar für eine Arbeit, die sonst keiner haben wollte.

»Ist ja sowieso alles Scheiße!« sagte er dazu.

Er wohnte bei uns im Heim und stierte oft vor sich hin. Oder er trank so viel Bier in sich hinein, bis er vom Stuhl kippte. Ich versuchte, ihn aufzumuntern. Ich nahm ihn mit in unsere Kellergruppen. Aber es dauerte zwei Jahre, ehe ich ihn überreden konnte, mit nach Italien zu kommen.

Endlich kam er mit, aber schon unterwegs lief alles schief für ihn. Alfred hatte draußen auf dem Flur zwei junge Damen entdeckt, die er ansprechen wollte. Während wir uns ein Abteil ergatterten und es uns darin bequem machten, stand sich Alfred draußen auf dem Gang die Füße wund. Wir tranken die Bierbüchsen leer, während Alfred draußen mit trockenem Mund nach geeigneten Worten suchte, mit denen er diese Damen ansprechen konnte. Aber er fand keinen Mumm. Und als er sie dann endlich ansprechen wollte, lange nach Mitternacht, zogen die jungen Damen sich plötzlich, aber unwiderruflich in ihr Abteil zurück.

Knurrend kam Alfred zu uns ins Abteil, wollte sich nun ausruhen, fand aber keinen Platz mehr. Er wollte sich mit Bier trösten, aber er entdeckte nur leere Dosen. Er schimpfte, denn er hatte zum Kaufen der Büchsen auch mit seinem Geld beigetragen. Endlich fand er noch eine volle Büchse unter den leeren. Er öffnete sie im Dunklen, hörte draußen eine Abteiltür gehen und Mädchenstimmen, dachte, die jungen Damen würden wieder auf den Gang kommen, stellte die Büchse ab, lief nach draußen. Doch er hatte sich getäuscht. Als er wieder in unser Abteil zurückkam, mußte er leider feststellen, daß die letzte Büchse nun auch leer war. Er hatte sie verkehrt herum auf den Boden gestellt.

Alfred knurrte: »Ist alles Scheiße, ob du im U-Boot bist, im Pütt oder nach Italien fährst. Ist alles Mist.«

Ich versuchte, Alfred am Lago Maggiore zu ermuntern, schleppte ihn zu unserer Aussichtsbank, zeigte ihm das herrliche Panorama mit den Alpen und Inseln.

»Ist das nicht herrlich hier?« fragte ich ihn.

Doch er antwortete mürrisch: »Watt redest du für einen Scheiß? Wenn du die Berge hier wegnimmst und die Inseln, dann is datt hier auch nicht anders wie am Haltener Stausee.«

Ich hatte Karin von Alfred erzählt. Sie war nett zu ihm. Als wir wieder gingen, winkte Alfred mich zurück, sagte zu mir: »Kerl, hast du einen guten Fang gemacht! Immer die anderen haben Glück, nur ich muß immer malochen.«

Armer Alfred.

Nach der Schicht trafen wir uns mit den Kumpels in der Kneipe gegenüber vom Schacht. Dann zogen wir zu unserer Kantine. Die Kantinenwirtin fuhr voll auf: kalte Koteletts und Frikadellen mit viel Senf, heiße Fleischwurst und kalten Kartoffelsalat, Schnäpse zum Aufwärmen und kaltes Bier gegen den Durst.

Zwischen den Tischen tanzten die Kumpels Tango mit Karin und der Kantinenwirtin. War schön bei uns Kumpels, und Karin fühlte sich wohl.

Bei Kuno in Kassel

Ich mußte mit Karin auch nach Kassel fahren, um ihr meine Freunde vorzustellen. Aber vorher war noch die Sache mit Hörde zu erledigen. Da nahm ich Karin nicht mit. Die Herren von der Kirchenbehörde waren sauer. Sie erkannten meinen Entschuldigungsgrund »Karin« nicht an. Sie blieben dabei, ich würde entlassen, wenn ich nicht sofort mit der Arbeit anfangen würde, und es sei sowieso schon zu spät. Ich sagte: »Ist in Ordnung!« und fuhr mit Karin nach Kassel. Als ich in Kassel auf die christliche Jugendwartschule ging, hatte ich dort zwei gute Lehrer und Freunde, Fritz, der Direktor war, und Kuno. Bei Fritz lernte ich Schwarzwälder Holzhauertheologie und bei Kuno Kultur und Lebensweise.

Kuno kam aus Thüringen und fiel schon in der Schule wegen seiner Länge auf. Eine dicke Brille war ein anderes Wahrzeichen an ihm. Kuno las und schrieb schon als Junge Gedichte. Die wurden im Stadtanzeiger unter »Eingesandt« manchmal abgedruckt. Richtig berühmt aber wurde Kuno, als er den Tod in »Jedermann« von Hoffmannsthal auf der Rathaustreppe seiner Stadt spielte. Sein Auftritt war die Sensation des Stückes. Die Älteren waren betroffen, die Jüngeren schrien ihm überall nach: »Tod auf Latschen, Tod auf Latschen.«

Der lange, dürre Kuno trat im »Jedermann« mit Nachthemd und Schlappen auf, schlurfte die Treppen hoch, ganz leger, und schrie dann auf einmal, daß es jedem durch Mark und Bein ging: »Jedermann.« Und als er den dann anpackte, fiel der vor Schreck und nicht wegen seiner Rolle um.

Der Tod auf Latschen war stadtberühmt. Kuno schrieb dann auch unter diesem Namen seine Gedichte und Kurzgeschichten. TAL zeichnete er sie: »Tod auf Latschen.«

Kuno besuchte dann ein Lehrerseminar. Doch als er damit fertig war, gab es keine Stelle für junge Lehrer. Kuno wurde Gelegenheitsjournalist, tippte Gedichte, Berichte, Reportagen und bekam nach Zeilen bezahlt. Er hatte ein jämmerliches Einkommen, doch er war stolz darauf, daß er so frei war und nur von seiner Begabung und Schreibmaschine lebte. Die Leute lasen seine Reportagen gern, die hatten alle eine persönliche Note, waren typisch Kuno: genau beobachtet, sorgfältig beschrieben, doch mit einer freundlichen, persönlichen Note versehen. Kuno war ein Moralist, aber keiner mit dem Zeigefinger, sondern mit Augenzwinkern.

Als Kuno das Fahrgeld zusammen hatte, fuhr er mit seiner Schreibmaschine und sonst mit nichts nach Süden. Er war italienverrückt. Er sehnte sich nach Sonne. Südlich von Neapel ließ er sich in einem Fischerdorf nieder und schrieb.

Einen Vertrag mit seiner Zeitung hatte er nicht. Die zahlte wenig und säumig, doch Kuno konnte davon leben wie ein Fischer. Aber auch andere Zeitungen druckten seine Artikel. Mit dem Geld konnte er sich eine Bude einrichten.

Kuno lebte und schrieb. Und als er Italienisch in wenigen Wochen lernte, entdeckte er, daß er eine außergewöhnliche Sprachbegabung besaß.

Kuno betrieb nun Sprachen als Hobby. In Neapel ließ er sich mit einem Russen drei Wochen in eine Wohnung sperren und lernte so seine Sprache. Er lernte ähnlich auch noch Spanisch, Französisch, Englisch, Griechisch und Latein.

Ein herrliches, freies Leben führte Kuno in Italien. Daß es in Deutschland einen Hitler und in Italien einen Mussolini gab, betraf Kuno kaum. Bis zu seinem Dorf drang das alles nicht. Kuno genoß das Leben, lernte Menschen und Sprachen kennen und lebte von seiner Schreibbegabung und seiner Schreibmaschine.

Doch als dann der Krieg ausbrach, mußte Kuno nach

Deutschland zurück und Soldat werden. Sie schliffen ihn in der Grundausbildung von einem italienischen Zivilisten zu einem preußischen Soldaten. Das lag Kuno nicht, aber er kam dagegen nicht an. Doch als die Schleiferei der Grundausbildung beendet war, erinnerte sich die Wehrmacht an Kunos Sprachbegabung. Er wurde einer Dolmetscherkompanie in Berlin zugeteilt und tat dort beim Oberkommando der Wehrmacht Dienst.

Es fiel dem »Tod auf Latschen« sehr schwer, ein Soldat zu werden, und sein Hauptfeldwebel machte es ihm nicht leichter. Der tyrannisierte Kuno, wo er nur konnte. Ganz besonders hatte er es auf Kunos Grüßen angelegt. Das lernte Kuno nie, doch in Berlin mußte er dauernd grüßen. Jeder hatte einen höheren Rang als er, und fast allen fiel auf, daß er nicht zackig salutieren konnte. Immer wieder wurde Kuno angeschrien, wurde bestraft, bekam Ausgangssperre, weil er nicht grüßen konnte und wollte. Ein richtiger Block gegen das Grüßen bildete sich in ihm.

Er flüchtete vor den Chargen, die er grüßen mußte. Er umging die Konzentrationen von Offizieren. So geriet er eines Tages in den großen Park von Berlin, wo er dann aber wieder auf Generäle stieß. Er hätte schon fast aufgeschrien, als er hunderte von Generälen und Feldmarschällen vor sich sah. Er riß schon seine Hand zum Gruß hoch, doch dann entdeckte er durch seine dicke Brille, daß diese Generäle nicht mehr lebten, sondern Monumente aus Stein waren. Hier war Deutschlands militärische Geschichte aufgestellt worden. Kuno flüchtete, er geriet in ein anderes Denkmalviertel, aber dort traf er keine Generäle mehr, sondern nur Zivilisten, Dichter, Denker und Musiker.

Dort traf Kuno auch den Herrn Wolfgang Amadeus Mozart. Er freute sich ganz besonders, diesem Zivilisten zu begegnen, vergaß vor lauter Freude, daß er gegen das Grüßen war, und begrüßte den Herrn W. A. Mozart so zackig und gekonnt, wie es ihm noch nicht einmal beim Generalfeldmarschall Keitel gelungen war.

Ganz verdattert stand Kuno dann da und versuchte sich zu entschuldigen. Doch Mozart lächelte.

Da verstand Kuno. Von diesem Tage an ging er jedem Chargierten aus dem Wege, aber lief schnell zu Mozart und grüßte ihn mit einem Lächeln. Das tat ihm gut. An den Büsten und Denkmälern der großen Helden aber schlenderte Kuno grußlos vorbei.

Trotz seiner schlechten Grüßerei wurde er dann zum Sonderführer befördert und nach Italien versetzt. Er übersetzte für einen deutschen General und sollte die Verbindung mit der italienischen Nachbardivision aufrechterhalten. Das letztere gelang Kuno sofort, denn er fand in dem italienischen Divisionär einen Geistesbruder. Der war zwar Soldat und Patriot, aber gleichzeitig auch ein Mann, der die Kunst und das Leben liebte. Kuno und er waren oft zusammen. Auch als die Alliierten die deutschen und italienischen Truppen angriffen und zurückdrängten. In den Kampfpausen trafen sich die beiden wieder, versuchten den Krieg zu vergessen und in ihrer eigenen geistigen Welt zu leben.

Dann kapitulierte die italienische Regierung plötzlich. Einige italienische Divisionen liefen zu den Alliierten über, andere lösten sich einfach auf, und nur wenige kämpften mit den Deutschen weiter.

Kunos Divisionskommandeur rief seinen Dolmetscher zu sich: »Sie kennen sich drüben bei den Itackers aus. Ich muß wissen, wie Ihr Spaghettifreund sich entscheidet. Es geht um den Bestand meiner Division, um den Verlauf der deutschen Front, um das Leben meiner Soldaten. Fällt der Knabe aus, bricht meine Flanke zusammen, kämpft er gegen uns, müssen wir uns vor den Amis zurückziehen. Am besten ist es, wenn wir denen den Schneid abkaufen. Das können Sie nicht, ich weiß das. Aber die Italiener lassen Sie zum Divisionsgefechtsstand durch, weil sie Sie kennen. Ich schicke Ihnen einen Stoßtrupp mit und meinen Adjutanten. Sie begeben sich sofort zum General und fragen ihn, wie er sich entscheiden wird. Ist er für uns, dann nehmen Sie ihn mit. Ist er gegen uns, dann legt der Adjutant ihn um. In der allgemeinen Verwirrung kann dann der Stoßtrupp das Hauptquartier beseitigen, und die Truppen werden führerlos stiften gehen. Damit wäre die Situation gerettet.

Ich weiß, mein Plan gefällt Ihnen nicht, aber Krieg ist Krieg und Vino ist Vino. Abtreten.«

Kuno fuhr los. In ihm tobte ein furchtbarer Kampf. Wie konnte er das Leben seines Freundes retten? Er wußte, wie der sich entschieden hatte, für seine Soldaten und für Italien. Kuno wollte ihn warnen, aber er war doch deutscher Soldat.

Die Italiener ließen die deutsche Gruppe durch, weil sie Kuno erkannten. Kuno drang sofort bis zu seinem Freund vor. Der wußte, was Kuno ihn fragen würde. Er sah den anderen deutschen Offizier.

Kuno verabschiedete sich von ihm. Sie sahen sich an. Kuno brauchte ihn gar nicht zu fragen, er sagte: »Kuno, wir werden nun Feinde sein müssen ...«

Da krachten schon die Schüsse aus der Pistole des Offiziers, und draußen schoß der deutsche Stoßtrupp den Divisionsgefechtsstand zusammen.

Kuno fuhr gebrochen wieder zurück. Er wurde sofort in ein Strafbataillon gesteckt. Dort suchte er den Tod, aber er fand ihn nicht. Er wurde zu einem harten, brutalen Soldaten. Er versuchte alles zu vergessen.

Bei Kriegsende geriet er in ein großes Gefangenenlager bei Rimini an der Adria. Kuno traf dort auf eine Gruppe junger Christen, die zum Bibelstudium zusammenkamen. Dort suchte er mit ihnen, dort fand er Glauben und Hoffnung und auch Vergebung wieder. Kuno war der Mann, bei dem die jungen Männer sich aussprechen konnten, er war einer, der sie verstand. Er konnte ihnen auch etwas geben. Sein Lebensstil, seine Kultur, seine Sprachen und auch sein keimender Glaube zog sie an.

Kuno war nicht der Typ eines Kirchenchristen, er blieb ein offener, kluger Kerl, der das Leben genoß. Eigentlich lebte er zwei Leben, eins in seinen Gedanken und eins real. Er war Hellenist und Christ oder versuchte, beides zu sein. Er liebte Italien und den Süden, aber er suchte auch wie ein Pietist nach Gott.

Kuno fing ein neues Leben an. Er war nun nicht mehr Journalist, sondern ein Lehrer und auch Seelsorger für junge Männer. Als im Lager dann eine Schule für Jugendwarte aufgebaut wurde, war Kuno dessen Seele.

Als das Lager in Italien aufgelöst wurde, ließ sich Kuno nicht entlassen, sondern fuhr nach England in die noch bestehenden Gefangenenlager und baute auch dort solch eine Schule auf. Und von England aus geriet Kuno dann nach Kassel und unterrichtete uns.

Er war nicht nur ein Lehrer, er war unser großer Bruder. Kuno hat mir in meinem Leben sehr viel bedeutet. Karin mußte ihn unbedingt kennenlernen.

Und auch Grete, unsere Hausmutter in Kassel. Sie hatte schon früh ihren Mann verloren und sich zunächst in ein Witwendasein verkrochen mit dunklen Kleidern, geknotetem Haar und in einer Wohnung lebend, die sie seit dem Tode ihres Mannes nicht verändert hatte.

Grete liebte ihren Mann, wollte nur noch für ihre Kinder leben, doch Kuno sagte ihr: »Gott hat dich nicht nur für deinen Mann und deine Kinder gemacht, sondern auch für andere Menschen. Zum Beispiel für diese angehenden Jugendwarte hier. Die brauchen nicht so sehr eine Mutter, sondern eine ältere Schwester. Die müßtest du sein.«

Und Grete wurde uns eine Schwester, obwohl sie uns allen die Mutter hätte sein können.

Grete machte eine kleine Erbschaft und konnte ihre kümmerliche Pension etwas damit verbessern. Sie hatte viel Spaß mit uns, möblierte ihre Wohnung um, tapezierte sie heller, kaufte sich die damals als sehr modern geltende

Radio- und Plattentruhe und Platten nach ihrem, aber auch nach unserem Geschmack. Bei Grete konnten wir Brahms und Rock 'n' Roll hören. Grete kochte Wurst für uns, und bei ihr konnte man über alles reden. Während sich bei Kuno mehr die »Intellektuellen« versammelten, kehrten bei Grete die »Wurstfresser« und Autointeressierten ein. Aber wir mischten uns auch, denn die Wurst bei Grete war immer gut.

Grete war unsere große Schwester, sie paßte auf uns auf und auch auf Kuno. Mit sechzig kaufte sich Grete noch ein Auto, machte den Führerschein und kutschierte Kuno damit nach Italien.

Kuno und Grete, meine Freunde in Kassel. Ich stellte Karin vor, und beide mochten sie.

Grete und Kuno riefen auch bei der Kirchendienststelle in Hörde an. Kuno kannte den Kirchenrat und Grete seine Frau. Sie redeten beide gut für mich. Kuno rief auch einen Oberkirchenrat an, der mich an den Apparat verlangte.

Der war erst sehr formal und drohend zu mir, dann aber kicherte er und flüsterte: »Wie ich Sie beneide. Würde ich am liebsten auch tun. Aber man ist so furchtbar festgefahren in seinem Amt. Sehen Sie nur zu, daß Sie im Herbst wieder zurück sind, dann kann ich das noch vertreten. Bleiben Sie dem Herrn befohlen, der versteht Sie ganz bestimmt.«

War schön in Kassel, und das »Oberkirchenlicht« war auch nett.

Bei Karin in Finnland

Dann fuhren wir durch Dänemark und Schweden nach Finnland hoch. Wir hielten uns nicht lange unterwegs auf, denn Karin wollte schnell nach Hause kommen. Sie besaß keinen Pfennig mehr und wollte sich nicht von mir aushalten lassen. Doch durch Finnland mußte ich langsam fahren, ich wollte das Land, Karins Heimat, tief in mich aufnehmen. Ein frisches, grünes, starkes Land mit vielen Seen, das so aussah, als ob die Eiszeit erst gerade abgezogen war. Es war auch kühler dort oben als in Mitteleuropa.

Ich war von Karins elterlicher Wohnung überrascht, ich fühlte mich wie ein Eindringling darin. Was hatte sie wohl gedacht, als sie die Wohnung meiner Eltern sah? Wir kamen aus zwei verschiedenen Welten. Das wurde mir in ihrer Wohnung ganz deutlich. Teure Teppiche auf dem Parkettboden, echte Impressionisten an den Wänden, Sammlungen von Porzellan und Silberbesteck in den Vitrinen.

Das Sprechzimmer ihres Vaters war modern eingerichtet. Ich sah ihn im Album, sehr stolz, mit den Ritterorden unter dem Uniformkragen.

Die Eltern verbrachten drei, vier Monate im Sommer auf ihrer Insel, und auch sonst viele Wochenenden. Aber auch diese Stadtwohnung war behaglich und stellte etwas dar.

»Was ist denn los mit dir?« fragte Karin mich. »Warum bist du denn auf einmal so still geworden?«

Wir fuhren zum Schärengarten östlich von Helsinki. Dort stellte ich mein Motorrad ab, und ein Fischer setzte uns zur Insel von Karins Eltern über.

Es war doch weiter, als ich gedacht hatte, und die Insel war auch viel größer, als ich sie mir vorgestellt hatte. Sie lag vor uns mitten im Meer, von einigen anderen Inseln eingerahmt. Sie war dicht mit Tannen und Föhren bewachsen, darunter lag roter Fels.

Ich sah, mit welcher Hochachtung der Fischer mit Karin sprach. Ihr lag das nicht, sie gab sich sehr freundlich, doch er blieb in seiner starren, förmlichen Haltung. Der sprach nur vom Herrn Doktor und der Doktorinna.

Ich fühlte mich nicht ganz wohl. Was würden die wohl von mir denken? Auch in dem Fischerboot fühlte ich mich nicht sicher. Ich fand die Wellen zu groß und rechnete damit, jeden Augenblick umgeworfen zu werden.

Karin bemerkte es. Sie lächelte, nahm meine Hand und sagte: »Bis jetzt hast du auf mich aufgepaßt. Nun bin ich dran. Ich kenne das Meer und meine Eltern, laß es mich mal machen.« Wir umfuhren die Insel, dann sah ich eine Bucht, und dahinter stand ein zweistöckiges, leicht gelb gestrichenes Haus mit einem grünen Dach und weiß abgesetzten Türen und Fensterrahmen. Unter der Birke vor dem Haus standen Liegestühle und Gartentische. Ich erwartete, dort den Herrn und die Frau Doktor zu sehen, ganz in Weiß, die Sommerfrische genießend, Tee trinkend und Bücher lesend. Doch ich sah niemand in den Liegestühlen.

Wir fuhren langsam an dem Herrenhaus vorbei. Ich sah eine Lichtung hinter dem Haus, von Tannen und Birken umstanden. Ich sah zwei Personen dort im Garten arbeiten. Vom Felsen her war eine Landungsbrücke ins Meer gezimmert worden, dort legte der Fischer an.

Als wir ausstiegen, Karin sehr geschickt und ich etwas unbeholfen, kam eine ältere Frau auf uns zugelaufen. Sie trug Hosen und ein buntes Hemd, Gummihandschuhe und hatte graue Haare. Erst dachte ich, sie sei eine Magd, doch als sie näher herankam, sah ich, daß es Karins Mutter war. Sie umarmten sich, ich stand etwas verlegen daneben.

Ihr Vater kam langsamer auf uns zu. Als er seine Tochter sah, lächelte er, doch mein Anblick irritierte ihn. Man sah ihm auch im Hemd und in den Cordhosen den Offizier an, immer eine stramme Haltung, ein hochgewachsener Mann mit klugem, aber auch zurückhaltendem Gesicht.

Doch dann freute er sich, seine Tochter wiederzusehen und gab ihr einen Klaps.

Dann sahen beide mich an, der Vater sehr mißtrauisch, die Mutter neugierig.

Karin stellte mich als Hannes vor.

Ich verbeugte mich: »Kaminski.«

»Sind Sie aus Polen?« fragte der Herr Doktor.

Das traf mich, ich bin stolz, daß ich ein Deutscher bin, und will nichts anderes sein. Meine Eltern auch nicht. Karin wußte es, sie griff ein.

»Dann kommen Sie also aus dem Osten?« fragte der Herr Doktor im akzentfreien Deutsch.

»Ich bin im Ruhrgebiet geboren«, warf ich ein.

Doch er gab nicht nach: »Ich weiß, dorthin wanderten Polen nach dem Ersten Weltkrieg und auch vorher schon ein.«

»Nein, nein; meine Eltern sind keine Polen, sondern kommen aus Masuren. Sie waren beide evangelisch, daran kann man sehen, daß sie keine Polen sind, denn die sind fast alle katholisch. Und dann haben sie auch für Deutschland optiert, als Masuren den Polen zugesprochen werden sollte . . .«

Ich hatte viel zuviel geredet und verteidigt.

Karins Mutter griff ein: »Na, dann auf jeden Fall herzlich willkommen. Und er kann ja in der Sauna schlafen«, sagte sie zu Karin.

Karin erklärte ein bißchen unsere Verhältnisse, daß wir uns in Rom getroffen hätten, den Verfall ihrer Fahrkarte, und daß ich sie hierher gebracht hätte.

»Du hättest ja telegrafieren können«, warf der Herr Doktor ihr vor.

Dann wandte er sich an mich: »Und wann fahren Sie wieder?«

Ich wäre am liebsten sofort wieder abgefahren, aber dann wurde ich auch stur und blieb bei meiner Mission: »Ich liebe Ihre Tochter Karin, und ich bin hierher gekommen, um Sie zu fragen, ob ich sie zur Frau haben könnte.«

Ich hätte das auch einfacher sagen können. Ich verhaspelte mich.

Der Herr Doktor sah mich streng an: »Was studieren Sie? Oder haben Sie schon ihr Diplom gemacht?«

»Ich habe nicht richtig studiert, ich bin christlicher Jugendwart, im Moment als Bergmannsmissionar tätig.«

Karins Vater schüttelte seinen Kopf: »So einfach ist meine Tochter Karin nicht zu haben. Wissen Sie denn nicht, daß sie Zahnmedizin studiert?«

Karins Mutter griff ein: »Nun laß den jungen Mann sich doch erst mal ausruhen.«

Karin rief auch: »Ob ihr dagegen seid oder nicht, ich hab den Hannes lieb.«

»Langsam, langsam«, sagte der Vater, »darüber müssen wir noch in aller Ruhe reden. So einfach ist das nicht.«

Ich wäre am liebsten abgefahren, aber so schnell aufgeben wollte ich Karin auch nicht.

Sie brachte mich zur Sauna und gab mir einen Kuß: »Er meint es nicht so«, sagte sie, »er hat genauso einen dicken Kopf wie du. Bleib mal ein paar Tage hier, und dann werden wir weitersehen. Wir haben ja gesagt, was wir wollen.«

Also blieb ich.

Langsam gewöhnten sich Karins Eltern an mich und ich mich an sie. Karin schlief mit ihren Eltern und Geschwistern im großen Haus, während sie für mich die Schlafstube vor der Sauna nett eingerichtet hatten mit Matten auf dem Boden und lustigen Drucken von Klee und Miro an den Wänden.

Die Sauna stand auf einem Felsen direkt über dem Meer. Hinter der Sauna rauschten schwere Föhren. Möwen kreischten durch die Luft. Wenn ich mich abends ins Bett legte, schlief ich schnell ein. Die Sonne stand noch hoch am Himmel, das Meer rollte gleichmäßig gegen die Felsen an, ich atmete die Wald- und Meeresluft tief ein und schlief bald. Ich hatte nämlich den ganzen Tag schwer im

Inselwald gearbeitet. Karins Vater hatte noch nicht mit mir gesprochen, man beobachtete mich, aber nicht im bösen Sinne. Ich fühlte mich auf der Insel als Waldarbeiter wohl.

Traumlos tief schlief ich durch. Ich wurde wach, wenn der Körper sich erholt hatte. Draußen schrien die Möwen im Wind. Die schweren Kronen der Bäume rauschten, die Zweige strichen über das Saunadach. Die Brandung des Meerers schlug hoch gegen die Felseninsel, warf das Gesprühe bis an das Fenster meiner Sauna.

Ich sprang aus meinem Feldbett, kniete mich zum Morgengebet nieder und rannte dann nackt in den Sturm hinaus. Drüben im Haus schlief noch alles.

Die Föhren stemmten sich gegen den Sturm, die Tannen drehten sich mit ihm, die Birken tanzten. Ich wäre gerne eine Möwe gewesen, die sich hoch am Himmel gegen den Westwind warf. Ich fror, ich traute mich erst nicht, aber dann sprang ich doch vom Felsen ins Meer. Eiskalt das Wasser, ich tanzte in der Brandung auf und ab. Ich jubelte, einen Spaß machte das. Ich kletterte an Land, legte mich auf den warmen Fels und frottierte mich dann ab. An meinem Körper waren Narben und Schrammen von der Waldarbeit, die Haut war braun gebeizt, meine Muskeln wuchsen wieder. Ich fühlte mich so wohl in meinem Körper.

Ich zog mir nur meine kurze Hose und die Turnschuhe über, so ging ich zum Schuppen. Unterwegs holte ich mir einen Schöpfer mit eiskaltem Wasser aus dem Brunnen. Nichts schmeckte besser als kaltes, einfaches Brunnenwasser. Auf der Insel gab es weder Elektrizität noch eine Wasserleitung. War gut so. Karins Vater wurde durch kein Telefon gestört. Wer etwas von ihm wollte, mußte mit dem Boot herüberkommen. Vor dem Schuppen wuchsen wilde Walderdbeeren, kleine, süße. Aus denen bestand mein erstes Frühstück. Ich genoß jede Minute, jeden Schritt auf dieser Insel.

Dann zum Klo. Das hatten Karin und ihre Schwester richtig gemütlich eingerichtet mit Bildern an den Wänden,

Lammfell auf dem harten Holz, Literatur und sogar eine Kerze auf dem Wandbrett. Ich las dort immer in einem dikken Fontane, damit konnte der Morgen ruhig beginnen. Der ehemalige Kuhstall war von Karins Vater zu einer Werkstatt umgebaut worden. Dort herrschte peinliche Ordnung und Sauberkeit – wie in seiner medizinischen Praxis. Alles lag an Ort und Stelle, die Geräte waren rot angemalt worden, damit man sie auch im Wald wiederfinden konnte. In alten Tabaksdosen sammelte Karins Vater alle Sorten von Nägeln. Kein Nagel kam um, er wurde gerade gehämmert, wenn er krumm gewesen war.

Auch Treibholz wurde von Karins Vater aufgesammelt und im Schuppen aufgearbeitet. Nichts blieb liegen oder kam um. Karins Mutter war anders. Sie ließ alles liegen. Wenn ich durch den Wald ging, fand ich ihre Körbe, Harken und sogar ihre teuren Ballyschuhe. Sie bedankte sich und lachte, wenn ich ihre Sachen zurückbrachte.

Auch das Brennholz hatte Karins Vater im Schuppen ordentlich geschlagen und gestapelt. Es gab mehrere Haufen, einen für das ordinäre Brennholz, einen extra für gute Birkenscheite, die nur in der Sauna verwendet werden durften, weil sie so gut dufteten. Auf der Insel war Karins Vater weder Arzt noch Oberst, sondern ein Gärtner und Handwerker. Die meiste Zeit verbrachte er im Garten, pflanzte Gemüse, jätete Unkraut und brachte alles so weit, bis seine Frau es ernten konnte. Er fummelte auch am Haus herum und reparierte alles, was sich lockerte. Er legte Dachrinnen an, stellte leere Seeminen unter die Regentraufen, strich sie vorher aber noch schön grün an. Er hatte auch ein großes Fenster in das Wohnzimmer eingesetzt, so daß man von den Sesseln und Stühlen aus eine weite Sicht über das Meer hatte.

Karins Mutter half ihrem Mann im Garten, aber die meiste Zeit verbrachte sie in der Küche. Jede Mahlzeit war ein kulinarisches Fest, zu dem sie alles an Töpfen und Pfannen brauchte, was im Haus reichlich vorhanden war. Auch wurde jeder Gang auf anderem Geschirr und mit neuem Besteck serviert. Karin und ihre Schwester seufzten schon bei der Mahlzeit, denn sie mußten das alles hinterher im eiskalten Meer spülen.

Für Karins Vater war die Arbeit im Wald, Bäumefällen und der Transport von Stempeln, viel zu schwer geworden. Also blieben dort viele trockene Bäume stehen.

Die Besucher, die sofort von Karins Vater im Wald zur Arbeit gebracht wurden, fällten zwar gerne Bäume, ließen sie dann aber meistens liegen. Oder wenn sie schon einen zersägten und abtransportierten, sammelten sie doch nicht die abgeschlagenen Äste auf.

Karins Vater freute sich, als er sah, daß ich gerne im Wald arbeitete und dort aufräumte. Er markierte die Bäume, die ich fällen und abtransportieren sollte.

Ich stieg in den Wald hoch und nahm mir einen Baum vor. Ich sägte ihn so tief über den Wurzeln ab wie möglich. Dazu mußte ich mich ganz schön tief krümmen und beugen, doch die Sägen von Henrik – so hieß Karins Vater, und er sagte, daß ich ihn mit seinem Vornamen anreden sollte – waren scharf und fraßen sich leicht durch die Jahresringe.

Ich war stolz, wenn ich einen geraden Schnitt durch das Holz anbringen konnte und wenn der Baum genau dorthin fiel, wo ich ihn hinhaben wollte.

Dann schnitt ich den Baum zu meterlangen Stempeln, befreite diese mit meiner scharfen Axt von den Ästen und trug sie zum Holzschuppen hinunter. Das war alles Knochenarbeit, aber sie machte mir Spaß. Wenn ich zu sehr schwitzte, lief ich zum Meer, warf mich hinein, tobte im Wasser, trocknete mich auf einem Felsen und marschierte dann wieder in den Wald.

Zwischendurch aß ich Blaubeeren, die reichlich im Wald wuchsen, sah auch zu, wie die Möwen flogen und sägte wieder einen trockenen Baum um. Die Äste schichtete ich alle in große Haufen, die der Nachbarfischer dann im

Herbst verbrennen würde. Sonstwo hätte man die Äste noch als Feuerholz verwenden können, doch hier gab es so reichlich Holz, daß man sie einfach verrotten ließ oder verbrannte.

Ich lernte schnell und gerade sägen, und wenn ich den Platz verließ, konnte man nicht sehen, daß dort einmal eine trockene Tanne gefällt worden war. Ich strich auch Erde über den Sägeschnitt, damit das Holz nicht so grell und frisch leuchtete.

Unten am Schuppen wuchs ein Berg von Stempeln, Henrik blieb oft davor stehen.

Ich war schon am vierzehnten, fünfzehnten Baum, wenn Karin in den Wald kam, um mich zum Frühstück zu holen. Ich kriegte ein Lächeln und einen Kuß, ich drückte sie an mich, behielt sie in meinen Armen, bis wir an den Waldrand kamen. Von da an gingen wir getrennt zum Frühstückstisch ihrer Eltern hinüber.

Wenn das Wetter schön war, aßen wir draußen unter der Birke vor dem Haus mit Ausblick auf die kleinen Inseln zum offenen Meer. Es gab Tee und Toast, sie aßen Marmelade, doch für mich hatte Össe, Karins Mutter, extra Wurst aufgeschnitten. Der Wind spielte in der Birke, die Möwen schossen über uns hinweg, doch Petro und Petronella, die zutraulichen Hausmöwen, kamen bis an den Tisch heran und nahmen Brotstücke mit.

Ich trank auch gerne die dicke finnische Buttermilch. Dann ging ich wieder in den Wald, während Karin ihrer Mutter im Haus half. Ich arbeitete gerne im Wald. Dort fühlte ich mich wohl. Körperliche Arbeit befriedigte mich mehr als jede andere. Ich war stolz darauf, daß ich alle trokkenen Bäume gefällt und zersägt hatte und den Wald lichtete, wo Henrik es wollte.

Eine Stunde des Morgens verbrachte ich dann auch noch am Holzschuppen. Ich zerschnitt etliche Stempel zu handlichen Klötzen und zerhackte diese zu Brennholz. An den Wänden stapelte ich das Holz hoch.

Dann holte mich Karin schon zum Essen. Aber vorher sprang ich noch einmal ins Wasser. Das war noch immer eiskalt, aber es erfrischte. Daß ich einen starken Hunger hatte, versteht sich. Össes Essen war immer ein Ereignis. Wie sie es schon auf der Veranda servierte – auf bäuerlichem Porzellan, auf Holzplanken und breiten Schalen.

Fisch gab es zum Eingang, kleine Ostseeheringe, Strömming genannt, gebraten, gegrillt oder eingelegt. Oder es gab gesalzenen Lachs mit frischen Dillkartoffeln aus dem Garten. Össes Klopse waren ganz ausgezeichnet und leicht sauer. Überhaupt nahm ich mir immer zuviel von ihren Soßen. Mit meinen Manieren aber mußte ich aufpassen. Ich sah sie mir von den anderen ab. Obwohl wir auf der Insel waren und in alten Hemden und Hosen zu Tisch saßen, mußte ordentlich mit Messer und Gabel gegessen werden.

Und frische Salate zauberte Össe auf den Tisch. Sie tat nur sehr wenig Öl und Essig daran. Ich konnte die Endivien, Tomaten und Kressen so schmecken, wie sie auf den Beeten wuchsen. Ich aß immer zu viel, legte mich mit Karin etwas auf die Felsen über dem Meer, las in einem Buch und stapfte dann wieder in den Wald.

Karins Bruder kam zu mir und fragte, ob ich mit ihm segeln wollte. Natürlich.

Wir waren zu viert im Boot, Karin, ihr Bruder, seine Freundin und ich. Alle drei verstanden etwas vom Segeln, nur ich nicht. Ich muß zugeben, daß ich mich nicht ganz sicher fühlte, wenn sie mit dem schiefliegenden Boot scharf gegen den Wind angingen. Noch weniger wohl fühlte ich mich, wenn ich mich als Ballast aus dem Boot hängen mußte, knapp über dem Wasser lag und immer wieder eine Ladung abbekam. Aber ich sagte nichts, ich wollte mich nicht blamieren. Doch ich arbeitete viel lieber im Wald.

Wir segelten ins offene Meer hinaus, sahen drüben die russische Küste, wo ich nicht wieder hin wollte, legten auf einem nackten Felsen im Meer an, schwammen dort, lagen in der Sonne und segelten wieder zurück.

Während die dreisich noch mit dem Boot beschäftigten, stieg ich wieder in meinen Wald, fällte einige Bäume, schleppte sie ab und wurde dann schon zur Sauna gerufen. Erst gingen die Frauen, dann waren wir Männer dran. Wir lagen auf den Bänken über dem Ofen, und die Temperatur stieg bis auf 120 Grad hoch. Die Hitze biß mir in die Nase und unter die Fingernägel. Karins Bruder schüttete noch Wasser über die heißen Steine des Ofens. Der heiße Dampf schlug gegen mein Gesicht und kam dann wieder von hinten zurück.

Aus der Hitze liefen wir nach draußen und sprangen in das eiskalte Meer. Und wieder hinein in die heiße Sauna.

Nach der Sauna dann, jeder in seinen Pyjama und einen alten Bademantel gehüllt, wurde Bier getrunken, ein eiskalter Schnaps und Össe schnitt noch von dem Lachs etwas auf. Das schmeckte.

Ich ging dann mit Karin noch einmal um die Insel herum. Wir sahen über das Meer, wir küßten uns. Ich brachte sie zum Haus zurück und kroch dann in mein Feldbett. Es war noch heiß von der Sauna, ich ließ alle Türen und Fenster aufstehen.

Draußen rollte das Meer gegen die Felsen an. Die Sonne stand noch hoch am Himmel. Die Föhren rauschten. Es war schön hier draußen. Ich dachte an Karin. Ich schlief tief ein.

Karins Vater, Henrik, war ein großer, ruhiger Mann, in dem aber auch der Jähzorn aufflammen konnte. Früher hatte er rote Haare gehabt, nun waren sie ganz grau, fast weiß geworden. Ich schrieb ja schon über ihn und sein Leben. Auf der Insel vergaß er fast alles. Dort fühlte er sich wohl. Zu mir sagte er schon am zweiten Tag: »Nenn mich Henrik.« Aber ich traute mich nicht. Ich hatte noch den Empfang im Sinn.

Auf den Inseln nebenan breiteten sich Ferienkolonien aus. Die Fischer verkauften ihr Land, aber Henrik sorgte dafür, daß seine Insel der Familie blieb und nur wenige Auserwählte sie besuchen durften.

Die Insel war etwa zehn Hektar groß, also kein sehr kleines Eiland. Sie war Henriks Reich, hier erholte er sich.

In der Stadt war er ein ganz anderer Mensch. Dort arbeitete er, und nicht zu knapp. Er verdiente nicht schlecht dabei, zunächst als Militärarzt, dann als Chef vom Lazarett, am meisten aber an seinen Privatpatienten. Er bekam sein Geld nicht geschenkt, er mußte hart dafür arbeiten. Aber er konnte es seiner Familie erlauben, im Wohlstand zu leben.

Henrik war ein bekannter Mann. Er brauchte keine Uniform anzuziehen, um auf Leute einen Eindruck zu machen. In seinen maßgeschneiderten dunklen Anzügen und seiner hohen, straffen Figur fiel er überall im besten Sinne auf.

Er hatte eine wichtige und angesehene Position im finnischen Gesellschaftsleben erreicht und sorgte dafür, daß seine Kinder die gleiche halten konnten. Alle hatten die Universität besucht und mit einem Diplom abgeschlossen. Für Karin hatte er Bewerber aus seiner Klasse erwartet. Ihm lag es gar nicht, daß ich erschien. Ich fühlte das. Henrik konnte nicht verbergen, was er fühlte. Ich spürte auch, daß er nichts gegen mich als Person hatte, aber meine soziale Stellung störte ihn sehr. Auf der Insel vergaß er meine soziale Stellung. Wenn wir zusammen im Wald arbeiteten, dann war er ganz Kumpel und freute sich, daß es mir auf der Insel so sehr gefiel.

Össe, Karins Mutter, war anders als ihr Mann. Sie genoß das Leben, das noch immer für sie wie ein Traum war. Mit so einer Partie hatte sie nie gerechnet, und nun war sie Doktorinna. Auf der Insel und in der Stadt war sie ganz für ihren Mann da. Sie betreute seine Patienten im Wartezimmer. Sie kochte für Henrik sehr gut, und die Wohnung war gemütlich, aber auch repräsentativ eingerichtet, so daß Henrik sich darin wohlfühlte. Nur die Bilder und Bücher mußte er selbst aussuchen und kaufen. Davon verstand sie nicht viel.

Össe war aber keine Sklavin. Sie erhielt sich ihre kleinen Freiheiten, z.B. Freundinnen von damals, aber sie hatte auch Freundinnen unter den Finnländern gefunden, die Össe wegen ihres offenen und fröhlichen Wesens alle gern hatten. Sie mochte mich. Aber sie sagte zu Karin: »Sicher, sicher, es ist richtig, wenn man aus Liebe heiratet. Habe ich auch getan. Vielleicht ein bißchen mehr aus Hochachtung als aus Liebe. Aber sie ist später ganz bestimmt hinzugekommen. Aber kannst du diesen Deutschen denn aus Hochachtung heiraten? Muß eine Frau nicht zu ihrem Mann hochsehen können?

Ich weiß, es kommt nicht aufs Geld an. Aber ich kann dir sagen, daß Geld in der Ehe sehr wichtig ist, besonders wenn du ein Leben in unserem Stil führen willst. Und das mußt du, denn du bist daran gewöhnt, von Kindesbeinen an. Ich komme aus einem Bauernhaus, doch du aus einer Arztfamilie. Das ist ein Unterschied, mein Kind. Man muß realistisch sein. Daß du ihn liebst, ist natürlich das schönste. Aber mit solch einer Situation, nur Liebe und kein Geld, kenne ich mich nicht aus. Ich finde sie sehr kompliziert.«

Karins jüngere Schwester war ganz auf unserer Seite. Sie fand das prima, daß wir uns getroffen hatten. Obwohl sie sonst nicht immer eine sonnige Person war, sondern auch ganz unten sein konnte, war unsere Verbindung für sie eine einzige Freude. Bei ihr war gerade eine Freundschaft kaputtgegangen. Sie hatte sich mit einem jungen Mann aus einer reichen finnländischen Familie verbunden, und der hatte sie jetzt sitzenlassen. Das tat ihr weh, und nun hatte sie was gegen alle Finnländer.

Micka studierte Sprachen. Sie war schlanker als Karin, und ihre Beine waren ganz große Klasse. Sie konnte sich raffiniert anziehen. Auch auf der Insel. Wenn sie im Norwegerpullover und kurzen Shorts erschien, mußte man als

Mann tief Luft holen. Micka konnte sich geschickt anmalen und rauchte starke französische Zigaretten. Eine tolle Frau. Doch ich hing an meiner Karin.

Ich will hier keine Vergleiche anstellen. Ihr kennt ja eure Tante, und sie ist auch mein guter Kumpel. Wir sind gute Kameraden. Sie ist eben anders als Karin.

Karins Bruder arbeitete schon als Arzt und sah sich zunächst den »Freier« seiner Schwester etwas mißtrauisch an. Aber als wir ein paar Stunden in der Sauna verbracht hatten, begannen wir uns zu verstehen und zu schätzen. Auch seine damalige Freundin und jetzige Frau mochte ich. Wir verstanden uns sofort sehr gut und solidarisch, sozusagen als Eindringlinge in Karins und ihres Bruders Familie. Karins Bruder und seine Braut erschienen nur sehr selten auf der Insel, sie segelten viel oder lebten im Sommerhaus ihrer Eltern.

Össe beobachtete mich genau, aber in einer netten, offenen Weise. Sie strich auch ab, was ich an Schau darbot. Wenn ich Wasser holte oder Holz brachte, wenn sie nicht darum bat, lächelte sie und sagte zu Karin: »Das wird er nur jetzt tun. Später mußt du ihn zehnmal darum bitten und es dann selbst holen. Die Flitterwochen sind sehr kurz. Früher holte der Herr Doktor sogar die Bestecke für mich beim Operieren und überreichte sie mir mit einer Verbeugung und einem Lächeln. Heute knurrt er: »Kannst du dich nicht damit beeilen?« Aber daß mir die Arbeit im Wald gefiel und keine Schau war, das sagte sie auch Karin und Henrik. Sie sah sehr auf meine Manieren bei Tisch und stellte dabei fest, daß ich ganz ordentlich aß, aber doch einige schwerwiegende Fehler machte. Karin sagte sie mir. Ich bot also der Dame nun immer zuerst an, auch wenn sie nicht wollte. Ich zerquetschte meine Kartoffeln nicht, sondern aß sie in Scheiben, die ich in Finnland mit dem Messer schneiden durfte. Ich lernte auch, die Serviette richtig zu gebrauchen.

Össe hätte nichts gegen einen Grafen oder einen dritten

Arzt in der Familie gehabt, aber sie kannte ihre Tochter und fing langsam an, sich an einen »Sozialarbeiter«, wie sie mich nannte, zu gewöhnen.

Es war eine große Ehre für mich, als Össe mich fragte, ob ich mit ihr zum Festland hinüberrudern würde, sie wollte dort einkaufen.

Das Motorboot nahm sie nicht, sie ruderte lieber. Ich wollte ihr helfen, doch sie lehnte es ab: »Hier in den Schären rudern immer die Weiber. Die Männer sitzen hinten im Boot, fischen manchmal und rauchen meistens ihre Pfeife. Gegen die Mücken, für sich.« Össe sprach auch etwas deutsch. Sie hatte keine Komplexe, sie sprach zwar alles ein bißchen durcheinander, aber ihr Stil war lustig und angenehm.

Drüben auf dem Festland stand Henriks Wagen, ein schwerer, alter Studebaker. Össe packte ihre Körbe und Taschen ein und fuhr los. Sie fuhr einen ganz eigenen Stil und tat so, als ob es sonst keine Teilnehmer am Straßenverkehr gäbe. Und wenn schon einer kommen sollte, dann mußte der Rücksicht auf Össe und ihren großen Wagen nehmen.

Karin erzählte, daß Össe früher immer gerne mit dem großen Wagen bei Verwandten und Bekannten in Helsinki vorfuhr. Sie nahm auch die Kinder mit. Aber sie traute sich nicht, diese im Auto zu transportieren. Die mußten mit der Straßenbahn fahren, und Össe nahm sie erst an der nächsten Haltestelle zum Besuch in den Wagen und fuhr sie dann vor.

Wenn Össe von einer Reise in der Stadt zurückkam, war immer was am Wagen kaputt, oder sie hatte ein Strafmandat bekommen. Damals fuhren nur wenige Frauen in Finnland ein Auto, und es gab auch nicht viele Automobile. Darum war Össe sehr stolz darauf.

Also ich saß ziemlich verdattert im Auto, als Össe den Gang ins Getriebe quälte. Mit einem Ruck sprang der

Chromkreuzer an, wäre fast in eine Tannenschonung geraten, aber Össe fing ihn noch im letzten Augenblick ab und fuhr ihn dann in der Mitte der Sandstraße durch eine sehr kurvenreiche Strecke. Gut, daß uns keiner entgegenkam.

Wir erreichten den Laden in einer Tannenlichtung. Össe bog ab, ohne den Winker zu zeigen. Es war klar für sie, daß jeder wissen mußte, daß sie zum Kaufmann Backmann wollte. Dort hielt sie sich auch nicht an Durchfahrtsregeln, sondern parkte den Wagen mitten auf dem Hof, jeden Durchgangsverkehr blockierend.

Sie ließ alle Türen offenstehen, damit es im Wagen nicht zu heiß wurde, und winkte den Herrn Backmann heran, der ihr ehrerbietig half, alles Leergut in den Laden zu transportieren. Dabei sagte er mindestens dreimal Doktorinna, was Össe sehr gefiel, aber nicht in arroganter Weise, sondern eher bäuerlich. Nun war sie auch mal dran.

Herr Backmann schlief im Winter, weil er dann keine Kunden hatte. Aber im Sommer hatte er Tag und Nacht mit halb Finnland in den Wäldern und auf den Inseln Betrieb. Er sah aus, als ob er schon seit Wochen nicht mehr geschlafen hätte und jeden Moment zusammenbrechen würde.

Im Laden herrschte trotz der Sommergäste äußerste Ruhe. Jeder nahm sich sehr viel Zeit und ließ sich bedienen. Die Bedienung schlief dabei auch fast ein. Ich wollte schon eingreifen. Und wenn die Bedienung endlich alles zusammengerechnet hatte, was der Kunde wollte, fiel dem doch noch was ein, was er nicht wollte und dann doch wieder wollte, so daß die Rechnung wieder ganz von vorne aufgestellt werden mußte.

Össe drängte sich vor, sie kam sofort dran. Das war mir peinlich. Ich wollte mich aus dem Laden zurückziehen. Doch da entdeckte Össe, daß sie ihre Geldbörse nicht bei sich hatte. Ich sollte mal im Wagen nachsehen. Und richtig, dort lag sie mitten auf Össes Sitz. Jeder Vorbeigehende hätte sich bedienen können. Aber das störte Össe nicht, das war ihr schon oft passiert, und sie hatte immer Glück gehabt.

Össe kaufte immer aus dem Vollen ein. Wenn sie nicht genug Geld hatte, denn Henrik bremste manchmal, weil sie zuviel ausgab, kaufte sie einfach auf Kredit, und Henrik tobte, wenn die hohen Rechnungen kamen. Össe weinte dann und meinte: »Aber ich kann doch meine Familie nicht verhungern lassen.« Worauf Henrik entgegnete: »Also was Lachs und Ballyschuhe und neue Gardinen mit Verhungern zu tun haben, das weiß ich nicht.«

Össe kaufte also ein, kommandierte den ganzen Laden, und die gutmütigen Finnen ließen es sich von der älteren Dame, die auch noch Doktorinna tituliert wurde, gefallen. Össe tat es auch nicht in einer arroganten, sondern in einer gnädigen Weise und sprach mit jedem, vor den sie sich gedrängt hatte. Ich konnte kaum noch zusehen. Össe ließ immer wieder alles zusammenrechnen, aber dann fiel ihr doch wieder etwas ein. Der Ladenbesitzer höchstpersönlich bediente sie, gähnte ununterbrochen, rieb sich die Augen wach und verrechnete sich. Aber endlich war alles eingekauft, ich atmete auf, aber allen Kunden tat es leid, daß die Doktorinna schon ging, denn die hatte ihnen eine interessante Kaufszene vorgeführt, fragte nach allen Waren, nach denen sie sich noch nicht einmal zu fragen trauten, probierte alles und kaufte dann ein, was ihr schmeckte. Danach richteten sie sich dann auch beim Einkaufen. Zum Strand zurück fuhr ich. Aber im Boot schaukelte es dann für mich ganz erbärmlich, denn es war ein starker Wind aufgekommen. Doch Össe ruderte ruhig und sicher unser Boot wieder zurück. Sie grinste mich an: »In ein paar Tagen fahren wir wieder zum Einkaufen.«

Ich fing schon im Boot an, krampfhaft nach einer Entschuldigung zu suchen.

Karin warnte mich: »Henrik will mit dir in der Sauna sprechen. Ich habe ihm schon gesagt, daß ich dich lieb habe und heiraten werde. Nun will er es dir ausreden. Bleib aber stur dabei.«

Der Sommer ging dem Ende zu. Die Nächte wurden schon dunkel, Herbststürme kamen auf, Karin mußte für eine Zwischenprüfung pauken, Össe packte bereits die Sachen, und Henriks Sprechstundenhilfe und das Lazarett buchten schon Patienten und Operationen für ihn.

Aufbruchstimmung. Nur ich versuchte, sie zu übersehen und arbeitete noch härter im Wald. Ich versuchte auch, die Kirchenbehörde zu vergessen, die mich jetzt ganz bestimmt entlassen hatte. Ich versuchte, die Bäume zu retten, die die Herbststürme aus der dünnen Erdschicht über Felsspalten gerissen hatten. Karin heizte die Sauna heiß ein. Erst gingen die Frauen, dann wurde ich gerufen. Henrik saß schon dort.

Ich wartete, doch er ließ sich Zeit. Erst als ich zum drittenmal wieder vom Meer durchfroren in die überheiße Sauna kam, fing er an:

»In der nächsten Woche fahren wir in die Stadt zurück. Der Sommer ist vorbei. Ich muß arbeiten, und Karin muß ihr Examen bestehen und weiter studieren.

Was machst du? Du hast Karin gegenüber angedeutet, daß du gerne auf der Insel bleiben würdest. Das ist ein Hirngespinst. Hier kann man nicht im Herbst und Winter leben. Hier gibt es nichts zu tun, und wer soll dich bezahlen?

Wir müssen alle wieder in die Stadt zurück, unseren Verpflichtungen nachkommen. Der schöne Sommer ist vorbei, nun fängt wieder der Alltag an.

Ich würde auch gerne hierbleiben, aber es geht nicht. Ich weiß auch, daß ein Dauerleben hier mich nicht befriedigen würde. Ich muß etwas tun, etwas leisten.

In der Stadt haben wir unseren Beruf, unsere gesellschaftlichen Verpflichtungen und ein Leben, das nicht schlecht ist. Und damit komme ich zu meinem wesentlichen Punkt, über den ich mit dir reden wollte. Laß mich aber zunächst feststellen, daß wir alle dich mögen. Hier auf der Insel warst du einer von uns. Wir haben alle gesehen, wie sehr du diese Insel und das Leben hier geschätzt hast. Du warst ein guter Kamerad für uns, und du hast mir sehr geholfen. Doch diese Insel ist nur der Sommerabschnitt unseres Lebens. Wir können hier so frei leben und gut essen, weil wir im Winter in der Stadt hart arbeiten und das nötige Geld verdienen.

Sicher würdet ihr ein wunderbares Leben zusammen führen, wenn Karin und du nur hier auf der Insel hausen könntet. Aber das geht nicht, ihr braucht beide einen Beruf in der Stadt.

Verstehe mich richtig, ich habe nichts gegen dich, aber gegen deinen Beruf. Ich bin nicht auf meinen Stand eingebildet. Das geht gar nicht, denn ich habe schwer genug dafür gearbeitet. Ich möchte, daß meine Kinder es einmal leichter haben als ich. Dafür habe ich gearbeitet, und nun sieht es so aus, als ob sie richtig fürs Leben vorbereitet sind. Karin wird bald ihren Dr. med. dent. machen, einen angesehenen Beruf und nie mehr Kummer mit dem Geld haben. Höchstens mit der Steuerzahlung. Aber darüber ärgert man sich nur einmal im Jahr.

Nimm es mir nicht übel, aber ich muß dich so fragen: Was bist du neben Karin? Was kannst du ihr bieten? Meinst du, daß sie zu dir aufsehen kann? Und das will eine Frau. Was verdienst du eigentlich? Du kannst mich ruhig einen Materialisten nennen, aber im Leben kommt es sehr aufs Geld an, das habe ich gelernt, mein Freund.

Karin sagt, daß sie dich lieb hat und mit all dem auskommen kann, was du verdienst. Sie hat mich ausgeschimpft, weil ich alles so materialistisch sehe, wie sie sagt. Aber sie ist ganz unrealistisch. Weil ich dich aber für einen nüchternen jungen Mann halte, darum appelliere ich an dich.

Wir sind keine fromme Familie. Wir gehören zwar noch zur Kirche, weil sich das für einen Finnländer gehört, aber mit der eigentlichen Sache haben wir nichts zu tun. Karin versteht deinen Beruf ganz bestimmt nicht, und ich mag die Pfaffen und ihre Helfer nicht. Ich kenne sie aus dem Krieg.

Sicher, sie hat dich lieb. Das glaube ich auch. Aber das ist nicht genug für eine Ehe. Ihr hattet eine gute Zeit in Rom und auch durch diesen Sommer. Doch nun kommt der Herbst, der Alltag. Und dafür bist du nicht vorbereitet.

Ich weiß nicht, warum du nicht das Abitur gemacht hast und nun studierst. Ich überschätze die akademische Bildung nicht, aber heute ist sie einfach Voraussetzung für jeden, der etwas Geld verdienen und im Leben vorwärtskommen will. Sie ist einfach eine Grundvoraussetzung.

Was kannst du Karin bieten, wenn du sie heiratest? Muß sie dich nicht ein Leben lang aushalten? Fühlst du dich dabei wohl?

Ich bin Karins Vater, ich möchte nicht, daß sie ein unglückliches Leben führt. Ich habe sie lieb.

Es ist besser, daß du morgen fährst.«

Ich fuhr. Henriks Predigt ging mir sehr nahe. Karin wollte mich halten. Sie wollte mitkommen. Doch das ging nicht. Henrik hatte recht. Was konnte ich Karin bieten? War sie bereit, ein Leben mit mir und meinem Beruf zu führen? Wußte sie, was das bedeutete?

Ich fuhr wieder zurück. Allein. Traurig. Durch Finnland, Schweden und Dänemark. Ich fuhr durch bis nach Hause. Ich versuchte, Karin zu vergessen und den Sommer und die Insel.

Kaminskis einsame Heimkehr

Sie stellten mich wieder als Bergmannsmissionar ein, weil sie keinen anderen für diese Arbeit finden konnten. Kuno und Grete hatten sich auch sehr für mich eingesetzt. Ich wohnte also wieder in einem alten Wohnheim, besuchte die Kumpels auf ihren Buden, arbeitete untertage und organisierte Jugendgruppen in den Kumpelvorstädten des Ruhrgebietes, in den Kellern der Gemeindehäuser. Ich war ein Randsiedler der Kirche und des christlichen Vereins, aber sie ließen mich gelten. Ich wußte, daß diese Arbeit, die mich befriedigte und die für mich eine Berufung war, Karins Vater überhaupt nicht imponierte. Er befürchtete, daß ich damit seiner Tochter kein glückliches Leben bereiten könnte. Sie war etwas Besseres gewöhnt.

Ich versuchte, mich in die Universität Münster einschreiben zu lassen. Doch die Behörde dort lachte mich aus, als ich kein Reifezeugnis vorweisen konnte. Sie taten mich mit einer Handbewegung ab, als ich alles näher erklären wollte.

Abitur nachmachen? Zweiter Bildungsweg? Das würde etliche Jahre dauern. Und was wollte ich denn eigentlich studieren? Kumpologie, Jugendarbeit? So etwas gab es auf der Universität nicht. Als ich mir das Verzeichnis für die Soziologie und Theologie durchlas, mußte ich leider feststellen, daß es nichts enthielt, was ich für meine eigentliche Arbeit gebrauchen konnte. Ich konnte dann mit einem Soziologieprofessor über meine Arbeit im Ruhrgebiet sprechen. Doch der wußte schon alles und hörte gar nicht zu. Also fiel die Universitätslaufbahn flach.

Womit konnte ich denn sonst Karins Vater imponieren? Ich überlegte. Mir fiel ein, daß ich doch ganz gut erzählte. Wie wäre es denn, wenn ich es mit Schreiben versuchen würde? Das konnte ich auch im Wohnheim tun. Ich überlegte nicht lange, setzte mich hin und fing an, ein Buch zu schreiben.

»Haste Herz Kumpel?« nannte ich es. Es sollte eine Sammlung meiner Erlebnisse im Pütt und Bullenkloster werden, mit einer saftigen Predigt darin.

Ich kaufte mir eine Schreibmaschine und Papier, stand jeden Morgen um vier Uhr auf und fing an zu tippen. Das war leicht: Ich brauchte mich nur umzusehen, da lagen meine Helden in den Betten unserer Bude. Ich schrieb alles nieder, was ich in den Jahren auf dem Pütt und in diesen Heimen erlebt hatte. Als ich mit dem Buch fertig war, wußte ich nicht, ob es überhaupt gelesen werden konnte. Die Sätze waren zu abgehackt, ich setzte beim Leser zuviel Verständnis voraus. Ich ließ das Manuskript erst einmal liegen und tippte das nächste. Das war meine eigene Geschichte. Ich nannte sie: »Fritz – die Geschichte eines Hitlerjungen.«

Ich wollte ein Dichter werden, ich wollte Karins Vater mit einem Bestseller imponieren. Ich schrieb alles über mich auf und noch ein bißchen mehr: Vaters Verhaftung, Nazizeit, Kämpfe in Berlin, Gefangenschaft, dramatische Flucht, Bekehrung und dann christliche, soziale Dienste. Das Buch war ich, ich, ich, achthundertundsiebenundzwanzig Seiten lang. Am Anfang des Buches war ich ein wilder Heide, am Ende ein bekehrter Christ.

Ich war sicher, daß dieses Buch ein Bestseller werden mußte. Ich schickte es zum damals bekanntesten Verlag in Deutschland, zu Rowohlt. Ich wartete auf einen Telefonanruf von Ernst Rowohlt persönlich. Es war mir klar, daß der sofort erkannte, einen Bestseller vor sich zu haben. Doch kein Anruf kam. Auch kein Eilbrief.

Ich gab aber nicht auf, ich schrieb an »Haste Herz, Kumpel?« weiter. Jeden Morgen von vier bis in die Nacht. Die Arbeit auf dem Pütt hatte ich aufgegeben. Ich besuchte nur kurz die Gruppen in den Wohnheimen und Kellern, meistens schrieb ich an meinem Buch. Zwischendurch aß ich auch etwas, ein Stück Blutwurst, eine Gurke, Senf, ein Brötchen, dazu eine Flasche Sprudel. Als ich eines Morgens beim Frühstück saß, rief der Pförtner: »He Hannes, da ist ein Paket für dich.«

Ich dachte an Karin, doch es war mein Manuskript von Rowohlt. Sie hatten es mir in meinem Umschlag wieder zurückgeschickt, nur die Adresse überklebt. Noch nicht einmal einen Brief hatten sie hinzugelegt. Auch die Seiten waren nicht wieder geordnet worden, alles lag durcheinander. Als ich die Blätter wenigstens ordnen wollte, fiel ein aus einer Zeitung ausgeschnittenes Witzzettelchen heraus. Darauf sah ich den Kommentar des Rowohlt Verlages zu meinem Manuskript: Auf einer Wiese saß eine Art Petrus mit Flügeln, Bart, Glatze und Brille und strickte an einem Lämmchen. Für so naiv hielten sie mich. Ich war tief beleidigt.

Aber trotzdem ging es weiter. Ich schrieb »Haste Herz, Kumpel?« zu Ende und schickte es an die Verlage. Doch keiner war interessiert. Den weltlichen Verlagen war es zu fromm, den frommen zu weltlich. Ich schrieb auch viel zu schnell und schluderig. Ich wollte keine Zeit verlieren, aber ich gewann nichts dabei.

Ich fing an zu zweifeln. Hatte Karins Vater nicht doch recht gehabt? Ich hatte ihr wirklich nichts zu bieten. Ein Kumpelmissionar, der davon träumt, mal ein Dichter zu sein. Der aber schon sieht, wie die Wohnheime langsam aufgelöst werden. Es werden nicht mehr so viele Bergleute gebraucht. In der Energiewirtschaft wird die Kohle durch Öl ersetzt. Ich konnte damals schon voraussehen, daß es in zwei Jahren keine Arbeit mehr für mich in den Heimen gab.

Ich hatte Karin lieb, aber ich sah langsam ein, daß ich ihr nicht ein Leben bieten konnte, wie sie es gewohnt war. Sie war auch viel erfolgreicher als ich. Sie bestand ihren Dr. med. dent. Sie machte eine Praxis auf und konnte sich bald vor Patienten nicht mehr retten. Karin hatte es geschafft, und was war aus mir geworden? Ich baute ab.

Karin schrieb mir. Sie hatte mich lieb. Aber ich dachte,

eine Ehe mit mir würde sie dann doch enttäuschen. Ich schrieb ihr das, aber sie war nicht der Meinung. Sie schrieb auch: »Hör doch auf, meinem Vater imponieren zu wollen. Du willst doch mich heiraten und nicht ihn. Du warst so nett zu mir in Italien und auf dem Weg. Da brauchte ich dich, da warst du für mich da. Jetzt brauchst du mich, jetzt möchte ich für dich da sein.

Du kannst auch nach Finnland kommen, hier in Ruhe deine Bücher schreiben, während ich in einem Dorf den Menschen helfen werde. Ist das keine gute Idee? Ich möchte jetzt auch einmal nett sein und etwas für dich bedeuten.«

Das war ein netter Brief, der tat mir gut. Aber ich wollte es allein schaffen.

Während ich noch immer versuchte, mein »Haste Herz, Kumpel?« loszuwerden, wurde uns Bewohnern gesagt, daß wir aus unserem Wohnheim, dem ehemaligen Wehrbezirkskommando, verlegt werden würden. Ich erhielt auch ein Rundschreiben von der Kirche, in dem wir Bergarbeitermissionare gewarnt wurden, weil man unsere Position höchstens noch ein Jahr bezahlen könne. Wir sollten uns als Diakone ausbilden lassen. Aber das wollte ich nicht, ich wollte kein Pfarrassistent sein.

Ich wußte nicht, wie es weitergehen sollte.

»Seelenkistenschieben«

So nannten wir die Seelsorge bei uns in den Keller- und Bergarbeiterlager-Vereinen. Seelsorge klang uns zu fromm, damit genierten wir uns. Doch Seelenkistenschieben ging in Ordnung. Das war der Hauptbestandteil meiner Arbeit, die mir trotz allem viel Spaß machte und mich befriedigte. Ich liebte Karin über alles, aber auch meine Arbeit.

Seelenkistenschieben fand bei uns überall statt: auf meiner Bude, unten vor Ort, am Tresen. Bei uns im Gruppenkeller, aber auch auf meinem Motorrad. Ich wußte schon, was sie wollten, wenn die Kumpels bei mir auf der Bude mit ein paar Flaschen Bier erschienen. Das waren die Einleitungen zum Seelenkistenschieben. Bier mußte getrunken werden, damit sie auspacken konnten. Ich paßte aber auch auf, daß wir nicht zu viel tranken, denn dann wurde nicht mehr scharf genug gedacht, und die Tatsachen wurden ein bißchen stark umgemogelt. Radio mußte zum Seelenkistenschieben auch spielen. Das gab einen neutralen Hintergrund, und wenn ein Fremder reinkam, war Radiohören eine Entschuldigung, die noch nicht einmal ausgesprochen zu werden brauchte. Wenigstens zu Anfang Bier und Radio, aber dann war beides nicht mehr nötig. Meine Stubenkumpels wußten auch schon, was los war, wenn einer mit ein paar Flaschen Bier zu mir ans Bett kam, wo ich oft lag und las. Sie grinsten sich an, »Seelenkistenschieben«, und schlurften dann zur Kantine hinunter. Der Rabczak sprach für die Bude, wenn er sagte: »Seelenkistenschieben muß sein. Tut gut. Wie eine Dusche nach der Schicht und die erste Zigarette.«

Der Ausdruck Seele gefällt mir nicht so ganz. Der packt die Sache nicht ganz, die sich beim Seelenkistenschieben ereignete. Seele hört sich so gepflegt an, aber diese Prozeduren waren es gar nicht. Da wurde roh und brutal ausgepackt. Die menschliche Seele wurde mit Schmirgelpapier und Schmierseife behandelt. Die Kumpels hievten ihre Vergangenheit aus sich heraus. Sie arbeiteten daran, so wie sie untertage Kohle boxten und verbauten, mit Abbauhammer, Pannschüppe, Axt und Panzer. Sie wühlten so in sich herum, wie ein Metzger beim Schlachten die Eingeweide aus einem Schwein herausholt.

Ich mußte zuhören: Krieg, Flucht, Frauen und Maloche. Das waren die Themen der Gespräche, und in dieser Reihenfolge kamen sie vor. Gott kam kaum direkt vor, doch sie wußten, daß ich sein Mann war. So drückten sie sich aus. Mir gefiel dieser Ausdruck nicht. Der gab mir zuviel Verantwortung. Mir wurde oft schwindelig dabei: ich und Gottes Mann? Aber dann wurde ich auch wieder getröstet: Doch, doch, trotz all der Pannen und meines Versagens . . . ich war sein Mann, wegen Jesus Christus. Der suchte sich nicht das beste Gezäh heraus, sondern benutzte zerbrochene Hacken und Schüppen. Manchmal nannten sie mich auch Seelenfahrhauer. Zum Steiger wurde ich nie ernannt, das war ein Ingenieur und Offizier, zu dem gab es für die »Gemeinen« kaum einen Zugang. Fahrhauer war noch ein Mannschaftsdienstgrad untertage, aber der höchste. Ein Fahrhauer tat oft die Arbeit vom Steiger, aber er war eben doch keiner. Ein Fahrhauer war auch eine Art Spieß, die Mutter der Flözkolonne. Ich blieb ihr Kumpel, aber ein bißchen als Fahrhauer. Ein Unteroffiziersrang, aber doch noch ein Kumpel.

Eines Abends war ich allein auf meiner Bude. Es hatte Geld gegeben. Das brannte den Kumpels in der Tasche. Sie hatten schnell alle Theken der Innenstadt besetzt. Da wurde meine Stubentür aufgestoßen und der Atze, der sonst nie kam, brach in meine Bude. Er trug einen Kasten Bockbier in seinen Fäusten. Unter seine beiden Arme hatte er jeweils eine Flasche Korn geklemmt. Aus seinen Hosentaschen sahen die Lenkstangen von zwei kalten panierten Koteletts.

Ich lag auf meinem Bett und las.

»Bleib liegen«, befahl er. Er setzte den Bierkasten neben meinem Bett ab, drehte den Verschluß der ersten Kornflasche auf und setzte sich zu mir aufs Bett.

Ich war überrascht. Den Atze kannte ich nur von weitem. Der war als Einzelgänger, als Stänker und Schläger bekannt. Bei den meisten Schlägereien war er beteiligt, hatte sie auch eingeleitet. Der schlug oft zu, der saß regelmäßig im Bau wegen Körperverletzungen.

»Los, trink!« befahl er.

Ich hatte ein bißchen Schiß vor ihm. Er hatte schon getrunken. Ich nahm mir eine Flasche Bier, stellte sie dicht neben mein Bett, das sollte meine Waffe sein, falls er zuschlagen würde. Er gab mir Schnaps, dann auch ein Kotelett. Ich tat, was er befahl. Ich trank aber viel langsamer als er, sonst soff der mich noch unters Bett. Ich mußte aber trinken, denn ich wußte nicht, ob er nicht zuschlagen würde, falls ich mich weigerte. Und ohne den Rabczak, also ganz allein, wenn auch mit Bierflasche, hatte ich kaum eine Chance gegen ihn.

Atze trank schnell. Glücklicherweise sah er nicht, daß ich viel weniger trank.

Mir fiel immer Kunos Ratschlag ein: »Mit Besoffenen lohnt es sich nicht zu reden, die haben am nächsten Morgen alles wieder vergessen.«

Ich sagte zum Atze: »Wenn du mit mir reden willst, dann sauf nicht so viel.«

Ich war erstaunt, daß er nicht losbrüllte, sondern mich fast sanft ansah und antwortete: »In Ordnung, aber am Anfang muß ich ein bißchen.«

Sein »bißchen« hätte einen normalen Menschen schon nach einer Viertelstunde unter den Tisch befördert, doch dem Atze zog es nur ein wenig die Augenklappen herunter.

Noch ein paarmal Schnaps, noch zwei Flaschen Bier, dann packte Atze aus. So in seiner Art. Ohne Einleitung schlug er mit beiden Fäusten auf seine Bollen und drohte:

»Hab immer gesagt, daß ich nur bei der kämpfenden

Truppe bei der SS war. Stimmt aber nicht. Einmal war ich auch in der Genesungskompanie, und da haben wir große Scheiße gemacht. In der Ukraine, mit den Juden. Hab ich noch keinem erzählt. Ich trau mich nicht. Ist eine zu große Schweinerei, die wir da gemacht haben. Erst haben wir alle Juden aus der Stadt und ihrem Getto rausgetrieben. Schnaps kriegten wir vorher, wir waren alle besoffen, und das brauchten wir auch.

Die haben uns gesagt, die Juden hätten vorher deutsche Soldaten im Hinterhalt umgelegt. Und wir glaubten das. Wir trieben die Juden zu einem Panzergraben vor der Stadt. Erst legten wir die Männer um und warfen die in den Panzergraben rein. Dann die Jungen. Dann die Frauen.

Und dann kam das Schlimmste. Aber trink dir lieber noch einen, jetzt kommt was ganz Schlimmes. Wir waren so besoffen, aber ich weiß auch, daß das keine Entschuldigung ist. Einer fing damit an, aber wir machten es alle nach. Einer riß einer Mutter das kleine Kind aus dem Arm, warf es in die Luft, schoß danach. Und dann machte ich Schwein das auch. Ich hab einer Mutter das Kind aus dem Arm gerissen, in die Luft geworfen und danach geschossen.

Hannes, das hab ich gemacht . . .«

Ich starrte den Atze an. Er starrte mich an.

»Hau mir in die Fresse!« bat er.

Ich wollte ihm ins Gesicht spucken. Doch war ich sein Richter? War ich nicht selbst ein Hitlerjunge gewesen und hatte diese Bestien moralisch unterstützt?

»Schlag mich zusammen!« bat der Atze.

Aber ich konnte nicht. Ich stellte mir das vor, was er getan hatte. Es war zu schrecklich.

Dann kamen beim Atze die Tränen. Er heulte auf meinem Bett wie ein Kind. Ich wollte, aber ich konnte ihn nicht trösten. Was hatte der Kerl da gemacht!

Mich packte der Abscheu, der Ekel vor ihm, dann aber auch Mitleid mit ihm. Reden konnten wir beide nicht. Ich legte meinen Arm auf seine Schulter. Ich heulte mit ihm.

Wir arbeiteten dann an seiner furchtbaren Vergangenheit, wochenlang. Ich hatte im Krieg ja auch furchtbare Dinge getan. Wir lasen zusammen die Bibel. Wir beteten zu Gott. Wir sprachen uns aus. Atze soff nicht mehr, Atze stänkerte nicht mehr, Atze schlug nicht mehr.

Er gab ein Drittel seines Lohnes in ein Kinderheim. Atze wurde ein anderer Mensch. Er tat Buße. Wir gingen gemeinsam zum Abendmahl.

»Ich weiß, meine Tat ist furchtbar gewesen. Ich weiß nun aber auch, daß Gott sie mir vergeben hat«, sagte Atze.

Alle schüttelten ihre Köpfe, wenn sie den Atze sahen. Sie trauten sich sogar, ihn nun anzustänkern.

Ulli lag auch bei uns im Heim, ein veruselter, vergammelter und versoffener Stänker. Ein dürrer Kerl, der Schnaps, Bier, Zigaretten und philosophische Bücher soff, alles ohne Maß. Ulli machte mich mit meinem Glauben lächerlich. Mit ein paar Sätzen. Da stand ich fast nackt da mit meinem viel zu kurzen Schweißhemd. Ulli piesackte mich wie mit einer langen Nadel, die einem in die Hinterbacken gestochen wird. Und das tat weh.

Ulli kam aus Ostpreußen. Sein Vater war dort Lehrer und Ortsgruppenleiter der Partei gewesen. Sein Bruder flog im Krieg eine Ju 88, war aber über England abgeschossen worden und verbrannt. Ulli hatte eine üble Flucht erlebt. Fast alle seine Verwandten waren dabei umgekommen, doch Ulli hatte sich mit seiner Schläue durchgeschlagen.

Er kam bis ins Ruhrgebiet, ließ sich dort auf unserer Zeche anlegen und fing an zu lesen, zu saufen und Schach zu spielen. Ulli war unheimlich klug und ätzend zynisch. Es machte ihm ein besonderes Vergnügen, mich jedesmal im Schach zu schlagen.

Berühmt waren auch seine Kopfrechnen-Olympiaden, die auf seiner Bude stattfanden. Nicht jeder wurde dazu zugelassen. Schon in den Vorläufen wurden die meisten

Anwärter ausgeschieden. Ich kämpfte mich tapfer und verbissen bis in die Endrunde vor, in der Ulli mich dann souverän ausschaltete. Er schlug auch den Scharnier, der ihm aber im philosophischen Denken überlegen war. Das ärgerte mich sehr, daß ich immer gegen diesen Atheisten Ulli verlor. Es traf mich auch, wenn er nach einem verlorenen Kampf seine Bemerkungen abschoß und von den zuschauenden Kumpels gröhlendes Gelächter dafür erntete: »Ja, ja, Kopfrechnen schwach, aber Religion sehr gut . . .«

Aber ich kam von Ulli und seinen Intellektuellen nicht los. Immer wieder verhockte ich mich in ein Gespräch mit ihnen. Ich fing auch an zu trinken, viel zuviel. Ich dachte, ich könnte ihnen nur so imponieren, so an sie herankommen. Und das Bier schmeckte mir auch sehr gut. Ich aß auch zuviel. Ich wurde fett. Meinem Freund Karl in Duisburg gefiel das nicht, und Kuno bestellte mich nach Kassel und fuhr mich an: »Das geht nicht, du versumpfst. Du mußt aus diesem Heim raus. Du bist zu fett. Vielleicht ist im Wein die Wahrheit, aber ganz bestimmt nicht im Bier, das verdummt.«

Aber ich kam aus dem Heim nicht heraus. Ich wollte diesen Ulli knacken, der meinen Glauben zersetzte, der mich fett machte. Der höhnte auch: »Du säufst fast so viel wie ich. Du als Christ solltest das doch eigentlich gar nicht brauchen. Du erzählst uns doch, dir würde dein Glaube genügen. Aber der Mensch lebt nicht vom Brot allein, sondern auch vom Bier.« Anschließend schlug er mich dann wieder ganz erbärmlich im Schach.

Doch nach diesem Schachspiel wurde Ulli auf einmal ganz ernst. Er sah mich lange an. Er sagte: »Spaß beiseite. Ich würde auch ganz gerne an was glauben, denn das Leben ist beschissen kurz und ohne Sinn. Da helfen Bier und Schnaps nicht und keine Philosophie, aber auch keine Religion darüber hinweg. Das Leben ist beschissen ohne Glauben, aber dieser ist leider nur eine verkrampfte Illusion.«

Seine Kumpane sahen ihn erstaunt an. Solche Töne hatten sie noch nie von ihm gehört. Er stand auf und sagte zu mir: »Komm mit.« Er ließ die anderen sitzen. Wir gingen zur Kneipe gegenüber. Doch Ulli hielt es nicht lange am Tresen aus, obwohl die Welle da war.

»Können wir nicht ein Stück laufen?« bat er fast.

Natürlich lief ich mit, erst an der Zeche entlang, dann über die Felder bis zum Kanal.

»Hannes, ich hab einen Moralischen«, sagte der Ulli. »Einen ganz schlimmen. Der sitzt tief wie Steinstaub in der Lunge. Ich bin auch sonst ganz unten. Mein Leben ist im Eimer, es hat keinen Sinn. Nur malochen und saufen und ein bißchen Kopfrechnen. Hannes, alles ist Scheiße. Ich möchte ganz kindlich wie die Blagen an Gott glauben können, die glauben, daß der liebe Gott überall ist. Ich weiß, alles andere, jede Philosophie ist nur Schattenboxen, aber ich kann nicht glauben. Ich bin nicht religiös genug. Ich bin kein Frommer. Ich habe zu viel Satanisches erlebt. Da kann kein Gutes mehr im Menschen sein. Ich habe Augen im Kopf und einen zersetzenden Verstand, die haben alles kaputtgemacht, auch meinen Glauben, die Hoffnung und die Liebe, wie sie so schön in der Bibel sagen. Glauben ist bei mir leider nicht mehr drin.«

Ich ließ ihn reden. Ulli packte alle seine Bilder aus, die er im Krieg gesehen hatte, seine Enttäuschungen vom Frieden. Ulli versuchte zu glauben, gegen seinen Verstand anzukommen, aber er konnte nicht.

Ich war auch nicht in Form. Alles, was ich sagte, klang banal, viel zu einfach. Ich schlug ihm zum Beispiel vor, zu uns in den Verein zu kommen und die Steigerschule zu besuchen.

»Halt die Schnauze!« fuhr er mich an. »Hör auf mit solchen Trivialitäten.«

Ulli war viel tiefer bewegt, als ich ahnen und fühlen konnte. Ich wurde nicht gebraucht, ich kam nicht mehr mit, Gott hatte ihn gepackt. Und wie. Wie den Paulus damals vor Damaskus. So was hatte ich noch nicht erlebt. Ich war in meinen Glauben hineingewachsen. Ich hatte zwar

Erschütterungen erlebt und harte Eingriffe in mein Leben, und auch Wunder. Doch Ulli erlebte Gott am Kanal.

Er brach zusammen, er heulte, der Zyniker Ulli, und er bekehrte sich. So was muß man miterleben. Das kann ich nicht beschreiben.

Ulli änderte sich radikal. Er kam zu unseren Bibelstunden und hörte mit dem Saufen auf. Er besuchte die Steigerschule und andere Lehrgänge und ist heute der Betriebsführer einer modernen Schachtanlage.

Und nun zu Herbert, der auf meiner Bude lag. Er war der Skatmeister unseres Heimes. Auch ihm machte es ein besonderes Vergnügen, mich zu schlagen. Dann grinste er aus seinen kleinen slawischen Augen. Er war nicht so aggressiv wie Ulli, dafür aber listig und auch ein bißchen heimtükkisch. Manchmal begleitete er mich auf meinen langen Märschen, aber meistens hielt er Abstand zu mir und allen anderen im Heim. Er hatte keine Freunde, er lebte in sich zurückgezogen, beobachtete uns aber mit Vergnügen und grinste. Er traute keinem Menschen. Er dachte immer nur an einen Menschen, den er aber nicht erreichen konnte. Damals konnte man noch nicht nach Polen fahren, das war für Deutsche sehr gefährlich. Herbert dachte immer an die Krankenschwester, die ihm in Polen das Leben gerettet hatte.

Herbert kam aus Oberschlesien. Sein Vater besaß dort ein Möbelgeschäft, als die Russen einrückten. Die machten alle nieder, verstümmelten die Eltern und Geschwister von Herbert in der entsetzlichsten Weise, auch ihn schlugen sie, dachten aber, er sei tot und ließen ihn schwerverletzt liegen.

Herbert wäre verblutet und elendig verreckt, wenn ihn nicht eine Krankenschwester am Straßenrand gefunden hätte. Sie schleppte ihn ins Krankenhaus und pflegte ihn wieder zum Leben zurück. Doch Herbert wurde noch einmal schwer von einer Krankheit geschlagen. Er bekam Typhus, und wieder pflegte ihn die Schwester mit aller Aufopferung gesund.

Als Herbert wieder zu sich kam, fing er an, diese polnische Krankenschwester zu lieben. Doch die Polen warteten nicht lange auf seine vollständige Genesung. Kaum konnte er wieder auf seinen wackeligen Beinen stehen, da wurde er schon ausgewiesen.

Herbert erreichte Deutschland, suchte seine Schwester und fand sie glücklich und zufrieden vor, mit dem Inhaber eines Möbelgeschäftes in der Nähe von Osnabrück verheiratet.

Sie nahm Herbert sofort auf, pflegte ihn schnell gesund und meldete ihn in einer Oberschule zur Nachholung des Abiturs an. Die ältere Schwester nahm sofort eine Vater- und Mutterstelle für ihn ein.

Sie hatte auch schon ein Mädchen für den Herbert ausgesucht, die einzige Tochter eines Möbelfabrikanten. Dort sollte der Herbert einheiraten und später einmal die Fabrik übernehmen.

Doch Herbert mochte dieses Mädchen nicht. Sie kam gegen seine polnische Krankenschwester nicht an. Als die Schwester ihm aber immer mehr mit Schule und Braut zusetzte, floh Herbert, kam ins Revier, ließ sich auf unserer Zeche anlegen, und der Heimleiter packte ihn auf unser Zimmer und empfahl ihn mir zur Betreuung.

Herbert arbeitete ruhig untertage. Dann lag er auf seinem Bett und träumte von der Krankenschwester in Polen. Später brachten wir ihn dazu, Skat zu spielen. Es freute in königlich, wenn er gewann. Das tat er oft, weil er mauerte. Noch mehr erfreute ihn der Schieberamsch, und er konnte seinen Jubel nie verbergen, wenn er einem zwei Asse zuschob oder noch besser zwei Zehner, damit nur keiner einen »Durchmarsch« machen konnte.

Herbert taute langsam auf. Vorsichtig traute er sich auch wieder in seine Familientraditionen hinein. Er erzählte mir von zu Hause, ich besuchte mit ihm die Messe.

Es gelang dann der Schwester doch, Herbert wieder nach Osnabrück zu holen. Dort soll er auch die Tochter des Möbelfabrikanten geheiratet haben.

Wegen meiner Arbeitsmethode beim Seelenkistenschieben hatte ich einigen Ärger mit den Pfarrern und Beamten im Kirchenkreis. Nur wenige waren meine aufrichtigen Freunde. Den meisten war ich zu fromm und zu individualistisch. Sie fanden, daß ich nicht das richtige Verhältnis zur Institution Kirche hätte. Sie ärgerten sich auch an den Typen, die zu unseren Stunden kamen. Einer warf uns sogar mit Hilfe der Polizei aus seinem Gemeindehaus heraus. Doch der Superintendent des Kirchenkreises war ganz auf unserer Seite. Obwohl der ein ganz anderer Typ war als wir. Dem sah man schon aus einem halben Kilometer Entfernung an, daß er ein Geistlicher war. Er trug immer einen dunklen Anzug und den riesengroßen schwarzen Hut, den er für jeden Entgegenkommenden lüftete. Er besuchte seine Gemeinde durch. Jedes Gemeindeglied wurde mindestens einmal im Jahr aufgesucht.

Er war ein sehr treuer Mensch. Seine Predigten waren nicht gerade Offenbarungen, aber daß er seine Mitmenschen liebte und sich um sie kümmerte, das sah jeder.

Der Sup war unser Mann. Der setzte mich auch als Verantwortlichen für die Primen seines Kirchenkreises ein. Da wurden seine Pfarrer aufsässig, protestierten gegen den »Nichtakademiker« und »Pietisten«. Doch ich hielt durch, suchte die Oberschulen auf, redete in den oberen Klassen, und da gab es auch viel Seelenkistenschieben. Etliche der Kameraden sind noch heute meine Freunde, und einige sind nun wohlbestallte Pfarrer irgendwo im Ruhrgebiet.

Da ich mit dem Motorrad bei den Schulen vorfuhr und entsprechend rußig aussah, wurde ich oft für einen Handwerker gehalten oder für den Mann, der Kohlen einschaufeln wollte. Das war immer ein guter Einstieg in die religiöse Woche. Ich erzählte den Pennälern spannende Geschichten, dann aus meinem Leben, aber zum Schluß kam immer die Bibel dran. Was es dann an Seelenkistenschieben gab, hätte mich beruflich fast ausfüllen können. Noch heute werde ich von Rechtsanwälten und Paukern angesprochen, die ich damals als Schüler traf.

Leider muß ich in diesem Kapitel auch die traurige Sache mit dem Scharnier berichten. Den nannten wir so, weil er eigentlich ein Genie war, doch wir wollten dieses geschwollene Wort nicht gebrauchen. Der Scharnier war etwas älter als wir alle, schon in seinen dreißiger Jahren, aber viel weiser. Er war ein Philosoph und Kohlenhauer. In der Philosophie versuchte er Schopenhauers Pessimismus und Heideggers Existenzialismus zu vermählen. Der Scharnier vertrat seine Lehre sehr klug, und wir saßen alle bewundernd zu seinen Füßen. Aber über meinen Glauben schüttelte er nur seinen Kopf. Der war ihm zu primitiv.

Doch dann riefen sie mich eines Mittags zur Zeche. Der Scharnier war schwer verletzt worden. Er wollte mich unbedingt sprechen. Ich raste mit meinem Motorrad bis an den Schacht. Dort wartete schon der Krankenwagen auf ihn. Die Betriebsleitung war immer sehr eilig, Verletzte schnell aus dem Pütt heraus und ins Bergmannsheim zu bringen, denn wenn unterwegs einer starb, mußte sie eine sehr hohe Buße zahlen.

Der Sani, der mit mir wartete, sagte ganz trocken: »Mit dem da, der da hochkommt, ist nicht mehr viel drin. Ein Sargdeckel ist auf den draufgefallen. Beide Beine hin und auch die Rippen eingedrückt.«

Die Blechwanne mit dem Scharnier kam hoch. Er sah furchtbar aus. Alles ein Matsch und viel Blut, das in der Wanne stand.

»Scharnier!« rief ich erschrocken.

Er öffnete die Augen ein bißchen. Er nickte. Dann fiel er wieder in seine Ohnmacht zurück. Ich stieg zu ihm in den Krankenwagen. Ich hielt seine kalte, schlaffe Hand. Der

Krankenwagen raste los. Furchtbare Schmerzen rissen den Scharnier wieder in die Besinnung zurück.

»Hannes!« flüsterte er.

Ich rückte dichter an ihn heran. »Scharnier!« versuchte ich ihn zu trösten.

Er sah mich an. Er sah so traurig aus, so verlassen.

»Bete für mich!« bat er.

Das tat ich. Als wir das Knappschaftskrankenhaus erreichten, war der arme Scharnier schon tot.

Ich muß auch über meinen Kumpel Karl schreiben, der ein Boxer und Stadtmeister im Leichtgewicht war. Den Karl kannte jeder, der boxte nicht nur ganz ausgezeichnet, sondern der fuhr im Sommer auch mit einem Eiswagen durch die Kolonien. Sonst arbeitete er aber als Kohlenhauer untertage. Karl war auch ein treuer Besucher unserer Kellerstunden.

Karl war klein und flink, er konnte aber auch unerhört hart zuschlagen. Dafür war er bekannt. Um so mehr wunderten sich seine Kollegen darüber, daß er so regelmäßig zu unseren Stunden ging, worauf Karl nur sagen konnte: »Sowatt braucht ein Mensch ganz besonders.«

Sein Steiger wunderte sich auch darüber. Als Karl einmal um Sonderurlaub für eine Bibelfreizeit bat, fragte der ganz verwundert: »Mensch, du als Boxer auf eine Bibelfreizeit?«

Worauf der Karl antwortete: »Sind wir Boxer denn keine Menschen?«

Dann kämpfte Karl um die Westfalenmeisterschaft im Boxen. Er kam bis in die Endrunde, die in den Viehversteigerungshallen von Hamm stattfand. Ich fuhr ihn mit meinem Motorrad dorthin. Sehr kalt war es, und auf der Autobahn lag Eis. Von den Kühltürmen wurde der Dampf über die Piste geweht und fror dort an.

Wir schlingerten über die Autobahn. Karl saß ganz dicht hinter mir im Schutze meiner Motorradkombination. Er besaß nur eine Jacke und einen Pullover, beides reichte gegen die Kälte nicht aus. Er schlug sich hinten warm, veranstaltete Schattenboxen und kam so ein bißchen gegen die Kälte an.

In den Viehhallen von Hamm war schon was los. Da schrie alles, Schläge wurden ausgetauscht, Augen schwollen an und Blut floß. Dichter Tabaksqualm hing über den Rängen. Karl ernannte mich zu seinem Manager. Ich erledigte den Anmeldungs- und Papierkram für ihn. Dort fiel ich aber schon auf, denn die anderen Manager und Sekundanten waren im Trainingsanzug oder im richtigen Anzug erschienen, während ich mit meiner Motorradkombination herumlief. Wir hatten auch die Utensilien für einen Boxkampf vergessen. Doch ich fand eine Bierflasche, reinigte sie, füllte sie mit Wasser, damit sich Karl damit zwischen den Runden den Mund ausspülen konnte. Es fand sich auch ein Plastikeimer, in den Karl dann spucken durfte. Aber ein Handtuch war wirklich nicht aufzutreiben. Doch mein Taschentuch war so groß, daß ich dem Karl ganz gut damit das Gesicht und den Buckel vom Schweiß trocken abreiben und ihm noch Luft zuwedeln konnte.

An guten Ratschlägen, die ein Manager und Sekundant ja auch geben muß, fiel mir nur ein Satz ein: »Karl, hau drauf.« Als Karl auf die Waage mußte, große Enttäuschung bei uns. Er hatte ein Pfund Übergewicht. Das mußte er auf die Schnelle abtrainieren.

Boxer und Trainer begaben sich daraufhin in die Pinkelhalle. Dort war es dampfend heiß. Karl zog sich noch meinen Pullover an, die Gummijacke und trieb mit Schattenboxen Schweißströme aus seinem Körper, entleerte sich auch sonst noch, spuckte wie ein Gesteinshauer, und als er sich dann wieder auf die Waage stellte, war das überschüssige Pfund weg, und Karl wurde zugelassen. Er war aber auch ganz schön schlapp bei dieser radikalen Abmagerungskur geworden.

Dann begaben wir beide uns an den Ring. Karl mußte

gegen einen Routinier aus Gelsenkirchen-Bulmke antreten. Der war ganz frisch und ausgeruht. Karl japste schon vorher. Ich ließ mein Taschentuch wirbeln und feuerte ihn an: »Hau ihm die Visage schief!«

»Das sind doch nicht unsere Töne!« schimpfte der. »Rede nicht solchen Stuß, bete lieber für mich. Das kannste bessa.«

Aber was sollte ich denn beten, wenn zwei Leute aufeinander droschen und jeder den anderen auf die Matte bekommen wollte? Auch ein Gebet um Milde half nichts, denn damit würde der Karl bestimmt nicht gewinnen, und die Zuschauer würden ihr Eintrittsgeld zurückverlangen.

In der ersten Runde tasteten die beiden sich ab. Die zweite Runde gewann aber Karl klar nach Punkten. In der dritten Runde schickte er seinen Gegner aus Bulmke zweimal auf die Matte. Da brach der Ringrichter den Kampf zugunsten von Karl ab. Karl war Westfalenmeister geworden. Wir umarmten uns beide im Ring.

Der Verlierer kam sogar zu mir und fragte, ob ich ihn in meinen »Stall« aufnehmen würde. Doch als Karl etwas von Bibelstunde redete, war der schnell wieder weg.

Jubelnd und singend fuhren wir durch ein Schneetreiben wieder zurück. Karls Sieg wurde natürlich kräftig von uns allen gefeiert, und meine Managerschaft auch.

Das Seelenkistenschieben mit den Kumpels brachte mir viel inneren Gewinn. Sie halfen mir auch, wenn ich Probleme hatte oder einen Moralischen, wie sie das nannten.

Oder ich fuhr zu Karl, der in Duisburg Jugendarbeit machte. Oder mit schwierigeren Sachen zu Kuno nach Kassel. Es tut gut, sich mit anderen auszusprechen und alle Probleme zu Gott zu bringen. Das kann ich nur jedem raten.

Kellerbibelstunde und Bullenkloster

Jeden Mittwochabend war im Keller des zuständigen Gemeindehauses Bibelstunde für junge Männer. Auch Seelentrampeln genannt, wegen meiner aggressiven Methode. Ich lud die Kumpels der Wohnheime dazu ein, andere Mitglieder suchten Teilnehmer in der Kolonie zusammen. Oder sie gingen an den Theken »dran langs«.

Da ich immer überpünktlich bin, machte es mir nichts aus, daß ich schon lange vor der Zeit im Heim sein mußte. Die Kumpels sahen dann auch mein Motorrad draußen stehen und wußten: »Heute ist da was los.« Manche wußten das nicht so genau, ob da Schlappenabend, etwas für die Seelenruhe, oder Bibelknorren, etwas für die Seelenunruhe, dran war.

Einige Kumpels kamen auch ein bißchen früher, also hatten wir Zeit zum Klönen oder auch Seelenkistenschieben.

Es war auch notwendig, zeitig am Gemeindehaus zu sein, weil Pastore und der Küster gerne vergaßen, daß wir Stunde hatten. Die mochten uns nicht besonders gut leiden. Den Pastoren waren wir zu fromm und aggressiv, dem Küster gingen wir nicht sorgfältig genug mit seinen Böden um. Beide hatten die Frauenhilfe und den Kirchenvorstand lieber.

Die Pfarrer meinten auch, daß ich als Schmalspurtheologe nicht in der Lage sei, die Bibel standesgemäß auszulegen. Der Küster fand, daß ich vom Typ her schon nicht zu einem kirchlichen Mitarbeiter passe. Und die gesamte kirchliche Mitarbeiterschaft hatte etwas gegen die Kumpels, die sich bei uns versammelten. Die gehörten ihrer Meinung nach ganz woanders hin. Etliche von denen auch hinter Schloß und Riegel. Wenn irgendwas bei uns im Kohlenvorort geschah, und da geschah oft etwas an dem Platz, der Klein-Chicago genannt wurde, dann hieß es schon bei den kirchlichen Leuten: »Das war bestimmt einer von diesem Kellerverein . . .«

Die Pfarrer mokierten sich darüber, daß kaum einer von uns sonntags in der Kirche erschien, »auch nicht dieser Kaminski!«, sagten sie dem Superintendenten.

Der stellte mich zur Rede, ich konnte ihm leider nur antworten: »Da nimmt man nichts mit. Das ist so ein liberales Zeug, die versuchen dauernd nur, den ›lieben Gott‹ zu entschuldigen. Als ob der das nötig hätte! Da les' ich lieber eine Stunde lang die Bibel oder fahr in eine andere Gemeinde.« Ganz recht hatte ich natürlich auch nicht damit.

Während das Gemeindehaus fromm aussah und nach Bohnerwachs roch, glich unser Keller eher einer übergroßen Studentenbude. Die Wände waren mit Plakaten, Einladungen zu Ausstellungen und Reisen, aber auch mit modernen Bibelsprüchen beklebt. Er glich auch einer Möbelausstellung in einer Nebenstraße. Die Kumpels hatten von zu Hause ausrangierte, aber noch gemütliche Sofas und Sessel mitgebracht, in denen man sich nun bequem herumfläzen konnte.

Bücher waren aufgestapelt, für jeden Geschmack etwas. In einer Ecke stand eine Knickbank um einen Tisch, das war der Mittelpunkt des Zimmers, dort nahmen Gäste und Redner Platz, und wer dicht dabei sein wollte.

Im Keller gab es auch Billardtische, Tischfußball, einen Plattenspieler und sonstiges Mobiliar.

In unseren Keller kamen aber nicht nur Kumpels, die auf der Zeche oder im Stahlwerk arbeiteten, sondern auch Oberschüler und Studenten.

Ein rauher Ton herrschte unten und grobes Anpacken, aber darunter klopften warme Herzen. Bibelstunde, also Seelentrampeln, und Seelenkistenschieben gehörten zusammen. Oft entwickelte sich schon während der Aussprache ein Seelenkistenschieben, an dem sich fast alle beteiligten. Die Kumpels waren nicht so pingelig mit ihren Problemen, die konnte jeder hören.

Außer Bibelstunden und Schlappenabend gab es bei uns im Keller noch andere Aktivitäten. Eigentlich war jeden Nachmittag und Abend da was los: Jungschar für die Kleinen. Stunde für die Mittleren. Auch Treffen für die Bräute und Freundinnen der Kumpels. Für die mit festem Verkehr fanden Heiratsseminare statt. Unser Ziel war es: weg vom festen Verkehr, hin zur richtigen Verheiratung mit Kirche, Ring und Kind, in dieser Reihenfolge. Wir hatten auch Sport auf Plätzen und in Hallen und schnitten in den Ligen nicht schlecht ab.

Übers Wochenende und im Sommer gingen wir auf Tour. Die Sommer waren für Italien reserviert, während der Wochenenden rasten wir Europa ab. Sicher keine Reisen für Leute, die einen tiefen Eindruck von einer fremden Stadt haben wollten. Wir waren mehr auf Schock aus. Übers Wochenende nach Paris, nach Zürich, nach Kopenhagen, nach London. Immer mit dem Bus, in dem wir auch nachts schliefen.

Nachdem ich eine Zeitlang den Küster gesucht hatte und er mir mürrisch den Schlüssel des Gemeindehauses gegen Quittung übergab, stieg ich in den Keller hinunter.

Dort hatte mir der Jupp ein Kissen auf meinen harten Stammplatz in der Eckbank gelegt. Das war mit schwarzem Samt überzogen worden und darauf stand: »Nur ein Viertelstündchen!«

Ich saß und las ein bißchen, da kamen schon die ersten Kameraden hereingeschlurft. Die Skatbrüder von der Kneipe gegenüber kamen auch. Noch erregt von einem Grand mit Vieren, den einer von ihnen verloren hatte. Die saßen schon seit Schichtende drüben und spielten. Sie würden auch nach der Bibelstunde ihr Spielchen dort fortsetzen.

Der treue Schluffen Achim kam auch sehr früh. Auf den konnte ich mich immer verlassen. Der war nicht besonders geistlich, aber treu und zuverlässig. Jeden Morgen trampelte er acht Kilometer bis zu seiner Arbeit auf der Chemischen, und nach einer harten Arbeit als Kesselreiniger trampelte er die Strecke wieder zurück. Er räumte unser Heim immer auf, teilte Bibeln und Gesangbücher aus und sammelte sie auch wieder ein.

Große Schnauze Glöbke kam auch immer sehr früh, weil er mit mir diskutieren wollte. Er fand immer was gegen unseren Glauben, doch er ließ keine Stunde bei uns aus.

Langsam kamen schwere Nagelschuhe und leise Tangotreter zu uns in den Keller herabgeschlurft. Die steile Treppe herab und unter dem Türsturz mußte jeder seinen Kopf einziehen, sonst gab es dort eine Gehirnerschütterung. Früher war unser Kellerschlauch einmal ein Luftschutzbunker gewesen, er roch noch nach Angst und Schweiß. Nun hockten über sechzig junge Männer auf Sesseln und Bänken. Einer stellte die Rockmusik ab.

Jupp rief: »Laßt uns einen singen!«

»Rock around the clock!« rief ein Schüler.

»Nee, is Bibelstunde!« protestierte Achim und schlug mein Lieblingslied vor: »Die Gedanken sind frei . . .«

Das schmetterten wir dann auch. Das Rauchen mußte eingestellt werden, weil die Ventilation so schlecht war. Da es nach dem Singen ziemlich laut wurde, pfiff Awett auf den Fingern und schrie: »Ruhe im Puff, der Pastor is drin.«

Erst mal blieb die Bibel geschlossen. Ich erzählte die Geschichte, die dran war.

Ich begann: »Heute wollen wir mal sehen, wie Jesus sich seine Leute angelte.«

Ich wurde unterbrochen, einer rief: »Die heißen nicht Leute, die heißen Jünger.«

Alle grinsten, und der Jankowski rief: »Jesus sprach zu seinen Jüngern: Wer keine Gabel hat, der esse mit den Fingern.«

Allgemeines Gelächter, ich stimmte auch mit ein und konnte dann langsam mit der Geschichte beginnen. Ich erzählte die Geschichte aus dem ersten Kapitel des Johannesevangeliums, in dem uns Johannes berichtet, wie er und sein Bruder vom Täufer Johannes zu Jesus stießen.

Ich erzählte ein bißchen von dem Täufer, was ich wußte. Auch was ein Prophet war und welche Rolle diese spielten. Einer kannte aus dem Konfirmandenunterricht noch alle Namen und zählte sie auf, war auch gut.

Der Täufer war schon ein harter Prophet mit einem besonderen Lebensstil, in Felle gekleidet, Heuschrecken zum Frühstück, Mittag und Abendessen und kein Bier. Der meinte es ganz ernst und schrie alle an, die jene jüdischen Gesetze nicht ernst nahmen. Obwohl er streng mit den Juden ins Gericht ging, spürten alle, daß er ein Mann Gottes war, und pilgerten in richtigen Völkerwanderungen zu ihm hinaus an den Jordan.

Wir diskutierten, was »Tut Buße« bedeutete. Wir kamen auf die Zehn Gebote und wie diese Predigten auf die Leute, die damals in Palästina lebten, wirkten.

Wir unterhielten uns auch darüber, warum diese beiden jungen Männer sich bei dem Täufer nicht so ganz wohlfühlten, sondern sofort dem Jesus nachliefen, als der Täufer sagte: »Das ist das Lamm Gottes.«

Verschiedene Meinungen wurden gerufen: »Der Teufert oder wie der heißt, war denen zu fromm.« »Der hatte nur was Negatives zu geben, die wollten auch was Positives.« »Der war eben doch nur ein Vorläufer.« Und so weiter.

Auf jeden Fall, sie waren sehr neugierig, als Jesus erschien, und liefen dem sofort hinterher. Das erzählte ich wieder. Und auch, wie Jesus sich plötzlich umdrehte und fragte: »Was wollt ihr von mir?«

Sie antworteten genauso entwaffnend: »Wo wohnst du eigentlich?« Er antwortete darauf ganz anders, als sie erwartet hatten: »Kommt mit.«

Und sie gingen mit. Sie blieben den ganzen Tag bei ihm. Wir wissen nicht, was sich bei Jesus in der Wohnung oder in seinem Zelt oder unter dem Baum, wo er saß, ereignet hat. Darüber wird nichts berichtet, aber diese Begegnung hatte die beiden jungen Männer gepackt. Sie rannten zu ihren Kumpels und riefen: »Wir haben den Messias gefunden.«

Da begann wieder eine Diskussion: »Was heißt denn das wieder, den Messias zu finden?« Diese Diskussion wurde dann ganz persönlich, verließ den Schauplatz am Jordan und kam in unseren Keller. Es genügte nicht, daß ich theoretisch vom Messias berichtete, sondern ich mußte bekennen, was das für mich bedeutete, den Messias gefunden zu haben.

Auch andere Kumpels bekannten ihren Glauben, und so kamen wir weiter. Einige schüttelten ihren Kopf, andere verstanden nur »Bahnhof«, wie man bei uns sagt, doch etliche hörten aufmerksam zu.

Eine intensive Diskussion, bis der Jupp sagte: »Ist ja alles ganz gut und schön, was ihr da redet. Ich bin auch für den Jesus, das ist ein prima Kerl, nur von seinen Pfaffen halt ich nichts. Ich krieg jetzt auch langsam Durst. Wir müssen langsam Schluß machen. Ich muß ja noch die Bibeln einsammeln, und sicher will keiner von euch, daß ich dabei vor lauter Durst noch zusammenbreche.«

Dann hatten alle auf einmal Durst. Aber gesungen werden mußte doch noch. »Großer Gott, wir loben dich« wurde geschmettert. Ein Lied, das sehr beliebt war. Dann zogen fast alle in die Kneipe gegenüber.

Der Wirt drüben meinte: »War heute aber eine lange Bibelstunde.« Mehr traute er sich nicht zu sagen. Nur einmal hatte er eine abfällige Bemerkung gewagt und sich zwischen seinen abgestellten Flaschen in der Ecke wiedergefunden.

Der Ede sprach mich an: »Hannes, ich muß mal mit dir watt reden, wegen dem Messias da . . .«

Ich schob mein Motorrad durch die Kolonie, und er ging nebenher. Erst fing er so im allgemeinen an, aber dann wurde er konkret und packte aus. Er erzählte von sich, und dann fragte er.

Ich schob mein Motorrad bis zum Heim. Er kam mit. Dann brachte ich ihn zu Fuß nach Hause. Dann kam er wieder mit zum Heim. Bis in die Morgenstunden marschierten wir hin und her.

Als er schon bald zur Schicht mußte, sagte er zu mir: »Hannes, ich möchte ganz watt anderes sein, als nur so eine Schnapsdrossel. Ich möchte mich gerne ändern, so einer werden wie die beiden, die dem Jesus nachgelaufen sind. Son bißchen mehr Gutes tun möchte ich . . .«

Nun mußten wir das Heim verlassen. In der unteren Etage arbeitete schon wieder das Wehrbezirkskommando. Wir hielten nur noch die beiden oberen Etagen besetzt. In der Kantine packten die Pasternaks schon ihre Restbestände zusammen.

Unser Bullenkloster mitten im vornehmsten Viertel der Stadt, am Stadtpark gelegen, war früher schon ein Wehrbezirkskommando gewesen. Nun sollte es wieder seinem eigentlichen Zweck zugeführt werden. Deutschland rüstete wieder auf.

Die Nachbarschaft atmete erleichtert auf, als es sich herumgesprochen hatte, daß wir ausziehen würden. Die Richter, Rechtsanwälte und Ärzte hatten uns in ihrer Nachbarschaft nur zähneknirschend ertragen.

Eine Periode meines Lebens ging nun zu Ende. Was sollte aus mir werden? Ich dachte an Karin. Wie konnte ich vor ihr bestehen? Ihr Vater hatte doch recht gehabt. Was wollte ich da in Finnland? Warum bin ich nicht im Kohlenpott geblieben? Warum dachte ich an Karin, warum nicht an Edith oder Ilse? Die paßten doch eher zu mir.

Ich war ein Spinner. Ich träumte davon, für meine Bücher, die keiner drucken wollte, den Nobelpreis zu bekommen. Ich wollte Karins Vater mit einer Doktorarbeit über das Verhalten von Männern in Wohnheimen imponieren. Ich träumte davon, wie all der Ruhm zur mir kam. Doch nun das Erwachen an so einem Morgen.

Unten im Wehrbezirkskommando fingen sie schon an, auf den uralten, schweren Schreibmaschinen mit zwei Fingern nach der U-Bootmethode (nach jedem Buchstaben tauchen) zu tippen. Die Putzfrauen waren schon im Flur tätig, sie klatschten ihre Aufnehmer auf den glatten, abgelaufenen Estrich.

Da pochte es an unsere Tür. Das konnte nur eine Frau sein. Aber nicht die Putzfrau, die trat nur gegen die Tür und sofort ein. Wer war das denn? Wer traute sich denn am frühen Morgen in unsere Bude hinein? »Herein!« rief ich und sah interessiert auf die Tür.

Die wurde vorsichtig aufgeschoben, und ein frisch gefärbter und ondulierter Kopf schob sich durch den Spalt. Ich sah dann grellen Lippenstift und Goldzähne. Das war die Pasternaksche, die Kantinenwirtin, Pappis fester Verkehr.

Die Pasternaksche legte die Finger auf ihre Geleelippen und schlich mit ihrem korpulenten, fest eingeschnürten Körper zum Pappi hinüber.

Sie hatte sich für den Pappi extra feingemacht. Sie war zum Abschied vom Heim zum Friseur gegangen. Sogar die Finger hatte sie sich maniküren lassen. Sie trug viel zu enge Sandalen an ihren breiten Füßen, und die Absätze waren viel zu hoch und dünn für ihren schweren Körper. Ganz teure Strümpfe glänzten an ihren Beinen. Solche, wie sie auf den Illustriertenreklamen gezeigt werden. Ihr Seidenkleid raschelte, hatte einen tiefen Ausschnitt und zeigte sonst noch glühende rote Rosen auf Schwarz und Gold. Sie hatte sich eine stark gestärkte weiße Schürze vorgebunden. Immer zum Dienst bereit.

Sie setzte sich zum Pappi aufs Bett und weckte ihn mit einem Küßchen. Der knurrte aber nur und wollte eine Zigarette haben. Sie steckte ihm eine an und fütterte ihn damit. Der Pappi bekam ihren süßen Lippenstift auf die Zunge und murmelte was.

Der Pappi wollte auch Musik hören. Sofort stand die Pasternaksche auf und suchte so lange am Radio herum, bis der Pappi endlich seine Schnulzen hören konnte. Langsam wurden auch die anderen Kumpels wach.

Sie reckten und streckten sich.

Rabczak hatte Hunger und rief: »Pasternaksche, wie is datt denn heute mit einem Frühstück am Bett. Gratis. Du hast doch jahrelang an uns genug verdient.« Alle anderen waren auch dafür, aber sie ging erst, als der Pappi ihr den Befehl gab. Jeder durfte sich was bestellen. Sie ging von Bett zu Bett, kam auch zu mir. Sie sah sich die Bücher und Schreibereien auf meinem Stuhl an. Ich hatte mich schon oft mit ihr unterhalten. Sie war eine kluge Frau. Für den Jupp warf sie das Geschäft. Sie war viel zu klug für den Jupp, aber auch viel klüger als der Pappi.

Sie sah, daß ich den »Mann ohne Eigenschaften« las. »Hast du mir davon erzählt?« fragte sie.

Ich nickte.

»Laß mich das doch mal lesen, wenn du es durchhast. Ich hab ja auch mit der Bibel angefangen, so wie du es gesagt hast. Ist ja oft ganz interessant. Aber dann kommt wieder der Konfirmandenunterricht hoch, wo wir alles auswendig lernen mußten, und es ist wieder alles kaputt.«

Dann schleppte die Pasternaksche mit einigen Helfern unser Frühstück aufs Zimmer. Keiner von uns wird dieses Frühstück je vergessen. Als Getränke wurden heißer Kaffee, Bier und Fuhrmannsschnaps angeboten. Für mich hatte sie extra eine Flasche Mineralwasser hochgebracht. Jeder bekam auch eine Schale mit Sekt, der auf das Wohl der Pasternakschen getrunken werden mußte.

Frische, knusprige Brötchen, kullerten über den Tisch. Die konnten mit Butter, Schmalz, Blut- oder Leberwurst, aber auch mit Mett belegt werden. Senf stand auch reichlich zur Verfügung, und Rabczak säbelte an einem Knochenschinken herum. Eine Pfanne stand auf dem Kocher vom Sepp, wer wollte, konnte sich Eier hineinschlagen.

Die Pasternaksche sah uns zu und freute sich, daß es uns

so gut schmeckte. Sie wollte nichts essen, auf ihre Linie achten, trank nur Sekt und rauchte leichte Zigaretten.

Pappi suchte im Radio nach Schnulzen, und als er die fand, hielt er seinen Kopf schief und fing an, mit der Pasternakschen zu tanzen. Die Kumpels wollten auch tanzen, da sie aber keine Damen fanden, tanzten sie mit Stühlen und der Rabczak mit dem Tisch.

Jindra, dem sie im Krieg beim Rückzug in die Ferse geschossen hatten, der wie ein Rabe krächzte, sang sein Lieblingslied: »Wer weiß, was uns noch blüht, Marie, wer weiß, Marie, wer weiß? Das schönste, was es gibt, Marie, das muß die Liebe sein.«

Danach schrie er dann immer mit allen seinen Kräften: »Und wenn der ganze Schnee verbrennt, die Asche bleibt uns doch.«

Die Pasternaksche tanzte sich mit dem Pappi warm und feucht. Sie holte mich dann auch zum Tanzen. Ich hatte es nie gelernt, aber die Pasternaksche behauptete, ich hätte es im Blut. »Mußt du von deiner Mutter haben«, meinte sie. »Die hat dich sicher als Kind durch das Zimmer getanzt. Du tanzt ganz anders als die Kumpels hier«, behauptete sie. »Mit dir macht der Tanz an sich Spaß. Das ist jetzt wieder so wie damals in der goldenen Stadt Prag, wo ich Wehrmachtshelferin war und den jungen Leutnant kennenlernte. Kerl, war das ein Frühling, aber dann kamen schon die Russen, und alles war vorbei.

Ich wünsch dir viel Glück mit deiner Kleinen aus Finnland. Ich bin hier in der Wurstküche gelandet. Das reicht zu einem Mercedes und Pelzmantel, aber davon wird der Mensch nicht glücklich. Auch das mit dem Pappi ist nicht richtig. Ich wünsche dir, daß es euch besser geht.

Ich hätte mich mehr mit dir unterhalten sollen. Mit der Kirche habe ich ja nichts mehr zu tun. Da paßt man nicht hin mit Lippenstift und Freund und Zigarette, aber an Gott, da glaub ich, Hannes. Darüber hätten wir uns mehr unterhalten sollen. Aber du hast mich oft so angeguckt, als ob ich eine große Sünderin wäre, und das bin ich wohl auch ...«

Ich wollte nett mit ihr reden, doch da kam der Pappi wieder dran. »Habt ihr euch schon wieder über diesen Scheiß von Philosophie unterhalten?« grinste er.

Auch der Kurt kam langsam wieder in Form. Er starrte den Feuerlöscher an der Wand an und schrie: »Hast du Minimax im Haus, bricht bei dir kein Feuer aus.« Das war der bekannte Werbespruch dieser Firma. Der Kurt wandelte ihn um: »Haste Minimax im Haus, schmeiß ihn aus dem Fenster raus.«

Und das tat der Kurt dann auch. Er riß den Feuerlöscher von der Wand und warf ihn aus dem Fenster. Unten schlug der auf den Bürgersteig und fing an zu zischen und zu sprühen. Die Passanten blieben verblüfft stehen. Die Fenster vom Wehrbezirkskommando wurden aufgerissen, Glatzen spiegelten herauf. Der Pförtner wurde gerufen, der sollte den Feuerlöscher abstellen.

»Watt, ich mit meine sechzig Prozent Staub?« wehrte der sich. »Ich bin nie bei die Feuerwehr ausgebildet worden. Ich soll nur aufpassen, daß keine fremden Weiber in datt Bullenkloster reinkommen.«

Aber bald hörte der Feuerlöscher von selbst auf zu spritzen. Oben bei uns wurde weitergefeiert, auch ohne Feuerlöscher. Immer mehr Kumpels fanden sich bei uns ein. Die meisten brachten Bier mit, andere die Putzfrauen zum Tanzen. Die älteren Tanten freuten sich, mitfeiern zu dürfen. Was hatten sie denn sonst vom Leben? Ihre Männer waren schon lange vorher an Steinstaub gestorben, sie kamen mit der kleinen Rente kaum aus, und an Vergnügen gab es höchstens das Radio für sie und ein paar Pülleken Bier im geheimen. Dabei guckte der Kerl von der Bude schon, wenn sie mal drei oder vier Flaschen holten.

Die Pasternaksche setzte sich zu mir in die Ecke: »Du guckst dir alles so an, als ob du ein Buch darüber schreiben willst. Ich hab das schon beobachtet, du guckst dir alles so interessiert an. Am Anfang dachte ich, du wolltest was von mir, aber dann sah ich, daß du dir alle Menschen so genau und interessiert ansiehst. Ich möchte mich mal mit dir ganz lange unterhalten, das fehlt mir. Ich hab so viel auszupacken. Ich möchte aber auch zuhören. Du kannst so prima erzählen. Ich möchte mich mal über alles unterhalten, über das Leben, über den Tod, über die Menschen und auch über Gott . . .«

Dann hatten wir alle Hunger und marschierten in die Kantine hinunter. Der Pappi mit seiner Trommel voran, und wir alle hinterher. Wir marschierten die Treppen hinunter und durch das Wehrbezirkskommando. Wir sangen die alten Lieder aus dem Krieg. Die Barrasbürokraten wußten nicht, wie sie sich verhalten sollten. Sie ließen uns vorbeiziehen und verkrochen sich dann wieder in ihre Akten. Rabczak trug unsere Fahne. Das war ein Besenstiel mit Aufnehmer.

In der Kantine plünderten wir alles, was noch nicht eingepackt war. Rabczak und Krey standen hinter der Theke und bedienten uns. Die Pasternaksche trank Sekt. Die hatten reichlich an uns verdient.

Bis zum Abend feierten wir.

»Eine Epoche ist wieder mal vorbei«, seufzte die Pasternaksche. Dann fragte sie mich: »Hast du denn deine Mission erfüllt?«

Karin kommt und Vater geht

Ich zog ins neue Heim um. Eine Wohnfabrik am Rande der Stadt. Ich stürzte mich wieder in meine Arbeit, suchte die wenigen Heime auf, die noch existierten, und half den Kellergruppen, ein interessantes Programm aufzubauen. Morgens von vier Uhr an schrieb ich an »Haste Herz, Kumpel?«, dann suchte ich tagsüber die Kumpels in den Heimen auf und abends die Gruppen.

Aber ich flüchtete auch. Ich dachte nie mehr darüber nach, wohin das alles führen sollte. Ich dachte immer an Karin, aber ich traute mich nicht mehr, ihr zu schreiben. Ich fühlte mich so klein und erbärmlich. Was war ich denn schon neben ihr? Da rief der Pförtner eines Nachts zu mir hoch: »Kaminski, Telefon, von ganz weit weg.«

»Hallo?« schrie ich in den knisternden und knackenden Apparat. Dann hörte ich Karin. Sie rief von dem Dorf in den finnischen Wäldern an, wo sie arbeitete. Sie machte sich Sorgen um mich. Ich versuchte, ihr alles zu erklären, hoffte auf mein Buch, wollte ihren Vater für mich gewinnen.

»Ach was!« rief sie. »Ich komme, ich komme.« Dann war unser Gespräch wieder gestört.

Der nächste Anruf kam aus Gelsenkirchen vom Bahnhof, dorthin hatte sie sich verfahren. Dort wartete sie beim Aufsichtsbeamten auf mich.

Ich hatte gerade mein Motorrad gegen einen alten VW umgetauscht, damit fuhr ich vor. Wir fielen uns in die Arme.

Dann sagte Karin sofort: »Wir wollen heiraten. Laß uns den Termin festlegen.« Der war schon festgelegt, ehe wir ins Auto stiegen. Von ihr. Meine Einwände galten nichts mehr.

»Und wenn das hier mit deiner Arbeit nicht klappt, dann kommst du eben nach Finnland!« sagte sie. »Ich mache meine Praxis weiter, und du schreibst dein Buch zu Ende. Aber am 22. März heiraten wir. Das steht fest.« Es stand fest. Karin fuhr wieder zurück.

Ich schrieb mein Buch wieder einmal zu Ende, fand aber keinen Verleger. Die Kirche wollte die Arbeit in den immer kleiner werdenden Wohnheimen in den nächsten Wochen einstellen. Doch da erhielt ich einen Brief vom deutschen Nationalverband der christlichen Vereine. Sie schrieben mir, daß der Ghana-Verband einen Bruderschaftssekretär suche. Wieder einmal ein Name, der mir nicht lag, aber ein Auftrag, der mich reizte. Sie fragten, ob ich für sie nach Ghana gehen wolle. Sie suchten nach einem Pionier und Missionar, und ich sei wohl so einer.

Sie schrieben mir auch, daß sie nicht genau wüßten, was ich da tun sollte, aber ich würde es schon herausfinden. Das war ein tolles Angebot, fand ich. Ich schrieb an Karin, und sie antwortete: »Wo du hingehst, da will ich auch hingehen . . .«

Also schrieb ich den deutschen Behörden ein fröhliches Ja. Für mich war dieser Auftrag ein Ruf Gottes, der genau paßte. So war es mir bisher immer im Leben ergangen. Und Karin verstand das auch. Ich bin von Natur aus bestimmt kein »religiöser« Mensch, aber daß da ein »persönlicher Gott« ist, das kapiere ich immer mehr. Und seinem Ruf möchte ich gerne folgen, ich versuche das. Es tut mir leid, daß ich mich hier nicht besser ausdrücken kann.

Die Deutschen wollten mich als eine Art Evangelist und Missionar an die Goldküste schicken. Doch die Ghanaer schrieben mir, daß sie einen Trainer für ihre Fußballmannschaft wollten. Sie hätten gehört, daß alle Deutschen gut im Fußball seien, und dieser Fußball sei nun ihr Nationalsport. Naja, dachte ich, kann ich ja beides machen.

Ein Mann aus Ghana schrieb mir auch einen netten privaten Brief. Darin stand:

Mein lieber Bruder,
es ist gut, daß Du kommst. Wir brauchen Dich sehr. Ich auch. Bring mir ein Klavier und einen Volkswagen mit,
Dein Dich herbeisehnender Bruder Barnabas.

Karin freute sich auch über den Brief. Ich schrieb ihr jeden Tag. Wir bereiteten uns für Afrika und unsere Hochzeit vor. Die Krise war vorbei. Gott sei Dank.

Doch meine Vorfreude wurde schnell unterbrochen.

Als ich eines Mittags zu meinen Eltern in die Nachbarstadt fuhr, kam mir die Mutter schon auf unserer Straße entgegengelaufen: »Dem Vater geht es so schlecht, ich wollte gerade den Arzt holen.«

Der Vater lag nicht auf seinem geliebten Sofa, sondern im Bett. Er wollte sich am Morgen aufs Sofa begeben, doch das war ihm nicht gelungen. Er konnte keine Sekunde mehr ohne die Sauerstoffflasche sein.

Ich lehnte mich auf sein Bett. Der Vater tat mir so leid. Wie stark und gesund war er früher gewesen, nun lag er hilflos im Bett und so furchtbar abgemagert. Die Socken rutschten von seinen Beinen herab. Ich hätte ihn zum Sofa tragen können, so leicht war er geworden.

»Ich kriege kaum noch Luft«, japste er, »und die Lunge tut so weh.«

Die Mutter hatte Tränen in den Augen, sie litt mit ihm. Was konnte ich tun? Mein Väterchen. Aber ich wollte es ihm auch nicht noch schwerer machen.

Ich fuhr zu unserem zuständigen Knappschaftsarzt. Doch der war nicht zu Hause, der machte gerade Hausbesuche. Er mußte oben in der Kolonie sein. Ich suchte und fand ihn. Ich sagte ihm, daß es dem Vater so schlecht ginge.

»Ich habe eine Spritze bei mir«, antwortete er, »die kann vielleicht die Schmerzen lindern.«

Der Knappschaftsarzt war nett und hilfsbereit, aber nicht mehr auf der Höhe. Wenn der den Vater besuchte, horchte er ihn durch Hemd, Pullover und Jacke mit einem gebrochenen Holzrohr ab. Als er ihm die Spritze geben sollte, zitterte er mit beiden Händen. Er bat mich, die Spitze der Ampulle abzuschneiden und die Spritze mit der Medizin zu füllen. Ich suchte auch für ihn eine Ader, und er stach so hinein, daß der Vater aufschrie. Als der Arzt ging, sagte ich zu der Mutter, daß wir einen anderen Arzt holen müßten.

Meine Schwester kam ganz traurig aus dem Geschäft zurück, sie wußte, daß es dem Vater nicht gut ging. Auch ihr Mann kam zeitig vom Bau nach Hause. Eigentlich wollte er am Abend zum Kegeln gehen, doch er blieb zu Hause.

Wir saßen beim Vater am Bett. Wir schlossen noch eine Sauerstoffflasche an. Einen Schlauch schoben wir in Vaters Nase, den anderen in seinen Mund. Aber trotzdem quälte er sich noch furchtbar und bekam nicht genug Sauerstoff.

Der Vater »mußte«, er versuchte, sich zu kontrollieren, doch das gelang ihm nicht mehr. Der Schätz wischte das alles auf.

»Das tut mir so leid, Schätzchen«, wisperte der Vater, »ich möchte es nicht tun.«

»Aber Vater, das ist doch nicht schlimm«, antwortete sie. »Das tu ich doch gern. Das ist doch gar nichts. Was hast du alles für uns getan! Hauptsache ist, daß du wieder gesund wirst.«

Da schüttelte unser Vater seinen Kopf.

Ich saß bei Vater am Bett, den ganzen Nachmittag. Es war furchtbar zu sehen, wie er sich quälte.

»Warum muß ich mich so quälen?« fragte er mich. »Was hab ich denn so Böses getan?«

Das tat mir so weh.

»Mein lieber Vater. Wenn ich dir das doch abnehmen könnte! Du hast nichts Böses getan. Wir haben dich so lieb, auch wenn wir das oft nicht gezeigt haben. Wir haben dich so lieb. Wenn wir dir doch helfen könnten!«

Ich fuhr dann doch noch zu einem anderen Arzt. Der wollte erst nicht kommen, aber dann konnte ich ihn doch überreden.

Er spritzte dem Vater Morphium.

Draußen fragte ich ihn: »Wie lange noch?«

»Höchstens noch diese Nacht«, antwortete er.

Das drehte mir mein Herz um. Ich sagte es keinem. Die Mutter weinte, die Schwester weinte. Der Willi war auch ganz unten. Ich sagte: »Keiner geht so zum Vater hinein. Wenn wir bei ihm sind, müssen wir ihn ermuntern und nicht noch mehr traurig machen.«

Wir wachten die ganze Nacht an Vaters Bett. Wir wollten die Mutter zum Schlafen bringen, die war schon ganz eingefallen und grau. Doch sie wollte bei ihrem Mann bleiben.

Der Morgen graute. Die Vögel sangen drüben im Friedhof, ein neuer Tag kam auf. Schön war er, mit einem blauen Himmel wie selten, kaum eine Wolke am Himmel, nur der Rauch von den Zechen.

Der Vater hatte Durst, ich holte ihm aus dem Konsum eine Flasche Mineralwasser. Er trank etwas, aber brach es wieder aus. Ich saß allein neben seinem Bett, er mußte sich furchtbar anstrengen, er fragte mich: »Junge, ist da Gott, wenn ich sterbe?«

»Der ist da, Vater, der ist da«, sagte ich ihm, »ich weiß das.« Er sah mich an, er lächelte, doch dann packte ihn wieder der furchtbare Schmerz.

Aber er flüsterte noch einmal: »Dann ist ja noch nicht alles aus.«

»Nein, nein!« rief ich. »Jesus Christus rettet dich.«

Furchtbare Schmerzen packten ihn. Es ging zu Ende. Wir waren alle bei unserem lieben Vater.

»Jesus, Jesus«, hauchte er und starb.

Wir heulten alle, wir küßten unseren lieben Vater. Wir hielten uns alle fest und beteten das Vaterunser. Wir knieten an Vaters Bett. Wir hatten ihn so lieb.

Dann alle diese Laufereien, die Vorbereitung zur Beerdigung, die Behörden.

Zur Beerdigung kam die ganze Siedlung und die halbe Kolonie. Massen von Menschen überall, auch die Kumpels aus den Wohnheimen und Kellergruppen. Sie trugen Kränze für den Vater. Auf einem stand: »Für den Vater vom Hannes vom Verein Grullbad unten im Keller.«

Vaters Kumpel sangen am Grab: »Die Gedanken sind frei.« Da schossen mir auch die Tränen aus den Augen. Wie viele Freunde hatte er. Wir luden sie nach der Beerdigung in die Kneipe gegenüber vom Friedhof ein. Dort waren alle Räume voll. Sie sangen noch einmal alle für ihn: »Die Gedanken sind frei . . .«

Am nächsten Sonntag fuhr ich mit der Mutter, dem Schätz und dem Willi in die Tulpenblüte nach Holland. Doch die Mutter ließ sich nicht ablenken, sie wollte schnell wieder zum Friedhof zurück. Dort stand sie an Vaters Grab, weinte und sagte: »Väterchen, Väterchen, ich komme bald. Ich kann ohne dich nicht leben.«

»Aber Mutter!« rief der Schätz. »Das will der Vater gar nicht. Der möchte, daß du noch lange lebst. Das hat er doch immer gesagt, du sollst doch seine Rente genießen, hat er gesagt.«

»Mein Kind, sei ruhig«, sagte die Mutter, »versündige dich nicht. Ich kann und will nicht ohne ihn leben.«

Wir verschoben unseren Hochzeitstermin. Die Mutter sagte: »Hättet ihr nicht tun brauchen. Der Vater mochte die Karin so gern. Wenn du fährst, möchte ich aber nicht mitkommen. Ich kann nicht so lange weg vom Vater sein.«

Sie ließ sich nicht überreden, sie kam nicht mit.

Ich war froh, daß Karin auch eine einfache Hochzeit feiern wollte. Aber um ihrer Eltern willen sollte ich doch einen schwarzen Anzug anziehen und einen Schlips umbinden. Kein Problem. Ich pumpte mir den schwarzen

Anzug vom Pappi, kaufte mir ein weißes Hemd und lieh mir den silbernen Hochzeitsschlips vom Willi.

Wir wollten in Helsinki heiraten. Wir hatten geplant, daß ich mit dem Wagen bis nach Hamburg fahren sollte und von dort aus mit den Zügen und Fähren weiter. Nach der Hochzeit hatten uns die Kumpels aus Nordfrankreich, mit denen ich durch meinen Freund Günther, von dem noch erzählt wird, in Verbindung gekommen war, für eine Woche eingeladen. Wir sollten bei ihnen unsere Flitterwochen verbringen.

Am Abend vor meiner Abfahrt nach Finnland hatte ich noch Dienst bei einer Kumpelgruppe im Keller. Schlappenabend nannten sie diese Gruppenstunde. Alle erschienen in Schlappen, hatten Platten, Bücher, Illustrierte mitgebracht und ließen es langsam angehen. Diese gemütlichen Abende waren sehr populär. Ich sollte zum Schluß die Andacht halten. Ich erzählte immer vom Umgang Jesu mit Menschen, wenig Theologie. Das gefiel. Zum Schluß kam ich aber immer darauf, daß man sich dafür oder dagegen entscheiden müsse. Feinsinnige Menschen nannten so etwas eine Holzhammermethode. Meinetwegen. Ich bin eben ein Holzhacker, darum fühlte ich mich auch auf der finnischen Insel als Waldarbeiter so wohl.

Nach der Andacht stiegen wir aus dem Keller hoch. Die Kumpels wollten mich noch für ein Bier in die Kneipe gegenüber mitnehmen, doch ich wollte sofort nach Hamburg losfahren. Aber das konnte ich nicht, denn die Kameraden hatten meinen VW über eine kniehohe Mauer in den Vorgarten des Gemeindehauses gesetzt. Allein bekam ich den dort nicht heraus.

»Wir können dir ja helfen«, meinten sie scheinheilig, »aber wir haben so einen Durst, besonders auch darum, weil wir bei dir nicht poltern können. Ihr seid ja so weit weg.«

Gut, ich versprach eine Runde, der Wagen wurde aus dem Vorgarten gehoben, und ich konnte abfahren.

Unten bei uns war schon zaghafter Frühling, aber in Schweden war es kalt, und zwischen Stockholm und Åbo war das Meer noch zugefroren. Ein Eisbrecher fuhr vor uns her, und die kantigen Schollen krachten gegen unsere Schiffswand und schliffen gefährlich daran entlang. Als wir nach Åbo einfuhren, jagte ein Auto neben uns über das Eis.

In Helsinki wurde am nächsten Tag schon geheiratet. Morgens mußte ich mich bei Karin im schwarzen Anzug vorstellen. Sie musterte mich: »Du siehst darin so fremd aus«, stellte sie fest. Ich fühlte mich so unwohl darin und am Kulturstrick angebunden. Die Haare mußte ich mir aber doch noch schneiden lassen. Dann war alles in Ordnung für die Hochzeit. Alle waren nun nett zu mir, Henrik hatte sich auch mit mir abgefunden, ich gehörte jetzt zur Familie.

Vorher waren wir auch zur deutschen Kirche gegangen, wo wir uns trauen lassen wollten. Der Pfarrer stand kurz vor seiner Pensionierung und hörte nicht mehr richtig zu. Er schrieb meinen Namen falsch, kriegte meinen Beruf nicht mit und verstand nicht, warum ich keinen Ring haben wollte. Nur Karin hatte einen.

Da ich mir mit dem Pastor nicht sicher war, erschien ich schon eine Stunde vor der Trauung an der Kirche. Und richtig, der alte Pastor hatte uns vergessen. Ich klingelte den Küster von seinem Mittagessen weg, half ihm, alle Heizungen anzudrehen, denn es war noch sehr kalt in Finnland, und die Kirche ein bißchen netter herzurichten. Auch hatte der Pastor vergessen, unsere Heiratsurkunde zu schreiben. Da in Finnland die kirchliche und standesamtliche Trauung in einem stattfindet, war die kirchliche Urkunde auch meine amtliche. Ich trug Namen und Beruf selbst ein.

Dann kam auch schon Karin mit ihrer Familie. Wir waren höchstens zehn in der Kirche. Karin trug ein ganz einfaches Kleid und ein kleines Sträußchen aus Frühlingsblumen in den finnischen Farben blau und weiß. Zum Trauspruch hatten wir uns: »Freuet euch in dem Herrn allewege, und abermals sage ich: Freuet euch ...« ausgesucht. Doch der Pastor redete so, als ob er eine Trauergemeinde vor sich hätte. Da war dauernd von Abschied die Rede, denn er erinnerte sich, daß wir nach Afrika fahren würden, aber er wußte nicht mehr warum.

Das mit dem Ring hatte er total vergessen, obwohl ich es ihm zuflüsterte, suchte er ihn nicht nur auf, sondern auch unterm Altar. Gut, daß Karin das nicht tragisch nahm, sondern auch lächelte.

Aber der Segen, den er uns gab, war etwas Gutes und Kräftiges, das spürten wir.

Karins Eltern ließen uns ein sehr leckeres Essen auffahren. Es gab Spargel und Schinken, einen saftigen Braten, Sekt und eine kleine Ansprache von Henrik, in der er wie ein Gärtner sprach, mich mahnte, seine Tochter zu hegen und zu pflegen. Das wollte ich gerne tun, nur war ich weniger ein Gärtner als ein Waldarbeiter. Das brachte er auch humorig ein.

Wie es in Finnland Sitte ist, so verschwanden wir beim Kaffee, ohne uns zu verabschieden. Karins Bruder brachte uns zum Flugplatz.

Als wir in Hamburg landeten, sahen wir eine Menschenmasse auf der Tribüne stehen und winken. Wir dachten schon, mit uns sei eine Fußballmannschaft gelandet, doch als wir näher herankamen, hörten wir, daß die unsere Namen schrien. Die Kumpels waren aus dem Ruhrgebiet hochgekommen mit fünf Omnibussen und 250 Mann, Frauen und Mädchen eingeschlossen. Gab das einen Tumult und Jubel hinter dem Zoll. Karin war solche Massenauftriebe nicht gewohnt, sie hielt sich an meinem Arm fest. Der Kohlenpott zerdrückte sie fast. Die Kumpels hatten in St. Pauli einen Saal gemietet, und dort wurde unsere Hochzeit gefeiert, ziemlich laut. Wir sangen viel, wir tanzten, aber eine Andacht mußte ich auch halten. Da bestand der Rabczak drauf: »Sowatt muß bei uns sein. War immer so.«

Zum Schluß sangen wir noch alle »Glück auf, Glück auf . . .«

Der Herr Raum war auch mitgekommen und sagte zu mir: »Herr Kaminski, das war wie die Hochzeit von Kana, die haben Sie ja immer so gern.«

Um fünf Uhr morgens fing die Hochzeitsnacht bei uns mit Tiefschlaf an.

Flitterwochen auf Achse

Wir bummelten durch Norddeutschland, dann durch Holland und Belgien. Wir hatten noch viel Zeit, denn erst in einer Woche brauchten wir in Nordfrankreich zu sein. Als wir an der Kanalküste standen, fragten wir uns, warum wir nicht einen Abstecher nach London hinüber machen sollten. Ja, warum nicht? Wir ließen unseren Wagen und unsere überflüssigen Sachen in einer Pension stehen, die uns auch die Adresse einer Londoner Pension gab, und setzten mit der Fähre über.

Bei der Überfahrt kam ein harter Wind auf mit kurzen, frechen Wellen. Die rüttelten das Schiff und stülpten die Mägen der Passagiere um. Fast alle Mitfahrenden wurden seekrank und flüchteten auf die oberen Decks. Nur Karin, eine alte Seefrau, blieb unten im Speisesaal als einziger Gast sitzen und bekam ein Frühstück in allen Variationen aufgetragen. Mir war es auch nicht ganz wohl, und als es dann noch anfing, nach Ei und Fett zu riechen, mußte ich auch nach oben fliehen.

Drüben in London fanden wir unsere Pension hinter dem Viktoria-Bahnhof. Die Dame des Hauses saß im Empfang wie eine Kino-Kassiererin, die sich bemüht, wie eine Filmdiva auszusehen. Eine ähnliche kannte ich vom Kino Käseberg bei uns in der Kolonie. Sie war Plüsch, und um sie herum war es auch so. Ihrem Gatten sah man an seinen Verbeugungen und an seinen Plattfüßen an, daß er einmal Oberkellner gewesen war. Morgens sprach er zu uns durch eine Intercomanlage: »Breakfast is ready.« Und das duftete durchs Haus.

Das Frühstück war der Höhepunkt des Hauses, mit Eiern, Speck und Würstchen. Der Herr Pensionsvorsteher bemühte sich von Tisch zu Tisch, trotz schmerzender Füße, während die Dame des Hauses im Kimonomorgenrock an einem Tischchen wie Jane Mansfield zu frühstücken versuchte. Der Hausherr berichtete übers Wetter, so wie es am Abend vorher im Fernsehen angesagt worden war. Er hatte sich vom BBC-Sprecher einige höhere Mittelklasseausdrücke vorsagen lassen, die er immer wieder anwandte. Zum Beispiel den Ausdruck »particularly«. Den wandte er an, wann immer er konnte. Seine Frau, die sich sonst vor sich hin langweilte, war von seinem neuen Wortschatz sehr beeindruckt. Doch wir mochten ihn gut leiden, er war wie ein Vater für uns, versuchte uns bei dem Regen zu trösten und meinte, daß er abziehen würde »particularly to the north«.

Wir schlenderten durch London, durch den Regen, durch die Museen, aßen Fish and Chips aus Zeitungspapier, nahmen High Tea am Strand ein und hatten uns lieb.

Mir fiel aber auch ein, daß der Peter von Rechtsanwalts, dem die Mutter und der Vater das Leben gerettet hatten, in London wohnte. Den rief ich an, und der lud uns sofort ein.

Ich habe ja schon erzählt, daß meine Mutter bei einer jüdischen Rechtsanwaltsfamilie in Dortmund in Stellung gewesen war. Als sie heiratete, gab sie die Arbeit auf, aber sie half noch, wenn Rechtsanwalts einen Empfang gaben oder ein Kinderfest. Dann war ich auch immer mit eingeladen.

Als die Nazis an die Macht kamen, ging es Rechtsanwalts sehr schlecht, und allen Deutschen wurde es verboten, mit Juden Umgang zu haben. Doch die Mutter hielt sich nicht an dieses Gesetz. Nun erst recht besuchte sie Rechtsanwalts und half ihnen. Das war lebensgefährlich. Die jüdischen Häuser wurden überwacht, und Deutsche, die Juden besuchten, wurden beschimpft, geschlagen, eingesperrt. Eine Rassenschande nannten die Nazis jeden Umgang mit Juden.

Dem Herrn Rechtsanwalt wurde verboten, seine Anwaltspraxis weiterzuführen. Er mußte sein Personal entlassen. Die flüchteten und tauchten schnell irgendwo anders unter, nur die Mutter kümmerte sich um die nun verlassene Familie. Enttäuscht war die Mutter, daß auch der Herr Fritz sich bei Rechtsanwalts nicht mehr sehen ließ, denn den hatte sie mir immer als großes Vorbild hingestellt.

Der Herr Fritz war der Bürovorsteher von Herrn Rechtsanwalts Kanzlei gewesen, der Herr über einen Schreiber, einen Boten und die Putzfrau, die jeden Abend eine Stunde kam. Der Herr Fritz stand immer mit Schonärmeln hinter seinem Stehpult und sah sehr streng zu mir herab.

Die Mutter mahnte mich oft: »Sieh dir einmal den Herrn Fritz an. Nimm dir mal ein Beispiel an ihm. Ganz unten hat er angefangen. Sein Vater war auch ein einfacher Bergmann wie deiner. Aber der Herr Fritz war immer fleißig in der Schule gewesen, durfte sogar die Handelsschule besuchen und wurde dann hier beim Herrn Rechtsanwalt eingestellt. Und hier hat er sich vom Laufjungen bis zum Bürovorsteher hochgearbeitet.

Wenn du einmal Bürovorsteher werden würdest und nicht auf der Zeche arbeiten müßtest, dann würde ich schon in Ruhe meine Augen zumachen können. Rechtsanwalt kannst du nicht werden, das ist viel zu hoch. An Studieren kannst du nicht denken. Bürovorsteher wäre schon das richtige für dich. Aber dann mußt du noch fleißiger in der Schule sein und weniger Fußball am Bahndamm spielen.«

Doch nun hatte auch der Herr Fritz den Herrn Rechtsanwalt verlassen. Die Nazis setzten allen Juden sehr zu. Besonders aber dem Herrn Rechtsanwalt, weil der auch Kommunisten verteidigt hatte.

Die Frau Rechtsanwalt hielt das nicht mehr aus. Sie starb. Da stand der Herr Rechtsanwalt mit seinen drei Söhnen allein da und wußte nicht, wie er die durchbringen sollte. Die Mutter half, wie sie konnte. Der Herr Rechtsanwalt sah das Ende auf sich zukommen, wenigstens seinen kleinen Jungen, den Peter, wollte er retten. Die Mutter nahm ihn zu uns, obwohl das mit Zuchthaus bestraft wurde, der Vater brachte ihn über die holländische Grenze, wobei er sein Leben riskierte. Peter hatte einen Zettel mit der Anschrift von holländischen Verwandten bei sich und erreichte diese, setzte dann später nach England über. Der Herr Rechtsanwalt und seine beiden älteren Söhne verschwanden in Auschwitz und kamen dort um. Die Mutter pflegte das Grab der Frau Rechtsanwalt auf dem Dortmunder Judenfriedhof weiter, obwohl das auch verboten war. Ich wagte nicht, gegen die Mutter zu sein, obwohl ich in der Hitlerjugend furchtbare Geschichten über die Juden hörte. Die Mutter sagte immer: »Die Juden sind genauso Menschen wie wir, nicht böser und nicht schlechter als wir. Ich kenne sie, ich hab für sie gearbeitet und alle Typen kennengelernt. Dieser Hitler ist ein Wahnsinniger und Verbrecher. Das kannst du ruhig deinem Führer sagen.«

Ich sagte es nicht, ich wurde hin- und hergerissen zwischen meinen Eltern und den Führern der Hitlerjugend.

Wir hörten nichts mehr von Peter, denn der Krieg brach aus. Er wurde dann in London ein Geschäftsmann, der die britische Rüstung mit anzukurbeln half und dabei nicht schlecht verdiente. Als der Krieg zu Ende ging, wurde er vom König hoch ausgezeichnet. Er war auch ein wohlhabender Mann geworden.

Er vergaß uns aber nicht, sondern fing sofort an, uns Lebensmittelpakete zu schicken. Er wußte unsere Adresse nicht mehr, aber schrieb an »Kaminskis, die in einer Siedlung am Friedhof wohnen«. Leider gibt es in unserer Stadt noch eine Siedlung am Friedhof, und dort wohnten auch Kaminskis drin. Diese waren der Post bekannter, erhielten das Paket, bedankten sich beim Peter, und weitere Pakete folgten. Diese Kaminskis antworteten so, als ob sie wir wären, beobachteten uns heimlich, aber sagten uns natürlich kein Wort von den Paketen.

Bis dann Peter eines Tages erschien. Er sah sofort, daß die Leute ihn betrogen hatten. Mit Hilfe der englischen Militärpolizei fand er uns, und wir feierten ein großes Wiedersehen. Im Militärauto fuhren wir alle nach Dortmund zum Friedhof, wo die Mutter noch immer das Grab seiner Mutter pflegte.

Er schrieb uns weiter, und nun wollte ich ihn in London besuchen.

Doch seine Frau war nicht nett zu uns, sie zeigte, daß sie eine reiche Dame war und wir nur dumme, kleine Kindheitserinnerungen ihres Mannes. Sie hatte einen Freund im Haus und schmuste mit ihm, obwohl ihr Mann und wir dabeiwaren. Sie wollte uns schnell loswerden und gab es uns auch zu verstehen.

Entschuldigend brachte uns Peter zum Bahnhof: »Tut mir leid, aber so ist alles geworden. Ich hoffe, daß eure Ehe glücklicher wird.«

Wir fuhren wieder zurück nach Ostende und dann nach Nordfrankreich. Weil wir uns unterwegs die Schlachtfelder des Ersten Weltkrieges ansahen und uns dabei verfuhren, kamen wir erst im Dunkeln in dem Barackenlager an, wo wir uns bei deutschen Kumpels melden sollten. Wir sollten bei Emil Krenz in der Baracke wohnen.

Damals waren viele deutsche Kriegsgefangene, besonders die aus dem Osten, nach ihrer Kriegsgefangenschaft als Zivilarbeiter in Frankreich geblieben. Sie wohnten noch im alten Gefangenenlager, doch nun ohne Stacheldraht und mit etwas mehr Raum für sie. Als dann doch immer mehr Deutsche wieder in ihre Heimat zurückkehrten, wurde das Lager mit algerischen Arbeitern aufgefüllt. Das Verhältnis zwischen den Deutschen und Algerien war nicht besonders gut, aber auch nicht das zwischen den Arabern untereinander. Die standen damals gerade im Befreiungskampf von Frankreich und bildeten im Lager Zellen, die Geld für diesen Kampf von den Lagerinsassen kassierten. Doch etliche weigerten sich zu zahlen, es kam zu Auseinandersetzungen, die oft mit Überfall und Mord endeten. So entwickelten sich diese

Lager zu gefährlichen Plätzen. Doch unser Freund Günther arbeitete noch immer darin und versuchte, alle zu versöhnen.

Karin und ich ahnten nichts von diesen Kämpfen, als wir in der Nacht in das große, abgelegene Barackenlager fuhren. Wir wunderten uns nur, daß wir keinen Menschen auf den Lagerwegen trafen, und daß alle Baracken verriegelt und verbarrikadiert waren. Das kam uns unheimlich vor. Ich wollte vorsichtig die Baracke von Emil Krenz suchen und sagte zu Karin: »Bleib du mal im Wagen drin, setz dich hinters Steuer und laß den Motor laufen. Wenn was los ist, fahr ab, bis in die Stadt. Da treffen wir uns wieder. Ich kenne mich hier aus, wenn was passiert, springe ich in den Kanal, schwimme rüber und laufe quer durch die Felder zur Stadt. Also wenn dir etwas unheimlich vorkommt, hau ab.« Doch sie wollte warten.

Ich suchte und fand die Baracke von Emil, die auch verrammelt war, und klopfte gegen die Tür. Nichts, keine Antwort. Ich klopfte noch lauter. Da schrie ein Kind auf.

Ich rief: »Emil, hier ist Hannes.«

Doch arabische Gutturallaute antworteten. Der wohnte nicht mehr hier, aber wo? Ich bat in meinem gebrochenen Französisch, mir doch zu sagen, wo Emil Krenz wohne. Doch es kamen wieder nur unverständliche arabische Laute zu mir zurück.

Als ich mich umdrehte, standen plötzlich vier Araber vor mir. Mit gezückten Messern. Gegen die kam ich nicht an. Die sahen böse aus.

»Ich suche den Emil Krenz«, sagte ich.

Das imponierte ihnen gar nicht. Da fiel mir Günther ein, den mußten sie doch kennen. Als ich dann Günthers Namen nannte, veränderte sich die Lage total zu meinen Gunsten. Ihre Gesichter strahlten auf. Sie machten mir klar, daß der nicht mehr in diesem Lager wohne, sondern in einem noch schlimmeren. Aber ich könne diese Nacht bei einem von ihnen verbringen. Ich sollte nur keine Angst haben, sie seien alle Freunde von Günther. Ich war stolz und neugierig, ging zum Wagen zurück, und da stand ein französischer Lastwagen mit Polizisten neben meinem VW, und Karins Paß wurde geprüft. Wir sahen es zu spät. Die französischen Polizisten hatten schon entdeckt, daß ich mich in Begleitung von vier Arabern befunden hatte. Doch auch sie konnte ich umstimmen, als ich Günthers Namen nannte. Wir verbrachten eine arabische Nacht im Lager. Karin schlief bei den Frauen und Kindern, ich bei den Männern. Und am Morgen dufteten wir aus allen Gegenden nach Knoblauch.

Unser Kabüffchen auf der Steinhalde

Schon vor unserer Hochzeit hatte mir der Betriebsführer meiner Zeche versprochen, daß ich eine Wohnung kriegen solle: »Mit der Karin kannste ja nicht im Bullenkloster schlafen«, schmunzelte er, »und du sollst auch bei uns bleiben mit der Finnin.«

Als wir von Frankreich zurückkamen, fuhren wir beim »Alten« vor.

»Eure Wohnung ist ja ein bißchen klein geraten«, entschuldigte er sich, »und leider muß ich auch ein wenig Miete dafür nehmen wegen unserer Buchführung. Aber auf der anderen Seite sind zwanzig Mark für zwei Zimmer, Heizung, Wasser und Licht auch nicht zu viel. Der Betriebsrat ist dafür, die sagten, sie wollten auch was für das Christliche und die Finnin tun.«

Jupp Kulessa, der Wohnungsverwalter, wurde gerufen. Der freute sich auch, Karin zu sehen, aber aus einem ganz bestimmten Grund. Sie hatte noch nicht seine Todesanzeige gesehen und seine Geschichte gehört, die er sofort an die Frau bringen mußte. Der »Alte« und der Betriebsrat grinsten.

Jupp zog eine Todesanzeige aus seiner Tasche und hielt sie Karin hin. Karin las und sagte etwas verwirrt: »Leider habe ich den Herrn nicht gekannt, aber es tut mir leid, daß der Mann sterben mußte.«

Karin hatte übersehen, daß die Todesanzeige aus dem Jahr 1917 stammte, ich wollte es ihr schnell auf Englisch zuflüstern. Doch Jupp rief schon fröhlich: »Keine Ursache, der Tote dieser Anzeige steht vor Ihnen. Das war alles ein Irrtum gewesen, das mit meiner Todesanzeige.«

Er mußte ihr nun aber die ganze Geschichte erzählen: »Damals im Graben in Flandern mußte ich eines Abends mal unbedingt austreten. Ich verlief mich aber bei uns im Graben und geriet einem französischen Stoßtrupp in die Arme. Der verlief sich dann auch, und wir kamen erst nach Tagen bei der französischen Armee an. Mittlerweile war aber mein Bunker durch einen Volltreffer getroffen worden, und alle meine Kameraden waren umgekommen. Also schrieb man meinen Eltern, daß ich auf dem Felde der Ehre gefallen sei, und meine Eltern verschickten diese Todesanzeige und ließen eine Seelenmesse für mich abhalten. Als ich mich aus der Gefangenschaft meldete, waren sie froh, und ich habe meine Todesanzeige als Andenken behalten. Man sagt ja, daß jene, die irrtümlich für tot erklärt werden, noch lange leben. Das hoffe ich auch, und darum trage ich immer meine Todesanzeige mit mir herum.«

Jupp war auch stolz darauf, daß er uns unsere Wohnung zeigen konnte: »Die liegt im Steigerviertel«, sagte er, »da können sonst nur Zechenbeamte einziehen, aber wir haben eine Ausnahme mit euch gemacht. Weil die junge Frau da von Finnland ist, wo der Mannerheim wohnt, und du so was Christliches bist wie ein Kaplan, aber ohne diese Uniform da.«

Karin stellte sich unter Steigerviertel etwas ganz Besonderes vor, etwa wie Brunnsparken oder Munksnäs in Helsinki, wo die reichen Leute wohnten. Aber sie wurde enttäuscht. Die Steinhaldenstraße lief zunächst durch eine Kumpelkolonie, bestand aus groben Pflastersteinen, wurde von Schlackenaschen-Gehsteigen umrahmt, und die Häuser dahinter waren schwarzgrau und unverputzt. Nach einem Kilometer Kolonie erreichten wir dann ein struppiges, versumpftes Wäldchen, von den Kumpels liebevoll aber auch ein bißchen frech Stielmuspark genannt. Dahinter lagen der Holzplatz und die Zeche mit der anschließenden Kokerei. Vom Stielmuspark aus sahen wir schon das Ende der Straße. Sie lief gegen die Mauer der Steinhalde. Ehe die Steigerhäuschen begannen, gab es noch einen Konsum und eine Seltersbude an der Ecke. Dort wurde aber auch Bier verkauft. Immer standen Invaliden dort herum und sprachen über Tauben oder über die Rente.

Vor den Häusern des Steigerviertels gab es sogar Vorgärten, die von der Zeche gepflegt wurden. Doch die Invaliden, die sie betreuten, waren nicht gerade Landschaftsgestalter und liebten die dort wohnenden Vorgesetzten nicht. Sie taten nur das Notwendigste, schlugen das Gras einmal im Jahr ab, sammelten Klümpkenpapier auf, wenn sie vorbeikamen, und zogen auch mal eine Distel mit den Wurzeln aus, wenn die zu groß geworden war. Die kümmerlichen Hecken wurden aber so kräftig im Herbst und Frühjahr gejaucht, daß es bis in die Steigerwohnungen hinein noch wochenlang stank.

In den Haushälften wohnten jeweils nur zwei oder höchstens drei Familien, nicht zwölf oder vierzehn wie bei den Kumpels unten. Die Steigerfrauen legten großen Wert auf Gardinen und stellten Vasen mit Goldrand ins Fenster. Aber die Fronten der Häuser waren auch nicht verputzt worden und von Kohlenstaub und Rußflocken gedunkelt und vom Dauerregen der Kühltürme verschimmelt.

Jupp war ein bißchen enttäuscht, daß Karin nicht von diesen Steigerhäuschen begeistert war. Ich versuchte ihm zu erklären, daß sie von einer Straße kam, die der ähnelte, an der in seiner Stadt die Bergwerksdirektoren und die reichen Fabrikbesitzer wohnten, und daß die sich in Finnland nicht so schnell begeistern wie in Deutschland.

»Ja, ja, ich verstehe«, gab er zu, »wie die Bauern aus dem Münsterland.«

Es roch stark nach Kokerei. Karin schnüffelte in der dicken Luft herum.

»Mit dem Duft bin ich geboren«, erklärte ich stolz, »daran wirst du dich schon gewöhnen.«

Karin suchte nach mehr Grün. Doch Jupp konnte sie auch darin trösten: »Im Stielmuspark ist es ganz grün im Frühling, ehe der Ruß den zuschneit. Dann singt da sogar eine Nachtigall in den Birken.«

Karin lächelte, das beruhigte mich. Wir erreichten unser Haus, gingen durch eine Einfahrt, stiegen ausgetretene Steinstufen zur Haustür hoch und gerieten in einen dunklen Flur, der stark nach Schmierseife roch. Die Tapeten waren vergilbt. Es gab einen hellen Fleck dort, vor dem einmal wohl das Bild von Hitler und vor ihm von Hindenburg und vor ihm vom

Kaiser gehangen hatte. Links vom Fliesenflur lag unser Zimmer. Als wir es betraten, zischte und dröhnte es. Es war die undichte Heizung. Doch Jupp tröstete uns wieder: »Dafür ist die Heizung auch frei.«

Unser Zimmer war ziemlich dunkel, weil das Nachbarhaus direkt davorstand. Gegenüber von unserem Zimmer, auf der anderen Seite des Ganges, lag eine etwas vergrößerte Besenkammer, die wegen des Waschbeckens auch als Küche verwendet werden konnte. Später schliefen unsere Gäste darin. Es war dort ganz gemütlich, wenn sie die Beine anzogen.

Das Klo befand sich hinter dem Knick des Ganges unter der Treppe, die zu der oberen Familie hochstieg. Es wurde regelmäßig von den Invaliden benutzt, welche die Vorgärten »pflegten«. Es war ersichtlich, daß die über Verstopfung nicht zu klagen brauchten. Karin hätte fast geweint, als sie es sah. Ich fing sofort an, dieses Klo zu reinigen und baute ein dickes Schloß ein.

Wir machten uns an die Arbeit, die etwas vernachlässigte Wohnung einzurichten. Die Kumpels halfen uns dabei. Ratzka erledigte die Heizung. Leo tapezierte und strich an. Rabczak wuchtete die Möbel, die Karin gekauft hatte, auf die von ihr dirigierten Plätze. Der Lange hängte die Bilder an die Wände, die er für uns gemalt hatte. Hubert bohnerte unseren Boden und breitete die finnischen Teppiche darüber aus. Dann feierten wir den Einzug mit Mett und Brötchen und Bier.

Über mangelnden Besuch brauchten wir uns nicht beklagen. Dauernd erschienen welche und blieben bis in die Nacht bei uns sitzen. Wir kauften uns Luftmatratzen, legten die in der etwas vergrößerten Besenkammer aus und wiesen unseren Besuch darauf hin, wenn wir schlafen gehen wollten. Der konnte dann aber auch nach Hause gehn, wenn er wollte.

Karin kochte viel zu gut. Wir wurden beide rund und fett. Morgens schrieb ich zu Hause an meinem Buch, nachmittags und abends besuchte ich die Keller und die wenigen verbliebenen Heime. Wenn ich nach Hause kam, saß schon Besuch auf unseren Liegen. Die Kumpels aus den Kellern und Heimen kamen mit ihren Problemen zu uns und stellten Karin ihre Freundinnen und Bräute vor. Wir wollten kein Urteil darüber abgeben, aber wir mußten es.

Die Nachbarschaft starrte erst die fremde Finnin an, aber dann waren sie nett zu ihr und fragten sie neugierig aus. Die Leute, die noch mit uns im Hause wohnten, waren stolz darauf, daß der Mann Zechenbeamter war, und daß sie die große Wohnung besaßen und wir die kleine. Wir ließen sie ruhig angeben, später wurden sie dann ganz nett und freundlich.

Da es im Haus kein Bad gab, mußte Karin in die öffentliche Badeanstalt gehen. Ich konnte mich im nahen Pütt duschen. Oder ich stieg einfach unten im Keller in den betonierten Waschtrog, in den ich eiskaltes Wasser laufen ließ.

So oft wir konnten, fuhren wir zu meiner Mutter. Die kam über den Tod des Vaters nicht hinweg. Jeden Tag lief sie drei-, viermal zu seinem Grab, und oft mußte meine Schwester sie nach stundenlangem Davorstehen vom Friedhof holen. Die Mutter wollte nicht mehr leben. Auch ihre Tochter, bei der sie wohnte, und ihr Enkelkind, der Sohn meiner Schwester, trösteten sie nicht. Wenn sie am Grabe des Vaters stand, sagte sie oft: »Väterchen, warte, ich komme bald. Du hast so viel gelitten, und mir geht es so gut. Das tut mir so leid.«

Wenn die Mutter Karin sah, drückte sie sie an sich. Sie sagte dann zu mir: »Die Karin kommt von so weit her. Die ist ganz alleine hier. Wegen dir. Du mußt immer ganz lieb zu ihr sein, damit sie kein Heimweh kriegt! Du mußt so lieb zu ihr sein, wie dein Vater lieb zu mir war.«

Oft nahm die Mutter Karin auch zur Seite und drückte ihr einen Geldschein in die Tasche: »Ist nur für dich«, flüsterte sie ihr zu, »brauchste dem Hans gar nicht zu sagen, kauf dir was Schönes dafür.«

Wir versuchten die Mutter zu trösten, doch sie wollte sich nicht mehr trösten lassen.

Auf unserer Steinhaldenstraße wohnte auch eine Witwe, die ihr Leben ganz anders auffaßte. Die genoß es, eine Witwe zu sein. Sie war gerade dreißig, hatte einen Mann geheiratet, der eben siebzig geworden war und dann starb. Der war Bergwerksdirektor gewesen, hatte ihr viel Geld vererbt und die Dienstvilla, aus der sie nicht hinausgesetzt werden durfte. Sie trug zwar noch Schwarz, aber schminkte sich lustig dabei, feierte mit ihren Freunden rauschende Feste und kaufte sich von ihrem Erbe einen großen Wagen. Diesen Wagen parkte sie in der Garage, zu der der Weg durch unsere Einfahrt führte.

Jeden Morgen und Abend erlebten wir mit, wie furchtbar sie diesen Wagen quälte. Damals mußte man noch mit Zwischengas schalten, aber das begriff sie nie. Sie quälte die Gänge ins Getriebe, sie ließ die Kupplung nach und das Blech des Wagens an der Mauer entlangschleifen. Ich bot mich an, ihr den Wagen aus und in die Garage zu setzen, doch das lehnte sie böse ab.

Sie hatte immer Betrieb in ihrer Villa, man feierte Feste am laufenden Band. Zu uns kam auch viel Besuch, aber andere Typen, und es wurde mehr geredet als gefeiert. Über alles, über Probleme, über Bücher, über den Glauben. Oft blieben die Besucher bei uns. Wenn ein Mädchen dabei war, mußte ich in das Kabüffchen umziehen, während sie bei Karin auf meiner Liege im Zimmer schlief. Junge Männer landeten immer in der Kammer, wo es kalt und hart war.

Doch mit dem freizügigen Damenbesuch auf meiner Liege hörte es auf, als ein Besuch einen Floh bei uns hinterließ. Ein junges Pärchen war bei uns erschienen. Die Eltern hatten sie aus dem Haus gewiesen, weil sie es nicht lassen konnte, mit einem Bergarbeiter auszugehen. Weinend erschien sie mit ihrer großen Liebe bei uns, und ich versprach beiden, am nächsten Tag mit den Eltern zu sprechen.

Sie schlief auf meiner Liege, ich mit dem frierenden Knaben, der auch noch die Besenkammer vollqualmte, auf dem harten Fliesenboden.

Als am nächsten Morgen das Paar verschwunden war, ich mit den Eltern gesprochen hatte und wieder nach Hause kam, stellte Karin fest, daß sie von einem Floh gebissen worden war. Wir jagten den Floh, doch vergeblich. Er biß Karin noch einmal in der nächsten Nacht. Aber dann entdeckten wir später doch einen roten Fleck in Karins Bett. Der Floh war von ihr erdrückt worden. Doch seitdem durfte keine Fremde mehr in unserem Zimmer schlafen. Die Besenkammer wurde weiterhin vergeben, denn mich biß kein Floh, und dort erfror der Floh auch schnell am nächsten Morgen.

Wir bereiteten uns nun auf Ghana vor. Die Deutschen wollten noch immer einen Missionar dorthin schicken, und die Ghanaer erwarteten einen Fußballtrainer.

Karin tröstete mich: »Dann machst du eben beides und gehst mit den Leuten da unten so um wie hier mit den Kumpels, dann geht alles in Ordnung.«

Wir hatten viele alte Kameraden im Kohlenpott, später auch in Finnland, in Ghana, in den USA und in Ostafrika.

Einer davon hieß Ratzka, der das Sprühen unserer Heizung abwürgte und solange die Rohrleitung verbog, bis das Klopfen in den Hohlräumen aufhörte. Ratzka war Klempner von Beruf, aber er ging mit seinen Dachrinnen und Leitungen wie ein Grobschmied um. Er sah auch so aus. Ein Bulle von einem Kerl, gedrungen, schwer; einer, dem jeder aus dem Weg wich. Aber der trank nur Milch, war gutmütig und erschien regelmäßig zu den Bibelstunden. Dort gähnte er aber so laut, wenn vierzig Minuten um waren, daß ich nur noch schnell »Amen« sagen konnte, denn er hatte alle anderen mit seinem Gähnen angesteckt.

Wenn Ratzka in den Kneipen der Stadt Milch trank, lachte keiner mehr. Wer das früher getan hatte, war durch die Tür auf die Straße geflogen. Es grinste auch keiner mehr, wenn der Ratzka seine frommen, schmalzigen Lieder sang, die er sehr liebte.

Ratzka liebte nur zwei Sorten Musik, nämlich Zithermusik aus den Alpen und hundertstimmige Posaunenchöre vom Westdeutschen Jungmännerbund. Wenn Ratzka diese Musik hörte, konnte er fast mitjaulen, was er oft auch tat.

Wenn Werner Ratzka so weich und musikalisch auf Zither und Posaunenmusik hörte, konnte man es sich gar nicht vorstellen, daß er zu der gefährlichsten Schlägerbande seiner Stadt gehörte. Eigentlich war er gegen jede Schlägerei, doch leider verwickelten ihn seine beiden Brüder öfter darin.

Diese tranken nämlich nicht nur Milch, sondern auch Bier und Schnaps. Und wenn sie das taten, wurden sie meistens rabiat und stänkerten Gäste an der Theke an. Wenn die Gegner dann aber mit ihnen fertig wurden, riefen sie ihren stärksten Bruder an, und der Milchtrinker beendete die Schlacht immer zu ihren Gunsten, begründet mit dem von ihm leicht verdrehten Bibelsatz: »Liebe deinen Bruder wie dich selbst.« Seine beiden Brüder saßen ziemlich oft im Gefängnis wegen schwerer Körperverletzungen, Werner seltener. Ich versuchte immer wieder, für sie vor Gericht zu sprechen und konnte auch manchen Freispruch und einige Wochen Erlaß herausschinden. Ich redete auf sie ein, sie versprachen auch, nicht mehr so übel zuzuschlagen, aber dann taten sie es doch. Unglaublich, wenn man sie mal bei uns auf den Liegen sitzen gesehen hat oder in der Kellerbibelstunde.

Werner, genannt Milch-Ratzka, war aber tagsüber ein guter Klempner. Sein Meister wußte natürlich, daß er ihn nicht für feine und knibbelige Arbeiten einsetzen konnte, sondern eher für die groben. Der wuchtete Badewannen aus, stieg auf glatte Dächer, riß gefährliche Dachrinnen ab, aber war nicht sehr gut, wenn es um Kontakte mit Kunden ging. Denen sagte er, was er und der Meister dachten, doch der wollte das nicht haben. Auch seine Tonart entsprach nicht gerade jenen Kreisen, die sich einen teuren Handwerker leisten konnten.

Ein etwas sensibler Typ war unser Freund Leo. Er mußte es auch sein, denn er war kein Klempner, sondern Tierzüchter, Anstreicher und Kunstmaler. Mit diesen Berufen versuchte er, seine Frau Ulla und seine beiden Töchter zu ernähren. Eigentlich wollte er das mit seinen Ölgemälden tun, aber da diese sich nur schwer absetzen ließen, mußte er oft zum Anstreicherpinsel greifen. Und wenn auch das nicht reichte, was oft vorkam, fuhr Ulla Taxi und zog alle mit ihrem Lohn durch, auch die Seele von einem Kunstmaler.

Leo malte Ölgemälde auf abstrakt. Das sah man ihm schon an. Er trug lange Haare, wischte sich die Farbe an dem einzigen Pullover ab, den er besaß, und verfügte über einen Künstlerblick, der sich in jede Person hineinfraß, die ihm begegnete. Für jedes Portrait klatschte Leo einen grellen Farbklecks auf ein Meter Sackleinen. Ihn befriedigte das sehr, aber andere regte das nicht gerade zum Kauf an.

Leo sah immer feurig und bereit aus, Frauen und Mädchen schmachteten ihn an, nur nicht seine Frau Ulla, die blieb kühl dabei. Seine Bilder verstand sie nicht, gab sich auch keine Mühe. »Der übertreibt immer«, lachte sie, und diese Haltung war genau das, was Leo brauchte.

Ulla war ein richtiges Mädchen unseres Kohlenpottes, nicht zu schlank, nicht zu bescheiden, eine mit Stehvermögen, auf die man sich verlassen konnte. Sie fühlte sich am wohlsten, wenn sie praktisch angezogen war mit einer Schürze. Sie war nicht empfindlich, aber wenn sie von Leo und seinen Träumereien genug hatte, ging sie auf zwei Vorstellungen ins Kino nebenan. Anschließend war alles wieder gut.

Leo und seine Familie hausten im ehemaligen Pferdestall einer Kohlenhandlung. In das Dach hatte Leo ein riesiges Fenster eingesetzt, so war aus der Pferdebox ein Atelier geworden, in dem er malte, mit seiner Familie lebte und seine Tiere züchtete. Leo war aber nicht nur ein Maler, sondern auch ein begnadeter Schauspieler. In allem, was er tat, spielte er immer mit einem leichten Schmunzeln eine Rolle, in der er sich wohlfühlte. Ich besuchte Leo oft, es war immer interessant, ihm zuzusehen.

Wenn Leo malte, spielte er seine beste Rolle. Er malte nicht nur mit den Fingern, sondern auch mit den Armen, Füßen, dem ganzen Körper und mit seiner Seele. Daß die Haare und der Pullover immer was von der Farbe abbekamen, versteht sich. Leos Bilder, auf Sackleinen gekleckst, waren wilde, grelle

Tapeten, nicht nach jedermanns Geschmack. Sie wurden nur sehr selten gekauft. Er hängte sich und mir die Bude damit voll.

Leos Geldverdienezeit schien zu beginnen, als man im Ruhrgebiet anfing, Kirchen aufzubauen und bunte Fenster einzusetzen. Leo wurde Kirchenfenstermaler. Doch nur am Anfang konnte er etwas verdienen. Als die progressiven Pastoren Ärger mit ihren Presbyterien wegen der zu wilden Fenster bekamen, verlor Leo seine Aufträge. Es sah wieder düster für ihn aus.

Aber dann konnte er in einer Nachbarstadt den Bauausschuß überreden, ihn das neue Glasfenster einer gerade erbauten Friedhofskapelle machen zu lassen. Er zeigte dem Ausschuß einen gezähmten Entwurf vor, der angenommen wurde. Es war klar für Leo, daß er den Entwurf später viel wilder aufzügeln würde. Mir erklärte er zu dem Entwurf der Friedhofskapelle: »Hannes, das weißt du noch besser als ich. In so einen traurigen Leichenschuppen muß Freude und Auferstehung rein, daß die Leute fast Spaß an der Beerdigung kriegen. Du weißt, was ich meine. Da muß Glaube rein, nicht Verzweiflung.«

Und Glaube sah bei Leo wie eine Explosion aus. Leo hatte den Auftrag auch bekommen, weil er den Kostenvoranschlag so niedrig angesetzt hatte. Als er dann aber mit der Ausführung begann, mußte er feststellen, daß er mit der Summe, die er kalkuliert hatte, nicht auskommen würde. Die reichte noch nicht einmal zum Glaseinkauf. Doch Leo fand einen Ausweg. Er kaufte einfaches Fensterglas und klebte bunte Papierfetzen darauf. Die sahen echtem Buntglas täuschend ähnlich. Das riesige Fenster wurde grell beklebt, es hätte eher in einen Discoschuppen gepaßt als in eine Leichenhalle. Doch Leo hatte seine bestimmten nicht zu ändernden Vorstellungen auch für diesen Ort. Leo war stolz auf sein Werk. Ulla fürchtete: »Hoffentlich bleibt das Papier am Fenster kleben, auch wenn die Sonne scheint. Oder wenigstens so lange, bis wir das Geld gekriegt haben.«

Leo hatte Glück, die erste Leiche, durch die die Halle eingeweiht wurde, war nämlich ein bekannter Bauunternehmer im Ruhrgebiet. Zu seiner Beerdigung würden alle Baumenschen kommen. Was für eine Reklame für Leos Kunstwerk!

Leo wollte die Beerdigung besuchen, den Teilnehmern diskret sein Kunstwerk erklären, um Aufträge bitten, und ich sollte seine Visitenkarte verteilen, die er extra für diesen Anlaß gedruckt hatte, auch in grellen, auffälligen Farben.

Leo hatte sich extra aus dem Pfandhaus einen schwarzen Anzug geliehen, und ich pumpte mir vom langen Maler Schulte-Stachelbeer dessen dunkle Jacke. So stellten wir uns vor der Leichenhalle auf. Herrliches Sonnenwetter, viele kamen wie zu einem Ausflug in den Waldfriedhof nahe der Emscher und Abfallrampe heraus. Die Sonne prallte auf das große Fenster und ließ die grellen Farben noch lauter explodieren. Fast alle Baulöwen des Reviers waren gekommen, ich verteilte Leos Karten, viele dachten, die hätten was mit der Beerdigung zu tun und wollten mir schon herzliches Beileid wünschen, doch ich verwies sie an Leo, der Knäueln von Männern sein Kunstwerk erklärte und Aufträge annahm.

Die Predigt vom Pastor war sehr lang, also hatten alle Besucher ausgiebig Zeit, sich Leos Fenster anzusehen.

Und die Sonne knallte auf das Fenster. Und der Pastor predigte und predigte über seinen besten Kirchensteuerzahler. Die Betrachter von Leos Fenster waren noch immer über die grellen, abstrakten Farben verwirrt.

Da sah ich mit Entsetzen, wie sich die ersten spitzen Kanten des aufgeklebten Papiers vom Glas zu lösen begannen. Und der Lösungsprozeß setzte sich unter der intensiven Sonnenbestrahlung fort. Bald hingen halbe Fetzen vom Glas, und dann löste sich ein ganzer Papierfetzen und schwebte auf die Trauergemeinde herab.

Leo wollte zum Fenster laufen, die Fetzen wieder ankleben, doch ich hielt ihn zurück. Wir hofften auf eine Wolke, die sich vor die Sonne schieben würde, doch die kam nicht. Und sogar der Pastor fing an, über die herabsegelnden Papierfetzen zu reden und benutzte sie als Gleichnis für die Vergänglichkeit.

Ein Skandal, durch den Leo bekannt wurde. Fast alle Zeitungen hatten Reporter zur Beerdigung gesandt, und die berichteten über die segelnden Papierfetzen.

Ich fuhr Leo nach Hause. Er war ganz unten. Ich versuchte ihn zu trösten. Ulla zuckte nur mit den Schultern und ging dann ins Kino.

Nach diesem Reinfall ließ Leo die Malerei ein bißchen und beschäftigte sich nun intensiver mit der Tierzucht. Er wollte den schärfsten Wachhund aller Zeiten züchten und suchte ein wildes Tier im Asyl der Stadt. Die hatten einen wilden Schäferhund vorrätig und waren froh, als sie den Leo andrehen konnten. Schon unterwegs zerriß der wilde Hund Leo die Hose und den Pullover. Auch Ulla wurde von ihm angefallen. Kein Mensch traute sich mehr auf den Hof der Kohlenhandlung. Ulla konnte keine Wäsche auf die Leine hängen, der Hund riß sie herab. Doch Leo wollte den Hund dressieren, um ihn dann an die Deutsche Bank zur Bewachung der Tresore zu verkaufen.

Der Hund brach aus, fiel Menschen in der Stadt an. Wenn bei Leo die Polizei vorfuhr, wußte er, daß die ihn zum Hundeeinfangen abholten. Mit seinen treuherzigen Kulleraugen kam er immer wieder an einer Anzeige vorbei.

Einen Platz liebte der wilde Hund ganz besonders, wenn er ausbrach, und das war der Friedhof. Dort rannte er den Hasen nach und erschreckte die Witwen beim Wässern der Gräber.

Leo bestach die Friedhofswärter mit seinen Bildern, da sahen sie noch einmal von Anzeigen ab. Seine Bilder warfen sie weg, sie behielten nur die Rahmen, in die sie röhrende Hirsche oder Segelschiffe um Kap Horn hängten.

Bis das dann mit dem Hund zu weit ging. Der war wieder einmal ausgebrochen und jagte über den Friedhof einem Hasen nach. Das Häschen schlug Haken, doch der schnelle Hund kam immer näher. Da flüchtete das Häschen in seinem Schreck zwischen die Beine einer Beerdigung, und als der Hund ihm auch dorthin folgte, sprang es voller Verzweiflung in das offene Grab, in das man gerade den Sarg gesenkt hatte. Der Hund sprang sofort hinterher.

Der Totengräber rief die Polizei, der Hund wurde auf dem Sarg erschossen. Leo wurde schwer verwarnt. Wozu der Totengräber kommentierte: »Den Mann von dem Hund kenne ich. Das ist ein Pinselquäler, der sich Maler nennt. Aber von dem seine Bilder sind nur die Rahmen gut. Datt is so einer, der die Stimmung von die Leute kaputtmachen will. Auch hier auffem Friedhof. Hat er schon damals gemacht, in der Leichenhalle von nebenan. Da sind ihm seine Abziehbilder von dem Fenster heruntergefallen, wie sie den Bauunternehmer beerdigt haben. Die ganze Stimmung hat der beim Beten kaputtgemacht. Unsereiner malocht, und so einer macht die ganze Stimmung bei die Beerdigung kaputt.«

Nach dem Tode seines Erziehungsobjekts geriet Leo in eine meditative Zone. Er diskutierte mit mir stundenlang. Und als ich meinen langen Karfreitagsmarsch machte, schloß er sich an. Doch sehr weit kamen wir nicht. Schon auf dem Kuniberg am Stadtrand von Recklinghausen fing er an, auf einem Akker Steine zu sammeln. »Was willst du denn mit diesen Ackersteinen?« fragte ich.

»Das sind keine Ackersteine«, wurde ich belehrt, »das sind Teile von Meteoren und Kometen, wertvoll an sich, aber auch noch mit einem hohen Goldgehalt.«

Leo sammelte Berge davon, während ich grinsend danebenstand. Auch der Bauer von nebenan erschien, ich wollte ihm erklären, doch der unterbrach mich: »Laß den man sammeln, so kriege ich die Steine von meinem Acker runter. Und wenn er die auch noch abholen läßt, ist es noch besser.«

Leo sammelte Ackersteine, überredete seinen Schwager, die Berge zum Selbstkostenpreis mit seinem Lastwagen zu Leos Hof zu karren. Sofort nach Ostern ließ Leo die Steine im Museum und bei Juwelieren abschätzen. Sie waren nichts wert. Noch heute liegt der hohe Steinhaufen im Hof der ehemaligen Kohlenhandlung, und kaum einer weiß, wie der dort hingekommen ist.

Zu unserer Freundschaft gehörte auch der Pianist und Komponist Alexander Niederste Ufer, der im Gartenhäuschen der Villa der lustigen Witwe wohnte. Damit wollte die Zeche einen kulturellen Beitrag leisten. Alex tobte und wühlte auf seinem Flügel herum, experimentierte, verdiente aber ganz gut, wenn er bekannte Sänger auf ihren Tourneen begleitete. Leo und ich besuchten ihn oft, denn wir wollten gemeinsam das größte Gesamtkunstwerk aller Zeiten schaffen. Eine Oper über das Ruhrgebiet sollte es werden. Ich mußte den Text schreiben, Alex die Musik, Leo wollte das Bühnenbild malen und für den Gesamtaufbau verantwortlich sein. Wir waren alle drei von diesem Gesamtkunstwerk überzeugt.

Aber dann wurde doch nichts daraus. Leo hatte ein anderes Steckenpferd bekommen, welches alle seine Zeit in Anspruch nahm, nämlich einen uralten DKW aus dem letzten Krieg.

Leos ganzer Stolz war dieses Auto. Er hatte keine Zeit mehr, er vernachlässigte alles andere, das Gesamtkunstwerk, die Tierzucht und seine Familie. Leo war besonders stolz darauf, daß die alte Klapperkiste Vorderradantrieb besaß.

An einem eiskalten Wintermorgen lud er Ulla, den Langen und mich zur Jungfernfahrt ein.

Draußen waren die Straßen spiegelglatt gefroren, doch Leo wollte uns überzeugen, daß der Wagen auch bei Glatteis Spur hielt. Leo sauste aus dem Hof heraus. Schnurgerade. Über die Straße hinweg. Der Wagen hielt Spur, doch die Bremsen faßten nicht. Wir krachten frontal gegen das Haus gegenüber. Keiner von uns wurde verletzt, aber sonst Totalschaden. Das Wrack konnte er nur noch beim Klüngelkerl für ein paar Mark absetzen.

Leos Nachbarn, den langen Schulte-Höntrop, genannt Stachelbeer, habe ich schon erwähnt. Der war auch Kunstmaler, residierte im Pferdestall nebenan, aber der malte nicht so wild wie Leo, sondern grauer und ruhiger. Der Lange lief meistens in Hemd und Hosen – aus Sackleinen geschneidert – durch die Stadt. Im Sommer konnte man seine behaarten Stachelbeerbeine sehen, daher der Name. Der Lange malte Engel für Kirchenfenster und verdiente gut damit.

Der Lange liebte aber lange, schlanke, bleiche Mädchen, die sich grell ihr Gesicht anmalten. Er wurde verrückt, wenn er so eine sah, rannte ihr hinterher, aber traute sich nicht, sie anzusprechen, da er sehr schüchtern war.

Ganz besonders hatte es der Lange auf eine Sprechstundenhilfe abgesehen, die war sehr lang und dürr und malte sich ihr Gesicht raffiniert an. Sie ließ sich aber von keinem ansprechen, da sie ein Verhältnis mit einem Arzt hatte, und wer konnte schon mit dem konkurrieren? Doch der Lange bat Leo, ihm zu helfen.

Und Leo half. Er staffierte sich als Dienstmann mit langem Mantel aus und lieh sich vom Dienstmann am Bahnhof die rote Mütze. So und mit einem Blumenstrauß versehen erschien Leo an der Wohnungstür des langen, bleichen, aber im Gesicht bunten Plakates.

Ihre Mutter öffnete. Sie wollte aber die Blumen nicht annehmen. Doch Leo überredete sie. Trotzdem ließ sich dieses Plakat nicht für den Langen erwerben. Sie blieb doch lieber bei ihrem Arzt.

Der Lange war ganz unten, weil er das Plakat nicht kriegen konnte. Ich nahm ihn mit nach Lappland, um ihn auf andere Gedanken zu bringen. Mit uns fuhr eine Gruppe von Kumpels hoch. Der Lange malte alles, was er sehen konnte, doch in jedem Bild kam ein bleiches Mädchen mit einem grell geschminkten Gesicht vor, sein Frauenideal.

Er suchte nach Mädchen seiner Wahl, aber dort oben in Lappland konnte er keine finden. Wenn der Lange nicht malte, klagte er mir sein Leid. Wie konnte ich nur für ihn ein Plakat finden? überlegte ich mir.

Wir waren schon auf der Fähre von Dänemark nach Deutschland, als die große Begegnung passierte. Ich mußte mal und ließ den Langen draußen vor der Tür stehen. Es waren nur wenige Minuten, die ich wegblieb, doch als ich wieder nach draußen kam, stand neben dem Langen ein Plakat, und sie hielten beide Händchen, als ob sie sich schon Jahre lang kennen würden. Sie war superlang, dünn, bleich. Sie trug ein hellblaues Kostüm, und die Haare waren entsetzlich gelb gebleicht worden. Dafür hatte sie ihr Gesicht in den buntesten Farben angemalt. Das war genau des Langen Idealplakat. Sie war an ihm vorbeigegangen, er hatte sie angesprochen. Sie war stehengeblieben, und nun hielt er schon ihre Händchen. Dabei verstanden sie kein Wort voneinander. Sie war Finnin, sprach nur ihre Sprache, und der Lange sprach nur deutsch. Aber trotzdem verständigten sie sich mit den Augen und Händchendrücken. Nach wenigen Minuten waren sie schon in eine tiefe Konversation vertieft. Der Lange war für mich nicht mehr ansprechbar. Er ließ uns andere weiterfahren, er blieb mit dem Plakat in Hamburg zurück. Vorher hatte er noch bei den Kumpels Geld abgesammelt. Die gaben es gutmütig her, weil der Lange behauptete, er hätte seine große Liebe getroffen, und dafür brauche er Geld. Das sahen sie ein.

Das Plakat aus Finnland stieg im Hotel Atlantik ab, während der Lange auf den Parkbänken der Alsteranlagen schlief. Die Dame dinierte im Hotel, der Lange kaute im Bahnhofstunnel trockene Brötchen. Jeden Morgen sprach der Lange beim Hotel vor und lieferte rote Rosen für sie ab. Man ließ ihn nur bis zum Empfang, denn sein Sackleinen sah nicht gerade vertrauenserweckend aus.

Manchmal ließ sich die Dame gnädig herab und gestattete es dem Langen, sie auszuführen. Er stellte ihr alle Bilder in den Hamburger Museen vor. Sie war nicht sehr interessiert, aber tat ein bißchen so.

Dafür aber erzählte sie dem Langen, was für eine bedeutende Persönlichkeit sie war. Ihr Vater hatte es zum reichsten Ölmillionär Finnlands gebracht, ihre Mutter war einmal die Schönheitskönigin des Landes gewesen, und sie war gerade auf dem Weg nach Hollywood, wo sie eine berühmte Filmschauspielerin werden würde.

Der Lange war ganz weg, er hatte die Frau seines Lebens gefunden, aber mußte nun sehen, daß sie ihm nicht wieder verloren ging. Selbstverständlich glaubte er jedes Wort, das sie ihm sagte.

Der Lange pennte auf den Parkbänken, und wenn es regnete, zog er sich in die zugigen Bahnhofstunnel zurück. Der Lange hungerte, während die Dame im Hotel teuer aß. Der Lange sparte jeden Pfennig, aber jeden Morgen schickte er ihr rote Rosen ins Hotel.

Eines Tages hatte sie dann ein kleines Problemchen, aber der Lange war froh und stolz, daß er ihr helfen konnte. Sie hatte die Hotelrechnung bekommen, konnte aber nicht zahlen, da ihr Vater, der Ölmillionär, ihr noch nicht den fälligen Scheck geschickt hatte. Kein Problem für den Langen, er hatte zwar kaum noch Geld bei sich, aber er nahm den Nachtzug zum Kohlenpott, sammelte bei seinen Kumpels Geld ein, fuhr mittags wieder zurück nach Hamburg, so daß das Plakat am Abend schon die Rechnung zahlen konnte. Da die Pasternaksche in der Kantine sah, wie abgemagert der Lange war, durfte er sich dort umsonst einmal richtig sattessen.

Weiter schlief der Lange auf Parkbänken und hungerte, während die Dame im Atlantik residierte. Und wieder kam der Wechsel ihres Vaters nicht an, der zweite schon. Doch der Lange zweifelte nicht an ihren Erzählungen. Er fuhr sofort wieder los, aber diesmal per Autostop, da er keinen Pfennig mehr besaß. Wir aber weigerten uns, ihm zu helfen. Er nahm einen Kredit auf, zahlte das Hotel der Dame und nahm sie ins Ruhrgebiet mit. Er zweifelte nicht, er verließ sich ganz auf sie. Der Lange sorgte dafür, daß die Dame in der ersten Klasse zum Ruhrgebiet fuhr. Er drückte sich auf dem Flur herum und schlüpfte schnell in ihr Abteil, wenn der Schaffner gerade durchgegangen war.

Der Lange fand in unserer Stadt kein Hotel, das seiner Dame angemessen war. Er fuhr sie im Taxi zur Ruhrmetropole und brachte sie dort im Parkhotel unter, wo sonst nur die Gäste der Stahlkonzerne abstiegen.

Der Lange zahlte alles. Von den Schecks ihres Vaters keine Rede mehr. Der Lange forschte nicht nach. Es herrschte Hochkonjunktur mit Kirchenbauten und Fenstern. Der Lange malte alle Engel mit dem Gesicht seiner Dame und verdiente sehr gut dabei.

Der Lange geriet in einen schöpferischen Taumel, er malte Tag und Nacht, fuhr nur am Abend zu ihr ins Hotel hinüber. Der Lange wurde größenwahnsinnig und kaufte sich einen Mercedes, obwohl er noch nicht einmal einen Führerschein besaß.

Der Lange wollte seine Dame zu einer Tour durch Holland einladen. Ich sollte als Fahrer auftreten und Leo als Kammerdiener. Wir machten uns einen Spaß daraus.

Es regnete, als wir losfuhren. Und Nebel. Leo und ich horchten, wie und worüber sich die beiden unterhielten.

Als eine Windmühle aus dem Regennebel auftauchte, versuchte ihr der Lange damit etwas Deutsch beizubringen, indem er langsam buchstabierte: »Das – ist – ei – ne – Wind – müh – le!«

Sie revanchierte sich dann mit einem deutschen Satz, den sie mittlerweile gelernt hatte: »Du – bist – ein – gro – ßer – Künst – ler.«

Diesen Satz konnte der Lange nicht oft genug hören. Und so verlief dann die Reise, Händchen halten, das ist eine Windmühle, und du bist ein Künstler, Händchen halten.

Leo und mir gefiel nicht, wie die Dame den Langen ausnutzte. Wir sagten ihm das, aber er glaubte uns nicht. Er behauptete, wir seien nur eifersüchtig, weil er eine so tolle Frau ergattert habe.

Doch wir trauten ihr nicht.

Eines Tages fuhr Ulla zwei Direktoren mit ihrem Taxi zum Parkhotel in die Metropole. Dabei hörte sie, wie einer dem anderen die Finnin empfahl, die dort im Hotel lebte. In allen Einzelheiten schilderte er sie, so daß Ulla genau wußte, daß es sich um die Freundin vom Langen handelte.

Ulla sagte es uns, wir suchten sofort den Langen auf, doch der glaubte uns nicht. Er stellte sie auch nicht zur Rede. Er wachte auch nicht auf, als das Hotel die Dame hinauswarf, weil sie sich auf ihrem Zimmer mit anderen Männern eingelassen hatte.

Ich fuhr den Langen hin, ich dachte, der würde mit ihr Schluß machen. Doch sie kamen beide strahlend aus dem Hotel heraus.

»Ist alles wieder gut«, erklärte mir der Lange, »sie ist die einzige, die mich versteht und lieb hat. Sie hat wieder gesagt: Du bist ein Künstler.«

Sie zog dann zu dem Langen in den ehemaligen Pferdestall. Sie heirateten, Leo und ich wirkten als Trauzeugen mit. Doch vorher hatte die Dame dem Langen alles erzählt, und er hatte ihr vergeben. Wir schüttelten unseren Kopf, doch sie führten eine gute Ehe, der Lange und sein Plakat.

Dann hatten wir noch den Herrn Raum als Freund. Der paßte eigentlich gar nicht zu unserem Verein. Herr Raum war nämlich ein ehemaliger Verwaltungsbeamter mit Bauch und Brille, der im Zuge der Entnazifizierung in einem Kirchenbüro landete, dem er dann später vorstand.

Herr Raum war ein richtiger Beamter und Bürger, mit meiner Methode in den Kellern und Bullenklöstern war er nicht einverstanden, aber er war gleichzeitig auch ein Pietist und freute sich, daß die christliche Botschaft bei mir nicht zu kurz kam. Vor den Pfarrern und Kirchenvorstehern deckte er meine Arbeit immer so: »Hauptsache, daß das Evangelium verkündigt wird.« Herr Raum half uns, daß wir in die Keller der Gemeindehäuser hineinkamen. Er rechnete meine Fahrten ab. Er ließ sein Kirchenbüro für unsere Arbeit tippen. Der Herr Raum war ein guter Mann und mein Seelsorger, zu dem konnte ich mit allem kommen. Und die Kumpels auch.

Von Finnland nach Westafrika

Karin fühlte sich nicht wohl. Sie ging zum Arzt und kam freudestrahlend wieder zurück, umarmte mich und rief: »Ich krieg ein Kind!«

Da tanzten und sangen wir beide so laut durch die Wohnung, daß die Leute auf der Straße stehenblieben und unsere Nachbarin neugierig von oben herunterkam. Sie mahnte Karin: »Tanzen ist nicht gut in diesem Zustand, das könnte dem Kind schaden.«

Die Kumpels grinsten, als sie sahen, daß Karins Bauch immer dicker wurde, und meine Mutter fing an, Babysachen zu stricken. Jeden Morgen hörte ich Karins Bauch ab und bildete mir schon ein, das Kind strampeln zu hören.

Karin wollte unser Kind in Finnland bekommen, wo ein Verwandter von ihr Frauenarzt war. Und in der Nähe von ihrer Mutter. Ich richtete es so ein, daß ich vorher eine Freizeit für Kumpels in Schwedisch-Lappland hatte. Karin fuhr mit uns bis Stockholm hoch, dann setzte sie nach Finnland über, während wir nach Norden weiterfuhren. Nach Karins Berechnungen sollte das Kind schon während meiner Zeit in Lappland ankommen, kaum waren wir dort eingetroffen, da lief ich schon wieder elf Kilometer zum Bahnwärterhäuschen an der Erzbahn nach Narvik zurück und bat den Mann dort, mir doch Bescheid zu sagen, falls ein Anruf käme. Ich rief Karin an und gab ihr die Nummer. Es war damals ziemlich kompliziert, von diesem Häuschen bis nach Finnland anzurufen.

Es wurde eine ziemlich nervöse Freizeit für mich. Fast jeden Tag marschierte ich die elf Kilometer bis zum Bahnwärterhäuschen und zurück. Die beruhigten mich dort: »Wir kommen schon rüber, wenn wir was vom Baby hören.« Doch ich meinte oft zu spüren: Jetzt ist das Baby da, jetzt hat Karin angerufen.

Ich rief auch Karin an, doch das Baby war noch nicht angekommen. Ich redete immer vom »Sohn«, bis Karin mich ermahnte: »Hör doch auf, von einem Sohn zu reden, das kann auch ein Mädchen werden. Und ein Mädchen ist mir genauso lieb wie ein Junge.«

Ich wartete also auf einen Jungen oder ein Mädchen. Doch nichts kam, auch als wir abfuhren, hatte sich noch nichts bei Karin gemeldet.

Ich setzte nach Helsinki über, dachte schon, Karin würde nun im Krankenhaus liegen, doch als ich drüben ankam, stand sie im Hafen und wartete auf mich.

Wir fuhren zur Insel. »Vielleicht habe ich nicht richtig gerechnet?« meinte Karin. »Es rührt sich noch immer nichts.«

Auf der Insel half Karin ihrer Mutter ein wenig in der Küche, während ich im Wald rodete. Wir warteten aber alle nervös auf das Kind.

Eines Nachts stieß mich Karin an: »Es kommt.«

Schnell zogen wir uns an, Karins Vater wollte uns mit dem Boot übersetzen, doch der Motor sprang nicht an. Ich ruderte, Henrik versuchte noch immer den Motor anzuwerfen, endlich kam er. Aber dann hüllte uns dichter Nebel ein. Mit einigen Schwierigkeiten kamen wir dann aber doch am Festland an, wo Henriks Wagen stand. Ich raste mit Karin zur Stadt. Doch als wir zu der Wohnung ihrer Eltern kamen, ließ der Schmerz nach. Das Baby hatte es sich anders überlegt.

Aber am Morgen weckte Karin mich wieder. Ich fuhr sie zum Krankenhaus, und dort brachte sie ein Mädchen zur Welt. Katharina wurde ihr Name, doch wir nannten sie schon von Anfang an Tina oder Tinchen. Wir waren so stolz auf sie, aber auch so unbeholfen. Ich hatte nur zwei Tage mit dem kleinen Würmchen, dann mußte ich abfahren, nach Deutschland zurück. Ich mußte meine Ausreise nach Afrika vorbereiten und dann mit unseren Sachen auf einem Dampfer ausreisen. Karin wollte mit Tina später nachfliegen.

Karin stand im Hafen mit der kleinen Tina auf dem Arm und winkte. Ich wäre so gerne dageblieben. Kaminski, der stolze Vater. Aber irgendwie begriff ich noch nicht, daß ich nun ein Vater war.

Der CVJM in Deutschland hatte mir einen VW-Bus gekauft, und ich stellte den nun mit einem Kühlschrank, Matratzen und anderen Einrichtungsgegenständen voll. Herr Raum sorgte sich um unser leibliches Wohl, er stellte mir eine Kiste mit Eisbein in Dosen und eine mit Wein in den Wagen.

»Aber nicht alles auf einmal trinken!« mahnte er. »Warten, bis die Frau Karin kommt.«

Als ich auf einer Feier der christlichen Vereine »ausgesandt« wurde, war ich tief bewegt davon, daß fast alle Kumpels dawaren und mir nach der Feier eine Grubenlampe überreichten.

Die Brüder aus Ghana schrieben, daß sie schon ein Haus für mich gemietet hätten, die Fußballsaison würde auch bald beginnen, ich solle schnell kommen.

Auch meldete sich der Kartenschreiber wieder. Er hatte nun drei Wünsche: Ich solle ihm ein Klavier, einen Volkswagen und nun auch noch eine Bibel mitbringen. Die Bibel packte ich für ihn ein. Eine Traktatgesellschaft hatte von meiner Ausreise gehört und deckte mich mit Bibeln und Traktaten ein. Leider hatten sie übersehen, daß man unten in Ghana nicht deutsch, sondern englisch sprach. Der Deutsche Fußballbund schenkte mir Fußbälle und Handbücher für einen Fußballtrainer.

Dann wurde ich noch nach England geschickt. Dort gab es einen Lord, der zum christlichen Verein gehörte und viele Jahre in Ghana als hoher Kolonialbeamter tätig gewesen war. Der sollte mich mit guten Ratschlägen versorgen.

Schon am Flugplatz wurde ich von ihm abgeholt, ein Herr im dunklen Maßanzug mit Streifen, auf dem Kopf eine Melone, in der Hand einen Regenschirm. Ich stand nur im Hemd mit kurzen Ärmeln vor ihm. Noch nie habe ich mich so degradiert und fast nackt gefühlt wie vor diesem Mann. Doch er übersprang meine Verlegenheit, war sehr nett zu mir, sprach aber ein so nasales Englisch, daß ich kaum ein Wort verstand. Der mußte sich wundern, wie man mich mit diesem Englisch nach Afrika schicken konnte. Vor diesem Mann fielen mir auch nicht die richtigen Worte ein. Ich stotterte mir da was zurecht.

Noch schlimmer wurde es, als er mich zu seinem Wagen brachte, einem Rolls-Royce, aus dem sofort sein Fahrer stieg, um uns die Türen aufzuhalten. Ich war so verwirrt, daß ich mich dem Fahrer auch vorstellte, ihm meine Hand hinhielt, die er aber nur zögernd ergriff.

Im Auto dann erholte ich mich ein bißchen und fing an, den Lord auszufragen. Er wohnte draußen auf dem Lande, arbeitete aber in der City of London. Was der so arbeiten nannte! Zweimal in der Woche fuhr er in die Stadt, hatte auch irgendwo ein Büro, unterzeichnete Briefe und Protokolle von finanziellen und karitativen Organisationen, denen er vorstand, besuchte eine Vorstandssitzung und verbrachte dann einige Stunden in seinem teuren Club.

Von Beruf war er Vorsitzender; von zwei Aktiengesellschaften, vom christlichen Verein und einer Ortsgruppe, welche die Brutalität gegen Tiere bekämpfte. Für seinen Vorsitz bei den Aktiengesellschaften wurde er bezahlt, für die Tiere und die christlichen jungen Männer stellte er freiwillig seine Vorstandsschaft zur Verfügung.

Ich kam zu meinem Thema Afrika, erzählte ihm, was die Deutschen von mir erwarteten und was die Ghanaer mit mir vorhatten. Er lächelte.

»Sport und Predigt ist gut, aber Ihre Hauptaufgabe wird die der Zivilisierung sein. Die muß vorangetrieben werden. Darin müssen Sie ein gutes Beispiel sein. Das heißt, gehen Sie nie ohne Schlips aus dem Haus. Wenn das Abendessen vom Diener serviert wird, müssen Sie im dunklen Anzug am Tisch sitzen. Ich wohnte einige Jahre mitten im Busch.

Was tat ich dagegen, daß ich nicht verbuschte? Ich zog mir zu jedem Dinner meinen Smoking an und ließ mir die Mahlzeit mit Kerzen und teurem Geschirr servieren.

Und noch was: Nie vor Sonnenuntergang trinken! Sie müssen sich genauso in der Kirche sehen lassen wie im Club. Ich gebe Ihnen die Namen von Leuten mit, die in Oxford studiert haben. Auf diese können Sie sich verlassen, die sind zivilisiert.«

Ich hörte erstaunt zu.

Er wohnte in einem Schloß allein als Junggeselle, der von einem richtigen Butler bedient wurde. Wir saßen unter dem Kronleuchter im Salon und aßen. Er im Smoking, ich hatte noch nicht einmal einen Schlips mitgebracht. Ein seltsamer Anblick.

Nach dem feierlichen Essen erschien der Butler mit einem kostbaren Ledereinband und reichte ihn dem Lord. Der studierte die eingelegten Seiten sehr aufmerksam.

Ich versuchte zu erraten, was in dieses kostbare, getriebene Leder gebunden war. Nachtisch? Doch wir hatten schon gegessen.

Getränke für den Abend?

Der Lord studierte sehr aufmerksam die Seiten und blätterte sie nur zögernd um. Oder waren es gar Berichte seiner Organisationen, denen er vorstand? Ich meinte sehen zu können, daß der Lord beim Lesen der Einlage vor Entscheidungen gestellt wurde, aber zögerte, sie zu treffen.

Ich wurde sehr neugierig und hätte ihn am liebsten nach seiner schwierigen Lektüre in Leder gefragt.

Doch da hob er seinen Kopf, der Butler nahm ihm den Lederband ab, bewegte sich um die Tafel herum und gab ihn mir. In dem schweren, getriebenen Ledereinband lag das Fernsehprogramm!

Der Lord hatte sich entschieden, er schlug Freistilringen als Programm vor. Also saßen wir beide vor dem Fernseher und sahen zu, wie schwere Männer sich gegenseitig auf die Matte warfen. Der Lord amüsierte sich königlich dabei.

Mir fehlte ein bißchen die Atmosphäre der Cranger Kirmes dazu, das Schloß und der Smoking neben mir brachten mich nicht in die richtige Stimmung.

Nach dem englischen Ausflug packte ich weiter, gab den Kumpels noch einen aus und fuhr dann nach Hamburg hoch in den Hafen.

Ich war auf Afrika gespannt. Ich freute mich auf die Arbeit mit neuen Kumpels. Doch mir wurde etwas flau im Magen, als das Schiff die Elbe hinunterfuhr und von der Begrüßungs- und Verabschiedungsstelle in Schulau »Muß i denn, muß i denn zum Städtele hinaus . . .« gespielt wurde.

Missionar und Fußballtrainer Kaminski, wohin wirst du geraten? Und dann nimmst du auch noch Karin und die kleine Tina mit . . .

Fritz Pawelzik

Die fröhliche Blechkirche

Erzählung

5. Auflage 1995

INHALT

Einleitung mit Karin und großer Liebe

Damals, Ende der vierziger Jahre, arbeitete ich als Kumpel unter Tage. Nach Feierabend, an den Wochenenden und in meinem Urlaub spielte ich Fußball. Oder sprang auf mein Motorrad und raste Europa und das, was noch von Deutschland übriggeblieben war, ab. Ich fuhr bis zum Nordkap hoch und durchquerte die Sahara.

Auf einer dieser Touren geriet ich nach Rom und in die Vatikanischen Museen. Dorthin hatte sich auch ein junges Mädchen verlaufen. Ich entdeckte sie, als sie vor einem Relief stand und das Bild vergeblich in einem Reiseführer suchte.

Ich tat so, als ob ich sie gar nicht bemerkte, sondern ganz in die Betrachtung des Kunstwerkes vertieft sei. Da sprach sie mich an: »Do you speak English?«

Worauf ich aufsprang und, nicht ganz meinen Kenntnissen dieser Sprache entsprechend, laut: »Yes!« antwortete.

Sie hätte gerne gewußt, was das für ein Bild sei. Ich konnte es daneben lesen und erklärte ihr dann die Schule von Athen, die vom Maler Raffael dort dargestellt war.

Dann zeigte ich ihr den Rest des Museums und Rom. Dabei versäumte sie den Zug, mit dem sie nach Kopenhagen hätte zurückfahren müssen. Ihre Fahrkarte galt nur in Verbindung mit einer Studentengruppe aus dem Norden, die schon abgefahren war.

Sie war Finnin und Medizinstudentin. Als ich mich als Kumpel vorstellte, war sie doch ein wenig verwundert. Und noch mehr, als ich ihr später, im Mondschein am Tiber, sagte: »I love you!« Da heulte sie plötzlich los, weil sie dachte, daß ich ihr etwas antun würde. Da sie wie ich kein Geld hatte, wußte sie nicht, was sie tun sollte. Und das mit der Liebe war bei ihr auch nicht so sicher. Sie meinte: »Wir kennen uns doch erst ein paar Stunden!« Aber bei mir war alles klar.

Ich fuhr sie dann mit dem Motorrad bis nach Helsinki. Dort marschierte ich sofort zu ihrem Vater, der gerade in seiner Hals-Nasen-Ohrenpraxis beschäftigt war. Dem fiel vor Schreck der Ohrenspiegel herab, als ich um die Hand seiner Tochter bat. Aber er gab sie mir schließlich doch.

Karin hieß sie. Sie studierte weiter, machte ihr Examen als Zahnärztin. Dann heirateten wir, und sie kam zu mir ins Ruhrgebiet. Das war schon ein Wechsel für sie, von Helsinki nach Herne! Aber wir liebten uns sehr. Dadurch wurden auch meine wilden Ausflüge weniger. Mein Tempo verringerte sich, weil Karin nun hinten auf dem Sozius saß.

Vorher hatte ich in einem Bergarbeiterwohnheim gelebt, doch als Karin kam, zogen wir auf ein Zimmer in einer Arbeiterkolonie. Dort meldete sich bald unser erstes Kind an.

Sicher waren wir beide nicht gerade fromme Typen, doch wir waren unserem Schöpfer dankbar dafür, daß er uns zusammengebracht hatte, und ich arbeitete kräftig in einem christlichen Verein, dem CVJM, mit und versuchte, den Kumpels die frohe Botschaft ins Herz zu packen.

Da erreichte mich ein Brief von einer Missionsgesellschaft. Die fragte mich, ob ich als Missionar ins »dunkle« Afrika gehen würde, unter wildfremde Menschen, an einen Ort, der in Westafrika, in Ghana, am Meer liegen würde, Takoradi mit Namen.

Ich hatte diesen Namen noch nie gehört. Karin auch nicht. Ich fragte sie: »Kommst du mit?«

Sie antwortete, fast wie Ruth in der Bibel: »Ich gehe überall mit, wohin du gehst. Das habe ich doch in der Kirche versprochen.«

Ich weiß nicht, warum die frommen Leute gerade mich ausgewählt hatten. Vielleicht darum, weil ich auch schwarz war, wenn ich aus der siebten Sohle hochkam, und weil sie wohl meinten, daß einer, der mit den Kumpels in Deutschland zurechtkam, auch vor den »wilden Negern«

keine Angst haben würde. Aber sicher hatten sie daneben noch solidere Motive.

Aber dann waren sie sich doch nicht so sicher. Als ein Ghanaer auf Besuch nach Deutschland kam, meinten die von der Missionsgesellschaft zu ihm: »Sehen Sie sich doch noch einmal diesen Mann an, ob der zu Ihnen passen würde.«

Der Afrikaner kam an einem Sonntag in den Kohlenpott, als ich gerade mit meinem Verein auf der Steinhalde Fußball spielte. Der junge Mann aus fernem Land war von meinem Spiel sehr angetan. Hinterher kam er sofort auf mich zu und rief begeistert: »Du mußt zu uns als Fußballtrainer kommen!«

Damals kannte ich die Phantasie einiger Afrikaner noch nicht, obwohl ich selbst auch mit reichlich Phantasie begabt war. Ich wandte ein: »Ich bin doch gar kein technischer Spieler, sondern einer, der lieber seinen Körper einsetzt.«

Wenn es damals schon gelbe Karten gegeben hätte, hätte ich in diesem Augenblick zwei davon zu sehen gekriegt. Doch dann wischte mein »Fan« das alles weg: »Genau das brauchen wir. Unsere Jungens sind zu sehr in den Ball verliebt und vergessen das Toreschießen. Du mußt kommen und Takoradi trainieren. Die werden dann Bezirksmeister, Ghanameister, Afrikameister und vielleicht sogar Weltmeister ...«

Ich unterbrach ihn: »Aber die Deutschen wollen mich doch als Missionar hinausschicken.«

»Nein, nein«, blieb er bei seiner Meinung, »du kommst als Fußballtrainer.«

Verwirrt fragte ich Karin, was ich machen sollte. Sie wußte Rat, wie immer: »Mach doch beides«, sagte sie, »Fußballtrainer und Missionar.«

»O.k.«, antwortete ich, denn wir sprachen damals noch Englisch miteinander. Später, als die Kinderchen groß wurden, stellten wir uns auf Deutsch um, denn mein Englisch war nicht das beste in der Welt. Schon beim ersten Wort konnte man heraushören, daß ich aus dem Ruhrgebiet kam. Das sollte sich auch beim Twi und beim Pidgin-Englisch nicht ändern, das ich später lernte. Und Grammatik war schon immer meine schwache Seite.

Ich marschierte also zu meinem Trainer und konsultierte ihn. Das war ein gebildeter Mann. Er zitierte Goethe beim Training und brachte uns Kumpeljungen bei, manierlich mit Messer und Gabel zu essen. Zwecks Eßtraining mußten wir uns am Anfang immer ein Buch unter die Arme klemmen, damit wir mit unseren Ellenbogen nicht unsere Nebenmänner und -damen behinderten.

Der Trainer hatte auch schon Fußballbücher geschrieben; die schenkte er mir und hielt für mich Extrastunden ab, als Vorbereitung für Ghana. Später trainierte er sogar Bayern München. Er war also ein besonders guter Fußballtrainer.

Dann fuhren wir los nach Afrika, mit der Bibel und einem Fußball. Das Abenteuer begann.

Fußballtrainer in Takoradi

Mit meinem echten Lederfußball, von der FIFA geprüft und zugelassen, erreichte ich Takoradi, eine Hafenstadt im Westen Ghanas. Ich suchte nach einem geeigneten Platz und fand ihn zwischen Lehmhütten und Cassavabüschen. Der Platz glich in etwa dem Bolzplatz, auf dem ich als Junge Fußball gespielt hatte. Nur die Erde war etwas anders, dunkelrot, von der Sonne ausgedörrt und verbrannt, mit Buckeln und schroffen Rinnen versehen. Wenn die Sonne darauf schien, blitzten Salze und andere Kristalle auf.

Als ich ein bißchen mit dem Ball herumkickte, zog das sofort Dutzende von Jungen und Mädchen an. Viele von den Mädchen trugen ihre kleinen Geschwister auf dem Rücken und hopsten mit denen um den Ball herum.

Ich wollte so trainieren, wie mein Trainer in Deutschland es mir empfohlen hatte, doch das ging nicht. Zunächst einmal mußte ich mir meine neuen Fußballschuhe ausziehen. Darauf bestanden die Jungen; aus Solidarität mit ihnen, die alle barfuß waren, und weil Gleichheit herrschen sollte. Es fiel mir sehr schwer, barfuß über die harte Erde zu stolpern, ich riß mir die zarten, Schuh gewohnten Sohlen auf, aber langsam gewöhnten sich meine Füße an die rauhe Unterlage, und es bildete sich eine Hornhaut, wie damals, wenn ich als Junge über die Stoppelfelder lief.

Auch meine Mitspieler mußten Probleme überwinden. Sie waren es gewohnt, mit Bällen ihrer Machart zu spielen, zusammengerollten Knäueln aus Blechbüchsen und strohigen Bananenblättern. Aber wir einigten uns dann auf ein neues Spiel.

Leider ging es dabei nicht mit einem Spielchen Elf gegen Elf ab, da zu viele erschienen waren und Tränen flossen, wenn welche auf der Seite stehen und zugucken sollten.

Also gut, ich ließ sie alle mitspielen; es spielten fuffzig gegen fuffzig, und die Mädchen mit den Kindern auf dem Rücken stellte ich ins Tor.

Zuschauer strömten herbei und freuten sich. Sie beteiligten sich auch an unserm Spiel und griffen ein, wenn eine Mannschaft nicht vorankam. Geriet der Ball einmal unter die Jubelnden, dann wurde er dort weiter behandelt, und wir mußten sehen, daß wir ihn wieder auf das normale Spielfeld bekamen. Es war Fußball total, ohne Stars, dafür aber mit großer Freude.

Wurde eine Gruppe mit dem Spiel fertig oder so müde, daß sie nicht mehr weiterspielen konnte, strömten sofort die Zuschauer aufs Feld und bolzten weiter.

Auch andere Regeln wurden großzügiger ausgelegt als im normalen Match. Zunächst lief ich noch als Schiedsrichter mit, doch dann zog mich das Spiel so in den Bann, daß ich meine Rolle vergaß und auch mitspielte, immer wieder meine Position wechselnd, immer dem Schwächeren aushelfend. Bald brauchten wir keinen Schiedsrichter mehr.

Während des Spiels wurde auch umgestellt. War eine Mannschaft zu schwach, gruppierten wir die beiden Teams um, und das Spiel lief gleichmäßiger weiter.

Aber verboten war es, daß ein Mädchen den Ball in die Arme nahm und damit davonlief.

Wer sich unfair benahm, wurde sofort vom Platz gestellt. Darin waren wir uns alle einig.

Wir spielten auch gegen andere Mannschaften, zum Beispiel gegen Seeleute aus dem Hafen. Die staunten zunächst über unsere Spielweise und wollten allen Ernstes dagegen protestieren. Aber dann fanden sie es bei uns nett und spielten so mit, daß es ihnen Freude machte.

Ein ganz tolles Spiel wurde es, als wir die Jugendlichen einer Blindenschule zu uns einluden. Meinen zweiten Ball hatte ich extra für sie konstruiert und innen mit einer Klingel versehen. Die läutete, wenn der Ball getreten wurde. Im Hellen waren die Blinden uns unterlegen, doch als es dunkel wurde, kamen wir nicht mehr mit. Ihr Gehör war schärfer als unseres, und so traten sie ihre Tore und glichen aus.

Während dieser Zeit erschien auch der Mann, der mich in Deutschland angeheuert hatte. Er hatte mir noch eine Postkarte nach Hause geschickt, auf der stand:

»Schick mir bitte ein Klavier und einen Volkswagen.« Nun kam er, um sich diese Kleinigkeiten abzuholen.

Er war nicht gerade erfreut, als ich ihm einen Spielzeug-VW und einen Schokoladenflügel überreichte, und unsere Mannschaft fand er nicht reif genug, um wenigstens den Ghanatitel zu erringen.

Enttäuscht zog er ab, aber ich freute mich jeden Tag auf das Fußballspiel la Takoradi.

»Massa Jesus Stories«

In den Pausen unseres speziellen Fußballspiels flüchteten wir in den Schatten des Mangobaums, um den wir immer herumspielen mußten. Das war beim Spielen immer spannend, denn der Baum war so dick und verflochten, daß man nicht genau sehen konnte, wie der Gegner sich um den Baum herumschlich.

Genauso störte uns am Anfang auch der hohe Ameisenhügel mitten auf dem Platz. Ich versuchte ihn abzutragen, doch die Ameisen hatten die Erde so fest zusammengekittet, daß sie meiner Spitzhacke wie Beton standhielt. Man lachte mich sowieso aus, weil die Leute besser als ich wußten, daß man gegen Ameisenhaufen nicht ankam. Also spielten wir drum herum oder drüber weg und entwickelten auch Schüsse, die in einem solchen Winkel abprallten, daß unsere Gegner sie nicht berechnen konnten.

Auf unserem Platz wurden wir unschlagbar, durch den Mangobaum und den Ameisenberg. Später bekamen die beiden auch Namen. Der Ameisenhügel, der so hart war wie Stein, hieß Petrus, und der Baum Stan Matthews. Das war damals ein berühmter englischer Fußballspieler.

Also, in den Pausen flohen wir in den Schatten und japsten, und dann mußte ich erzählen. Das konnte ich ganz gut. Ich hatte es in der Jungschar gelernt, und ich erzählte ihnen von Deutschland, von meiner Familie, von meinen Fahrten mit dem Motorrad und von meinen Freunden.

Besonders gern hörten die Mädchen von meinen Eltern und meiner Schwester und wollten auch wissen, was für Sachen sie trug. Sie blätterten in meiner Familie wie in einem Album herum, immer wieder.

Als mir die Geschichten so langsam ausgingen, fielen mir die Geschichten der Bibel ein. Ich erzählte ihnen einfach von Jesus, wie er geboren wurde, wie er aufwuchs und was er alles für die Menschen tat. Dann wich ich auch schon mal ins Alte Testament aus, aber alle diese Geschichten hießen für sie »Massa Jesus Stories« - Meister-Jesus-Geschichten. Sie hatten mit der Bezeichnung auch recht, denn auch die Geschichten aus dem Alten Testament führen ja zum Meister hin.

Dadurch fing ich an, die Bibel ganz anders als vorher zu lesen, nicht theologisch, protestantisch, durch den Kopf, sondern als Ereignis, als Geschichte, die sich wirklich abgespielt hatte. Ich mußte die Geschichten nacherzählen, nicht auslegen und bekam eine viel tiefere, persönlichere Beziehung zur Heiligen Schrift.

Für meine Zuhörer war es gar kein Problem, sich in die Umgebung der damaligen Zeit im Vorderen Orient zu versetzen. Die war ihrer eigenen Welt so ähnlich. Massa Jesus war dauernd unterwegs; das verstanden sie, denn sie mußten auch dauernd unterwegs sein, Wasser holen, Holz sammeln, zur Schule laufen, weil für die Mammylorries das Geld nicht reichte. Ghanaer sind immer unterwegs. Und daß unterwegs viel passieren kann, war auch klar.

Wunder stellten ebenfalls keine Hürden dar. Sie verstanden gar nicht, daß ich sie erklären oder sogar rechtfertigen wollte. Mir wurde gesagt: »Also, wenn hier schon ein Jujumann soviel machen kann, dann ist es für Massa Jesus überhaupt kein Problem.«

»No problem« war überhaupt ein gern gebrauchtes Schlagwort. Kein Problem. Sie lebten nicht mit dem Logos, sondern noch im Mythos.

Herrlich war es auch, wie sie in Pidgin-Englisch und in den Stammessprachen die Geschichten nachspielten.

Einer deklamierte nach der Hochzeit zu Kana ganz froh und munter: »Massa Jesus, Wondermaker.« Wundertäter. Er war ein Mammylorryfahrer und malte sich schon am nächsten Tag auf den Wagen: »Massa Jesus, Wondermaker too much«, was man kaum übersetzen kann.

Wie sie zuhören konnten, mit ihren Augen! Die sahen

die Geschichte mit. Sie ließen mich nicht allein mit der Geschichte. Die Zuhörer waren mitten drin. Sie halfen mir, sie auszumalen. Ich mußte nur den Leitfaden oder besser das Leitmotiv halten, die Ausschmückung besorgten dann meine Zuhörer.

Einer hatte seine Trommel mitgebracht. Der trommelte dann einen Rhythmus in die Geschichte hinein. Danach bewegten sich die Mädchen. Die Geschichten verwandelten sich in Opern. Sie wurden gespielt, getrommelt, gesungen und getanzt. Ich mußte auch mitmachen, obwohl ich nicht Tanzen gelernt hatte. Doch meine Mutter war mit mir auf dem Arm durchs Zimmer getanzt, als ich klein war, während mein Vater unser Grammophon ankurbelte. Diese Erfahrung kam mir in Takoradi sehr zustatten.

Jede Geschichte wurde zu einem Ereignis und hier und jetzt erlebt. Ich war mit hineingenommen. Wir spielten die Hochzeit zu Kana. Die wurde wie ein »Funeral« gefeiert, das größte Fest, das ein Mensch in Ghana erlebt - leider erst, wenn er gestorben ist. Nicht die eigentliche Beerdigung, die schnell und oft noch am gleichen Tag stattfinden muß, wegen der Hitze, sondern die Nachfeier. Ich werde später noch einmal davon erzählen.

Bei der Auferweckung des Lazarus trainierte einer seine Stimme gegen die Brandung des Meeres, als wir am nächsten Tag die Geschichte noch einmal spielen wollten. Er hatte nur eine Aufgabe, nämlich zu schreien: »Lazarus, stehe auf!« Aber das tat er so gewaltig, daß die ganze Nachbarschaft aus den Hütten herausgestürmt kam.

Später habe ich einem klugen Theologen von dieser Art Verkündigung erzählt und war ein bißchen verlegen, ob man denn so mit dem Evangelium umgehen konnte.

Doch er beruhigte mich: »Lieber Fritz, das ist genau richtig. Leider können wir das hier nicht mehr, weil wir so verkopft und individualistisch sind. Wir fühlen uns in der Gemeinschaft mit anderen unwohl. Aber im Alten Testament und auch in der Urgemeinde hat man genau so die Feste gefeiert, sie nachvollzogen. Und im Abendmahl ist das doch auch noch vorhanden. Mach nur so weiter, ich bin traurig, weil ich es nicht so erleben kann, sondern immer alles vorher durchdenken muß ...«

Wir lebten in Takoradi in den »Massa Jesus Stories«. »Fritz, tell us a Jesus Story«, wurde ich schon begrüßt, wenn ich mit meinem Fußball angetrabt kam. Die Mädchen wollten zuerst Geschichten hören, doch die Jungen vorher Fußballspielen.

Ich lernte einen neuen Jesus kennen; er wurde immer dunkler für mich, ein Afrikaner.

Karin reparierte Zähne

Das Militär stellte uns eine faulende Baracke zwischen der Stadt und dem Hafen zur Verfügung. Im Zweiten Weltkrieg war die einmal als Kantine für durchreisende alliierte Soldaten benutzt worden. Dann hatte man sie einfach stehengelassen. Nun trauten sich noch nicht einmal die Ziegen und Hühner hinein, weil es drinnen vor Schlangen und Skorpionen nur so kroch und zischte. Doch Karin war davon überzeugt, aus diesem Verschlag noch ein finnisches Heim mit Stil und Gemütlichkeit zaubern zu können.

Aber zunächst mußten die Schlangen und Ratten beseitigt werden. Ich kann nicht mehr nachrechnen, wieviele Schlangen wir in jenen Tagen totschlugen. Außerdem mixte Karin eine giftige Brühe, die wir in die Schlangengruben schütteten. Den Dschungel um das Haus herum schlug ich zusammen und verbrannte ihn. Auch dort kam mir noch manche Überraschung entgegengezischt und -gefaucht. Schade, daß ich in der Schule bei Biologie nie aufgepaßt hatte; ich hätte jeden Tag eine Liste von afrikanischen Tieren aufstellen können.

Dann richteten wir die Baracke ein. Links wohnten wir. Drei kleine Zimmer, die wir als Küche, Schlaf- und Kinderzimmer möblierten. Durch unser Ehebett war das Schlafzimmer schon voll.

Doch am Ende des Flures lag ein größerer Raum, den wir als Wohnzimmer einrichteten. Unsere neuen Freunde halfen uns, kalkten die Wände, bauten aus Mahagoniklötzen schwere Betten zusammen, die zwar nicht nach Schönheit und Stil aussahen, auf denen aber ganz gut ein Elefant hätte schlafen können. Ins Wohnzimmer wurden schwere Holzsessel gestellt, ein Tisch, der zum Bügeln und Schreiben diente - der Salon war fertig.

Der größere Raum, der die Mitte der Baracke ausmachte, wurde von Jugendlichen besetzt. Die Schüler erledigten dort unter den grellen Neonlichtern ihre Hausaufgaben. Zu Hause in den Hütten war es zu dunkel, und unter den Straßenlaternen wurden sie von Moskitos zerbissen. Ich spritzte jeden Abend den Saal gegen Ungeziefer aus. Nachts schliefen Jugendliche da, die sonst kein Dach überm Kopf fanden. Auch gespielt wurde dort. Bald waren alle Spiele zerfleddert, die ich aus Deutschland mitgebracht hatte.

Auf der rechten Seite der Baracke gab es noch einen Verschlag, in den alles hineingeworfen worden war, was die Kantinenbetreiber nicht mehr gebrauchen konnten: zerbrochene Stühle, leere Eimer und Büchsen, Knochen. Das stank! Dazu hatte das Schlangen- und Otterngezücht auch noch seine Beute geschleppt und das, was es nicht fressen konnte, der langsamen Verwesung überlassen.

Doch Karin wollte dort eine Zahnpraxis einrichten. Wir räumten die Bude unter Lebensgefahr aus. Sie wurde gekalkt, und draußen an die Wand schrieben wir in leuchtend roten Lettern: DENTAL SURGERY. Zahnklinik.

Ehe wir aus Deutschland abfuhren, hatte eine Firma für Zahnärztebedarf Karin einen Behandlungsstuhl mit Bohrer aus dem Zweiten Weltkrieg geschenkt. Das war ein ganz einfacher Apparat, der überall aufgestellt werden konnte. Ein einfacher, aber stabiler Stuhl aus Stahlrohr und einem geleimten Sitz gehörten dazu. Daran konnte ein Patient auch angeschnallt werden, wenn das nötig war. Bequem war er nicht, doch er machte jedem Patienten, der sich darauf setzte, deutlich, daß es hier um harte Sachen ging.

Der eigentliche Behandlungsapparat bestand hauptsächlich aus einem fast mannshohen Schwungrad, um das ein Strick lief. Das Rad wurde mit einem breiten Pedal angetrieben, das das Rad und den Bohrer in Bewegung setzte. Dafür stellte Karin einen stabilen Säckeschlepper aus dem Hafen an, Mensah mit Namen. Der trat das Pedal mit gewaltiger Kraft, aber auch mit Einfühlungsvermögen, je nach Karins Gesichtsausdruck beim Bohren.

So bohrte sich Karin dann in die Zähne ihrer Patienten. Manchmal hörte sich das ein wenig wie Straßenbau an, doch sie tat es mit großem Geschick. Ich kann heute noch zwei Plomben vorzeigen, die sie damals in meine Zähne hineingestopft hat.

Gab es schwerere Operationen oder mußte ein Zahn gezogen werden, hielt Mensah den Patienten am Stuhl fest. In seiner Freizeit betätigte er sich als Ringer; so brachte er eine wichtige Erfahrung mit in seinen neuen Beruf.

Am Anfang hatte Karin Schwierigkeiten, die Spritzen durch die Haut ihrer afrikanischen Patienten zu drücken. Sie brachen ihr oft ab. Aber dann lernte sie den Trick. Sie nahm die Spritze in die Faust und stieß sie ins Fleisch. Leider vergaß sie bei mir, daß meine Haut dünner war, und rammte mir auch eine Spritze hinein. Ich schrie vor Schmerz und Überraschung auf, doch die Spritze war drin.

»Stell dich nicht so an!« beruhigte sie mich auf ihre Art. »Du redest doch sonst immer von Solidarität zu deinen afrikanischen Schwestern und Brüdern, hier kannst du sie mal erleben.«

Karin mußte bald feststellen, daß ihre Patienten nicht nur an Zahnkrankheiten litten, sondern die meisten auch an Würmern. Deshalb kaufte Karin mehrere große Flaschen mit einem Wurmmittel, und jeder Patient bekam zunächst einmal einen oder mehrere Löffel davon verabreicht. Dieses Medikament wurde bald sehr populär. Erstens, weil man dann plötzlich Würmer aus sich herauskriechen sah, und zweitens, bei den Kindern, weil es so gut schmeckte und so süß war. Karin mußte aufpassen, daß ihr nicht schon unsere nähere Nachbarschaft die ganze »Medizin« wegtrank.

Karin war die einzige Zahnärztin für etwa eine Million Menschen. Es sprach sich schnell herum, daß sie da war, und bald füllte sich die Umgebung unserer »Dental Surgery«. Keiner kam zu einer Vorbehandlung, sondern erst, wenn die Backe geschwollen war und er oder sie es vor Schmerzen nicht mehr aushielt. Oder der Jujumann auch keinen Rat mehr wußte.

Zuerst fand es Karin sehr gut und nachahmenswert, wie Afrikaner ihre Zähne putzten. Jeden Morgen brachen sie einen kleinen Zweig von einem Baum oder Strauch, bissen vorne die Spitze strubbelig, bürsteten sich damit den Belag von den Zähnen und kauten darauf. So sah man am Morgen viele Menschen um ihre Hütten wandeln, noch in ihr nächtliches Laken gehüllt und eifrig kauend und schrubbend.

Doch bald änderte Karin ihre Meinung. Denn wenn ein zähneschrubbender Ghanaer durch ein Loch in seinen Zähnen irritiert wurde, versuchte er das Loch auch mit dem ausgefransten Holzstück zu reinigen und die Nahrungsreste zwischen den Zähnen herauszuholen. Dabei blieben im Loch und zwischen den Zähnen Holzreste zurück, die auch in Wunden eindrangen und dort Infektionen und Schmerzen verursachten. Deshalb war Karin bald gegen diese Art des Zähneputzens.

Sie behandelte pro Tag etwa achtzig bis hundert Patienten. Doch es kamen immer mehr. Die warteten nicht nur ein paar Stunden, sondern oft Nächte und Tage, ehe Karin Zeit für sie fand. Meine Mitarbeiter, die sich mittlerweile eingestellt hatten (natürlich alles Afrikaner), und ich überlegten uns, was wir mit den Wartenden tun sollten.

Wir beschäftigten sie. Darwin, ein Lehrer, brachte ihnen Lesen und Schreiben bei. Jonas sang mit ihnen. Ich trainierte sie im Kopfrechnen und erzählte ihnen »Massa Jesus Stories«.

Sie wissen ja, wenn einer Zahnschmerzen hat, kann man mit ihm machen, was man will!

Das Kreuz mit dem Strick

In unserer Baracke lag also rechts die Zahnklinik, in der Mitte die Halle und links unsere Wohnung. Das etwas größere Wohnzimmer war gleichzeitig mein Arbeitszimmer und der Raum, wo ich mich mit den Mitarbeitern und unseren Gästen traf.

Besuch kam dauernd. Aber afrikanisch, das war nicht so anstrengend wie europäisch. Wenn Besuch kam, ging der so an unseren privaten Zimmern vorbei, als ob die gar nicht da wären. Wir konnten dort also bei offener Tür, wegen der Hitze, weiterschlafen - er sah uns nicht. Er störte uns auch nicht.

Der Besuch setzte sich ins Wohnzimmer und blätterte dort das durch, was gerade zum Lesen und Ansehen herumlag. Die Zeitung, kümmerlich genug in ihrer Information, voll mit Satzfehlern und holprigen Sätzen, wurde noch einmal studiert. Alles, auch die Anzeigen. Das war so etwas wie eine nationale Aufgabe für jeden, der lesen konnte.

Ganz besonders beliebt waren auch unsere Alben. Das Papier hatte durch die vielen, oft auch fettigen Fingerabdrücke seine ursprünglich weiße Farbe bald verloren.

Ein Krug Wasser stand im Wohnzimmer immer bereit, und ein Glas auch. Der Gast trank ein Glas voll, spülte es am Schluß für den Nächsten aus, schüttete das Spülwasser aus dem Fenster und verschwand wieder.

Während der Gast da saß, schlug er die Knie gegeneinander. Das war ein sehr beliebtes Gesellschaftsspiel, das Nervosität und Schüchternheit abbaute.

Man brauchte sich in keiner Weise um den Gast zu kümmern. Das erwartete er gar nicht. Wenn er soweit war, daß er gehen wollte, stand er auf und sagte: »I am going.« Ich gehe jetzt.

Und das tat er dann auch. Wir ließen das Zimmer immer offen. Weil wir keine Wertsachen besaßen, brauchten wir auch keine Angst zu haben, daß etwas wegkam.

Karin und ich sind Bücherratten. Wir lesen unheimlich viel und wann immer wir können. Doch damals, zu Beginn unserer Karriere in Takoradi, lagerten unsere Bücher noch in Kisten, und die Wände des Wohnzimmers waren kahl.

Eines Tages, als wir mit unseren Freunden und Mitarbeitern zusammensaßen, sah Mr. Bosumtwi, Lokführer und der Älteste von uns, ganz ruhig und sorgfältig an den leeren Wänden entlang. Wir alle folgten seinem Blick, denn was er sagte und dachte, war immer wesentlich.

Dann sah er Karin und mich an und belehrte uns: »Eure Wände sind so kahl. Da fehlt etwas.«

Wir wiesen auf die Bücher hin, die sich in Zukunft dort aneinanderreihen würden, doch er schüttelte den Kopf und meinte: »Trotzdem werden die Wände kalt und fremd bleiben. Aber ich werde das ändern.«

Als Mr. Bosumtwi gegangen war, begann Karin, Befürchtungen auszustoßen. Er hatte die Wände seiner Hütte mit politischen Leitartikeln aus Zeitungen und mit philosophischen Essays tapeziert. Es war überhaupt üblich, Zeitungspapier als Tapeten zu benutzen. Karin fürchtete das für uns und forderte mich auf: »Das mußt du ihm ausreden. Tapete ist auch nicht gut, wegen der Ameisen, die dann darunterkriechen und den Klebstoff fressen.«

Aber ich vergaß es.

Bald darauf erschien Mr. Bosumtwi ganz feierlich mit unseren Freunden auf dem Flur und bat Karin und mich, das Wohnzimmer zu verlassen und erst zu kommen, wenn er uns rufen würde. Karin befürchtete das Schlimmste und stieß mich an. Ich versuchte auch, etwas gegen eine eventuelle Tapete vorzubringen, doch Mr. Bosumtwi war ganz feierlich und bat uns mit einer höflichen Geste, uns doch zurückzuziehen. Wir warteten in Karins Praxis. Ich dachte, daß bei ihr gleich die Tränen loslaufen würden, obwohl sie sonst sehr sparsam damit umging.

Wir stellten uns auf eine lange Wartezeit ein. Doch schon nach einigen Minuten erschien Darwin und bat uns in unser Wohnzimmer zurück.

Dann sahen wir etwas an der Wand, das wir gar nicht dort erwartet hatten. Es wirkte zunächst klein und verloren, aber als ich fragend unsere Freunde ansah und ihre frohen Gesichter erblickte, die erwartungsvoll auf unsere Freude und Überraschung warteten, da mußte ich lächeln, und Karin auch.

Sie hatten uns ein Kreuz an die Wand gehängt. Mr. Bosumtwi hatte es aus mehreren verschiedenen Sperrholzbahnen zusammengeleimt. Es war kein Kunstwerk, doch all ihre Liebe und Fürsorge für uns steckten darin.

Mr. Bosumtwi setzte räuspernd zu einer Rede an: »Also, ein großer Redner bin ich nicht. Ich bin Lokführer und Gewerkschaftsvorsitzender. Aber ich brauche auch keine Rede zu halten, weil ihr unser Bruder und unsere Schwester seid. Jetzt ist die Wand nicht mehr kahl. Jetzt hängt ein Kreuz daran. Ihr müßt immer darauf sehen. Im Kreuz ist unser Glaube, unsere Hoffnung, unsere Liebe. Master Jesus hat euch lieb, daran sollt ihr denken und wir auch.«

Wir umarmten alle, unsere Brüder und Schwestern. Dann stellten wir uns im Halbkreis vor das Kreuz und sangen in den vier vorhandenen Sprachen: »Großer Gott, wir loben dich.« Das tat gut.

Einige Zeit später bekam ich Besuch von einem anderen Freund. Der war als Missionar ganz tief im Busch tätig. Er war Franziskanermönch und trug eine weiße Kutte, mit dem obligatorischen Strick um den Bauch. Er hatte ja als Pater schon eine ganze Reihe von Kreuzen gesehen und war zunächst von dem unsrigen nicht besonders angetan. Doch als ich ihm die Geschichte erzählte, änderte er seine Meinung und war gerührt.

Plötzlich knotete er seinen Strick auf und schlang ihn um unser Kreuz herum. »Karin und Fritz«, sagte er mit bewegter Stimme, »auf das Kreuz sehen ist gut. Aber wenn ihr nicht mehr weiter wißt, wenn es nicht mehr weiter geht, denkt immer daran: Unser Erlöser ist an das Kreuz geschlagen und gebunden worden, für uns. Wir sind an sein Kreuz gebunden. Für immer und ewig. Das macht uns frei.«

Wir haben das Kreuz immer bei uns, wo immer wir hinziehen, mit dem Strick darum.

Die Blechkirche

Damals gab es nur wenige Christen in Takoradi. Die meisten Menschen glaubten an Geister und fürchteten sich vor deren Priestern, den sogenannten Jujumen. Wer krank wurde, sich bedroht fühlte, etwas Besonderes erreichen oder einen Gegner bekämpfen wollte, ging zum Jujumann, und zahlte die von ihm geforderte Summe. Der setzte seine priesterlichen und magischen Tricks ein, die oft sehr überzeugend wirkten. Ich werde später noch darüber schreiben.

Als der natürliche Hafen von Takoradi ausgebaut wurde, kamen Menschen aus den anderen Teilen des Landes in diese abgelegene Stadt, halfen beim Ausbau und blieben als Hafenarbeiter und Matrosen. Der Handel blühte, besonders mit den in Europa begehrten Mahagonistämmen, die in Takoradi verladen wurden. Die beiden nahegelegenen Städte Sekondi und Takoradi wuchsen zu einer zusammen.

Als die Fremden in die Stadt strömten, gab es darunter auch einige Christen aus Accra und den Akwapimbergen im Osten des Landes. Die fanden sich und versammelten sich regelmäßig zum Beten und Bibellesen in ihren Hütten. Da jeder von ihnen zu einem Missionar wurde, der die frohe Botschaft in seiner Nachbarschaft und auf der Arbeitsstelle weitererzählte, reichten bald die Hütten für ihre Zusammenkünfte nicht mehr aus. Die Christen überlegten, wie und wo sie sich eine Kirche bauen konnten. Als sie sich vorsichtig nach Grundstücken in der Stadt erkundigten, trauten sie ihren Ohren nicht und erschraken: Die geforderten Preise waren für sie einfach unerschwinglich. Ganz weit draußen, in den Sümpfen und im Dschungel, hätten sie, ohne jemanden zu fragen, bauen können, doch dorthin konnten die Besucher erst nach langen und gefährlichen Fußmärschen gelangen. Die Christen gehörten zu den Armen der Stadt, zu den Arbeitern und kleinen Angestellten. Das, was sie verdienten, reichte kaum für sie und ihre Familien aus.

Sie schlossen sich dann einer etablierten Kirche im Lande an, die aus einer ausländischen Missionsaktivität entstanden war, zahlten Beiträge und hofften, von dort beim Landkauf unterstützt zu werden. Die Kirche wollten sie selbst bauen. Doch die Kirchenleitung wies sie ab und bedeutete ihnen, daß sie selbst kaum Geld hätte.

Zu dieser Gemeinde gehörten auch Männer der unterschiedlichsten und seltsamsten Berufe. Einer von ihnen war Lumpenhändler, ein Klüngelkerl, wie man sie bei uns im Ruhrgebiet nennt. Ein anderer wurde »Who dei for top« gerufen. Seine Aufgabe bestand darin, die Toilettenkübel in den Hütten und Häusern zu leeren und den Inhalt nach draußen vor die Stadt zu tragen.

Woher der Name »Who dei for top« kam, lernte ich gleich nach meiner Ankunft. Das war während meiner ersten Nacht in Afrika. Ich saß mit ein paar Leuten zusammen, die ich zufällig getroffen hatte. Sie ließen mich in ihrem Haus übernachten. Das lag am Rande der Innenstadt von Takoradi. Dann mußte ich mal. Es war ein etwas besseres Haus, man zeigte mir den Verschlag, der gleichzeitig auch als Badezimmer und Waschküche diente. Am Ende, an der Wand, lehnte eine einfache Holzkiste. Oben drauf lag ein Deckel, wie ich ihn noch vom Plumpsklo meiner Großmutter in Masuren her kannte. Ich nahm ihn ab und setzte mich. Unten drunter stand ein Blecheimer, wie ich festgestellt hatte.

Kaum saß ich, da hörte ich von draußen, knapp neben mir, ein Geräusch. Eine Klappe wurde geöffnet, und ein Luftzug kam von draußen hochgeweht. Ich dachte schon, ein Dieb wollte sich durch die Klappe hereinzwängen. Aber eine rauhe Männerstimme rief: »Who dei for top?«

Ich sprang auf, die Hosen hoch und aus der Toilette heraus. Erst starrten mich die Leute an, aber dann brach schallendes Gelächter los. Ich verstand erst nicht, aber dann bekam ich alles erklärt.

Das Haus besaß keine Toilette mit Wasserspülung. Nur ganz wenige Reiche konnten sich so etwas leisten. Die meisten gingen auf eine öffentliche Toilette, die wie diese private jede Nacht geleert wurde. Dazu liefen Männer mit großen Kübeln auf dem Kopf durch die Stadt, in die sie die Eimer aus den Häusern leerten. Diese Kübel stanken. Sie taten so, als ob sie laufen würden, um anzudeuten, daß sie den Passanten den Gestank erträglicher machen wollten.

Wenn sie an ein Haus herankamen, öffneten sie die Klappe für den Eimer und riefen in Pidgin-Englisch: »Who dei for top?« - Sitzt da einer oben drauf? Meldete sich keiner, dann zogen sie den Eimer weg, entleerten ihn, wischten ihn mit einem Reisigbesen durch, streuten etwas Torf ein und liefen zum nächsten Haus.

Wegen ihres Rufes wurden diese Männer »Who dei for top« genannt. Es waren meistens Crus aus Liberia, die an der Küste als Hafenarbeiter unterkamen und sonst die Arbeiten machten, die keiner tun wollte.

Der Hüttengemeinde in Takoradi gehörten deshalb auch Crus wie dieser Lumpenhändler, der »Who dei for top«, an. Beide suchten nach einem Grundstück für die Kirche und fanden schließlich eines. Als der grinsende Mann, dem es gehörte, ihnen den Preis nannte, kauften sie es sofort. Der Mann war froh, als er es los war.

Freudig liefen die beiden zur Versammlung und forderten diese auf, sofort einen Dankgottesdienst zu veranstalten, weil sie nun einen Platz für die Kirche hätten. Der Gottesdienst fand auch statt, doch als anschließend nach dem Platz des Grundstücks gefragt wurde, kehrte Enttäuschung ein. Zwar lag das Gelände am Rande der Innenstadt, also ziemlich zentral und nicht weit weg vom Markt. Doch es gehörte noch zu den Ausläufern des Schuttabladeplatzes, wenn man es einmal positiv ausdrücken will. Das heißt, dicke Schichten von Schutt und stinkendem Abfall mußten erst einmal beseitigt werden, ehe man auf festen Grund kam. Es stank dort ganz furchtbar. Kadaver von Tieren faulten vor sich hin. Fliegen und Moskitoschwärme bedeckten alles wie ein dicker, lebender Teppich. Abfallwühler und ganze Schwärme von Kindern bevölkerten den ganzen Tag den Platz und die Umgebung. Geschwader von Geiern kreisten darüber und fielen auf die Beute herab. Ratten, Mäuse und Schlangen waren nicht zu zählen. Zwar spritzte die Stadtverwaltung regelmäßig das Gelände ab und verbot das Schuttabladen, doch keiner richtete sich danach.

Die meisten Gemeindemitglieder wehrten sich gegen dieses Grundstück, aber sie wollten die beiden Käufer nicht enttäuschen. Deshalb überlegten sie hin und her, und als keiner auf eine bessere Idee kam und niemand zusätzlich Geld dazulegen konnte, sangen sie fröhlich das folgende Halleluja mit.

Es stank zwar furchtbar, als sie zur Grundstücksbesichtigung schritten, aber langsam gewöhnten sie sich daran. Die schwere Arbeit, die mit der Schutt- und Müllbeseitigung folgte, brachte die Versammlung noch enger zusammen. Jeden Morgen wurde ein Bibelspruch verlesen, ein Gebet gesprochen, und dann ging man mit Gesang an die Arbeit.

Schon bei der Freilegung des festen Grundes wurde nach einem Namen für diese Kirche gesucht. Den schlug der »Who dei for top« vor: »Trinity«, meinte er, also Dreieinigkeit. Erstaunt sahen ihn die biblisch Weitergebildeten an. Daß dieser einfache Mann, der kaum lesen konnte, schon so einen komplizierten Begriff kannte! Ein Vorarbeiter vom Hafen, der Bibelkundigste der Versammlung, fragten den Kübelträger: »Ist ein guter Name, aber was stellst du dir darunter vor?«

»Ich habe den Namen schon öfters gehört, wenn die Andachten im Radio machen«, erklärte der Kübelträger, »der hat was mit drei zu tun und ist fromm. Weil wir ja von drei Stämmen kommen, die hier beten und die Bibel lesen, darum meinte ich, würde der Name gut passen.«

Der Kübelmann wurde aufgeklärt, was Trinität eigentlich bedeutete, wogegen er auch nichts hatte; im Gegenteil, er war sehr erfreut darüber, aber der Name für die Kirche und Gemeinde blieb. Von Anfang an herrschte darin Einigkeit.

Als man dann die Erde freigelegt hatte, stellte sich die Frage, aus welchem Material die Kirche gebaut werden sollte. Die Gemeinde besaß kein Geld, und der Lumpenhändler und der Kübelmann hatten all ihre Ersparnisse für das Grundstück ausgegeben. Aber die beiden Männer, die den Wert von Abfällen kannten, fanden auch hier einen Rat. Aus dem Urwald holten sie sich Krüppelbäume, die von den Mahagoniraubbauern dort stehen- oder liegengelassen worden waren. Diese armdicken oder etwas breiteren Krüppelstämme bildeten das Gerüst der zukünftigen Kirche. Sie wurden in den Boden gerammt. Auch das Giebeldach wurde aus diesen Hölzern erstellt. Wenn ein Stamm nicht reichte, wurde der andere auf ihn genagelt und gebunden. Wo man Nägel und verrostete Blechstreifen im Müll fand, wußte der Lumpenhändler. Das Gerippe für die Außenmauern baute man so groß, daß darin etwa zweihundert Leute Platz finden konnten. Obwohl die Versammlung bisher nur aus etwa fünfzig Leuten bestand, war man sicher, daß noch mehr Leute hinzukommen würden.

Als das Gerippe aus Baumstämmen und Zweigen stand, wurde ein Richtfest gefeiert, wie im Alten Testament. Schon auf diesem Fest wurde der nächste Bauabschnitt besprochen: »Wie soll denn das alles verkleidet werden?«

Auch da hatte der Klüngelkerl die beste Idee. Takoradi hatte im Zweiten Weltkrieg den Alliierten als Flottenstützpunkt gedient. Schiffe aus Amerika und Südafrika legten dort zum Auftanken an. Die Marine benutzte Takoradi auch als Schuttabladeplatz. Besonders auf den amerikanischen Schiffen hatten sich Berge von leeren Büchsen und Benzinkanistern angesammelt, die man nicht einfach ins Meer kippen wollte. Man fuhr sie bis an den Stadtrand und warf sie dort auf einen Haufen. Da entstand dann auch der städtische Müllabladeplatz. Mittlerweile waren die Büchsen und Kanister schon angerostet, doch der Lumpenhändler meinte: »Dieses Blech ist noch in gutem Zustand. Viele Schmiede bauen Öfen und sogar Autoaufbauten daraus. Wir können ganz gut mit diesem Blech die Wände und das Dach unserer Kirche ausschlagen. Andere machen das auch so. Blechdächer gibt es schon reichlich in unserer Stadt, die Strohdächer werden von ihnen abgelöst.«

Auch dieser Vorschlag wurde zunächst mit Erstaunen registriert, dann aber, als man keine andere Möglichkeit fand, angenommen.

Also wurden zunächst einmal die Blechbüchsen und Kanister gestapelt, auseinandergeschnitten und zu Blechplatten geklopft. Diese Platten wurden dann auf das Gerüst geschlagen, so daß eine Blechumhüllung für die Kirche entstand. Zwar waren die Blechplatten nicht alle einheitlich groß und auch unterschiedlich verrostet, und nicht jedes Loch war abzudecken, aber es entstand ein vielfältiges Bild, das in etwa an heutige deutsche Blechplastiken erinnerte, die bei den Bürgern Ärgernis erregen. Daß nicht alle Flächen abgedeckt werden konnten, war auch nicht schlimm, denn so fand die leichteste Brise noch einen Weg in die schon bald gedrängt volle Kirche - eine Wohltat bei der Dauerhitze und Feuchtigkeit von Takoradi.

Als störend wurde allerdings empfunden, daß man auf einigen Kanistern und Dosenplatten noch die Herstellerfirmen und die Militärnummern lesen konnte. Doch bald rosteten die weg.

Wenn die Brise sich verstärkte, fingen die lockeren Platten an zu scheppern. Das war nicht zu verhindern, denn um die durchgeschlagenen Nägel herum vergrößerten sich allmählich die Löcher, und so rutschten die leichten Platten in der Brise hin und her. Zunächst irritierte mich dieses Geräusch, als ich in die Blechkirche geriet, aber bald übte es auf mich eine beruhigende Wirkung aus. In der Hitze dachte ich an einen Flaschenreinigungs- und Abfüllbetrieb und an die dort produzierten, eiskalten Getränke, später kam ich auf Schweizer Gebirgsbach, und das war noch erfrischender.

Wenn es regnete, wuchs das scheppernde Geräusch derart, daß kein Wort mehr zu verstehen war. Aber das störte die Blechkirchenversammlung in keiner Weise. Dann wurde eben gesungen, bis der Regen endlich aufhörte.

Das Dach wurde immer wieder so gedeckt, daß kein Regen hindurchdrang. Die Gemeinde legte mehrere Blechschichten übereinander. Allerdings fällt der Regen in Afrika nicht nur von oben herab, er kann auch durch den Sturm von der Seite her vorangetrieben werden. So bekamen die Leute, die an den Fensterlöchern saßen, gelegentlich eine starke Dusche ab. Aber sie nahmen es fröhlich auf und riefen: »So brauchen wir uns heute nicht mehr zu waschen, sondern nur noch abzutrocknen.« Aufs Dach setzten die frommen Leute ein gewaltiges Kreuz aus Mahagoniholz. Weil es so schwer war, hatte es die Tendenz, sich immer zur Seite zu neigen. Doch wir richteten es wieder auf mit Gesang.

Dann meinten die Gemeindemitglieder, daß zu einer richtigen Kirche auch eine Glocke gehörte. Der Lumpenhändler suchte, aber er fand keine. Dann kam ihm ein »Fitter«, ein Kraftfahrzeugmechaniker ohne Ausbildung, zu Hilfe. Der war ein musikalischer Mann, er leitete in der Blechkirche den Kirchenchor. In seiner Werkstatt fanden sich zerbeulte und gebrochene Radfelgen, die nicht mehr zu reparieren waren. Von diesen hängte er eine Reihe an die Regentraufe am Dach und auf dem Metall spielte er dann an jedem Abend und vor unseren Gottesdiensten eine bekannte Choralmelodie. So besaßen wir dann nicht nur eine Glocke, sondern ein ganzes Glockenspiel. Das klang zwar nicht so rein wie das in Nürnberg, aber es lockte doch viele Neugierige an und in die Kirche hinein.

Mit vielen Chorälen und Schweiß war diese Blechkirche errichtet worden. Das spürte jeder, der sie betrachtete. Man fühlte den Glauben, die Hoffnung und die Liebe, die darin steckten. An den Sonntagen drang Jubelgesang heraus, und das verrostete Blech klapperte fröhlich dazu.

Die Blechkirche als Gesamtschule und Ziegenstall

Zunächst hatten wir natürlich nicht an einen eigenen Prediger gedacht, sondern nur an einen sozusagen sakralen Raum. Aber dann ergab es sich einfach so. Obwohl es an Predigern in der Blechkirche nicht mangelte, suchte die Versammlung doch nach einem, der auch theologisch etwas leiten konnte, aber so, daß er sich nicht zu weit von seinen Zuhörern abhob.

Auch mußte bedacht werden, daß er sich auf die vier Stämme einstellen konnte, die sich nun sonntäglich in der Blechkirche versammelten. Von Anfang an herrschte in der Blechkirche das Prinzip, daß jeder in seiner Muttersprache die frohe Botschaft hören sollte und so, daß er sie verstand. Das bedeutete, daß jeden Sonntag in der Blechkirche vier Predigten gehalten wurden, und dann auch noch die Leitpredigt in Pidgin-Englisch, das fast alle verstanden, das aber für alle eine Fremdsprache war.

Einen Pfarrer konnte sich die Gemeinde der kleinen Leute nicht leisten. Sie hatten sich total mit der Blechkirche verausgabt. Nicht so sehr mit den Baukosten als mit den Bestechungsgeldern, die Baubehörden und Stadtplaner verlangten, ehe sie die Genehmigung zum Bau gaben.

Beim wichtigsten Mann der Behörde, der die bauentscheidende Unterschrift geben mußte, war dann aber kein Bestechungsgeld mehr vorhanden.

Der Schafhirte, der für die Kirche verhandelte, ein milder Mensch, flehte den Verwaltungsbeamten an, und als der auf einem »dash«, also einem Handgeld, bestand, bot der Hirte verzweifelt an: »Alles, was ich noch habe, ist meine Bibel. Wenn du die haben willst?«

Der Beamte wollte sie haben.

Der Schafhirte versuchte sich noch zu wehren: »Aber in der Heiligen Schrift steht doch, daß man nicht des Nächsten Weib, Kuh, Haus und auch nicht seine Bibel begehren soll ...«

Darauf entschied der Behördenchef doch für sich: »Da steht aber auch, du sollst dem Ochsen, der da drischt, das Maul nicht verbinden.«

Als die Kirche dann stand, wurde ganz intensiv um einen Prediger gebetet. Und der erschien auch, wie vom Himmel gefallen. Es war ein junger Lehrer aus den Akwapimbergen, dem es dort zu eng geworden war und der sich darum auf die Walze begab. Er hatte schon einige Jahre in Accra unterrichtet und dort Ga gelernt, und nun war er in den Westen geraten.

Er war auch ein neugieriger Mann, der immer das Besondere suchte und deshalb auch die Blechkirche fand. Im Gottesdienst ging ihm das Herz auf, und er fühlte sich dort sofort unter Schwestern und Brüdern, obwohl er sich im Gebiet eines fremden Stammes befand.

Als er das den Ältesten sagte, sahen die sich an, traten dann gemeinsam vor ihn und behaupteten: »Gott hat dich zu uns gesandt. Du bist ein gebildeter Mann, du mußt unser Prediger werden.«

So etwas war der Lehrer noch nie gewesen, aber die Blechkirchler hörten sofort, wie gewählt er sich in mehreren Sprachen ausdrücken konnte und daß er eine Botschaft für sie hatte.

Er sagte ihnen aber auch, daß er Lehrer sei und eigentlich nach einer Schule suche. Allerdings nach einer, wo man den Kindern nicht nur Wissen eintrichtern wollte, sondern wo sie auch Jesus kennen und lieben lernen sollten.

»Dann bist du hier bei uns genau richtig!« rief der Vorarbeiter vom Hafen. »Unsere Blechkirche kannst du während der Woche ganz gut als Schule benutzen.«

Man setzte sich hin, im Schatten der Kirche, briet sich ein paar Hühner und sprach das alles durch. Der Lehrer war schnell überzeugt. Er hatte sich in der Stadt schon nach Kirchen und Schulen umgesehen, doch alle zu fremd, englisch und steif gefunden. Ihm war da noch zu sehr das Fremde nachgemacht, doch hier wurde der Glaube frisch und afrikanisch gelebt; so konnte er auch die Kinder erziehen.

Für den Lehrer und Prediger wurde ein Blechverschlag errichtet, den man später immer mehr erweiterte, als er heiratete und seine Frau fünf Kinder von ihm bekam - in bester Pastorentradition.

Während der Woche verwandelte sich die Blechkirche in eine Blechschule. Die Schreiner und andere Handwerker der Gemeinde zimmerten mit dem Lehrer niedrige Schulbänke ohne Lehnen, die in der Woche von kleinen Kindern und sonntags von uns Erwachsenen im Gottesdienst benutzt werden konnten.

Während der Woche saßen also die Kinder in unserer Blechkirche. Die erste Klasse vorne, die nächsten Klassen in den nächsten Reihen bis zum siebten Schuljahr, das ganz hinten saß.

Da Kwesie ein guter Lehrer war, bekam die Schule bald regen Zulauf, und immer mehr Kinder mußten in den Klassenraum gestopft werden.

Die Bänke wurden immer enger aneinandergestellt, weil immer mehr Kinder sich in die Blechkirche drängten. Später mußten wir dann noch anbauen, doch davon zu gegebenem Zeitpunkt.

Die Schulkinder trugen Uniformen, wie es in Ghana üblich war, damit die Einkommensunterschiede der Eltern nicht so sehr auffielen. Den Jungen wurden Jacken und Hosen aus starkem Khakidrillich angepaßt, aber so groß, daß sie sieben Jahre lang hineinwachsen konnten. Die Mädchen wurden schicker angezogen. Sie bekamen Kleider in fröhlichem Gelb, mit roten Rändern, die sehr gut zu der dunkelbraunen Haut der Afrikaner paßten. Die kleinen

Mädchen kamen in Abendkleidern zur Schule, und wenn sie sie verließen, waren die Abendkleider zu Miniröcken zusammengeschrumpft.

Wenn die Kinder am Nachmittag nach Hause gingen, trieb der Pastor und Lehrer sein Vieh in die Blechbude, denn hätte er seine Ziegen und Hühner nachts draußen gelassen, wären sie ihm bestimmt gestohlen worden. In die Kirche trauten sich die abergläubischen Diebe nicht hinein.

Jeden Morgen mußten die Kinder dann die Kirche saubermachen. Ganz gründlich natürlich am Samstagabend vor dem Sonntag. Aber Kenner wissen, daß man den Ziegengeruch nicht so leicht aus einem Raum herausbekommt. Also duftete unsere Blechkirche immer danach, und wir genauso, wenn wir am Sonntag nach der Kirche wieder die normale Welt betraten. So wie Katholiken nach Weihrauch duften, so hatten wir diesen Geruch an uns.

Bald hatten wir auch unseren Spitznamen weg: »In der Blechkirche treffen sich die Mähmähchristen.« Und doch kamen immer wieder Menschen zu uns. Das lag auch daran, daß alle Gemeindeglieder fleißig ihre Nachbarn besuchten, ihnen von Massa Jesus und unserer Blechkirche erzählten und sie einluden.

Unsere »Market Mammies«, zum Beispiel Miss Mercy Mills, Mutter von fünf Kindern

Ama wurde sie genannt, nach dem Wochentag, an dem sie zur Welt gekommen war. Ihre Mutter gebar über ein Dutzend Kinder, von denen fast die Hälfte wieder starb. Sonst rackerte sie sich auf einem Acker ab und war die Sklavin eines Mannes, der noch vier weitere Frauen sein eigen nannte.

Ama mußte ihrer Mutter schon früh helfen. Als sie gerade selbst gehen konnte, wurde ihr schon ein kleines Brüderchen hinten auf den Rücken gebunden, für das sie nun wie eine Mutter verantwortlich war. Auch mußte sie der Mutter helfen, den harten, sonnenverbrannten Boden zwischen den Mahagoniwurzeln zu hacken.

Ihre älteren Geschwister schickte die Mutter mit den Produkten des kleinen Gartens an die Straße, um sie dort zu verkaufen. Als Ama dann auch einmal losgeschickt wurde, stellte die Mutter fest, daß sie alles verkaufte, und zu einem guten Preis. Nach diesem Erfolg, der sich wiederholte, bestand Amas Aufgabe hauptsächlich darin, alles das zu verkaufen, was die Familie auf dem kargen Boden ernten und von den Bäumen und Sträuchern pflücken konnte.

Am Straßenrand, an dem die Mammylorries hielten, erfuhr Ama, daß man in der Stadt, auf dem Markt von Takoradi, alles noch günstiger verkaufen konnte. Sie begab sich dorthin.

Auf dem Markt herrschte ein harter Konkurrenzbetrieb. Ama sah aber auch, daß eine bestimmte Frau ganz besonders gut verkaufen konnte, nämlich die »Weaver-Queen«, die Weberkönigin, die mit ihren bunten Stoffen alle Frauen auf dem Markt anzog. Ama schlich sich mit ihren Produkten dicht an sie heran und guckte ihr alles ab. So lernte sie, auch in Takoradi zu verkaufen. Sehr befriedigt war ihre Familie, wenn Ama mit ihrem Gewinn wieder in der Hütte erschien, aber Neid gab es auch.

Als sie etwas größer geworden war, merkte sie, daß immer mehr junge Männer um sie herumstrichen. Doch die Mutter sah, daß Ama bald eine junge Frau sein würde, und nahm ihre Tochter auf die Seite: »Laß dich nur nicht mit diesen Kerlen ein. Die machen süße Worte und drehen dir, schneller als du denken kannst, ein Kind an. Dann verschwinden sie.« Das gleiche sagte auch die »Weaver-Queen« zu ihr.

Doch bei einem jungen Mann konnte Ama der Süße seiner Worte und den Ohrringen, die er ihr schenkte, nicht widerstehen, und so kam bald ihr erstes Kind auf die Welt. Sie war etwa fünfzehn Jahre alt. Ihren genauen Geburtstermin kannte sie nicht, da man in ihrer Umgebung keine Kalender benutzte.

Schon früh wurde sie also für ihr eigenes Kind verantwortlich, hatte es immer bei sich, auf dem Rücken, stillte es und ließ es neben sich auf dem Markt spielen.

Ama liebte ihr Kindchen. Es machte ihr auch nichts aus, als ihr Vater schimpfend erklärte: »So, jetzt mußt du selbst für dich sorgen.« Das tat sie schon lange, und sie vergaß ihre Familie im Dorf dabei nicht. In einer Hütte in der Nähe der Stadt fand sie einen Platz zum Schlafen.

Als ihr der Sinn danach stand, ließ sie sich von einem anderen jungen Mann betören, und wieder kam ein Kind an. So verlief ihr Leben. Sie kaufte die Waren von den Mammylorries, die zum Markt kamen, verkaufte sie mit Gewinn weiter und erzog ihre kleinen Kinder, bald ein halbes Dutzend. Eines starb leider.

Ich muß hier noch etwas zu den Mammylorries sagen. Das sind offene Zwei- bis Fünftonner, auf denen nicht nur Waren zum Markt und von einem Ort zum andern befördert werden, sondern auch Menschen. Für die Fahrgäste legten der Fahrer und sein Abkassierer Bretter auf die hohen Seitenaufbauten. Darauf drängten sich die Leute, nachdem sie über und unter sich ihre Traglasten verstaut hatten. Weil die Mammies morgens auf dem Weg zum Markt diese Wagen benutzten, bekamen sie den Namen Mammylorry.

Wenn die Mammies dann reich wurden, legten sie sich auch so einen Wagen zu und ließen ihn für sich fahren. Diese Fahrzeuge sind mit bunten Bildern, Bibelsprüchen und sonstigen Weisheiten versehen. Einer hatte zum Beispiel auf seinem Wagen stehen: »Verlaß dich nicht auf deine Bremsen, sondern auf Gott.« Das sagt etwas über den Zustand des Wagens, aber auch über das Gottvertrauen des Fahrers und Besitzers aus. Diese Fahrzeuge werden solange gefahren, bis sie schließlich zusammenbrechen und im Straßengraben liegenbleiben. Überall zieren sie die Straßen Ghanas, oder das, was von ihnen nach der Ausschlachtung übriggeblieben ist.

Die Marktfrauen hatten und haben den Handel Ghanas in der Hand. Sie haben auch politische Macht. Kwame Nkrumah, der Befreier und erste Diktator des Landes, wäre ohne die finanzielle Unterstützung der Marktfrauen, besonders der »Weaver-Queen«, nie an die Macht gekommen.

Die meisten von ihnen hatten nie eine Schule besucht. Ihr Verhältnis zu den Männern hatte sich gewandelt. Sie wurden nicht mehr von Männern wie Sklavinnen gehalten, wie es vorher üblich war und wie ihre Mütter es noch erlebten, sondern sie nahmen sich Männer, wenn sie ein Kind haben wollten, und ließen sie dann wieder laufen. Sie schmückten sich mit viel Gold und hüllten sich in bunte Gewänder.

Auch legten sie sich englische Namen zu, weil das als vornehm galt. Da sie aber keine Missis sein konnten, weil diese Anrede nur einer Frau zukam, die in der Kirche getraut war und einen Ring tragen durfte, nannten sie sich Miss. Bei diesem Namen wußte jeder, daß es sich bei der Frau um eine Mutter von mehreren Kindern handelte, die aber nicht in der Kirche getraut worden war und oft auch nicht zu einem bestimmten Mann gehörte. Das Kind war für die meisten Frauen wichtiger als der Mann, und Miss ein stolzer Titel. Ein Leben ohne Kind konnte sich eine Frau überhaupt nicht vorstellen.

So fand auch Ama einen Namen, der sich für ihre Ohren gut anhörte, und nannte sich Miss Mercy Mills.

Ihr sechstes Kind wurde nach der Geburt krank. Es fieberte stark, und Mercy lief zum Krankenhaus. Dort kümmerte sich eine Schwester sehr um die Kleine, aber auch um Mercy. Leider starb das Kind, und Mercy war untröstlich. Da nahm sich die Schwester vom Krankenhaus frei und brachte Mercy nach Hause. Sie blieb bei ihr und tröstete sie. So wurden die beiden Freundinnen.

Die Schwester gehörte zu unserer Blechkirche und nahm Mercy sonntags mit zum Gottesdienst. Mercy gefiel es dort; sie fand Trost und Menschen, die sie sehr mochte. Da sie nicht einfach so dasitzen konnte, wurde sie bald in der Kirche aktiv, zuerst im Kollektengeben. Aber dann übernahm sie mit anderen den Ordnungsdienst und das Kollekteneinsammeln. Wie man an Geld kam, hatte sie auf dem Markt gelernt. Nun tat sie es, aber nicht für sich, sondern für andere Menschen und Massa Jesus, der ihr Heiland geworden war.

Auch wurde Mercy Mills als Missionarin auf dem Markt tätig, und bald zog eine ganze Gruppe von Mammies mit ihren Kindern in die Blechkirche ein.

Als Miss Mercy erfuhr, was ihr angenommener Name eigentlich bedeutete, freute sie sich sehr. Mercy bedeutet Gnade. »Das paßt genau zu mir!« rief sie.

Mercy und ihre Kolleginnen waren Frauen, die sehr gerne aßen, Fufu, das ist gestampfter Wurzelbrei aus Cassavapflanzen und Fisch aus dem Meer, alles in einer dicken, roten Pfeffersoße gekocht. Sie waren alle stabile, kräftige Frauen, denen man ihren Wohlstand ansah. Sonntags für den Gottesdienst schmückten sie sich, behingen sich mit Gold, puderten sich mit einer dicken Schicht, damit sie etwas heller aussahen, zwängten ihre breiten Füße in viel zu enge Schuhe, stöckelten auf viel zu steilen Absätzen über die holprigen Straßen und wickelten sich in bunte, teure Gewänder. Die bunten, leuchtenden Farben paßten sehr gut zu ihrer dunklen Haut.

Die Röcke waren immer eng um ihre Hüften gespannt,

ließen aber den Beinen etwas Raum zum Schreiten. Ihre ärmellosen Blusen hatten einen weiten Ausschnitt. Über eine Schulter wurde immer eine Bahn von dem Stoff gelegt, aus dem der Rock geschneidert worden war.

Meistens bewegten sie sich wiegend voran, besonders am Sonntag auf dem Weg zur Kirche. Ihr Gang hatte einen ganz anderen Rhythmus als der europäischer Frauen.

Wenn die Marktfrauen in unsere Blechkirche einzogen, setzte sich sofort alles in Bewegung. Choräle wurden nicht nur gesungen, sondern bewegten die Menschen. Unter den Marktfrauen war eine richtige Erweckung ausgebrochen. Sie lernten Massa Jesus kennen und liebten ihn, wie Maria Magdalena.

Siebentonmusik

Jeden Sonntagmorgen freuten wir uns auf die Blechkirche. Keine Probleme mit dem Aufstehen, auch für Karin nicht. Und wenn wir später nicht hochkamen, zogen uns die Kinder aus dem Bett. In der Blechkirche war immer etwas los. Hier in Deutschland bleiben sie lieber liegen, und wir leider manchmal auch.

Es war nicht leicht, die Blechkirche zu erreichen. Um sie herum Berge von Abfall und offene Abflußrinnen, die meistens verstopft waren. Den Wagen ließ ich lieber in einiger Entfernung stehen, denn die Scherben und Nägel auf dem Schrottplatz taten den Reifen nicht gut. Man konnte sonst meinen angerosteten Bulli auch ganz gut für eine Schrottkarre halten. Auf den Straßen nahm man mein Auto aber als Mammylorry, und jeder winkte und bat mich anzuhalten.

Stiegen wir aus, dann hörten wir schon das Glockenspiel unserer Wagenfelgen, und dabei zog immer ein Lächeln über unsere Gesichter. Jeden Sonntag war ein anderes Lied dran. So sangen die klopfenden Männer zum Beispiel »Großer Gott, wir loben dich«.

Vor der Blechkirche standen Mercys Marktfrauen und warteten auf die Kirchenbesucher. Bei jedem, der herankam, strahlten ihre Gesichter auf, noch mehr als bei einem Kunden. Was blieb einem da übrig, als zurückzustrahlen!

Sie freuten sich so über jeden einzelnen, daß sie ihm nicht nur die Hände reichten, sondern ihn umarmten.

In der Kirche war Miss Mercy Mills Truppe auch schon tätig. Und zwar schoben sie alle Ankommenden in die eng aneinandergestellten Kinderbankreihen. Es war nicht möglich, so wie in Deutschland einen Sicherheitsabstand zu seinem Nächsten zu halten. Bei uns ist das ja so: Wenn wir die Kirche betreten, gehen wir soweit wie möglich nach hinten und passen auf, daß uns nur ja keiner zu nahe rückt.

In unserer Blechkirche reichte der Platz nicht für alle. Deshalb preßten uns die Marktfrauen in die Bänke und an den Nächsten heran und fingen vorne an, damit die Letzten sich später noch schnell hinten hineindrücken konnten.

Bei der tropischen Hitze strömte mir der Schweiß aus allen Poren. Ich saß dicht an meinen rechten und linken Nachbarn gepreßt. Meine Knie staken im Rücken meines Vordermanns, der sich dann aber bequem dagegen lehnte, während der Hintermann seine spitzen Knochen in meine empfindliche Nierengegend bohrte. Aber ich gewöhnte mich bald an diese Sitzordnung.

Als ich zum ersten Mal in die Blechkirche geriet, wurde gesungen, obwohl nirgendwo ein Lied angeschlagen war und auch keiner ein gewünschtes Lied in den Raum rief. Die sangen einfach so. Einer begann mit der Melodie, und alle anderen fielen ein.

An sich sang man nach einer festgelegten Melodie, die ich erkennen konnte. Doch die paßte nicht immer so genau, weil der Text in fünf verschiedenen Sprachen gesungen wurde. Nicht in Dialekten wie Bayerisch oder Berlinerisch, sondern in Sprachen, die so verschieden waren wie Deutsch und Türkisch oder Finnisch.

Jeder, der zur Kirche kam, sang dort in seiner eigenen Muttersprache. So laut wie er konnte, damit Gott ihn auch heraushörte. Er schrie es seinem Stammesgenossen weit vor oder hinter ihm zu, damit der gestärkt wurde und nicht aufgab oder anfing, das Lied vielleicht im Missionarsenglisch zu singen.

Die Texte waren aber nicht von einfühlsamen Poeten in die verschiedenen Muttersprachen übersetzt worden, sondern die meisten Sänger schienen es selbst getan zu haben. Darum paßte auch der Reim nicht mehr, und schon gar nicht stimmte die Melodie mit dem neuen Text überein.

Jeder sang so laut und so falsch, wie er konnte. Es gab auch noch von Missionaren in eine afrikanische Sprache übersetzte Texte, die zwar mit den Zeilen aufgingen, deren Worte aber von den Sängern nicht verstanden wurden oder etwas ganz anderes in ihrer Sprache bedeuteten als das, was der Missionar im Sinn gehabt hatte. Daher gab es oft Gelächter bei Trauerliedern oder Niedergeschlagenheit, wenn es nach dem Liedtext eigentlich lustig zugehen sollte.

Mich wunderte auch, daß kaum einer aus einem Gesangbuch sang. Ich mußte schon eine Weile angestrengt zuhören, ehe ich die Melodie des bekannten Chorals »Lobet den Herren, den mächtigen König der Ehren« erkannte. Da ich von diesem Lied auch die erste Strophe auswendig konnte, fiel ich mit der auf Deutsch ein, obwohl man bestimmt schon im vierten Vers war. Karin stieß mich irritiert an, weil ich zu laut sang. Doch meine Mitsänger drehten sich fröhlich um und ermunterten mich, weiterzusingen. Zu den fünf einheimischen Sprachen kam nun auch noch Deutsch und die Originalmelodie, wie ich sie gelernt hatte. Obwohl mein Gesang einen deutschen Kirchenmusiker nicht gerade zu einem wohlwollenden Nicken animiert hätte. Karin wurde ermuntert, auch mitzusingen, doch sie verhielt sich ruhig und gesammelt, also finnisch.

Mich wunderte es, wieviele Strophen meine Mitsänger kannten. Soweit ich unterrichtet war, gab es bei uns nur fünf Strophen von »Lobe den Herren« im Gesangbuch, doch mein Nachbar war schon bei Vers zwölf. Neugierig fragte ich ihn: »Woher kennst du denn soviele Strophen, und dann noch ohne Gesangbuch?«

»Was soll ich denn mit einem Gesangbuch?« fragte er mich zurück. »Ich kann doch sowieso nicht lesen. Ich hab mich auch schon gewundert, weil du nur eine Strophe gesungen hast. Was ist denn los mit dir, Bruder?«

Ich bedeutete ihm, daß ich nur eine Strophe kannte.

»Ich kann noch nicht einmal eine«, bekannte er, »aber weißt du denn nicht, warum wir in der Kirche singen? Wir singen da doch nicht für das Gesangbuch, sondern weil wir Gott loben und preisen wollen, und das tut jeder so, wie es ihm einfällt.«

»Aber dann stimmt der Text doch oft nicht mit der Melodie überein!« versuchte ich einzuwenden.

»Na und?« fragte er zurück. »Wenn du keine Worte mehr hast, dann singst du eben halleluja und hosianna, das paßt immer.«

Das paßte auch immer. Auch noch, als ich Deutsch dazu sang und Karin Finnisch.

Melodien und Texte veränderten sich dabei zu einer neuen Art von Musik. Nach der Zwölftonmusik führten wir die Siebentonmusik ein. Sie bestand aus den Sprachen Twi, Ga, Ewe, Dagomba, Englisch, Finnisch und Deutsch, und wir freuten uns darüber, weil es eine biblische Zahl war.

Lasset die Kindlein zu uns kommen

Das war die Devise unserer Blechkirche, und so brachten alle ihre Blagen mit. Nun muß ich aber zugeben, daß die afrikanischen Kinder nicht so aggressiv sind wie die europäischen oder amerikanischen. Sie verhalten sich ruhiger, lieben ihre Mutter, achten und verehren ihren Vater und möchten so wenig auffallen wie möglich. In der Blechkirche schliefen sich viele von ihnen durch die Predigten; sie wachten erst wieder auf, wenn gesungen und geklatscht wurde. Andere sammelten sich draußen, im Schatten der Blechbude, zur Sonntagsschule.

Die kleinen Kinder wurden von den Müttern auf dem Rücken in die Kirche getragen. Dort schlummerten sie, mit Tüchern dicht an den warmen und sicheren Mutterleib gebunden. Die Mütter, die sich in den ersten beiden Jahren nie von ihren kleinen Kindern trennten, oder nur ganz selten, waren ganz auf diese Kleinen eingestellt. Sobald sich das Kind hinten bewegte oder einige Laute ertönen ließ, wußten sie, was es brauchte. Wenn es mal mußte, zog die Mutter es hinten aus den Tüchern heraus. Sie saß aber so eingeklemmt zwischen allen andern, daß es für sie gar nicht einfach war, mit dem Kind nach draußen zu kommen. Deshalb wurde das Kind oft von den anderen durch die Reihen nach draußen gereicht und einfach aus dem Fenster gehalten. Dann kam es ledig und froh wieder zu seiner Mutter zurück. Von Toilettentraining auf dem Töpfchen, von dem Freud soviel hielt, wußte man in Takoradi nichts. Was den Kindern gut bekam.

Wenn das Kindchen hungrig wurde, zog die Mutter es auch aus der Schutzhülle heraus. Es brauchte nicht zu warten, bis es Zeit zum Essen war. Hat ein afrikanisches Kind Hunger, bekommt es etwas zu essen. Es wird nicht so auf Zeit und Pünktlichkeit gedrillt wie ein europäisches Kind, was natürlich auch Nachteile hat, wenn man an die Entwicklung der Technik denkt und an die sogenannte »afrikanische Pünktlichkeit«, die keine Sekunden und Minuten kennt und mit den Stunden auch sehr großzügig umgeht. Alles wird auf morgen geschoben. »Tomorrow.« Doch ein Sprichwort in Ghana besagt auch: »Tomorrow never comes« - morgen kommt nie.

Wenn das Kind schon größer war, versorgte die Mutter es mit einer Banane, die sie vorher gut durchkaute und auf ihren Finger schmierte, um sie dann dem Kindchen an den Mund zu halten.

War es noch kleiner, bekam es die Brust, und kein Mensch störte sich daran. Nur die weiblichen Chormitglieder, die später einen richtigen Talar trugen, einigten sich darauf, ihre Kinder nicht im Chor vor der Gemeinde zu stillen, sondern sich zu diesem Behuf hinter das Blech zu stellen.

Auch wir, Karin und ich, zogen mit unserer kleinen Tina, und später mit den beiden anderen Kindern in die Kirche. Tina hing aber nicht auf Karins Rücken, sondern schlief in ihrem Schoß.

Als sie einmal zu weinen begann, sagte Karin zu mir: »Tinchen hat Hunger. Ich habe aber im Moment nicht genügend Milch. Im Wagen ist eine Flasche, hol sie doch bitte.«

Doch ehe ich zum Aufstehen kam, stand Mercy Mills schon neben unserer Reihe und hatte die Situation erfaßt: »Schwester, hast du nicht genug Milch? No problem, ich habe reichlich. Gib die Kleine mal her.«

Verwundert reichten wir ihr unsere kleine Tina, die dann mitten im Gang gestillt wurde. Das gefiel allen Gemeindemitgliedern so gut, daß die Predigt unterbrochen wurde und alle zu klatschen anfingen, Karin und ich auch.

Unsere Tina nuckelte vergnügt am fremden, dunkelbraunen Busen. Es ist ihr anscheinend sehr gut bekommen.

Gott ist gegenwärtig

Bevor der offizielle Gottesdienst begann, mit Pastor und Liturgie, sangen wir schon unseren siebenstimmigen Gesang, der uns allen tief aus der Seele und dem Herzen kam. Wir jubelten in der Bude, daß das Blech schepperte.

Draußen versammelte sich währenddessen der Kirchenvorstand samt Chor. Auch standen dort die fünf Prediger, die in der vorigen Woche zum Teil gemeinsam ihre Predigten vorbereitet hatten.

Eine Krankenschwester, die in England ausgebildet worden war, hatte von dort die Idee mitgebracht, daß wir auch einen offiziellen Chor haben müßten. So einen richtigen mit Chorhemden, Talar und College-Käppi. Allerdings besaßen noch nicht alle Mitglieder diese teure Tracht. Die Männer sollten einen schwarzen Talar mit weißen, kürzeren Chorhemden tragen und nichts auf dem Kopf, die Frauen den gleichen Talar, aber mit einem weißen Schal um den Hals und vor der Brust sowie eine College-Mütze, weil Paulus in der Bibel vorgeschlagen hatte, daß die Frau ihr Haupt bedecken sollte, wenn sie zur Kirche kam.

Ich meinte, diese Tracht paßte weder nach Afrika noch in unsere Blechkirche, aber die meisten waren da anderer Meinung, und der Chor war ganz besonders stolz auf seine Tracht. Viele von ihnen stolzierten damit schon auf dem Weg zur Kirche durch die Stadt. Andere besaßen nur die Kappe oder den Talar oder das Chorhemd. Was sie darunter trugen, paßte nicht immer dazu. Zum Beispiel Turnschuhe oder Sandalen, oder barfuß und darüber der Talar. Aber das störte keinen.

Dieser Chor übte auch europäisches Liedgut ein, schwierige Choräle von Bach, wobei ich nicht sicher war, ob der Chorleiter überhaupt die Noten richtig kannte.

Wir besaßen sogar einen Organisten und ein Harmonium. Unser Organist war »Hausboy«, Diener bei einer

Missionarsfamilie gewesen. Diese hatte ihm ihr altes Harmonium vererbt, als sie wieder nach Europa zurückkehrte. Auch trug unser schon grau und krumm gewordener Organist den alten Hochzeitsanzug des Missionars dazu, der um ihn herumschlotterte. Der weiße Kragen war schon längst aufgerieben, und die Farbe des Schlipses war nur noch als speckig zu bezeichnen.

Jeden Sonntag versuchte der brave Mann mit seinem Harmonium gegen unseren großen Gesang anzukommen, was ihm aber nicht gelang. Er mußte gewaltig treten, um überhaupt noch einen Ton aus dem Harmonium zu bekommen, und dann war der Ton meistens auch noch falsch, weil es eigentlich gestimmt werden mußte.

Trotzdem versuchte er immer wieder, unseren Gesang zu regulieren. Manchmal hob er auch die Hand, um uns in einen ruhigeren Rhythmus zu bringen. Er wollte uns so singen lassen, wie er es vom Missionar gelernt hatte, getragen und jedes Wort einzeln kauend, doch damit setzte er sich nicht durch.

Aber er strahlte, wenn er sah, daß sich draußen Chor und Kirchenvorstand formiert hatten und im feierlichen Schritt auf die Kirche zubewegten. Schon draußen begannen sie das Lied zu singen, mit dem bei uns jeder Gottesdienst begann: »Gott ist gegenwärtig«.

Das drang hinten in die Blechkirche ein. Die letzten Reihen standen schon auf und stießen uns in den Rücken. Dieser Stoß pflanzte sich weiter fort nach vorn. Unser Gesang ebbte ab, und dann nahmen wir den Choral von draußen auf und fielen ein.

GOTT IST GEGENWÄRTIG. Das sangen wir ganz getragen.

In mir gab es eine Wandlung. Ich war doch vorher ein ziemlicher Individualist gewesen, wie wir alle in Deutschland, und kroch ganz gerne in mich zurück, wie in ein Bett. Machte fast alles mit mir alleine aus, die Gedanken und

Gefühle. Oder später mit Karin, aber das war eine doppelte Individualität.

Auch mit meinem Glauben war es so gewesen, eine private Sache zwischen meinem Schöpfer und mir. Dann wurde ich Missionar, weil ich davon überzeugt war, was ich glaubte, und meinte, dieser Glaube würde auch anderen guttun.

Doch in der Blechkirche von Takoradi erlebte ich eine andere Dimension. Auf einmal war der Glaube nicht mehr meine Sache. Sie nahmen mich mit, die Menschen, die neben mir sangen, standen, mit mir schwitzten. Die spürten, daß Gott gegenwärtig war, und ich spürte es auch.

Es war aber nicht nur Gefühl, es war mehr. Ich konnte das nicht in Worte fassen. Es war auch anders als meine Gefühle für Karin, und doch erinnerte es mich daran.

Da, in Takoradi, spürte ich, was Jesus einmal so ähnlich seinen Leuten gesagt hatte: »Ich bin bei euch gewesen, und ihr habt mich nicht gesehen oder gespürt.« Nun spürte ich ihn. Auf einmal war mehr da, als ich jemals geahnt hatte.

Ich nahm meine Schwestern und Brüder auf, ich nahm Gott auf. Da war er, in meinen Schwestern und Brüdern, in ihrem Glauben, ihrer Hoffnung, ihrer Liebe und ihrem Gesang. Ich betete mit ihnen an. Ich erlebte meinen Schöpfer, den Sinn, die Weite meines Lebens. Alle diese Menschen waren meine Brüder, würden es immer sein, Gottes Kinder, Gott in ihnen und in mir.

So erlebte ich es jeden Sonntag in der Blechkirche. Es war nicht mehr mein Gott, sondern unser Gott. Da war er, mitten unter uns.

Ich wurde ein afrikanischer Christ, nicht in dem einen Gottesdienst, sondern nach und nach. Nicht mehr grübeln, um das Leben und seinen Sinn. Ich gab mich dem Wissen hin, dem Gefühl, der Erfahrung. Und Karin auch, der es sicher noch schwerer fiel, in ihrer Nüchternheit. Wie alle anderen und mit ihnen sang ich: »Gott ist gegenwärtig, lasset uns anbeten und in Ehrfurcht vor ihn treten.«

Jeder soll die Frohe Botschaft in seiner Muttersprache hören

Nach dem Einzug und dem Lied wurde zunächst einmal kräftig gebetet. Dann trat der Vorarbeiter vom Hafen, unser Kirchenvorstand, ans Pult, las den Text in Ga vor und predigte darüber. In seiner Muttersprache. Natürlich waren die Gas ganz bei der Sache, und wir anderen freuten uns darüber, daß sie, fern von ihrer Heimat bei Accra, auch hier im Westen das Evangelium so hören konnten, daß sie es verstanden. Da wir alle den Text kannten, wußten wir, worum es ging. Und wenn sie lachten, lachten wir alle mit; wenn sie traurig wurden, nickten wir dazu. Wir verstanden natürlich alle, wenn der Name Jesus Christus fiel, und riefen halleluja mit, wenn die Gas es taten.

Dann kamen die anderen Stämme an die Reihe, und zum Schluß predigte meistens unser Pastor in Englisch. Aber in Pidgin, also in der westafrikanischen Version dieser Sprache, die mit sehr wenigen Worten und einer Minimalgrammatik auskommt. In richtigem Englisch heißt zum Beispiel »Ich gehe jetzt und komme gleich wieder«: »I'll go now and return soon.« Auf Pidgin lautet es: »I go come back small, small.«

Keiner stand allein am Pult, wenn er predigte. Er konnte sicher sein, daß wir alle auf ihn hörten und für ihn beteten. Wer ihn nicht verstand, der betete eben für ihn. Gefiel einem ein Gedanke, dann rief er: »Halleluja!« Auch Fragen wurden gestellt. Zum Beispiel, als wir die Hochzeit zu Kana erzählten. Auf dieser Hochzeit hatte unser Herr sechshundert Liter Wasser zu Wein verwandelt. Da fragte ein Bruder: »Du weißt ja, lieber Prediger, wie teuer bei uns das Benzin ist und wie knapp. Meinst du, daß unser Herr aus Wasser auch Benzin machen kann?«

Bei der anschließenden großen Debatte waren wir alle der Meinung, daß das möglich sei. Doch unser Vorarbeiter vom Hafen schränkte ein: »Ich glaube nicht, daß er das machen wird. Den Wein hat er uns zur Freude geschaffen. Benzin ist etwas Künstliches, und das stinkt und macht die Luft kaputt, sagen sie.«

Die Prediger waren keine Theologen, sondern einfache Männer und später auch Frauen. Die legten die Bibelstellen nicht aus, sondern ließen uns an den Geschehnissen teilnehmen. Wenn ein komplizierter Text dran war, dann fragten sie uns alle um unsere Meinung; auch die Umstände mußten ganz genau erklärt werden, und die Personen, die damit zu tun hatten. Das war ganz wichtig.

Die meisten Predigten endeten so: »Du bist ein Mensch, du hast Gott enttäuscht, genauso wie ich. Der hatte mit uns etwas ganz anderes vor, doch wir wollen alles besser wissen. Wir sind nicht besser als die Nichtchristen. Ganz im Gegenteil, wir wissen, daß wir Sünder sind. Wir sind vergängliche Menschen, aber zu uns ist der Heiland gekommen. Der will, daß wir wiedergeboren werden. Daß wir nicht für uns leben, sondern für alle anderen Menschen und für unseren Schöpfer. Du mußt wiedergeboren werden. Amen.«

Jede Predigt durfte nur zehn Minuten dauern, denn sonst kamen wir nicht durch, mit unseren sieben Predigten. Sollte es zum Ende kommen, dann fingen die in der ersten Reihe schon an zu rufen: »War gut, Bruder, amen.«

Hörte der nicht auf diese Warnung, fingen wir an zu klatschen. Dann war die Predigt sowieso zu Ende.

Die Predigten waren immer interessant. Kriegte der Predigende das nicht hin, dann griffen die Hörer ein, fragten und gaben ihre Meinung kund. Trotzdem geschah es, daß einige Leute einschliefen. Sie waren zu ausgehungert und zu müde.

Karin und ich waren die einzigen Weißen in der Kirche. Schon am zweiten Sonntag sagten die Ältesten zu mir: »Karin muß die frohe Botschaft auch in ihrer Muttersprache hören. Du kannst ruhig auf Deutsch predigen, auch wenn wir nichts verstehen. Wir beten dann für dich und für sie.«

Ich fand das rührend, aber dann machte ich den Fehler zu sagen, daß Karin gar keine Deutsche, sondern eine Finnin sei.

»Na, das ist auch nicht schlimm«, meinte der Kirchenvorsteher, »dann predigst du eben auf Finnisch.«

»Aber das kann ich gar nicht«, warf ich ein.

»Was?« wurde ich erstaunt angesehen, »du hast eine Finnin zur Frau und kannst noch nicht einmal 'ich liebe dich' in ihrer Sprache sagen?«

»Doch, doch«, verteidigte ich mich, »das kann ich gerade noch. Aber Karin gehört zu der Schwedisch sprechenden Minderheit in Finnland, und bei ihr zu Hause wurde Schwedisch gesprochen.«

»Das macht uns nichts aus«, meinte der Pastor, »dann predigst du eben auf Schwedisch zu ihr.«

Ich versuchte mich da auch herauszureden, aber es gelang mir nicht. Ich mußte auf Schwedisch predigen, Karin sollte die frohe Botschaft in ihrer Muttersprache hören.

Alle wunderten sich, daß Karin sich immer freute, wenn ich predigte.

»Na ja«, sagte unser Senior, »verständlich, denn sie sind so jung verheiratet, sie lieben sich.«

Aber wenn sie auch bei ganz ernsten Texten plötzlich auflachte und eigentlich nie ernst bei der Sache war, auch wenn der Text das nahelegte, wunderten sie sich.

Das muß schon eine Mischung gewesen sein, die ich da in sogenanntem Schwedisch sprach! Sie bestand aus dem wenigen Schwedisch, das mir bekannt war, mit finnischem Akzent. Den Rest versuchte ich ihr auf Plattdeutsch und im Kohlenpottslang zu sagen. Aber bald wechselte ich ganz ins Deutsche, es merkte keiner, und Karin verstand es. So hörte sie die Botschaft nicht gerade in ihrer Muttersprache, aber in der ihres Mannes. So bekam sie die Liebe und Freude auch mit. Später mußte sie hinters Pult kommen, um mir etwas zu sagen.

Bekanntmachungen

Nicht weiter blättern, liebe Gemeinde, es wird nicht so langweilig wie bei uns. Nach dem Predigen sangen wir erst einmal kräftig unsere Siebentonmusik, in der das Harmonium samt Organist - so ließ er sich gerne nennen - ertrank.

Dann wurde bekanntgegeben. Jeder, der etwas zu sagen hatte, konnte nach vorne kommen oder es einfach von seinem Platz aus erzählen. Um die Aufmerksamkeit seiner Zuhörer zu erringen, rief jeder, ehe er mit seinen Bekanntmachungen begann: »Aiko!«, worauf wir »Jaje« antworteten.

Zunächst einmal kam das Traurige an die Reihe. Der Tod von Gemeindemitgliedern, Verwandten und Bekannten wurde bekanntgegeben. Meistens waren sie schon beerdigt worden, weil das bei unserem Klima sehr schnell geschehen mußte. Doch nach dem »Burial«, der Beerdigung, gab es noch ein »Funeral«, einige Wochen später, bei dem man den Toten oder die Tote feierte. Eigentlich ist das in Ghana die schönste und ergreifendste Feier für einen Menschen. Man denkt an alle seine guten Seiten, es wird für ihn gesungen, gebetet, getanzt, gegessen und getrunken, doch leider ist man als Verstorbener dann nicht mehr dabei.

Nach den Todesfällen kamen die Kranken dran. Ihr Ergehen wurde in allen Einzelheiten bekanntgegeben, damit man gezielt dafür beten konnte. Natürlich nahmen die Angehörigen auch gute Ratschläge mit oder baten um Besuche. Die wurden dann sofort eingeteilt. Oder die Besucher sprachen sich nach der Kirche ab.

Für die Kranken wurden Leute gesucht, die intensiv für sie beteten. »Eigentlich sollte immer einer von uns für den Menschen in Not und Leid beten«, meinte der Vorarbeiter, »damit der weiß: ›Ich bin nicht allein.‹ Das wird uns dann auch guttun, wenn wir mal dran sind.«

Einmal meldete sich ein Schüler: »Am Montag habe ich eine ganz wichtige Mathematikklausur. Ich habe ja zu pauken versucht, aber ich verstehe es einfach nicht. Wer kann mir da helfen?«

Ein älterer Mann meldete sich: »Ich weiß nicht, was Mathematik und Klausur ist. Ich kann weder lesen noch schreiben. Aber ich werde für dich beten. Wann hast du denn das mit der Mathematik genau?«

»Von zehn bis zwölf«, antwortete der Junge.

»Gut«, sagte der alte Mann, »dann werde ich an dich denken und unseren Herrn bitten, daß er dich mit Weisheit füllt.«

Nur wenn Geschäfte verhandelt werden sollten, griff der Kirchenvorstand ein. »Das wollen wir hier nicht«, zürnte dann der Vorarbeiter aus dem Hafen, »sonst kommt Master Jesus noch hierher und treibt uns alle mit der Peitsche aus der Kirche, wie damals die Juden aus dem Tempel.«

Einmal suchte ich nach einer Stelle für einen Jungen, der seinen Vater durch einen Schlangenbiß verloren hatte. Er zeigte sich sehr anstellig bei uns in der Baracke, doch es gab keine Arbeit für ihn. Zuviele Menschen waren in Ghana arbeitslos. In unserer Kirche gab es aber einen Vorarbeiter von der Bahn. Den fragte ich, ob es bei ihm keine Möglichkeiten für den Jungen gebe, der ja auch seine Mutter und sieben Geschwister miternähren mußte.

Der Mann überlegte, und am nächsten Sonntag hatte er etwas gefunden: »Ich habe mit dem Personalchef der Eisenbahn gesprochen. Eigentlich ist keine Stelle frei, doch er kann dem Jungen eine Lehrstelle als Schmied in der Reparaturwerkstatt besorgen. Allerdings mußt du dem Personalchef zwanzig Pfund dafür geben.«

Das war eine hohe Summe damals, und ich fand es auch nicht richtig, daß ein so gut verdienender Mann danach fragte. Ich versuchte meinen Unmut nur indirekt zu zeigen, um die Stelle des Jungen nicht zu gefährden: »Meinst du denn, daß der Junge ganz bestimmt diese Stelle bekommt, wenn ich zahle?«

»Ganz sicher«, antwortete mein Gewährsmann, schon ein wenig beleidigt, »der Personalchef ist doch ›a Christian Gentleman‹!«

Ende der Bekanntmachungen.

Einmarsch der Market Mammies

Schon während der Lieder nach den Bekanntmachungen wurden die Marktfrauen leicht unruhig und zogen sich in den hinteren Teil der Kirche zurück. Dem Pastor und dem Organisten wurden Nachrichten zugewedelt, in Frauenmanier, keiner wußte so recht, was sie bedeuten sollten, und außerdem widersprachen sie sich auch.

Aber dann war es endlich so weit. Der Organist nahm alle seine Kraft zusammen, trat kräftig nach Luft, und wir konnten sogar das Vorspiel zu dem Lieblingshymnus der Marktfrauen erkennen: »Onward, Christian Soldiers ...«, vorwärts, christliche Soldaten.

Mit diesem Schlachtruf marschierten Miss Mercy Mills und ihre Truppe in die Blechkirche ein. Jede von ihnen trug eine große Holzschale wie ein Schild vor sich her. Ihre Gesichter sahen so aus, als wären sie zu allem entschlossen.

Obwohl unsere Bankreihen so dicht hintereinander

standen, daß sich kaum ein normaler Mensch durchschlängeln konnte, drängten sich die Mammies hinein. Mit dem gewinnendsten Lächeln, das sie aufbringen konnten.

Wir sangen nicht nur mit, sondern wir stampften den Rhythmus des Liedes mit unseren Füßen.

Mercy rief von hinten durch die Kirche: »Unser Herr will nicht nur eure Herzen bekehren, sondern auch eure Geldbörsen.«

»Amen«, antworteten wir im Chor.

Die Mammies nahmen sich jeden einzelnen Kirchenbesucher mit ihren Holzschalen vor. Keiner wurde bei uns alleingelassen, auch beim Kollekteneinsammeln nicht.

Ich war sehr verwundert, to say the least, als ich zum ersten Mal diese Kollekteneinsammlung erlebte. Mercy und ihre Genossinnen sahen genau zu, was der einzelne auf ihre flachen Schalen legte. Sie blieben stehen, wenn sie meinten, daß es nicht genug sei, nicht dem entspreche, was der Spender eigentlich geben konnte.

Um uns so richtig in Stimmung zu bringen, stimmten sie nach dem Kriegsgesang der christlichen Soldaten das Lied »Rock my soul in the bossom of Abraham« an. In dieses Lied konnten wir uns so richtig hineinwiegen.

Danach wurden sie wieder ganz massiv, indem sie uns singen ließen: »Nimm mich, Herr, und alles was ich habe . . .«

Dann stand Mercy plötzlich vor mir mit dem großen, offenen Teller. Ich meinte, schon vorgesorgt zu haben, legte einen Schein auf die Schale, wie ich noch nie einen in Deutschland gespendet hatte. Aber trotzdem sah mich Mercy zweifelnd und enttäuscht an.

»Brüderchen«, schmeichelte sie mir und schien Verständnis für mich zu haben. Aber dann: »Hör mal, ich nehme ja nicht an, daß du den lieben Gott und die Armen der Gemeinde beleidigen willst. Sicher hast du dein Portemonnaie vergessen. Ich werde dir einen Schein vorstrecken.«

Dann griff sie in ihren Büstenhalter, wo viele Marktfrauen ihre Scheine verwahren, und legte einen, im doppelten Wert meiner Gabe, auf die Schale.

»So«, belehrte sie mich, »das ist richtig. So was mußt du geben, und noch mehr. Und am nächsten Sonntag gibst du mir wieder meinen Schein zurück.«

Dann zog sie weiter. Mein Nachbar besaß gar kein Geld. Er legte ein paar Maiskolben auf die Schale und bekam einen dankbaren Knicks dafür. Auch die Witwe in der Reihe vor mir, die ein Ei auf den Teller legte. Ihrem Gesicht sah ich an, daß sie es sich vom Mund abgespart hatte.

Mir fiel das Scherflein der Witwe im Tempel ein, und ich kam mir so mies und mickerig neben ihr vor.

Ich dachte auch an Karins Devise, wenn ich darüber klagte, daß wir nicht genug Geld hätten und zuviel ausgeben würden: »Wir haben bisher immer das Geld gehabt, das wir brauchten. Oder nicht? Ich weiß auch nicht, woran es liegt. Dein Gehalt ist nicht üppig, und ich verdiene gar nichts. Aber das ist meine Erfahrung.«

Versteigerungen gab es auch. So wurde ich meinen Hochzeitsanzug los, von dem Karin behauptete, er würde sowieso bei uns im Schrank schimmeln und ich würde ihn nie tragen.

Einmal saß ein Mann neben mir in der Blechkirche, der ein lebendiges Huhn mitgebracht hatte. Unten hatte er der armen Kreatur die Beine zusammengebunden. Nicht gerade der richtige Anblick für den Tierschutzverein. Das Huhn gackerte und entleerte sich dabei. Ich wußte erst nicht, was er mit dem armen Tier in der Kirche wollte. Hatte er Angst, daß man ihm in der Kirchzeit das Huhn aus der Wohnung stehlen würde?

Aber bei der Kollekte wandte er sich an Mercy und bat sie: »Ich habe kein Geld, darum möchte ich das Huhn für die Kollekte versteigern lassen. Du kannst das besser als ich ...«

Ok, Mercy versteigerte das Huhn, und ich kam dran.

Alle steigerten mich hoch, und dann bekam ich das flatternde und keckernde Tier für einen unerhörten Preis zugesprochen.

Karin fuhr mich an: »Was willst du denn damit?«

»Du kannst es uns ja heute braten«, schlug ich vor.

»Lebendig?« fragte sie zurück. »Nein, nein, du hast es ersteigert, du mußt es auch töten, ausnehmen und rupfen.«

Das tat ich dann. Anschließend versuchte Karin das Huhn zum Essen vorzubereiten. Sie versuchte alles. Sie kochte es, sie grillte es, sie briet es. Sie war den ganzen Sonntag damit beschäftigt, und zum Schluß riß ich mir fast die Zähne an dem harten Gummi aus.

Karin meinte: »Nächstes Mal leg das Geld sofort auf die Schale, aber bring nur nicht wieder ein zähes Laufhuhn nach Hause.«

Ergreifend war am Sonntag auch immer die Kollektenübergabe am Altar. Wir standen auf und sangen ein Danklied. Die Marktfrauen, angeführt von Mercy, marschierten feierlich nach vorn.

Ehe sie ihre Schalen auf den Tisch stellten, griff unser Kirchenvorsteher, ohne hinzusehen, in den Berg aus Scheinen und Geldstücken, nahm eine Handvoll heraus und schob es dem Pastor in die Jackentasche. Das war sein Gehalt für die Woche. Keiner wußte, wieviel er bekam. Doch er litt nie Mangel, wie er uns sagte.

Am Schluß verbeugte sich der Pastor vor unserem Herrn und dann vor uns. »Unser guter Herr segne euch, ihr lieben Schwestern und Brüder.«

»Und dich auch«, riefen wir froh.

Mutters Tod

Einer von den jungen Männern, die beim Fußballspiel und den »Massa Jesus Stories« dabei waren, arbeitete gerade als Maurer in der Post, als ein Telegramm für mich ankam. Normalerweise wurde das immer in unser Postfach gesteckt, da in Ghana keine Post ausgetragen wurde, doch als der junge Mann hörte, wie die Postmänner sich an meinem Namen versuchten und am Text des Telegramms, erbot er sich, mir das Telegramm zu überbringen. Er bekam es ausgehändigt und rannte los.

Er wollte mir die gute Nachricht - denn was konnte sonst in einem Telegramm stehen? - so schnell wie möglich zukommen lassen. Schon von weitem schwenkte er das Telegramm und rief: »Fritz, Fritz, hier kommt eine gute Nachricht aus Deutschland.«

Er übergab es mir, und ich las es. Er sah an meinem Gesicht, daß es keine gute Nachricht war.

Ich las es, ich übersetzte es ihm. Meine Schwester telegrafierte: »Mutter heute gestorben.«

»Oh Bruder!« rief er, und die Tränen stürzten ihm aus den Augen.

Ich konnte es nicht fassen, das konnte doch nicht sein. Benommen ging ich zu Karin in die Wohnung, und da saßen wir.

Doch kaum hatten wir angefangen zu denken, ob ich nach Deutschland fliegen sollte und wie, denn das war damals sehr kompliziert, da fuhren draußen mehrere Taxen vor. Der Maurer hatte die »Buschtrommel« mitten in der Stadt in Bewegung gesetzt und unseren Pastor unterrichtet. Der war mit den Taxen, die er finden konnte, bei Gemeindemitgliedern vorbeigefahren und kam nun zu uns.

Uns stand der Sinn nicht nach Besuch. Ich wollte ihnen schon sagen: »Schön, daß ihr gekommen seid, aber laßt uns nun bitte allein.« Aber ich kam nicht dazu.

Draußen formierten sich zehn, zwanzig Leute, und immer mehr Männer und Frauen kamen hinzugeeilt. Dann zogen sie in unsere Baracke ein und sangen: »Gott ist gegenwärtig.«

Langsam, traurig und feierlich zogen sie ein. Sie litten mit. Ich sah es an den Gesichtern. Aber sie brachten auch ihren Glauben und ihre Hoffnung mit. Wir standen auf, Karin und ich. Wir sangen mit, mit Tränen in den Augen, die ich erst zurückhalten wollte, aber dann laufen ließ. Sie weinten auch, die Schwestern und Brüder, die uns trösten wollten. Sie füllten unser Wohnzimmer, sie umringten uns, nahmen uns in die Mitte.

»Wie hieß denn deine Mutter?« fragte Mercy, die direkt vom Fischmarkt gekommen war und noch danach roch.

»Anna«, antwortete ich.

Alle knieten nieder und beteten für Anna in Deutschland, für meine Mutter. In Ga, in Ewe, in Twi, in Englisch, in Grunshie. Ich kniete mich auch nieder und drückte dabei Karin an mich. Wir waren nicht allein. Die Menschen trugen uns mit ihrer Hoffnung. Wie sie unseren Heiland baten, bestürmten, Anna doch in sein ewiges Reich aufzunehmen! Sie beteten für das Seelenheil der Schwester Anna, Fritz' Mutter im fernen, kalten Deutschland. Und um Trost für meine Schwester, deren Namen sie auch in Erfahrung brachten.

Dann setzten wir uns, auf den Boden, auf die Stühle, aufs Sofa. Sie sangen Dankchoräle für das Leben meiner Mutter. Ich mußte ihnen von ihr erzählen, von ihrer schweren Jugend in Masuren, von der weißen Brücke und dem Kruschkenbaum an ihrem Elternhaus, das auch nicht viel mehr war als eine Hütte.

Ich erzählte ihnen von ihrer Stellung beim Rechtsanwalt in Dortmund, und wie sie den Vater auf dem Rübenberg kennengelernt hatte.

Alle lächelten. Von Vaters Verhaftung durch die Nazis

erzählte ich ihnen und von seinem schweren Steinstaubtod, und wie die Mutter immer gesagt hatte: »Ich will jetzt nicht alleine bleiben, ich will zu ihm.«

Dann sangen sie wieder Dankchoräle. Das tat so gut, von der Mutter zu erzählen; es tröstete.

Während ich erzählte und wir beteten und sangen, war Mercy mit einem Taxi noch einmal weggefahren. Bald kam sie beladen wieder zurück. Sie hatte das Abendessen für uns alle eingekauft, und die Frauen machten sich daran, es vorzubereiten.

An alles hatte sie gedacht, sogar an den Holzkohlenofen, den sie im Hof aufstellte. Die Frauen bereiteten Fufu vor und Fisch in Pfeffersoße. Sogar eingelegte Schweinefüße wurden gekocht, weil Mercy wußte, daß ich sie gerne aß.

Bier gab es auch und Palmwein. Wir aßen. Tina bei einer Mammy auf dem Schoß.

Unsere Tochter hatte sich so an die Frauen gewöhnt, daß diese sie auch waschen und ins Bettchen bringen konnten. Karin sollte freihaben, sollte sich um nichts kümmern.

Karin und ich gingen dann ins Bett. Mercy und die anderen Frauen wollten die ganze Nacht über bei uns bleiben, damit wir uns nicht allein fühlten. Als wir im Bett lagen, hörten wir sie leise singen und beten. Die ganze Nacht durch. Wir fühlten uns geborgen, wir waren nicht allein, wir hatten Schwestern und Brüder in Afrika, die nicht nur uns, sondern auch meine Mutter liebten.

Das werde ich nie, nie vergessen.

Die Taufe unserer kleinen Anna

Die ganze Blechkirche jubelte und trommelte, als wir mit unserer gerade zwei Tage alten Tochter Anna in die Kirche kamen. Anna, die wir oft Sya nennen, war unsere zweite Tochter. Jeder wollte sie streicheln, und was sie da an Segen und guten Wünschen abbekam, hätte für ihr ganzes Leben gereicht, wenn wir es hätten konservieren können. Natürlich wollten alle zur Taufe kommen. Karin, die Nüchterne von uns beiden, seufzte: »Das wird uns ein Vermögen kosten.«

Doch die Fischer beruhigten sie: »Wir werden dir deine Badewanne voll mit Fischen kippen.« Ein Palmweinzapfer versprach: »Ich bringe ein ganzes Faß mit.«

Am Sonntagmorgen war die Blechkirche schon voll gestopft, als wir sie erreichten. Wir konnten uns nur noch in die letzte Bankreihe zwängen. Schon lange hatte der Gesang angefangen, und in den verschiedenen improvisierten Liedern kam immer wieder der Name Anna vor. Sie beteten für unsere Kleine, das machte uns glücklich.

Dann zog der Kirchenvorstand samt offiziellem Chor ein. Wir standen alle auf und sangen mit Inbrunst: »Gott ist gegenwärtig...« Auch unsere Bekannten aus Accra, die wir eingeladen hatten.

Gepredigt wurde über: »Lasset die Kindlein zu mir kommen und wehret ihnen nicht.« Das war sowieso klar in der Blechkirche, Kinder gab es dort überall, und alle musterten die kleine, hellblonde Anna. Alle wollten ihre weiße Haut einmal anfassen; sie taten es so vorsichtig, als ob Anna etwas ganz Zerbrechliches wäre.

Zur Taufe wurden wir nicht nach vorne gerufen, sondern der Pastor und die Ältesten kamen zu uns nach hinten. Eine Marktfrau trug die Waschschüssel mit dem Taufwasser auf dem Kopf hinterher. Sie fühlte mit den Fingern hinein, ob es auch nicht zu kalt war. Dann blieb die Prozession vor uns stehen und sah sich Anna in aller Ruhe erst einmal an.

Unsere Gäste verhielten sich zunächst abwartend. Wir hatten auch die eingeladen, für die Kirche eine unbekannte Größe geworden war. Unter ihnen gab es eine Journalistin, die in Afrika feststellen wollte, was die Kolonialisten alles falsch gemacht hatten und wie die Gelder der Entwicklungshilfe verschwendet wurden.

Sehr kritisch saß sie neben Karin, sehr hübsch und kühl. Doch als sie die freundlichen Blicke des Kirchenvorstands auf unserer kleinen Anna ruhen sah, mußte sie wehmütig lächeln. So ein Kindchen, das fehlte der emanzipierten und selbstbewußten Dame doch.

Wir vier fühlten uns so richtig wie eine Familie an jenem Morgen, Karin, Tina, die schon zwei Jahre alt war, und ich, und Anna sicher auch. Ich drückte sie alle fest an mich.

Kwesi, unser Pastor, kratzte sich nachdenklich unter seinen Kräuselhaaren und hub dann an, als ob er bei uns im Wohnzimmer sitzen würde: »Meine liebe Karin, lieber Fritz, unser Schöpfer hat euch ein wunderbares, kleines Stückchen neues Leben geschenkt. Ich habe mich darüber gefreut, daß sie Anna heißt, wie Fritz' Mutter. Nun lebt die Erinnerung an sie mit dieser kleinen Anna unter euch weiter. Fritz, du hast mir mal erzählt, daß dein Vater deiner Mutter immer ein Lied sang, wenn er sie besonders mochte. Ich habe nur die Melodie behalten, nicht euern schwierigen Text. Das Lied mußt du uns übersetzen und dann vorsingen. Die Melodie singe ich mit, und die anderen auch.«

Was konnte ich dagegen machen? Ich bin kein guter Sänger, aber es fällt mir leicht, laut zu singen. Ich sagte ihnen den Text vor und übersetzte ihn für meine Freunde: »Ännchen von Tharau...«

Dann sang ich das Lied für meine Mutter und die kleine

Anna, und bald fielen alle ein und summten die Melodie mit. Es ging uns allen nahe. Wir gehörten zu diesen Menschen, und meine Gäste aus Accra fühlten das auch. Obwohl es einigen doch unbehaglich war, so in Tuchfühlung und schwitzend bei den Fremden. Auch blieb ihnen nichts anderes übrig, als mitzusingen, weil ihre Nachbarn ihr Schweigen nicht verstanden hätten.

Dann begann Kwesi mit seiner Ansprache: »Karin und Fritz, wir haben gerade das Lieblingslied unserer Geschwister Anna und Hermann gesungen, die beide leider schon nicht mehr bei uns sind. Aber vielleicht freuen sie sich im Himmel über diese Taufe und sehen zu.

So wie Fritz aus der Liebe seiner Eltern entstanden ist, und du, Karin, aus der deiner Eltern, so hat eure Liebe diese kleine Anna in die Welt gebracht.

Nicht durch Nehmen entsteht neues Leben, sondern durch Geben, durch Liebe. Damit folgen wir auch dem schönsten und höchsten Gebot, das unser Schöpfer uns gegeben hat: Liebe Gott von ganzem Herzen, und deinen Nächsten wie dich selbst.

Herrlich ist es, wenn neues Leben entsteht, doch leider wissen wir auch, daß dieses Leben einmal vergehen wird. Sicher wollen wir bei der Taufe des kleinen Würmchens nicht lange vom Tod reden, der kommt schon auf jeden Fall und immer zu früh, wie man denkt; aber wir kommen doch nicht darum herum, daß dieses Leben, jedes Leben, einmal ein Ende hat. Ihr habt eure Anna zur Taufe gebracht, weil ihr nicht möge, daß mit diesem Erdenleben und dem Tod für sie alles vorbei ist. Ihr möchtet, daß sie ewig lebt, daß sie nie vergeht, wie die Liebe nie vergehen möge. Ihr wollt sie nach eurem Glauben und eurer Hoffnung taufen lassen, damit es für sie auch ein ewiges, unvergängliches Leben gibt.

So etwas können wir uns nicht vorstellen, ich auch nicht. Aber darauf hoffen wir. Deshalb kommen wir heute hier zusammen, für Anna, für ihr und unser ewiges Leben.

Dieses Leben kann sie nur bekommen, indem sie wiedergeboren wird, indem sie über ihr vergängliches Leben hinauskommt.

Der alte und weise Professor Nikodemus ist in der Nacht zu Master Jesus gekommen und hat ihm Komplimente gemacht, wollte mit ihm theologisch diskutieren, doch da fuhr der Heiland ihm dazwischen und sagte ihm, daß keiner das Himmelreich erreichen kann, der nicht wiedergeboren ist.

So ist es, liebe Leute. Wir müssen wiedergeboren werden. Wir alle. Das ist aber nichts Mystisches und hat auch nichts mit Juju zu tun. Wiedergeboren sein heißt ganz einfach, daß wir wissen, wir sind Gottes Kinder. Wir haben einen Vater, einen Heiland, der uns an die Hand nimmt und durch das Leben und in das ewige Leben führt.

Ihr wollt die kleine Anna taufen lassen. Ihr wollt, daß sie später einmal ein Ja zu dieser Taufe sagt und wiedergeboren wird. Dabei könnt ihr ihr aber nur helfen, wenn ihr selbst wiedergeboren seid. Darum muß ich euch Paten und Eltern fragen, ehe ich euch als Taufpaten zulassen kann: Seid ihr wiedergeboren?«

Er gab uns einige Zeit zum Nachdenken. Die Gemeinde betete für die Paten. Dann fragte er uns einzeln: »Bist du wiedergeboren?« Worauf wir mit Ja antworteten.

Dann nahm Esther, die Taufpatin, unser Kind, und der Pastor taufte Anna. Er faßte tief in die Schüssel hinein und taufte unsere Anna so, daß nicht nur sie naß wurde, sondern auch die ganze Nachbarschaft und besonders die Eltern und Paten.

Alle lachten und freuten sich, als wir naß da standen. Doch wir würden diese Taufe lange nicht vergessen.

Dann nahm der Pastor unsere kleine Anna in die Arme und hielt sie hoch: »Das ist unsere, das ist eure kleine Anna. Sie gehört nun zu uns. Sie ist unser Kind. Wir haben sie lieb, wie unser eigenes Kind. Sie soll das immer wissen: Sie hat auch Eltern und Geschwister in Afrika und überall, wo Gottes Kinder sind. Wir sind nun auch für sie und ihren Glauben und ihr Leben verantwortlich. Das ist schön, aber das ist auch schwer.«

Er schritt mit unserem Kind durch die Kirche. Die Marktfrauen und die Mütter stimmten ihr Lieblingslied an, ein altes Negro Spiritual: »Rock my soul in the bossom of Abraham«. Wiege meine Seele in Abrahams Schoß.

Sie wiegten sich alle mit. Sie klatschten, sie summten, sie sangen. Die Kirche rockte, wie wir heute sagen würden. Und die Journalistin rockte mit. Sie rief uns zu: »Ich habe heute einen neuen Sinn in meinem Leben gefunden. Ich glaube, ich bin wiedergeboren worden.«

Dann feierten wir, wie bei der Hochzeit zu Kana. Aber am Schluß gab es doch nichts mehr zu essen und zu trinken. Jeder wollte noch einmal die kleine Anna sehen, aber dann zogen alle froh nach Hause. Karin und ich schliefen ein, mit unseren beiden Kindern mitten zwischen uns.

Warum unsere Finger drei Glieder haben oder die Theologie der Blechkirche

Unsere Kirche war auch eine missionarische Bewegung; wir versteckten uns nicht hinter den Blechplatten, sondern gingen hinaus. Mission wurde von Afrikanern anders betrieben als von manchen Europäern. Sie ging nicht davon aus, daß wir etwas Besseres waren. Die Missionare fühlten sich nicht als Jäger, die einen Blattschuß anbringen wollten, sondern eher als Fischer, die ihre Netze weit auslegten und sich Zeit nehmen mußten.

Sie versuchten keinen zu überreden, sie teilten einfach das mit, was ihnen selbst soviel Freude machte. Den Christen sah man an, daß sie erlöst waren. Es waren fröhliche Menschen, die gerne lachten. Dadurch fielen sie auf.

Einer unserer rührigsten Missionare war Pa Kofie. Er arbeitete als Schuster am Straßenrand. Dort saß er im Schatten eines Mangobaumes, hämmerte und schnitt aus alten Schuhresten wieder neue zusammen und reparierte alles, was man ihm reichte. Neben ihm lag seine zerlesene Bibel. Wann immer er Zeit hatte, las er darin. Er ähnelte dem ehemaligen Präsidenten Tanzanias, Mwalimu Nyerere. Er hatte ein gütiges, kluges Gesicht, und ein kleines Bärtchen kräuselte sich über seiner Oberlippe.

Ich hockte mich oft zu ihm, und er legte mir die Heilige Schrift aus. Dabei reparierte er alle unsere Familienschuhe, auch wenn die Reparaturen eigentlich noch nicht notwendig waren. Er lächelte dann wissend und dankbar. Doch für mich waren diese Stunden bei ihm viel mehr wert als das Geld, das ich für die Reparaturen bezahlte.

Pa Kofie konnte sich unglaublich in das Leben Jesu hineinversetzen. Er ließ die ganze Zeit und das Leben neu für mich erstehen. Und wenn er dann seine Gedanken zusammenfaßte, entwickelte er keine Theorie, sondern ein Bild, das sich bei mir tief einprägte.

Viele Leute kamen zu ihm, hockten sich in den Schatten des Baumes und fragten ihn. Von ihnen hatte er seinen Ehrentitel bekommen, nicht Vater, sondern Papa Kofie, das war familiärer, wärmer.

Pa Kofie hatte viele Freunde in der Stadt. Einer von ihnen war der Vorbeter der moslemischen Moschee. Eines Abends begleitete ich Pa Kofie, als er den Imam, also den Vorbeter, aufsuchte. Der freute sich über den Besuch, ließ uns Wasser bringen, damit wir uns reinigen konnten. Dann bekamen wir mehrere Täßchen mit starkem Kaffee zu trinken.

Ehe wir zur Unterhaltung kamen, erkundigten wir uns gegenseitig nach unseren Frauen und Kindern. Beim

Scheich dauerte es, weil er nicht nur vier Frauen, sondern einundzwanzig Kinder besaß. Über jedes einzelne mußten Erkundigungen eingezogen werden. Er wurde richtig erbost, als ich nach seiner fünften Frau fragte: »Weißt du denn nicht, daß der Prophet nur vier zuläßt?«

Enttäuscht war er allerdings, als ich nicht mehr als eine Frau vorweisen konnte. Er lächelte, als ich sagte: »Ich werde doch mit der einen kaum fertig.«

Doch dann kamen die beiden weisen Männer sehr schnell auf Glaubensfragen zu sprechen, der Hauptinhalt ihres Lebens.

»Pa Kofie«, sprach der Imam ihn an, »ich verstehe das nicht in eurem Glauben. Ihr behauptet, ihr hättet einen Gott wie wir, aber dann sind es doch drei: Gottvater, Gottsohn, Gottheiligergeist. Ist das nicht die im Alten Testament verbotene Vielgötterei? Ist es nicht Gotteslästerung? Ist es nicht eine Erniedrigung Gottes, wenn er zu einem Menschen wird und sich kreuzigen läßt?«

Pa Kofie lächelte und gab zu: »Ja, es ist etwas verwirrend, auf den ersten Blick. Und mit menschlichen Gedanken kann man es auch nicht fassen. Ich werde versuchen, es dir mit einem Bild zu erklären.«

Der Vorbeter nickte, das gefiel ihm, er war interessiert, aber auch skeptisch.

Pa Kofie begann: »Wir drei hier in deiner Hütte, wir sind Menschen. Neben vielen anderen Gründen sind wir auch darum Menschen, weil wir aus drei Teilen bestehen, aus unseren Gliedern, dem Rumpf und dem Kopf. Wenn wir nicht aus drei Teilen bestehen würden, sondern nur aus einem, dann wären wir nur wie Bäume, die an einer Stelle stehen müßten, die nicht denken und nicht greifen könnten. Was uns Menschen ausmacht, sind die drei Teile, der Kopf, die Glieder und der Rumpf.«

Der Scheich unterbrach ihn: »Ich weiß schon, worauf du hinauswillst. Aber so einfach mache ich dir das nicht.«

Pa Kofie nickte und bat: »Aber laß mich bitte weiter erzählen. Diese Dreiheit unseres menschlichen Wesens läßt sich noch verkleinern, an anderen Stellen unseres Körpers ablesen. Sieh dir nur einmal deinen Zeigefinger an. Der besteht auch aus drei Teilen.« Pa Kofie streckte seinen Zeigefinger aus und bewegte die drei Teile. Dann fuhr er fort: »Wenn unser Zeigefinger nicht aus drei Teilen bestehen würde, dann wäre er nicht viel mehr wert als ein starres und steifes Stück Holz. Dann könnten wir damit nichts fassen, nichts schreiben.

Dadurch, daß der Zeigefinger aus drei Teilen besteht, wird er erst funktionsfähig. Seitdem kann man was mit ihm anfassen. Du kannst also sagen, ein Mensch wird dadurch ein Mensch, daß er nicht aus einem, sondern aus drei Teilen besteht. Dadurch kann er auch mit anderen Menschen in Verbindung treten. Er kann sie besuchen, er kann mit ihnen sprechen, er kann mit ihnen arbeiten. Und jetzt mußt du einen Sprung machen, der dir aber sicher nicht schwerfallen wird.

Ihr Moslems und wir Christen glauben alle an den Gott, der im Anfang Himmel und Erde geschaffen hat, wie es bei Mose beschrieben steht. Der eine Gott, der gewaltige Gott, der unnahbare Gott. Da habt ihr recht, der ist unerreichbar für unseren Verstand, der kann nur angebetet werden. Wir Christen glauben, daß es bei Gott auch drei Teile gibt.

Gott hat den Menschen zu seinem Ebenbild geschaffen. Ich weiß nicht, wie Gott ist, und du auch nicht. Kein Mensch hat ihn je gesehen, doch er hat uns zu seinem Bilde geschaffen, aus drei Teilen.

Dieser Gott hat uns geschaffen, weil er Freude an uns hatte. Er hat uns viele Möglichkeiten gegeben, er hat von uns viel erwartet. Er hat sich so an uns gefreut, wie wir uns an unseren Kindern freuen. Und dann fingen wir an, unseren Weg zu gehen, in all der Freiheit, die er uns geschenkt hat. Doch dieser Weg verlief ganz anders, als er es erwartet hatte.

Kaum hatte er die Menschen geschaffen, da verführte schon die Schlange Adam und Eva, und aus ihrer Liebe entstanden nicht nur zwei Menschen, sondern Kain schlug Abel tot.

Die Menschen, denen er alle Freiheiten gegeben hatte, wurden nicht so, wie der Schöpfergott es erwartet hatte. Er versuchte sie dann zu erziehen. Durch Engel, durch die Gesetze, die er Mose offenbarte. Doch die Menschen hörten nicht auf ihn. Er schickte ihnen Propheten, aber die waren vergeblich Prediger in der Wüste.

Gott begriff uns Menschen nicht mehr. Da kam er selbst auf die Erde. Er wurde Mensch, ein ganz normaler Mensch. Maria suchte er sich als Mutter für seinen Sohn aus. Dreißig Jahre war er als Schreiner tätig, er lebte als ein normaler Mensch. Und er starb wie ein normaler Mensch. Seine Worte am Kreuz waren: ›Mein Gott, mein Gott, warum hast du mich verlassen?‹ Früher haben mich diese Worte irritiert. Ich liebte die anderen Worte: ›Es ist vollbracht.‹ Doch nun bin ich dankbar dafür, daß unser Herr und Gott wie ein Mensch gestorben ist. Er ist Mensch geworden, um uns besser zu verstehen, um uns retten zu können. Das ist der zweite Teil seines Wesens; neben dem Schöpfergott der mitleidende, der rettende Gott, der uns Menschenbruder wird. Sehet, welch ein Mensch, sagte Pilatus.

Dann ist unser Herr Jesus gestorben und auferstanden. Doch er hat uns einen Tröster hier auf der Erde gelassen, den Heiligen Geist. Der ist immer bei uns. Der spricht in unserem Gewissen zu uns, durch den Nächsten und durch die Heilige Schrift.

Wieder die drei Teile, nicht nur in unserem Finger. Als einer unseren Herrn fragt: ›Was ist das höchste und vornehmste Gebot?‹, da gibt er zur Antwort: ›Du sollst Gott lieben und deinen Nächsten wie dich selbst.‹

Wieder drei. Unser Gott ist nicht für sich. Er erniedrigt sich zu uns Menschen herab. Er will unsere Liebe nicht nur für sich, er teilt sie mit unserem Nächsten und mit uns. Wir sollen uns nicht hassen und ihn lieben - wir sollen uns auch lieben. Und wer den Nächsten nicht liebt, der kann Gott auch nicht lieben.

So ist unser Gott, er teilt sich uns mit, er teilt mit uns. Wir werden zum Teil seines Körpers, seines Reiches, seiner Kirche durch den Heiligen Geist.

Wir sind ein Teil seines Fingers. Vielleicht ein ganz kleines Teilchen des kleinsten Gliedes seines kleinsten Fingers. Durch uns will er unseren Nächsten trösten, ihm helfen, ihm beistehen.

Wir haben nur einen Gott, doch wir verstehen ihn, weil er uns zuerst verstanden hat. Gott ist ein dreieiniger Gott, weil er uns helfen will, weil er uns liebt, weil er möchte, daß wir so werden wie er. Er möchte uns zu neuen Menschen machen, die nicht mehr so sind wie Kain und die Kainssöhne.«

Der Imam sah seinen Zeigefinger an, dachte nach. Wir verabschiedeten uns.

Zu uns stieg ein toter Mann ins Auto

Ofoe war zweiter Lehrer an unserer Blechschule. Doch dann bildete er sich weiter und wurde als Dozent auf der Universität in Accra tätig. Karin und ich hielten guten Kontakt mit ihm und seiner Frau Esther, auch als sie nach Accra umzogen. Sie schliefen bei uns, wenn sie nach Takoradi kamen, und wir bei ihnen, wenn Karin in Accra einkaufen mußte. Wir machten dann ein verlängertes Wochenende aus diesen Besuchen.

An einem dieser Tage mußte Ofoe zu seinen Eltern fahren. Ich fragte ihn, ob er mich mitnehmen würde, was er gerne tat.

Seine Eltern wohnten in der Nähe des Volta, einem großen Fluß östlich von Accra. Wir wechselten uns beim Fahren ab. Es war glühend heiß in der Gaebene. Die Erde und das Elefantengras waren von der Sonne verbrannt.

Sehr früh am Morgen fuhren wir los. Ofoe war gegen Mittag mit dem Palaver fertig. Wir luden Cassavawurzeln, Maiskolben und Orangen für unsere Familien in den Wagen und machten uns auf den Rückweg. Ofoe hatte den ganzen Morgen geredet und zugehört. Er war müde und wollte schlafen; ich sollte fahren.

Also setzte ich mich hinters Steuer. Es war heiß im Wagen. Der Schweiß strömte an uns herab. Aber wir konnten die Scheiben nicht herunterdrehen, weil der heiße Fahrtwind uns die Haut noch stärker verbrannt hätte. Eine fast schnurgerade Straße zog sich vom Volta durch die flache Savanne nach Accra, der Hauptstadt. Sie war geteert. Der Teer löste sich an den Seiten schon auf. Kein Mensch auf der Straße, kein Fahrzeug. In dieser Mittagsglut war niemand mehr unterwegs. Ich beeilte mich, fuhr den Motor voll aus, wollte schnell nach Accra kommen, hoffte, daß Esther Bier in den Kühlschrank gestellt hatte.

Ofoe konnte nicht einschlafen. Er ächzte unter der Hitze und starrte nach vorn.

Da sah ich plötzlich einen einzelnen Mann auf der Straße. Ganz grau war er, das fiel sofort auf. Nicht braun wie die Menschen, die vom Staub der Savanne gepudert werden. Er trug nur das Nötigste am Körper, dieser Mann, eine kurze Hose, ein zerfleddertes Hemd. Steil und aufrecht ging er und sah kühl aus, als ob ihm die Sonne und die Hitze nichts ausmachten. Sein Gang sah fast so aus, als schwebte er. Ich dachte schon, ich würde spinnen, doch da sah ihn Ofoe auch. Als wir dichter herangekommen waren, starrte Ofoe ihn plötzlich an und rief: »Halt an, den kenne ich!«

Ich bremste scharf ab, hielt einige Meter vor dem Mann.

Ofoe stieß die Tür auf: »Komla!« rief er, und dann etwas in seiner Muttersprache, die ich nicht verstand. Es war eine Einladung, mitzufahren, denn Ofoe klinkte die Hintertür seines Wagens auf, und der Mann stieg ein.

Ganz langsam, ganz würdig. Zwar schlug zunächst Hitze in den Wagen herein, als Ofoe die Tür öffnete, aber dann drang Kühle, fast Kälte mit dem Mann zu uns. Als ob sich ein Kühlschrank, eine Gruft geöffnet hätte.

Ich fuhr wieder an. Ofoe drehte sich zu dem Mann um und redete mit ihm. Er freute sich, ihn zu sehen, und informierte mich kurz: »Das ist ein Schulkamerad von mir, aus unserem Dorf. Esther kennt ihn auch, seine Eltern hatten eine Hütte neben der ihrer Eltern. Ich habe ihn seit der Schulzeit kaum noch gesehen. Wir waren ganz gute Freunde.«

Ofoe redete; er versuchte, den Mann auszufragen, doch der antwortete kaum, nur in kurzen Worten oder abwehrendem, Abstand haltendem Brummen.

Plötzlich verlangte der Mitfahrende etwas. Ich ahnte es, Ofoe übersetzte schnell: »Er will aussteigen.«

Ofoe redete auf ihn ein; sicher wollte er ihn bis zum nächsten Ort mitnehmen. Doch der Mann wollte mitten in der Savanne aussteigen.

Ich hielt. Der Mann stieg aus. Ofoe wollte ihm noch die Hand reichen, doch da war der Mann schon draußen. Ich fuhr an, aber als ich in den Rückspiegel sah, war der Mann nicht mehr da. Erschrocken rief ich: »Er ist nicht mehr da.«

Ofoe fuhr herum, der Mann war verschwunden.

»Er war sowieso komisch«, meinte Ofoe, »das war so eine Familie, die viel mit Juju zu tun hatte. Die ließen sich zuviel damit ein. Aber er hätte mir doch wenigstens die Hand geben können.«

Ich fuhr schnell nach Accra. Mir war die ganze Sache unbehaglich; ich wußte aber nicht warum. In der Savanne gibt es keine Verstecke. Da kann ein Mensch nicht einfach verschwinden. Ofoe war auch unruhig.

»Komisch war der«, sagte er immer wieder.

»Ich freue mich schon auf das Bier«, versuchte ich unsere Gedanken nach vorne zu lenken.

Ofoe nickte zustimmend, aber ich sah, daß er sich über die Begegnung mit diesem eigenartigen Mann Gedanken machte.

Als wir seinen Bungalow erreichten, war das erste, was er Esther erzählte: »Ich hab Komla gesehen, meinen Klassenkameraden, weißt du, den Sohn von Dugbateys, euren Nachbarn.«

Esther sah erstaunt auf und antwortete: »Den kannst du nicht gesehen haben, der ist schon seit Jahren tot. Er starb, als du in England warst. Ich war bei der Beerdigung.«

»Das ist nicht möglich, ich habe ihn gesehen und mit ihm gesprochen, wir haben ihn im Wagen mitgenommen!« rief Ofoe erregt und erzählte Esther die ganze Geschichte.

Doch sie blieb dabei. Sie hatte den toten Komla gesehen und war bei der Beerdigung dabeigewesen. Keiner wußte, woran er so plötzlich gestorben war. Seine Eltern redeten auch nicht darüber, doch jeder im Ort wußte, daß sich die Familie schon immer mit Juju, mit Geisterbeschwörungen, beschäftigte.

Esther konnte es nicht glauben, daß wir den Toten gesehen hatten, und Ofoe nicht, daß er im Grab lag. Wir fuhren zu Esthers und Ofoes Heimatort. Fragten ihre und seine Eltern. Suchten die Stelle auf, wo Komla begraben worden war.

Einen Hügel gab es dort nicht mehr. Wir sprachen mit anderen Leuten im Ort, die sich nicht darüber wunderten, daß wir den Toten gesehen hatten.

»Wir fürchten uns vor ihm«, sagten sie, »er kommt nachts auch in unser Dorf. Darum verriegeln wir unsere Türen ganz besonders stark.«

»Ich kann das nicht verstehen«, sagte Ofoe, »und ich will auch nicht an solches Zeug glauben, aber wir beide haben einen Toten gesehen.«

Geisteraustreibung

Zu uns in die »Massa Jesus Stories«-Baracke kamen immer sehr viele Schüler und Schülerinnen. Bis um halb fünf am Nachmittag hielt sie der Schulbetrieb fest, dann mußten sie zu Hause helfen. Wenn es um sechs Uhr plötzlich dunkel wurde, versuchten sie bei uns in Ruhe ihre Hausaufgaben zu erledigen. In ihren Hütten ging das schlecht, dort war es dunkel, und es drängten sich auch zuviele Menschen zusammen.

Viele setzten sich unter die wenigen Straßenlaternen, die noch brannten, aber auch dort konnten sie sich nur schlecht konzentrieren. Zuviele Menschen waren unterwegs, die Mammylorries veranstalteten viel Krach um Passagiere, die sie mitnehmen wollten. Sie fuhren auch ganz dicht an den Straßenrand heran.

Außerdem tummelten sich im Lichtschein der Laternen Geschwader von Moskitos und anderen Insekten, die jeden Menschen angriffen, ihm Blut aussaugten oder ihre Eier in den Körper legten.

Deshalb boten wir unsere Halle für die Schularbeiten an, hingen Neonröhren auf, so daß jeder genügend Licht bekam. Am Abend war dann die Halle immer gestopft voll.

Viele, die sonst keine Unterkunft in der Stadt fanden, schliefen später auch auf dem harten Boden. Ich brachte es nicht übers Herz, die Jugendlichen dort hinauszutreiben.

Auch unser Wohnzimmer wurde immer wieder von Schülern belagert. Wenn wir aber sagten, daß wir auch mal ein bißchen Ruhe brauchten, verschwanden sie.

Einer von ihnen hieß Samy. Er war ein kluger Junge, der fürs Gymnasium ein Stipendium bekommen hatte, wegen seiner ausgezeichneten Zeugnisse. Er strengte sich an und wollte später einmal Ingenieur werden und Prediger.

Sein Vater war immer unterwegs, meistens in der Gegend um Tarkwa, nordwestlich von Takoradi, im Busch, wo er in den Bächen und Flüssen nach Gold suchte. Vor Jahrzehnten hatte da einmal einer Gold gefunden, aber noch jetzt gruben und siebten viele Männer und Frauen dort und hofften auf einen großen, goldenen Klumpen.

Samys Mutter backte Plantain, eine Bitterbanane, verkaufte sie am Straßenrand und brachte so ihre achtköpfige Familie mehr schlecht als recht durch. Sie wohnten in Sekondi, einem Teil von Takoradi. Jeden Morgen und Abend nahm Samy den langen Weg zur Schule und zurück unter die Füße.

Samy kam oft zu uns und sprach mit Karin und mit mir durch, was ihn bewegte. Er hütete auch unsere Kinder, wenn wir mal weggehen wollten. Verließen wir Takoradi, schlief er in unserer Wohnung und bewachte sie vor Dieben. Dadurch verdiente er sich einen Teil seines Schulgeldes.

Eines Abends, nach einem heißen, anstrengenden Tag, saßen wir hinter der Baracke, ruhten uns aus und sahen zu, wie die Kinder spielten. Sonnenuntergang in Takoradi. Noch einmal leuchtete die Sonne in grellen Farben auf. Es wurde etwas kühler, oder wir bildeten es uns ein, was aber auch half. In unserer Nachbarschaft dröhnten die Radios »Highlife«, den ghanaischen Volkstanz. Kinder schrien und plärrten. Zwischendurch mal eine erwachsene Stimme, die Ruhe forderte, sich aber nicht durchsetzen konnte. Ein Auto, überladen, stöhnte die steile Straße vom Hafen hoch. Unten in der Stadt brodelte es von Menschenstimmen. In der Nachbarschaft wurde eine Sickergrube geleert, es stank entsetzlich bis zu uns herüber. Moskitos surrten auf, ich spritzte einen Schleier von Insektenvertilgungsmittel um uns herum.

Da kam plötzlich Samy um das Haus herumgelaufen. So eilig hatten wir ihn noch nie erlebt. Meistens schlurfte er durch seine Tage, unterernährt, müde, überarbeitet. Wenn er sonst bei uns erschien, blieb er immer ein paar

Schritte vor uns stehen und wartete, bis wir ihn baten, näherzutreten. So gebot es die Sitte hier. Doch nun kam er bis zu uns gerannt und grüßte uns noch nicht einmal.

Dann blieb er stehen, drückte sich gegen die Wand unserer Baracke, starrte auf die Ecke, um die er gerade gelaufen war, und zwar so, als ob da gleich einer hervorstürzen würde. Er stand da, außer Atem, mit weit aufgerissenen Augen, aus denen die Angst heraussprang. Einige Leute mußten hinter ihm her sein, er war doch sonst kein ängstlicher Mensch und hatte schon etliche Einbrecher verjagt, die in unsere Wohnung wollten. Wir kannten Samy nur ruhig, mit großen, freundlichen Augen. Doch nun zitterte er vor Angst, und die Augen flackerten.

Ich sprang auf. »Samy, was ist passiert?« rief ich und eilte an die Ecke, weil ich dort seine Verfolger erwartete. Doch da war nichts zu sehen.

Samy konnte noch nicht antworten. Er keuchte, so abgehetzt war er. Es dauerte eine Zeit, ehe er etwas herausbekam.

»Spürst du es nicht?« fragte er dann.

Wir sahen uns an, Karin und ich, wir versuchten etwas aufzuspüren, doch wir merkten nichts. Ich strengte mich an, aber wie konnte man etwas spüren, wenn man nicht wußte, was?

Dann suchte ich nach einem Knüppel. Die Gefahr mußte doch um die Ecke kommen. Aber Samy schüttelte den Kopf, als ich dort Position beziehen wollte.

»Was ist denn los?« fragte ich.

Ich vergewisserte mich auch, daß wir im Notfall nicht allein waren. Mädchen spielten Netzball im Hof, Jungen bolzten ihren Fußball in Rufweite auf unserem Platz. Nachbarn gab es überall.

Da endlich konnte Samy reden. Er stieß heraus: »Sie machen einen Juju gegen mich. Ich spüre es. Ich weiß aber nicht wo. Sie haben es schon meiner Mutter angedroht, daß sie was gegen mich unternehmen wollen. Die mögen es nicht, die Weiber in unserer Nachbarschaft, daß ich zur Schule gehe und da auch weiter komme. Sie hassen uns. Sie sind neidisch. Es ist schlimm. Sie mögen es auch nicht, daß meine Mutter gut verkaufen kann.«

Ich begriff nicht. Sicher hatte ich von Juju gehört, von Zaubereien, vor denen sich die Menschen fürchteten, und von Jujumännern, die nicht nur Hokuspokus betrieben, sondern auch Gewalt über Menschen hatten. Ich wußte, daß die bekannte Fußballmannschaft der Stadt nie ohne eine Jujubeschwörung auf den Platz lief. Aber daß so ein kluger und gebildeter Junge davon betroffen sein konnte, das hatte ich nicht geahnt.

Erst dachte ich, er würde es sich einbilden. Karin meinte, es sei vielleicht eine Nervenkrise, die nun zum Ausbruch kam.

Doch Samy wurde geschüttelt. Er sah schlimm aus. Ich fürchtete auch, daß er sich etwas antun könnte.

»Willst du hier bleiben, bis alles vorbei ist?« fragte ich ihn. »Ich halte es nicht aus«, antwortete er.

»Was kann ich tun?« fragte ich.

»Nichts«, stöhnte er verzweifelt, »du kennst den Juju nicht. Du spürst ja nichts.«

Ich kam mir so hilflos vor, neben diesem gehetzten und aufgewühlten Jungen. »Ich muß etwas tun, ich kann das nicht mehr mit ansehen.«

»Hol den Pastor und noch andere«, bat er.

Das tat ich. Ich packte Samy in meinen Bully und raste zur Blechkirche hinunter. Der Pastor stand gerade hinter einem Blechverschlag, hatte sich eingeseift und war dabei, sich mehrere Eimer Wasser, die seine Töchter herantrugen, über den Körper zu schütten. Samy hatte sich etwas beruhigt, er schien sich von dem Juju entfernt zu haben. Doch er zitterte noch immer.

Ich brauchte unserem Pastor nicht viel zu erklären.

Schon nach den ersten Sätzen wußte er Bescheid: »Dieser schlimme Juju! Und die Leute glauben daran, darum macht er sie kaputt.«

Er trocknete sich ab, rannte ins Haus, zog seinen schwarzen Anzug an und den Talar darüber. Unsere große Altarbibel hatte er unter seinen Arm geklemmt. Als wir anfuhren, rief er: »Wir müssen noch ein paar Älteste mitnehmen, je mehr wir sind, desto besser.«

Die kamen auch sofort mit; wir brauchten ihnen nicht viel zu erzählen. Kaum saßen sie im Bus, da stimmten sie schon Kirchenlieder an, um sich Mut zu machen. Sie hatten sich aber auch bewaffnet, mit Knüppeln und Eisenstangen. Es sah gefährlich aus. Ich sagte das zu dem Pastor, doch er antwortete: »Es ist auch eine gefährliche Sache, es geht um Menschenleben. Ich habe von Jujumännern gehört, die jetzt gerade hier ihr Unwesen treiben. Furcht greift in den Hütten um sich.«

Samy wurde wieder unruhiger. Manchmal war es so, als ob einer ihn erwürgen wollte. Er sagte: »Wir müssen zu meiner Mutter fahren; sie weiß bestimmt, wo diese Jujumänner sind.«

Wir fuhren zu ihrer Hütte. Das war nicht leicht. Wir mußten mitten ins Gewirr der Hütten in Sekondi. Die Mutter war im gleichen Zustand wie Samy. Wir brachten sie ins Auto. Sie drückte ihren Sohn an sich und freute sich unter Tränen, weil sie schon damit gerechnet hatte, daß die Jujumänner ihrem Sohn etwas angetan hätten.

Sie wußte ganz genau, aus welcher Richtung der Juju kam. Wir anderen hörten und sahen nichts. Aber die Männer vom Kirchenvorstand spürten, daß ein Juju gemacht wurde. Ich kam mir wie ausgeschlossen vor. Immer noch spürte ich nichts; ich sah nur, wie die Menschen um mich herum davon betroffen waren und geplagt wurden.

Die Mutter, die auch ganz außer sich war, lenkte uns durch das Straßengewirr, aus der Stadt heraus, nach Ketan hinüber. Wir fuhren bestimmt vier Kilometer, ehe wir in den Dschungel eintauchten. Es war ein Pfad, den ich eigentlich nicht befahren konnte, doch ich zwang meinen Bully hindurch.

Die aufgeschreckten Menschen in dem kleinen Dorf, das wir durchfuhren, sahen uns entsetzt an. Sie wußten, wohin wir wollten und sahen uns nach wie Menschen, die sie nie wiedersehen würden. In mir kam langsam auch die Angst hoch. Wie genau uns Samys Mutter führen konnte, obwohl sie vor Angst schier verging! Sie drückte ihren Sohn fest an sich, als versuchte sie, ihn mit ihrem Körper zu decken.

»Sie werden uns töten, wir müssen wieder zurückfahren«, bat sie. Doch die Männer waren zu allem entschlossen.

»Fahr weiter!« befahl der Vorarbeiter. Ich sah mir seine Muskeln und seine Entschlossenheit an. Das beruhigte mich. Der Pastor schlug in der Bibel bestimmte Stellen auf, las sie nach und legte Fetzen von der Zeitung, die er im Auto fand, als Lesezeichen ein. Dann beteten wir.

Der Pastor hatte mir befohlen, das Licht im Auto anzuschalten, doch als wir in den Dschungel eintauchten, bat er: »Mach es aus. So wenig Licht wie möglich und mit ruhigem Motor.«

Das war aber schwierig in den niedrigen Gängen. Unten schlug der Boden des Wagens immer wieder auf. Gegen Baumwurzeln und Steine im Weg. Äste peitschten gegen die Windschutzscheibe und wischten um den Wagen herum. Wie würde der Lack nach dieser Buschtour aussehen!

Dann sah ich plötzlich ein paar Hütten im Scheinwerferlicht. Wie Warzen aus dem Boden gewuchert. Grau, verschimmelt, krumm, als ob hier keiner mehr hauste.

Aus einer Hütte quoll Rauch, in dicken Schwaden, durch das verfaulte Heudach.

»Da sind sie«, flüsterte Samys Mutter.

Wir kletterten aus dem Wagen und formierten uns. Der Vorarbeiter wollte mit seiner Stange die Spitze bilden, doch der Pastor drängte sich nach vorn: »Das ist meine Sache. Das hier geht nur mit Gottes Hilfe.«

Wie ein Keiler zog er voran, die Bibel in beiden Fäusten. Er trat die Tür ein, und wir besetzten die Hütte. Ich hatte meine schwere Taschenlampe aus dem Auto mitgenommen. Sie tauchte die dunkle Hütte sofort in grelles Licht.

Da hockten drei Männer. Mit Farben beschmiert. Um ein Feuer herum, das nach Verwesung stank. Knochen überall und Innereien von Tieren.

Die Männer fielen über die Jujumänner her, zerrten sie vom Feuer weg und aus der Hütte hinaus. Wir trampelten das Feuer aus, brachen die Hütte ab, warfen alles auf einen Haufen und zündeten es an.

Die Jujumänner versuchten, sich zu wehren, doch sie hatten keine Chance, wir waren stärker. Sie beschimpften und verfluchten uns, aber das erreichte uns nicht. Nach etlichen Tritten in den Hintern flüchteten sie in den Dschungel. Von dort aus riefen sie uns üble Verwünschungen zu.

Der Zauber war vorbei. Wir fuhren wieder zurück. Die verschreckten Menschen im Dorf kamen aus ihren verriegelten Hütten heraus und klatschten befreit, als wir vorbeikamen.

Im Bus sangen alle Lobeshymnen.

Dieses Erlebnis hat mich noch lange beschäftigt, und im Laufe von Monaten und Jahren wurde mir einiges deutlich. Diese Jujumänner übten nicht nur eine psychische Macht über Samy aus, sondern sie konnten auch das Böse auf ihn oder andere Menschen hetzen. Ich lernte in Ghana etwas von der Macht der Symbole. Das sind nicht nur irgendwelche Schmuckstücke oder ein Sternzeichen; in Afrika wird ein Symbol oft mit der Macht gleichgesetzt, die es verkörpert. Ein Symbol für das Böse *ist* das Böse und kann das Böse herbeiziehen.

Als wir damals im Dschungel die Symbole der Jujumänner, also Knochen, Innereien und das andere zerstört hatten, war der Bann gebrochen.

Ich erinnere mich noch an ein anderes Erlebnis. Wir hatten einmal Krach mit unserm Hausangestellten, weil er ein Mädchen vergewaltigt hatte. Als wir das Mädchen ins Krankenhaus gebracht hatten und wieder nach Hause kamen, war vor unserer Tür aus drei Steinen ein Dreieck aufgestellt worden, in dem Laub lag. Ein afrikanischer Freund sah das und wurde so wütend, wie wir ihn noch nie erlebt hatten. Er stürzte das Gebilde um, streute die Blätter in den Wind und warf die Steine weit weg.

Wir fragten ihn, was das alles bedeutete, doch er weigerte sich, es uns zu erklären, obwohl wir sehr gute Freunde waren und noch immer sind. Er hat in Oxford Jura studiert und wurde später Justizminister von Ghana - nicht gerade ein primitiver Mann also.

Später in Europa fragten wir Afrikaner nach der Bedeutung dieses Zauberdreiecks. Sie nickten und erklärten, daß man uns mit diesem Symbol alles Böse und den Tod ins Haus wünschen wollte.

Mit unserem Hausangestellten hatten wir nicht über den Zauber geredet. Er hatte sich alsbald entschuldigt und uns ein gebratenes Huhn als Geschenk gebracht. Uns war diese Versöhnung wichtiger gewesen als das Symbol vor unserer Tür.

Poltergeister

Wenn wir von der Hitze und Feuchtigkeit Takoradis genug hatten, dann flohen wir in die Berge. Zu Hause fanden wir keine Ruhe. Karin konnte niemand wegschicken, der mit Zahnschmerzen zu ihr kam, und mir fiel es genauso schwer, den Jungen zu sagen: »Los, haut ab, wir wollen jetzt auch mal unseren Frieden haben.« Verstanden hätten sie es sowieso nicht, denn keiner oder nur ganz wenige von den Afrikanern lebten allein; sie waren meistens von ihrer Großfamilie umgeben.

Unser Pastor kam aus den Akwapimbergen, oberhalb Accras. Genauer gesagt aus Akropong, wo schon im vergangenen Jahrhundert die ersten Schulen, Kirchen und Krankenhäuser entstanden waren. Diese drei Dinge gehörten bei der Mission immer zusammen.

Die ersten Missionare waren unten an der Küste an Malaria und Gelbfieber gestorben. Die nächsten waren oben in den Bergen etwas weniger den Moskitos und anderem Ungeziefer ausgesetzt. Schon im Jahre 1848 hatte man oben in Akropong von der Basler Mission eine Ausbildungsstätte für Lehrer gebaut. Dort war auch unser Pastor zur Schule gegangen. Eigentlich war er ja Lehrer, aber unsere Blechkirchengemeinde hatte ihn zum Prediger berufen.

Unser Pastor schrieb seinem Bruder, der an dem Seminar unterrichtete, und der nahm uns gerne auf. Er fand immer einen Platz für uns. Wir brauchten uns nicht anzumelden; wenn wir kamen, freute er sich. Er unterrichtete Mathematik und Physik, und ich unterhielt mich gerne mit diesem klugen Mann, der auch jedes Wochenende mit seiner Klasse zum Predigen im Busch unterwegs war.

Als wir wieder einmal hochkamen, rief uns der Freund schon von weitem entgegen: »Jetzt habe ich etwas ganz Besonderes für euch. Das Haus für unseren Direktor ist fertiggeworden. Ganz frisch ist es. Ihr könnt als erste einziehen, wenn ihr nichts dagegen habt. Der Direktor ist noch unten in Accra und sagt, daß es ihm eine Ehre ist, wenn ihr als erste in seinem Haus wohnt.«

Das Haus stand hinter der Schule, auf einem Bergrükken, der sich in den Dschungel hineindrückte und dann steil in die Bäume und Schlingpflanzen abfiel. Mit dem Auto kam ich nicht ganz an das Haus heran, da auf dem Weg noch Baumaterial herumlag.

Das Haus war am Hang gebaut, so daß man es zwischen oberer und unterer Etage betrat. Eine Treppe führte in den Flur mit den drei Schlafräumen hinunter, die andere stieg zum Wohnzimmer, zur Küche und zum Arbeitszimmer des Direktors hoch. Es gab zwar oben auch eine Haustür in der Küche, doch zu der führte von außen noch keine Treppe hoch, und sie blieb verriegelt und abgeschlossen.

Das Haus war mit strengen Sicherheitsvorrichtungen gebaut worden. Alle Fenster waren mit Eisen vergittert, und dahinter gab es noch die engmaschigen Moskitonetze aus Draht. Weder ein Mensch noch ein Insekt konnte durch diese Barrikaden ins Haus dringen.

Im Wohnzimmer entdeckten wir einen offenen Kamin, der oben auch vergittert und mit einem Moskitonetz aus Draht versehen war.

Karin, die nie Angst vor Einbrechern hatte, meinte: »Ich komme mir hier wie in einem Gefängnis vor. Warum hat denn der Direktor so eine Angst, mit seinem christlichen Glauben?«

Ich wußte es auch nicht, aber ich mochte nicht, wenn sie mir bei solchen Sachen immer das »christlich« unter die Nase hielt. Sie sah es auch ein, als ich darüber stöhnte, und gab mir einen Kuß zur Beruhigung.

Nur das Notwendigste war bisher ins Haus geschafft worden, Betten, ein Tisch, Stühle, sonst nichts. Aber wir brauchten auch nichts, wir hatten alles mitgebracht.

Mir gefiel die Aussicht, über die Täler des Urwaldes bis an den Rand der Akwapimberge und darüber weg bis in die Savanne und ans Meer.

Wir hatten auch Kweku mitgebracht, den Mann, der uns im Haus half, wenn wir beide arbeiteten. Der fing gleich an, mit Karin den Boden zu fegen und zu wischen.

Aber von Anfang an gefiel Karin das Haus nicht. Doch das war oft so. Während ich mich schnell von allem begeistern ließ, war sie skeptischer. Immer wieder sah sie sich um, als ob da noch jemand wäre. So kannte ich sie nicht. Ich war doch oft von zu Hause weg, und sie blieb tage- und nächtelang allein in Takoradi, wo auch reichlich eingebrochen wurde. Wenn sie etwas hörte, machte sie Krach, und der fremde Mann verschwand.

Aber an jenem Abend war sie ganz anders. Ich fragte sie nach dem Grund, aber sie konnte ihn mir auch nicht erklären.

Wir gingen früh schlafen. Der Generator der Schule lief nur bis gegen acht, dann flackerte das Licht aus. Sonst war da oben nichts zu tun. Wir tranken noch ein Bier, dann legten wir uns ins Bett. Im Raum nebenan schlief Kweku mit uns die beiden Kinder in den Körben, die wir immer mitnahmen. Wir lasen noch beim Kerzenschein, doch bald fingen uns die Augen an zu schmerzen.

Karin erzählte mir später, daß sie sich noch mit mir unterhalten wollte, doch ich war sofort eingeschlafen. Darüber schimpfte sie oft, weil es mir immer wieder passierte. Aber dafür kam sie am Morgen nicht heraus, wenn ich schon lange herumkröste und tippte.

Ich schlief bis zum Morgen durch. Als Anna, unsere jüngere Tochter, zu krähen anfing, wachte ich auf. Karin war schon wach und wickelte die Kleine.

»Kannst du dich mal ein bißchen um sie kümmern? Ich habe nicht genug geschlafen, ich bin immer wieder wach geworden. Es ist so unheimlich hier. Es war, als ob welche ums Haus schleichen würden.«

»Warum hast du mich denn nicht geweckt?« fragte ich sie.

»Hinterher war dann doch nichts, und ich wollte nicht, daß du mich auslachen würdest. Und dann hast du auch so gut und tief geschlafen.«

Ich hatte bestens geschlafen. Kweku auch. Aber trotzdem sah ich mir das Haus ganz genau an. Es war bombensicher, wie man so sagt, da konnte keiner hineinkommen, außer er schlug die Tür ein oder sägte das Gitter durch, was bei den starken Eisenstäben nicht leicht war und bestimmt nicht ohne Geräusche vor sich gehen konnte.

Kweku sollte ich nichts sagen, meinte Karin. Ok, ich richtete mich danach. Ehe wir an diesem Abend schlafen gingen, sah ich alles noch einmal ganz genau nach. Ich schob die beiden Riegel vor die Haustür und drehte den Schlüssel zweimal im Schloß um. Die Tür zur Küche war sowieso verriegelt und konnte von außen nur mit einer Leiter erreicht werden.

Ich versuchte auch, nicht sofort einzuschlafen, aber so etwas fällt mir immer schwer. An dem Tag war ich bestimmt zehn Kilometer durch den Wald gerannt und hatte mit den Studenten der Schule Fußball trainiert. Ich schlief also doch sofort ein, wie mir Karin später erzählte.

Aber dann schlief sie auch ein. Plötzlich, mitten in der Nacht, wurde ich aus dem Schlaf gerissen. Es war, als ob die Haustür aus den Angeln gestemmt und ein schwerer Schrank die Treppe heruntergedonnert würde. Das Geräusch riß mich hoch, Schrecken packte mich. Ich wartete darauf, daß diese Masse auch durch die Tür in unser Zimmer gedrückt wurde. Wir konnten das Zimmer nicht verschließen, es gab keinen Schlüssel zu der Tür.

Karin saß neben mir im Bett. Das Haus bebte. Wie eine Lawine brach es über uns herein. Mit dem drohenden Lärm kam auch ein Modergeruch in unser Zimmer geweht. Es stank ganz ekelerregend und gefährlich.

Ich biß mir auf die Lippe, hoffte, daß alles nur ein Traum sei. Doch es war keiner. Instinktiv dachte ich: Ich muß meine Familie schützen! Ich sprang aus dem Bett, riß die Taschenlampe mit und den Knüppel, der neben meinem Bett stand. Vor der Tür zögerte ich; sollte ich warten, bis sie eindrangen?

Doch dann plötzlich Stille vor der Tür, kein Laut mehr. Aber so, als ob sie dort auf mich lauerten.

Ich wagte es, riß die Tür auf. Vielleicht konnte ich die Einbrecher überraschen. Aber das waren ja unmenschliche Geräusche, so, als ob ein Bagger zu uns ins Haus gedrungen wäre.

Ich schwang den Knüppel, fuhr mit dem Lichtstrahl meiner großen Taschenlampe in den Flur.

Dort war nichts. Gar nichts. Kweku kam auch aus seinem Zimmer, vorsichtig schob er die Tür auf und steckte seinen Kopf heraus. Auch er war mit einem Knüppel und einer Taschenlampe bewaffnet.

Wir sahen uns an, sahen die Treppe hoch, doch dort waren keine Spuren eines Sturzes zu erblicken. Ich sah, wie das Schlüsseletikett sich noch hin- und herbewegte, so, als ob die Tür gerade zugeworfen worden wäre. Doch die Riegel waren zugeschoben, und als ich an die Klinke und den Schlüssel griff, war auch das Schloß zu.

Dann traute ich mich doch heraus. Kweku untersuchte das Haus. Ich hatte Angst draußen, ich meinte, Geräusche im nahen Dschungel zu hören. Doch dort gab es immer welche. Draußen am Haus konnte ich nirgends etwas Auffälliges finden, keine Fußspuren, keinen schweren Gegenstand, den sie die Treppe heruntergestürzt und wieder heraufgeschleppt haben mußten.

Auch Kweku fand nichts. Unsere Kinder schliefen noch. Die hatten nichts gehört.

Karin verstand das nicht. Wir hatten alle dieses furchtbare Geräusch gehört, doch nun war nichts zu entdecken.

»Morgen hau ich hier ab«, sagte Karin bestimmt. »Hier bleibe ich keinen Tag länger.«

Kweku erklärte uns: »Ist ganz klar, das waren Geister. Gut, daß wir sie nicht gesehen haben. Das wäre unser Ende gewesen.«

»Glaubst du an Geister?« fragte ich ihn.

»Ja sicher«, antwortete er, »du nicht?«

Nein, Karin und ich, wir glaubten natürlich nicht an Geister und an Spuk und so etwas.

Ich wollte eigentlich wachen, aber dann schlief ich doch ein. Nur Karin blieb die ganze Nacht wach, aber sie hörte nichts mehr.

Am nächsten Morgen ging ich zum Bruder unseres Pastors und erzählte ihm, was wir in der Nacht erlebt hatten. Ich dachte, er würde mich auslachen, und die Lehrer und Schüler auch, die im Postraum, wo ich ihn traf, herumstanden und interessiert zuhörten. Doch alle blieben ernst und nickten.

»Ja, was ist das?« fragte ich sie.

»Geister«, antwortete der Mathematiklehrer. »Unterhalb des Hauses ist die alte Begräbnisstätte der Jujumänner und Zauberpriester. Da geht keiner hin, und die Leute im Ort wunderten sich und warnten uns, weil das Haus zu dicht daneben gebaut worden ist. Nun sind die Geister sicher hochgekommen, um zu sehen, wer da jetzt wohnt.«

Wir schliefen dann doch noch zwei Nächte in dem Haus, und ich wartete; ich wollte unbedingt wissen, was es war, doch es kam nichts mehr.

Karin schüttelte den Kopf: »Ich habe es doch erlebt, aber es ist unmöglich. Kannst du das nicht erklären?«

Ich konnte es nicht. Ich hätte darüber gelacht, wenn mir vorher einer so etwas erzählt hätte.

Später fragte ich unsern Pastor, was ich denn machen sollte, wenn mir etwas in der Art noch einmal passierte.

Darauf antwortete er: »Laß dich damit nicht ein. Aber du brauchst auch keine Angst zu haben. Wer an Master Jesus glaubt, dem kann nichts passieren.«

Ein Ritualmord

Darwin war mein Freund und Kollege. Gemeinsam bauten wir die christliche Jugendarbeit in Takoradi auf. Wir predigten auch zusammen; er schrieb seinen Satz in Twi ich meinen in Englisch hinterher. Wir waren ein gutes Team, denke ich. Von meinem ersten Tag in Takoradi an kannte ich ihn. Eigentlich war er Lehrer, doch er gab seinen Beruf auf, um ganz für die Jugend dasein zu können, auch in ihrer und seiner Freizeit. Darwin war verheiratet. Er wohnte mit seiner Frau, seinen Kindern, den Ziegen und Hühnern bei uns in der Baracke, in dem Saal der Jugendlichen und auf dem Flur, der zu unserer Wohnung führte.

Darwin konnte auch gut Geschichten erzählen. Wir wechselten uns damit ab, er erzählte die »Massa Jesus Stories« in Twi und ich in meinem fehlerhaften Englisch.

Meistens war er ein fröhlicher Mensch, dem einige nachsagten, daß er gerne und immer »ja« antwortete, aber daß man sich dann doch nicht auf ihn verlassen könne. Ich machte ähnliche Erfahrungen, doch weil er ein so netter und fröhlicher Kerl war, konnte ich es ihm nicht übelnehmen und vergaß es immer schnell.

Aber manchmal war er auch sehr traurig. Dann brütete er in sich hinein. Als ich ihn einmal nach dem Grund fragte, antwortete er: »Man kann ja nicht immer nur fröhlich sein, aber mich bewegt auch etwas. Ich habe als Kind erlebt, wie ein unschuldiger Mensch getötet wurde, und das fällt mir manchmal wieder ein. Dann sehe ich die Bilder vor mir, und das betrübt mich. Ich frage mich, ob mit dem Tod nicht doch alles vorbei ist, und mein Glaube kommt ins Wanken. Aber dann rappele ich mich wieder auf ...«

Ich drängte ihn nicht, mir die Geschichte zu erzählen. Doch eines Abends, als wir hinten im Hof hockten, erzählte er sie mir.

»Ich wohnte mit meinen Eltern in Jumapo, doch mein

Großvater residierte als König unseres Stammes oben in den Bergen. Er war ein hochgeachteter und gefürchteter Mann, der viele Frauen, Kinder und Enkelkinder besaß. Ich war sein Lieblingsenkel, ich weiß auch nicht, warum. Oft schickte er einen Boten zu uns, und ich mußte zum König hochfahren.

Damals, als diese Geschichte passierte, war ich in der ersten Schulklasse. Meine großen Ferien verbrachte ich beim Großvater, dem es nicht so gut ging. Ich wohnte mit ihm in der Hütte, lag mit ihm auf der Pritsche, und wir aßen aus der gleichen Schüssel. Er konnte nicht mehr gut gehen, und ich stützte ihn.

Nur wenn er sich mit den Ältesten in eine geheime Hütte im hintersten Winkel seines Palastes zurückzog, durfte ich ihn nicht begleiten.

Dann waren die Ferien zu Ende. Ich fuhr wieder nach Jumapo zurück. Die Eltern waren sehr besorgt über den Gesundheitszustand des Großvaters. Alle Leute unseres Stammes. Er war zwar ein gefürchteter und oft auch brutaler Herrscher gewesen, aber sie liebten ihn doch.

Eines Tages, ich saß noch in der Schule, erschienen dort zwei Älteste vom König, sprachen mit dem Lehrer und nahmen mich mit in die Berge, ohne daß ich vorher noch zu Hause vorbeigehen konnte. Sie hatten es sehr eilig und sagten mir nur, daß der König mich sehen wollte. Oben angekommen, spürte ich eine große Nervosität bei allen Leuten.

Der Großvater war nicht in seinem ›Palast‹, sondern hinten in der geheimen Hütte. Dort lag er auf einer Pritsche. Zwar unterhielten die Jujumänner noch immer ein Feuer und brauten geheimnisvolle und gefährliche Getränke für ihn, aber sogar ich sah ihnen an, daß sie die Hoffnung aufgegeben hatten. Der König lag im Sterben.

Er lächelte, als er mich sah, winkte mich zu sich auf die Pritsche, wo er seine müde Hand auf mich legte. Er fieberte. Mal war er sehr heiß und trocken, dann wieder kalt und zittrig.

Außer uns beiden befanden sich nur noch seine engsten Mitarbeiter und Jujumänner in der Hütte. Draußen durfte keiner wissen, daß der König im Sterben lag. Es wurde auch nie zugegeben, daß ein König gestorben war. Dann hieß es immer: ›Er ist zu einem Besuch ins Nachbardorf gegangen.‹ Doch von dort kam er nie wieder.

Ich schlief noch eine Nacht beim Großvater auf der Pritsche. Reden konnte er nicht mehr. Ich wurde nicht mehr herausgelassen, keiner durfte wissen, wie es um den König stand.

Noch einmal versuchten die Medizinmänner alles, um ihn zu retten, doch gegen Morgen starb der Großvater. Ich weinte bitterlich, aber ganz leise; keiner durfte es draußen merken.

Später erfuhr ich, warum es den Ältesten und Jujumännern so wichtig war. Die Seele des Häuptlings mußte mit Blut an seinen ›stool‹ gebunden werden.

Der ›stool‹ war nicht nur das Zeichen seiner Macht, sondern die höchste Autorität in unserem Stamm, so wie es bei den Ashanties nebenan der goldene ›stool‹ ist. ›Stool‹ heißt eigentlich Stuhl. Aber es ist ein Schemel, der aus einem Stück Holz geschnitzt werden muß. Darauf sitzt bei uns der König bei feierlichen Staatsangelegenheiten. Später, wenn er ›ins Nachbardorf gegangen ist‹, wird es die Stätte seiner Seele sein. Als Schuljunge wußte ich aber noch nichts davon.

Als der Großvater kalt neben mir lag, begannen die Ältesten und Jujumänner mit den Vorbereitungen zu seiner ›Seelenwanderung‹.

In unserem Stammesgebiet gab es viele junge Männer aus dem Norden Ghanas und aus Obervolta, die wie Sklaven auf den Äckern arbeiteten und in erbärmlichen Verschlägen hausten. Keiner kannte ihre Namen, und sie gehörten zu keiner Familie. Sie hatten auch keine Rechte, und man jagte sie davon, wenn man sie nicht mehr brauchte oder wenn sie krank wurden. Zu uns kamen sie, weil sie oben in der Wüste nicht mehr genug zu essen hatten. Sie waren Moslems, aber sie wußten nicht, warum. Sie trugen ein Käppchen auf dem Kopf und ein kurzes, weißes Hemd. Fünfmal am Tag beteten sie, wie es sich bei ihnen gehörte, doch sie beteten und verneigten sich stumm, weil sie die arabischen Texte nicht kannten. Die Richtung, in der Mekka lag, variierte ebenfalls bei ihnen.

Sie konnten einem leid tun, diese Jungen aus dem Norden. Frauen oder Freundinnen hatten sie auch nicht. In ihrer Freizeit veranstalteten sie Ringkämpfe miteinander. In unserer Sprache konnten sie sich nur bruchstückhaft verständigen.

Als der Großvater gestorben war, wurde so ein fremder junger Mann mit einem bestimmten Pflanzenblatt in ein Dorf am Rande des Königreiches geschickt. Die Ältesten dort wußten Bescheid, wenn ein Bote mit diesem Blatt bei ihnen eintraf. Sie nahmen es ihm ab und behielten den Boten bei sich, sperrten ihn ein, drohten ihm mit dem Tod, falls er von diesem Botengang irgend jemandem etwas erzählte. Er wurde solange als Sklave gehalten, bis ein neuer König installiert worden war.

Mit dem gleichen Blatt schickten sie einen Boten zum Königsdorf in den Bergen zurück. Auch dieser gehörte zu den Jungen, die sich als Sklaven auf den Äckern abschuften mußten. Er wußte natürlich nicht, was sein Botengang bedeutete und was er noch erleben würde.

Er rannte los. Wenn er seine Botschaft nicht schnell genug überbrachte, konnte man ihn ganz elend zusammenschlagen und bei Wasser und Fufu einsperren. Das wollte er nicht. Er lief, so schnell er konnte. Seinen Kollegen durfte er vorher nicht mehr Bescheid sagen. Man hatte ihn allein auf einem Feld aufgegriffen und losgeschickt.

Am Rande unseres Dorfes warteten schon einige Häscher auf ihn. Kaum war er eingetroffen, wurde er durch geheime Gänge und Wege in die Hütte geführt. Dort hatte man den Großvater unter ein rotes Laken gelegt. In der Hütte waren alle Lichter gelöscht worden. Nur die Glut des offenen Feuers erhellte die Szene gespenstisch. An den Hüttenwänden entlang hockten die Ältesten und Jujumänner unter ihren eng an den Körper gezogenen roten und schwarzen Tüchern. Auch ich hockte dort, zitternd und noch immer mit Tränen im Gesicht. Ich fürchtete mich vor dem, was kommen würde, obwohl ich nicht wußte, was es war; aber ich ahnte, daß es nichts Gutes sein konnte.

Auch der Junge zitterte. Er wollte sich vor den hohen Herren niederknien, die arme Seele, doch man forderte ihn auf, sich zwischen sie an die Wand zu setzen. Er tat es erst, als man ihn dort herunterdrückte. Dann bekam er Palmwein, obwohl er als Moslem gar nicht trinken durfte. Doch er traute sich nicht, abzulehnen. Und dann wurde ihm auch noch Akpenteschi eingeflößt, der selbstgebrannte und selbstmörderische Schnaps unserer Region.

Nun begannen die Zeremonienmänner ihre Handtrommeln zu rühren. Sehr gedämpft, so daß der Klang kaum nach draußen drang. Es waren Totenklagen, die sie zunächst spielten, aber dann gingen sie zu einem fröhlicheren Teil über, nach dem getanzt werden konnte. Ich begriff nichts, doch sie wußten sehr wohl, was sie taten.

Alle tranken Schnaps und aßen Hühner. Auch dem Jungen flößten sie immer mehr ein. Er verlor seine Furcht, seine Augen begannen zu glänzen, und er war stolz darauf, mit diesen hohen Herren zusammenzusein. Dann fingen die Jujumänner an zu tanzen. Das war gar nicht gut, soviel wußte ich. Das taten sie nur, wenn sie etwas Böses vorhatten. Die Trommeln dröhnten immer schneller, und die Jujumänner tanzten immer wilder. Auf einmal rissen sie den Jungen aus dem Norden hoch, und er mußte mit ihnen tanzen. Er konnte es nicht. Er schwankte schon auf seinen Beinen, konnte sie kaum noch kontrollieren und kicherte dabei. Immer mehr Schnaps mußte er trinken.

Dann fielen die Jujumänner plötzlich über ihn her. Man rammte ihm einen Knebel in den Mund, an dem er fast erstickte, und ich sah, wie einige seiner Zähne auf den Boden fielen. Sie fesselten ihm die Arme hinten auf dem Rücken zusammen und dann die Beine. Danach sprang der übelste Medizinmann ihn an und durchschnitt ihm mit seinem scharfen Buschmesser die Kehle. Das Blut wurde mit einer Schüssel aufgefangen. Erst als alles Blut aus dem schlaff gewordenen Körper abgefangen worden war, wurde dem armen Kerl der Gnadenstoß ins Herz versetzt. Einige verschwanden mit dem Körper nach draußen und verscharrten ihn irgendwo im Dschungel, wo ihn keiner fand, oder sie warfen ihn den Geiern vor und den Ameisen. Ich mußte das alles mit ansehen. Ich preßte zwar meine Augen zu, aber dann sah ich es doch.

Der ›stool‹ meines Großvaters wurde mit dem Blut getränkt. Nun hatte seine Seele einen Platz gefunden, meinten die Jujumänner. Ich wurde zu Stillschweigen verpflichtet. Du bist der erste, dem ich diese Geschichte erzählt habe. Es war schlimm. Ich hoffe, daß man es heute nicht mehr tut.

Verstehst du, warum für uns die frohe Botschaft etwas ganz Besonderes ist? Nicht mehr Menschenopfer, weil Gott seinen eigenen Sohn für uns geopfert hat.«

Der schwere Gang unseres Pastors zum Minister Fünf-Prozent

Ghanaer sind immer schnell dabei, Menschen mit einem neuen Namen zu schmücken, der die Eigenschaften und Untugenden dieses Knaben oder Mädchens ausdrückt. So hieß ein Mann, von dem bald gründlich die Rede sein wird, Fünf-Prozent. Wer nämlich von ihm einen Regierungsauftrag haben wollte, mußte ihn vorher mit der angegebenen Summe bestechen. Das Wort Bestechung wurde für diese Tätigkeit aber nicht gebraucht. »Dash« nannte man das. Was es eigentlich bedeutete, wußte keiner. Es kommt aus dem Englischen, »to dash out«, etwas auf die Schnelle aushändigen.

Obiger Fünf-Prozent hatte sich schon sehr früh in die Politik begeben und sich einen Weg nach oben getrampelt, wie es dort so üblich ist, nicht viel anders als bei uns. Aber schon auf dem Weg dorthin hatte er seine Helfer belohnt und von denen Geld genommen, die von ihm abhängig waren. Zu seiner Leidenschaft wurde Geld, als er ganz oben angekommen war. Jetzt war er Minister und konnte nicht genug davon bekommen.

Seine zweite Leidenschaft waren Frauen und Mädchen. Auch diesen Appetit konnte er kaum stillen. Er nahm alles, was er kriegen konnte. Als Mitglied des Erziehungsausschusses der Regierung, der für die Einstellung und Versetzung von Lehrern verantwortlich war, ließ er sich von Lehrerinnen jede Versetzung in ihrem Sinne mit einer Nacht in seinem Bett bezahlen.

Als er bald in den Vorstand der nationalen Luftfahrtgesellschaft kam, jubelte er. Jede Aspirantin auf eine Karriere als Stewardeß wußte bald, daß ihr Weg durch sein Bett führen würde. Das sprach sich im ganzen Land herum. Dann wurde er stellvertretender Gesundheitsminister und lernte die schönsten Krankenschwestern Ghanas kennen.

Sicher nimmt der Leser an, daß ich übertreibe, aber das stimmt leider nicht. Und dieser Mann war auch nicht der einzige, der es so trieb.

Er schämte sich nicht, bei offiziellen Anlässen mit immer neuen Damen an seiner Seite zu erscheinen. Bei uns macht man es ja anders; da läßt man sich scheiden, wenn die Frau zu alt wird oder nicht mehr in den »attraktiven« Zirkel von alten Männern und jungen Damen paßt.

Ghanas damaliger Präsident lebte einen ähnlichen Lebensstil vor. Als politische Losung hatte er einen Bibelspruch umformuliert. Der lautete nun so: »Trachtet als erstes nach dem politischen Reich, *dann wird euch alles andere zufallen.*« So ließ er sich alles zufallen, und was nicht wollte, das holte er sich oder er sperrte die Menschen ein, die ihn kritisierten.

Auf dem Weg nach ganz oben heiratete unser Mr. Fünf-Prozent, und zwar die Nichte des Finanzministers. Die war sehr schön, und er erwartete von der Heirat noch einen Schub für seine Karriere.

Ich kannte dieses Mädchen sehr gut. Sie kam aus Takoradi, besuchte dort das Gymnasium und gehörte zu unserer Blechkirche. Ihre Eltern waren ganz einfache Leute. Fünf-Prozent hatte sie gesehen, als sie bei ihrem Onkel während einer Party servierte. Er verliebte sich so in sie, daß er sie heiratete, was eigentlich gar nicht zu ihm paßte.

Diese Trauung wurde zur Hochzeit des Jahres. Der Präsident thronte als Ehrengast, der Finanzminister führte die schöne Braut zum Altar. Der Erzbischof traute sie. Die Frauen weinten beim Anblick der wunderschönen Braut und hofften, daß sie den gutaussehenden Minister nun zu einem besseren Lebenswandel leiten würde. In der Blechkirche wurde intensiv für sie und ihren Mann gebetet. Sie hatte sich gewünscht, von unserem Pastor getraut zu werden, aber das hatte Mr. Fünf-Prozent natürlich abgelehnt.

Seine Hochzeit machte sich schon bald bezahlt. Auf ihn fiel noch mehr von der Gnade des Präsidenten. Die Hochzeitsreise wurde mit einer dienstlichen verbunden. Da der Minister zu einer internationalen Konferenz nach Tokio mußte, nahm er seine Frau mit und besuchte auf dem Wege alle Länder, die ihm gefielen. Den Abschluß der Hochzeitsreise bildeten Deutschland und England, wo der Herr Minister Firmen aufsuchte, die von ihm Aufträge haben wollten und gerne bereit waren, ansehnliche Hochzeitsgeschenke zu vergeben. Mit mehreren Kisten und Koffern landete er wieder in Accra und ließ alles von einem Lastwagen seines Ministeriums abtransportieren.

Wir hatten gehofft, Lilian, seine Frau, auch weiter in unserer Kirche begrüßen zu können, aber sie erschien nicht mehr. Auch ihre Eltern beklagten sich, kaum etwas von ihr zu sehen. In der Gemeinde ging der Satz herum: »Sie ist unter die Räuber gefallen und selbst hochmütig geworden.«

Zunächst hatte die neue, fremde Welt einen so starken Eindruck auf das Mädchen aus einfachen Verhältnissen gemacht, daß es lange dauerte, ehe Lilian in ihrem neuen Leben eine gewisse Übersicht und ein damit verbundenes Selbstvertrauen fand. Vorher versuchte sie, ihre Komplexe und ihr Unbehagen mit Arroganz zu überspielen. Früher war sie barfuß zur Schule gelaufen, nun fuhr sie im Wagen ihres Mannes und mit Chauffeur bei den Geschäften vor. Früher sah sie sich immer erst den Preis an und feilschte darum, wenn sie etwas einkaufen wollte; nun griff sie zu, wenn ihr etwas gefiel. Es gab einfach nichts in den Läden, was sie nicht erstehen konnte. Und ihr Mann schimpfte, wenn er sie in einem Kleid sah, das er schon kannte.

Bald kamen dann auch Kinder an, und sie hatte nun etwas, auf das sie sich konzentrieren konnte und bei dem sie unersetzbar war.

Ihr Mann war sehr stolz darauf, daß sie ihm zuerst zwei

Jungen gebar und erst dann ein Mädchen, was für ihn, in dieser Reihenfolge und Zusammenstellung, in Ordnung ging.

Aber trotzdem fing es bei ihm wieder mit den anderen Frauen an. Eine reichte ihm nicht mehr, Frauen waren einfach seine Leidenschaft und ein Sammelobjekt. Er sammelte sie wie andere Briefmarken oder Rennpferde. Dabei dachte er sich nichts. Er wollte auch keine andere heiraten als seine jetzige Frau, doch er suchte immer das Abenteuer und Befriedigung nach seinen Strapazen in der Politik, vor allem von dem schwierigen Umgang mit dem selbstherrlichen Diktator, bei dem auch die Minister fürchten mußten, plötzlich abgesetzt oder gar eingesperrt zu werden, wie es eben der Laune des Alleinherrschers entsprach.

Zunächst erfuhr seine Frau nichts von seinen Eskapaden. Doch dann waren die nicht mehr zu übersehen. Sie fand Lippenstift an seinen Hemden und Taschentüchern, Bilder von fremden Frauen auf seinem Schreibtisch und in seinen Taschen. Erst stritt er alles ab, später schrie er sie an und befahl ihr: »Halte dich da raus. Das ist meine Sache. Du kriegst, was du brauchst. Du lebst hier wie eine Königin, was willst du eigentlich mehr?«

»Ich möchte meinen Mann«, entgegnete sie, »sonst nichts. Dafür gebe ich alles andere ab.«

Als ich von dieser Ehesituation hörte, begriff ich einfach nichts. Sie war doch eine der schönsten Frauen, die ich je in meinem Leben gesehen hatte. Sie hatte einen herrlichen, geraden Gang. Denn schon als Mädchen hatte sie alle ihre Lasten auf dem Kopf getragen, aber keine zu schweren. Auch die Kleider, die sie trug, paßten genau zu ihr. Bei den Farben war sie immer zurückhaltend und doch fröhlich. Meistens kam Gelb vor, das ihr vorzüglich stand.

Ich wurde an ein Gedicht von Hölderlin erinnert. Das paßte genau zu ihr:

An Feiertagen gehn
Die braunen Frauen daselbst
Auf seidnen Boden,
Zur Märzenzeit,

Wenn gleich ist Nacht und Tag,
Und über langsamen Stegen,
Von goldnen Träumen schwer,
Einwiegende Lüfte ziehn.

Aber die Frauen rannten dem Minister hinterher. Er hatte keine Schwierigkeiten, die zu nehmen, die er haben wollte, und trieb es mit allen, mit Damen der Gesellschaft und mit Schulmädchen.

Um die ganze Sache leichter erledigen zu können, ließ er sich einen Bungalow bauen. Die Regierung stellte damals für die Mittelklasse des Landes preis- und zinsgünstige Eigenheime her. Der Minister wußte es so einzurichten, daß ihm die Schweizer Baufirma, die diesen Auftrag bekommen hatte, kostenlos einen Bungalow erstellte. Den richtete er als Liebesnest her. Jeder in Ghana wußte das. Die Nachbarn sorgten dafür, daß seine Neuerwerbungen bald überall bekannt waren.

Erst wollte Lilian, die Ministersfrau, nichts davon hören. Sie versuchte es zu übersehen. Doch als die Kinder auch in der Schule und in der Nachbarschaft von den Liebesabenteuern ihres Vaters erfuhren, mußte sie eingreifen.

Sie versuchte ihren Mann zur Rede zu stellen, doch der schlug sie und drohte: »Ich werfe dich aus dem Haus und hole für die Kinder meine Schwester her!«

Die Kinder wollte Lilian behalten. Sie versuchte noch einmal, sein Treiben einfach zu ignorieren, doch sie konnte es nicht. Da fiel ihr unser Pastor ein, und sie fuhr nach Takoradi und erzählte ihm alles.

Unser Pastor war sonst ein ruhiger Mann, aber als er das

hörte, packte ihn die Wut, und er rief: »Ich fahre sofort zu dem Kerl und stelle ihn zur Rede!« Er spürte: Gott wollte, daß er Lilian half und dem Minister ins Gewissen redete.

Lilian versuchte ihn zu bremsen. Sie bekam Angst um ihre Kinder und um ihn. Doch der Pastor blieb dabei: »Ich muß nach Accra fahren. Die Propheten haben das im Alten Testament auch so gemacht. Nathan ist zu David gegangen und Johannes der Täufer zu Herodes, und unseren Herrn haben sie dafür ans Kreuz geschlagen, weil er die Wahrheit gesagt hat. Ich muß nach Accra, aber ich werde ihm nicht sagen, daß du dahinterstehst. Das tust du auch nicht, ich muß nur meine Pflicht als Hirte meiner Herde erfüllen.«

Auch noch andere versuchten unserem Pastor das auszureden. Aber er blieb dabei. Er mußte damit rechnen, daß der Minister ihn einsperren ließ. Der war zu allem fähig. Schon mehrere Menschen waren verschwunden, weil sie irgendeinem Parteibonzen unangenehm geworden waren.

Lilian fuhr nach Accra zurück. Der Pastor wartete noch ein paar Tage, betete und überlegte. Dann fragte er mich am Sonntag in der Blechkirche: »Bringst du mich mit deinem Wagen nach Accra? Der Minister wird nicht herausbekommen, wer mich gefahren hat.«

Am nächsten Tag fuhren wir los. Unser Pastor ganz in Schwarz, mit dem weißen Kragen. So offiziell hatte ich ihn nur bei der Geisteraustreibung gesehen. Seine Bibel hatte er auch dabei, und er las sich mit den entsprechenden Stellen Mut an, während ich fuhr.

Wir sangen unterwegs, doch je näher wir Accra kamen, desto kleinlauter wurden wir. Man sah die Macht des Diktators und seiner Minister überall. Straßensperren mit Polizisten, die ziemlich rüde mit dem Volk umgingen, für das der Diktator angeblich alles tun wollte.

Wir kamen am Gefängnis vorbei, wo politische Gefangene darbten. Dann vorbei an den Ministerien und der Burg des Diktators. Wir fuhren vor die Villa des Ministers.

Der Pastor sagte, ich solle ihn vorher absetzen, doch ich wollte kein Feigling sein; ich fuhr ihn bis vor die Tür.

Feierlich stieg unser Pastor aus, fast wie ein Bischof. Ich war herausgesprungen und hielt ihm die Tür auf. Allerdings paßte meine Kleidung nicht so ganz zu seiner Würde, meine Schlappen, die kurze Hose und das Hemd, das darüberhing.

Doch weit kam der Pastor nicht mit seiner Würde. Vor der Tür stand ein Polizist mit geladener Maschinenpistole. Der war nur einen Augenblick lang von dem geistlichen Kleid überrumpelt, dann fing er sich wieder und wollte den Pastor nicht hereinlassen. Der Minister sei auch gar nicht da.

Unser Pastor bat, die Frau Minister sprechen zu dürfen. Der Polizist rief einen Diener heran, und bald kam Lilian aus der Villa geeilt, um den Pastor freundlich zu begrüßen. Doch ich sah an ihrem Gesicht, daß sie traurig war und geweint hatte.

Ich wartete, während der Pastor hereingebeten wurde. Über eine Stunde blieb er dort. Dann kam er heraus und befahl mir: »Wir müssen zu seinem Liebesnest fahren, da ist er mit einer. Das geht so nicht mehr weiter, die Frau hält das nicht mehr aus, und für unser Land ist es eine Schande. Die Ehre unserer Frauen wird hier genommen, und sie werden zu Huren degradiert, da muß ich was tun.«

Ich spürte, daß es keinen Sinn hatte, ihn aufzuhalten.

Es war nicht schwierig, den Bungalow des Ministers zu finden. Wir brauchten nur am Eingang der Labone-Siedlung zu fragen. Der Mann dort konnte uns den Weg ganz genau beschreiben. Er grinste dabei; jeder wußte, daß es ein schmutziges Liebesnest war. Die Umgebung des Hauses war ungepflegt, der Vorgarten von den Reifen der ministeriellen Wagen aufgepflügt.

Ich warnte den Pastor: »Du mußte auch an deine Familie denken. Der kann dich einsperren lassen.«

»Jetzt muß ich an Lilian und ihre Kinder denken. Meinst du, ich hätte keine Angst? Ich fürchte mich vor dem Kerl, ich möchte am liebsten auch abhauen, wie der Prophet Jona, bis in den Bauch des Walfischs, aber jetzt kann ich nicht mehr zurück.«

Vor dem Bungalow parkte die Ministerkarosse. Der Fahrer schlief hinter dem Lenkrad und der Polizist, der eigentlich das Haus bewachen sollte, neben ihm. Der Pastor stieg aus und marschierte sofort auf den Bungalow zu, klopfte an die Tür und öffnete. Der Minister hatte sie nicht abgeschlossen. Er wußte, daß der Polizist jeden Besucher abwehren oder ihn, Fünf-Prozent, warnen würde.

Auf dem Sofa saß der Minister und hielt das Händchen von einem verschüchterten Schulmädchen. Sie trug noch ihr grünes Schulkleid mit den gelben Rändern. Ihre Bücher lagen sorgfältig zusammengepackt auf einem Tischchen nebenan. Aber sie hatte schon versucht, eine Dame zu werden. Sie trug Schuhe mit sehr hohen Absätzen an ihren nackten, lehmbespritzten Beinen. Sicher stammten die aus dem Fundus des Herrn Ministers. Sie hatte auch versucht, sich die Lippen anzumalen, doch der Strich war über die Lippen hinausgegangen, er verschmierte ihre Oberlippe und zog sich bis ans Kinn.

An ihren Fingernägeln waren noch Reste von Lack zu erkennen. Ungelenk hielt sie eine brennende Zigarette. Sie schrie auf, als sie den Pastor sah, und versuchte wegzulaufen, doch der Minister hielt sie fest.

Fünf-Prozent übersah die Lage schnell. Wütend schrie er den Pastor an, daß ich es bis draußen hörte: »Das wirst du mir büßen: Ich lasse dich einsperren und prügeln!« Dann rief er nach dem Polizisten.

Der Pastor wußte, daß er nicht lange reden konnte. »Du Ehebrecher!« schrie er ihn an. »Du Zerstörer deiner Familie und deiner Ehe! Tu Buße. Es ist auch schlimm, was du diesen unschuldigen Kindern antust ...«

Weiter kam er nicht. Der Polizist und der Fahrer waren ins Haus eingedrungen und fielen über den Pastor her. Ich wollte ihm zur Hilfe eilen. Es kam zu einem Handgemenge. Doch leider rannten noch zwei Polizisten von der Ministereskorte hinter dem Haus herein. Sie drohten mit ihren Waffen und feuerten einen Schuß zur Warnung in die Luft ab. Der Lärm hatte auch die Nachbarn alarmiert. Aber keiner wagte sich auf die Straße heraus. Sie standen hinter den Fensterläden ihrer Häuser und beobachteten uns.

Das Mädchen weinte und lief barfuß davon. Den Pastor und mich packten die Polizisten. Sie riefen einen Polizeiwagen heran. Mich ließen sie schnell wieder laufen, doch den Pastor nahmen sie mit.

Ich sagte in Takoradi Bescheid. Wir trafen uns sofort in der Kirche zum Gebet.

Nach einigen Wochen wurde unser Pastor freigelassen. Ich weiß nicht, ob der Minister sich geändert hatte. Doch seine Frau kam, so oft sie konnte, zu uns nach Takoradi und feierte mit uns Gottesdienst. Dann lächelte sie wieder und fühlte sich frei. Unser Pastor hatte jetzt noch mehr Autorität bei uns als vorher. Wir hatten seinen Glauben erlebt.

Esthers Predigt

Wie überall in Afrika, und auch in Europa, war die Führung der Blechkirchengemeinde zunächst eine Männerangelegenheit. Auch die Form des Gottesdienstes war am Anfang noch nicht afrikanisch, sondern stark von der Missionstradition geprägt. Die Gepflogenheiten der Basler Mission wurden nachgeahmt.

Trommeln waren verbannt, weil sie zu heidnischen Riten gebraucht worden waren. Ein Harmonium ächzte gegen Hitze und klobige Fuß- und Faustbearbeitung an. Die afrikanischen Zungen und Lippen gewöhnten sich nur langsam an deutsche Choralmelodien. Die Texte waren pflichtbewußt, werkgetreu, aber ohne Phantasie und Einfühlungsvermögen übersetzt worden. Meistens verstanden die Sänger gar nicht die Worte, die sie dann auch noch in fremde Musik und einen hölzernen Rhythmus übertragen mußten.

Aber das änderte sich langsam. Nicht der Kirchenvorstand, sondern die Gemeinde sorgte dafür. Es fing mit den improvisierten Liedern vor dem eigentlichen Gottesdienst an, ein Höhepunkt war dann die Predigt von Esther, die als erste Frau auf unsere Kanzel stieg. Bildlich gesprochen, denn unsere Kanzel war nur ein Pult, das auf der gleichen Ebene vor uns stand.

Esther gehörte schon eine Weile zum Kirchenvorstand, sie vertrat die Frauen darin. Aber dann kamen die Männer darauf, Esther zu fragen, ob sie nicht auch einmal predigen wollte. Man kam auch darum auf sie zu, weil als Sonntagsevangelium die Geschichte mit der Sünderin dran war.

Esther lächelte, sagte »aha« und sie würde es gerne tun, aber sonst nichts. Die Männer gingen noch weiter: »Wir möchten dir die ganze Predigtzeit zur Verfügung stellen. Dein Englisch verstehen die meisten, und du bist es ja als Schwester gewöhnt, Menschen ihre Krankheiten in einfachen Worten zu erklären.«

Esther war Oberschwester im Regierungskrankenhaus. Sie war dort für die Operationsassistenz und die Intensivstation, die nur aus einem Zimmer bestand, verantwortlich. Man nannte sie die Königin des Hospitals. Ohne sie lief dort nichts. Zu jeder ärztlichen Konferenz wurde Esther hinzugezogen. Sie war aber nicht nur fachlich und menschlich eine wichtige Persönlichkeit, sondern sie hielt auf den Stationen auch Andachten und versammelte die Schwestern jeden Abend zu Gebet und Gesang.

In unserer Blechkirche warteten wir gespannt auf ihre Predigt. Sehr sorgfältig bereitete sie sich vor. Auch kleidete sie sich für diese Gelegenheit ganz neu ein.

An dem lang erwarteten Sonntagmorgen holten Karin und ich sie aus dem Schwesternheim ab. Mit ihren hohen, dünnen Absätzen hätte sie kaum durch das Geröll auf unseren Straßen und Wegen gehen können. Auch hatte sie sich ihr Kleid so eng schneidern lassen, daß sie sich nur in kleinen Schritten vorwärtsbewegen konnte. Unter dem Arm trug sie ihre große Bibel mit Goldschnitt, in der viele Zettel steckten.

Als sie ausstieg, sagte sie zu uns: »Fritz und Karin, bitte betet für mich.« Was wir auch intensiv taten.

Sie zog mit dem Kirchenvorstand ein, als letzte, das war immer der Ehrenplatz für den Prediger.

Nach der Liturgie, die bei uns immer sehr kurz war, bewegte sie sich ganz feierlich zum Pult. »Liebe Schwestern und Brüder«, begann sie. Aber dann sah sie sich erst einmal um. Sie musterte uns und lächelte. »Ich hatte erwartet, daß ihr mich viel kritischer ansehen würdet, besonders die Männer. Doch ihr lächelt mich alle an. Ihr macht mir Mut. Das tut mir gut. Mit Gottes und mit eurer Hilfe hoffe ich, euch die frohe Botschaft zu bringen.

Die Männer haben mir die Geschichte gegeben, über die ich jetzt reden muß. Neben all den berühmten Männern des Neuen Testaments kommt hier nun eine Frau vor, eine miserable, eine Sünderin. Haben mir die Männer darum diese Geschichte gegeben, weil sie vielleicht dachten, daß es eine Frauengeschichte ist? So sieht sie aber nur oberflächlich aus. Es ist auch eine Männergeschichte, und die Männer kommen dabei gar nicht gut weg.

Master Jesus liebte die Kinder und die Frauen. Wir sind noch heute dankbar dafür, wir Frauen und Kinder, darum füllen wir die Kirchen überall. Aber ich muß jetzt zu der Geschichte kommen. Sie steht im Johannesevangelium, im achten Kapitel, in dem später der herrliche Satz steht: ›Wen der Sohn frei macht, den macht er recht frei.‹ Behaltet diesen Satz in eurem Ohr. Damit endet eigentlich die Geschichte. Mit diesem Satz wird sie zusammengefaßt.

Master Jesus hat uns diesen Satz nicht nur so gesagt, sondern er macht uns wirklich frei. Nehmt diese Zusage tief in eure Herzen hinein, so wie Maria Gottes Wort in sich aufnahm und in ihrem Herzen bewegte.

Es war noch früh am Morgen, damals in Jerusalem. Unser Herr hatte die Nacht draußen vor der Stadt verbracht, wo es kühler war. Immer waren Leute um ihn, er konnte nicht mehr allein sein. Die Leute wollten alles von ihm wissen. Sie hofften auf ihn. Er war etwas ganz Neues. Er beschimpfte sie nicht, wie es die Propheten getan hatten, er war nicht arrogant wie die Pharisäer, sondern er liebte sie, und das spürten sie.

Es gab natürlich auch Neugierige, die ihm nachliefen, weil sie von ihm Sensationen erwarteten. Master Jesus stand ganz früh auf, weil er im Tempel einmal allein sein und beten wollte. Aber er kam nicht dazu. Schon in der Vorhalle fingen die Menschen ihn ab und baten ihn, ihnen doch eine Geschichte zu erzählen. Sie konnten nicht genug von ihm hören.

Den führenden Männern der Juden gefiel es gar nicht, daß ihm die Leute nachliefen. Die Pharisäer wollten so populär sein wie er. Sie wollten, daß die Menschen auf sie hörten und nicht auf den dahergelaufenen Zimmermann aus Nazareth, woher bekanntlich nichts Gutes kommen konnte.

Für das niedrige Volk hatten sie sich einen Plan ausgedacht, weil es sowieso die komplizierten Gesetze nicht verstand. Sie wollten das Volk darauf drillen, daß es *ein* Gebot total erfüllte, das leichteste und verständlichste, nämlich: Du sollst den Feiertag heiligen. Sie dachten auch, damit in ein Geschäft mit Gott zu kommen. Sie waren sicher, daß er seinen versprochenen Messias zu ihnen senden würde, wenn alle Juden dieses Gebot der Sabbatheiligung halten würden.

Doch nun kam dieser Zimmermann und erzählte den Leuten was von Freiheit und der Liebe Gottes, was nicht gut für die Moral der Leute war, und er arbeitete auch noch am Sabbat.

Erst versuchten sie, ihn zu ignorieren, aber dann riet ihnen einer: Es ist besser, daß der eine verschwindet, als daß all die anderen Juden von ihm noch verdorben werden.

Also überlegten die Rechtsanwälte und Theologen, wie sie Master Jesus loswerden konnten. Sie lauerten ihm auf, um Beweise gegen ihn zu sammeln. Als er in die Nähe von Jerusalem kam, wußten sie, daß er morgens in den Tempel zum Beten gehen würde. Sie heckten einen Plan aus, die Rechtsanwälte und Theologen, gegen den er nicht mehr ankommen konnte, wie sie meinten. Schon oft genug hatten sie versucht, ihn mit ihren Fragen hereinzulegen, doch zum Schluß standen sie immer als die Blamierten oder die Gefragten da, die keine Antwort mehr wußten. Aber nun hatten sie ihm eine noch viel geschicktere Falle gebaut.

Damals wie heute gab und gibt es Frauen, die fremden Männern ihren Körper verkaufen. Wir wollen uns jetzt nicht darüber unterhalten, warum es zu dieser Haltung kommt. Da gibt es verschiedene Gründe, und nicht immer sind die Mädchen daran schuld, daß sie auf diesen Abweg geraten. Zu jeder Verkäuferin gehört auch immer ein Käufer.

Eigentlich war bei den Juden damals die Prostitution strengstens verboten. Mose hatte in den Gesetzen feststellen lassen, daß der Mann und die Frau, die dabei erwischt wurden, gesteinigt werden sollten. Eine grauenhafte, eine der übelsten Todesarten. Aber wie es so mit den Menschen ist, sie schlaffen langsam ab und halten die Gesetze nicht mehr ein.

Bei den Juden gab es auch die Prostitution, wenn auch nicht so viel wie hier bei uns in Takoradi. Man konnte für Geld ein Mädchen haben. Die Theologen, die sicher auf der Kanzel genauso dagegen wetterten wie hier bei uns, übersahen aber, was auf der Straße geschah, und unternahmen nichts dagegen.

Ich will ja keinen hier fragen, wie das mit ihm ist. Ich will aber auch nicht uns Frauen als bessere Menschen hinstellen. Ihr wißt, daß ich auch ein Kind habe und keinen Mann. Ich hätte ihn gerne geheiratet, doch er wollte mich nicht. Ich rede also als eine Sünderin zu euch, die aber von ihrem Herrn und auch von euch als Gemeinde Vergebung der Sünde erfahren hat.

Doch wieder zurück zur Geschichte. Der Zimmermann, Master Jesus, saß also auf dem Boden im Vorhof des Tempels und erzählte den Leuten von der Liebe Gottes. Da sausten die Rechtsanwälte und Theologen los. Ich habe nichts gegen Rechtsanwälte und Theologen, aber so steht es in der Bibel.

Sie wußten ganz genau, wo sie die leichten Mädchen finden konnten. Aber ich wundere mich, daß am Morgen dort schon Kunden waren. Ich dachte, die Männer würden am liebsten abends dahin gehen, wenn es dunkel ist. Vielleicht hatten sie auch extra einen Kerl hingeschickt, damit sie ein Mädchen auf frischer Tat ertappen konnten.

Auf jeden Fall drangen die frommen und gebildeten Herren in die Hütte einer Prostituierten ein, wobei sie sich nach der jüdischen Lehre verunreinigten, was sehr schlimm war. Sie erwischten das Pärchen mitten im Ehebruch auf der Matte. Den Kerl lassen sie laufen, der ja auch Ehebruch begangen hat, aber die Frau nehmen sie mit. Das ist die Solidarität der Männer, ihr Frauen. Wir Frauen klatschen über andere Frauen, doch die Männer halten zusammen, die sagen nichts über die Liebesaffären anderer Männer. Sie übersehen das. Stellt euch mal das Bild von damals vor, versetzt das mal hierher nach Takoradi. Es wäre so, als würden der katholische Bischof von Cape Coast, unser Pastor, unser Rechtsanwalt Charles, der Richter und all die anderen Herren in ihren Talaren und die Juristen mit ihren Perücken in die Monte Carlo Bar reinstürmen und bis hinten in die Verschläge vordringen, wo die sogenannte Liebe immer noch stattfindet. Und dann würden sie die Frau quer durch die Stadt und über den Markt bis in die große katholische Kirche oder in unsere Blechkirche treiben.

Die Leute auf der Straße, die da so herumlungern, sind ja für jede Aufregung dankbar. Sie rennen und schreien mit, auch wenn sie gar nicht wissen, worum es da geht. Als sie die Rechtsanwälte und Priester ›Steinigt sie!‹ schreien hörten, da schrien sie mit. Ob sie selbst schon einmal in der Monte Carlo Bar gewesen waren oder nicht, sie schrien einfach mit. Und die Frauen ebenfalls, unter ihnen bestimmt auch Prostituierte, die von sich ablenken wollten.

Wenn man so schreit, dann wird man auch richtig empört. Man fühlt sich soviel besser und sucht nur nach einem Feind, der an allem schuld ist.

Das Mädchen, das sie aus ihrer Hütte herausgerissen hatten, wußte gar nicht, was los war und warum man gerade sie geschnappt hatte. Sie tat es doch jede Nacht, und keiner hatte sie bisher daran gehindert. Sie tat es nicht nur aus Lust. Sie war ausgehungert in die Stadt gekommen, hatte nach einer Arbeit gesucht, war von einem Herrn geschwängert worden, der sie dann aus dem Haus jagte. Sie hatte das Kind zur Welt gebracht und mußte es ernähren. Dann traf sie einen jungen Mann, der versprach, sie zu heiraten. Als dann aber das zweite Kind ankam, tat er es doch nicht. Und nun hatte sie zwei Kinder und keine Arbeit; keiner wollte sie zur Frau haben, und sie mußte zusehen, daß sie ihre beiden Kinder und sich ernährte.

Ich sehe, wie der Pastor seinen Kopf schüttelt. Ich weiß, das steht so nicht in der Bibel. Vielleicht tat das Mädchen es einfach aus Lust. Ich weiß es nicht. Aber es gibt nur wenige, die es nur aus Lust tun, das weiß ich vom Krankenhaus her. Jede Frau möchte Kinder und einen Mann haben, ich auch. So sind wir gemacht worden, aus seiner Rippe.

Die junge Frau wurde aber in den Vorhof des Tempels geschleppt, was auch verboten war. Doch die Theologen und Rechtsanwälte störte das im Augenblick nicht.

Jetzt hatten sie den frechen Zimmermann in der Falle. Würde er der Steinigung zustimmen, würde das Volk rufen: ›Was ist das für ein Unmensch, dieses kleine Mädchen wegen so einer Kleinigkeit töten zu lassen: Von ihm können wir nichts anderes erwarten als von den andern Rabbis.‹

Ließ er das Mädchen laufen, würden die Rechtsanwälte, Theologen und auch die Hausfrauen toben: ›Was, und der nennt sich Gottes Sohn und hält noch nicht einmal seine Gebote!? Hat er denn keinen Respekt mehr vor der Moral? Ist er auf der Seite der Huren und Ehebrecher und untergräbt die Moral unserer Gesellschaft? Es ist besser, daß er getötet wird.‹

Als ich die Geschichte las und mich in sie vertiefte, sah ich auch keinen Ausweg für den Zimmermann von Nazareth.

Richtig höhnisch stießen die Theologen und Rechtsanwälte das Mädchen vor ihn und redeten ihn sogar ironisch mit ›Rabbi‹, Master oder Lehrer, an: ›Wir haben diese Frau beim Ehebruch erwischt, auf frischer Tat ertappt. Mose hat uns befohlen, daß eine solche Frau gesteinigt werden muß. Was sagst du dazu?‹

Jetzt mußte Jesus etwas sagen. Jetzt wird die Falle zuschnappen, dachten sie. Doch es kam ganz anders. Der Zimmermann antwortete gar nicht, beugte sich nieder und fing an, mit seinem Finger in den Sandboden zu kritzeln. Tat so, als ob er sie gar nicht gehört hätte.

Aber so schnell gaben seine Ankläger nicht auf. Sie hatten ihn jetzt in der Falle, da wollten sie ihn nicht herauslassen. Also stellten sie ihm immer wieder diese Frage. Sie wollten wissen, was er von dem Gesetz dachte. Wohlgemerkt, nicht von dem Mädchen, sondern von dem Gesetz. Um das ging es ihnen. Wirklich. Sie waren für das Gesetz und gegen ihn und auch gegen das Mädchen. Beide wollten sie für das Gesetz opfern.

Ich muß hier sagen, daß ich nicht für die Prostitution bin. Sonst denkt noch einer, ich würde Reklame dafür machen. Sie ist schlimm, für Männer, für Frauen und Kinder. Ich weiß, wieviel Elend und Krankheiten dort geboren werden. Prostitution ist schlimm, ganz schlimm. Sie ist Sünde. Mose hatte da schon recht. Man sollte sie auch in unserer Stadt unterbinden.

Als Master Jesus immer wieder gefragt wurde, richtete er sich plötzlich auf und sagte zu den Anklägern: ›Wer von euch ohne Sünde ist, der werfe den ersten Stein auf sie.‹

Dann bückte er sich wieder und kritzelte weiter.

Damit hatte keiner gerechnet, daß diese juristische Sache so persönlich werden würde. Sie hatten mit dem Kopf eine Frage gestellt und erwarteten darauf eine Antwort aus dem Kopf. Doch was Master Jesus sagte, traf sie in der Seele, ganz tief in ihrem Gewissen. Dort waren sie unvorbereitet.

Aber jetzt muß ich für die Männer reden. Ich sehe, wie einige Männer lächeln. Nein, nein, ich meine es ernst. Die Rechtsanwälte und Theologen, die so etwas Schmutziges getan hatten, besaßen doch noch ein Gewissen. Und darin wurden sie getroffen. Die Ältesten und Klügsten zuerst. Die hielten ihre Fäuste und Argumente plötzlich zurück. Hier sprach einer zu ihnen, der sich nicht nur in den Büchern auskannte, sondern im menschlichen Gewissen Bescheid wußte. Sie schämten sich. Sie sahen ihre Sünde, ihre Verfehlungen klar vor sich. Als die Ankläger sich zurückzogen, da haute auch das Volk ab. Mit ihrem Gewissen wollten sie sich nicht anlegen.

Als sich der Zimmermann aufrichtete, war keiner mehr da. Nur das Mädchen stand vor ihm. Noch voll Angst vor ihrem Tod, frierend in ihrer sündigen und zerrissenen Kleidung, mit der verschmierten Schminke im Gesicht und den anderen Spuren ihrer üblen Tätigkeit.

Sie hatte noch immer Angst. Doch etwas anderes kam dazu, als Master Jesus sie ansah. Sie fing an, sich zu schämen. Sie hatte keine Angst mehr, oder die war ihr nicht mehr wichtig, aber sie fing an, sich zu schämen, und das war schlimmer. Das wissen wir alle hier in der Kirche.

Dann sah Master Jesus, der Lehrer, der Gottessohn, sie an und fragte: ›Wo sind denn deine Ankläger? Hat dich niemand verurteilt?‹

Darauf antwortete sie schüchtern: ›Herr, niemand.‹ Sie begriff es noch nicht. Sie schämte sich und fühlte sich so schlimm.

Da sagte unser guter Herr zu ihr: ›Dann verurteile ich dich auch nicht. Du kannst gehen. Aber tue es nicht mehr.‹«

Totenstille in unserer Kirche. Esther senkte ihren Kopf.

»Amen«, flüsterte sie dann.

Pater Paul

Paul hatte uns damals den Strick seiner Kutte für unser Kreuz geschenkt. Monatelang lebte er asketisch mitten im Busch, doch wenn er zu uns kam, hatte er Durst. Das wußten wir schon. Eine Flasche Whisky und Eis warteten immer auf ihn. Früher ließen die Missionare sich dieses Getränk als »Missionarswasser« einführen, gut gegen Malaria und sonstige Gebrechen, auch gegen Heimweh; doch dann kamen die Gläubigen darauf und der Zoll, und Paul und seine Kameraden wurden trockengelegt.

Paul hatte auch ein missionarisches Maß für den Whisky entwickelt, mit seiner Streichholzschachtel. Für neue Leute, wie wir am Anfang, legte er eine Streichholzschachtel flach neben unser Glas und schüttete den Whisky bis zu dieser Höhe ein. Wer schon länger als fünf Jahre in Afrika war, bekam eine breit gestellte Streichholzschachtel voll gegossen. Für sich aber und die anderen Brüder, die schon mehr als zehn Jahre im Land verbracht hatten, gab es eine hochgestellte Ladung. Dann duschte sich Paul bei uns und schlief sich aus.

Am liebsten kam er zu Weihnachten auf Besuch. Dann spielte er mit unseren Kindern, genoß unser finnisch-deutsches Fest und war ganz Familie. Natürlich zog er auch mit uns in die Blechkirche, predigte auf Amerikanisch oder in Wa. Während er den Heiligen Abend bei uns feierte, zogen wir am Sonntagmorgen mit ihm in die Kathedrale, wo er die Messe zelebrierte. Es gefiel ihm gar nicht, daß wir sitzenblieben, wenn er die Gläubigen einlud, zum Altar zu kommen. Doch wir kannten die katholische Ordnung, daß Evangelische nicht am Abendmahl teilnehmen durften, und wollten unsere Freunde nicht in Schwierigkeiten bringen.

Dann kam Ostern. Paul war wieder zu Besuch bei uns, stillte seinen Durst, rasierte sich mit meinem Schaum und genoß das Bad, das Karin ihm bereitete. Aber ich merkte, daß er herumdruckste. Er hatte in der Kathedrale die Osternachtmesse zu halten. Ich erzählte ihm, daß wir dann auch in der Blechkirche zusammenkamen.

Als wir uns am Abend trennten, warnte er uns: »Wundert euch nicht, wenn ich bald bei euch erscheine, und nicht allein.«

Wir hatten gerade mit unserer Feier begonnen und sangen so laut und froh, wie wir konnten, von der Auferstehung unseres Herrn. Ich erzählte, wie die Russen es feierten, mit Umarmungen und Küssen und dem Ruf: »Der

Herr ist auferstanden!« und der Antwort: »Er ist wahrhaftig auferstanden.«

Wir wollten gerade damit beginnen, da hörten wir, wie sich über die Straße eine große, vielstimmige Prozession auf uns zubewegte. Paul kam mit seiner Kathedralenbesatzung angezogen und mit allen, die er auf der Straße noch finden konnte. Unsere Blechkirche faßte die neuen Zugänge nicht mehr. Da schlug Paul vor: »Kommt doch zu uns, da ist mehr Platz, da können wir gemeinsam feiern.«

Wir zogen alle mit. Jubelnder Gesang erfüllte die Stadt. Wir tanzten und taumelten vor Freude, und immer wieder die Rufe: »Der Herr ist auferstanden ...« und die Antwort: »Er ist wahrhaftig auferstanden.«

Abschied von Ghana – aber die offene Tür

Nach sieben Jahren in Ghana war unsere Zeit zu Ende. Die Jugendarbeit lief sehr gut, und wir sollten nach Ostafrika gehen, um da auch bei dem Aufbau christlicher Jugendgruppen mitzuhelfen.

Am Sonntagmorgen fuhren wir zur Blechkirche, am Abend sollte die Maschine nach London abheben, mit Anschluß nach Helsinki und Düsseldorf. Wir freuten uns auf unsere Heimat, aber wo war die eigentlich? Karin meinte: »Unsere Heimat ist da, wo wir sind, die Kinder, du und ich. Ganz gleich, in welchem Land.«

Trotzdem fiel es uns schwer, unsere Heimat in Takoradi aufzugeben. Als wir vor der Kirche ausstiegen, trommelten unsere Glöckner »Ännchen von Tharau« auf die Radfelgen und dann den Rhythmus des Deutschlandliedes, den sie von einem Choral her kannten.

Wir standen noch gerührt vor dieser Musikvorführung, als uns schon Mercy und ihre Marktfrauen entgegengeeilt kamen. Dieses Mal wurde ich so richtig abgedrückt. Karin verschwand mit ihrer skandinavischen Taille ganz zwischen den afrikanischen Frauen.

Ich werde noch eine Woche lang nach Takoradi und Accra duften, dachte ich vergnügt. Karins elegantes, aber zurückhaltendes Parfüm kam gegen das der robust schwitzenden Market Mammies nicht an.

Aus einem Blechverschlag kroch der Nachtwächter unserer Blechkirche heraus. Ein intensiver Bibelleser, der früher einmal als Bremser auf Zügen mitgefahren war. Er blinzelte vergnügt in die frühe Sonne, zwinkerte mit den Augen und grüßte laut und dankbar seinen Schöpfer: »Good Morning, God. Ich danke dir für diesen herrlichen Tag und die Musik. You are too good at all.«

Das rührte auch unser Herz, so ein herrliches Pidgin-Englisch würden wir vorläufig nicht mehr hören. Wir mußten nun in Gefilde zurück, wo das Gefühl weniger, aber die Formen und die Grammatik alles bedeuteten.

So lebten die Menschen in Takoradi mit ihrem Schöpfer. Der war überall da. Mit ihm konnten sie reden wie mit ihrem Nächsten, und doch hatten sie einen tiefen Respekt vor ihm. Um einen Menschen hoch auszuzeichnen, sagten sie von ihm: »He is a God fearing man, a God fearing woman.« Das war das höchste, was man über einen Menschen sagen konnte.

Drinnen sangen sie schon, dann zogen wir ein, Karin und ich mit den Ältesten, weil ich predigen und Karin neben mir sitzen sollte. Auch mir hatte man mehr Zeit gegeben. Mittlerweile war mein Englisch so afrikanisiert, daß mich jeder verstand, sogar meinen Kohlenpottakzent.

»Gott ist gegenwärtig«, stimmte der Vorarbeiter vom Hafen an, mit seinem Baß und seiner Überzeugung. Wir fielen draußen ein. Dann hörten uns die drinnen in der Blechkirche kommen; sie erhoben sich, sahen zum Himmel hoch oder schlossen die Augen, und brausend füllte der Choral das Haus und die Umgebung: »Gott ist gegenwärtig, lasset uns anbeten und in Ehrfurcht vor ihn treten ...«

Ich wußte, daß ich lange nicht mehr so singen würde, so eng mit meinen Schwestern und Brüdern verbunden. Ob ich Gott in Europa so nahe fühlen würde? Ich hoffte es. Er war so nahe, wie ich es vorher nie fassen konnte. Vorher bewegte ich ihn in meinen Gedanken, in meinem Glauben, nach Luther und Paulus, doch hier spürte ich ihn.

Er füllte unsere Herzen und die Blechkirche. Wieder einmal ertrank der eifrige Organist in meinem Hochzeitsanzug und mit seinem Harmonium in unserm Gesang. Aber das störte uns nicht. Wir beteten an, wir wurden erhoben.

Dann bekannten wir vor unserem Herrn unsere Schuld, und sie wurde uns vergeben.

Der Text der Predigt, der in sieben Sprachen verlesen wurde, von Karin auch in Finnisch, war aus der Offenbarung, Kapitel 3, Vers 8: »Siehe, ich habe vor dir gegeben eine offene Tür, und niemand kann sie zuschließen.«

Der Pastor erwähnte noch: »Heute predigen wir nur in Englisch. Sicher wird nicht jeder Fritz ganz genau verstehen, aber dann wird euch der Heilige Geist schon helfen, von dem unser Herr versprochen hat: Wo zwei oder drei in meinem Namen versammelt sind, da bin ich mitten unter ihnen.«

»Amen«, riefen alle.

Dann fing ich an zu erzählen: »Ich muß an einen anderen Abschied von euch denken, als wir nach Amerika gingen, Karin und ich. Wir studierten damals in Chicago. Unsere Missionsgesellschaft hatte uns dafür ein Jahr Zeit gegeben und ein Stipendium für mich. Wir haben euch ja schon viel von diesem Jahr berichtet, aber heute will ich etwas erzählen, was ganz wichtig ist und was ihr noch nicht gehört habt.

Ich wollte in Amerika mehr über das menschliche Verhalten in Gruppen erfahren, während Karin gerne schwierige Kiefernoperationen durchführen wollte. Sie hatte es nicht leicht. Mit ihr spezialisierten sich in einem kleinen Seminar ehrgeizige Zahnärzte, die sich in der Chicagoer Ambulanz gegenseitig die schwierigsten Operationen nach Schlägereien und Autounfällen wegschnappten. Karin mußte lernen, sich durchzusetzen. Morgens arbeitete sie in der Klinik und im Hörsaal, nachmittags in einem Hotel als Kellnerin. Zuerst wurde sie dort als Zimmermädchen zum Bettenmachen und Putzen angestellt, doch dann meinte die Chefin, sie könne mit ihrem freundlichen Wesen, ihren Sprachen und ihrer «Besteckkenntnis» besser beim Servieren helfen. Also wurde sie dort tätig, wo sie mehr Trinkgelder als Lohn einnahm. Wenn sie abends nach Hause kam, fiel sie ins Bett. Oder wollte es, doch da waren noch unsere Kinderchen, die nun endlich etwas von ihrer Mutter haben wollten. Tagsüber brachten wir sie im Hort und im Kindergarten unter.

Als ich nach Amerika kam, war ich eigentlich für ein Universitätsstudium gar nicht qualifiziert. Ich besaß kein Abitur. Doch ich hatte sehr viel gelesen und mich selbst weitergebildet. Als die Professoren mich abfragten und meinen IQ feststellten, meinten sie erstaunt: ›Sie sollten eigentlich hier Ihren Magister machen.‹

Ich war sehr erstaunt. Voraussetzung für den Magister in Amerika sind mindestens fünf Jahre Studium, doch sie meinten: ›Ihr Wissen und Ihre Erfahrung reichen. Wenn Sie sich voll einbringen, dann schaffen Sie es schon, und wir helfen Ihnen dabei.‹

Ich versuchte es und besorgte mir Stapel von Büchern, die ich lesen mußte. Ich saß in den Vorlesungen und verstand kein Wort. Erst einmal dieses amerikanische Englisch und dann auch noch die Fachausdrücke.

Dauernd war ich mit meinem Wörterbuch beschäftigt,

bei jedem Satz, denn ohne Nachschlagen bekam ich den Sinn nicht zusammen. Wenn ich den Satz verstanden hatte, dann mußte der erst noch in den Zusammenhang des Kapitels, des ganzen Buches und des Fachs gebracht werden.

Ich wollte schon aufgeben, doch als ich sah, wie Karin sich für uns abschuftete, machte ich doch weiter.

Arbeiten gehen mußte ich aber auch. Im Schlachthof, der nicht weit von uns entfernt lag, wurden Männer gesucht, die Rinderseiten aus den Kühlhallen in die Container schleppen konnten. Das tat ich und reinigte die Schlachthallen, in denen die schweren Tiere auch ausgenommen wurden. Das war eine unangenehme und anstrengende Arbeit, aber sie brachte Geld.

Trotzdem reichte es nicht. Karin und ich nahmen bis auf die Knochen ab, doch für die Kinder hatten wir immer genug zu essen. Die Heizung konnten wir nur stundenweise anstellen, trotz des mörderischen Chicagoer Winters draußen, der bitterkalt bis in unser Zimmer kroch, Eisblumen über unsere Fenster zog und eine Eiskruste über alle Gegenstände, an denen etwas Feuchtigkeit klebte. Eisblumen sind wie durchsichtige Bilder am Fenster. Ihr kennt sie nicht. Sie sehen sehr schön aus, aber in unserer Wohnung war es dabei so kalt wie im Kühlschrank.

Wir wußten nicht, ob wir es schaffen würden, und fanden oft, daß der Einsatz zu hoch sei. Wir kamen zu nichts mehr, nur noch zum Arbeiten und zum Studieren, und merkten nicht, ob Sonntag oder Alltag war. Unser geistliches Leben war auch erstorben. Am Abend konnte ich nur noch ein paar Gebetsfetzen stammeln, dann war ich schon eingeschlafen.

Wir hausten zusammen in einem Zimmer. Dort schliefen wir vier auf Matratzen. Außerdem gab es noch eine Kochnische, mit einem Klapptisch. Dort arbeiteten Karin und ich abwechselnd und studierten. Ich war immer ganz früh morgens dran, während sie am liebsten am späten Abend ihre Aufgaben erledigte.

So rappelte auch an einem sehr frühen, eiskalten Novembermorgen mein Wecker. Ich wollte nicht aufstehen, ich war noch nicht ausgeschlafen, und es war so kalt. Aber trotzdem quälte ich mich hoch, stellte mich unter die eiskalte Dusche, um wenigstens richtig wach zu werden und einen klaren Kopf zu bekommen. Ich zog mich schnell warm an. Karin hatte uns für den Winter bei der Heilsarmee eingekleidet mit dem, was andere Leute weggeworfen hatten, doch die Sachen waren noch sehr gut.

Wir wohnten in einem Studentenwohnheim der Baptisten. Fromme Leute lebten um uns herum, doch wir galten als Heiden, weil wir nicht ihre fromme Sprache redeten. Wer von den Studenten dort nicht so ganz dazugehörte, hielt sich zu uns. Oft saßen bei uns welche herum, besonders Schwarze, denen wir immer wieder von ihrer Urheimat Afrika erzählen mußten.

Draußen lag dicker Schnee. Alles sah weiß aus, man konnte die Erde nicht mehr sehen. Ein frühes Auto rutschte über die glatte Fahrfläche und kam kaum voran. Wie sollte ich Karin später zur Schule bringen, mit unserem uralten Auto, und rechtzeitig zur Klausur, die an diesem Morgen in Statistik geschrieben werden mußte, in der Universität sein?

Wenn ich schon an diese komplizierte Statistik dachte, wurde mir fast übel, und ich wollte aufgeben. Sadistik nannten die Studenten dieses Fach, das von einer rücksichtslosen Professorin gelehrt wurde. Sie ließ achtzig Prozent der Studenten durchfallen. So mußten die meisten drei-, viermal dieses Fach durchnehmen, um es zu schaffen.

Mit Frühstück war auch nichts. Im Korb gab es nur noch einen Kanten altes Brot, doch der war für die Kinder. Ihr wißt ja alle hier, was Hunger ist. Der tut weh.

Ich hockte mich an den Klapptisch und starrte in das Statistikbuch. Ich wollte die Formeln wiederholen, doch ich bekam sie nicht in den Kopf hinein.

Dann versuchte ich es mit den amerikanischen Verhaltensforschern, die alles in Formeln bringen wollen. Darüber mußte ich am Nachmittag ebenfalls Bescheid wissen. Aber auch dort gelang es mir nicht, die Gedanken und noch weniger die Formeln zu begreifen.

Ich lehnte mich zurück, ich konnte nicht mehr. Ich wollte heulen, aber die Tränen kamen auch nicht. Ich war ganz trocken innerlich. Wo sollte ich mir Trost holen? Karin schlief. Sie brauchte ihren Schlaf. Am liebsten hätte ich irgendein starkes Zeug getrunken, aber morgens und dann noch ans Steuer?

Ich suchte nach einem leichteren Buch; dabei fiel mir ein kleines Heft in die Hand, das mir ein wohlmeinender Bruder noch in Deutschland geschenkt hatte. Es waren die Losungen für alle Tage des Jahres, Sprüche aus dem Alten und Neuen Testament mit einem Liedvers. Ich hatte es schon lange nicht mehr angeguckt, weil ich es zu einfach fand; es hatte keine Beziehung zu meinem Studium, meinte ich.

Aber an jenem Morgen schlug ich die Losungen doch auf und suchte nach der dieses Tages.

Ich fand sie. Da stand: ›Siehe, ich habe vor dir gegeben eine offene Tür, und niemand kann sie zuschließen.‹

Ich schreckte auf. Das betraf mich, uns. Mich traf dieses Wort nicht im Kopf, sondern viel tiefer.

Mensch, hoffte ich, wenn das wahr ist ...

Aber das blieb so da stehen und auch in mir. Auf einmal hatte ich das Gefühl: Das ist für uns geschrieben, für Karin, für die Kinder, für mich.

Ich sprang auf, lief zu Karin hinüber und weckte sie.

›Warum?‹ Sie wurde böse. ›Laß mich doch schlafen. Ich habe bis in den Morgen gepaukt, und Tina hat eine Erkältung, und ich mußte zweimal aufstehen.‹

›Karin, wir haben eine Zusage. Es geht doch weiter!‹ rief ich.

Sie verstand nicht. Aber sie kannte mich. Ich war immer der Optimist, der leicht zu Begeisternde in der Familie, bei dem auch schnell die Fantasie überschäumte. Deshalb war sie vorsichtig.

›Was ist denn nun?‹ fragte sie, weil sie schnell weiterschlafen wollte und auch mußte.

Ich erklärte ihr das mit der Losung. Sie sah mich erstaunt an und begriff immer noch nicht ganz.

›Karin, ich werde mich darauf verlassen. Das ist eine Zusage. Du glaubst doch auch an Gott.‹

›Aber nicht so‹, antwortete sie.

Doch ich gab nicht auf. ›Ich hab das so gespürt. Das war eine Zusage. Das war so wie in der Blechkirche, wenn wir ›Gott ist gegenwärtig‹ gesungen haben. Ich kann es nicht erklären. Aber wir machen es, wir verlassen uns darauf.‹

Sie sah mich an, sie sah, daß ich es ernst meinte.

›Ok‹, antwortete sie.

Ich riß einen Zettel aus meinem Notizbuch und schrieb den Spruch in Druckbuchstaben darauf. Dann klebte ich ihn an die Wand vor mir, über dem Klapptisch, und fing an zu pauken. Es ging besser. Ich kriegte die Formeln in den Kopf rein und verstand, was der Verhaltensforscher eigentlich wollte. Ich fuhr Karin sicher zur Schnellbahn. Die Statistikklausur wurde mit einer zwei erledigt, unglaublich. Mit einem neuen Selbstbewußtsein machte ich den Tag.

Ich betete wieder und pfiff Choräle, wenn auch falsch. Karin kam todmüde von der Arbeit, doch ich richtete sie auf.

Aber später, als wir gegen Abend zu Hause saßen, da fing es wieder an, trübe zu werden, nicht nur draußen, sondern auch drinnen. Da hatten wir Hunger und wußten nicht, wie es weitergehen sollte.

Wir saßen am Klapptisch, da wurde an unsere Tür geklopft. Sicher einer von den Studenten, der etwas von uns wollte. Doch als ich öffnete, stand ein Mann vor mir, den ich erst nicht erkannte. Dann stellte sich heraus, daß es sich um den Beamten handelte, der in New York die Sache mit dem Stipendium entschied. Seine kühlen Briefe, mit denen er eine Erhöhung abgelehnt hatte, hatten in uns keine angenehmen Gefühle geweckt.

Doch jetzt stand er in unserem Zimmer und trug zwei große Papierbeutel, wie es in Amerika üblich ist. Plastikbeutel werden nur ganz selten benutzt. Er begrüßte uns freundlich, hatte aber keine Zeit, sich zu setzen, weil er gleich noch zu einer Sitzung an die Universität mußte.

›Ich bin nur mal eben hier vorbeigekommen‹, sagte er, ›auf dem Weg zum Flugplatz. Da habe ich auch noch etwas eingekauft, damit Sie sich einen netten Abend machen können.‹

Auf einmal war es so wie Weihnachten. Und er war der Weihnachtsmann, mitten im November. Er stellte eine Whiskyflasche auf den Tisch und eine Flasche Sekt für Karin. Aber er hatte auch daran gedacht, daß wir Hunger hatten. Es gab Brot, Butter, Käse und Wurst. Für die Kinder Süßigkeiten. Sogar eine Kerze hatte er mitgebracht, damit es ein wenig feierlich in unserer Wohnung würde. Ehe wir alles so richtig begriffen, war der Mann schon wieder weg.

›Das ist heute das zweite Geschenk‹, sagte ich.

Nun nickte auch Karin.

Wir wollten gerade mit dem Feiern beginnen, hatten den ersten Schluck schon getan und uns freundlich zugeprostet, Karin mit ihrem Sekt, ich mit dem steifen Whisky, da wurde wieder an unsere Tür geklopft. Aber dieses Mal kam nicht ein neuer Weihnachtsmann, sondern ein schwarzer Student, der genausowenig besaß wie wir. Der feierte mit. Dann holte er noch einen armen Hund, und bald war unsere Bude voll, die Flaschen leer und das Brot und der Belag in den Mägen verschwunden, nachdem Karin noch reichlich für die Kinder reserviert hatte.

So haben wir also unseren Familienspruch, den von der offenen Tür, kennengelernt.

Als ich wieder nach Deutschland zurückkam, stolz mit meiner Magisterwürde und Karin mit ihrer Kiefernspezialisierung, fragte mich die Jugendgruppe einer Kirchengemeinde, ob ich dort am Jugendsonntag predigen würde.

›Kann ich doch nicht hier in Deutschland‹, gab ich zu bedenken, ›in Afrika klappt es gut, aber hier bin ich nicht qualifiziert. Außerdem kann ich nur Geschichten erzählen.‹ Aber genau die wollten sie hören.

Ich sagte zu und gab als Text unseren Familienspruch an.

An einem Sonntagmorgen fuhr ich hin. Mir war es ganz mulmig zumute. So ein richtiger, offizieller Gottesdienst. Die Glocken läuteten sogar, richtige, aufeinander abgestimmte. Ich dachte, ich würde mich am liebsten oben auf der Kanzel verkriechen. Die Leute sahen so ganz anders hoch als hier in Takoradi, so kritisch.

Doch die Jugendlichen fingen mich noch vorher ab, zogen sich mit mir in einen Kindergarten nebenan zurück, wollten dort erst einmal beten. Das brauchte ich auch dringend.

Anschließend mußte ich noch zur Toilette, vor lauter Aufregung. Und dort vergaßen sie mich. Sie waren auch aufgeregt, denn der Pastor und der Kirchenvorstand sahen sehr kritisch auf diese neue Art von Gottesdienst und würden ihn bei dem kleinsten Fehler bestimmt nicht wieder zulassen.

Ich wollte über unseren Familienspruch mit der offenen Tür und unsere Erlebnisse in Takoradi und Chicago erzählen. Doch nun hatten sie mich eingeschlossen. Alles war zu, und die Fenster des Bungalows waren vergittert. In diesen Kindergarten war schon oft eingebrochen worden, wurde mir später erzählt. Jugendliche hatten ihn als Rauch- und Drogenbude benutzt. Ich suchte nach einem Ausgang, doch alles war verschlossen und vergittert.

Das Glockengeläut für den Gottesdienst klang schon aus. Drinnen fingen die Posaunen an. Was würden die Jugendlichen wohl von mir denken? Sicher nahmen sie an, daß ich abgehauen war. Und dann sollte ich über die offene Tür reden! Ich suchte nach einer und fand sie nicht.

Ich war so aufgeregt. Aber dann sah ich etwas, eine Luke oben im Dach. Durch die konnte ich mich gerade so herauszwängen, sprang vom Dach und lief zur Kirche hinüber.

Ich konnte ihnen von der offenen Luke erzählen. So ist es, liebe Freunde. Gott gibt uns immer einen Zugang, zu sich, zum Nächsten, zu uns selbst, aber die offene Tür ist nicht immer da, wo wir sie erwarten. Es ist auch nicht immer eine große Tür, es kann auch eine Luke sein.

Bei euch habe ich eine offene Tür gefunden, zu unserem Gott, zu euch. Ich danke euch dafür. Ich werde es nie vergessen. Hier waren wir nie allein oder eingeschlossen. Hier haben wir Gott und unsere Schwestern und Brüder erlebt . . .«

Ich konnte nicht mehr weiterreden. In der Kirche fingen schon einige zu heulen an.

»Amen«, wurde schnell gerufen.

Am Abend flogen wir.

Sterbejahre für Ghana

Aus dem Traum des Befreiers, ersten Präsidenten und Retters von Ghana, Kwame Nkrumah, wurde nichts. »Trachtet als erstes nach dem politischen Reich, dann wird euch alles andere zufallen.« Bei der Politik vergaß er nämlich das Geld und die Wirtschaft.Er gab nur aus und dachte hauptsächlich an sich und seine Partei. Politiker werden ja leicht so, und alle andern Menschen natürlich auch, wenn es keine Opposition mehr gibt. Die gab es in Ghana nicht, weil er sie eingesperrt hatte.

Als er einmal nach Peking flog, um sich dort von den Chinesen feiern zu lassen, das war sowieso sein Hobby, sich feiern zu lassen, da putschten die Generäle in Accra und nahmen die Macht an sich. Bei ihren gegenseitigen Beförderungen und Salärerhöhungen vergaßen sie jedoch die Obersten und Majore. Also putschten diese und jagten die Generäle davon.

Durch die Offiziere fühlten sich aber die Unteroffiziere und Leutnants übergangen, also fegten sie auch diese Vorgesetzten weg und regieren im Augenblick noch. Ziemlich brutal kamen sie an die Macht, aber heute scheinen sie sich beruhigt zu haben.

Zwischendurch gab es auch noch Wahlen und einen Ansatz von Demokratie. Doch da die neue Regierung wieder mit den Politikern der ersten Stunde anfangen wollte und ihnen die Korruption vergab, war von Demokratie bald nichts mehr zu merken.

Die Monokultur des Kakaoanbaus und -exports brach zusammen. Immer mehr Länder bauten Kakao an und verkauften ihn immer billiger. Ghanas Mahagoniwälder waren von den ghanaischen Regierungen gemeinsam mit uns Europäern abgeholzt worden. Die Wüste wurde größer und größer. Regenzeiten blieben aus.

Die Menschen hungerten und starben. Furchtbare Jahre kamen für das Land.

Wir waren inzwischen nach Ostafrika umgezogen und blieben dort zehn Jahre. Da war kaum etwas von Ghana zu hören. Wir dachten zwar noch oft mit Sehnsucht an unsere Freunde und die Blechkirche zurück, weil es so etwas im Osten Afrikas leider nicht gab, aber sonst waren Karin und ich eifrig dabei, unsere Arbeit zu tun und die Kinder zu erziehen.

Ich wurde auch befördert. Weil meine Schulungsarbeit

für christliche Mitarbeiter in der Jugendarbeit in Ostafrika so gut lief, holte man mich in eine internationale Organisation nach Genf, von wo aus ich durch die ganze Welt jetten konnte. Sicher, das machte mir Spaß, ich lernte viele neue Freunde kennen, die ich sehr gern mochte; doch mit meinem Chef kam ich überhaupt nicht klar. Wir hatten völlig verschiedene Ansichten, und er setzte alles daran, mir das Leben zu vermiesen. Bei jeder Rückkehr nach Genf lag auf meinem Schreibtisch eine üble Bemerkung oder eine widerliche Anordnung von ihm. Karin fand keine Arbeit, und zum ersten Mal in unserem Leben wurden wir von den Behörden wie lästige Ausländer behandelt.

Nur noch ganz selten kamen Briefe aus Ghana an. Der Wechsel meiner Adressen war nicht bis nach Takoradi gedrungen, und dann klappte es dort mit der Post auch nicht so wie bei uns.

Von Genf kehrten wir wieder nach Deutschland zurück. Wir wohnten schon in Düsseldorf, da kam plötzlich Besuch aus Ghana: Unser Freund Charles, Rechtsanwalt aus Takoradi, ein bekannter Mann in Ghana, der in Oxford Jura studiert hatte und später Justizminister in Accra wurde. Er riskierte es schon unter dem Nkrumah-Regime, sich für politisch Verfolgte einzusetzen, und verteidigte jeden, der ihn darum bat. Das verschaffte ihm bei jedem Machtwechsel neue Feinde unter den Regierenden. Immer wieder sperrten sie ihn ein. Wenn dann eine neue Regierung an die Macht kam, verteidigte Charles wieder seine vorigen Peiniger. Er war eben durch und durch Anwalt.

Ganz besonders spielten ihm dann die Soldaten mit, die zum Schluß die Macht übernahmen. Sie mochten den klugen Mann nicht, prügelten ihn durch die Stadt und ließen ihn im Gefängnis hungern. Als ihn endlich eine Amnestie befreite und das Land sich beruhigte, flog er nach England, um sich dort gründlich untersuchen zu lassen und zu erholen.

Auf dem Weg dorthin kam er bei uns vorbei. Ich holte ihn vom Flugplatz ab. Charles sah furchtbar aus. Ich erkannte ihn kaum wieder. Sein Gesicht war eingefallen, eine böse Narbe lief über die rechte Gesichtshälfte. Er stützte sich auf einen Stock. Er trug noch immer seinen dunklen Anzug, korrekt wie ein englischer Gentleman. Daran erkannte ich ihn auch, und an seinem Blick, der sich nicht verändert hatte, über das alles erhaben, was man ihm angetan hatte. Es war ein freundlicher Blick, geprägt von den Gottesdiensten der Blechkirche.

Karin hatte kräftig eingekauft. Er aß sich satt und schlief sich aus. Wir gingen am Rhein entlang spazieren; ich nahm ihn zu meinen Vorträgen mit, wenn er Lust hatte.

Zwischendurch machte er sich Gedanken darüber, warum es in Ghana zu dieser Katastrophe gekommen war.

Traurige Rückkehr nach Ghana – aber Mexiko

In Deutschland war ich für die internationale Arbeit des Christlichen Vereins Junger Menschen (CVJM) tätig. Die Arbeit machte mir Spaß. Dazu gehörten auch wieder Reisen ins Ausland. Als ich sowieso nach Westafrika mußte, gestattete mir mein Vorstand, auch Ghana zu besuchen.

Nach achtzehn Jahren landete ich wieder in Accra. Schon turbulente Zustände auf dem Flugplatz. Betrunkene und bewaffnete Soldaten überall, die Zigaretten und Dollars forderten. Einer Frau durchstachen sie mit ihren Bajonetten den Koffer, weil sie sich weigerte oder besser gesagt zögerte, den Soldaten einen »dash« zu geben, Schmiergeld.

Der Feldwebel an der Tür ließ mich durch, als ich ihm zwei Päckchen Zigaretten gab. Früher wurde in Ghana kaum geraucht, doch nun schienen Zigaretten die Währung und das Statussymbol geworden zu sein.

Ich hatte nur einen Seesack mitgenommen, weil ich ahnte, daß Transport und Unterkunft schwierig werden würden.

Draußen wartete mein Freund Mexiko, nur noch ein Schatten seiner selbst, ein Skelett in Lumpen, mit Löchern zwischen den Zähnen, aber doch mit einem mächtigen Strahlen im schwarzen Gesicht. Wir fielen uns um den Hals. Ich fühlte nur Knochen bei ihm. Er konnte sich kaum noch auf den Beinen halten, so ausgehungert war er.

Mitten in dem Trubel von Passagieren, Bettlern, Trägern und Taschendieben setzten wir uns auf eine Treppenstufe, und ich packte eine Dauerwurst, Brot und zwei große Büchsen Milch aus.

Mexikos Augen begannen zu leuchten. Aber dann wehrte er ab: »Erst mal Gottes Wort lesen, Bruder.«

Aus dem Beutel, den er bei sich trug, zog er ein zerlesenes Buch. Zettel und Papierfetzen fielen heraus, die ich schnell auflas, denn ihm wurde schlecht, als er sich danach bücken wollte.

»Ich lese dir das vor, was du mir damals vorgelesen hast, drüben in Chorkor«, sagte er.

Es war die Geschichte von der Speisung der Fünftausend. Das klang fast wie Hohn in dieser Situation in Ghana mit hungernden und sterbenden Menschen überall. Um uns herum lagen sie und kamen kaum noch auf die Beine.

Ja, so war es damals gewesen, als ich in Accra meine Arbeit begann. Eine Jugendbande ernannte mich zu ihrem Pastor. Jeden Sonntag erschien ich bei ihnen, wir setzten uns unter einen Baum, und ich erzählte ihnen »Massa Jesus Stories«. An einem Morgen jene von der Speisung der Fünftausend. Danach kam Mexiko, der Bandenchef, zu mir und meinte: »Das sind schöne Geschichten, die du uns erzählst. Wenn wir den ganzen Tag auf die Geschichten von Massa Jesus hören, meinst du, daß wir dann was zu essen kriegen?«

Ich verwies darauf, daß es ja schon zweitausend Jahre her sei, seit diese Geschichte passiert war.

»Aber warum erzählst du sie uns denn heute?« fragte er mich zurück.

Ich wußte keine Antwort darauf. Ich kam mir sehr klein und schäbig vor, damals. Jetzt hatte ich den Jungen schöne Geschichten erzählt, ihnen aber nicht geholfen, satt zu werden und eine Arbeit zu finden. In meiner Verlegenheit sagte ich zu Mexiko, wir sollten noch einmal die Geschichte lesen. Und dabei gingen mir die Augen auf. Ich las einen Satz, den ich vorher übersehen hatte. Als die Jünger von ihrem Meister erwarteten, daß der nun ein Wunder »abziehen« sollte, antwortete er ihnen: »Gebt ihr ihnen zu essen.« Und erst als sie anfingen, den Hungernden zu helfen, geschah das Wunder.

Nun sagte Mexiko auf der Treppe am Flughafen, mit der Bibel auf seinen dürren Knien: »So ist dann auch das Wunder bei uns passiert. Wir haben mit der Werkstatt angefangen. Wir haben unsere Tische und Stühle verkauft. Das brachte soviel Geld ein, daß wir satt wurden. Wir konnten die große Berufsschule bauen, und ich bin wiedergeboren worden. Halleluja.« Dann aßen wir auf der Treppe am Flughafen. Mexiko kaute jeden Bissen langsam und andächtig. Er wollte möglichst lange etwas davon haben.

Anschließend suchte er krampfhaft nach einem Fahrzeug für den Weg vom Flugplatz in die Stadt, doch die Preise, die gefordert wurden, konnte er nicht bezahlen. Ich wollte es tun, doch das erlaubte er nicht.

Am Ende beschlossen wir, einen Pilgermarsch zu der Straße zu machen, wo wir uns zum ersten Mal begegnet waren. Es war ein langer Weg durch die Stadt, die zerfiel. Die Häuser fielen in sich zusammen, die Menschen hungerten. Es stank bestialisch, weil keiner die Abfälle beseitigte und die Kübel in den Häusern überquollen.

Schließlich saßen wir unter dem Baum, wo alles begonnen hatte, unsere Begegnung und die mit Gott.

»Damals ist ein Wunder geschehen«, sagte Mexiko, »wir warten heute auch auf eins. Aber wir müssen auch was tun, ich weiß es. Das fällt uns so schwer. Wir haben uns immer auf die anderen verlassen, auf die Regierung, auf Entwicklungshilfe. Wir haben es nie selbst versucht. Und jetzt sind wir zu schlapp.«

Dann gingen wir zu Mexikos Hütte. Mittlerweile hatte er geheiratet. Ich kannte seine Frau als Mädchen, da war das eine Kesse gewesen. Nun hatte sie auch drei Kinder. Von ihrem Mund hatten sie sich das Essen für mich abgespart. Sogar eine Flasche Bier hatte Mexiko mir besorgt. Die besaß keinen Korken mehr, sondern war mit Papier zugestopft worden. Natürlich war in der Zwischenzeit die Kohlensäure daraus entwichen. Ich trank das Bier aus Mexikos Zahnputzglas, an dem noch die Zahnpasta klebte, aber das machte mir nichts aus. Nach dem Essen durfte ich endlich meine Sachen für die Familie auspacken, und sie aßen sich satt, zum ersten Mal seit Jahren.

»Fritz, wir müssen wieder einmal mit einem Wunder anfangen«, sagte Mexiko. »Wir müssen anfangen. Gott will uns sicher helfen. Aber wir sind so schlapp, und alles sieht so hoffnungslos aus.«

Die Kinderstation

Am nächsten Tag ging Mexiko mit mir zur Kinderstation, wo Esther aus der Blechkirche als Krankenschwester des Regierungskrankenhauses arbeitete. Bevor sie von Takoradi nach Accra ging, hatte sie Karin geholfen, bei schwierigen Zahn- und Kieferoperationen assistiert und die Kinder und Eltern beruhigt. Karin hatte mir für sie eine Kiste mit Medikamenten und Verbandszeug mitgegeben.

Früher war das Regierungshospital am Rande der Hauptstadt eine Perle zum Vorzeigen gewesen. Es hatte am Ende einer breiten Avenue gelegen, einer schönen Allee mit großen alten Bäumen. Von diesen Prachtexemplaren waren nur noch Stümpfe vorhanden. Stämme und Äste waren längst abgehackt und verfeuert worden. Die Asphaltdecke zerfiel, und in den Löchern hatten sich Abfalllachen gebildet. Die offenen Abflußrinnen waren auch verstopft und stanken.

Vor dem riesigen Portal, wo sich sonst die Mammies und Mädchen mit ihren Schüsseln, Öfchen und Imbißangeboten drängten, hatten sich nun die Sargbauer breit gemacht. Sie boten alle Sorten von »Särgen« an: leere Zementsäcke, Kisten, aber auch Prachtstücke von Särgen, die so aussahen, als ob sie sie irgendwo auf dem Friedhof ausgegraben hätten. Wie Marktschreier boten sie ihre Waren an, gaben aber auch bekannt, daß sie jeden Menschen für ein paar Pullen Bier oder zwei Schachteln Zigaretten unter die Erde bringen oder für einen etwas höheren Preis verbrennen würden.

Noch schlimmer war, daß diese angetrunkenen Krakeeler auch noch von weinenden und schluchzenden Leidtragenden umgeben waren.

Einen Augenblick sah ich eine ganz junge Frau mit ihrem toten Kindchen auf dem Arm. Hilflos stand sie da und weinte so herzzerbrechend, daß sogar die rauhen Totengräber ihr zärtlich das Kind abnahmen und nichts dafür verlangten.

Drinnen war es ebenfalls schlimm. Menschen drängten sich im Empfang oder lagen einfach auf dem Boden, blutend, röchelnd, sterbend. Schwestern und Ärzte standen herum, wußten nicht, wie sie helfen sollten.

»Wir haben noch nicht einmal Spritzen«, versuchte sich ein Arzt bei den bettelnden Kranken zu entschuldigen.

Ein anderer Arzt saß an einem wackeligen Tisch und

schrieb Rezepte aus. Auf Papier, das ihm eine Schwester von einem Bogen abschnitt, der nur einseitig bedruckt war.

Er gab den Patienten das Rezept und sagte: »Wir haben keine Medikamente hier im Krankenhaus. Auch die Apotheken sind leer. Du mußt sehen, daß du sie auf dem schwarzen Markt findest oder nebenan in Togo.«

Aber wie sollten die normalen Kranken den Schwarzmarktpreis zahlen und wie über die geschlossene und stark bewachte Grenze ins Nachbarland Togo kommen? Nur eine schwere Bestechung konnte einen Soldaten dazu bringen, den Grenzgänger laufen zu lassen. Den Ärzten tat diese Situation auch leid, aber sie wußten keinen Rat.

Früher einmal war das Krankenhaus peinlich sauber gehalten. Doch nun stapelte sich der Abfall überall. Fette Ratten bewegten sich frei über die Gänge, weil die Menschen zu schwach waren, sie zu verfolgen. Rattengift gab es auch nicht mehr. Schlangen vermehrten sich und zischten und züngelten aus jeder Ecke hervor. Mäuse als Nahrung fanden sie reichlich.

Da die Wasserversorgung nur hin und wieder funktionierte, standen und lagen die Geräte des Krankenhauses herum, Operationsbestecke, Teller, Schüsseln und vor allem blutbefleckte Tücher und schmutzige Verbände.

Am schlimmsten sah es in den Abflußrinnen aus. Dort warf man alles hinein. Die Menschen waren so lethargisch; sie lehnten sich gegen nichts mehr auf.

Die Kranken lagen überall herum wie nach einer großen Schlacht. Betten gab es nur noch für wenige, denn die meisten waren gestohlen worden. Auch das Lichtsystem war zusammengebrochen. Diebe hatten nicht nur die Leitungen, die draußen hingen, gestohlen, sondern auch Kabel aus den Wänden gezogen.

Hilflos stand Esther vor diesem Elend: »Was soll ich tun? Als ich mich nach Accra versetzen ließ, wollte ich hier so richtig lernen und helfen, nun stehe ich da und sehe zu, wie die Menschen elend sterben. Das einzige, was ich noch kann, ist, den Schweiß abwischen, die Hand halten und beten. Das ist alles.«

Doch das erschütterndste war die Kinderstation. Alle Krankheiten waren in einen Raum hineingepfercht worden. »Es ist fast ein Verbrechen«, klagte Esther. »Viele Kinder haben ansteckende Krankheiten, die sich schnell auf andere übertragen. Aber was können wir tun? Die Isolierstation ist hoffnungslos überbelegt und auch nicht mehr geschützt.«

Wer noch ein Bett bekommen hatte, lag entweder auf den Spiralen oder Matratzen, die noch den Schmutz von den Vorgängern zeigten. Da es weder Seife noch Waschpulver in Ghana gab, konnten die Schwestern und die Mütter der Kinder die Matratzen nur sehr oberflächlich säubern.

Doch die leidenden Kinder wurden nicht alleingelassen. Mütter, Geschwister, Verwandte waren immer bei ihnen, Tag und Nacht. Die Mütter litten mit ihnen. Hockten auf dem Bett, schliefen auf dem kalten, schmutzigen Boden. Gläubige Mütter legten die Bibel neben ihre Kinder, schlugen sie auf, trösteten sich und hofften mit Sprüchen aus dem Buch der Hoffnung. Andere hatten vom Jujumann beschworene Talismänner mitgebracht. Früher waren die Ärzte und Schwestern dagegen gewesen. Nun ließen sie die Hilflosen gewähren, denn sie wußten auch keinen Rat mehr.

Vor den Ärzten standen meistens leere Flaschen und Tablettenschachteln. Die Ärzte zeigten den Eltern, wie die Medikamente aussahen, die sie irgendwoher besorgen mußten, wenn das Kind noch gerettet werden sollte. Auf dem Dach der Station hockten die Geier mit ihren kahlen Hälsen und warteten auf den Tod, den sie schon ahnten und der ihnen Beute versprach.

Ich stand hilflos dabei. Was konnte ich tun? Meine Kiste

mit Medikamenten war schon verteilt und verbraucht worden.

Mexiko ging von Bett zu Bett. Er tröstete die Mütter, er legte die Hände auf die Kleinen, betete für sie, bestürmte Gott, hoffte mit ihnen.

Ich kam mir so hilflos vor, wie ein grausamer Tourist, den das alles eigentlich nichts anging.

Eine Schwester trug ein Kindchen aus dem Bett und sagte zu dem Arzt: »Es geht zu Ende.« Der versuchte es noch mit Massagen; er tat geschäftig, obwohl er wußte, daß es nicht mehr helfen würde. Ich betete verkrampft. Dabei bekam ich kaum noch einen Gedanken heraus. Es war zuviel.

»Komm«, sagte Mexiko.

Wir standen vor den Schwestern und den Ärzten.

Esther bat: »Kannst du nichts tun?«

Ich nickte. Ich mußte etwas tun, wenn ich nach Hause kam.

Mexiko bringt mich zum Flughafen zurück

Auf dem Weg zum Flughafen hatte ich nicht mehr viel zu tragen. Ich wollte noch Takoradi besuchen, doch wir konnten keine Fahrgelegenheit auftreiben. Mexiko hatte mir am Schluß eine Maske geschenkt, ein altes, interessantes Stück. Er mußte ein Vermögen dafür bezahlt haben.

Es wurde schon dunkel. Ich machte mir Gedanken um Mexiko, denn bald kam die Sperrstunde, und jeder wurde eingesperrt, den man dann noch auf der Straße traf.

Doch er beruhigte mich: »Ich kenne mich hier aus. Keiner wird mich erwischen.«

Bei der Abfertigung mußten wir unsere Ellenbogen gebrauchen. Mexiko schob sich mit mir durch alle Kontrollen und veranstaltete jedesmal ein großes Palaver, wenn man ihn zurückhalten wollte.

»Mexiko«, fragte ich, »wie haltet ihr das nur aus? Und nirgendwo ist eine bessere Zukunft in Sicht.«

»Menschlich, politisch und wirtschaftlich gesehen ist bei uns auch nichts mehr drin. Da sind wir verloren. Aber ich glaube doch noch, daß uns Gott nicht vergißt, auch als Land nicht, und einen Plan mit uns hat.

Ich weiß auch, daß ihr uns helfen werdet. Karin und du, und unsere Schwestern und Brüder in Deutschland.«

Die Ghana-Hilfe

Schon auf dem Flugplatz in Düsseldorf sah mir Karin meine Betroffenheit an. Als ich ihr erzählte, was ich in Ghana erlebt und gesehen hatte, sagte sie: »Da müssen wir helfen.«

Horst, unser Freund, der Ghana auch kannte, war der gleichen Meinung. Er schlug vor: »Du schreibst auf, was du gesehen hast, und ich entwerfe das Papier. Wir müssen die Menschen hier bei uns aufrufen, etwas für ihre Geschwister in Ghana zu tun.«

Das taten wir dann auch. Wir schrieben einen Aufruf und schickten ihn an unsere Freunde und Bekannten, an Kirchengemeinden, Jugendgruppen, Ärzte und Apotheken. Darin baten wir um Geld, Medikamente, Lebensmittel.

Die Reaktion war so, wie sie keiner von uns erwartet hatte. Berge von Lebensmitteln wurden angeliefert, Kartons mit Medikamenten und Spritzen stapelten sich. Soviel Geld wie in jenen Wochen hatten wir auf unserem Konto noch nie gesehen. Wir richteten eine getrennte Buchführung ein. Dietmar, Petra und andere Freunde halfen uns.

Wir konnten laufend Container nach Ghana schicken. Die Blechkirchengemeinde und meine Jugendorganisation verteilten es da unten. Sie richteten Verteilungsausschüsse ein, damit es gerecht zuging. Die Behörden kamen uns entgegen und ließen uns alles zollfrei einführen.

Später kauften wir im Hamburger Freihafen ein. Dort bekamen wir die Sachen billiger, weil wir keinen Zoll darauf zu bezahlen brauchten. Die Container blieben unten in Afrika, und Menschen benutzten sie als Hütten, Ställe und Schuppen.

Viele Spenden, die wir bekamen, waren klein, von Jugendlichen und Leuten, denen sie weh taten.

Eine Gruppe von Jugendlichen räumte ihre Plattenschränke auf, versetzte ihre lauten Lieblinge auf dem Flohmarkt und schickte uns das Geld für Ghana.

Ein kleines Mädchen verkaufte seine Puppenstube. Das mußte ihm sehr schwer gefallen sein. Auch andere Mädchen boten ihre Puppen an, nahmen mit Tränen Abschied von ihnen und schickten mir das Geld mit Briefen, die in großen Druckbuchstaben geschrieben und mit Herzchen verziert waren.

Eine Familie verzichtete mit ihren Kindern auf ihre Weihnachtsgeschenke. Da konnten wir nicht anders, wir schickten ihnen welche.

Altpapier wurde gesammelt, Weihnachtsbäume nach dem Fest abtransportiert; der Erlös ging ebenfalls nach Ghana.

Eine Jugendgruppe verkaufte sich in ihrem Dorf als »Sklaven«; jeder, der sie erstand, konnte sie für irgendeine Arbeit einsetzen. Im Ruhrgebiet fand ein Stadtteilfest statt, an dem sich alle Firmen des Gebietes beteiligten. Den Erlös bekamen wir. Autos wurden gewaschen, mit der Büchse an die Haustüren gegangen, oft auch ohne Genehmigung des Ordnungsamtes, doch keiner regte sich darüber auf.

Unsere Freunde aus Ghana schrieben: »Du mußt mit Karin herunterkommen und sehen, ob auch alles richtig verteilt worden ist.«

Wir taten es, Karin flog zum ersten Mal nach achtzehn Jahren in das Land, das wir nie vergessen werden.

Mit uns schleppten wir Kartons und Kisten mit Lebensmitteln und Medikamenten. Die Fluggesellschaft übersah großzügig unser horrendes Übergewicht. Man darf ja nur zwanzig Kilo mitnehmen; für alles Weitere muß man viel bezahlen.

Gladys

Bevor ich zu der Verteilung der Sachen aus Deutschland kommen kann, muß ich noch von Gladys erzählen.

Gladys wurde in Takoradi geboren, in einer Familie mit vielen Kindern und einer kränkelnden Mutter. Schon früh mußte sie ihrer Mutter helfen. Sie kümmerte sich um die Kleinen, holte Wasser, stampfte den Fufu.

Sonntags kamen ihre Eltern mit allen Kindern in die Blechkirche. Gladys trug immer eins auf dem Rücken, war nie für sich allein da, mußte immer für irgendein Kind sorgen. Als es nicht mehr die der eigenen Familie waren, übernahm sie auch fremde. Sie konnte gar nicht anders, als sich um andere Kinder zu bemühen. »Die kleine Mamma« wurde sie von uns Erwachsenen genannt.

Als Gladys dann ins Schulalter kam, waren sofort Menschen aus ihrer Nachbarschaft, die nicht viel mehr besaßen als ihre Eltern, bereit, ihr das Schulgeld zu bezahlen. Auch in der Schule war sie ein eifriges und fleißiges Kind. Ihre Zensuren waren oft besser als ihre Leistungen, weil die Lehrer sie mochten und wußten, wieviel sie zu Hause helfen mußte. Wenn Gladys morgens in die Schule kam, war sie schon sehr früh aufgestanden und hatte die harte Arbeit des Wasserholens, Kinderwaschens und -fütterns hinter sich. Besonders wenn es auf den Mittag zuging, mußte sie gegen ihre Müdigkeit ankämpfen.

Die Eltern wollten nicht, daß Gladys sich so abmühte, doch die kranke Mutter kam ohne ihre Hilfe nicht mehr aus. Als die Mutter starb, trauerten wir alle mit und wußten, was auf die kleine Gladys zukommen würde. Aber die Nachbarn und ihre anderen Geschwister halfen. Gladys konnte noch die Realschule erfolgreich hinter sich bringen.

Während dieser Zeit gab es auch schon Jungen und junge Männer, die sich Gladys gerne ansahen und ihr Anträge machten. Doch Gladys wehrte ab: »Ihr wollt doch nur mit mir spielen, aber das ist in der Bibel verboten. Ich warte noch und heirate später einen Mann, von dem ich viele Kinder bekommen kann.« Ihr Vorbild war Esther, die Krankenschwester, die sie manchmal im Krankenhaus besuchte, um ihr bei der Arbeit zuzusehen. Sie entschloß sich, auch Krankenschwester zu werden.

Nach dem Schulabschluß bewarb sie sich, bekam gute Papiere von Esther mit und wurde zu einer Krankenschwesternausbildung im Regierungshospital Accra angenommen. Damals war dieses Krankenhaus noch bestens versorgt; es gab genügend Betten und Medikamente, alles war sauber, und die Schwestern und Ärzte konnten vielen Patienten helfen.

Es fiel Gladys sehr schwer, Takoradi zu verlassen. Doch ihre Geschwister konnten nun selbst für sich sorgen.

Schon während ihrer Ausbildung fiel Gladys durch ihre Selbständigkeit, ihren Eifer und ihre Fröhlichkeit auf. Jeder mochte sie, ganz besonders die Ärzte, weil ihr nichts zuviel wurde und sie sich auf Gladys verlassen konnten.

In Accra konnte sich Gladys zum ersten Mal in ihrem Leben so richtig satt essen. Dabei setzte sie auch an und wurde so rund, wie es dem afrikanischen Frauenideal entspricht. Drall, fröhlich, gesund und hilfsbereit war sie, eine richtige Krankenschwester.

Obwohl sie im Examen keine guten Noten in Theorie bekam, sagten ihr die Verantwortlichen des größten und modernsten Krankenhauses in Ghana: »Du kannst bei uns bleiben. Wir möchten dich sehr gerne hierbehalten.«

Sie war die einzige Schwester aus dem Jahrgang, der man das sagte. All die anderen träumten davon, in der Hauptstadt bleiben zu können. Dort waren sie im Schwesternheim untergebracht, konnten soviel essen, wie sie wollten. Es gab elektrisches Licht, Kinos, Tanzlokale und natürlich auch junge Männer und besonders Ärzte, die sich nach hübschen Mädchen umsahen, mit denen sie sich zeigen und auch reden konnten.

Als alle Schwestern ihre Diplome ausgehändigt bekamen, waren Ärzte und Oberinnen aus dem ganzen Lande erschienen und suchten nach Pflegepersonal, das überall sonst in Ghana sehr rar war. Die Schwestern konnten sich aussuchen, wohin sie wollten.

Nur eine Ärztin aus dem Norden, wo keiner hinwollte, weil es so weit weg war von jeder Zivilisation, bot vergebens ihre Stellen an. Erst versuchte Gladys, sie zu übersehen, aber als die Frau zum Schluß alleine und unverrichteter Dinge da stand und ihr fast die Tränen in die Augen kamen, mußte sie Gladys doch ansehen.

An sich war für Gladys alles klar. Sie brauchte sich nicht zu bewerben. Auf der Kinderstation war ihr schon die Stelle der stellvertretenden Stationsschwester versprochen worden. Doch die Ärztin tat ihr so leid.

Sie wollte sie trösten und erkundigte sich nach den Stellen, die die Dame anbieten wollte. Damit war kein großer Staat zu machen. Jede Schwester dort oben mußte ein halber Arzt sein, vieles operieren, was unten im Süden nur Ärzte tun durften. Die Ärztin zählte die üblichen Krankheiten auf, die oben herrschten und die keiner eindämmen konnte. Sie seufzte: »Ganz besonders schlimm ist es in Ponde, wo keiner hin will und wo ich auch nur selten hinkomme. Dort sind die Menschen nicht nur krank, sondern sie haben jede Hoffnung verloren. Sie verhungern einfach und sterben. Sie wissen, daß es keinen Sinn hat, etwas zum Essen anzubauen, denn ehe der Acker Frucht trägt, sind die meisten schon weggestorben. Nicht nur die Menschen, sondern Gott hat die Armen dort verlassen.«

»Nein!« brach es aus Gladys heraus. »Gott verläßt nie einen Menschen.«

Die Ärztin seufzte. Sie war eine gebildete Frau, sie hatte diese Bemerkung über Gott eigentlich nur als eine Floskel gebrauchen wollen. Doch nun hatte die junge Schwester so reagiert.

Gladys konnte gar nicht anders, als zu sagen: »Ich komme mit Ihnen, ich will in das Dorf, wo sie schon alle Hoffnung aufgegeben haben.«

Nun meinte die Ärztin, sie hätte das naive Mädchen aus dem Süden mit unerlaubten Tricks in den Norden gezogen, und versuchte, ihr zu erklären, daß die Stelle wohl doch nicht das richtige sei. Aber jetzt war Gladys überzeugt, daß Gott sie dorthin gerufen hätte.

Auch die Ärzte des Regierungskrankenhauses versuchten, sie zu halten, und die Oberin. Natürlich war Gladys' Vater ebenfalls nicht glücklich darüber, daß Gladys so weit weggehen wollte. Aber sie blieb dabei.

»Dahin hat mich Gott gerufen, und die Menschen. Master Jesus hat ja gesagt: ›Was ihr einem meiner geringsten Brüder getan habt, das habt ihr mir getan.‹«

Sie fuhr los. Die Ärzte und Schwestern hatten ihr in Accra noch eine Kiste mit Medikamenten und Geräten zusammengepackt, damit sie nicht mit bloßen Händen dort im Norden ankam.

Gladys fuhr zunächst zu der Ärztin. Das war eine lange und schwierige Tour. Sie mußte sich mit kaum erschwinglichen Summen immer wieder einen Platz auf den Mammylorries kaufen, die sie ihrem Ziel näherbrachten. Als sie bei der Ärztin ankam, sah sie, daß es den Menschen im Norden noch übler erging als den Ghanaern im Süden. Die Wüste gab den Menschen kaum noch etwas zum Überleben. Die Hungernden lagen an der Straße und starben. Dann wurden sie von den Geiern und Insekten zerfleischt. Die Ärztin hatte gerade einen Malariaanfall, als Gladys ankam, und konnte ihr nur den Weg zu dem Ort beschreiben. Eine Mammylorry setzte sie auf einer entlegenen Straße ab. Der Fahrer deutete vage in die Wüste hinein: »Da irgendwo muß das Kaff liegen. Manchmal bringen sie einen Sterbenden zu mir, wenn ich hier vorbeikomme. Du wirst es nicht lange aushalten. Ich komme hier jeden Donnerstag vorbei, wenn ich Benzin bekomme. Dann kann ich dich wieder in den Süden mitnehmen.«

Gladys stand allein an der Piste. Der Fahrer hatte ihr noch die Kiste und den Karton mit ihren persönlichen Dingen auf den Kopf gehoben. Es war eine schwere Last, doch Gladys sprach ein Gebet und marschierte los. So einsam hatte sie sich noch nie gefühlt. Sie war sich auch nicht sicher, ob Gott sie hier, in der fremden, moslemischen Wüste hören würde, wo es auch Jujumänner gab. Aber sie zog los. Sie hatte noch nie in ihrem Leben aufgegeben, und zu dem, was sie sagte, stand sie.

Von Leben in der Wüste sah sie nichts und fürchtete schon, daß der Fahrer sie belogen hatte. Aber dann entdeckte sie etwas vor sich, das zunächst nicht wie Hütten, sondern wie übergroße Warzen aussah. Als sie näher herankam, konnte sie doch ausmachen, daß es Hütten waren. Auch dort kein Anzeichen von Leben. Nicht einmal ein Tier bewegte sich in der grellen Sonne über den hartgebrannten, roten Sand.

Ein Bach, der ursprünglich dort vorbeiführte, war ausgetrocknet. Nur aus einem sumpfigen Tümpel war noch etwas Flüssigkeit zu holen.

Eine gefährliche Kobra zischte Gladys an. Gladys beeilte sich, in die Mitte des Dorfes zu kommen, weil sie dort auf Menschen hoffte, aber auch da kein Zeichen von Leben.

Hier stand sie nun und hievte ihre Sachen vom Kopf. Sie schwitzte, der Schweiß brannte ihr in den Augen, lief ihr über das Gesicht, oder waren es die Tränen der Enttäuschung? Es tat ihr aber gut, zu weinen, damit löste sich einiges. Sie versuchte zu beten, doch es kamen keine Worte.

Dann sah sie an einer verfallenen Hütte ein aufgemaltes rotes Kreuz und die Reste eines Wortes, das wohl Krankenstation heißen sollte. Das mußte die »gut erhaltene« Hütte sein, von der die Ärztin erzählt hatte.

Gladys betrat die Ruine. Alles war zusammengebrochen, und die Ratten waren so frech, daß sie erst die Hütte verließen, als Gladys sie mit dem Stock verjagte, auf den sie sich vorher gestützt hatte.

Gladys fühlte sich belogen und betrogen. Sie wollte wieder zurück. Doch wohin? An der Straße mußte sie bis zur nächsten Woche warten, ehe wieder eine Mammylorry durchkam.

Sie war ein nüchterner Mensch, und sie sah ein, daß ihr nichts anderes übrigblieb, als zunächst einmal hier zu übernachten. So fing sie an, den Schutt auszuräumen und sich aus den Resten des ehemaligen Bettes und eines Tisches ein neues Schlaflager zu bauen. Darauf schlief sie sofort erschöpft ein.

Am nächsten Morgen wurde sie davon wach, daß Menschen in der Sonne standen, die in ihre Hütte hineinleuchtete. Es waren Kranke, die sie um Hilfe baten. Nicht mit Worten, sondern indem sie ihr die Wunden an ihrem Körper zeigten.

Es sah schlimm aus für diese Menschen, doch Gladys fing sofort an, mit dem, was sie aus Accra heraufgebracht hatte. Sie half, wie sie konnte, bis zum Abend, als es kein Licht mehr gab. Als sie dann essen wollte und das Brot auspackte, das sie aus Accra mitgebracht hatte, standen plötzlich Dutzende von ausgehungerten Kindern vor ihr. Sie teilte das Brot mit ihnen und legte sich hungrig auf ihre Pritsche.

So erging es ihr jeden Tag. Bald hatte sie nichts mehr zu essen und auch keine Medikamente mehr.

Aber sie hatte auch angefangen, sich einen Garten anzulegen. Aus dem Sumpfloch schleppte sie Wasser heran und steckte Samen in den Boden, von dem sie hoffte, daß er aufgehen würde. Die Menschen sahen ihr dabei zu, taten nichts, wußten, daß es hier oben nur einen Lebenssinn gab, nämlich den, zu sterben. Doch Gladys kämpfte dagegen an. Einmal im Monat fuhr sie in die Provinzhauptstadt, holte dort ihren Lohn ab, versuchte dafür das zu kaufen, was sie fürs Dorf brauchte. Aber das reichte nicht.

Sie versuchte auch, die Menschen zu einem Gottesdienst zu sammeln. Vorher hatte sie noch nie gepredigt oder die Liturgie gehalten, doch hier draußen mußte sie es tun. Erst kam keiner, aber dann doch die Kranken, denen sie geholfen hatte, und die Kinder. Ihr Gesang zog auch die anderen Menschen an.

Gladys erzählte den Menschen vom Heiland, vom Retter, und immer wieder die Wunder, weil sie hoffte, daß hier auch einmal eins geschehen würde.

Sie saß oft dabei, wenn Menschen starben und sie nicht mehr helfen konnte. Dann wischte sie ihnen den Schweiß ab, gab ihnen zu trinken, betete mit ihnen, sprach Trost über dem Grab und begrub sie.

Gladys mußte auch Operationen durchführen, für die sie nicht ausgebildet war, zum Beispiel mußte sie einen vereiterten Blinddarm entfernen. Sie hatte im Krankenhaus zugesehen, wie der Arzt das gemacht hatte, unter besten medizinischen Bedingungen. Doch hier hatte sie keine

Narkose zur Verfügung. Mehrere Männer mußten den Kranken festhalten, und Gladys schnitt ihm den Bauch auf. Sie brachte den Kranken durch!

Da fiel sie auf die Knie nieder, mit tränenüberströmtem Gesicht, und bedankte sich: »Mein Herr, mein Herr, was für ein Wunder, wie damals mit Jairus' Töchterchen ...«

Langsam konnte sie die Menschen des Dorfes wieder in Bewegung setzen. Sie beackerte mit ihnen das Land neben dem Sumpfloch. Die Männer halfen ihr, die Kranken zu transportieren und die Toten zu beerdigen.

Gladys suchte in der Stadt auch die Kirche auf und bat um Hilfe. Die frommen Menschen dort versprachen ihr das zwar, wollten einen Evangelisten schicken, waren aber nicht bereit, von dem Getreide abzugeben, das sie aus Übersee bekommen hatten. Gladys meinte: »Evangelisieren kann ich selbst.«

Sie hatte eine solche Sehnsucht nach Takoradi. Am liebsten wäre sie geflüchtet. Oft hatte sie schon ihren Karton gepackt, aber dann blieb sie doch.

Nur selten noch kam Gladys nach Takoradi, berichtete dort in der Kirche, bekam auch etwas mit, doch die Menschen dort unten hungerten auch und wußten nicht, wie sie Gladys helfen konnten. Niemand hätte es Gladys übelgenommen, wenn sie in diesen schweren Zeiten unten bei ihrer Familie geblieben wäre, aber sie fuhr immer wieder in den Norden zurück, um zu hungern, um zu helfen, um zu hoffen.

Das Wunder in der Wüste

Die Leute in der Blechkirche dachten jeden Sonntag an Gladys und auch während der Woche zu Hause. Obwohl sie selbst hungerten und ihr Geld kaum reichte, das Nötigste zum Überleben zu erstehen, sammelten sie für die Arbeit oben in der Wüste. Sie finanzierten auch die Reise eines Gemeindemitglieds zur Elfenbeinküste. Dieser Mann kaufte dort Medikamente für Gladys und Kranke der Blechkirche. Doch nur einmal konnte sich die Gemeinde das leisten, dann waren ihre Mittel erschöpft.

Als unsere Container nach Ghana kamen und Lebensmittel und Medikamente Takoradi erreichten, waren alle sofort der Meinung: »Wir müssen das mit Gladys teilen. Die braucht es noch dringender als wir.«

Sie nahmen Kontakt mit den Leuten in Accra auf, die für die Verteilung der Hilfsgüter verantwortlich waren. Die ließen sich gerne davon überzeugen, daß ein Teil der Hilfe in den Norden hoch mußte. Aber wie? Das Transportproblem war kaum zu lösen. Vor den wenigen Tankstellen, die noch offen waren, mußten die Fahrer tage- und nächtelang warten, ehe sie ein paar Liter Benzin in ihren Tank füllen konnten. Auf dem schwarzen Markt kletterten die Preise immer höher. Und kein Fuhrunternehmer traute sich, die schlechte Straße unter seine schon abgefahrenen Reifen zu nehmen. Hinzu kam noch die Gefahr von Wegelagerern unterwegs. Oft wurden Lastwagen an steilen Steigungen überfallen, oder Gangster blockierten einfach die Straße. Auch hatten Militär und Polizei Straßensperren errichtet und nahmen sich von jedem Wagen, der durchwollte, was sie brauchten. Einige entschuldigten sich so: »Wir haben schon seit Tagen nichts mehr zu essen bekommen und seit Monaten keinen Lohn.« Man sah es den hageren Gesichtern auch an, daß die Polizisten selbst hungerten.

Mercy Mills war eventuell bereit, ihre Mammylorry hochzuschicken, und dachte schon daran, welchen Bibelspruch sie auf den Wagen malen sollte, um das Gewissen der Räuber bei einem Überfall abzuschrecken.

Aber da kam dem Pastor eine ganz andere Idee, an die sonst keiner zu denken wagte. Er dachte nicht nur nach, sondern setzte seine Vision sofort in die Tat um.

Schnell zog er seinen schwarzen Anzug an, die Weste in der gleichen Farbe mit dem knappen, weißen, klerikalen Kragen. So marschierte er zur Kaserne in Takoradi. Da traute sich sonst kein Zivilist hin. Dort waren schon ein paar Menschen verschwunden und andere übel zugerichtet worden. Nun war es ruhiger geworden, aber trotzdem fürchteten sich die Menschen vor dieser Räuberhöhle. Unser Pastor jedoch kannte sich ja damit aus, in die Höhle des Löwen zu gehen.

Stacheldraht um die Baracken und Häuser herum. Sandsäcke, aufgebaute Maschinengewehre und Granatwerfer, hinter denen Soldaten dösten. Denen war es egal, ob der befürchtete Umsturz bald kam oder nicht. Sie würden sofort zum Stärksten übergehen oder bei ihm bleiben, je nachdem, wer zu siegen begann.

Am Tor wurde der Pastor angerempelt und mit einem Maschinenpistolenlauf auf seiner Brust bedroht. Doch er ließ sich nicht einschüchtern, er wollte den Kommandanten sprechen.

Nur seiner Tracht und der Bibel unter dem Arm verdankte es der Pastor, daß man ihn nicht sofort einsperrte. Nach einigem Hin und Her brachte ihn ein Soldat bis in die Kommandantur hinein, die auch stark bewacht wurde.

Dort saß ein sehr junger Mann, Herr über die Soldaten und die Menschen der Stadt, von allen gefürchtet, weil er brutal durchgriff und sich schon jetzt vor dem nächsten Umsturz fürchtete. Im Stil unserer Kirche bot der Pastor an, mit dem Kommandanten zunächst eine Andacht zu halten. Der ließ es verwundert und ein wenig verwirrt geschehen.

Der Pastor packte sich das Solidarisierungsgebot aus der Bibel heraus, Matthäus 25: »Was ihr einem meiner geringsten Brüder getan habt, das habt ihr mir getan.« Das legte er ihm aus, griff den Offizier aber nicht an, sondern ging von sich und seiner Gemeinde aus.

Als Beispiel für Hilfe nannte er Gladys und ihre Arbeit und erzählte dem Kommandanten von ihr, aber immer mit Bibelstellen belegt, die anzeigten, daß er nie das Gebiet der Andacht verließ und sich nicht auf das der Agitation begab.

Bald war dem Kommandanten auch klar, daß man Gladys helfen mußte. Er freute sich mit dem Pastor, als der erklärte, daß alles schon in Accra bereitläge.

»Aha«, dachte der Offizier laut nach. »Aber wie bekommen wir die Sachen nach Norden zu Gladys?«

»Genau das ist unser Problem«, kam der Pastor zur Sache.

Er hatte das Herz des Soldaten angerührt. Der kam nun selbst darauf, was getan werden mußte, und zwar sehr schnell.

»Ok«, sagte er, »es hat keinen Sinn, einen zivilen Wagen hochzuschicken. Der ist viel zu klein, und sie werden ihn ausrauben. Ich habe schwere Lastwagen hier. Einen werde ich hochschicken, mit mehreren Soldaten, die ihn und die Last bewachen.«

Das tat er dann auch. In der Kirche fand ein Lob- und Dankgottesdienst statt, während der Pastor mit dem Lastwagen samt Bedeckung nach Accra fuhr und ihn dort belud.

Mehlsäcke, Milchbüchsen, Medikamentenkartons, Ölsardinen, Corned Beef und was Gladys noch brauchte, wurden aufgeladen. Natürlich hatte Gladys keine Ahnung von der Überraschung, die auf sie zukam.

Es gab auch Saatgut unter der Ladung. Zwei Männer von den »Who dei for top« fuhren mit. Die sollten bei der Anlegung des Gartens helfen. Der Pastor blieb zurück.

Die Soldaten hatten ihren Wagen nicht nur vollgetankt, sondern auch soviel Benzin mitgenommen, daß es für die Rückreise reichen würde.

An einem Morgen war Gladys mal wieder ziemlich am

Ende. Sie sah den Patienten an, daß sie nicht nur akute Krankheiten hatten, sondern schon an Mangelerscheinungen litten, die immer weniger zu korrigieren und zu heilen waren. Gladys konnte auch nicht helfen, sie hatte selbst nicht genug zu essen. Gerade war sie dabei, ein fieberndes Kind mit Durchfall zu untersuchen und die Mutter zu trösten, als sie draußen das Geräusch eines schweren Lastwagens hörte. Das konnte nichts Gutes bedeuten. Sie hatte von Banden gehört, die mit Lastwagen ganze Dörfer überfielen, sie ausraubten, die Männer zusammenschlugen und die Frauen vergewaltigten. Sie hörte und sah auch schon, wie jeder, der Beine hatte und laufen konnte, in die Wüste hinauslief, um sich in den Bodensenken zu verstecken.

Erschrocken sah die Mutter des Kindes Gladys an. Die wäre am liebsten auch weggelaufen, doch sie konnte das fiebernde Kind nicht allein lassen.

Als der schwere Lastwagen mitten im Dorf anhielt, nahm Gladys all ihren Mut zusammen und trat aus der Hütte heraus.

Sie fürchtete sich noch mehr, ihr Herz zog sich zusammen, als sie ein Militärfahrzeug und Soldaten mit Maschinenpistolen entdeckte. Doch sie nahm ihren Mut zusammen und stellte sich den Soldaten.

Wie sie hören konnte, waren die Soldaten nicht bester Laune. Sie schimpften über die erbärmliche Piste und den langen Weg.

Dann aber rief der Feldwebel Gladys zu: »He, bist du Schwester Gladys? Wir haben dir was mitgebracht.«

Gladys verstand nicht.

»Hol mal deine Leute ran!« befahl der Unteroffizier. »Die sollen beim Abladen helfen.«

Doch die Männer des Dorfes waren fast alle verschwunden. Gladys mußte jede Frau einzeln überreden. Sie wußte nicht, was es da abzuladen gab, aber sie wollte die Soldaten nicht verärgern und sehen, daß sie schnell wieder abfuhren.

Als die Soldaten anfingen, die Lebensmittel abzuladen, befürchtete Gladys, sie würden im Dorf ein Militärlager einrichten. Doch dann standen die Soldaten einfach herum und taten so, als ob sie mit den Lebensmitteln nichts zu tun hätten.

»Für wen sind die denn?« fragte Gladys erstaunt.

»Für euch, für wen denn sonst?« antwortete der Feldwebel.

Sie konnte es nicht fassen, und die Menschen im Dorf noch weniger, als sie alles verstauten.

»Ein Wunder ist geschehen!« rief Gladys aus.

Sie mußten mehrere Hütten vollpacken. Gladys verteilte die ersten Rationen. Die Soldaten fuhren sofort wieder ab, als der Lastwagen leer war. Die hielt nichts in diesem Wüstennest. Gladys und alle Dorfbewohner aber feierten erst einmal ein richtiges Mahl, mit Brot, Büchsenmilch und Ölsardinen. Sie aßen sich richtig satt und hielten am nächsten Morgen einen Dankgottesdienst ab. Gladys organisierte alles. Ein Lehmofen wurde gebaut, in dem sie aus dem Mehl Brot backte. Aus den Säcken schnitt Gladys Bettlaken für ihre Krankenstation. Die Jungen wandelten die leeren Milchbüchsen in Trommeln um. Sie spannten Lumpen über die Trommelfläche und bearbeiteten sie mit Stöcken, und die Mädchen tanzten dazu.

Aus den Ölsardinenbüchsen stellten die Männer kleine Öfchen her.

Erst dachten die Menschen im Dorf daran, mit dem Saatgut eine Genossenschaftsfarm einzurichten, doch die »Who dei for top«, die außerhalb Takoradis Erfahrung mit ihrer eigenen kleinen Landwirtschaft hatten, rieten ab: »Wenn so eine Farm allen gehört, wird nichts daraus. Dann tut keiner etwas. Jede Familie muß ihren eigenen Boden kriegen. Das ist besser.«

Und so wurde es dann auch.

Als Karin und ich nach Ghana kamen, fuhr uns Mexiko

mit einem geliehenen Wagen zu Gladys hoch. Das waren Tage, die wir nie vergessen werden. Karin half Gladys in der Krankenstation, ich war mit den Männern auf dem Acker, und abends, wenn wir auf dem Dorfplatz saßen, mußte ich ihnen »Massa Jesus Stories« erzählen. Und andere. Wenn wir sangen und trommelten, tanzten die Sterne mit uns.

Die Lehmkathedrale

Dann fuhren wir nach Takoradi. Nach achtzehn Jahren suchten wir also wieder die Stadt auf, in der wir unvergeßliche Jahre unseres Lebens verbracht hatten. Damals war die Straße von Accra herüber gebaut worden; nun hatte sie sich in eine Schlaglochchaussee verwandelt. Fünfmal mußten wir unterwegs einen Reifen flicken. Einen Ersatzreifen besaß der Freund von Mexiko nicht, der uns fuhr.

Wir kamen viel später in Takoradi an, als wir geplant hatten, mitten in der Nacht. Die Stadt schlief schon. Wir übernachteten in unserer alten Wohnung, in der Jugendbaracke. Dort wohnte jetzt unser afrikanischer Nachfolger. Natürlich hatte er mit seiner Frau die Wohnung anders eingerichtet als Karin mit ihrer finnischen Wohnkultur. Doch die Möbel, die wir stehengelassen hatten, gab es noch. Wir schliefen in unseren alten Betten, und auch die Laken erkannten wir wieder. Zunächst weigerten wir uns, das Ehepaar aus seinem Schlafzimmer zu verdrängen; doch als wir merkten, daß wir sie damit beleidigten, gaben wir nach.

Als wir am nächsten Morgen wach wurden, schien die Sonne herrlich herunter. Ich lief zum Meer und badete dort allein, warf mich in die Brandung.

Dann zogen wir uns sonntäglich an und gingen zu unserer Blechkirche hinüber. Nicht allein; eine Delegation der Gemeinde hatte uns abgeholt.

Es war ein trauriges Wiedersehen mit der Stadt. Sie war verfallen, kaum noch Leben auf den Straßen, die sich wieder in Pisten und Feldwege zurückverwandelt hatten. Die stolzen Fassaden der Geschäftshäuser an der Hauptstraße verblichen in Sonne und Regen. Kaum noch ein Fenster besaß Glas. Meistens sahen wir Löcher oder Pappe, mit der man das Fenster notdürftig zu schließen versuchte.

Die Hütten standen noch armseliger in der grellen Sonne. Die Abflußrinnen waren überfüllt, keiner schien sie zu reinigen. Eine verfallende Stadt.

Karin und ich blickten uns an. Wie wohl unsere Blechkirche aussehen würde?

Aber noch etwas fiel in dieser verfallenen Stadt auf: Die Menschen waren Christen geworden. Überall kamen sie zum Gottesdienst zusammen. An Straßenecken predigten selbsternannte Evangelisten, unter Bäumen wurde gebetet und gesungen. In den Schulen drängten sich die Frommen zusammen. In allen Sprachen Ghanas und mit Trommelbegleitung wurden Lieder gesungen. Die Kirche war zu einer afrikanischen Volksbewegung geworden.

Vom europäischen Einfluß war nichts mehr zu bemerken. Keine Harmoniumklänge, sondern Trommelgedröhn, vor dem die Missionare, wegen des heidnischen Ursprungs, Angst gehabt hatten. Die Fröhlichkeit, die sonst von den Gesichtern der Ghanaer gewichen war, kehrte am Sonntagmorgen wieder. In den Stunden des Gesangs und Gebets konnten wir wieder erlöste Gesichter sehen.

Eng gedrängt hockten die Menschen zusammen. Gott und Gemeinschaft gehörten für sie zusammen. Keiner grübelte allein. Es wurde überall und mit Leidenschaft gepredigt, in vielen Sprachen und Stilen. Doch die eigentliche Botschaft hatte sich nicht verändert. Die Botschaft vom Heil, von der Erlösung.

Unsere Begleiter hielten sich zurück, als wir in den Weg zum Schuttabladeplatz einbogen. Sie lächelten. Ich wußte nicht, ob es ein Lächeln aus Verlegenheit oder Fröhlichkeit war. Wir konnten schon erkennen, daß der Schuttplatz noch immer angefahren wurde, obwohl das schon in unserer Zeit illegal und strafbar war. Papier und stinkende Abfälle lagen überall herum. Ratten liefen uns über den Weg. Schlangen zischten.

Doch als wir auf den Platz einbogen, auf dem früher die Blechkirche gestanden hatte, überraschte mich das Bild, das ich dort sah, wie in einem Traum.

Das konnte doch nicht wahr sein! Ich kniff die Augen zusammen. Auf dem Platz, auf dem früher die Blechkirche gestanden hatte, erhob sich nun eine Kathedrale. Sie erhob sich über alle Häuser in ihrer Nachbarschaft. Ein gewaltiger Bau, aber aus Lehmziegeln und mit Händen erbaut. Das sah man ihm an. Eine Glocke dröhnte, aber noch immer standen die alten Männer an ihrem Glockenspiel aus Wagenfelgen und ließen einen Liedrhythmus hören.

Stolz erklärte uns unsere Begleitung: »Achtzehn Jahre haben wir daran gebaut. Keine Zuschüsse haben wir bekommen. Unser Schweiß und unser Geld stecken darin. Immer wieder mußten wir aufhören, weil wir kein Geld mehr hatten, aber es ging immer wieder weiter, und jetzt steht sie da.«

Keiner hatte uns etwas davon gesagt. Auch die Mitgliederzahl der Gemeinde hatte sich gewaltig erhöht. Zu unserer Zeit gehörten zweihundert Leute dazu, nun über sechstausend, von denen sich an die viertausend Menschen jeden Sonntag in die Lehmkathedrale drängten. Bei uns in Deutschland gehen die Zahlen der Gläubigen zurück, die Kirchen leeren sich, doch in Ghana ist der christliche Glaube zu einer Volksbewegung geworden. Es ist keine Einheitskirche; sondern die Gemeinden bestehen aus dynamischen Kleingruppierungen. Sie sind Nachbarschaftskirchen.

Das wurde uns auch sofort erklärt: »Wir haben nicht nur diese Kirche hier, sondern wir machen auch Mission in Takoradis Umgebung und bis tief in den Busch hinein. Überall gibt es dort Hütten, in die sich die Gläubigen und Suchenden drängen.«

Doch als die Menschen uns vor der Kirche sahen, kamen sie auf uns zugerannt. Viele kannten uns gar nicht, waren erst nach unserer Zeit zu der Gemeinde gestoßen. Aber für sie waren wir Schwester und Bruder. Alle kamen uns entgegengelaufen, der feierliche Kirchenvorstand in den bunten und feierlichen Sonntagsgewändern; »Who dei for tops« waren auch da, in ihren dunklen Anzügen mit Turnschuhen oder barfuß.

Der Kirchenchor, nun in Roben und Chorhemden gekleidet, rannte uns entgegen. Aber auch die Marktfrauen, die alte Garde und neue, jüngere, drängten sich durch.

Karin und ich verschwanden in Strömen von Menschen, Liebe und Tränen. Drinnen in der Kathedrale wogte und sang und klatschte es: »Dies ist der Tag, den der Herr gemacht, den der Herr gemacht ...«

»Für uns auch!« rief ich.

Der Gottesdienst in der Lehmkathedrale

Aus der Kathedrale drangen Jubelgesänge. Sie waren nicht mehr von einem asthmatischen Harmonium begleitet, sondern von Trommeln, die den Rhythmus anschlugen.

Der Vorarbeiter vom Hafen, mittlerweile ein grauer, gebeugter Mann mit Stock, hob seine rechte Hand hoch und bat uns zum Gebet. Wir standen draußen in der Sonne und senkten unsere Köpfe.

Dann setzte sich der fast hundert Leute starke Chor in Bewegung, feierlich und im Gleichschritt. Die Kirchenältesten schlossen sich an, und wir, die Gäste.

Der alte, gewaltige Choral wurde angestimmt, mit dem wir schon in die Blechkirche eingezogen waren: »Gott ist gegenwärtig ...«

Und wieder spürten wir es, wurden vom Glauben unserer Schwestern und Brüder mitgetragen. Da konnte man gar nichts anderes fühlen und glauben und singen. Hier stand ich nicht allein vor Gott, auf verlorenem Posten, wie in Europa. Hier sangen alle mit und glaubten, ohne jeden Zweifel.

Wir zogen in die hohe Kathedrale ein. Die Menschen drinnen erhoben sich. Die Trommeln setzten aus, wir hörten nur noch menschliche Stimmen, die die Kathedrale erfüllten und bis nach draußen drangen. Strahlende, gläubige Gesichter, nach oben gewandt, auf Gott hin. Hier lebten und glaubten die Menschen von sich weg.

Alle Strophen sangen wir, und noch viele dazu, die es eigentlich gar nicht gibt.

Dann wurde gepredigt. Sie hatten mir schon nach Accra Nachricht zukommen lassen: »Wir wollen Predigten über euren Familienspruch hören, von dir auch, und wir lassen dir viel Zeit dafür. ›Siehe, ich habe vor dir gegeben eine offene Tür, und niemand kann sie zuschließen.‹ Das haben wir nicht vergessen.«

So war es dann auch. Sie ließen mir viel Zeit für meine Predigt. Ich sollte ihnen erzählen, was ich mit Gottes Zusage erlebt hatte, seit wir von Takoradi weggegangen waren. Der Vorarbeiter vom Hafen predigte nach mir und sagte: »In der frohen Botschaft steht nicht nur der Missionsbefehl: ›Gehet hin in alle Welt und lehret alle Völker ...‹, sondern auch der Solidarisierungsbefehl, in Matthäus 25,40: ›Was ihr einem meiner geringsten Brüder getan habt, das habt ihr mir getan.‹ Das erwartet Gott von uns, nicht nur Reden, sondern auch Helfen. Beides ist wichtig. So wird die Kirche, der Leib unseres Herrn, hier auf der Erde sichtbar.

Nicht vergessen, wir sind nicht nur Gottes Lippen, sondern auch sein kleiner Finger, der anfassen und heilen kann. Und wer das tun will, der findet immer eine offene Tür, zu Gott, zum Nächsten und auch zu sich.«

»Amen!« riefen alle; das war ihnen aus dem Herzen gesprochen.

Der afrikanische Christus

Dann wurden Karin und ich nach vorne gerufen. Feierlich stellten sich die Ältesten im großen Altarraum auf und bildeten einen Halbkreis um uns. Wir fühlten uns so wohl wie ein Küken unter den Flügeln der Henne.

Der Pastor trat vor und begann ganz feierlich: »Liebe Karin, lieber Fritz. Wir haben nicht vergessen, daß ihr uns die frohe Botschaft hierhergebracht habt, die Botschaft der offenen Tür, des offenen Grabes. Die offene Tür zu Gott, zum Nächsten, zu uns selbst. Darum haben wir heute auch darüber gepredigt.

Nun erleben wir hier in Takoradi eine offene Tür. Überall ist ein Hunger nach dem neuen Leben erwacht.

Ihr sollt aber auch wissen, daß ihr hier bei uns immer eine offene Tür habt. Ihr seid hier zu Hause, in der Lehmkathedrale genauso wie damals in der Blechkirche. Und wenn wir Zahnschmerzen haben, denken wir immer an Karin und an ihre leichte, liebe Hand.« Alles lachte.

»Nein, nein«, entschuldigte sich der Pastor. »Ich wollte etwas ganz Feierliches sagen, aber nun ist es doch fröhlich geworden. Ist ja nicht schlimm. Also, wir wollen euch etwas schenken, das euch an uns und unsere Gemeinschaft erinnern soll.«

Er gab einen Wink, und Miss Mercy Mills trat aus dem Kreis der Kirchenältesten zu uns. Sie trug mit beiden Händen einen schon ziemlich oft benutzten und abgeschabten Plastikbeutel, in dem sie etwas versteckte. Aber oben sah die Kante eines bearbeiteten Stücks Mahagoniholz heraus.

»Wir haben dieses Stück Holz für euch schnitzen lassen«, erklärte der Pastor. »Es ist nicht so geworden, wie ihr es euch vielleicht denken würdet.«

Mercy Mills übergab uns das Holz und umarmte uns. Alle reckten die Hälse. Auf der unterarmlangen, roten Holzplatte, die eine gute ausgestreckte Fingerspanne breit war, sah ich eine typisch afrikanische Szene: Ein Afrikaner öffnete die Tür einer Hütte, sah sich zu dem Betrachter freundlich um und lud ihn ein, mit ihm in diese Hütte zu treten. Eine Szene, wie sie im gastfreundlichen Ghana immer wieder vorkam.

Eine einfache Hütte, mit Vieh und Palmen drumherum und mit Bananenfasern als Dach. Der Afrikaner trug seine Kräuselhaare lang, aber gepflegt. Seine Gesichtszüge gehörten ganz nach Takoradi. Er war ein Ahanta mit einer flachen Nase und breiten Lippen. Über seine Schulter hatte er einen einfachen Kente, eine Toga, geworfen. Er war ein Mann, der von einer langen Reise kam, und trug einen schweren Stab in seiner Faust.

Ein freundlich, aber bestimmt aussehender Mann. Sein Blick schien zu sagen: »Los, komm rein!«

In dem Augenblick wurde mir deutlich, daß es eine Auslegung des Textes von der offenen Tür war.

Das war nicht ein Mann aus Ahanta, das war Christus. Nicht mehr ein europäischer, sondern ein afrikanischer. Christus war schwarz geworden. Ich dachte daran, wie weiß er gewesen war, vor achtzehn Jahren, auch für die Ghanaer. Da hätte man ihn nie so dargestellt. Da hingen die etwas süßlichen und kitschigen Nazarenerbilder in vielen christlichen Hütten und Häusern. Doch hier sah ein afrikanischer Christus mich an.

Die Ältesten ließen uns Zeit, die Tafel in aller Ruhe zu

betrachten. Karin und ich, wir freuten uns sehr, wir waren tief gerührt. Doch dann nahm uns der Kirchenvorsteher noch einmal die Tafel aus der Hand und drehte sie um.

Auf der anderen Seite hatten sie ein Bild ihrer Lehmkathedrale aufgeklebt: »Damit ihr wißt, wo ihr zu Hause seid, wo ihr hingehört, wo Gott gegenwärtig ist. Der ist überall, Gott sei Dank, aber auch hier in unserer Kirche.«

Ich mußte noch einmal ans Rednerpult, um ein paar Worte zu sagen. Die fielen mir schwer. Ich hätte sie am liebsten alle umarmt, so fühlte ich mich.

Aber dann fiel mir etwas ein, mit dem ich die Rührung überwinden konnte: »Schwestern und Brüder, heute bin ich noch hier bei euch, aber am nächsten Sonntag, Ostern, soll ich in einem Gefängnis in Deutschland predigen, den Gefangenen die Osterbotschaft verkündigen. Da nehme ich diese Tafel mit und zeige sie ihnen.«

Alle klatschten.

Der Pastor fragte mich: »Am nächsten Sonntag, morgens, wie bei uns?«

Ich nickte.

»Wann kommt ihr denn zusammen?« fragte er.

»Neunuhrvierzig«, antwortete ich.

Der Pastor sah mich erstaunt an: »Eine komische Zeit.«

»Ist in Deutschland so mit der Gefängnisbürokratie, da muß alles hineinpassen.«

»Wann ist das nach unserer Zeit?« fragte er mich weiter.

»Zwanzig vor neun«, antwortete ich.

Er besprach sich schnell mit den Ältesten und rief dann: »Ok, am nächsten Sonntag kommen wir nicht um zehn Uhr, sondern um halb neun zum Gottesdienst zusammen. Da wollen wir mit den Gefangenen in Deutschland Ostern feiern und dafür beten, daß sie die Botschaft der offenen Tür und des offenen Grabes fröhlich macht. Geht das?«

Alle klatschten und riefen: »Ja.«

Dann doch noch Umarmungen und Tränen, aber auch

fröhliche Gesichter, und Karin und ich zogen unsere Straße nach Deutschland zurück fröhlich, aber auch ein wenig wehmütig.

Der afrikanische Christus im deutschen Gefängnis

Am Ostersonntag fuhr ich mit Karin von Düsseldorf quer durchs Ruhrgebiet nach Ostwestfalen. Dort lag das große Gefängnis, in dem ich predigen sollte.

Es war ein kalter und regnerischer Morgen. Wir waren allein auf der sonst so vollgestopften Autobahn. Im Radio, drittes Programm, wurde eine formvollendete Musikdarbietung gesendet. Ausgezeichnet gespielt und gesungen, doch nicht fromm. Es war kühl, wie das Wetter draußen. Die Künstler spielten für sich selbst, für ihre eigene Selbstverwirklichung, das war herauszuhören. Die Stücke und Kantaten waren Gott gewidmet worden, doch nun nahmen sie die Musiker für sich und die Zuhörer in Beschlag. Noch nie hatte ich geistliche Musik vorher so empfunden.

Wir parkten unter der hohen Gefängniswand. Mißtrauische Blicke vom Wachtturm herunter.

Die üblichen Sicherheitsvorkehrungen in der Pforte: Personalien, Kontrollen und viele Schlüsselgänge. Der Pastor erschien, sehr bleich über seinem dunklen Anzug und arg verschnupft.

In dem großen, kahlen Kirchsaal war gerade die katholische Messe zu Ende gegangen. Der Priester mochte uns nicht. Er montierte den Altar ab, ließ das Kreuz wegstellen und nahm die Altarblumen mit.

Der Pastor entschuldigte ihn: »Mit seinem Vorgänger hatte ich ein besseres Verhältnis, wir waren Brüder. Doch bis zu diesem hier ist Vatikan zwei noch nicht gedrungen.«

Der katholische Küster machte es seinem Priester nach. Er nahm den Altar total auseinander. Der evangelische mußte sich dann die Bestandteile einzeln wieder zusammensuchen. Das hob alles nicht gerade die Stimmung. Der Küster wollte Kerzen auf dem Altar haben, doch die waren nicht zu finden. Ich meinte, es würde auch ohne gehen.

Die Gefangenen wurden hereingelassen. Alles schwere Jungen. Keiner saß hier unter drei Jahren. Man sah schon üble Gesichter, aber auch solche, denen man eine Untat gar nicht zugetraut hätte. Sie besetzten die Kirche und fingen sofort an zu tauschen und zu handeln.

Keiner beachtete den Pastor, der vorne mit seiner Liturgie beginnen wollte. Er sprach gegen die Unruhe an, kam jedoch mit seiner erkälteten und zaghaften Stimme nicht durch. Dann bat er wenigstens um Aufmerksamkeit für den kleinen Chor, der sich aus einigen Gefangenen gebildet hatte. Doch er erntete nur Hohn.

Einer rief: »Himmelskomiker!«, und die Menge fiel gröhlend ein. Irgendwo wurde eine Orgel gespielt, doch ich konnte hören, daß der Kantor lieber vorher in der Messe gespielt hatte. Hier tat er nur schnell seine Pflicht.

Ich wußte nicht, was ich machen sollte. Am liebsten hätte ich mich wieder zurückgezogen, wäre nach Hause gefahren und hätte an Ghana gedacht.

Mir fiel das Wort aus der Bibel ein: »Man soll die Perlen nicht vor die Säue werfen.« Das hätte ich denen am liebsten gesagt. Es war alles so gemein, und wir kamen dagegen nur kläglich an.

Der erkältete Pastor blieb tapfer. Er gab nicht auf. Er zog seine Liturgie voll durch, doch wie armselig klangen die Worte der Auferstehung und der Hoffnung in diese laute Ablehnung hinein.

Dann war ich dran. Der Pastor flüsterte mir noch zu: »Es tut mir so leid, aber so ist es eben immer. Sie werden nicht ruhiger. Man muß einfach dagegen anpredigen. Vielleicht wird doch einmal einer von dem Wort getroffen. Nur Mut, nur Mut.«

Das klang so wie für die Leidtragenden auf dem letzten Gang zum Grab.

»Immer weiterpredigen«, bat er mich, »nicht zu den Gefangenen hinuntersehen, die nehmen einem jeden Mut. Zur Orgel hochblicken. Dort liest der Kantor zwar die Bildzeitung, aber er stört nicht.«

Die bewachenden Beamten sahen auch nicht gerade aufbauend aus. Sie langweilten sich mit Ausdauer. Hatten ihre dicken Hintern auf die bequemsten Bänke gepflanzt und taten nun ihre Aufsichtspflicht, ohne etwas von dem wahrzunehmen, was zu Ostern geschehen sollte und geschehen war.

Ich stand oben. Ich sah herab. Eilige Geschäfte mit Tabak und Geld wurden abgewickelt. Obszöne Witze erregten wildes Gelächter. Einige Gefangene hatten sich wie Frauen herausgeputzt. Männer drängten sich an sie heran wie an Prostituierte. Keiner schien mich zu beachten. Auch der Pastor sah weg, weil es ihm peinlich war.

Da nahm ich all meinen Mut zusammen und rief genau den verkehrten Satz in den Saal hinein: »Ich will euch was von der offenen Tür erzählen.«

Gröhlendes Gelächter.

»Genau das wollen wir hören!« rief einer. »Los, dann mach schon die Tür auf, wir wollen raus.«

Ich begriff, was ich gesagt hatte, und versuchte das Mißverständnis wieder zurückzuholen. Sogar die Beamten grinsten überlegen. So ein Blödmann war ihnen auch noch nicht vorgekommen.

Einer der Gefangenen wurde sogar fromm dabei und stimmte das Adventslied an: »Macht hoch die Tür, die Tor macht weit ...« und alle fielen ein. Was sollte ich tun? Ich sang mit. Die Predigt hatte wie eine Unterhaltungsschau mit Rudi Carell im Fernsehen begonnen.

Einer traf mich noch tiefer, als er rief: »Hör doch auf mit dem Kasperletheater hier.«

Aber dann, in eine Atempause, rief ich hinein: »Vorigen Sonntag war ich in Afrika, in Ghana, in Takoradi ...«

»Hast eine schöne, braune Glatze bekommen!« unterbrach mich einer.

Doch ich erzählte weiter. Von der Blechkirche vor vielen Jahren, und wie es da zugegangen war. Als ich erzählte, wie die Kinder aus dem Fenster rausgehalten und wie die Kollekten eingesammelt wurden, lachten sie sogar und fingen an, richtig zuzuhören, wenn auch noch mißtrauisch.

Dann kam ich zu unserem Besuch vor einer Woche und reichte die Tafel nach unten: »Seht euch an, was sie mir geschenkt haben.«

Und dann erzählte ich von der Gemeinde in Afrika, die jetzt auch zusammenkam, um mit uns zu beten und zu singen.

Da wurde alles ruhig im Saal. Ich konnte von Ostern erzählen und stimmte den Choral an: »Christ ist erstanden ...« Sie sangen alle mit, auch wenn sie den Text nicht kannten. Wie in der Blechkirche.

Wir sangen, wir jubelten, wir feierten Ostern, die offene Tür, das offene Grab.

Zum Schluß kam der Sprecher zu mir mit einem großen Poster. Hinten drauf schrieben wir einen Ostergruß und alle unsere Namen für unsere Schwestern und Brüder in Afrika.

»So etwas habe ich noch nie erlebt«, sagte ein Gefangener zu mir.

»Ich auch nicht, Bruder«, sagte ich. Ich sah sie in Takoradi singen, und hier bei uns.

Dankeschön, Takoradi!

Vom gleichen Autor:

Ein Engel im Milieu

176 Seiten, R. Brockhaus Taschenbuch, Bestell-Nr. 220832

Eine Frau betritt das Eros-Center und wird hier mit einem Küßchen, dort mit einer Umarmung begrüßt. Das ist Schwester Helene, die seit Jahren Prostitutierte, Zuhälter, Nichtseßhafte und gefährdete Jugendliche begleitet. Diese Menschen lieben sie wie eine Mutter. Mit manchen liest sie in der Bibel, einigen hat sie beim Ausstieg aus dem Milieu geholfen, mit wieder anderen feiert sie im Kölner Hauptbahnhof Weihnachten. Sie alle erfahren durch Schwester Helene eine bedingungslose Zuwendung und Liebe. Fritz Pawelzik hat diese ungewöhnliche Frau eine Zeitlang begleitet und die Geschichte von ihr und den Menschen, mit denen sie arbeitet, aufgeschrieben.

Das Glück in der Tüte
Zu Besuch in Deutschland

208 Seiten, R. Brockhaus Taschenbuch, Bestell-Nr. 220842

»In den Hütten, die stockdunkel gehalten wurden wegen der Fliegen, qualmte immer ein Fladenfeuer. Der Qualm griff zwar die Atemwege an, aber er vertrieb auch die Insekten, Schlangen und Skorpione. Jedenfalls die meisten. Andere fielen über die Menschen her.«
Aus dieser Welt kommt Sima in die Hafenstadt Freetown und für ein Vierteljahr nach Deutschland. Hier soll er eine Jugendwoche mitgestalten und Religionsunterricht halten. Doch seine spontane Herzlichkeit stößt nicht überall auf Gegenliebe. Manche Deutschen reagieren entsetzt. Sie sind es nicht gewöhnt, daß ihnen im Aufzug ein wildfremder Mann die Hand gibt und sie freundlich begrüßt: »How are you? – Wie geht es Ihnen?«
Aber viele traurige Menschen stimmt Sima fröhlich.

R. BROCKHAUS VERLAG WUPPERTAL UND ZÜRICH